Patrick van Odijk • Der falsche Vermeer

Patrick van Odijk

Der falsche Vermeer

PENDRAGON

Für Sonia

Allein dadurch, dass jemand für ein Bild so viel bezahlt,
wird es echt.
Martin Suter, „Der letzte Weynfeldt“

1. Teil

Christus & die Ehebrecherin

Mai, Juni 1945

1. Jan van Aelst

Jan van Aelst hatte sich Schuhe und Socken ausgezogen. Seine Füße juckten. Sie brannten. Als ob er durch einen Ameisenhaufen gelaufen wäre. Manchmal kribbelten auch die Handgelenke oder die Wirbelsäule. Dann wieder die gesamte Kopfhaut oder ein Ellbogen. Gerade eben hatte er sich bei einem Schweißausbruch Jacke, Pullover und Hose vom Leib gerissen, obwohl es kalt und feucht in der Zelle war. Kaum saß er aber nur noch in Hemd und Unterhose auf der Pritsche, begann er zu frieren. Also zog er sich langsam wieder an. Er wusste nicht, wie lange er es noch aushalten würde. Ohne Zigaretten, Schnaps und Morphium war jeder Tag die Hölle. Aber er musste durchhalten. Sie konnten ihm nichts beweisen. Als er wieder in die Jacke schlüpfte, entdeckte er ein Loch in der rechten Tasche. Er bohrte mit einem Finger darin herum und entdeckte einen Bleistiftstummel. Schnell kramte er ihn hervor. Jetzt müsste er nur noch Papier auftreiben. Aber das war aussichtslos. Sie würden ihm keines geben. Van Aelsts kurze Freude verwandelte sich wieder in Trübsinn. Dass er hier nicht zeichnen konnte, traf ihn ebenso schwer wie der Entzug von Zigaretten, Schnaps und Morphium. Er starrte an die Wand. Er könnte auf den Putz malen. Aber das würden sie entdecken und ihm den Stift wegnehmen. Wie zu Hause als kleines Kind, wenn sein Vater ihn beim Zeichnen erwischt hatte. Dem lieben Gott die Zeit stehlen, hatte es der Vater genannt. Da bemerkte er, dass die Wand mit dicker, leinölhaltiger Farbe gestrichen war, die an manchen Stellen abblätterte. Vorsichtig schob er den Fingernagel unter eine der Platten und schaffte es, ein handtellergroßes Stück zu lösen. Es war stabil genug, um darauf zeichnen zu können. Während er sofort mit eiligen Strichen ein Selbstporträt skizzierte, lachte er leise vor sich hin. Er würde sie ebenso betrügen wie einstmals seinen Vater. Er betrachtete die Zeichnung.

Ein ausgemergelter, alter Mann mit traurigen Augen. Die rechte Hand kratzte an der Schläfe. Sah er derzeit wirklich so aus? Er hatte keinen Spiegel und brauchte auch keinen. Er kannte sein Gesicht auswendig und hatte seinen Gram mit hineingemalt. Das Bild würde stimmen. Eine schnelle Zeichnung. Aus dem Kopf, aus der Vorstellung heraus. Das war schon immer sein größtes Talent gewesen.

Vorsichtig wickelte er die bröckelige Putzplatte in sein Taschentuch und steckte sie in die Brusttasche seines Jacketts. Er legte sich wieder auf die Pritsche und starrte zu dem vergitterten Fenster hoch oben unter der Zellendecke. Eine Luke, hinter der man nicht viel entdecken konnte. Keine Häuser. Keine Straßen. Keine Grachten und Bäume. Keine Menschen. Nur Schwarz, Grau, Blau. Nein, auch kein Blau. Der Himmel über Holland ist nie wirklich blau, dachte van Aelst. Höchstens blau-grau, und es gibt immer ein paar Wolken. Keiner würde in diesem Loch jemals zum Maler werden. Nicht einmal der große Wolkenkünstler Jacob van Ruisdael hätte hier eine Inspiration erlebt. Zwei Drittel Himmel, ein Drittel Horizont. Sein Patentrezept. Jan van Aelst lachte bitter. Vorsichtig holte er wieder das kleine Selbstporträt aus seiner Brusttasche hervor.

Er sah schrecklich aus. Ihm standen die Haare zu Berge. Müde Augen. Ein herunterhängendes Lid. Falten auf der Stirn und tiefe Kerben neben der Nase über dem schiefen

Mund. Jan van Aelst war mit der Zeichnung zufrieden. Wie lange halte ich das noch aus, fragte er sich. Zwei mal drei Meter maß die Zelle. Gegenüber dem Gitterfenster war die verschlossene Tür. Was soll er ihnen sagen, damit sie ihn endlich rausließen? Seine Geschichte war gut. Warum glaubten sie ihm nicht? Er war verzweifelt. Auch die Wahrheit würde ihm nichts nützen. Sie war unvorstellbar. Er saß in der Falle.

Dabei hatte der Tag seiner Verhaftung so gut begonnen. Es war ein kalter, verregneter Morgen im Mai 1945. Er hatte den Kamin angezündet. Er war allein und nüchtern. Er hatte einen Plan. Einen Wunsch. Er wollte seine frühere Frau Josephine zurückgewinnen. Sie teilten sich das Haus in der Keizersgracht, lebten aber in getrennten Wohnungen. Bei einer ihrer flüchtigen Begegnungen in der Eingangshalle hatte sie ihm gesagt, dass er doch ihretwegen nicht auf seine gepflegten Hausabende mit Champagner und nackten Mädchen verzichten müsse. Immerhin seien sie ja geschieden. Ihr Spott und ihr Stolz hatten ihn verletzt. Aber er glaubte ihr nicht. Er deutete ihren Sarkasmus als Zeichen der Verletzung und vermutete, dass auch sie unter der Trennung litt. Er hatte geantwortet, man müsse abwarten, wie sich die neuen Zeiten entwickelten. Dann hatte er ein paar furchtbar lange und einsame Tage vergehen lassen, bis er endlich den Mut aufbrachte, sie zu einem Dinner bei sich einzuladen. Sie hatte zugesagt. Genau für den Tag, an dem dieser Kapitein Rosendahl an der Haustür klopfte.

„Jan van Aelst, der Kunstmaler?" Vor ihm stand ein kleiner Mann mit einem viel zu großen, abgegriffenen Borsalino auf dem Kopf. Neben ihm ein junger, kräftiger Adjutant mit geschultertem Karabiner.

„Ja, der bin ich." Van Aelst fühlte sich ertappt. Er trug einen Bademantel und schmale Lederpantoffeln und war nur zur Tür gegangen, weil er dachte, es wäre der Lieferant mit ein paar Leckereien.

„Kapitein Rosendahl, im Auftrag der Militärverwaltung. Dürfen wir reinkommen?"

„Nein, lieber nicht. Warum?"

„Unsere Einheit sucht jetzt, wo der Krieg vorbei ist, nach niederländischem Vermögen und allen möglichen Sachen, die während der Nazi-Besatzung geraubt und meist ins Ausland gebracht worden sind. Also Geld, Diamanten, Gold, Schmuck, Antiquitäten und Kunst. Da haben wir ein paar Fragen an Sie."

„An mich? Ich bin Niederländer und habe nichts geklaut. Aber bitte. Dann kommen Sie, hier entlang." Van Aelst führte sie durch eine große Halle in seinen Salon. „Bitte entschuldigen Sie mich kurz, ich möchte mir schnell etwas anziehen. Darf ich Ihnen etwas zu trinken anbieten? Einen Genever?"

Der kleine Mann nickte.

Van Aelst eilte in sein Schlafzimmer und schlüpfte in eine feine graue Gabardinehose. Er zog einen dünnen dunkelblauen Pullover über sein beiges Hemd und schob ein seidenes Halstuch mit Paisleymuster in den Kragen. Was wollte dieser Polizist? Er zitterte. Ruhig bleiben. Lass dir nichts anmerken, sagte er sich. Es würde ihm nicht leichtfallen, denn er litt unter Verfolgungswahn. Eine Folge seiner Trinkerei und der Drogen hatte der Hausarzt gesagt. Er ging in die Küche und stellte eine Flasche Genever und kleine Gläser auf ein Tablett. Schnell kippte er zwei Schnäpse, um sich zu beruhigen.

Kapitein Rosendahl hatte sich derweil im Wohnzimmer

umgesehen. Die hohen Wände des Salons hingen voller Bilder, meist düster wirkende Ölgemälde. Rosendahl erkannte etliche alte Meister darunter.

Van Aelst stellte das Tablett auf einen zierlichen Jugendstiltisch, dessen Marmorplatte auf geschmiedeten Lilien ruhte. Er schenkte ein und reichte Rosendahl ein Glas.

„Zum Wohl." Der Maler kippte den Schnaps in einem Zug hinunter. „Darf ich Ihnen noch einen einschenken?"

Rosendahl nickte, streckte ihm das Glas entgegen und zeigte mit der anderen Hand auf die Wände. „Eine schöne Sammlung haben Sie da. Muss ein Vermögen wert sein."

„Wenn man Künstler ist, ergibt sich das von selbst. Man stößt immer wieder auf das eine oder andere Bild."

„Sie handeln auch mit Kunst?"

„Gelegentlich."

„Sind Sie deshalb so reich?"

„Ich komme zurecht."

„Sie sind gut durch den Krieg gekommen."

„Ich habe vor der Besatzung lange in Frankreich gelebt und dort viele Aufträge von reichen Amerikanern und Briten bekommen. Ich hatte auch etwas Glück beim Lotteriespiel. Ein gutes Händchen, wie man so sagt." Van Aelst versuchte zu lächeln. „Sie haben mir noch nicht verraten, weshalb Sie gekommen sind?"

Kapitein Rosendahl betrachtete ein Ölgemälde. Es war das dunkle Porträt eines reichen Mannes im typischen Stil des 17. Jahrhunderts. Ein Pfeffersack. Das rosige Gesicht eingezwängt zwischen Hut und steifem weißen Stehkragen. Sein Blick war streng und selbstverliebt.

„Ein Terborgh. Terborgh, der große Maler meiner Heimatstadt Deventer. Deshalb musste ich es haben. Aber viele solcher Bilder kann ich mir natürlich nicht leisten."

„Aber Sie haben schon mehr solche wertvollen Gemälde entdeckt?"

„Ja sicher."

„Und genau deshalb sind wir hier. Uns interessiert Ihr Kunsthandel."

„Es ist lange her, dass ich Bilder verkauft habe. Der Krieg war schlecht fürs Geschäft."

„Nicht, wenn man mit Nazis Geschäfte machte. Der Führer und sein Reichsmarschall Göring waren doch ganz verrückt nach Kunst, speziell alten Meistern aus den Niederlanden."

„Ich habe davon gehört. Aber das meiste haben sie doch einfach geklaut. Außerdem hätte ich niemals mit den Nazis Geschäfte gemacht. Ich bin ein guter Niederländer."

„Das hören wir oft in dieser Zeit, und dann stellt sich heraus, dass viele dieser ‚guten Niederländer' doch zwischendurch auf der ‚falschen Seite' standen."

„Bei mir war das sicher nicht der Fall. Wenn Sie sonst keine Fragen haben, bitte ich Sie zu gehen. Ich erwarte Besuch."

„Wir haben Ihnen noch gar keine Fragen gestellt."

„Gut, dann beginnen Sie."

„Die Amerikaner haben Görings Kunstschätze entdeckt. Darunter ist ein ganz besonders prächtiges Gemälde von Vermeer."

„Ein Vermeer? Kaum zu glauben. Es gibt nur wenige und die sind meines Wissens alle im Besitz von Museen oder einigen Privatsammlern. Wem hat er das Bild gestohlen?"

„Das ist ja das Eigenartige an der Geschichte. Das Bild ist unbekannt. Es taucht in keinem Werkverzeichnis auf. Außerdem hat Göring es ganz offiziell gekauft. Hier in Amsterdam. Für die unglaubliche Summe von 1 650 000 Gulden."

Van Aelst schenkte sich einen weiteren Genever ein. Fragend hielt er die Flasche in die Luft. Rosendahl winkte ab.

„Eine Kunstkommission der Alliierten versucht, bei sämtlichen Kunstschätzen, die sie bei den Nazis entdecken, die früheren Besitzer zu ermitteln. Die Nazis sind ihnen dabei indirekt behilflich. Gründlich wie die Deutschen nun mal sind, haben sie genau Buch geführt, was woher kommt. Der Kurator von Görings Kunstsammlung, ein gewisser Walter Hofer, hat bei seiner Flucht eine Liste mit den gestohlenen Kunstwerken verloren. Leider ist er den Amerikanern entwischt. Auf dieser Liste taucht das Bild auf. Es hat den Namen: *Christus und die Ehebrecherin.* Kennen Sie das Gemälde?"

Van Aelst war zu einer geschnitzten Kommode im Kolonialstil gegangen. Darauf stand eine Holzkiste mit Zigarren. Er spürte die Hitze in seinem Körper. Er umklammerte das Kistchen mit beiden Händen, als er auf Rosendahl zuging und es öffnete. Rosendahl nahm sich eine kleine Zigarre aus Java. Van Aelst steckte sich auch eine in den Mund und stellte die Kiste ab. Er zündete ein Streichholz an und bemerkte, wie der Kapitein auf seine zitternde Hand starrte.

„In der Tat. Ich kenne das Bild. Ich habe den Verkauf an einen Kunsthändler selbst vermittelt."

Rosendahl zog an seiner Zigarre. „An den deutschen Bankier und Kunsthändler Alois Miedl."

„Nein. Ich kenne keinen Miedl." Van Aelst lief erregt paffend durch den Salon. Der Adjutant an der Tür hielt demonstrativ den Karabiner vor die Brust.

„Ich habe es an einen seriösen niederländischen Kunsthändler vermittelt. Wie es Göring in die Hände gekommen ist, weiß ich nicht."

„Wie ist der Name des Kunsthändlers?"

„Diese Geschäfte werden diskret abgewickelt."

„Wir kennen ihn. Rinus van Rijnstra ist weniger diskret."

Der Maler setzte sich auf einen Stuhl und tupfte sich die Stirn mit einem Taschentuch. Er schwieg.

„Sehen Sie, wir wollen nur den früheren Besitzer des Bildes finden, um es ihm zurückzugeben und die Umstände des Verkaufs aufzuklären. Denn selbst wenn Göring das Bild für ein Vermögen gekauft hat, war es trotzdem nicht rechtmäßig. Aus Hofers Aufzeichnungen geht hervor, dass ihm das Bild von Miedl angeboten wurde. Der wiederum aber hatte es von van Rijnstra. Von Ihnen war bis dahin keine Rede. Aber als wir van Rijnstra befragten, da hat er uns Ihren Namen genannt. Sie hätten ihm das Bild vermittelt."

Van Aelst schüttelte ungläubig den Kopf.

„Dieser van Rijnstra. Ich hatte ihm ausdrücklich gesagt, dass er das Bild keinesfalls an die Nazis verkaufen dürfe. Außerdem kein Wort über mich als Vermittler. Man kann wirklich niemandem mehr trauen."

„Warum keine Geschäfte mit den Nazis, wenn sie gut bezahlen?"

„*Wenn* sie bezahlen, Herr Kapitein. Schon vergessen? Sie waren unsere Besatzer. Normalerweise haben sie sich genommen, was sie wollten. Außerdem war es der ausdrückliche Wunsch der Familie, die sich von dem Gemälde trennen musste. Keine Nazis."

„Was für eine Familie? Warum hat sie sich von dem Kunstwerk getrennt?"

Van Aelst zuckte mit den Schultern. „Sie werden ihre Gründe gehabt haben. Ich habe nicht gefragt."

„Weshalb nicht?"

„*Weshalb nicht?*" Der Maler erhob sich von seinem Stuhl und sah Rosendahl spöttisch an. „Weil man nicht nachfragt, wenn man einen Vermeer bekommen kann."

„Wie viel haben Sie an dem Bild verdient?"

„Es hat kaum meine Unkosten gedeckt. In diesem Fall ging es vor allem darum, den Besitzern zu helfen."

„Waren es Freunde? Oder warum haben Sie sich ein fettes Honorar entgehen lassen?"

„Das geht Sie nichts an."

„Aber bestimmt würden die Besitzer sich freuen, das Bild zurückzubekommen."

„Warum? Sie haben es zu einem guten Preis verkauft."

Rosendahl zerdrückte seine Zigarre in einem großen Aschenbecher aus schwarzem Marmor.

„Verdammt. Jetzt nennen Sie uns endlich die Besitzer des Bildes."

„Es tut mir leid, das kann ich nicht. Ich habe es versprochen." Van Aelsts Stimme zitterte. Er machte eine kleine Pause. „Soviel nur: Es ist eine alte niederländische Familie mit jüdischen Wurzeln. Vor Jahrzehnten haben sie Den Haag verlassen und sind an die italienische Riviera umgezogen. Nach San Remo. In die Nähe der französischen Grenze. Sie hatten etwas Pech. Schlechte Geschäfte, der Erste Weltkrieg, Todesfälle. Einige Zeit konnten sie von ihrem Vermögen leben. Dann war auch das aufgebraucht. Da erinnerte sich die Großmutter an einen Packen aufgerollter Gemälde, den sie damals aus den Niederlanden mitgenommen hatten. Aber sie wurden in

Italien nicht aufgehängt, weil die Kunst nicht zur Landschaft und zum Stil Italiens passe. Das hatte die damalige junge Hausherrin entschieden. Das klingt unglaublich, aber es gibt solche Banausen, die einen Vermeer und andere Kunstwerke auf dem Dachboden verkommen lassen."

„Wo kommen Sie dabei ins Spiel?"

„Ich lebte damals in ihrer Nähe, in Nizza. Ich war bekannt als Kunstmaler und Kunsthändler. Ich war ein Landsmann. Zu mir hatten sie Vertrauen. Ich habe sie nicht enttäuscht. Ich habe ein, zwei Bilder gut verkauft. Genug, dass sie davon eine Weile leben konnten. ‚Der Vermeer ist eure Lebensversicherung', habe ich der Familie immer wieder gesagt. Tatsächlich erreichte mich dann, als ich schon wieder in den Niederlanden wohnte, ein Brief ihres Anwaltes in Frankreich. Die Familie, die sich aufgrund ihrer jüdischen Wurzeln vor Mussolinis Faschisten nicht mehr sicher fühlte, wolle in die USA auswandern. Aber es fehle das Geld. Sie wollten den Vermeer verkaufen. Offiziell ging das nicht, weil ein Gesetz in Italien den Verkauf solcher Kunstschätze untersagte. Zudem befürchtete die Familie zu Recht, dass man ihnen das Bild einfach wegnehmen würde. Über ein paar alte Freunde konnte ich den Schmuggel des Bildes nach Frankreich organisieren und ließ es in einer Bank deponieren. Dort wurde es von einigen Experten und Kaufinteressenten begutachtet. Das geschah alles anonym. Der Name der Familie tauchte nicht auf. Ich hatte für sie ein Treuhandkonto eingerichtet. Um den Rest hat sich dann van Rijnstra gekümmert. Auch er wusste nicht, woher das Bild stammte. Ich war froh, dass es so gut verkauft wurde und die Familie Italien verlassen konnte. Vermutlich in die USA, aber ich habe nichts mehr von ihnen gehört."

„Van Rijnstra sagt, Sie hätten das Bild persönlich in seine Galerie gebracht, wo er es Miedl und Hofer zeigte."

„Er lügt, um sich selbst zu retten. *Er* hat das Bild an Miedl oder an Hofer verkauft. Nicht ich."

„Sie würden uns und sich selbst sehr helfen, wenn Sie den Namen der Familie nennen. Die könnten dann bestätigen, dass Sie das Bild nicht gestohlen haben."

Van Aelst ging auf Rosendahl zu und fuchtelte mit seiner glühenden Zigarre vor dessen Gesicht herum. „Das ist eine böse Unterstellung! Ich wünschte, die Familie könnte Ihnen die richtige Antwort geben. Aber es war ihr ausdrücklicher Wunsch, anonym zu bleiben. Daran werde ich mich halten."

Rosendahl schien nachzudenken.

„Wir werden Sie mitnehmen müssen."

„Das dürfen Sie nicht. Ich habe nichts getan."

„Wir müssen ein Protokoll schreiben."

„Ich komme morgen zu Ihnen auf die Polizeiwache. Aber heute erwarte ich Besuch."

„In der Tat, und ich wusste nicht, dass du bereits Gäste hast."

Eine großgewachsene, schlanke Frau stand in der geöffneten Tür. Josephine.

Der Adjutant trat zur Seite, um ihr Platz zu machen. Dabei starrte er erst sie und dann ein großes Ölgemälde über dem Kamin an. Josephine trug, wie auf dem Bild, ein kniefreies nachtblaues Cocktailkleid und zog abwartend an einer langen Zigarettenspitze.

Van Aelst eilte auf sie zu und nahm sie an der Hand. „Es sind keine Gäste. Sie sind von der Militärverwaltung und interessieren sich für ein Bild, das ich an van Rijnstra vermittelt habe. Aber ich kann ihnen nicht weiterhelfen. Also, meine Herren." Der Maler deutete auf die Tür.

Rosendahl ignorierte die Geste. Stattdessen betrachtete er Josephine und dann erneut das Gemälde über dem Kamin. „Sind Sie sein Modell?"

„Früher, ja. Als ich noch seine Frau war. Jetzt sind wir geschieden. Und wer sind Sie?"

„Kapitein Rosendahl. Ich fürchte, Sie müssen ihre heutige Verabredung verschieben. Van Aelst, ich fordere Sie auf, uns in die Weteringschans zu begleiten." Rosendahl sah dabei zu seinem Adjutanten, der das Gewehr schulterte, auf den Maler zuging und ihn kräftig am Arm packte.

Van Aelst versuchte, sich loszureißen. „Was soll das? Wollen Sie mich verhaften?"

„Zunächst wollen wir Ihre Aussage protokollieren. Vielleicht fällt Ihnen ja noch etwas ein."

„Sie werden von mir nichts Neues erfahren. Josephine, es tut mir leid."

„Es ist kein Problem, Jan. Ich habe schon so oft auf dich gewartet." Es klang spöttisch. Mit kurzen, schnellen Schritten verließ sie das Zimmer und eilte das Treppenhaus hinauf.

Und so war er in seine momentane Misere geraten. Eingesperrt in der Weteringschans bis, so hatte ihm Rosendahl gedroht, er den Namen der Familie, die den Vermeer verkauft hatte, preisgeben würde. Van Aelst war verzweifelt, denn er konnte der Polizei niemals den Namen der Familie geben. Sie hatten Recht in der Annahme, dass er ihnen etwas verheimlichte, auch wenn die Wahrheit über das Bild sie überraschen würde. Dennoch konnte er diese Wahrheit niemals preisgeben. Also würde sie ihn weiter verdächtigen, und so wie die Stimmung derzeit im Land war, bestimmt bald wegen Kollaboration verklagen. Er würde zu den ‚falschen Niederländern' gehören, und mit denen ging man nicht zimperlich um. Van Aelst wusste, dass er in höchster Gefahr war.

2. Die Reporterin

Margriet van Hettema, die von ihren Eltern Rita, von ihren Freunden aber Meg genannt wurde, hatte sich für einen engen schwarzen Rock entschieden. Er bedeckte nur knapp ihre Knie. Dazu trug sie eine kakifarbene Militärbluse, deren aufgesetzten Brusttaschen ihre Figur betonten. Für die echten Nylons hatte sie auf dem Schwarzmarkt eine ganze Stange Chesterfield geopfert. Sie hoffte, dass die Investition sich beim geplanten Besuch im Café *Lessing* auszahlen würde.

Das beliebte Art-déco-Lokal war während der Besetzung wegen seines deutschen Namens von Nazis bevölkert worden. Jetzt war es Treffpunkt kanadischer Offiziere, Mitgliedern der Militärverwaltung und der niederländischen Übergangsregierung. Unter Führung des Generalmajors Kruls bestand sie vor allem aus früheren Regierungsbeamten und Vertretern der Wirtschaft wie von Philips und Shell. Meg schlüpfte in Pumps mit nicht allzu hohen Absätzen und einen abgetragenen Trenchcoat, den sie mit einem Gürtel um die Taille festzurrte. Sie wusste, dass viele der neuen Gäste im *Lessing* brave und biedere Männer waren. Doch im Krieg, fern der Heimat und Familie, waren manche einem Rendezvous nicht abgeneigt. War man aber zu aufgedonnert, wurde man noch vor der Tür des Cafés von der Militärpolizei abgewiesen. Meg betrachtete sich noch kurz im Spiegel. Das knapp schulterlange, dichte schwarze Haar fiel ihr ins Gesicht, wenn sie es nicht, wie jetzt, hinter die Ohren steckte, um eine Baskenmütze aufzusetzen. Unter dem ausgefransten Pony und stark geschwungenen Augenbrauen lagen tiefe, blaugraue Augen. Sie hatte eine leichte Stupsnase und blassrote

Lippen. Meg verzichtete auf jegliche Schminke. Schließlich sollte ihre Aufmachung nur die Eintrittskarte in den exklusiven Offiziersclub sein. Sie war nicht auf Geld aus, sondern auf Informationen. Meg war Reporterin bei der Zeitung *Het Parool* und brauchte dringend eine gute Geschichte.

Ein freundlicher, gut aussehender Sergeant hatte sie auf die Idee mit dem Offiziersclub gebracht. Von ihm besaß sie noch eine weitere Stange Chesterfield und eine angebrochene Flasche kanadischen Whisky. An einem der ersten warmen Tage des Jahres hatte sich Meg in der lauen Luft, unter den wenigen blühenden und duftenden Bäumen entlang der Amsterdamer Grachten, die den Krieg überlebt hatten, verführen lassen. Hinter ihr lag ein langer Hungerwinter. Kälte und Schnee hatten dem Frühling lange keine Chance gelassen. Es war, als hätte die Natur in den nördlichen Niederlanden in einer Verzweiflungstat beschlossen, so lange innezuhalten, bis die deutschen Besetzer endlich das Land verlassen hatten. In den letzten Wochen vor der Kapitulation waren noch Tausende an Hunger und Schwäche gestorben. Jetzt, nach der Befreiung, kehrte mit der wiedererrungenen Freiheit und trotz andauernder Not auch die Leichtigkeit der Liebe in die Stadt zurück.

Der Sergeant war eines Tages als Begleiter eines hohen kanadischen Offiziers in die Redaktion gekommen. Sie hatten echten Bohnenkaffee, Schokolade, Whisky und Zigaretten mitgebracht und sahen sich schnell von einer kleinen Runde ausgemergelter Reporter und Redakteure umzingelt. Meg gehörte als einzige Frau dazu. Nach vier Jahren im Untergrund und der andauernden Angst, erwischt zu werden, waren neben der frisch erworbenen Freiheit Kaffee,

Zigaretten, Whisky und Schokolade genau das Lebenselixier, das sich die Widerstandskämpfer der unter den Nazis illegalen *Parool* und ihre neuen Kollegen herbeisehnten. Meg hatte sich daran gemacht, Kaffee zu kochen. Sie sog den intensiven Duft der frisch gemahlenen Bohnen in sich hinein und schnupperte am Aroma des aufgebrühten Kaffees. Als sie dann das metallische Schnappen der Benzinfeuerzeuge und das Klirren der Gläser hörte, wusste sie, dass die Männerriege nicht auf sie warten würde. Rasch trug sie das Tablett mit Kaffee und Tassen in den Konferenzraum. Dort saßen bereits alle am Besprechungstisch. Es war kein Platz mehr frei. Der neue Chefredakteur, Gerrit van Zomeren, lehnte sich etwas zur Seite, um ihr zu ermöglichen, den Kaffee zu servieren. Aber Meg stellte das Tablett mit einem freundlichen *‚Help yourself, please‘* mitten auf den Tisch, zog sich einen herumstehenden Stuhl heran und quetschte sich neben ihren blasiert dreinblickenden Chef. Während alle anderen sich gierig einschenkten, zögerte Gerrit van Zomeren. Er wartete, ob sie ihn nicht doch noch bedienen würde. Als das nicht geschah, goss er sich selbst eine Tasse ein, räusperte sich und stellte Meg mit den Worten vor: „Margriet van Hettema. Unser Mädchen für alles, wie Sie sehen.“

Meg spürte, wie sie wütend wurde. Sie war Reporterin. Sie war fast von Anfang an, seit Februar 1941, dabei gewesen. Damals war die *Parool* noch illegal gewesen und sie hatten im Untergrund unter Lebensgefahr gearbeitet. Wo van Zomeren sich da herumgetrieben hatte, wusste sie nicht. Sie hatte gerade ihre Ausbildung bei der großen Tageszeitung *De Telegraaf* beendet, und man hatte sie als Jungreporterin eingestellt.

Das war die perfekt Tarnung für sie. Denn die Zeitung wurde wegen der guten Beziehungen ihres Verlegers zu Anton Mussert, dem Führer der National-Sozialistischen Bewegung *NSB*, von den deutschen Nazibesatzern weiter geduldet. Es hieß, ihr Verleger habe Mussert 25 000 Gulden für NSB- und WA-Uniformen gespendet und ein Mittelsmann bekomme jeden Monat eine Apanage von 1 000 Gulden. Immerhin hatten die Nazis den Chefredakteur und seine Redaktion im Amt gelassen. Die wussten allerdings, dass sie nicht über „Alles" schreiben durften. Meg störte das. Sie hatte noch in normalen Zeiten beim *Telegraaf* begonnen. Aber was sollte sie tun? Wirklich unabhängige Zeitungen gab es nicht mehr in den Niederlanden, und als junge Frau würde sie in diesen schwierigen Zeiten nicht so schnell einen Job finden.

Eines Morgens hatte neben ihrem Frühstücksteller ein kleiner Karton mit einem handgeschriebenen Zettel gelegen. Es war die Schrift ihres Vaters. *„Fotografiere alles, was du siehst und sorge dafür, dass viele die Bilder zu sehen bekommen. Bewahre die Filme gut auf. Sei vorsichtig. Gott schütze dich."* Meg hatte die Kamera ausgepackt. Es war eine Zeiss Ikon Contax. Ein handlicher Fotoapparat mit eingebautem Belichtungsmesser. Der Traum einer jeden Reporterin. Meg waren die Tränen gekommen. Sie hatte ihren Vater seit Monaten nicht mehr gesehen. Er war vor den Nazis untergetaucht. Aber manchmal besuchte er heimlich die Mutter. Das durfte niemand mitbekommen. Nicht einmal Meg.

Ein paar Tage später, am 22. Februar 1941, war Meg auf dem Weg zur Arbeit am Waterlooplein vorbeigekommen und hatte gesehen, wie deutsche SS-Männer und niederländische Nazis willkürlich jüdische Männer verprügelten und festnahmen. Schon seit einigen Wochen hatten die Schwarzhemden der WA, der niederländischen SA, Gastwirte, Ladenbesitzer, Kino- und Theaterbetreiber terrorisiert – hatten sie gezwungen, Schilder mit der Aufschrift ‚Juden nicht erwünscht' aufzustellen. Wer dem nicht sofort nachkam, dessen Mobiliar wurde zertrümmert. Immer öfter griffen in den Straßenbahnen WA-Männer Juden an und warfen sie an der nächsten Haltestelle zur Tür hinaus. In den Straßen rund um den Waterlooplein, wo viele Juden seit Jahrhunderten lebten, regte sich Widerstand. Junge Männer, viele aus dem Umfeld der jüdischen Boxerschule Maccabi, hatten begonnen, sich zu wehren und sich mit den niederländischen Nazis zu prügeln. Darauf hatten die Nazis mit massiven Razzien reagiert.

Meg hatte heimlich die schweren Unruhen fotografiert und war zum *Telegraaf* gerannt. Stolz hatte sie ihrem Redakteur berichtet, während die Fotos im Labor entwickelt wurden.

Der Redakteur blieb still, zögerte und schimpfte. Ihr müsse doch klar sein, wie gefährlich das alles sei! Wenn man sie erwischt hätte, wäre sie im Lager gelandet. Und wenn sie die Bilder veröffentlichten, dann würden die Nazis sie alle verhaften und die Zeitung schließen. In diesen Zeiten müsse man vorsichtig sein. Natürlich wusste Meg von der Gefahr, aber das Unrecht, das sie erlebt und fotografiert hatte, ließ ihr keine Wahl.

„Sie haben nicht gesehen, was da draußen los ist. Sie überfallen grundlos friedliche Menschen. Los, kommen Sie!"

Sie zog den schwitzenden Redakteur hinter seinem Schreibtisch hervor und schleppte ihn ins Fotolabor. Die frischen Abzüge hingen tropfend an Wäscheleinen, die quer durch eine muffige Dunkelkammer gespannt waren. Man sah

SS-Männer, die verängstigte Jungen aus Hauseingängen zerrten. Niederländische Schwarzhemden rissen Vätern schreiende Babys aus den Armen. Verzweifelten Frauen, die sich vor ihre Männer stellten, wurden Gewehrläufe ins Gesicht gedrückt. Ein Foto zeigte, wie die festgenommenen Männer mit erhobenen Händen auf dem kalten Pflaster des Jonas Daniël Meijerplein knien mussten. Im Hintergrund wurden die Gefangenen in Armeelaster gestoßen. Auf einem Foto sah man einen kleinen, zierlichen Mann in einem schwarzen Regenmantel und mit Schlapphut. Er hielt einem SS-Kommandanten einen Ausweis vors Gesicht und schrie ihn an. Auf einem weiteren Foto sah man niederländische WA-Schergen, die den Mann abführen wollten. Meg hatte eine ganze Serie mit dem Mann fotografiert. Denn er war offensichtlich der Einzige, der sich wehrte. Plötzlich hatte er eine Waffe in der Hand. Die WA-Leute waren zurückgewichen. Aber der SS-Kommandant hatte ebenfalls eine Pistole gezogen und zielte mit ausgestrecktem Arm. Der Mann rannte weg. Es war das letzte Foto, dann war der Film voll gewesen. Aber Meg hatte noch gesehen, wie der Mann entwischen konnte.

„So, so, unser guter Kommissar Rosendahl", murmelte der Redakteur. Meg war verblüfft: „Sie kennen den Mann? Ist er ein niederländischer Polizist?"

„Ja. Und außerdem Jude." Der blasse, schmallippige Redakteur grinste vielsagend.

Meg zeigte auf ein Foto. „Dann hält er dem SS-Mann seinen Polizeiausweis unter die Nase?"

„Vermutlich. Es wundert mich, dass er überhaupt noch Polizist ist. Die meisten unserer Behörden haben ihre jüdischen Mitarbeiter schon entlassen. Auch die niederländische

Polizei hat kein Interesse an einer Konfrontation mit den Besetzern. Aber vielleicht hat er einfach seinen alten Ausweis gezückt. Seine Pistole scheint er ja auch noch zu haben."

„Aber die Polizei kann doch nicht einfach zuschauen, wie man willkürlich Niederländer, auch wenn es Juden sind, misshandelt und verhaftet."

„Ach nein, das können sie nicht? Bisher sind wir damit doch ganz gut gefahren. Im Gegensatz zu anderen besetzten Ländern wie Polen oder Frankreich halten sich die Nazis bei uns doch ziemlich zurück. Schau dir unsere Zeitung an. Oder unsere Behörden, die alle noch mit Niederländern besetzt sind. Wir dürfen uns weiter selbst regieren. Natürlich unter ihrer Aufsicht. Hitler scheint uns zu mögen. Also das mit den Fotos vergessen wir dann mal besser. Du hast mich verstanden?" Der Redakteur verließ die Dunkelkammer und lief zu seinem Büro.

Meg war empört und eilte ihm hinterher. „Aber wir müssen darüber berichten. Das ist unsere Pflicht."

„Was willst du schreiben? Deutsche Barbaren misshandeln niederländische Juden? Sie werden dir sagen, dass das eine berechtigte Polizeiaktion war. Erst vor wenigen Tagen haben jüdische Schlägertrupps einen niederländischen WA-Mann zu Tode geprügelt."

Meg spürte die Ohnmacht, mit der sie alle seit dem Einmarsch der Deutschen leben mussten. Auch, wenn man gar nicht so schlecht lebte. Zumindest, wenn man kein Jude war. Man hatte sich mit den Besatzern arrangiert. Es gab in Amsterdam schon Restaurants und Cafés mit zweisprachigen Speisekarten.

„Hör mal, ich hab eine wirklich gute Geschichte für dich.

Eine richtige Reportage. Kleiner Ausflug nach Den Haag. Da gibt es eine Pommes-frites-Bude, die verkauft ihre Pommes jetzt als ‚Bratkartoffeln', weil die Deutschen ‚Pommes frites' nicht kennen. Mach eine schöne halbe Seite. Natürlich mit einem Foto des Frittenverkäufers und mit Landsern, die Pommes essen. Gerade wenn ein paar unschöne Sachen jetzt passieren, möchten die Leute so etwas lesen. Das Leben geht weiter. Den Nazis wird so eine Geschichte auch gefallen, was wiederum uns hilft." Der Redakteur notierte für Meg die Adresse der Frittenbude.

Meg steckte den Zettel ein. Sie ärgerte sich, aber sie musste gehorchen.

In der Dunkelkammer nahm der Laborant die trockenen Fotos von der Leine. Er steckte sie in ein Kuvert zusammen mit den entwickelten Negativstreifen. „Er schickt dich nach Den Haag, oder? Ich kenne da jemanden, der an den Bildern interessiert ist." Der Laborant, ein stiller Mann mit schlechter Haut und dünnem blondem Haar, legte das Kuvert auf einen kleinen Tisch. Er sah Meg nicht an, sondern spülte die Entwicklerdosen mit frischem Wasser aus. „Auch an dem, was du sonst noch gesehen hast."

Meg nahm das Kuvert.

„Wer ist das?"

„Das spielt keine Rolle." Der Laborant wirkte ängstlich. „Die Adresse ist in dem Kuvert. Entscheide, was du tun willst. Gehe zu der Adresse oder vergiss die Sache einfach, aber vernichte den Zettel in jedem Fall. Hier hast du zwei neue Filme. Geh jetzt. Ich habe zu tun."

Meg nahm den nächsten Zug nach Den Haag. In einem leeren Abteil öffnete sie das Kuvert. Auf einem kleinen

Zeitungsausschnitt stand Calliopestraat 13. Sie warf den Zettel zum Fenster hinaus. Sie war neugierig, was sie dort erwartete.

In der Nähe des Bahnhofes sah sie schon von Weitem eine Gruppe deutscher Soldaten, die aus spitzen Papiertüten Pommes frites aßen. Hinter ihnen, auf einer Leiter, stand ein Mann in karierter Kochhose und mit weißer Jacke. Er malte gerade den letzten Buchstaben eines neuen Schriftzuges über seinen Imbiss. Es war das große rote ‚R' von ‚Das Reich'. Darunter stand, etwas kleiner in Schwarz, „Beste Fritten und Bratkartoffeln". Meg machte das erste Foto. Der Mann kletterte die Leiter herunter und betrachtete zufrieden sein neues Schild. Dabei fuhr er sich mit dem Finger der rechten Hand über seinen gestutzten Adolf-Hitler-Oberlippenbart. Als er Meg bemerkte, fühlte er sich ertappt. Sie fragte ihn schnell, wie der Frittenstand früher geheißen hatte. Er sah sich etwas verlegen um und flüsterte ihr dann zu: „Frittenecke." Aber man müsse sich ja den neuen Zeiten anpassen. Die Deutschen wären ganz begeistert von seinen ‚Bratkartoffeln'. Ein paar Soldaten bestätigten den Frittenverkäufer und Meg machte ein Foto von ihm, flankiert von vier Landsern.

„Eine echte Spezialität!", sagte ein Deutscher. „Vor allem diese fantastische Soße zu den ‚Sieg-Heil-Bratkartoffeln'!"

Meg wunderte sich. Sie kannte Pommes nur mit der üblichen Frittensoße, einer Art dünner Mayonnaise. Eifrig erklärte ihr der Imbissbudenbesitzer, er habe sich von den Farben der Hakenkreuzfahne inspirieren lassen und eine kalte, süßsaure Tomatensoße erfunden. Wegen der roten Farbe. Die käme als Erstes auf die Fritten. Dann ein Klecks der hellen Frittensoße oben drauf, und dort hinein male er mit englischer Worcestersauce ein kleines Hakenkreuz. Fertig wären die ‚Sieg-Heil-Fritten oder Bratkartoffeln'.

„Und du hast keine Angst, dass unsere Landsleute dich boykottieren könnten?"

„Keinesfalls! Es sind nun Mal andere Zeiten. Ich bin auch schon in die NSB eingetreten. Ein paar alte Kunden bleiben zwar weg, aber dafür kommen ja neue hinzu."

Meg mochte den Typen nicht, aber sie wusste, dass er die perfekte Figur für ihre Reportage war. Sie verabschiedete sich von ihm und den Landsern und lief zur Calliopestraat, die nur ein paar Minuten entfernt war.

Nummer 13 war ein kleiner Tabakladen, der auch Zeitungen und Postkarten verkaufte. Meg beobachtete das Geschäft aus sicherer Entfernung. Als längere Zeit kein Kunde mehr das Geschäft betreten hatte, ging sie rasch hinein. In dem schummrigen Raum roch es intensiv nach Tabak. Neben der Kasse züngelte aus einem Zinkrohr eine kleine Gasflamme. Daneben standen offene Holzkisten mit unterschiedlichen Zigarren, die man einzeln kaufen konnte. Viele Kunden zündeten sich hier gleich einen Zigarillo an, bevor sie weiter zur Arbeit oder ins Café hasteten. Hinter der Theke erhob sich ein etwa 50-jähriger, dünner Mann mit etwas zu langen Haaren und einer runden Nickelbrille. Er trug eine graue Strickweste über einem weißen Hemd ohne Krawatte. Die Finger seiner rechten Hand waren vom Tabak und Teer gelbbraun verfärbt.

„Was kann ich für Sie tun?"

Meg nahm das Kuvert mit den Fotos aus ihrer Tasche und reichte es ihm. „Das würde Sie interessieren, hat man mir gesagt."

Der Ladenbesitzer nahm das Kuvert und zog ein paar Fotos heraus. Er sah sie hastig durch und steckte sie zurück. „Wer hat dich geschickt?"

Meg wollte gerade antworten, da ertönte die Türglocke und ein bulliger Mann in einem schwarzen Ledermantel betrat den Laden. „Goedendag", polterte er mit breitem deutschem Akzent und stellte sich wartend neben Meg.

Der Ladenbesitzer grüßte leise zurück. Noch immer hielt er das Kuvert in der Hand. Meg sah, wie sich kleine Schweißperlen auf seiner Stirn bildeten. Sie musste etwas sagen.

„Es sind die Vorschläge für die neuen Postkarten. Stadtmotive und vom Strand."

„Ach ja, schön, dass sie schon fertig sind." Er schob das Kuvert unter den Ladentisch. „Wenn Sie erlauben, bediene ich erst den Herrn, dann können wir sie in Ruhe anschauen."

„Kein Problem", sagte der Kunde, der trotz seines Akzentes sehr gut Niederländisch sprach. „Lassen Sie mal sehen. Das interessiert mich auch. Ich liebe Ihr Land. Ich lebe schon seit über zehn Jahren hier."

„Vielleicht probieren Sie erst mal einen Zigarillo. Eine Sumatra. Ich habe sie gerade hereinbekommen." Der Ladenbesitzer streckte ihm ein geöffnetes Holzkistchen entgegen.

Der Deutsche griff zu. „Ja, Sie haben Glück mit Ihren Kolonien", bemerkte er, bevor er sich den hellbraunen Zigarillo in den Mund steckte und sich über die Gasflamme beugte. Tief sog er den Rauch in seine dicken Backen. „Bestens! Sehr, sehr gut. Und die Kolonien gehören dann jetzt auch zum Reich. Jetzt haben wir alle was davon!" Es folgte ein rollendes Lachen, das in ein leises Husten überging.

Es entstand eine Pause. Der Deutsche paffte vor sich hin, wartete. „Na, nun zeigen Sie mal Ihre Fotos. Ich bin schon ganz gespannt."

„Nein, lieber nicht." Meg sah auf den Boden. Zur Seite. Biss sich auf die Lippen. „Wissen Sie, es sind meine ersten Postkarten. Ich bin noch in der Lehre, aber würde mir gerne etwas dazuverdienen, und", sie sah den Ladenbesitzer an, „ich dachte mir, er könnte mich beraten, und vielleicht hat er auch Interesse und möchte sie hier verkaufen. Aber mein Chef darf es nicht wissen. Außerdem sind auch sehr persönliche Motive dabei."

Der Deutsche sah sie an. Er hatte ein gutmütiges, rundes Gesicht. Feiste Backen. Halbglatze. Die restlichen Haare mit Pomade nach hinten gekämmt. Er musterte Meg freundlich. Dann den Ladenbesitzer. Er grinste und paffte. „So, so. Der Chef darf es nicht wissen. Persönliche Motive. Kann ich mir schon was bei denken. Da will ich mal nicht stören. Dann packen Sie mir von diesen Sumatra und auch von den etwas Größeren mal ein Kistchen ein." Er sah wieder zu Meg. Forsch. Kumpelhaft. „Hm", brummte der Deutsche. „Würden Sie auch mal mich fotografieren, so vor dem Schloss oder am Strand? Wäre ein nettes Souvenir für die Familie."

„Ich weiß nicht."

„Wissen Sie was?" Der Deutsche legte Geld auf den Tisch, steckte sich die beiden Zigarrenkistchen unter den Arm und zog eine Visitenkarte aus der Manteltasche.

„Sie sind ein nettes Ding. Sollen natürlich keinen Ärger kriegen. Wenn es Ihnen passt, rufen Sie mich an. Oder kommen gleich vorbei. Soll Ihr Schaden nicht sein." Dann gab er Meg die Visitenkarte, steckte das Wechselgeld ein und verabschiedete sich mit einem lauten, zischenden: „Also Tschüss … äh, Tot zzziens."

Als sich die Tür wieder geschlossen hatte, sackte der Verkäufer auf einen Stuhl und Meg schaute auf die Visitenkarte.

„Alois Miedl – Bankier und Kunsthändler", darunter eine Adresse in Amsterdams bester Gegend im Grachtengürtel. Auch der Ladenbesitzer starrte auf die Karte.

„Mein Gott, und ich habe schon gedacht, er wäre ein Gestapo- oder SD-Mann." Dann eilte er zur Tür, verschloss sie und hängte ein Schild mit der Aufschrift ‚Bin gleich zurück' ins Schaufenster.

„Also, wer hat dich geschickt? Oder nein, warte. Sag nichts. Je weniger wir voneinander wissen, desto besser. Keine Namen." Er nahm das Kuvert und verteilte die Fotos auf dem Ladentisch. „Verdammt! Wann hast du die Fotos gemacht?"

„Heute Morgen. Auf dem Weg zur Arbeit. Ich bin Reporterin beim *Telegraaf*. Aber mein Redakteur will die Fotos nicht bringen. Er sagt, es sei zu gefährlich."

„Womit er natürlich recht hat. Hat nur er sie gesehen?"

„Nein, auch noch unser Laborant. Sonst niemand."

„Wie zuverlässig sind die beiden?"

„Der Laborant hat mir Ihre Adresse gegeben. Der Redakteur ist", Meg überlegte, „er ist ein Opportunist. Aber er wird mich nicht verraten. Er mag die Nazis auch nicht, weil sie ihn jetzt kontrollieren. Er hat sich arrangiert. Wie so viele."

Der Ladenbesitzer sah sie an. „Pack sie trotzdem wieder ein. Vernichte die Fotos. Wir können sie gleich hier verbrennen." Er zeigte auf einen Kanonenofen in der Ecke.

„Ich dachte, Sie können die Fotos gebrauchen."

„Schon, aber es ist zu gefährlich. Ich kenne zwar jemanden, der dafür sorgen würde, dass Leute vom Widerstand sie bekommen – Leute, die für die illegale Zeitung *Het Parool* arbeiten – aber dann bist du in höchster Gefahr, wenn nur einer deiner Kontakte doch nicht ganz koscher ist. Du bist ein junges Ding. Du hast das Leben noch vor dir. Also verschwinde und vergiss die Sache einfach."

Meg hatte von der illegalen *Parool* gehört. Seit Anfang Februar erschien sie einmal in der Woche. Mehrere Seiten mit kritischen Artikeln gegen die Nazis. „Bitte, die Fotos müssen rauskommen. Die Leute müssen sehen, was hier passiert. Ich bin Reporterin. Ich schreibe Ihnen auch noch einen Text dazu. Wenn Sie sich nicht darum kümmern wollen, dann sagen Sie mir, wo ich die Leute der *Parool* finden kann."

„Du kannst da nicht einfach hingehen. Es ist eine Untergrundzeitung. Sie arbeiten im Geheimen."

Meg war zu allem entschlossen.

„Mein Vater ist auch untergetaucht. Er hat mir den Fotoapparat geschenkt, damit ich alles fotografiere, was hier passiert. Aber nicht fürs Familienalbum. Ich möchte zu *Het Parool*."

Der Ladenbesitzer überlegte. „Also gut. Wenn du noch etwas dazu aufschreiben willst, dann mach das gleich hier." Er zog einen Vorhang hinter der Ladentheke zur Seite. Dahinter war sein Büro. Auf einem abgewetzten Schreibtisch brannte eine Messinglampe mit grünem Glasschirm.

Meg setzte sich, zog ihren Notizblock aus der Tasche und begann hastig zu schreiben. Ihre Überschrift lautete: *‚Deutscher Terror in der Hauptstadt'*.

Währenddessen hatte der Ladenbesitzer das Geschäft wieder geöffnet. In kurzen Abständen hörte Meg die Ladenglocke. Als sie fertig war, schob sie den Vorhang etwas zur Seite, spähte hinaus. Es war kein Kunde da. Sie steckte ihre Reportage zu den Fotos in das Kuvert.

„Wie geht es jetzt weiter?"

„Ich werde mich darum kümmern. Heute Abend noch werden sie die Fotos bekommen. Und jetzt verschwinde."

Zwei Tage später, es war ein Sonntag, fuhr Meg mit dem Fahrrad zum Waterlooplein. Aber das Gebiet war von niederländischen Schwarzhemden und der SS hermetisch abgeriegelt. Noch immer wurden Juden verhaftet. Lastwagen verließen das Sperrgebiet. Meg traute sich nicht, zu fotografieren. Sie spürte ihre Machtlosigkeit. Niedergeschlagen verbrachte sie den Tag im Bett.

Montags schrieb sie in der Redaktion widerwillig die Bratkartoffel-Story. Der Redakteur hatte beim Betrachten der Fotos zufrieden gebrummt und gleich drei Bilder ausgewählt.

„Wir machen eine ganze Seite mit den ‚Sieg-Heil-Bratkartoffeln'. Gut gemacht." Als Schlagzeile textete er: *„Rot-Weiße-Fritten verführen deutsche Landser"* Auf seine subtile Botschaft, dass die niederländischen Pommes die deutschen Besatzer verführen würden, war er besonders stolz. Schon am nächsten Tag erschien die Reportage. Unpassender hätte der Zeitpunkt nicht sein können.

Meg war auf dem Weg zu einer Haltestelle, als sie bemerkte, dass keine Straßenbahnen fuhren. Sie holte ihr Fahrrad, und schon am nächsten Platz erblickte sie eine große

Menschenmenge. Überall hörte sie das Wort Streik. Rasch holte sie ihre Contax heraus und fotografierte wütende Redner, die zur Solidarität mit den Juden aufriefen. Vor der Deutschen Schule von Amsterdam skandierten Demonstranten: *„A-B-C-D-E-F-G – Weg mit den Nazis und dem NSB!"* Von überall her strömten Menschen durch die Straßen. Manche untergehakt, die „Internationale" singend und mit Transparenten, auf denen stand: *„Stoppt die Judenpogrome"* oder *„Weg mit den Besatzern"*. Aber es waren nicht nur Kommunisten und Gewerkschafter unterwegs. Ganz Amsterdam schien auf den Beinen zu sein. Die Geschäfte, Schulen, selbst die Kindergärten waren geschlossen. Neben Arbeitern sah man gut angezogene Geschäftsleute und Beamte. Mütter mit ihren Kindern. Verkäuferinnen und Hausmädchen. Selbst Priester, Reformierte neben Katholiken, hatten sich den Demonstranten angeschlossen. Neben der „Internationale" wurde nun auch das „Wilhelmus", die beliebte Nationalhymne gesungen. Die großen Drehorgeln spielten dazu ihre Volkslieder und Schlager. Die Betreiber klapperten wie gewohnt im Takt mit ihren flachen Messingbüchsen. Das Geld ging an jüdische Familien, deren Männer verschleppt worden waren. Ganz Amsterdam war ein einziges Volksfest. Überall spürte man eine furchtlose Freude am Ungehorsam. Eine heimliche Lust, es den Besatzern zu zeigen. Deutsche und niederländische Nazis waren nicht zu sehen. Der Generalstreik hatte sie ebenso überrascht wie die Amsterdamer selbst. Meg wunderte sich, wie schnell es gelungen war, die ganze Stadt zu mobilisieren. Sie fotografierte einen Zeitungskiosk, an das ein Mann hektisch Plakate klebte und dann wegrannte. Sie erkannte den Schriftzug in fetten schwarzen Blockbuchstaben HET PAROOL. Direkt unter der Schlagzeile DEUTSCHER TERROR IN DER HAUPTSTADT war ein großes Foto. Es zeigte verängstigte Männer, die mit hoch erhobenen Armen auf dem Pflaster knieten und von SS-Leuten bewacht wurden. Es war ihr Foto. Meg war nun ganz nah an dem Plakat und las mit Stolz die ersten Worte ihrer Reportage. Dann entdeckte sie hinter dem Verkaufsfenster des Kiosks die Morgenausgabe des *Telegraaf*. Auf der Titelseite strahlte ein zufriedener Pommes-Verkäufer mit einer Portion ‚Sieg-Heil-Bratkartoffeln'. Das Hakenkreuz auf der Frittensoße war deutlich zu sehen. Unter der peinlichen Schlagzeile ROT-WEIßE-FRITTEN VERFÜHREN DEUTSCHE LANDSER prangte ihr Name. *Eine Reportage von Margriet van Hettema.* Meg schämte sich. Plötzlich spürte sie, dass jemand dicht hinter ihr stand. Sie drehte sich um. Es war ein junger Mann, groß, schlank und mit Schiebermütze auf dem Kopf. Sein grauer Wollmantel war ausgebeult und er drückte den linken Arm fest gegen seine Brust. Er schien etwas zu verbergen. Er lächelte.

„Margriet van Hettema?"

Meg reagierte nicht.

„Ich bin dir gefolgt. Ich sah dich fotografieren. Ich dachte mir, vielleicht ist sie das."

„Ist wer?"

„Die Fotografin vom Waterlooplein." Er zeigte auf das *Parool*-Plakat. „Und dann hab ich dich hier stehen sehen und hab es einfach mal mit dem Namen probiert." Jetzt zeigte er auf die Sieg-Heil-Bratkartoffel-Reportage.

„Oh nein! Das ist ein Missverständnis. Ich meine, ich wollte die Geschichte nicht schreiben."

„Kein Problem. Ich heiße Henk. Zwei Titelstorys an einem

Tag. Wer schafft das schon?“ Er streckte ihr eine Hand entgegen. Meg war unsicher.

„Komm schlag ein. Du bist unsere Heldin. Die Gewerkschaften und Linken haben zwar gestern schon zum Streik aufgerufen und ein Flugblatt verteilt, aber es ist unsere Zeitung mit deiner Geschichte, die die Amsterdamer auf die Straßen getrieben hat. Hier.“ Er öffnete den Mantel und streckte Meg ein Exemplar der *Parool* entgegen.

Meg war sprachlos.

„Wir wussten sofort, dieser Reporter ist ein Teufelskerl. Selbstverständlich sind wir davon ausgegangen, dass nur ein Mann so mutig sein kann. Man hat uns allerdings nicht gesagt, wer der Reporter ist, wir wissen alle so wenig übereinander wie möglich. Kannst dir sicher denken, warum. Na ja, aber bei so einem Artikel ist die Neugierde natürlich groß. Dem Chef ist dann rausgerutscht, die Story käme von einer jungen Frau. Sie hätte auch die tollen Fotos gemacht. Und als ich dann gesehen hab, wie du den Aufstand knipst und mit diesem breiten Grinsen auf das Plakat starrst, hab ich eins und eins zusammengezählt.“

Meg wusste noch immer nicht, was sie sagen sollte.

Henk nahm sie am Arm. „Ich verstoße gerade gegen alle Regeln und hab dir meinen Namen gesagt. Egal. Er ist nicht echt. Oder vielleicht doch?“ Er lachte. „Stell dir vor, was bei uns los war, als wir die Fotos gesehen haben. Es war klar, dass wir die Reportage bringen. Aber normalerweise haben wir keine Fotos. Das ist viel zu kompliziert. Heimlich, schnell, spurlos, das ist unsere Devise. Aber bei diesen Fotos!“ Henk sah Meg eindringlich an. „Der Chef sagte: ‚Das müssen wir bringen.‘ Er kennt eine kleine Druckerei, die auch Repros machen kann. Ein Familienvater. Na ja. Deshalb hat er bisher noch nie etwas bei ihm drucken lassen. Aber jetzt. Zu dem Generalstreik wollte er es riskieren. Tja, und jetzt haben wir die erste *Parool* mit einem Foto. Du kannst stolz sein."

Meg war verlegen und wusste nicht, wohin sie schauen sollte. Es waren nicht nur seine Worte. Er gefiel ihr. Henk hatte so viel Energie und konnte sie zudem auch noch zur *Parool* bringen.

„Hast du weitere Filme? Du kannst sie mir gleich mitgeben."

Meg hatte tatsächlich schon zwei Filme verknipst, aber sie wollte sie nicht so einfach herausrücken.

„Nein, es sind noch ein paar Bilder auf dem Film übrig. Ich kann sie euch geben, aber ich will richtig bei euch mitmachen. Also – wo bringe ich sie hin?"

Henk überlegte.

„Kennst du das alte Café *Het Zwaantje* beim Noordermarkt?"

Meg nickte.

„Geh dort hin und bestell an der Theke bei dem älteren Mann mit Glatze einen *‚Koffie verkeerd'*. Der Mann wird nachfragen. *‚Koffie verkeerd?'* Ob du da sicher bist. Dann sagst du. Natürlich. Ich möchte einen *‚Koffie verveerd'*. Alles Weitere ergibt sich dann. Erst *verkeerd*, dann *verveerd*. Hast du das verstanden?"

„Ja, natürlich. Erst *Koffie verkeerd*, also Milchkaffe, dann *Koffie verveerd*. Was für ein komisches Wort?" Henk zeigte auf die Zeitung, die Meg noch in den Händen hielt. Unter dem fetten Schriftzug: HET PAROOL stand das Motto. *VRIJ – ONVERVEERD* – Also furchtlos.

„Es ist aus dem „Wilhelmus", unserer Nationalhymne. Aber jetzt muss ich weiter. Bring die Filme dorthin." Dann rannte er los. Drei, vier Schritte. Er stoppte und drehte sich noch mal um. „Sei vorsichtig." Er zögerte kurz. „Ich möchte dich gerne wiedersehen."

Meg war sich plötzlich nicht mehr so sicher, ob sie ihm die Filme nicht doch hätte mitgeben sollen. Inmitten der zahlreichen ausgelassenen Demonstranten fühlte sie plötzlich eine unheimliche Bedrohung. Sie war sicher, dass die Nazis diesen Aufstand niederschlagen würden. Sie hörte ein dumpfes Brummen. Noch entfernt, aber es kam näher. Vermischt mit dem metallischen Klirren von Panzerketten.

Die Demonstranten erstarrten und verstummten. Immer deutlicher, bedrohlich nahe jetzt, hörte man schwere Militärfahrzeuge. Plötzlich stoppten die Motoren und das Scheppern der Panzerketten erlosch. Kurz breitete sich eine unheimliche Stille über der Stadt aus. Dann ertönten raue Befehle und das Klacken genagelter Stiefelsohlen auf dem Straßenpflaster. Sie ließen die schweren Fahrzeuge auf Plätzen rund um den Stadtkern stehen und kamen in Gruppen zu Fuß durch die schmalen Gassen und Grachten der Innenstadt. Sie hielten ihre Maschinenpistolen im Anschlag. Auf ihren Helmen prangte das Symbol der SS, am Uniformkragen ein Totenkopfabzeichen. Die Demonstranten zogen sich schnell zurück, verschwanden in Seitengassen und Hauseingängen. Meg fotografierte hastig die einmarschierenden SS-Totenkopfregimenter. Dann floh sie über mehrere Hinterhöfe in Richtung des Cafés *Het Zwaantje* und bestellte atemlos einen *Koffie verkeerd.*

Meg eilte weiter zum Café *Lessing* und spürte wieder die Angst, die sie damals, Jahre zuvor, gehabt hatte. Sie lief schnell im Nieselregen durch die dunkle, fast ausgestorben wirkende Stadt. Obwohl es keine Ausgangssperre mehr gab, blieben viele Amsterdamer abends lieber zu Hause. Die Versorgungslage war noch immer schlecht. Es brannten keine Straßenlaternen, nur einzelne Trambahnen fuhren, und erst langsam öffneten wieder einige Cafés, Bars und Kinos.

Colonel Brown, der kanadische Presseoffizier, hatte bei seinem Besuch in der Redaktion wortreich die Verdienste der *Parool* während des Krieges gelobt. Doch auch jetzt, nach der Befreiung, käme der freien Presse eine besondere Bedeutung zu. Eine wichtige Aufgabe für sie, die Journalisten, die er gerne unterstützen würde. Deshalb sei er gekommen. Er könne für Papier und Druckfarbe sorgen und natürlich auch für weiteren Kaffee und Whisky. Die Reporter klopften begeistert auf den Tisch und der Colonel lächelte. Natürlich könne er auch mit Informationen behilflich sein. Er machte eine Pause. Jetzt gehe es vor allem darum, der Bevölkerung Vertrauen in die Zukunft zu geben und zu zeigen, dass sich das Leben doch langsam normalisiere. Auch wenn es noch viel Not gebe. Wichtig sei auch, bei allem Verständnis für die Wut und Rachegefühle in der Bevölkerung gegenüber Kollaborateuren, den ‚Falschen', wie man sie nenne, zu zeigen, dass die provisorische Regierung die Sache unter Kontrolle habe. Viele ‚Falsche', also Kriegsverbrecher und Unterstützer der Nazis, seien schon interniert, und niederländische Gerichte bereiteten erste Prozesse vor. Aber, auch wenn es im Vergleich zum Kriegsende immer seltener geschehe, es dürfe nicht mehr vorkommen, dass man Frauen, die ein Verhältnis mit einem Nazi hatten, öffentlich die Haare abschneide, oder NSB-Mitglieder in irgendwelchen Kellern foltere und ohne Verfahren einsperre oder gar töte. Man müsse wieder

Vertrauen in die eigenen Behörden und Justiz haben. Dafür sollte die Zeitung eintreten. Chefredakteur van Zomeren hatte bedeutungsvoll genickt und erklärt, er habe dazu schon einen Leitartikel begonnen, in dem er an das Gewissen und die freiheitliche und republikanische Gesinnung seiner Landsleute appelliere. Er würde ihn in den nächsten Tagen vollenden. Daraufhin hatte Meg vorgeschlagen, die Zeitung sollte mehr über spektakuläre Verhaftungen berichten. Die hatte es doch gegeben. Das würde den Leuten zeigen, dass Kollaborateure und Kriegsverbrecher nicht ungeschoren davonkämen. Dafür bräuchten sie aber mehr Informationen der Übergangsregierung und der Polizei, wo sie jedoch meist abgewiesen würden. Vielleicht könne er, der Colonel, etwas behilflich sein. Van Zomeren hatte sich durch Megs Idee brüskiert gefühlt und befürchtet, ihr Vorschlag könne die Bedeutung seines Leitartikels schmälern. Er meinte, das wäre noch zu früh. Er lobte aber das Engagement der jungen Kollegin und schlug vor, dass Meg doch gleich mit ihrer Reportageserie zum Alltag in der Not und dazugehörenden Kochrezepten ‚Wie man aus Nichts etwas Leckeres zaubert' beginnen könnte. Er erwarte für den übernächsten Tag eine gute halbe Seite mit dem Porträt einer echten holländischen Hausfrau und ihren praktischen Vorschlägen, wie sie in dieser Zeit die Familie über Wasser halte. Es waren fast die gleichen Worte, die Meg vor Jahren von ihrem damaligen Chef zur Reportage über die „Sieg-Heil-Bratkartoffeln" gehört hatte. Meg war aufgestanden, nickte und verließ die Konferenz.

Auf der Straße vor dem Zeitungsgebäude hatte sie vergeblich in ihren Taschen nach einer Zigarette gekramt, als plötzlich der Sergeant des Colonels neben ihr stand.

„Gestatten Sie. Sergeant Bill O'Connor. Colonel Brown hat mich geschickt. Ich soll Ihnen helfen, falls Sie Unterstützung brauchen.“ Lächelnd hatte er ihr eine Zigarette angeboten.

Meg zog hastig an der filterlosen Virginia und sah sich den Sergeant genau an. „Sie sprechen sehr gut Niederländisch für einen Kanadier.“

Der Sergeant lächelte. „Ich habe friesische Vorfahren. Mennoniten. Sie nannten sich noch Conijn. Daraus wurde im Laufe der Zeit erst Conner und dann O'Connor, als einer meiner Vorfahren Bürgermeister in einem Dorf in Ontario wurde. Ich bin zwar in Toronto mit Englisch aufgewachsen, aber zu Hause wurde immer Niederländisch gesprochen. Deshalb meinte der Colonel auch, ich könnte Ihnen vielleicht behilflich sein. Zusammen mit meinem Jeep.“

Meg musste lachen. „Zusammen mit Ihrem Jeep ganz bestimmt. Gerne. Obwohl ich für diese Story nicht mal das Haus verlassen muss. Ich gehe zu meiner Nachbarin mit ihren fünf ausgemergelten Kindern und lasse sie erzählen, wie sie mit ein paar Schrumpelkartoffeln, fleckigen Karotten, welkem Kohl, einer Speckschwarte und eurem Eiweißpulver, von dem so vielen schlecht wird, wenn sie es roh essen, einen mageren Eintopf zaubert. Anschließend fotografiere ich sie in ihrer blitzblanken Küche und lasse die Kinder die Backen aufblasen, damit sie wohlgenährt aussehen. Schon habe ich meine Alltagsheldin und außerdem den Rest des Tages frei. Ist doch prima, oder?“

„Hm, sieht tatsächlich nicht so aus, als ob Sie da Unterstützung bräuchten. Schade.“ Er rauchte und grinste. „Aber vielleicht könnten Sie meine Hilfe für den Rest Ihres freien Tages gebrauchen.“

„Ach so, Sie meinen, Sie könnten mir beim Freihaben helfen, und müssten nicht Ihrem Colonel hinterherrennen."

„Na ja, vielleicht. Der Colonel meint, Ihr Chef sei nicht fair zu Ihnen. Er behandele Sie wie eine Hausangestellte. Dabei habe er gehört, dass Sie eine der besten und mutigsten Reporterinnen während des Krieges waren."

„Der Krieg ist vorbei. Die Zeitung ist jetzt offiziell und der Chefredakteur ist neu. Er konnte mich von Anfang an nicht ausstehen."

„Aber Ihre Idee mit den Reportagen über Kriegsverbrecher und Kollaborateure ist gut. Wir in Kanada würden das auf jeden Fall so machen." Der Sergeant sah sie grinsend an. „Also, soll ich Ihnen jetzt beim, wie nennen Sie das, Freimachen, helfen?"

Meg fragte sich, ob der Versprecher absichtlich gewesen war. Immerhin sprach er recht anständig Niederländisch. So hatte er also neben seinem guten Aussehen auch noch Charme. Möglicherweise kam er auch an Informationen in der Militärverwaltung. Der Preis dafür war vermutlich eine kleine Affäre. Meg hatte nichts dagegen. Ganz und gar nicht. So ein Rendezvous würde ihr helfen zu vergessen, wie mühsam und oft schmerzlich die Zärtlichkeiten im Krieg gewesen waren. „Wissen Sie, heute Abend möchte ich meine Nachbarin nicht mehr stören. Morgen Mittag reicht auch noch. Dann ist der Artikel für die nächste Frühausgabe am Nachmittag fertig. Bis dahin habe ich also frei."

Der Sergeant lächelte. „Sehr gut. Wo fahren wir hin?"

Meg war am Rembrandtplein angekommen. Neben der fehlenden Straßenbeleuchtung waren auch die meisten Wohnungsfenster dunkel. Aber beim Café *Lessing* brannte ein kleines Licht über der Tür und die schweren Gardinen der Fenster schimmerten bordeauxrot. Im spärlich beleuchteten Schaufenster einer Buchhandlung überprüfte Meg ihr Aussehen. Sie nahm die Baskenmütze ab. Das letzte Stück bis zum Café würde der Regen ihrer Frisur nicht schaden. Sie öffnete den Gürtel des abgetragenen Trenchcoats, sodass sie beim Betreten des Lokals nur einen Knopf öffnen musste, um ihn zurückzuschlagen und seine Schäbigkeit zu verbergen.

„Colonel Brown hat sich erkundigt, ob ich dir helfen konnte", hatte ihr Bill bei einem weiteren Rendezvous erzählt. Sie waren in seinem Jeep ans Meer gefahren. Meg hatte einen Fischhändler ausfindig gemacht, der aus stinkenden Fischresten und ein paar starken ostindischen Gewürzen schmackhafte Kroketten formte. Es sollte eine neue Folge ihrer Serie mit Kochtipps werden. Jetzt lagen sie geschützt in den Dünen, aßen Armeezwieback mit Corned Beef und tranken dazu kanadischen Whisky.

„Beim *Freimachen* auf jeden Fall", hatte Meg lachend gesagt.

„Ich glaube, so weit reicht Browns Fantasie nicht. Er ist sehr anständig. Er meinte, er habe ein paar Informationen über verhaftete Kriegsverbrecher. Das Problem sei nur, dass die Niederländer peinlich genau darauf bedacht sind, ihre Angelegenheiten selbst zu regeln. Sie wollen sich nicht bevormunden lassen. Aber er könne vielleicht Kontakte herstellen."

„Wie will er das machen?"

„Bei aller Tugendhaftigkeit besucht auch Colonel Brown gelegentlich das Café *Lessing* und trifft dort Mitglieder der Militärverwaltung und eurer Übergangsregierung. Da hört er so manches. Unter anderem soll ihnen vor kurzem ein großer Fang gelungen sein. Es hat etwas mit aus den Niederlanden geklauten Bildern zu tun. Geraubte Kunst. Mehrere Niederländer sollen darin verstrickt sein. Es sei aber alles sehr kompliziert."

„Weißt du, um wen es sich genau handelt?"

„Keine Ahnung. Brown hat vorgeschlagen, dass er dich im *Lessing* trifft und einigen Leuten vorstellt."

„Wie komme ich da rein? Es ist ein Offiziersclub."

„Es soll so aussehen, als ob du ihm dort zufällig begegnest und ich soll dir dabei helfen."

„Dann gehen wir zusammen ins *Lessing*?"

„Das geht leider nicht. Als sein Sergeant sollte ich möglichst nicht mit dir gesehen werden."

„Wie soll es dann funktionieren?"

Sergeant Bill sah sie an. „Nun ja, wie du weißt, gefällt es vielen der Offiziere, wenn sie im Club auch ein paar Frauen treffen können. Aber nicht jede darf rein. Du musst die Jungs von der Militärpolizei überzeugen. Es heißt, die Frauen hätten da so ihre Methoden."

„Und wie?" Meg war auf Bills Antwort gespannt.

„Du machst dich hübsch. Aber dezent. Es sollte Stil haben. Streng und ein bisschen nach Uniform aussehen. Nicht zu aufreizend. Weißt du, dort sind viele Männer, die Huren ‚gefallene Mädchen' nennen und sie am liebsten zum Priester schicken würden, wenn sie nicht, na ja, du weißt schon."

„Und da reicht es schon, dass ich mich etwas hübsch mache?"

„Nicht für die Militärpolizei." Bill grinste.

Meg sprang auf. „Du meinst ... Nein, das glaub ich nicht." Unsicher sah sie auf ihn hinunter.

„Ich soll denen also vorher gefällig sein? Ich kann mir nicht vorstellen, dass du das gut findest."

„Ich folge nur Befehlen." Bill drehte sich schnell zur Seite, weil Meg ihm mit dem Fuß Sand ins Gesicht schippte.

„Du Schuft. Ich dachte doch tatsächlich", weiter kam sie nicht, denn Bill hatte sie an den Armen gepackt und zu sich heruntergezogen. Meg wehrte sich, aber Bill hielt sie fest umschlungen.

„Natürlich würde mir das nicht gefallen. Es ist auch nicht nötig. Es gibt ein Codewort, um reinzukommen."

Meg entspannte sich und setzte sich neben Bill. Er wollte sie küssen, aber sie wich ihm aus. „Das reicht? Glaub mir, für eine gute Story würde ich auch mehr machen."

„Davon bin ich überzeugt."

3. Der Kapitein

Das schwache Licht über dem Eingang zum Café *Lessing* beleuchtete die Gesichter von zwei kanadischen Soldaten. Sie trugen die Uniform der Militärpolizei. Dazu einen breiten weißen Gürtel und einen etwas schmaleren Riemen, der quer über der Brust spannte. Sie flankierten die Tür und starrten geradeaus. Aber natürlich hatten sie Meg längst bemerkt. Kurz bevor sie die Eingangstür erreichte, machte einer der beiden einen Schritt zur Seite und versperrte ihr den Weg.

„Ma'am, Fräulein?" Meg hörte hinter der angelehnten Tür Musik. Sie erkannte das röhrende Saxofon aus *Little Brown Jug* und kurz bevor die kreischenden Trompeten einsetzten, öffnete sie den Knopf ihres Trenchcoats und schlug den Mantel zur Seite.

„Sie sprechen Niederländisch, Officer?"

Der Soldat grinste. „Und auch Französisch, wenn Sie mögen."

Meg lächelte freundlich. „Das ist schön für Sie. Aber ich bin leider schon verabredet."

„Das sagen sie alle." Dabei starrte er Meg unverfroren auf die Brusttaschen ihrer Militärbluse.

„Nun, meine Verabredung heißt General Eisenhower."

Der Militärpolizist nahm sofort Haltung an und öffnete die Tür. „In diesem Fall, Ma'am, wünsche ich einen angenehmen Aufenthalt."

Die Musik wechselte gerade zu *Moonlight Serenade*, als Meg das Café *Lessing* betrat. Sie spürte die verstohlenen Blicke, mit denen einige Männer versuchten, so zu tun, als ob sie Meg nicht bemerkt hätten.

Das Codewort ‚General Eisenhower', kennen nur ausgewählte Gäste, hatte ihr Bill gesagt. Es wechsle regelmäßig. General Patton, Montgomery, Churchill und sogar Präsident Truman wären auch schon dran gewesen.

Meg sah sich um. Sie war lange nicht hier gewesen, aber das *Lessing* hatte sich kaum verändert. Es war ein großes Kaffeehaus mit mächtigen Säulen unter der hohen, bemalten Gewölbedecke. Die Seitenwände waren mit dunklem Holz verkleidet. Auf dem ausgetretenen Dielenboden standen in langen Reihen mahagonifarbene Bugholztische und Stühle. Darüber hingen unter der Decke mächtige Art-déco-Leuchter, die den Raum in ein warmes Licht tauchten. Fast alle Tische waren besetzt, und rund um die Theke standen Gäste mit einem Glas in der Hand. Im hinteren Teil des Cafés spielte ein Grammofon. Zur Swingmusik tanzten einige Pärchen. Meg lief langsam an den Tischen entlang zur Theke. Die meisten Gäste waren Männer in Uniform. Sie tranken Bier oder Whisky. Nur auf Tischen, an denen Frauen saßen, standen Sektflaschen. Colonel Brown konnte sie nicht entdecken. Aber sie erkannte einen zierlichen Mann mit schmaler Hornbrille. Er saß allein an einem Tisch und rauchte eine Zigarette. Die Uniformjacke war bis oben zugeknöpft. Er sah streng aus. Irgendwo hatte Meg ihn schon einmal gesehen. Langsam ging sie auf den Tisch zu. Da fiel es ihr ein. Es war der Polizist, den sie vor Jahren bei den Judenverhaftungen auf dem Waterlooplein fotografiert hatte.

„Kommissar Rosendahl?"

Der Mann sah sie erstaunt an. „Ja? Kennen wir uns?"

„Nicht persönlich. Aber ich habe Sie fotografiert. 1941. Sie stellten sich einem SS-Mann in den Weg."

Rosendahl starrte sie an. „Mein Gott. Das ist, ich weiß nicht, was ich sagen soll. Wollen Sie sich setzen?"

Rosendahl war aufgestanden und schob ihr einen Stuhl hin.

Meg setzte sich nur auf den Rand, so als ob sie gleich wieder gehen müsse. Sie war unsicher. „Ich sehe es noch vor mir, wie Sie eine Pistole gezogen haben. Sehr mutig."

Rosendahl nahm die Brille ab und rieb sich die Augen. Er sah müde aus. „Wie kam es dazu, dass Sie mich fotografiert haben?"

„Ich war Reporterin und kam an dem Tag zufällig auf dem Weg zur Arbeit am Waterlooplein vorbei."

„Dann sind von Ihnen auch die Fotos, die in der *Parool* in den nächsten Tagen zu sehen waren."

„Ja."

Meg sah Colonel Brown mit zwei Whiskygläsern in der Hand auf den Tisch zukommen. Rasch stand sie auf.

„Colonel Brown, was für eine Überraschung."

Brown lächelte und zeigte sich verblüfft. „Sie kennen mich?"

„Sie haben neulich unsere Redaktion besucht. Ich bin die Reporterin Margriet van Hettema."

„Ach ja, ich erinnere mich. Sie haben vorzüglichen Kaffee gekocht. Woher kennen Sie Kapitein Rosendahl? Er arbeitet für die Militärverwaltung."

„Sie kennt mich eigentlich nicht", antwortete Rosendahl an ihrer Stelle.

„Aber uns verbindet ein furchtbares Ereignis", fiel ihm Meg ins Wort. „Ich habe ihn fotografiert, als er sich mit der SS anlegte, um Juden vor der Verhaftung zu retten."

Brown stellte die Getränke auf den Tisch. „Interessante Geschichte, müssen Sie mir gleich erzählen. Darf ich Ihnen ein Getränk bringen, Miss?"

„Nennen Sie mich einfach Meg. Ein Bier wäre schön."

Brown machte sich wieder auf den Weg zur Theke.

„Dann sind Sie also immer noch Reporterin?"

„Ja, aber jetzt ganz legal."

Rosendahl nippte an seinem Whisky und bot Meg eine Zigarette an.

„Wie sind Sie den Nazis entwischt, Kapitein?"

„Sie haben mich glücklicherweise nicht erwischt, aber der SS-Offizier hatte meinen Dienstausweis gesehen. Er kannte also meinen Namen. Ich bin sofort zum Kindergarten und zur Schule meiner beiden Töchter gerannt und habe sie abgeholt. Ebenso meine Frau. Sie arbeitete in einem Modegeschäft. Ich habe sie zum Bahnhof gebracht. Dann bin ich noch mal zu unserer Wohnung gelaufen, um meine Eltern zu warnen. Aber vor dem Haus standen schon Fahrzeuge der SS. Alle Hausbewohner wurden auf die Straße getrieben, darunter auch meine Mutter und mein Vater. Sie wurden in einen Lastwagen verfrachtet. Ich konnte nichts mehr für sie tun." Rosendahl trank einen Schluck Whisky. „Also rannte ich zurück zum Bahnhof. Wir hatten Glück und erwischten den Zug nach Norden, bevor die Gestapo eintraf. Ich hatte die Adresse eines Bauern in Friesland. Er versteckte Leute vor den Nazis. Ich hatte befürchtet, dass die Deutschen irgendwann ernst machen würden. Dennoch hatte ich zu lange gewartet. Ich konnte nur meine Frau, die Kinder und mich selbst retten."

„Sie haben sich den ganzen Krieg über dort versteckt?"

Rosendahl nickte. „Der Bauer hatte einen großen Hof. Seine beiden ältesten Söhne waren bei der Verteidigung der Niederlande gegen die Deutschen gefallen. Seine Frau war krank. Er brauchte Hilfe. Es fiel nicht besonders auf. Der Hof liegt sehr einsam und wir bekamen ein eigenes Pächterhäuschen. Er konnte uns auch neue Papiere besorgen. Er hat uns das Leben gerettet. Nicht nur uns."

„Das kann man wohl sagen." Colonel Brown war mit Megs Bier zurückgekommen und setzte sich zu ihnen an den Tisch. „Der Bauer und Rosendahl haben einer ganzen Menge unserer Leute geholfen. Vor allem britischen Piloten, die über der Gegend abgeschossen wurden. Später Agenten, die den Widerstand unterstützten. Respekt. Gut, dass diese Scheiße endlich vorbei ist." Brown hob sein Glas, um mit Rosendahl und Meg anzustoßen.

„Jetzt leben Sie mit Ihrer Familie wieder in Amsterdam?"

„Nein. Meine Kinder sind auf dem Hof geblieben. Es ist ihre Heimat. Dort haben sie es besser als hier bei mir in der Stadt. Außerdem bin ich kein Bauer, sondern Polizist. Jetzt nach dem Krieg gibt es für mich eine Menge zu tun. Ich habe mit einigen Leuten noch eine Rechnung offen. Sie entschuldigen mich bitte." Rosendahl stand auf, nahm sein leeres Glas und ging zur Theke.

Meg sah Brown an.

„Seine Frau ist kurz vor der Befreiung gestorben. Der Hungerwinter. Auf dem Land war die Situation zwar besser als in der Stadt, aber sie hatten auf dem Hof eine Menge Leute zu versorgen. Rosendahls Frau war von einer schweren Erkältung geschwächt. Sie hat sich nicht mehr erholt und ist an Auszehrung gestorben. Er ist seitdem sehr verbittert." Brown machte eine Pause und schwenkte das Glas. „Das müssen Sie wissen, wenn Sie versuchen, etwas von ihm zu erfahren. Er ist sehr verschlossen. Im Moment hat er einen dicken Fisch an der Angel. Einen Niederländer, aber kein NSB-Parteimitglied oder WA-Mann. Auch keinen Kriegsverbrecher. Jedenfalls keine Gräueltaten oder so etwas. Eher unauffällig. Ein Mitläufer. Er soll mit den Nazis Geschäfte gemacht haben. Trotzdem scheint die Sache ziemlich brisant zu sein. Er hatte Verbindungen zu ganz hohen Nazis. Angeblich bis zu Göring. Rosendahl hat den Mann verhaftet. Er ist ein sehr vermögender Kunstmaler und -händler mit einer großen Stadtvilla in der Keizersgracht. Und er macht ein Riesengeheimnis um die ganze Sache."

„Wie heißt der Kerl, und was wirft man ihm genau vor?"

Colonel Brown schüttelte den Kopf. „Das müssen Sie Rosendahl fragen. Von mir wissen Sie natürlich nichts. Ich drücke Ihnen die Daumen und zeigen Sie, dass Sie mehr können, als Kaffee kochen und Rezepte aufschreiben. Zeigen Sie den Leuten, was ein Scoop ist. Ich werde mich jetzt verabschieden."

Der Colonel stand auf und streckte Meg mit einer leichten Verbeugung die Hand hin. Sie war rosa, warm und weich. Ein Händedruck voller Herzlichkeit.

„Ich werde mein Bestes tun, Colonel Brown."

Brown lächelte und trat Rosendahl einen Schritt entgegen.

„Ich muss Sie leider mit der attraktiven Dame allein lassen, lieber Kapitein. Aber Schnaps ist Schnaps und Dienst ist Dienst." Dann drehte er sich um und ging mit großen Schritten zur Tür.

Rosendahl blickte ihm verwundert hinterher. „Er wollte

sich heute unbedingt mit mir treffen. Aber er hat mir nicht gesagt, warum, und jetzt geht er einfach."

„Vielleicht wollte er nicht stören."

„Weshalb sollte er das?"

Meg lächelte. „Sie wissen doch, mit welchen Absichten die meisten Frauen derzeit das Café *Lessing* besuchen. Vermutlich dachte er an etwas in dieser Art."

„Ich glaube nicht, dass Sie aus diesem Grund hier sind."

„Auch Reporterinnen müssen leben."

Rosendahl sah sie verstört an.

„Wenn das so ist, ich habe keinen Bedarf."

Meg wartete ab, denn Rosendahl schien noch nicht fertig zu sein.

„Die Fotos vom Waterlooplein, haben Sie die noch? Es könnten wichtige Beweismittel sein."

Meg nickte. „Die Negative sind noch vorhanden."

„Dann müssen Sie sie mir aushändigen."

„So, muss ich das? Wollen Sie mich sonst verhaften?"

„Wenn es sein muss."

„Kommen Sie, Kapitein. Sie wissen, dass ich sie Ihnen geben werde. Ich verspreche Ihnen, ich bin nicht hierhergekommen, um etwas nebenbei zu verdienen. Wir können uns also ganz ungezwungen unterhalten oder …" Aus dem hinteren Teil des Cafés erklangen süßliche Klarinetten und leiteten die Swingballade Perfidia ein. Meg stand auf und trat dicht an ihn heran. „Vielleicht könnten Sie mich sogar zum Tanzen auffordern."

Rosendahl erhob sich und führte sie steif zur Tanzfläche. Er war nur wenig größer als Meg, und sie spürte seine Anspannung. Verkrampft achtete er darauf, ihr nicht zu nahe zu kommen. Die anderen Paare tanzten eng umschlungen. Meg spürte, wie sich Rosendahl langsam entspannte, als das Stück zu Ende ging und helle Bläsersätze *In The Mood* einleiteten. Beinahe schon schwungvoll führte er sie jetzt übers Parkett und ließ keine Drehung aus.

„Sie können ja richtig gut tanzen, Kapitein. Gut, dass Sie kein Muskelprotz sind, sonst kämen Sie noch in die Versuchung, mich in die Luft zu werfen", keuchte Meg.

Rosendahl lachte, aber auch bei ihm bildeten sich kleine Schweißperlen auf der Stirn.

„Wie wäre es, wenn du mich einfach Meg nennst? Jetzt, wo du mich schon atemlos gemacht hast."

„Sehr gerne, Meg. Ich heiße Aaron. Warum bist du heute Abend wirklich in den Club gekommen?"

„Ich bin Reporterin und auf der Suche nach Informationen. Nach einer guten Geschichte. Freundinnen haben mir erzählt, dass man hier immer etwas erfährt."

„Was zum Beispiel?"

Meg überlegte, ob es schon der richtige Moment war, um Rosendahl nach dem Maler zu fragen. Sie wollte noch abwarten. „Wann soll ich dir die Fotos bringen?"

„Das beantwortet nicht meine Frage."

„Ich dachte, du möchtest die Fotos. Ich bring sie dir auf die Wache und wir unterhalten uns über deine Arbeit. Du fahndest nach Kollaborateuren und Kriegsverbrechern. Das interessiert mich und die Leser der *Parool*."

Rosendahl stoppte mitten in einer Drehung und ließ Meg los. „Solche Informationen also. Da kann ich leider nicht helfen." Er führte Meg zurück an den Tisch. Sie trank von ihrem Bier. Rosendahl zündete sich eine Zigarette an. „Ich mache keine Tauschgeschäfte mit der Presse. Wenn die Fotos Beweise gegen Kriegsverbrecher enthalten, dann musst du sie uns aushändigen. Sonst machst du dich strafbar."

Meg war wenig beeindruckt von der Drohung.

„Ich werde dir die Fotos bringen. Aber warum vertraust du mir nicht? Wir haben eine gemeinsame Geschichte und sie beginnt mit diesen Fotos. Wir waren beide im Widerstand und haben für ein freies Land gekämpft. Hast du das schon vergessen? Ich und unsere Leser haben ein Recht zu erfahren, gegen welche Dreckskerle und Verräter die Polizei ermittelt. Was macht ihr mit den Zehntausenden, die jetzt in euren Lagern interniert sind? Wie man hört, geht es dort chaotisch zu. Wie viele von ihnen sind wirklich schuldig? Bekommen sie einen fairen Prozess? Was ist mit den ganz schlimmen Kriegsverbrechern? Den Mördern? Den Verantwortlichen für die Deportation der niederländischen Juden? Wen habt ihr geschnappt, und wann kommen sie vor Gericht? Wem droht die Todesstrafe? Das wollen unsere Leser, das wollen alle hier im Land wissen. Darüber müssen wir berichten, um ihnen zu zeigen, dass wir wieder ein freies Land sind und jeder Verbrecher seine gerechte Strafe bekommt. Und, dass es nicht in Ordnung ist, einfach auf Verdacht Menschen von der Straße zu holen, an den Pranger zu stellen, zu misshandeln, ja sogar zu töten. Das sind nämlich Nazimethoden."

Rosendahl sprang auf. „Du willst uns doch nicht etwa mit diesen Schweinen vergleichen?"

Auch Meg erhob sich und zog ihren Trenchcoat an. „Nein, das will ich nicht. Ich bin sogar sicher, dass du und deine Leute gute Arbeit leisten. Aber die Menschen haben ein Recht darauf, alles, und zwar wirklich alles, zu erfahren, und dafür müsst ihr mit uns zusammenarbeiten." Meg stürzte den letzten Schluck ihres Bieres hinunter. „Wo kann ich dich also morgen mit den Fotos treffen?"

Rosendahl setzte sich wieder hin. „In der Weteringschans. Aber erwarte nicht zu viel."

Meg hatte das Haus sofort wiedererkannt. Keizersgracht 321. Es war eines der prachtvollen, vierstöckigen Herrenhäuser aus unverputzten roten Backsteinen und mit bleigefassten Kassettenfenstern. Damals, vor vielen Jahren, war es dunkel gewesen, als sie den schweren Türklopfer, einen bronzenen Löwenkopf, gegen die Tür hatte krachen lassen. Zweimal kurz, Pause, zweimal lang, Pause, zweimal kurz. Ihre Freundinnen kannten das Klopfzeichen, mit dem man zu den Partys des Kunstmalers eingelassen wurde. Aber an diesem Morgen klopfte Meg nur zweimal kurz. Als niemand zur Tür kam, versuchte sie es erneut. Jan van Aelst wohnte hier. Der Name war ihr sofort eingefallen, als Colonel Brown einen Kunstmaler erwähnt hatte, der in der Keizersgracht wohnte. Als sie die Treppen zur Gracht hinabstieg, drehte sie sich noch einmal um. In einem Fenster in der dritten Etage bewegte sich ein Schatten. Es war also doch jemand im Haus. Meg wartete kurz, ging dann erneut zur Tür und versuchte es diesmal mit dem Klopfzeichen für die Partys. Nach wenigen Augenblicken ertönten klappernde Schritte, dann öffnete sich die Tür einen Spaltbreit. Im Zwielicht sah Meg eine Frau mit schulterlangen schwarzen Haaren und sehr heller Haut.

„Was wollen Sie?"

„Ich suche Jan van Aelst?"

„Sind Sie eines seiner Flittchen?"

„Ich bin Reporterin bei *Het Parool.*“

„Wieso kennen Sie dann das Klopfzeichen?“

„Ich war während des Krieges einmal hier. Darf ich reinkommen, bitte?“ Meg drückte sanft gegen die Tür. Die Frau ließ sie in den Flur. Meg sah sie an. „Sie standen damals oben auf der Treppe, so wie jetzt, mit verschränkten Armen. Direkt unter einer Deckenlampe und ich habe Sie sofort erkannt. Sie waren und sind noch immer so schön wie auf den Fotos und Theaterplakaten.“

Die Frau lächelte, sagte aber nichts. Sie war groß und schlank, mit langen Beinen in einer weiten beigen Bundfaltenhose. Dazu trug sie einen feinen schwarzen Rollkragenpullover aus Kaschmirwolle. Ihr Gesicht war etwas zu breit für eine klassische Schönheit, aber das gab ihr etwas Besonderes. Markante Wangenknochen betonten ihre gerade Nase und die schmalen Lippen. Dunkle Augen lagen unter geschwungenen Augenbrauen. Sie hatte etwas Jungenhaftes und wirkte dennoch weiblich. Josephine van Wageningen war in den 20er- und 30er-Jahren eine berühmte Schauspielerin gewesen. Sie passte so gar nicht zu dem kleinen, aufgedrehten Maler, den Meg auf einer seiner berüchtigten Partys kennengelernt hatte.

„Diese Hausabende müssen schrecklich für Sie gewesen sein, als Ehefrau.“

„Ich glaube nicht, dass Sie gekommen sind, um über meine Eheprobleme zu sprechen. Außerdem sind wir geschieden. Sagen Sie, was Sie wollen. Ich habe wenig Zeit.“

„Ihr Mann ist nicht zu Hause?“

Josephine van Wageningen zögerte, dann nickte sie.

„Die Polizei, genau genommen ein Kapitein der Militärverwaltung, hat ihn mitgenommen?“, fragte Meg.

„Woher wissen Sie das?"

„Ich habe gehört, ein Kunstmaler aus der Keizersgracht wäre verhaftet worden. Ich dachte an Ihren Mann. Entschuldigen Sie. Ex-Mann natürlich."

Josephine van Wageningen sah sie spöttisch an.

„Wurde er verhaftet?"

„Sie haben ihn jedenfalls mitgenommen. Vor ein paar Tagen."

„Und warum?"

„Ich weiß es nicht. Sie haben mir nichts gesagt. Erst haben sie eine ganze Weile mit Jan in seinem Salon gesprochen. Ich kam gerade dazu, als sie ihn, na ja, festgenommen haben. Der eine Beamte war ein kleiner, dünner Mann."

„Rosendahl, heißt er Rosendahl?"

„Ja genau, Kapitein Rosendahl. Er meinte, sie müssten Jan mit in die Weteringschans nehmen. Heute morgen bekam ich eine Vorladung. Der Kapitein möchte mich sprechen und ich darf Jan besuchen. Ich wollte gerade hingehen." Josephine nahm einen Regenmantel von der Garderobe. Sie setzte sich einen kleinen Hut auf und öffnete die Tür. „Also dann." Sie zeigte mit der Hand nach draußen auf die trübe Gracht und das schimmernde Straßenpflaster. „Verraten Sie mir noch Ihren Namen."

„Meg, also Margriet van Hettema." Meg wartete, bis Josephine die Tür abgeschlossen hatte. „Zufälligerweise habe ich heute auch eine Verabredung mit Rosendahl. Würde es Ihnen etwas ausmachen, wenn wir zusammen zur Weteringschans gehen?"

Josephine ging an Meg vorbei die Treppen hinunter, drehte sich um und lächelte. „Nein, gar nicht. Wer besucht schon gerne allein ein Gefängnis?"

Die beiden Frauen liefen schnell über das Kopfsteinpflaster, bis sie die Leidsestraat erreichten. Hier überquerten sie die Gracht und gingen weiter Richtung Leidseplein.

Vor ihnen tauchte das American auf. Ein Luxushotel mit Café-Restaurant in einem imposanten roten Backsteinbau mit zahlreichen Türmen, Erkern und Zinnen. Zusammen mit dem verwahrlosten, ehemals noblen Modekaufhaus Maison Hirsch & Cie beherrschte es den Leidseplein. Mitten in der eher engen und pittoresken Grachtenstadt öffnete sich ein moderner, großzügiger Platz und verlieh Amsterdam ein weltstädtisches Flair. Kein Fremder käme auf die Idee, dass nur ein Steinwurf entfernt das Gefängnis an der Weteringschans lag.

Meg wurde das Herz schwer. Die Weteringschans war während des Krieges Verhörzentrale und Folterkeller des deutschen SD gewesen. Wenn man sie erwischt hätte, wäre sie dort gelandet. So wie einige ihrer Freunde im Widerstand. So wie Henk.

Die beiden Frauen erreichten das Gefängnis. Es bestand aus mehreren Gebäuden hinter einer hohen Mauer. Aber davon war von der Straße aus nichts zu sehen. Das dreistöckige Vorderhaus erinnerte an ein Schulgebäude. Die Fenster waren nicht vergittert und hinter den Vorhängen auf der rechten Seite befand sich in den oberen Etagen die Wohnung des Gefängnisdirektors. Darunter ein schweres Holztor. Josephine klopfte dreimal kräftig dagegen, woraufhin sich eine kleinere Eingangstür daneben öffnete. Ein Wachmann trat heraus, grüßte kurz und überprüfte Josephines Vorladung. Er gab sie ihr mit einem Nicken zurück.

„Der Kapitein sitzt nebenan im Amtsgericht."

Das Gerichtsgebäude war nahtlos an das Gefängnis angebaut worden. Seiner Bedeutung entsprechend war es großzügiger gestaltet, mit hohen Bogenfenstern und sparsamen Verzierungen im Mauerwerk.

„Ich kann Sie aber hier reinlassen." Der Wachmann trat etwas zur Seite und sah Meg an. „Und Sie? Was wollen Sie?"

Meg holte ein Kuvert mit Fotos aus ihrer abgewetzten Aktentasche. Sie zog eines heraus. Es zeigte, wie SS-Männer mit ihren Gewehrkolben Juden vor sich her scheuchten. Von zwei Männern waren die Gesichter gut zu erkennen.

„Ich habe Beweismittel über Kriegsverbrecher für Kapitein Rosendahl. Er erwartet mich ebenfalls."

Der Wachmann forderte sie auf, zu warten. Dann nahm er den Hörer von einem Wandtelefon. Er ließ sich mit Rosendahl verbinden. Nach einem kurzen Gespräch erlaubte er auch Meg, den Vorraum zu betreten. Der Wachmann öffnete eine Tür zum Gerichtsgebäude. „Kommen Sie schon. Hier geht's lang. Da vorne ist die Pforte."

Rosendahl ließ Josephine und Meg warten. Sie saßen auf einer unbequemen Holzbank im Erdgeschoss des Gerichtes. Links und rechts des Flures gab es zahlreiche geschlossene Türen. Sie hörte dumpfe Stimmen. Manchmal erregt, manchmal auch schreiend. Meg und Josephine starrten in die Richtung eines Zimmers, aus dem plötzlich ein Poltern und gotteslästerliche Flüche wie ‚Herrgottzack' zu hören waren. Deshalb bemerkten sie nicht, wie Rosendahl von der anderen Seite des Flures auf sie zukam.

„Guten Tag, Frau van Wageningen." Sie fuhren beide herum und standen auf. Rosendahl streckte ihnen die Hand entgegen. „Und Fräulein van Hettema, wenn ich mich recht erinnere. Was für eine Überraschung, Sie beide zusammen zu sehen. Frau van Wageningen, würden Sie bitte noch etwas warten? Ich möchte mich kurz mit Fräulein van Hettema unterhalten."

Meg folgte ihm zu einem Büro.

„Warum seid ihr zusammen hierhergekommen?"

Meg antwortete ausweichend. „Du wolltest so schnell wie möglich die Fotos, und wir hatten zufällig den gleichen Weg."

„Ich glaube nicht an diesen Zufall. Gib mir die Fotos."

Meg reichte ihm das Kuvert und Rosendahl zog die Fotos heraus. Zuoberst lag ein leicht verwackeltes Bild, das ihn mit gezogener Waffe zeigte. Rosendahl setzte sich auf die Tischkante und steckte den Packen mit den Bildern wieder in das Kuvert zurück.

„Sehr gut. Das sind wichtige Beweisstücke. Wir werden sie in Ruhe auswerten. Also dann, vielen Dank. Ich werde mich melden."

Meg legte ihre Hand auf seinen Arm und sah in an. „Ich bin Josephine in ihrem Haus in der Keizersgracht begegnet. Ich bin dort hingegangen, weil ich wusste, dass dort der Kunstmaler Jan van Aelst wohnt."

Rosendahl schüttelte Megs Hand ab und erhob sich.

Meg sprach schnell weiter. „Ich habe gehört, dass ihr einen Kunstmaler und -händler in der Keizersgracht verhaftet habt. Also, dachte ich mir, schau doch mal nach, ob van Aelst zu Hause ist. Es war ein Treffer."

Rosendahl zeigte auf einen wackligen Stuhl. Meg setzte sich.

„Woher weißt du, dass van Aelst in der Keizersgracht wohnt?"

„Dann stimmt es also, dass ihr ihn verhaftet habt."

„Das werde ich dir nicht sagen."

„Ich weiß es bereits von Josephine. Außerdem hat sie dich als einen der beiden Beamten beschrieben, die ihn mitgenommen haben. Sie wusste deinen Namen. Also, warum habt ihr van Aelst festgenommen?"

Rosendahl stand auf und ging zur Tür. „Ich habe wenig Zeit. Falls ich noch Fragen zu den Fotos habe, werde ich mich melden."

„Du machst einen Fehler, Aaron. Willst du nicht wissen, was ich noch alles über van Aelst weiß?"

Rosendahl hatte schon die Türklinke in der Hand. „Du wirst es mir nicht ohne Gegenleistung verraten, aber die bekommst du nicht. Also bitte. Geh jetzt."

Meg blieb einfach sitzen und sah ihn an. „Ich war auf einer seiner legendären Partys während des Krieges. Ich vermute, du hast keine Ahnung, was dort alles passierte? Hast du eine Zigarette? Es wird etwas länger dauern."

Rosendahl kam an den Tisch zurück und gab ihr eine. Meg nahm einen tiefen Zug.

„Es war etwa ein Jahr vor dem Hungerwinter. Alles war schon rationiert. Während sich also die hungernden Niederländer bei jeder Kartoffel überlegten, ob sie diese in ihren Notöfchen kochen oder doch vielleicht lieber aufsparen sollten, da ließ van Aelst riesige Buffets in seinem Haus auffahren. Pasteten, Rollschinken, Würste und gebratene Fische. Es gab Orangen, Schokoladencreme, Kekse. Dazu Champagner, Wein, Bier in rauen Mengen. Cognac und sehr, sehr viel Genever. Es gab sogar echten Bohnenkaffee. Ich dachte mir, der Typ muss unglaublich reich sein und beste Verbindungen zum Schwarzmarkt haben. Natürlich auch zu den Nazis. Ich war mir sicher, einer guten Story auf der Spur zu sein. Denn das war noch nicht alles. Wegen der Ausgangssperre dauerten die Partys vom Abend bis zum frühen Morgen. Wer da war, konnte also nicht einfach das Haus verlassen. Das hat er ausgenutzt. Zu seinen meist männlichen Gästen kamen ein paar Mädchen. Modelle nannte er sie. Tatsächlich mussten sie sich ausziehen und die ganze Nacht halb nackt herumlaufen. Damit sie nicht froren, waren einige Räume so stark geheizt, dass einem der Schweiß herunterlief. Allein mit dem Heizmaterial hätte eine normale Familie einen ganzen Monat auskommen können."

Rosendahl zündete sich jetzt auch eine Zigarette an. „Wie hast du von den Partys erfahren?"

„Ich kannte zwei der Mädchen. Mir war klar, dass die ganze Geschichte stinkt. Ich stellte mir vor, dass wir es hier mit einem üblen Kollaborateur zu tun hätten. Vermutlich hatte er sogar Juden verraten und sich ihren Besitz unter den Nagel gerissen. Es war die perfekte Story für die illegale *Parool.* Also bin ich eines Abends mit den beiden Freundinnen dort hingegangen."

Rosendahl setzte sich an den Tisch und schlug ein altes Schulheft auf. Er nahm einen Stift. „Was hast du herausgefunden? Wen hast du dort getroffen?"

„Nicht so schnell. Van Aelst persönlich empfing uns an der Tür. Ein sehr gepflegter Mann. Fein gekleidet mit einem seidenen Paisley-Halstuch im offenen Hemd. Blank polierte Schuhe. Er war freundlich und äußerst höflich. Er begrüßte uns mit einem Glas Champagner und meinte, ‚wie Sie bestimmt wissen, hier ist alles ganz zwanglos'. Er freue sich auf eine fantasievolle Nacht. Und dann verschwand er wieder.

In so einer Art Garderobe zogen sich die Mädchen aus und wir gingen zunächst in sein Atelier. Dort saß er in einem bequemen Sessel, den Zeichenblock auf den Knien und zeichnete mit atemberaubendem Tempo die Mädchen, wie sie um ihn herumliefen und posierten. Dabei rauchte er eine Zigarette nach der anderen und trank Unmengen Schnaps und Bier, ohne betrunken zu wirken. Manchmal ging er zu einer Staffelei und setzte eine Skizze in Öl um. Damit schien er völlig zufrieden zu sein. Ich sah ihn nicht einmal eines der Mädchen berühren." Meg machte eine Pause, während Rosendahl sich ein paar Notizen machte. „In einem benachbarten Raum war das Buffet aufgebaut. Hausmädchen in Schürzen und mit Häubchen servierten und schenkten Getränke aus. Es wurde gefressen und gesoffen, wie ich es noch nie erlebt hatte."

Rosendahl sah von seinem Heft auf. „Ich habe schon von den Partys gehört, aber bisher noch niemanden getroffen, der dabei war. Hast du herausgefunden, wie er mitten im Krieg, unter deutscher Besatzung, solche Partys veranstalten konnte?"

„Ich habe mit ein paar Gästen gesprochen und mich dumm gestellt. Aber sie reagierten gelangweilt. Sie gaben mir den Rat, es einfach zu genießen. Einer erzählte mir, van Aelst habe mehrfach in der Lotterie gewonnen. In Frankreich, wo er ein paar Jahre gelebt hat. Viele Millionen sollen es gewesen sein. Und er sei ein erfolgreicher Porträtmaler."

Hier hakte Rosendahl nach. „Porträtmaler für wen? Für die Nazis? Waren Nazis unter seinen Gästen?"

Meg schüttelte den Kopf. „Nazis waren überhaupt keine da. Die Gäste waren ausschließlich Niederländer. Und ich habe auch keine NSB- oder WA-Leute erkannt. Nur dieser Dichter Beversluis schlich herum. Er ist ein alter Freund von van Aelst. Sie haben zusammen ein Buch mit Zeichnungen und Versen herausgebracht. Ich war bei der Präsentation im Mesdag Panorama als Reporterin, und dort waren viele hohe Nazis. Kein Wunder, die Verse von Beversluis triefen nur so vor nationalsozialistischer Blut- und Bodenromantik. Beversluis war an dem Abend furchtbar betrunken – wie die meisten übrigens. Es war eine ausgelassene Stimmung. Viele Gäste haben böse Witze über die humorlosen Nazis gerissen, allen voran van Aelst selbst. Wenn also echte Nazis unter den Gästen gewesen wären, dann säße van Aelst jetzt nicht bei dir im Gefängnis, sondern wäre damals in einem Lager gelandet."

Rosendahl trommelte mit dem Bleistift auf der Tischplatte herum, während er abwechselnd Meg ansah und seine Notizen betrachtete.

„Es gibt einen zivilen deutschen Nazi. Ein hohes Tier. Alois Miedl. Unauffällig, aber sehr einflussreich. Ein Bankier, der schon seit Ende der zwanziger Jahre in Holland lebte. Er spricht fließend Niederländisch und ist mit einer Jüdin verheiratet. Er hat es geschafft, dass seine Frau ehrenhalber arisiert wurde und ihr somit nichts passieren konnte. Angeblich mit Hilfe Görings. So etwas hat es tatsächlich gegeben. Diese Frau spielte ihre Rolle. Jedes Jahr zu Hitlers Geburtstag gab sie ein rauschendes Fest für die Nazibonzen, von Seyß-Inquart bis zu Rauter und Ferdinand aus der Fünten. Miedl hatte aus der Vorkriegszeit als Bankier außerdem gute Kontakte zur jüdischen Gemeinde. Er sorgte dafür, dass etliche Juden, darunter Familienmitglieder seiner Frau, den Nazis entkommen konnten. Sogar der Widerstand spricht von etwa zwölf

Personen, die er gerettet hat. Gleichzeitig hat er hemmungslos ihren Besitz geraubt. Er hat alles genommen. Häuser, Möbel, Silber, Schmuck und Wertpapiere, Bargeld. Vor allem aber war er auf den Kunsthandel spezialisiert und hat direkt für Göring gearbeitet. Er hätte auf der Party vermutlich nichts gegen van Aelst unternommen, denn er war immer nur auf seinen eigenen Vorteil bedacht, und dafür brauchte er van Aelst. Alois Miedl ist ein kleiner, gedrungener Mann. Bist du ihm in van Aelsts Haus begegnet?"

Meg antwortete sofort: „Nein. Und wenn er da gewesen wäre, hätte ich ihn sofort erkannt. Sein Gesicht werde ich nie vergessen."

„Du bist Miedl begegnet? Wann und wo?" Erregt schenkte sich Rosendahl ein Glas Wasser aus einer Karaffe ein, die auf dem Tisch stand.

Meg nahm ihm das Glas ab und trank es leer.

„Ich könnte etwas Stärkeres vertragen." Dann erzählte sie Rosendahl von ihrer Begegnung mit Miedl in dem Tabakladen. „Ich bin mir also sicher, dass dieser Miedl nicht auf der Party war. Aber wie kommst du darauf, dass er hätte da sein können?"

„Weil er mit Kunst handelte. Wie van Aelst."

„Du meinst, dass sie zusammengearbeitet haben? Deshalb hast du ihn festgenommen, weil er mit den Nazis Geschäfte gemacht hat? Was ist mit Miedl?"

Rosendahl spürte, dass er mehr verraten hatte, als er wollte. Er wiegelte ab. „Es ist möglich, dass sie sich kannten und es würde erklären, warum sich van Aelst mitten im Krieg all diesen Luxus leisten konnte."

Meg schüttelte den Kopf. „Dafür gibt es eine andere Erklärung. Sie klingt ziemlich unglaublich und ist dabei so abenteuerlich, dass man sie sich kaum ausdenken kann. Van Aelst selbst hat sie mir erzählt. Es war am frühen Morgen, etwa um vier Uhr. Die meisten Gäste dösten in irgendwelchen Sesseln und Kanapees oder waren direkt auf den dicken Perserteppichen eingeschlafen. Ein paar hatten sich mit einem Mädchen in eines der Schlafzimmer zurückgezogen. Van Aelst war aufgedreht, obwohl er Unmengen getrunken hatte. Er wollte, dass ich ihm Modell sitze. Diesmal nahm er sich Zeit, es wurde keine Schnellzeichnung. Ich nutzte die Gelegenheit und fragte ihn, woher er in diesen Zeiten diese ganzen Köstlichkeiten bekomme. Er antwortete lapidar, ‚gekauft', und zeichnete einfach weiter. Dann begann er zu erzählen. Er hat mehrfach sehr hohe Beträge bei der Lotterie in Frankreich gewonnen. Geld, das er gar nicht brauchte, weil er als Porträtmaler an der Côte d'Azur sehr gut verdiente. Also hat er etwas von dem Geld in Gemälde gesteckt. Vorwiegend große Meister aus den Niederlanden, aber auch Caravaggio, Rubens, alles, was er bekommen konnte. Einige der Bilder hat er mit viel Gewinn weiterverkauft. Reine Bargeldgeschäfte. Als er in die Niederlande zurückkam, besaß er mehrere Millionen. Was tun damit in Kriegszeiten? Ein guter Freund riet ihm, Immobilien zu kaufen. Jetzt besitzt er allein in Amsterdam über fünfzig Häuser. Dazu eine Villa in Laren und das Lagerhaus eines Feinkostgroßhändlers in Amsterdam. Es hat einem Juden gehört. Dieser hielt sich jahrelang versteckt und hat sein Geschäft rechtzeitig an einen niederländischen Prokuristen überschrieben. Aber ein Jahr zuvor hat der jüdische Kaufmann Angst bekommen, dass man ihn doch entdecken könnte, und wollte mit seiner Familie in die USA fliehen. Dafür musste er alles schnell verkaufen. Aber wie hätte er in dieser Zeit einen Käufer finden sollen, der ihm einen anständigen Preis bezahlen würde? Da kam van Aelst ins Spiel. Es hat sich wohl herumgesprochen, dass er Häuser gegen Bargeld kauft. Sie kannten sich flüchtig, weil er dem Juden mal einen Gefallen getan hat. Er hat den Preis bezahlt, den der Jude verlangte. Jedenfalls hat er das erzählt. Trotz der beträchtlichen Summe hat es sich für ihn gelohnt, denn das Gebäude war bis unter das Dach voll mit erlesenen Spezialitäten aus den Kolonien. Mit einem unerschöpflichen Spirituosenlager und haltbaren Dingen, die man auch in guten Zeiten nicht überall bekommt. Einen Teil davon ließ er als eiserne Reserve in seine Villa nach Laren und in einige andere Häuser bringen. Mit dem Rest ging er einkaufen. Deshalb hat er auch den Prokuristen als Geschäftsführer behalten. Der hatte ja die besten Kontakte und somit auch selbst weiterhin ein gutes Auskommen für seine Familie. Ich habe ihn natürlich gefragt, wie er das mit seinem Gewissen vereinbaren konnte. Ein ganzes Land hungert und er lebt in Saus und Braus. Da hat er nur geantwortet, ‚ach Mädchen, das ganze Land kann ich nicht retten und das Zeug würde sonst nur den Nazis in die Hände fallen'. Aber so konnte er wenigstens seinen Freunden etwas Gutes tun und selbst etwas Spaß haben in diesen trüben Zeiten. Keiner wusste, wie lange der Albtraum mit den Nazis noch anhält, und wie lange man lebt. Dann ging er zu einem Schrank und holte eine kleine Salatschüssel. Sie war gefüllt mit rohen Edelsteinen. Ich sollte mir ein paar aussuchen und mitnehmen. Als wir nach Ablauf der Sperrstunde nach Hause gingen, stellte er die Schüssel neben die Tür und jeder nahm sich ein paar Steine. Aber keiner war gierig. Außerdem hatten alle Gäste Taschen und Rucksäcke dabei, die mit Lebensmitteln prall gefüllt waren. Es war absurd, abstoßend und gleichzeitig faszinierend. Ich wusste, dass meine beiden Freundinnen neben ihren hungrigen Kindern auch noch andere Verwandte durchfüttern mussten. Von einer vermutete ich, dass sie Juden bei sich versteckte. Aufgrund der Anzahl der Gäste bei der Party habe ich im Kopf überschlagen, dass van Aelst so etwa an die fünfzig Leute versorgte."

Rosendahl war während Megs Bericht in dem kahlen Verhörzimmer umhergelaufen und hatte hinter einem Papierkorb eine angebrochene Flasche Whisky hervorgeholt. Er füllte das Wasserglas zur Hälfte und kippte den Branntwein in einem Zug hinunter. Dann schenkte er Meg ein und hielt ihr das Glas hin. „Es ist trotzdem widerlich."

Meg schaute ihn an und trank langsam.

„Ja, es fühlt sich heute so an. Aber auf so eine Idee kann auch nur ein sehr kranker, gestörter Mensch kommen. Du hättest ihn erleben sollen, wie er über Gott und die Welt schwadronierte und gleichzeitig wie ein Besessener zeichnete. Dabei trank er ununterbrochen, aber er verlor nie die Kontrolle. Er blieb immer höflich und distanziert. Manchmal verschwand er in einem Zimmer. Immer allein. Er nahm nie eines der Mädchen mit. Er sagte, er brauche Ruhe. Er könne schon lange nur noch stundenweise schlafen. Wenn er wiederkam, war er stets gut gekleidet und roch nach einem herben Männerparfüm."

„Vielleicht ist er impotent?"

„Möglicherweise, denn Freunde erzählten, dass er früher keinen Rock hätte vorbeiziehen lassen. Manche meinten, es wäre das Morphium, das ihn ruiniere. Ich spürte, dass van Aelst ein verzweifelter und getriebener Mann war und hatte Mitleid mit ihm. Er hat mich wirklich berührt. Ich beschloss deshalb, keine Geschichte über ihn zu schreiben. Ich hätte diesen Menschen um ihn herum ihre Lebensversicherung genommen und es hätte wohl kaum jemand davon profitiert. Im Gegenteil. Ich hätte unseren Lesern, Tausenden von hungernden und frierenden Menschen, einen Grund mehr geliefert, sich richtig mies zu fühlen und sie noch wütender gemacht. Vielleicht habe ich damals als Reporterin versagt, aber ich muss ehrlich sagen, ich glaubte ihm seine Geschichte. Wenn du ihn jetzt verhaftet hast, dann könnte die Sache natürlich wieder anders aussehen. Also sag mir, was hast du gegen ihn in der Hand?"

Rosendahl dachte nach. „Wir haben nur einen Verdacht. Einen starken Verdacht, aber keine Beweise, kein Geständnis. Wir sind uns fast sicher, dass er sein Vermögen mit illegalen Geschäften mit den Nazis verdient hat."

„Was ist es? Sag es mir."

Rosendahl schüttelte den Kopf. „Das ist unmöglich. Wenn etwas davon herauskommt, gefährden wir unsere ganzen Ermittlungen."

Meg spürte, dass sie nicht weiterkam. Sie stand auf, nahm ihre Aktentasche und wollte das Kuvert mit den Fotos wieder einstecken, aber Rosendahl war schneller und legte seine Hand darauf. Zornig sah Meg ihn an. „Es sind alle Fotos, die ich habe. Heute Morgen habe ich noch überlegt, ob ich ein paar als Faustpfand zurückhalten sollte, aber ich wollte dir entgegenkommen. Was man von dir nicht behaupten kann." Meg eilte zur Tür.

Josephine hatte zwei Skizzenbücher, Zeichenstifte, eine Schachtel Zigaretten und ein kleines Fläschchen Opiumtinktur in ihrer Handtasche. Sie wusste, was Jan jetzt dringend brauchte. Er tat ihr leid. Sie war traurig. Ihre Liebe war verschwunden. Zurückgeblieben war eine Flut schöner und böser Erinnerungen. Jan, der Hasardeur. Charmant, voller Humor und sarkastisch. Ein Kavalier und ein Eroberer. Dazu sprunghaft und verspielt wie ein Kind, das sich laufend selbst überschätzte. Ein Genie, ein wahrer Künstler. Er hatte sie voller Leidenschaft mitgerissen und in ein glamouröses Leben entführt. Dafür hatte sie seine Neurosen, seine Freundinnen, Alkohol und Drogen in Kauf genommen. Sie wusste, dass er sie anbetete und dennoch das Abenteuer suchte. Das alles hatte sie lange erduldet, weil er sie ebenso oft mit Witz, Fantasie und Zärtlichkeit überrascht hatte.

„Frau van Wageningen."

Josephine schreckte aus ihren Gedanken auf. Sie hatte nicht bemerkt, wie Meg das Büro des Kapiteins verlassen hatte. Jetzt stand sie direkt vor ihr.

„Josephine, nenn mich Josephine."

„Also gut, Josephine. Ich muss dich unbedingt sprechen, wenn das hier vorbei ist."

„Ich weiß nicht." Josephine überlegte.

„Es muss sein."

Josephine konnte nicht mehr antworten, weil plötzlich Rosendahl vor ihnen im Flur stand.

„Fräulein van Hettema, Ihre Vernehmung ist beendet. Gehen Sie jetzt. Frau van Wageningen. Bevor Sie Ihren Mann besuchen dürfen, möchte ich Ihnen noch ein paar Fragen stellen."

Jan van Aelst döste auf seiner Pritsche. In den vergangenen Tagen war Rosendahl ein paarmal in die Zelle gekommen und hatte gefragt, ob er ihm etwas Neues erzählen wolle. Er hatte ihm nicht geantwortet. Nur den Kopf geschüttelt. Dann war der Kapitein wieder gegangen, und er hatte vor sich hingedämmert und versucht, die Schweißausbrüche, das Kribbeln auf der Haut, die Kopf- und Gliederschmerzen zu ertragen. Jetzt hörte er Schritte, das Klirren großer Schlüssel, leise Stimmen. Die Tür wurde mit einem Klacken aufgeschlossen. Im Zwielicht erkannte der Maler zunächst nur Rosendahl und einen der Wachleute.

„Sie haben Besuch, van Aelst."

Der Maler hob den Kopf und sah Josephine. Er sprang auf und wollte auf sie zugehen. Aber er blieb zitternd stehen. Stützte sich am Bett ab.

„Mein Gott, Jo. Entschuldige. Ich sehe bestimmt schrecklich aus."

Sie kam vorsichtig auf ihn zu und fuhr ihm mit einer Hand flüchtig über den Kopf. „Warum bist du so verschwitzt? Bist du krank? Du brauchst einen Arzt." Sie sah zu Rosendahl.

„Der Arzt war schon da. Es sind Entzugserscheinungen. Das muss er aushalten. Er wird es überleben. Er kann uns aber auch die Wahrheit sagen. Wenn sie so harmlos ist, wie er sie darstellt, kann er nach Hause gehen. Ich lasse Sie jetzt allein. Sie haben eine Viertelstunde."

Rosendahl schlug die Tür zu und ging in die Nachbarzelle. Die Nazis hatten dort unterhalb der Decke ein Loch in die Wand geschlagen und mit Lüftungsgittern kaschiert, um Gefangene zu belauschen.

„Ich habe dir etwas mitgebracht. Zigaretten und …"

Van Aelst unterbrach Josephine. „Schnell! Bevor sie die auch wegnehmen!"

Rosendahl hörte das Päckchen knistern und das Entzünden eines Streichholzes.

„Und auch das hier noch. Papier und Stifte."

„Das ist großartig, aber sie werden es mir wegnehmen. Angeblich kann man aus Stiften tödliche Waffen basteln. Man müsste nur das Auge des Gegners richtig treffen." Der Maler lachte heiser und hustete.

„Es sind auch Pastellkreiden und Kohlestifte dabei. Damit kann man nun wirklich nichts anrichten. Hier, sieh nur."

Rosendahl hörte, wie eine Blechschachtel geöffnet und darin herumgekramt wurde.

„Das ist wunderbar, dass du daran gedacht hast. Wenn ich nur wieder zeichnen kann, dann wird das alles hier erträglicher. Schau, das ist für dich. Vorsichtig, es ist zerbrechlich."

Rosendahl verfluchte die Nazis, die das Loch und die Lüftungsgitter direkt unter der Decke angebracht hatten, sodass man zwar alles hören, aber nicht sehen konnte, was in der Zelle passierte.

Josephine sprach mit belegter Stimme. „Jan, ich weiß nicht, was ich sagen soll. Das hast du einfach so auf den Putz gezeichnet?"

„Ich fand einen Bleistiftstummel im Futter meiner Jacke. Aber der ist jetzt auch fast aufgebraucht."

Rosendahl hört Josephine seufzen.

„Jan, es ist so einfach, so treffend. So gut. Du bist wirklich ein großer Künstler."

„Du musst gut darauf aufpassen."

„Schau, ich verstecke es hier."

„Ja, das ist eine gute Stelle, eine schöne Stelle“, antwortete van Aelst.

Dann wurde es still in der Zelle. Rosendahl überlegte, ob er hinausgehen sollte, um vom Flur aus „Nur noch zehn Minuten!“ zu rufen. Schließlich erhoffte er sich von dem Gespräch zwischen den beiden Informationen und kein Liebesgeflüster. Aber da hörte er schon wieder die Stimme des Malers.

„Was wollte Rosendahl von dir wissen?“

„Was ich von deinen Geschäften, deinem Kunsthandel weiß. Warum du so reich bist.“

„Und was hast du ihm geantwortet?“

„Dass du ein guter Maler bist und immer viele Aufträge hattest. Dass du sehr viel Geld in der Lotterie gewonnen hast und ein paar äußerst wertvolle Bilder verkauft hast.“

„Hat er dir geglaubt?“

„Ich weiß es nicht. Er wollte vor allem wissen, ob du mit den Nazis Geschäfte gemacht hast. Ob du Göring einen Vermeer verkauft hast.“

„Was hast du ihm gesagt?“

„Dass ich davon nichts weiß, und dass ich es mir nicht vorstellen kann. Dass du die Nazis nicht mochtest. Sie waren dir zu spießig, so würdest du das jedenfalls ausdrücken. Du feierst gerne und trinkst, nimmst Drogen und hast viele Mädchen. Alles Dinge, die den ordentlichen Nazis nicht gefielen. Ich sagte ihm, du hättest keine gute Meinung von den Nazis. Aber lass uns nicht über diesen Quatsch reden. Dafür ist die Zeit zu kurz. Ich würde dir so gern etwas Schönes sagen.“

Eine kleine Pause entstand.

„Jan, warte. Der Kapitein wollte noch wissen, was ich

von der italienischen Familie weiß, denen du beim Verkauf ihres Vermeers geholfen hast. Ich sagte ihm, dass du öfters von dieser Familie gesprochen hast, und dabei sei es immer um Bilder gegangen. Aber du hättest ihren Namen oder Wohnort nie erwähnt. Ich glaube, hier hat sich der Kapitein mehr erhofft."

„Ganz bestimmt. Er glaubt mir nicht."

Rosendahl schüttelte den Kopf. Er glaubte beiden nicht. Er hatte bei Josephine immer wieder nachgefragt, aber die Dame hatte schnippisch reagiert. Ihr Leben in Südfrankreich sei ausgefüllt gewesen mit Freundschaften, Verabredungen, gesellschaftlichen Anlässen, Soireen, Vernissagen und Partys. Sie habe Ausflüge an die Küste und in die Berge gemacht. Habe Theater, die Oper und das Casino besucht. Damals hätten sehr viele interessante Engländer und Amerikaner an der Côte d'Azur gelebt. Van Aelst hätte sie manchmal begleitet, wenn er sich Kontakte für neue Aufträge erhofft habe. Aber die meiste Zeit habe er wie ein Besessener gemalt. Oft sei er in einem Trancezustand gewesen und sie habe nicht gewusst, ob es die Arbeit oder der Alkohol und die Drogen gewesen seien. Oder alles zusammen. Sie hätten sich auseinandergelebt. Von seinen Geschäften habe sie keine Ahnung. Warum auch? Geld sei immer genügend vorhanden gewesen. Wozu sich also Gedanken machen?

„Das ist sehr gut, was du ihm gesagt hast", hörte Rosendahl van Aelst sagen.

Josephine lachte. „Ehrlich gesagt, haben mich deine Geschäfte auch nicht wirklich interessiert. Ich fand es nebensächlich. Aber warum sagst du ihnen nicht die Wahrheit?"

„Was meinst du?" Van Aelst klang erschrocken.

„Ich denke, die Wahrheit hat doch gar nichts mit dieser Familie zu tun."

„Josephine, du hast doch diesem Polizisten nicht etwa …"

„Nein! Natürlich nicht!"

„Ich weiß ja von nichts." Josephine klang spöttisch. „Ich habe mich auch nie gewundert, woher ein wertvolles Gemälde nach dem anderen in deinem Atelier auftauchte und die Kunstagenten und Bankiers anlockte wie die Schmeißfliegen."

„Ich weiß nicht, wovon du sprichst, Josephine. Die Bilder stammten alle von der Familie, ich habe sie nur etwas restauriert und aufgefrischt." Van Aelst atmete schwer. „Gib mir noch eine Zigarette."

Wieder hört Rosendahl das knisternde Zigarettenpäckchen und das Kratzen des Streichholzkopfes.

„Ich werde jetzt gehen, Jan. Ich hoffe, du tust das Richtige. Wenn du stur bleibst, werden sie dich als Kollaborateur vor Gericht stellen. Vielleicht droht dir sogar die Todesstrafe. Das hat mir der Kapitein deutlich gesagt."

„Er will dir Angst machen. Bitte Jo, bleib noch. Die Zeit ist noch nicht um."

„Ich bin schon zu lange hier. Das kleine Bild hat mich berührt. Aber ich ertrage dich nicht mehr. Du hast dich nicht verändert. Du hast so oft eine zweite Chance bekommen, und immer hast du dich falsch und für die Lüge entschieden. Mach es gut." Josephine schlug kräftig mit der Faust gegen die Tür.

„Hallo, ist da jemand? Ich möchte gehen." Sie verließ die Zelle, ohne sich umzudrehen.

Währenddessen hatte sich van Aelst wieder auf die Pritsche geworfen und zog gierig an seiner Zigarette. Schnell versteckte er die Opiumtinktur, die ihm Josephine mitgebracht hatte. Er steckte das Fläschchen zusammen mit den Stiften und Zigaretten durch das Loch ins Futter seines Jacketts und schob eines der Skizzenbücher unter sein Hemd. Er hatte einen Plan. Er würde alles aufschreiben. Die ganze Wahrheit, wie von Josephine gefordert. Aber zuerst wie es dazu gekommen war, denn er war nicht als Lügner geboren worden.

Rosendahl war frustriert. Van Aelsts Kunsthandel und die geheimnisvolle Familie in Italien blieben weiterhin ein Geheimnis. Es wurde immer rätselhafter. Und was hatte er nur auf Putz gezeichnet? Hatte er es Josephine mitgegeben? Eigentlich müsste er Josephine filzen, aber mit welcher Begründung? Er müsste sich dieser schönen, stolzen Frau als mieser Lauscher offenbaren. Das störte ihn am meisten. Direkt vor der Zellentür hatte sie ihn kühl und fordernd gebeten, sie möglichst schnell von diesem schrecklichen Ort wegzubringen. Sie war äußerst entschlossen und Rosendahl hatte sich geschlagen geben, weil er sich keine Blöße geben wollte. Dabei war er sicher, dass sie mehr wusste. Warum hatte sie van Aelst aufgefordert, sich nicht immer für die Lüge zu entscheiden?

4. Die Pommesbude

Meg quetschte sich durch einen Bretterverschlag. Sie stieg in ein zerstörtes Schaufenster des Maison Hirsch. Der Regen prasselte direkt vor ihr auf das Pflaster der schmalen Passage, die zwischen dem Kaufhaus und dem Amtsgericht lag. Von hier aus konnte sie den Eingang beobachten, ohne selbst gesehen zu werden. Der Boden, auf dem sie stand, war übersät mit Scherben und Dreck. Es roch muffig in dem einstmals prächtigen Gebäude. Meg konnte in der staubigen Luft nur noch erahnen, wo früher die edlen Verkaufstheken und strahlenden Vitrinen gestanden hatten. Ein Rest des ausladenden Treppenhauses war noch zu erkennen. In ihrer Ecke, in einem der seitlichen Schaufenster etwas abseits der noblen Arkaden der Hauptfassade, waren früher Seidenstrümpfe, Lingerie und Nachtwäsche ausgestellt worden. Das aus Brüssel stammende jüdische Modehaus Hirsch hatte Ende des 19. Jahrhunderts Haute Couture, hochwertige Schuhe, Hüte und Accessoires nach Amsterdam gebracht und eine modische Revolution ausgelöst. So etwas hatte es bis dahin in den Niederlanden nicht gegeben. Sogar Königin Wilhelmina und ihre Tochter Juliana hatten hier eingekauft.

Meg bemerkte, wie die Tür des Gerichtes geöffnet wurde. Josephine trat heraus und lief mit schnellen Schritten in ihre Richtung. Meg quetschte sich durch die Bretter nach draußen und winkte ihr, aber Josephine schien sie nicht zu bemerken. Sie eilte weiter in Richtung Leidseplein. Meg rannte los. Als sie Josephine eingeholt hatte, lief diese einfach weiter.

„Was willst du? Ich kann dir nichts erzählen. Außer, dass es Jan nicht gut geht. Er hat Schüttelfrost und ist noch dünner und klappriger als zuvor. Aber das ist auch nicht verwunderlich, wenn man im Gefängnis sitzt. Ich denke, das reicht kaum für eine gute Story."

„Was werfen sie ihm vor?" Meg musste sich anstrengen, um mit Josephine Schritt halten zu können, während der Regen immer stärker wurde. Direkt vor ihnen tauchte das prächtige Hotel American auf.

Josephine zeigte darauf. „Komm, ich lade dich ein."

Ein Portier öffnete ihnen mit einer steifen Verbeugung die Tür des Hotels. In der Halle erwartete sie ein Kellner im schwarz-weiß gestreiften Gilet.

Josephine huschte an ihm vorbei. „Wir kommen schon zurecht", rief sie und lief zielstrebig zu einem Nischenplatz in der Ecke des Cafés neben der Lobby. Sie setzten sich nebeneinander, mit dem Rücken zur Wand, in breite Sessel. Vor ihnen lag das reich verzierte Café *Americain* mit seinen Kronleuchtern und den vielen kleinen, verstreut aufgestellten Bistrotischen. Sie bestellten Sherry und einen kleinen Lunch, bestehend aus Königinnenpastetchen und Fleischkroketten auf Butterbroten. Meg wunderte sich, was es schon wieder alles zu essen gab, wenn man nur das richtige Lokal aufsuchte und Geld hatte. Allerdings wollte sie nicht genau wissen, was in den Pastetchen und Kroketten wirklich enthalten war. Sie erinnerte sich an den Imbissbudenbesitzer am Meer, der aus Fischabfällen und exotischen Gewürzen Garnelen-Kroketten gezaubert hatte. Sie hatte ihn in ihrer Serie „Überleben nach dem Krieg" porträtiert. „Keiner schreibt so gut über den harten Alltag wie du. Das berührt die Leute. Das solltest du auch weiter machen. Politik ist nichts für dich." So hatte ihr Chefredakteur Gerrit van Zomeren sie erst neulich wieder vor versammelter Mannschaft mit einem hinterhältigen Lächeln gelobt. Sie musste unbedingt schnell eine gute Story an Land ziehen, sonst würde man sie zum nächsten Küchentermin losschicken.

„Du wolltest wissen, was sie van Aelst vorwerfen", begann Josephine das Gespräch. „Rosendahl wollte vor allem wissen, ob Jan mit den Nazis Geschäfte gemacht hat. Davon weiß ich nichts. Aber das scheint der Verdacht zu sein. Rosendahl meinte, sie hätten einen Hinweis, dass Jan ein sehr wertvolles niederländisches Gemälde an die Nazis verkauft hat. Wenn er das nicht widerlegen könne, würden sie ihn wegen Kollaboration vor Gericht stellen. Das würde kein Spaß werden, denn es gehe um einen Millionenbetrag. Bereicherung durch den Verkauf von wertvollem niederländischem Volksbesitz an den Feind. In den letzten Wochen wurden Leute schon wegen geringerer Vergehen aufgehängt. Aber vielleicht wollte er mir auch nur Angst einjagen."

Meg machte sich Notizen. „Um was für ein Bild handelt es sich? Von welchem Künstler? Wer war der deutsche Käufer?"

„Das hat er nicht verraten."

„Sagt dir ‚Alois Miedl' etwas?"

„Nein. Ich höre den Namen zum ersten Mal", sagte Josephine abweisend.

„Auch wenn du es Rosendahl nicht gesagt hast. Ich möchte es wissen. Hat dein Ex-Mann Geschäfte mit den Nazis gemacht?"

Anstatt zu antworten, kramte Josephine in ihrer Handtasche. Sie zog ein schweres Benzinfeuerzeug und ein goldenes Zigarettenetui hervor, streckte es Meg entgegen und ließ es aufschnappen. Meg nahm sich eine Filterlose und wartete, bis auch Josephine sich eine ausgesucht hatte. Dann steckte sie sich die Zigarette in den Mund, hob den Kopf und ließ sich von Josephine Feuer geben. Ihre Blicke begegneten sich. Melancholie lag in Josephines dunklen Augen. Die Schauspielerin inhalierte tief und ließ den Rauch langsam aus ihrem Mund entweichen.

„Aus welchem Grund sollte ich einer Reporterin verraten, ob mein Ex-Mann mit den Nazis Geschäfte gemacht hat? Vielleicht sogar zu einer Zeit, als wir noch verheiratet waren. Dann hänge ich genauso mit drin."

„Du könntest den Verdacht zurückweisen und ihn entlasten. Wenn ich schreibe, dass du, die beliebte Schauspielerin Josephine van Wageningen, seine Muse und frühere Frau, den Vorwurf der Kollaboration bestreitest, dann wird Rosendahl es schwer haben, ihn ohne gute Beweise anzuklagen. Tust du das?"

„Ich kann es mir nicht vorstellen, das habe ich auch schon Rosendahl gesagt."

„Dann könnte es also sein."

„Nein. Das heißt, ich weiß es nicht. Damit musst du dich zufriedengeben. Außerdem kann ich es nicht ausstehen, wenn man mich unter Druck setzt." Josephine stand auf, drückte ihre Zigarette in den Aschenbecher und legte ein paar Scheine auf den Tisch.

„Gib dem Kellner nicht zu viel Trinkgeld."

Noch bevor das Essen serviert wurde, war Josephine bereits wieder durch die Drehtür des Café *Americain* verschwunden.

Chefredakteur Gerrit van Zomeren war wütend. Gerne hätte er dem Pappkarton mit den Leserbriefen zu seinem

Leitartikel einen Tritt versetzt, aber er beherrschte sich. Stattdessen trat er zum wiederholten Mal an diesem Tag an seine Bürotür mit der großen Milchglasscheibe. Durch die glasklaren Buchstaben des Schriftzuges *CHEFREDAKTEUR* konnte er den ‚Bienenkorb', wie seine Redakteure ihr Großraumbüro nannten, beobachten. Er sah Reporter mit steifen Fingern auf die Tastaturen ihrer Schreibmaschinen einhacken. Andere schrien Halbsätze in klobige Telefonhörer. Redakteure redigierten mit spitzen Bleistiften Texte und halbwüchsige Büroboten warteten, um sie zu den Setzern zu bringen. Ressortleiter diktierten blassen Stenotypistinnen Kommentare. Van Zomeren hätte zufrieden sein können, denn seine Jungs taten alles für die aktuelle Ausgabe seiner Zeitung. Er war immerhin der Chefredakteur, eine Position, die er sich mit viel Fleiß und ein paar Beziehungen erarbeitet hatte. Leider gab es noch den Herausgeber Jules Verelst. Er war einer der Gründer der früheren Untergrundzeitung und sein Vorgänger. Er hatte nach der Befreiung das Amt aufgrund seines hohen Alters und eines Beinleidens abgegeben, mischte sich aber immer wieder ins Tagesgeschäft ein. Erst heute Morgen war der hochgewachsene, klapperdürre Mann bei ihm im Büro gewesen. Etwas gebeugt und auf einen Stock aus Ebenholz mit Silbergriff gestützt, hatte er ihn durch seine runde Goldrandbrille, die auf einer ausgeprägten Habichtnase saß, angestarrt und auf den Karton mit den Leserbriefen gezeigt.

„Ganz schön viele Reaktionen in Zeiten, wo Papier knapp ist. Die wirst du alle beantworten müssen, das bist du den Lesern schuldig. Und dabei solltest du die Auflage der Zeitung nicht aus den Augen verlieren."

„Ja, natürlich." Mehr war van Zomeren nicht eingefallen. Der alte Mann war schon wieder auf dem Weg zur Tür, als er sich noch einmal umdrehte.

„Und was macht unser Küken?" Dabei lachte er kurz. „Ich weiß, sie ist längst kein Küken mehr nach dem, was sie im Krieg geleistet hat. Sie wurde gestern im Café *Lessing* gesehen. Was hatte sie dort verloren?"

Van Zomeren zuckte mit den Schultern und spürte neuen Ärger in sich aufsteigen. „Ich habe keine Ahnung."

Das genügte Jules Verelst nicht. „Woran arbeitet sie?"

„An einer Serie zu *Helden des Alltags – Überleben in der Nachkriegszeit.*" Dabei huschte ein Lächeln über sein Gesicht, denn er wusste, dass Verelst solche lebensnahen Geschichten schätzte. Aber der Alte knurrte.

„Ja, diese Kochrezepte und der ganze Kram. Nette Sachen fürs Vermischte. Sie kommen gut an. Aber Meg kann viel mehr. Du musst sie auf echte Storys ansetzen. Die lese ich in letzter Zeit nur noch in den anderen Zeitungen, bei den Linken und den Protestanten. Während wir", dabei blickte er wieder zu dem Karton mit den Leserbriefen, „während wir an die Vernunft und Zurückhaltung appellieren, in Zeiten, in denen es in den leeren Bäuchen rumort und geschundene Seelen nach Vergeltung lechzen. Lass dir was einfallen, ich verlass mich auf dich. Und nicht wieder so ein Erbauungsmist. Oder willst du Politiker werden?" Dabei hatte Jules Verelst die Tür geöffnet und war langsam aus dem Büro gehumpelt.

Van Zomeren starrte weiter durch das klare ‚D' des Schriftzuges ‚CHEFREDAKTEUR' auf der Milchglasscheibe. Er betrachtete den Schreibtisch in der Ecke am Fenster des Bienenkorbs. Er war mit Papierstapeln, unzähligen

Notizzetteln und Fotos übersät. Wegen des vollen Papierkorbes lagen auch zerknüllte Zigarettenschachteln und leere Filmpackungen auf unfertigen Manuskripten. Gekrönt wurde die Müllhalde von einem überquellenden Aschenbecher. Der hatte dort immerhin noch Platz, während die Schreibmaschine und das Telefon auf das Fensterbrett verfrachtet worden waren. Dort sollte jetzt eigentlich das „Küken“ sitzen. Margriet van Hettema. Neben den Sekretärinnen und Stenotypistinnen die einzige Frau in seiner Redaktion. Und leider eine Legende. Nur Verelst und ein, zwei Kollegen hatten gewusst, wer sich hinter dem Reporter ‚Piet Meijers‘ verborgen hatte. Nach der Befreiung, als *Het Parool* endlich offiziell erscheinen durfte, war die Überraschung groß, als Verelst die attraktive Kollegin vorstellte. Die meisten mochten und schätzten sie. Sie konnte gut schreiben, das musste van Zomeren zugeben. Aber dennoch war er, was ihre Rolle bei der Zeitung anging, anderer Meinung als Verelst. Die chaotischen Zeiten der Besetzung hatten dem Küken die Möglichkeit geboten, als Frau in der Rolle des Reporters ‚Piet Meijers‘ zu einer kleinen Berühmtheit unter den Kollegen aufzusteigen. Aber diese Zeiten waren jetzt vorbei und van Zomeren wollte, dass die Niederlande wieder zu einem geordneten und ruhigen Leben zurückkehrten. Das zu ermöglichen, war allein die Aufgabe von aufrechten Männern, die wie er mit dem richtigen Glauben ausgestattet waren. Außerdem war er davon überzeugt, dass Frauen in wichtigen Positionen in Politik, Presse, Wirtschaft, Banken und Parteien nichts verloren hatten. Das verstieß gegen die Natur. Von seinem Vater, einem reformierten Prediger, kannte er dazu zahlreiche Bibelzitate. Auch seine Mutter, eine strenge Volksschullehrerin, hatte bei jeder Gelegenheit darauf hingewiesen: „Verhalte dich immer ganz normal, das ist schon verrückt genug." Mit dieser van Hettema hatte er jetzt eine echte Verrückte in seiner Redaktion. Auch heute hatte sie sich trotz Redaktionskonferenz und Abgabeterminen noch nicht blicken lassen. Niemand wusste, wo sie steckte und woran sie gerade arbeitete. Van Zomeren drehte sich um und ging zurück zu seinem Schreibtisch. Doch diesmal konnte er sich trotz seiner Erziehung, die ihm jegliche Gefühlsregung verbat, nicht beherrschen. Er holte aus und trat so heftig gegen den Karton mit den Leserbriefen, dass seine Schuhspitze in der Pappe stecken blieb. Es klopfte an der Tür, und er konnte gerade noch rechtzeitig seinen Fuß befreien, bevor die van Hettema ihren Kopf hereinsteckte.

„Hallo Gerrit. Sie meinten", Meg zeigte mit dem Daumen über ihre Schulter nach hinten in den Bienenkorb, „du wolltest mich sprechen?"

„Ja, komm bitte rein." Er ging um seinen Schreibtisch und ließ sich auf den Stuhl fallen. „Setz dich."

Aber Meg blieb an der Tür stehen. „Dauert es länger?"

„Vielleicht." Van Zomeren betrachtete sie. Schon wieder trug sie diesen schäbigen Trenchcoat. Und darunter? Er verbot es sich, daran zu denken. „Kommst du gerade von einem wichtigen Termin oder war der Abend im Café *Lessing* etwas zu lang? Beziehungsweise die Nacht zu kurz?"

„Spionierst du mir nach?"

„Keinesfalls. Verelst macht sich Sorgen. Er wollte wissen, was du dort verloren hattest."

„Verelst?" Meg schien nun doch etwas verlegen zu sein. „Woher weiß er das? Ja natürlich, er kennt die halbe Stadt. Also, ich war dort, um Kontakte zu knüpfen."

„Das machen die meisten der Mädchen dort."

„Genau. Weil du mich so schlecht bezahlst. Was bleibt mir anderes übrig? Von irgendwas muss ich ja leben." Van Zomerens Gesichtszüge erstarrten und er richtete sich steif in seinem Bürosessel auf. „Schon gut. War nur ein Scherz. Ich habe einen Tipp bekommen. Eine ziemlich heiße Story. Ich sollte dort ein paar Leute treffen."

Van Zomeren hatte sich wieder hingesetzt und drehte einen Bleistift zwischen seinen Fingern.

„Hast du etwas erfahren?"

„Ja und nein. Die Militärverwaltung hat angeblich einen großen Fisch an der Angel." Meg fasste zusammen, was sie erfahren hatte, ohne allerdings zu erwähnen, dass sie sowohl Rosendahl als auch van Aelst von früher kannte. Sie unterschlug ihrem Chef auch den Hinweis auf den Nazikunsthändler Miedl und ihr Treffen mit Josephine. Was übrig blieb, war wenig beeindruckend, und das war auch ihre Absicht. Sie wollte die Geschichte van Zomeren erst präsentieren, wenn sie wasserdicht war.

„Viel ist das nicht. Hast du dich dafür die halbe Nacht in einem zweifelhaften Etablissement herumgetrieben und erscheinst erst jetzt zur Arbeit?"

„Gute Recherchen brauchen eben Zeit."

„In der Tat. Ich weiß, du möchtest noch immer gerne einen spektakulären Verrat aufdecken, einen echten Kollaborateur entlarven oder irgendetwas in der Art. Aber das hier scheint mir doch etwas dünn zu sein."

„Wahrscheinlich hast du recht."

„Ich hab da eine Idee. Soweit ich mich erinnere, hast du doch in deiner Zeit beim *Telegraaf* eine Reportage über einen nazibegeisterten Pommesverkäufer gemacht. Hat er nicht sogar die ‚Sieg-Heil-Fritten' erfunden?"

Meg ließ sich nicht provozieren und antwortete sachlich. „Sieg-Heil-Bratkartoffeln mit der rot-weißen Hakenkreuzsoße."

Van Zomeren lächelte süffisant. „Schöne Geschichte damals. Ich dachte mir, guck doch mal nach, was aus dieser Pommesbude und seinem Besitzer geworden ist. Also, wenn das kein Kollaborateur ist."

„Den Typen werden sie längst davongejagt haben, wenn er es überlebt hat."

„Na eben. Da muss man doch mal nachfragen. Vielleicht gibt es dort jetzt wieder echte holländische Fritten. Eine schöne Geschichte darüber, wie wir die Verräter nicht entkommen und die alten Niederlande wieder neu entstehen lassen. Ich gebe dir zwei Tage Zeit. Und bitte, räume vorher deinen Schreibtisch auf."

Die Frittenbude hieß jetzt *Das Königreich* und nicht mehr *Das Reich.* Auf dem Imbissbudenschild prangte in fetten Buchstaben unter dem Schriftzug die neue Spezialität *French Fries & Original Ketchup*. Sie hatten die *‚Sieg-Heil-Bratkartoffeln'* der Besatzer abgelöst. Ansonsten standen, wie schon zur Besatzungszeit, ein paar Soldaten vor dem Imbiss und aßen Pommes frites aus Papiertüten. Nur, dass es keine grauen Landser mehr waren, sondern Kanadier in hellen Uniformen und mit weißen Halstüchern. Sie tunkten ihre Fritten in eine dicke dunkelrote Soße.

Der neue Besitzer schnitt mit einem Schälmesser aus großen Kartoffeln breite Fritten auf Vorrat. Seine feuchten Hände glänzten rosa, als er sie mit einem karierten Küchenhandtuch trockenrubbelte.

„Fräulein." Er sah Meg fragend an. „Einmal mit echt Original Ketchup?" Dabei kauderwelschte er so etwas wie: „Äächt Origschiineeel Kätchööp", und einer der Soldaten verbesserte ihn lachend. „Original Ketchup, du wirst es nie lernen." Dann sah er Meg an: „Darf ich Sie einladen?"

Meg winkte ab. „Nachher vielleicht. Ich bin Zeitungsreporterin bei *Het Parool* und würde Sie gerne fotografieren. Möglichst zusammen mit ihm." Sie zeigte auf den Imbissbudenbesitzer.

„Jeroen van, ach Quatsch, nenn mich einfach Jeroen. Tolle Idee. Mein Vorgänger ist mit so einem Foto berühmt geworden." In der Schürze eilte er aus seiner Bude und stellte sich zwischen die Kanadier. Meg dirigiert die ganze Gruppe unter das Schild *Das Königreich* und es entstand ein Foto, das dem Ursprünglichen, mit den vier Nazis und dem vorherigen Budenbesitzer, sehr ähnelte.

„Dein Vorgänger war ein Nazi. Was ist mit ihm passiert?", wollte Meg wissen.

„Oh, den kannst du jetzt im Lager besuchen. Er hat Glück gehabt, dass sie ihm beim Abrasieren seines Adolf-Bärtchens nicht auch die Kehle durchgeschnitten haben. Aber die Bude, das muss man ihm lassen, war prima in Schuss."

„Wie bist du zu ihr gekommen?"

Jeroen zögert kurz. „Sie gehört mir. Ich hatte sie ihm verpachtet."

„Dann hat es dich damals nicht gestört, dass er ein Nazi war?"

„Nein, warum? Geschäft ist Geschäft. Ich habe die Imbissbude ja nicht an einen Nazi verpachtet. Er hat sich erst später für den NSB entschieden. Und der Laden lief prima. Jetzt sitzt er allerdings deshalb im Gefängnis."

„Wovon du profitierst." Mag machte währenddessen noch ein paar Porträtfotos von Jeroen, dem die Sache aber jetzt nicht mehr zu schmecken schien.

„Hey! Hör auf damit. Was willst du eigentlich? Die Nazis sind weg."

Meg steckte die Kamera ein. „Aber es rennen noch viele frei herum, die von den Besatzern profitiert haben."

Jeroen war mittlerweile wieder in seine Bude gegangen und wischte heftig mit einem feuchten Lappen die Theke ab. „Aber ich doch nicht. Ich habe nur ein ehrliches Geschäft gemacht. Oder etwa nicht, Jungs?" Dabei sah er die kanadischen Soldaten an, die verwundert waren über den Streit, den sie nicht richtig verstanden.

„Komm, Lady, iss ein paar French Fries mit uns. Jeroen macht die wirklich gut."

Meg wunderte sich über ihre heftige Reaktion. Schließlich hatten viele Niederländer von den Nazis profitiert, ohne gleich Verräter oder Kollaborateure zu sein. Das Leben war einfach weitergegangen und man hatte sich angepasst. Tatsächlich waren es nur wenige gewesen, die wirklich Widerstand geleistet hatten. Die meisten konnten zwar die Nazis nicht ausstehen, aber sie hatten ihre Klappe gehalten und wollten einfach nur ihre Ruhe haben. Sie sah Jeroen an. Er wartete unschlüssig mit einer Schippe voller Fritten darauf, ob sie nun eine Portion bestellen wollte.

„Sorry, ich hab es nicht so gemeint. Ich möchte sie gerne probieren. Schließlich soll ich darüber schreiben. Und wehe, wenn sie schlechter sind als die ‚Bratkartoffeln'." Jeroen spendierte ihr einen dicken Klecks aus der Flasche auf die knusprigen Fritten und Meg tunkte eine in das Ketchup. Die Soße schmeckte leicht süß und dennoch würzig und säuerlich. Sie passte prima zu den salzigen Fritten. „Echt lecker", war ihr Kommentar und Jeroen strahlte.

„Ja, Fräulein, so schmeckt die Freiheit."

Danke für die Schlagzeile, dachte sich Meg. *Der Geschmack der Freiheit*, darunter ein Foto von Jeroen, den kanadischen Soldaten und dem Ketchup. Schade, dass die Zeitung keine Farbfotos oder wenigstens die Überschrift in Knallrot drucken konnte. Sie würde daraus einfach ein *DER GESCHMACK DER FREIHEIT IST ROT!* machen. Das wäre außerdem noch schön doppeldeutig und würde van Zomeren ein bisschen ärgern. Meg warf ihre leere Papiertüte in einen Abfalleimer und verabschiedete sich von Jeroen und den Soldaten.

Sie lief zur Calliopestraat. Sie wollte nachsehen, ob es das Tabakgeschäft noch gab, in dem damals ihre Karriere als Reporter Piet Meijers begonnen hatte. Tatsächlich war es unverändert im Haus Nummer 13. Von der gegenüberliegenden Straßenseite erspähte sie, wie sich die Tür öffnete und ein schlanker Mann mit etwas zu langen Haaren und einer Nickelbrille vor das Geschäft trat und sich umsah. Wie vor vier Jahren trug er eine graue Strickweste über einem Hemd ohne Krawatte. Es war zweifellos der alte Besitzer. Meg war erleichtert und winkte ihm, aber er sah sie nicht und ging wieder in den Laden. Schnell eilte sie zu dem Geschäft. Sie öffnete die Tür. Dieselbe Glocke wie damals ertönte, und auch die Mischung aus frischem, würzigem Tabakgeruch und abgestandenem Zigarrenrauch war unverändert. Neben der

Kasse flackerte noch immer eine kleine Gasflamme aus einem Zinkrohr für die Laufkundschaft mit ihren Tageszigarren. Der Ladenbesitzer sah sie an.

„Mein Gott. Endlich besuchst du mich." Er kam hinter der Ladentheke hervor und nahm Meg in seine Arme.

„Ich bin ein paar Mal hier vorbeigekommen, aber ich hatte immer Angst diesem Deutschen, diesem Alois Miedl, wieder zu begegnen. Nach der Befreiung bin ich heute das erste Mal wieder in Den Haag. Und rate mal, warum? Ich soll schon wieder eine Geschichte über diese Frittenbude schreiben. Damals eine Alltagsgeschichte über das Leben mit den Nazis, heute ohne Nazis, und jedes Mal spielt eine Pommesbude die Hauptrolle."

Sie mussten beide lachen.

„Du hast mir damals nicht deinen Namen gesagt, damit ich dich nicht verraten kann, falls die Deutschen mich schnappen würden."

„Ich heiße Rens. Rens Verbeek."

„Rens. Ich bin so froh, dass du den Krieg gut überstanden hast."

„Geraucht wird immer, Fräulein van Hettema. Die Nazis schätzten unsere Zigarren aus Sumatra und Java. Dem Geschäft ging es gut und verraten hat mich auch niemand."

„Woher kennst du meinen Namen?"

„Wer Zeitungen verkauft, liest sie auch. Sogar die schlechten. Ich wusste, dass du über die Nazifrittenbude schreiben solltest."

„An diesem Tag hat sich mein Leben total verändert. Trotzdem muss ich heute wieder über diese Frittenbude schreiben."

„Du wirst schon noch andere Storys finden. Wie wäre es mit einer echten Chesterfield?“

Rens klopfte auf die Unterseite eines zerknautschten Päckchens bis vorne zwei, drei Zigaretten heraussprangen. Meg nahm sich eine und zündete sie an der Gasflamme an.

„Ich bin tatsächlich auf einer heißen Spur. Aber ich komme nicht weiter. Darin spielt übrigens auch dieser Miedl eine Rolle. Hat er sich nach unserem Zusammentreffen noch mal blicken lassen?“

Rens nickte und zündete sich auch eine Zigarette an.

„Häufig. Immer wenn er in Den Haag war. Er war Stammkunde. Anfangs hat er nach dir gefragt, und ich hatte große Angst. Ich befürchtete, dass er vielleicht doch etwas bemerkt hatte oder an dir als Frau so interessiert war, dass er mir die Gestapo ins Haus schicken würde, um herauszubekommen, wo er dich finden könne. Ich habe versucht, mich herauszureden, aber es war eher ungeschickt. Vielleicht hat mir diese Unsicherheit aber auch geholfen. Denn irgendwann fragte er mich ganz direkt, ob du meine junge Geliebte wärst. Ob ich deshalb immer so verlegen wäre, wenn er nach dir frage. Das habe er sich nämlich von Anfang an gedacht und das könne er auch gut verstehen. Es bräuchte mir nicht peinlich zu sein. Es wäre eher eine Auszeichnung. So ein junges, hübsches Ding. Ich habe einfach nicht widersprochen und noch irgendwas von strengen Eltern deinerseits hinzugedichtet. Dann hat er mir kumpelhaft mit einem ‚Gut gemacht, alter Knabe‘ auf die Schulter geklopft und mich ermahnt, ja nichts anbrennen zu lassen. Von dem Tag an kam er zwar weiter regelmäßig und kaufte Zigarren, aber er hat nie mehr nach dir gefragt. Nur ein ‚und grüßen Sie schön, Sie wissen schon‘

hat er mir manchmal beim Bezahlen verschwörerisch zugeflüstert. Obwohl er ein mächtiger Nazi war, fand ich ihn gar nicht so unsympathisch."

Meg drückte ihre Zigarette in einen großen bronzenen Aschenbecher.

„Er war ein zwielichtiger Bursche. Ich würde gerne wissen, wo er steckt."

Rens Verbeek hatte sich auf einen Stuhl gesetzt und putzte seine Brille. „Dieser Miedl ist schon eine ganze Weile weg. Ende August '44, nach der Befreiung von Paris, kam er vorbei und bestellte eine größere Menge Zigarren. Er bezahlte bar. Sie wurden ein paar Tage später von einem Fahrer abgeholt. Er meinte, er wolle in Spanien auf die guten Sumatras nicht verzichten. Von dem Tag an ist er nie wieder aufgetaucht." Rens setzte seine Brille wieder auf und sah Meg an. „Warum bist du hinter ihm her?"

Meg berichtete Rens von der Festnahme van Aelsts und dem Verdacht, dass er Geschäfte mit den Nazis, vermutlich mit Miedl, gemacht hatte.

Während sie erzählte, war Rens aufgestanden und in das Büro hinter der Ladentheke gegangen. Als er wiederkam, hatte er ein gerahmtes Bild in der Hand. Es war der Druck einer Kohlezeichnung und zeigte ein Rehkitz. Meg erkannte es sofort, denn dieses Bild hing in fast jedem niederländischen Wohnzimmer und so gut wie allen Cafés und Gasthäusern.

„Das Rehkitz, das Bambi von Prinzessin Juliana. Warum zeigst du es mir?"

„Weil van Aelst es vor über 25 Jahren gezeichnet hat. Es ist das bekannteste Bild des Landes, aber kaum jemand weiß, wer es gemacht hat, obwohl van Aelsts Name draufsteht. Aber wer ist dieser van Aelst schon? Sein Name ist kaum bekannt. Sogar in Den Haag erinnern sich nur wenige an ihn, obwohl er hier lange als Künstler gelebt hat."

„Hast du ihn gekannt?"

„Nein, aber diese Geschichte mit dem Rehkitz hat mir mal ein Kunde erzählt. Van Aelst, damals noch ein junger Künstler, der sich mit Porträts und Landschaftsbildern über Wasser hielt, lernte einen berühmten Kunsthistoriker und Kritiker kennen. Zusammen eröffneten sie eine private Kunstschule für die höheren Töchter der Stadt. Der Kritiker unterrichtete Kunstgeschichte und van Aelst gab Zeichenunterricht. Es war ein großer Erfolg, denn viele der Fräuleins aus besserem Haus sollten neben Französisch- und Musikunterricht auch eine künstlerische Ausbildung erhalten. Da sie meist wenig talentiert waren, kam die königliche Kunstakademie natürlich nicht infrage. Aber van Aelst gab sich gerne Mühe mit den jungen Fräuleins, die ihn scherzhaft und bewundernd ‚Meister' nannten. Er ließ sie Stillleben und Landschaften malen und unterrichtete sie sogar im Aktzeichnen. Mädchen aus dem Milieu, von denen er genügend kannte, standen Modell. Die Fräuleins fanden das herrlich anrüchig und gerieten dabei in ungewohnte Aufregung, was wiederum van Aelst als ihrem ‚Meister' gefiel. Eines Tages wurde ein Rehkitz als Tiermodell vorbeigebracht. Es war das Bambi der damals 10-jährigen Prinzessin Juliana. Ermöglicht hatte das der Vater einer Schülerin. Er war oberster Stallmeister am königlichen Hof. Van Aelst ließ die Schülerinnen mit dem Kohlestift zeichnen. Die meisten waren damit überfordert, weil das Rehkitz nicht stillhalten wollte. Um ein bisschen anzugeben und mal wieder seine ‚Meisterschaft' zu beweisen, zeichnete er selbst in kurzer Zeit das Rehkitz. Angeblich in zehn Minuten. Alle waren begeistert. Van Aelst ging damit zu einem Verleger, der ihm gelegentlich Postkartenmotive vom Strand oder der Promenade abkaufte, aber der hatte zunächst kein Interesse. Als er ihm dann aber sagte, das Rehkitz sei das Bambi von Prinzessin Juliana, da ließ er die Zeichnung gleich tausendfach drucken. Es wurde ein Riesenerfolg. In der Kunstszene Den Haags aber wurde van Aelst dann als der ‚Bambimaler' gehänselt. Darunter hat er sehr gelitten."

Meg betrachtete das Bild und dachte nach. „Das bedeutet, als Schöpfer des Rehkitzes ist van Aelst ein echter Prominenter, nur kennt ihn keiner."

Rens zeigte auf den Zeitungsständer neben der Ladentheke. „Es reicht schon, wenn irgendein Blatt das Rehkitz abbildet. Die Leute kaufen sofort die Zeitung."

Meg dachte nach, aber sie hatte keine Idee, wie sie aus den wenigen Informationen über van Aelst und das Rehkitz eine Story machen konnte.

Sie ging zur Tür. „Ich mach mich auf den Weg. Die neue Folge über eine Frittenbude im Wandel der Zeiten wartet dringend auf Veröffentlichung."

Rens nahm ihre Hände. „Aber diesmal wartest du bitte keine vier Jahre mehr, bis du mich wieder besuchst. Versprichst du das?"

„Ganz bestimmt. Immer wenn ich in Den Haag bin, werde ich vorbeikommen, um eine Chesterfield zu schnorren." Sie hauchte Rens einen flüchtigen Kuss auf die Wange und verließ schnell das Geschäft.

5. Das Bambi

„Ein *Koffie verkeerd.*" Meg grinste und der glatzköpfige Wirt des Café *Zwaantje* drehte sich langsam um. Er musterte Meg. „So, so. Ein *Koffie verkeerd,* schönes Fräulein. In diesen Zeiten. Sind Sie sicher?"

Meg sah ihn streng an. „Natürlich. Stehen Sie hier nicht rum. Machen Sie schon."

Der Glatzkopf nickte. „Also, ein *Koffie verveerd*?"

Meg nickte. „Genau. *Koffie verveerd.*"

Der Wirt hob die Kaffeekanne. „Okay, wie man heute sagt. Dann also *verveerd.* Bleibt es dabei, nur mit viel Milch oder machen wir es heute kanadisch?"

„Natürlich kanadisch. Oder gibt es etwa Nachschubprobleme?"

„Keinesfalls." Der Wirt stellte den Kaffee wieder ab, griff unter die Theke und holte eine Flasche Whisky hervor. Er goss etwas davon in ein Becherglas, füllte es bis zur Mitte mit Kaffee und anschließend bis zum Rand voll mit warmer Milch. „Bitte. Einmal echt *verkeerd, verveerd.* Zum Wohl."

Meg nahm einen großen Schluck. Sie und der Wirt des *Zwaantje* pflegten auch nach der Befreiung weiter das Ritual mit der Parole *verkeerd – verveerd.*

„Hast du Bill heute schon gesehen?", fragte sie den Wirt.

„Er hat am Morgen den Whisky vorbeigebracht. Er sagte, dass er später vorbeischauen will."

Meg nickte zufrieden und entdeckte hinter der Theke *Das Rehkitz.* „Du hast ja auch dieses Bambi", sagte sie zu dem Wirt. „Ist mir bisher nie aufgefallen."

„Fällt keinem auf, wahrscheinlich weil es hier schon seit

Ewigkeiten hängt. Ist doch das Bambi von der Juliana, als sie noch ein Kind war."

„Jetzt ist sie Thronfolgerin. Aber ich wette, sogar als Königin wird sie nicht so oft an einer niederländischen Wand hängen wie ihr Rehkitz."

„Darf man so über ein Mitglied der königlichen Familie sprechen?" Sergeant O'Conner stand plötzlich neben Meg und zog ihr am Ohrläppchen.

„Hör auf. Du tust mir weh. Wir sprechen doch nur über dieses Rehkitz. Es war einmal das Bambi."

„Von Prinzessin Juliana und hängt heute in jedem niederländischen Wohnzimmer", ergänzte der Sergeant. „Das haben wir sogar in unserem Vorbereitungskurs auf den Einsatz in den Niederlanden gelernt."

„Na, da siehst du mal, wie wichtig dieses Bild für die niederländische Nation ist." Meg nahm einen weiteren Schluck ihres *verkeerd*. „Aber ich wette, dass ihr nicht wisst, wer die Zeichnung gemacht hat."

Sowohl der Wirt als auch der Sergeant zuckten die Schultern.

„Der Maler Jan van Aelst."

„Muss man ihn kennen? Ist das einer eurer vielen van Dijks und Vermeers und sonst noch ‚van-Sowiesos', oder wie sie alle heißen?"

„Werd' nicht frech. Als die Jungs hier während des Goldenen Zeitalters ihre Nachtwachen und Stillleben mit Hummer, Austern und Totenköpfen malten, gab es in Kanada noch nicht mal Wände, um ein Bild daran aufzuhängen."

„Na, ich hätte jetzt aber auch nicht gewusst, wer der Künstler ist. Woher weißt du es?" Der Wirt nahm Megs leeres Glas.

„Ich hab einen Tipp bekommen, dass van Aelst in der Weteringschans sitzt. Angeblich soll er mit den Nazis Geschäfte gemacht haben. Bei meinen Recherchen heute habe ich es rausgefunden."

Der Wirt wischte mit einem Handtuch über den Tresen, bevor er Meg und dem Sergeant zwei kleine Gläser Bier servierte. Dann wischte er mit dem feuchten Handtuch auch *Das Rehkitz* ab.

„Der Maler des königlichen Rehkitzes ist im Gefängnis, weil er ‚falsch' war? Nicht schlecht. Da werden meine Gäste staunen, wenn ich das erzähle."

„Das wirst du schön für dich behalten. Es ist meine Story. Aber sie ist noch nicht fertig!"

„Was ist an der Story nicht fertig? Bei uns in Toronto wäre das ein Extrablatt. Was sitzt du hier noch herum?"

Meg war verunsichert. „Bei uns ist so etwas höchstens eine Meldung. Aber ich bin sicher, dahinter steckt mehr. Vielleicht sogar ein echter Knaller. Wenn ich wirklich etwas gefunden habe, dann lande ich den Scoop. Bis dahin also ‚Psst'." Meg legte einen Finger auf ihre Lippen. „Ihr vergesst mal ganz schnell, was ihr gehört habt."

„Okay, wenn du die nächste Runde ausgibst." Der Sergeant hob sein leeres Bierglas. Dann kramte er aus der Tasche seiner Uniformjacke einen Zeitungsartikel hervor.

„Das hat mir Colonel Brown für dich mitgegeben. Er meinte, es könnte dich interessieren."

Meg faltete den Zeitungsartikel auseinander. Er stammte aus *The Times* vom 22. Mai, zwei Wochen zuvor. Unter der Schlagzeile: *‚Die Ehebrecherin des Herrn Göring'* war das dunkle Foto eines Gemäldes abgedruckt. Ein Mann mit langen Haaren und erhobenem Zeigefinger blickte streng auf eine vor ihm kniende Frau mit Kopftuch herab. ‚*Dieses Meisterwerk des niederländischen Malers Vermeer mit dem Titel ‚Christus und die Ehebrecherin' befand sich im Besitz von Hermann Göring, Hitlers Reichsmarschall und derzeit Gefangener ‚Nazi Number One' der Alliierten.*' Meg überflog den Artikel. Amerikanische Soldaten hatten das Gemälde in Österreich bei Görings Kindermädchen entdeckt, die es wiederum vom Reichsmarschall zur Aufbewahrung bekommen hatte. Als Notgroschen für schlechte Zeiten. Ein Notgroschen in Millionenhöhe. Meg schüttelte den Kopf, las weiter und traute ihren Augen nicht. Jetzt las sie laut vor.

„Göring konnte das Gemälde durch Vermittlung des schon lange in den Niederlanden lebenden deutschen Bankiers und Kunsthändlers Alois Miedl erwerben. Er hat dafür eine Million sechshundertfünfzigtausend Gulden bezahlt. Das geht aus einer Liste hervor, die Walter Hofer, Direktor der Kunstsammlung des Reichsmarschalls, auf der Flucht zurücklassen musste und die, ebenso wie zahlreiche weitere Gemälde, von amerikanischen Soldaten beschlagnahmt wurde. Auf der Liste befinden sich auch Meisterwerke von Rubens, Tintoretto, Cranach, Velazquez und Botticelli. Die beschlagnahmten Kunstschätze sollen möglichst schnell an ihre ursprünglichen Besitzer zurückgegeben werden. Bei Kunstwerken aus Museen und öffentlichen Sammlungen ist das meist kein Problem, aber bei Bildern aus Privatsammlungen, und um ein solches handelt es sich vermutlich bei Vermeers ‚Christus und die Ehebrecherin', ist dies schwierig. Die niederländische Polizei sucht nun nach den ursprünglichen Besitzern.“

Meg knallte den Zeitungsartikel auf die Theke. „Als ich wegen van Aelst bei Rosendahl war, hat er mich nach genau diesem Miedl gefragt.“ Meg leerte das kleine Bier in einem Zug. „Immer wieder dieser Miedl. Das hätte ich vor vier Jahren wissen müssen, dann hätte ich mich doch auf ein Rendezvous mit ihm eingelassen.“

Die beiden Männer sahen Meg erstaunt an.

„Ja, ich habe ihn mal getroffen und er wollte mich wiedersehen. Damals hat er mir allerdings so einen Schrecken eingejagt, dass ich froh war, ihm nie wieder begegnet zu sein.“ Meg erzählte den beiden die Geschichte.

„Zufällig war ich heute wieder dort, und der Besitzer des Ladens hat mir erzählt, dass Miedl Ende August ’44 nach Spanien abgehauen ist. So ein Mist. Denn er ist wahrscheinlich das Bindeglied zu van Aelst.“ Meg begann plötzlich, hektisch in ihrer Handtasche zu kramen. „Aber er hat mir damals eine Visitenkarte gegeben. Ich habe sie nie weggeworfen, weil ich dachte, wenn ich mal Probleme mit den Nazis bekomme, kann er mir vielleicht helfen.“ Meg zog nacheinander ihren Fotoapparat, zwei Filmdöschen, ein Zigarettenetui, einen Geldbeutel, Personalausweis, Lippenstift und eine aufklappbare Puderdose heraus und legte alles auf die Theke. Sie betrachtete die Utensilien.

„Ich glaube, es war die Puderdose.“ Sie öffnete das Kästchen. Im Deckel befand sich ein Spiegel. Sie hob ihn mit ihrem Fingernagel leicht an und löste ihn heraus. Darunter kam tatsächlich eine Visitenkarte hervor. *Alois Miedl, Bankier und Kunsthändler, Herengracht 469.* Meg drückte den Spiegel wieder in die Puderdose und schob mit ihrem Unterarm sämtliche Utensilien zurück in die Handtasche.

„Sergeant, es ist zwar nicht weit, aber ich hoffe, du hast den Jeep dabei.“

„Sicher. Aber was willst du dort? Ich dachte, dieser Typ ist abgehauen."

„Aber es ist ein Anhaltspunkt. Vielleicht finden wir irgendetwas in dem Haus."

Meg und der Sergeant kreuzten in dem Militärjeep die Prinsengracht und fuhren entlang der Keizersgracht bis zur Westerkerk. Ihnen begegnete kein einziges Auto. Nur ein paar Fahrradfahrer und Passanten waren unterwegs. Über die Raadhuisstraat gelangten sie in die Herengracht mit ihren prächtigen Stadthäusern.

„Mit den Bäumen, die hier standen, muss das eine sehr schöne Gracht gewesen sein." Der Sergeant staunte immer wieder über die Pracht Amsterdams, die trotz der Kriegsschäden noch immer sichtbar war. Meg dachte daran, wie die Menschen im letzten Kriegswinter die Bäume gefällt hatten, um zu heizen.

Sie überquerten eine weitere Gracht und fanden das Haus mit der Nummer 469. Es sah verlassen aus. Die Fensterscheiben waren zertrümmert und die Haustür hing schief in den Angeln. Der Sergeant drückte sie auf und im staubigen Zwielicht sahen sie, dass das Erdgeschoss völlig ausgeräumt worden war. Auch in den beiden oberen Etagen sah es nicht besser aus.

„Wenn dieser Nazi irgendetwas zurückgelassen hat, dann ist es jetzt weg." Der Sergeant kickte eine lose Fliese über den Flur. Meg starrte auf eine Wand. In der Mitte, in der Größe eines Schrankes, hatte sie eine andere Tapete. Meg suchte die Oberfläche ab und drückte dann vorsichtig dagegen. Die Wand gab nach einigen Versuchen nach, drehte sich und die Rückwand, bestehend aus einem großen hölzernen

Regal, wurde sichtbar. Es war eine Geheimtür. Dahinter lag ein muffiger, dunkler Raum. Der Sergeant drängte sich an Meg vorbei.

„Lass mich vorausgehen."

Meg hörte den Sergeant vorsichtig über den Holzboden schlurfen. Dann klickte sein Benzinfeuerzeug. Bill stand vor einem mit schwarzem Papier verklebten Fenster. Er öffnete es. Sofort drang feuchte, nach Abfällen stinkende Luft aus dem Hinterhof in das Zimmer hinein. Auch dieser Raum war leer bis auf zwei Etagenbetten aus weiß lackiertem Metall.

„Ein Hinterhausversteck. Davon gab es viele in Amsterdam. Hier haben zahlreiche Juden versucht zu überleben."

„Ich dachte, dieser Typ war ein Nazi?"

„Er war mit einer Jüdin verheiratet. Aber sie stand unter dem besonderen Schutz von Göring. Er hat sie zu einer Art Ehrenarierin gemacht. Ihr konnte nichts passieren. Das war in der ganzen Stadt bekannt. Aber ihre Verwandten? Vielleicht hat er ein paar von ihnen hier untergebracht. Versteckt im Haus eines hohen Nazis. Sicherer geht es kaum. Aber wenn sie überlebt hätten, würde das Haus jetzt nicht leer stehen."

„Was ist das?" Der Sergeant zeigte auf eine kleine Landkarte an der Wand, in der bunte Fähnchen auf Zahnstochern steckten. Sie war in einen Bilderrahmen ohne Glas geklebt worden. Er sah es sich genau an.

„Das ist ungefähr der Frontverlauf der alliierten Truppen im vergangenen Sommer. Hier, das vorderste Fähnchen. Maastricht war da schon in unserer Hand. Aber woher wussten sie davon in diesem Versteck?"

„Bestimmt haben sie Radio Oranje, das niederländische Programm der BBC, gehört. Das hat hier jeder gemacht.

Maastricht, das war am 14. September 1944 und alle dachten, jetzt geht es nicht mehr lange. Es muss ihr letztes Fähnchen gewesen sein. Dabei dauerte hier in Amsterdam, im ganzen Norden der Niederlande, der Krieg noch über ein halbes Jahr."

„Was ist wohl mit ihnen geschehen?"

Meg sah Bill an. „Der Tabakhändler hat mir heute erzählt, dass Miedl, der bei ihm regelmäßig Zigarren kaufte, um diese Zeit herum abgehauen ist." Sie schüttelte den Kopf. „Viele schlimme Dinge sind damals passiert. Vielleicht hat er sie mitgenommen?"

„Das glaub ich nicht. Viel zu gefährlich. Ich stelle mir gerade vor: Du sitzt hier eingezwängt, aber immerhin fühlst du dich einigermaßen sicher. Dann plötzlich hörst du nicht mehr die gewohnten Geräusche aus dem Vorderhaus. Niemand bringt mehr Essen. Wie lange dauert es, bis man misstrauisch wird? Wann traut man sich nachzusehen? Was für eine Verzweiflung muss das gewesen sein, als sie bemerkten, dass ihr Beschützer abgehauen ist? Was für ein Verrat." Bill schob Meg zur Tür. „Lass uns gehen. Es macht dich nur traurig."

Meg nahm den Rahmen mit der Landkarte ab.

„Das nehme ich mit. Vielleicht finde ich heraus, was hier passiert ist."

Dann fuhr sie mit der Hand über die Stelle, an der die Karte gehangen hatte. Sie fühlte eine Unebenheit und einen feinen Spalt.

„Hey Bill, guck dir das an."

Der Sergeant nahm ein Taschenmesser und fuhr vorsichtig den Spalt entlang. Dreimal knickte er rechtwinklig ab. Als er die Klinge schräg ansetzte und etwas andrückte, löste sich mit der Tapete ein kleines Holzbrett und gab ein Loch in der Wand frei.

„Ein Geheimfach." Der Sergeant griff hinein und zog ein Bündel Dollarnoten hervor. Er leuchtete mit seinem Feuerzeug hinein und entdeckte zwei Armbanduhren. Für eine Frau und einen Mann. Außerdem eine Brosche mit Granatsteinen, eine Perlenkette, ein Fotoalbum und vier Ausweise. Sie waren ausgestellt auf Esther und Jakob Weiss, geboren 1905 und 1908 in Amsterdam, sowie Sara und Samuel Weiss, geboren 1930 und 1932, ebenfalls in Amsterdam. Meg blätterte in den Ausweisen und dem Album. Hochzeitsfotos. Die Kinder als Babys. Die Familie am Strand. Die Kinder mit einem Eis in der Hand. Alle lachen und wirken glücklich.

„Sie wurden also entdeckt und konnten nicht abhauen. Sonst wäre das Zeug nicht mehr hier."

„Schau, da ist noch etwas. Ein Notizbuch." Bill streckte es Meg entgegen. Es hatte einen festen blauen Leinenumschlag. Es gehörte Jakob Weiss, so stand es dort in kleinen, akkuraten Buchstaben. Mit dieser feinen Schrift war fast das ganze Büchlein vollgeschrieben. Ab Februar '41 hatte Jakob dort fast täglich kurze Notizen hinterlassen. Meg fiel die Abkürzung AM auf, die häufig vorkam. AM stand vermutlich für Alois Miedl.

20. April 1942: Wieder laute Party bei AM zu Führers Geburtstag. Die ganze Naziprominenz versammelt vor unserer Nase. Ich werde aus Esthers Schwester nicht schlau. Wie sie sich verändert hat! Dass sie vor der Besetzung AM geheiratet hat, kann man ja noch verstehen. Reich, charmant und dieses Nazigetue hat man doch nicht ernst genommen. Aber jetzt flirtet sie immer besonders ausgelassen mit den Nazibonzen. Durch die dünnen Wände können wir jedes Wort hören. Sogar mit Rauter, aus der Fünten und Seyß-Inquart. Ist es Taktik, um uns zu schützen? Wie lange sind wir hier noch sicher?

Meg blätterte an das Ende des Notizbuches. Wieder ein Hitlergeburtstag.

20. April 1944: Wie jedes Jahr Führerparty. Wie viele noch? BBC meldet Vormarsch der Russen. Was ist bei uns im Westen? Wann wird es endlich eine Invasion geben?

7. Juni 1944: BBC meldet Invasion in der Normandie. AM behauptet, sie wäre zurückgeschlagen, aber BBC meldet weiter Erfolge. AM wird zunehmend nervöser.

26. August 1944: Paris ist gefallen. AM versichert uns, es gäbe bald eine große Gegenoffensive. Er ist noch nervöser als sonst. Im Haus sprechen er und Esthers Schwester nicht mehr laut über Kriegsverlauf oder Flucht. Früher hat er immer wieder gesagt, er hätte durch den Vermeer und die anderen holländischen Meister genug Geld, um uns alle hier rauszubringen. Aber ich traue ihm nicht.

Meg stutzte über den Hinweis auf Vermeer, aber sie las zunächst einen der letzten Einträge.

29. August 1944: Was wird AM tun, wenn die Alliierten kommen? Sind wir seine Versicherung? Will er sich durch uns reinwaschen? Oder haut er vorher ab? Wird er uns mitnehmen? Oder sind sie schon abgehauen? Wir sitzen in der Falle. Seit gestern hören wir nichts mehr aus dem Vorderhaus. Was ist da draußen los? Die Vorräte gehen zu Ende. Sollen wir nachsehen?

Zornig klappte Meg das Buch zu. „Man hat sie vermutlich nach Miedls Flucht hier entdeckt. Er hat sie einfach im Stich gelassen." Meg öffnete erneut das Notizbuch und suchte in früheren Einträgen nach dem Namen Vermeer. Sie fand ihn zusammen mit Görings Namen. Aufgeregt las sie Bill vor: *18. Oktober 1943: AM prahlt gegenüber Esthers Schwester, er habe einen echten Vermeer an der Angel. Und Göring. Der zahle dafür jede Summe.*

20. Oktober 1943: AM hat den Vermeer bei einem gewissen van Rijnstra in der Galerie in der Herengracht gesehen. Er wurde ihm aus einer Privatsammlung angeboten. Göring sei bereit, über 1,5 Millionen zu bezahlen.

23. Oktober 1943: Kleine Privatparty – sie feiern mit diesem van Rijnstra den Verkauf eines Vermeers an Göring für 1,65 Millionen Gulden. Die Provision muss hoch sein. AM sagt zu Esthers Schwester, jetzt sind wir sicher. Wir haben genug für alle Fälle. Was meinen sie damit? Flucht? BBC meldet Invasion der Alliierten in Italien. Aber uns erzählt AM nichts. Auch Esthers Schwester erwähnt nichts.

Meg tippte mit dem Finger auf das Notizbuch.

„Wer ist dieser van Rijnstra? Er hat das Bild besorgt und vielleicht hat Rosendahl mit van Aelst den Falschen ins Gefängnis gesteckt. Jakob erwähnt in seinen Aufzeichnungen eine Galerie in der Herengracht.“

„Die ist lang.“

„Aber hier schräg gegenüber, in der Herengracht 458 war eine sehr renommierte Galerie. Sie gehörte vor dem Krieg einem Juden. Daran erinnere ich mich.“

Chefredakteur Gerrit van Zomeren ließ sich in seinen Schreibtischsessel sinken, verschränkte die Arme hinter seinem Kopf und schloss die Augen. Es war 16 Uhr 30 und die ganze Redaktion war fieberhaft mit der nächsten Ausgabe beschäftigt. Gerade eben hatte er der Sekretärin seinen neuen handgeschriebenen Leitartikel für die erste Seite übergeben. Er war zufrieden. Ein Meisterwerk zur Erbauung der Volksseele. Jetzt würde er mit diesem guten Gefühl früher als gewöhnlich sein Büro verlassen, um mit seiner Frau ihren Hochzeitstag zu feiern. Damit verpasste er ganz knapp den Auftritt seiner Reporterin Margriet van Hettema.

Sie stürmte in die Redaktion und schnappte sich einen Büroboten. „Geh sofort ins Fotoarchiv und besorge mir ein möglichst aktuelles Bild des Malers Jan oder Johannes van Aelst und irgendeine Abbildung vom *Rehkitz*, diesem Bambibild.“ Dann zog sie den Artikel der *Times* mit der Vermeerabbildung aus ihrer Handtasche. „Damit gehst du ins Labor und sagst ihnen, dass sie davon ein Repro machen müssen. Es ist für die aktuelle Ausgabe.“ Dann rannte sie zu van Zomerens Büro. Bevor sie es erreichte, hatte der Schlussredakteur sie eingeholt.

„Meg, was ist los? Van Zomeren ist schon weg.“

„Wenn man ihn einmal braucht. Verdammt!“ Meg überlegte. „Vielleicht ist das gar nicht so schlecht. Dann bist du für die erste Seite verantwortlich. Dafür habe ich nämlich einen absoluten Knaller.“

Der Schlussredakteur schüttelte den Kopf.

„Keine Chance, Meg. Der Chef persönlich beansprucht für morgen die Seite eins. Und deine Reportage über die Pommesbude ist erst für übermorgen eingeplant auf Seite sieben.“

„Vergiss die Fritten und das Geschwafel von van Zomeren. Was ich habe, darüber wird ab morgen das ganze Land sprechen.“

Der Schlussredakteur schüttelte erneut den Kopf. „Die Worte des Chefs sind heilig."

Mittlerweile hatten sich einige Kollegen um die beiden Streitenden versammelt. Darunter auch Louis de Winter, Feuilletonchef und stellvertretender Chefredakteur. Das war er schon unter Jules Verelst gewesen, und nur deshalb duldete van Zomeren ihn noch. Louis de Winter putzte seine runde Brille und fuhr sich über die zu langen schwarzen Haare.

„Meg. Am besten, du sagst uns einfach, was das für eine Geschichte ist."

Nun berichtete Meg, was sie über van Aelst und den Verkauf des Vermeerbildes an Göring herausgefunden hatte.

Sergeant Bill und sie waren nach dem Besuch des ehemaligen Hauses von Miedl zu der Galerie in der Herengracht gefahren. Die Tür war unverschlossen, aber es sah nicht so aus, als ob die Räume geplündert worden wären. Es waren zwar keine Bilder und andere Kunstwerke mehr zu sehen, aber es befanden sich noch antike Möbel und eine große Verkaufstheke im Erdgeschoss. Meg hatte das Gefühl, dass sie nicht allein waren. Aber auf mehrfaches Rufen meldete sich niemand. Als sie die Treppe zur oberen Etage hinaufstiegen, hörten sie ein Geräusch, und kurz darauf sahen sie einen Schatten durch den Flur huschen. Sergeant O'Connor schwang sich über das Treppengeländer und verfolgte den Flüchtenden. Auf der Herengracht, nur wenige Meter von der Galerie entfernt, erwischte er ihn und schleppte ihn im Polizeigriff in die Galerie. Der Mann war Anfang fünfzig und trug einen zerschlissenen grauen Anzug ohne Krawatte. Er brüllte aufgebracht: „Lasst mich in Ruhe! Ich habe dem Kapitein doch schon alles gesagt. Er hat mir Straffreiheit als Kronzeuge versprochen, wenn ich ihm helfe." Dank Sergeant O'Connors Uniform schien er sie ebenfalls für Polizisten zu halten.

„Du meinst Rosendahl?", fragte ihn Meg.

„Ja. Er weiß alles über den Verkauf des Vermeers an Göring. Ich habe ihm gesagt, wie es gelaufen ist. Irgendwann kam van Aelst zu mir. Wir kannten uns von ein paar Immobiliengeschäften und er wusste, dass eine Menge reicher Leute meine Kunden sind. Er meinte, er habe einen bisher unbekannten Vermeer, der zu verkaufen sei. Mindestens eine Million wert. Zehn Prozent für mich. Aber die ganze Geschichte müsse anonym über die Bühne gehen. Er selbst dürfe in keinem Fall mit dem Verkauf in Verbindung gebracht werden."

Meg hatte die ganze Zeit überlegt, warum ihr der Typ bekannt vorkam. Jetzt fiel es ihr ein. Er war einer der Leute auf van Aelsts Partys, die gerne den nackten Mädchen auf die Pobacken klatschten oder an die Brüste fassten. Auch sie hatte er aufgefordert, mit ihm eines der Schlafzimmer aufzusuchen.

„Habt ihr Zigaretten?"

Meg steckte ihm eine in den Mund und gab ihm Feuer. Nach ein paar gierigen Zügen nahm sie ihm die Zigarette wieder ab.

„Was ist dann passiert? Bist du mit dem Bild zu Miedl gegangen? Bist du van Rijnstra?"

„Hey. Woher weißt du das? Hast du das von Miedl? Weißt du, wo das Schwein steckt? Mit dem hab ich noch eine Rechnung offen."

Meg schüttelte den Kopf. „Geht dich nichts an. Los, erzähl weiter." Sie ließ ihn an der Zigarette ziehen.

„Also, ich wusste, dass Miedl für Göring arbeitet und der

ganz scharf auf alte Holländer ist. Was Besseres als einen Vermeer gibt es da wohl nicht, oder? Und es hat geklappt." Es folgte ein heiseres Lachen.

„Dann stammt das Bild also von van Aelst und deshalb hast du Rosendahl zu ihm geschickt?"

„Stopp. Nur indirekt. Van Aelst hat es ja auch nur im Auftrag verkauft. Ich sag das nicht, um ihn zu schützen. Ich kann den Typen nicht ausstehen. Der schuldet mir einen Haufen Geld. Genauso wie Miedl. Deshalb bin ich ja hier."

„Was hat Miedl mit dieser Galerie zu tun?"

Van Rijnstra lachte. „Ihr habt wirklich keine Ahnung. Alles hat er damit zu tun. Sie gehörte ihm quasi. Als der Besitzer, dieser Jude, ins Ausland fliehen musste, hat er zwei nichtjüdische Geschäftsführer eingesetzt. Anfangs liefen die Geschäfte auch korrekt. Aber dann hat Miedl sie über den Tisch gezogen, den Laden quasi übernommen und für Göring ausgeschlachtet. Miedl hat einen guten Schnitt gemacht, aber die jüdische Familie hat davon kaum etwas gesehen. Dann ist Miedl im vergangenen Sommer 1944 Hals über Kopf abgehauen. Ich dachte mir, allzu viel hat er nicht mitnehmen können. Also habe ich nachgeschaut, ob ich noch irgendetwas finde. Aber alle Verstecke und Geheimfächer sind leer."

Meg nickte dem Sergeant zu und er ließ van Rijnstra los.

„Endlich. Ich dachte schon, du reißt mir noch die Arme aus dem Leib." Dann fiel ihm die kanadische Uniform auf.

„Hey, was ist hier los? Du bist gar nicht von der niederländischen Polizei? Scheiße. Es kam mir die ganze Zeit schon komisch vor."

Meg grinste. „Ich bin Reporterin bei *Het Parool* und du hast mir gerade eine prima Geschichte geliefert!"

„Hey, so geht das nicht. Du musst auf jeden Fall meinen Namen da rauslassen."

Meg schob ihn beiseite. „Ich werde sehen, vielleicht brauche ich dich noch. Dann bleibst du anonym. Aber ich muss dich weiter erreichen können. Wo finde ich dich?"

„Albert-Cuypstraat 84. Ecke Ferdinand Bolstraat. Da ist ein Haushaltsgeschäft. Frag nach Marijke. Was springt dabei für mich heraus?"

„Überhaupt nichts. Du kannst froh sein, dass wir dich nicht gleich zu Rosendahl bringen, weil du versucht hast, dich an den Resten von geraubtem jüdischem Besitz zu bereichern. Deshalb, halt die Klappe und versuche ja nicht, mich auszutricksen. Hast du verstanden?"

Meg beendete ihre Geschichte und sah in die Runde der staunenden Kollegen. „Also, wie findet ihr die Story?"

Louis de Winter putzte seine Brille. „Es ist ein Scoop. Das ist unser neuer Aufmacher auf Seite eins. Mit drei Fotos?" Er grunzte. „Das gab's noch nie. Wir schreiben Geschichte."

„Aber der Leitartikel des Chefs. Ich habe die Anweisung, ihn ganz vorne zu bringen." Der junge Schlussredakteur war verzweifelt.

„Wenn van Zomeren verhindert ist, entscheide ich. Mach dir also keine Sorgen. Wir bringen den Leitartikel auf Seite drei. Da gehört er hin. Los, an die Arbeit." Er sah Meg an. „Hast du schon eine Schlagzeile?"

„Darauf kannst du wetten!"

6. Der Scoop

Van Zomeren grübelte. Sollte er das Frühstücksei mit dem Messer ‚guillotinieren', wie seine Frau das nannte, oder mit dem Löffelchen weichklopfen und abpellen, wie es die Etikette vorsah? Er saß noch im Morgenmantel am Tisch. Heute ließ er sich Zeit. Er würde erst zur Konferenz um elf Uhr in der Redaktion erscheinen. Er wollte mit seiner Frau den Moment des Triumphes auskosten. Sein Leitartikel auf der ersten Seite der *Parool.* Endlich kam sie zum Frühstück. Auch sie war noch im Morgenmantel. Wo blieb nur das Hausmädchen? Jetzt sollte sie ihnen die Zeitung bringen und ganz zufällig neben Madame auf den Tisch legen. Es klingelte an der Tür. Van Zomeren ärgerte sich über die Störung. Die Tür zum Esszimmer öffnete sich und noch bevor Mieke, ihr friesisches Mädchen, den Besucher ankündigen konnte, hatte sich sein Verleger Jules Verelst schon an ihr vorbeigedrängt. Er platzierte sich mit gewienerten Schuhen, den Hut in der einen Hand, die andere auf dem Silberknauf seines Stockes gestützt, direkt am Tischende. Er lächelte und Gerrit van Zomeren erhob sich eilig, während sich seine Frau verlegen mit einer Serviette die Mundwinkel tupfte.

„Pardon, gnädige Frau. Entschuldigen Sie die frühe Störung. Es ist nicht meine Art, so hereinzuplatzen. Ich war auch schon in der Redaktion, aber da sagte man mir, dass du heute etwas später kommst. Ich überfalle euch, weil ich dir, Gerrit, einfach unverzüglich meinen Glückwunsch und Respekt aussprechen möchte. Das ist die *Parool*, wie ich sie mir vorstelle. Ich muss ehrlich gestehen, ich hatte in letzter Zeit so meine Zweifel und gerade deshalb bitte ich dich von Herzen, mein bester Gerrit, mach weiter so. Und schon bin ich wieder weg." Dabei machte der Verleger eine leichte Verbeugung, deutete mit seinem Hut einen Gruß an und ging in kleinen Schritten rückwärts zur Tür, die noch immer von Mieke aufgehalten wurde. Van Zomeren setzte sich natürlich nicht hin, sondern ging schnell auf seinen Verleger zu.

„Jules, vielen Dank. Was für eine Freude. Komm bleib. Trink eine Tasse Tee mit uns."

Aber der Verleger ließ sich nicht aufhalten.

„Nein, Gerrit. Es ist dein Festtag. Wir sehen uns später. Aber grüß auf jeden Fall Margriet van Hettema von mir. Sie kommt ja auch immer erst später."

Der Verleger zog aus seiner Manteltasche ein gefaltetes Exemplar der *Parool* und hielt es in die Luft. Van Zomerens Frau nahm ihm die Zeitung ab.

„Was für ein Knaller. Ich habe es ja immer gesagt, sie hat es drauf. Ich freue mich, dass du meinen Rat befolgt hast. Aber es war deine Entscheidung, deshalb gebührt dir die Ehre." Noch einmal verbeugte sich der Verleger und ging dann eilig durch die Tür. Seine letzten Worte verwirrten van Zomeren. Ratlos blickte er zu seiner Frau, die mittlerweile die *Parool* aufgeklappt hatte.

„Oh, wie süß", sagte sie erfreut. „Schau, *Das Rehkitz,* das Bambi von Prinzessin Juliana. Das habe ich lange nicht mehr gesehen. Wo ist unseres eigentlich? In der Küche?"

Van Zomeren nahm ihr die Zeitung aus der Hand und starrte auf die Schlagzeile.

BAMBIS VATER EIN VERRÄTER?
Der Maler Johannes van Aelst in der Weteringschans
Ein Exklusivbericht von Margriet van Hettema

Darunter erblickte er drei Fotos. Das schon erwähnte Bambi, ein Porträt des Malers van Aelst und eine dunkle, kaum zu erkennende Abbildung eines Bildes. Er war fassungslos und musste sich setzen. Schnell überflog er die ganze Zeitungsseite. Von seinem Leitartikel keine Spur. Stattdessen füllte van Hettemas Artikel die ganze Seite. Unter den Fotos prangte in fetten Buchstaben: *‚Das Rehkitz' machte Johannes van Aelst berühmt. Er malte das Bambi der damals zehnjährigen Prinzessin Juliana als Zeichenlehrer. Es wurde das bekannteste Bild in den Niederlanden und hängt in fast jedem Haushalt. Jetzt sitzt van Aelst wegen des Verdachts der Kollaboration im Gefängnis. Er soll ein bisher unbekanntes Gemälde des Delfter Meisters Jan Vermeer an den Nazimörder Hermann Göring verkauft haben. US-Soldaten fanden das Bild mit dem Namen ‚Christus und die Ehebrecherin' in Görings Besitz. Das berichtete* The Times *am 22. Mai. Unsere Reporterin Margriet van Hettema hat die Spur des Bildes bis nach Amsterdam verfolgt.*

Gerrit van Zomeren lockerte den Seidenschal um seinen Hals und räusperte sich mehrmals. Er musste husten. Seine Frau sah ihn an.

„Liebling, hast du dich verschluckt? Du hast doch noch gar nichts gegessen."

„Es ist die Zeitung", quetschte van Zomeren hervor und schob sie von sich.

Seine Frau nahm sie auf und überflog ebenfalls die erste Seite. „Was ist damit? Das ist eine spannende Geschichte! Verelst hat dich ausdrücklich dafür gelobt!"

Van Zomeren stampfte auf den Boden. „Aber es ist nicht das, was ich auf der ersten Seite haben wollte!"

„Das versteh ich nicht! Du bist doch der Chefredakteur, der bestimmt, was auf der ersten Seite steht."

Van Zomeren erkannte, dass er seiner Frau nicht die Wahrheit sagen konnte, ohne eine Niederlage einzugestehen. Er grübelte, wie er sich schlau aus der Affäre ziehen sollte, da zeigte seine Frau auf einen kleinen Kasten rechts unten neben van Hettemas Titelgeschichte.

Den Leitartikel „Stolz und Vorurteil" unseres Chefredakteurs Gerrit van Zomeren finden Sie heute aus aktuellem Anlass auf Seite drei.

„Ach, ist es das? Sie haben deinen Artikel verschoben, ohne dich zu fragen? Aber du sagst doch immer, dass Aktualität Vorrang hat."

„Ja sicher", knurrte van Zomeren und köpfte mit seinem Messer das Frühstücksei derart heftig, dass die Eierschale zerbarst und das Eigelb über seine Finger quoll.

Da schlug seine Frau mit der flachen Hand auf den Tisch. „Gerrit, wie oft soll ich es dir noch sagen? Du hast wirklich keine Manieren."

„Godverdomme!" Der Maler knüllte die Zeitung zusammen und warf sie auf seine Pritsche. „Immer wieder dieses verdammte *Rehkitz*. Als ob ich sonst kein Bild gemalt hätte."

„Die Menschen lieben es." Kapitein Rosendahl war erstaunt, dass sein Gefangener sich vor allem darüber aufregte, dass man ihn in der *Parool* als ‚Vater des Bambis' bezeichnet hatte. Dass man ihn auch der Kollaboration mit den Nazis verdächtigte, schien ihn weniger zu stören.

„Die Menschen lieben es, weil es das Rehkitz der Prinzessin war."

„Weil Sie es so gut gezeichnet haben."

„Wenn die wüssten, welche Meisterwerke ich schon geschaffen habe. Stattdessen rennen sie irgendwelchen Tintenklecksern hinterher. Bei mir hieß es immer nur: *‚Ah, der Maler des Rehkitzes'*. Wie heißt der noch mal? Van Aelst. Ach ja. Was hat er sonst noch gemalt? Nichts von Bedeutung. Er malt im Stil der Klassiker. Nichts Neues. Technisch versiert, wie man beim *Rehkitz* sehen kann. Also wenn du ein Porträt von deiner Frau oder Tochter brauchst – dafür ist er der Richtige. Er hat einen guten Blick. Er ist schnell und auch nicht übermäßig teuer. Aber erwarte nichts, wie soll man sagen, Inspiriertes, Gewagtes oder etwa Modernes. Nichts für den Salon. Aber solide und schön für die Wand im Raucherzimmer, der Bibliothek oder im Boudoir.' So haben sie über mich gesprochen und nicht bemerkt, wozu ich wirklich in der Lage bin!"

Der Maler ließ den Kopf hängen und starrte auf den Zellenboden. So aufgebracht hatte Rosendahl ihn noch nicht erlebt. Er bot ihm eine Zigarette an. Sie rauchten stumm.

„Hören Sie, van Aelst. Vielleicht bin ich ja auch so ein Dummkopf, der nichts begreift, aber in dem Artikel geht es vor allem darum, dass Sie gute Geschäfte mit den Nazis gemacht haben. Das empört die Leute da draußen." Rosendahl zeigte hinauf zu dem Zellenfenster und dann auf die zerknüllte Zeitung. „Sie haben Göring einen Vermeer verkauft."

Van Aelst sprang von seiner Pritsche auf.

„Wie oft soll ich das noch sagen? Ich habe damit nichts zu tun! Es war van Rijnstra. Warum rennt der eigentlich noch frei herum?"

„Wir werden uns auch mit van Rijnstra wieder beschäftigen,

wenn Sie uns endlich sagen, woher das Bild stammt. Wir müssen sicher wissen, dass es nicht geklaut ist. Dass Sie es nicht gestohlen haben."

Van Aelst ballte die Fäuste. Sein krummer Rücken streckte sich und das Kinn schnellte nach oben zusammen mit dem Zeigefinger.

„Unterstehen Sie sich, Rosendahl. Ich habe dieser jüdischen Familie geholfen, damit sie den italienischen Faschisten entwischen konnte. Und ich habe ihnen versprochen, darüber Stillschweigen zu bewahren." Der Maler atmete schwer und setzte sich wieder auf die Pritsche. Gebückt, die Arme verschränkt, hing sein Kopf nach unten.

„Bitte, gehen Sie jetzt. Ich kann Ihnen nicht mehr dazu sagen als das, was Sie schon wissen. Ich werde missachtet und keiner glaubt mir. So war es schon immer."

Meg hatte ihren Schreibtisch aufgeräumt. Sie wollte van Zomeren keine weitere Angriffsfläche bieten. Deshalb hatte sie sich nach wenigen Stunden Schlaf verkatert aus dem Bett gequält. Am Abend zuvor war sie mit der druckfrischen Ausgabe der *Parool* ins *Zwaantje* gegangen und hatte mit einigen Kollegen und dem Sergeant die halbe Nacht den Scoop gefeiert. Die Story war ein Treffer. Es war das Thema Nummer eins in Cafés, Zeitungsläden und an den Straßenbahnhaltestellen. Viele Leser waren derart geschockt, dass der Maler ihres Bambis ein Kollaborateur sein könnte, dass sie die heimischen Rehkitze in den Müll schmissen. Meg fotografierte auf dem Weg in die Redaktion empörte Amsterdamer und notierte sich wütende Sätze über den Maler, der ‚falsch' war. Meg wusste, dass sie jetzt unbedingt ein Interview mit van Aelst brauchte, aber sie hatte noch keine Idee, wie sie Rosendahl davon überzeugen konnte. Vielleicht bräuchte sie sogar van Zomerens Unterstützung. Sie musste sich mit ihm gut stellen. Also schüttete sie den übervollen Aschenbecher in den Papierkorb und stopfte leere Zigarettenschachteln und vollgekritzelte Notizblöcke oben drauf. Auf dem Rückweg vom Mülleimer schnappte sie sich aus der Besenkammer einen Eimer mit Wasser und einen Putzlappen. Sie schrubbte ihre Arbeitsfläche und platzierte ihre Schreibmaschine und das Telefon wieder auf dem Schreibtisch. Es war noch nicht einmal zehn Uhr, als sie mit dröhnendem Kopfweh und schweren Augenlidern begann, die Reportage über die Frittenbude zu schreiben. Sie war noch immer fast allein in der Redaktion. Sie verzichtete auch auf die geplante Schlagzeile: *„Der Geschmack der Freiheit ist Rot"*, sondern entschied sich für die patriotische Variante. *„Das Königreich siegt über Das Reich."* Wenn sie sich beeilte, konnte sie mit einem ersten Entwurf des Artikels in der Morgenkonferenz erscheinen. Das würde van Zomeren hoffentlich etwas besänftigen.

Pünktlich um elf traf sich die Redaktion am großen Konferenztisch. Van Zomeren betrat den Raum mit einem überdeutlichen ‚Guten Morgen' und ging zu seinem Platz an der Stirnseite des Tisches. Er setzte sich nicht, sondern hob die aktuelle Ausgabe der *Parool* in die Höhe und zeigte auf die Titelseite. Stille machte sich breit.

„Das hier ist", es folgte eine Pause, „hervorragend! Die beste Titelseite, die wir je hatten."

Die Redaktionsrunde entspannte sich. Aber Meg fühlte sich unwohl.

„Eine etwas, sagen wir mal, für diese Zeitung außergewöhnliche Titelstory. Dennoch Respekt, Louis." Van Zomeren sah seinen Stellvertreter de Winter an. „Respekt für die kurzfristige Umstellung der Artikel. Ich hätte nicht anders entschieden. Und danke, Meg", van Zomeren streifte sie nur kurz mit einem Blick. „Solide Reporterarbeit. Unterwegs sein. Aufmerksam sein. Etwas aufschnappen und blitzschnell umsetzen. Wie ich das manchmal vermisse, diese Arbeit vor Ort. Das schnelle Geschäft. Nicht viel nachdenken. Den Rest erledigen die Kollegen. Dann sind die Experten gefragt."

Megs Haut begann zu jucken, zusätzlich zu ihren Kopfschmerzen. Am liebsten hätte sie sich das kratzende Wollkleid vom Leib gerissen. Van Zomeren setzte seine Rede fort.

„So sieht das übrigens auch unser verehrter Herausgeber Jules Verelst. Er war heute Morgen schon bei mir zu Hause, um zu gratulieren. Das freut mich ganz besonders, denn er ist ja nicht leicht zufriedenzustellen." Ein paar der Kollegen klatschten, wenn auch zögerlich. Van Zomeren sah Meg an. „Wie ich sehe, hast du deinen Schreibtisch wirklich wunderbar aufgeräumt. Das ist lobenswert. Ich habe ehrlich gesagt nicht mehr damit gerechnet. Platz für neue Ideen und frische Geschichten. Ich hoffe doch, dass du die Reportage über die Frittenbude nicht vergessen hast. Sie ist für morgen fest eingeplant."

„Sie ist so gut wie fertig. Hier sind die Fotos und der erste Entwurf." Sie warf alles auf den Konferenztisch und stand auf. „Aber ich habe auch Fotos und Reaktionen von empörten Amsterdamern auf meine van Aelst Story. Ich denke, die sollten wir als Nächstes bringen. Ich werde außerdem versuchen, eine Stellungnahme von van Aelst und den Ermittlern zu bekommen. Ich habe Kontakt zu dem verantwortlichen Kapitein bei der Militärverwaltung."

„Das ist mir bekannt und ich weiß leider, dass sie nicht sehr erfreut über den Artikel sind. Vielleicht sollten wir dich besser etwas aus der Schusslinie nehmen. Die Fotos und die Reaktionen machen wir natürlich. Übergib sie doch bitte der Politikredaktion. Die Verantwortung für diese doch etwas pikante Geschichte übernehme ich ab sofort persönlich. So, das wäre es fürs Erste. An die Arbeit. Wir haben viel zu tun."

In diesem Moment klopfte es an der Tür, sie öffnete sich nur so weit, dass van Zomerens Sekretärin ihren Kopf hereinstecken konnte. „Entschuldigung. Ein kanadischer Sergeant ist da. Er sagt, er habe den Auftrag von Colonel Brown, Meg abzuholen und in die Weteringschans zu bringen. Ein Kapitein Rosendahl von der Militärverwaltung bietet ihr ein Treffen mit dem Maler van Aelst an."

Jetzt ging die Tür ganz auf und ein strahlender Bill erschien neben der zugeknöpften Sekretärin. Er lächelte. „Und zwar Miss van Hettema persönlich. Das hat er ausdrücklich gesagt!"

Rosendahl führte Meg direkt zu van Aelsts Gefängniszelle. Er wollte keine Zeit verlieren und van Aelst in seinem aufgewühlten und labilen Zustand mit der Reporterin konfrontieren. Er war auf dessen Reaktion gespannt.

Van Aelst hatte die Schritte auf dem Gefängnisflur gehört und versteckte schnell das Skizzenbuch, in das er seit Josephines Besuch fast ununterbrochen geschrieben hatte, unter seinem Hemd. Er blieb auf der Pritsche liegen und starrte an die Decke, als sich die Gefängnistür öffnete. Er ignorierte Rosendahl. Aber dann bemerkte er Meg. Die junge Frau kam ihm bekannt vor. Nach kurzem Grübeln fiel ihm ein, dass sie auf einer seiner Partys gewesen war. Er hatte sie gezeichnet. Was wollte sie hier? Das war bestimmt ein Trick von Rosendahl. Er musste vorsichtig sein.

Rosendahl zeigte auf die *Parool*, die neben van Aelst auf der Pritsche lag. „Das ist die Reporterin des Artikels. Ich lasse euch allein. Wenn Sie ihr etwas erzählen, können wir es ohnehin am nächsten Tag in der Zeitung lesen." Rosendahl schlug die Tür hinter sich zu und ging in die Nachbarzelle, um das Gespräch zu belauschen.

„Warum schreiben Sie so furchtbare Dinge über mich?" Van Aelst hatte sich aufgerichtet und zeigte auf die Zeitung. „BAMBIS VATER EIN VERRÄTER? Wie kommen Sie dazu? Sie kennen mich doch gar nicht." Er machte eine kurze Pause. „Sie waren mal bei mir auf einer Party. Hübsch, habe ich mir damals gedacht. Schön, dass Sie so wenig an hatten." Der Maler lachte heiser. Meg wusste nicht, wie sie reagieren sollte. „Ich habe Sie gezeichnet. Mehrfach sogar. Haben Sie nicht einen Leberfleck am rechten Brustansatz? Sehr neckisch." Jetzt ging das Lachen des Malers in einen krächzenden Husten über.

Meg errötete und linste durch die angelehnte Zellentür auf den Flur. Aber sie konnte weder Rosendahl noch sonst jemand entdecken, der das gehört haben konnte.

Van Aelst war aufgestanden und kam langsam auf sie zu. „Und Sie haben schöne Beine. Van Rijnstra, der geile Bock, war ja ganz verrückt nach Ihnen. Aber ich habe Sie geschützt, als mein exklusives Modell. Sie haben auch gut getrunken. Besonders Whisky, soweit ich mich erinnere. Und viele Zigaretten geraucht. Das hat mir schon immer gefallen. Frauen mit einem Drink und einer Zigarette. Sonst nichts. Also sagen Sie, warum ziehen Sie meinen Namen so in den Dreck?“

Der Maler stank nach Schweiß und hatte fauligen Atem. Meg bot ihm eine Zigarette an, aber van Aelst schob sie zur Seite und schrie: „Was soll das mit Bambis Vater und Verräter! Geht man so mit jemandem um, der anderen in schweren Zeiten geholfen hat?“

Meg war ein paar Schritte zurückgewichen. „Es ist alles ganz anders. Ich war damals als Reporterin für die illegale *Parool* bei Ihnen. Ich wollte Sie bloßstellen. Ein Dandy, der wilde Partys feiert, während das ganze Land hungert, friert und unter den Nazis leidet. Ich habe es aber nicht getan, weil ich gesehen habe, dass Sie, auf Ihre etwas seltsame Art, tatsächlich den Gästen und dem Personal halfen. Aber das hat nichts mit dieser Geschichte zu tun. Wir leben in einer neuen Zeit. Die Besatzung ist vorbei. Die Nazis sind weg, und wer auf der falschen Seite stand, der muss mit den Konsequenzen leben.“

„Ach, und ich war so einer? Einer auf der falschen Seite? Das wissen Sie genau?“

Van Aelst atmete schwer. „Sie haben doch keine Ahnung!“

„Immerhin haben Sie einen Vermeer an Göring verkauft. Jedenfalls behauptet das Kapitein Rosendahl und auch Ihr Geschäftspartner van Rijnstra. Deshalb sind Sie doch hier.“

„Erstens ist van Rijnstra nicht mein Geschäftspartner, sondern ein Schmierlappen, und dieser Rosendahl hat auch keine Ahnung, was ein Ehrenwort bedeutet. Aber das hab ich ihm schon tausendmal versucht zu erklären. Und wieso mussten

Sie wieder dieses gottverdammte Mistvieh von einem Bambi erwähnen?“ Kopfschüttelnd wankte van Aelst zur Pritsche zurück und setzte sich.

„Was ist daran so schlimm? Sie haben das Rehkitz perfekt gezeichnet. Schön und anmutig. Es gefällt den Menschen. Deshalb hängt es in jedem niederländischen Haushalt. Darüber müssten Sie doch stolz sein. Sie sind ein Star unter den Tausenden, die wegen Kollaboration verhaftet und interniert worden sind. Vielleicht sind viele empört, aber mit Ihnen haben sie auch ein bisschen Mitleid.“

„Ein Star? Ein Star! Aber was für ein Star! Ein Zeichenlehrer, der ein Rehkitz gemalt hat. Mehr doch nicht.“ Wieder schüttelte ein Hustenanfall den Maler. Er spuckte auf den Zellenboden und erhob sich. „Die haben doch alle keine Ahnung, was ich wirklich erschaffen habe. Keinen blassen Schimmer! Weil sie dumm und verblendet sind. Alles Idioten. Und jetzt gehen Sie! Und wenn Sie noch mal so einen Mist schreiben, sorge ich dafür, dass die ganze Welt erfährt, wie Sie auf meiner Party herumgelaufen sind, und was Sie mit wem alles angestellt haben.“

„Ich habe nichts angestellt, das wissen Sie ganz genau.“ Meg schossen Tränen in die Augen.

„Na und! Ich behaupte es einfach. Ein bisschen was bleibt immer hängen. Das müssten Sie am besten wissen. Davon leben Sie doch.“

Meg wusste, dass er recht hatte. Van Zomeren würde sofort versuchen, sie als Reporterin kaltzustellen. Er würde sie als verkommen und unglaubwürdig bezeichnen. Sie spürte, dass van Aelst zu allem fähig war. Sie musste ihn besänftigen und ein Angebot machen.

„Herr van Aelst. Ich bin gekommen, damit Sie mir Ihre Geschichte, Ihre Sicht der Dinge erzählen können. Ich bringe das in der nächsten Ausgabe. Sie haben ein Recht auf Ihre Darstellung."

Van Aelst schien zu überlegen. „Auch wenn Rosendahl mir nicht glaubt?"

„Wenn es keine klaren Beweise gegen Sie gibt, dann zählt für uns Ihr Wort ebenso viel wie das seine. Das ist die Aufgabe der Presse, wir geben beiden Seiten eine Stimme. Also, stimmt die Geschichte mit der jüdischen Familie, in deren Auftrag Sie das Bild vermittelt haben? Sogar van Rijnstra spricht davon. Wenn Sie das bestätigen und Rosendahl nichts Gegenteiliges beweist, kann ich das so bringen."

Aber Megs Angebot schien van Aelst noch nicht zu überzeugen. Er wirkte unsicher. „Ja, sicher stimmt das alles. Schreiben Sie es. Aber vor allem", jetzt zog der Maler das Skizzenbuch unter seinem Hemd hervor, „schreiben Sie über mein Leben und meine Kunst. Ich weiß ja nicht, wie lange ich noch hier sein werde. Ob ich es überhaupt überleben werde. Aber Sie können mir diesen Gefallen tun. Sehen Sie", van Aelst streckte ihr das Skizzenbuch entgegen. „Ich habe begonnen, mein Leben aufzuschreiben. Die Menschen sollen mich endlich verstehen. Erkennen, was ich wirklich geschaffen habe. Ich bin ein großer, ja sogar ein bedeutender Künstler. Kein Bambimaler. Ich möchte, dass Sie das herausbringen. Können Sie das? So können Sie mir helfen. Es soll Ihr Schaden nicht sein." Mit weit aufgerissenen Augen starrte van Aelst Meg an und streckte ihr immer noch, fast flehend, das Skizzenbuch entgegen.

Der Maler erinnerte Meg an ein verletztes Kind. Voller

Schmerzen, aber auch voller Hoffnung. Meg nahm das Buch und drückte es an sich. „Ja, sicher. Das verspreche ich Ihnen. Aber ich muss es natürlich erst lesen. Das kann etwas dauern.“ Meg spürte, wie der Maler erstarrte. Sie durfte ihn jetzt nicht enttäuschen. „Aber ich bin sicher: Es ist bestimmt gut und wir bringen es in der *Parool*. So etwas interessiert die Leser.“

Van Aelst trat ganz nah an sie heran. Sie konnte seinen sauren Atem riechen, als er ihr ins Ohr flüsterte: „Es ist gut und es wird für viele eine Überraschung sein. Es wird ihnen gefallen, auch wenn es erst der Anfang ist. Lesen Sie, lesen Sie. Sie werden als Erste darüber schreiben.“ Van Aelsts Blick flackerte. Dann kramte er aus seiner Hosentasche einen Papierfetzen und einen Bleistiftstummel. Er kritzelte etwas auf den Zettel und steckte ihn ihr zu. Wieder streckte er sich zu ihrem Ohr und flüsterte: „Alles, was Sie dann noch wissen müssen, sage ich Ihnen, wenn Sie es gelesen habe. Aber erst dann.“

Meg sah auf den Zettel. Darauf stand: „Görings Vermeer ist eine Fälschung.“

„Aber das ist doch …“ Meg starrte van Aelst fragend an.

Der Maler legte einen Finger an den Mund und flüsterte: „Schweigen Sie. Zuerst lesen Sie meine Aufzeichnungen und dann erkläre ich Ihnen alles. Versprechen Sie das? Zeigen Sie es niemandem.“

Meg steckte den Zettel in ihre Manteltasche.

„Ja, ich verspreche es Ihnen. Ich hoffe nur, dass Rosendahl mich wieder zu Ihnen lässt.“

„Er muss, denn ich werde nur Ihnen die Wahrheit sagen. Und nur, wenn Sie liefern.“

Als Meg die Zelle verließ, kam ihr Rosendahl im Flur

entgegen. Sie hatte das Skizzenbuch noch in der Hand. Rosendahl zeigte darauf.

„Hat er dir das gegeben?"

„Es sind meine Notizen."

„Gut, dann werden wir sie uns gemeinsam ansehen." Rosendahl griff nach dem Buch und Meg konnte es nicht festhalten.

„Hey, das geht nicht! Das ist vertraulich."

„Meinst du, ich lasse dich zu ihm und warte dann ab, was du in der Zeitung schreibst? Außerdem weiß ich, dass es sein Skizzenbuch ist. Ich war in der Zelle nebenan und habe euer Gespräch gehört."

Meg erschrak. „Mein Gott! Alles?"

Rosendahl lächelte sie an.

„Ja, alles. Aber mach dir deshalb keine Sorgen. Wie du auf der Party herumgelaufen bist, interessiert mich nicht. Jedenfalls nicht, wenn wir zusammenarbeiten."

Meg verstand die Drohung. Sie tastete nach dem Zettel in ihrer Manteltasche. Den würde sie Rosendahl sicher nicht zeigen.

„Also gut, dann schauen wir mal, was der Maler aufgeschrieben hat. Und dann überlegen wir, was du davon in der Zeitung bringen kannst und wie wir weiter vorgehen."

7. Das Tagebuch des Malers

Meg hatte einen frühen Zug Richtung Den Haag genommen. Sie wollte unterwegs sein, wenn Rosendahl den Betrug bemerkte. Sie hatte van Aelsts Skizzenbuch dabei. Der Kapitein wusste nichts davon. Er würde wenig begeistert sein. Aber sie fühlte sich im Recht. Der Maler hatte ihr das Buch anvertraut. Rosendahl sah es jedoch als ein großes Zugeständnis von ihm an, dass sie das Buch mit ihm zusammen lesen durfte. Aber der Kapitein hatte schon nach wenigen Seiten die Aufzeichnungen als ‚sentimentales Geschwafel' bezeichnet. In der Tat waren die ersten Zeilen voll schwülstigem Selbstmitleid. Meg las sie erneut, als der Zug die Stadtgrenze von Amsterdam in Richtung Haarlem überquerte.

Bevor ich beginne, mein Leben aufzuschreiben, möchte ich vorausschicken, dass diese schwere, entbehrungsreiche Zeit der Inhaftierung mich dazu gebracht hat, gründlich über mein Handeln nachzudenken. Ich bin dabei zu der Erkenntnis gekommen, dass, so wie ich geworden bin und alles, was ich in meinem Leben getan habe, seinen Ursprung in meiner Kindheit hat. Von Geburt an war ich mit einer außergewöhnlichen Begabung zum Zeichnen und Malen ausgestattet, die mich befähigte, ein großer Künstler zu werden. Aber mein Vater hat dieses Talent verachtet und unterdrückt. Er bezeichnete es als unnütz, weibisch und gotteslästerlich. Mit aller Kraft versuchte er, es mir auszutreiben und dabei hat meine Kinderseele großen Schaden genommen. Aber ich musste mich fügen – zumindest zum Schein. Mit Lügen und Täuschung verteidigte ich meine Begabung. Ich entwickelte Fähigkeiten und Strategien, um meiner Berufung zu folgen. Ein großer, ja, DER große Künstler zu werden.

Amsterdam im Juni 1945, gez. Jan van Aelst,
Meister zu Deventer

Bis zur Hälfte seiner Aufzeichnungen hatten sie nichts von dem gefunden, was van Aelst wortreich versprochen hatte. Rosendahl war verärgert. Er hatte genug von den Ausreden des Malers und beschloss, ihn noch mehr unter Druck zu setzen. Aber nicht mehr an diesem Abend.

„Lass uns etwas trinken gehen, wir lesen den Rest morgen", hatte er zu Meg gesagt, seine Jacke angezogen und war auf die Toilette gegangen. Meg hatte schnell das Tagebuch eingesteckt. Sie wollte es noch in der Nacht lesen, in der Hoffnung doch noch etwas zu entdecken, was sie in der *Parool* bringen konnte.

Sie ging mit Rosendahl in ein Café und spürte, dass er sie anders betrachtete als bei ihrem ersten Treffen. Nach einem Whisky nahm er ihre Hand und sagte: „Wir könnten noch ins Café *Lessing* tanzen gehen. Vielleicht spielen sie wieder *Perfidia* und ich verspreche dir, diesmal werde ich dich nicht auf Abstand halten."

Meg lächelte.

„Davon bin ich überzeugt. Ich würde es auch nicht zulassen." Sie zog vorsichtig ihre Hand zurück. „Aber lieber ein anderes Mal. Ich bin heute müde und wir haben morgen viel vor." Sie lächelte ihn an. Er durfte keinen Verdacht schöpfen. Sie nahm wieder seine Hand. „Was hat der Colonel neulich im *Lessing* gesagt? Job ist Job und Schnaps ist Schnaps. Lieber Aaron, wir gehen schön tanzen, wenn wir van Aelst endlich am Wickel haben."

Sie stand auf und küsste ihn dreimal auf die Wangen. „Wir treffen uns morgen um neun in deinem Büro."

„Ich kann dich nach Hause bringen."

„Vielen Dank, aber es ist hier gleich um die Ecke." Meg lief schnell zur Tür und winkte dem Kapitein.

Zu Hause hatte sie sofort das Tagebuch zu Ende gelesen. Der Maler beschrieb ausführlich seine Kindheit und Jugend, was allerdings rein gar nichts mit den aktuellen Ereignissen zu tun hatte. Meg war enttäuscht. Dennoch gab es in dem Tagebuch Passagen, die sie berührt hatten. An einer Stelle beispielsweise beschrieb van Aelst eindrücklich, wie sehr er unter seinem Vater zu leiden hatte.

Schon mit acht Jahren hatte ich mich daran gewöhnt, was passierte, wenn mein Vater mich beim Zeichnen erwischte. Dann entriss er mir den Bleistift, zerknüllte die Blätter und zerrte mich am Ohr durch den dunklen Flur in die Küche, wo meine Mutter oft am groben Holztisch saß und nicht wagte, aufzublicken. Mein Vater schleuderte die Kinderzeichnungen auf den Küchentisch. Dann sah er meine Mutter voller Verachtung an, bevor er mich endlich losließ und leise fluchend hinausstampfte.

„Verschwendung. Dieser Nichtsnutz! Deine Natur, Weiberzeugs! Mach's weg."

Meine Mutter wusste, was sie zu tun hatte. Nur selten sah sie von der Arbeit auf, die sie gerade verrichtete. Kartoffeln schälen, Gemüse putzen, Brot backen. Manchmal faltete sie die Papierknäuel auf und sah kleine Hunde, Katzen, Bälle, Zinnsoldaten und Häuser. Dann warf sie sie ins Feuer des Küchenherdes.

Manchmal entdeckte ich in ihren stumpfen grauen Augen ein Funkeln. Sie streckte mir eine Hand entgegen und ich kroch schnell zu ihr auf die Bank. Sie drückte meinen Kopf gegen ihre Brust. Sah mich an und wir begannen unser heimliches Spiel, bevor der Vater zum zweiten Teil der Strafe rufen würde.

Meistens fing meine Mutter an und zog mit ihrem Finger eine erste Linie auf dem groben Holztisch, der mit einer Schicht Mehl vom Backen oder Sand vom Gemüseputzen bedeckt war. Ich ergänzte die Linie mit einer Ecke, die Mutter mit einem Viereck. Noch ein Viereck, oben ein umgekehrtes V und fertig war das erste Haus. Es folgten Dach an Dach, eine Laterne, ein Mann mit Karren, die Straße stieß auf eine andere. Noch mehr Häuser, ein Kamin, eine kleine Fabrik, die Kirche nicht zu vergessen. Immer schneller flitzten meine Finger mit denen der Mutter um die Wette über die Tischplatte. So entstanden in kürzester Zeit eine Stadt, ein Zoo oder ein Jahrmarkt. Immer rechtzeitig bevor sich die Tür der Studierstube des Vaters öffnete und er ein strenges, lautes „Jooohannes!", durch das Treppenhaus rief. Dann sprang ich schnell auf, auch wenn es mir schwerfiel. Ich wollte nicht weg von der warmen Mutter, mit der ich so prima zeichnen konnte. Das hatte ich von ihr, da hatte der Vater schon Recht. Für ihn war es eine gottlose Zeitverschwendung. Typisch weibisch. Deshalb hatte er meiner wehrlosen Mutter auch das Klavierspielen und Singen verboten. Aber sie war stolz auf mein Talent. Bevor ich die Küche verließ, sah ich sie noch einmal an. In dem Moment sah ich keine alte, graue Frau, die ihre Haare unter einer staubigen Haube versteckte und gebückt in Wollrock und Schürze auf der groben Küchenbank saß. Nein. Ich sah eine junge Frau mit rosa Wangen. Ihr kräftiges blondes Haar steckte unter einem seidenen Kopftuch und an ihrem freien Ohr hing ein schimmernder Perlenohrring. Ihre vollen Lippen waren leicht geöffnet und sie blickte, schüchtern und dennoch fast verwegen, mit ihren klaren blauen Augen zur Seite, zu einem unbekannten Betrachter.

Als Meg wieder von dem Tagebuch aufsah, fuhr der Zug zischend im Bahnhof von Haarlem ein. Hier musste sie umsteigen. Sie steckte die Aufzeichnungen in ihre Handtasche, sprang aus dem Zug und eilte zu dem Gleis, wo der Zug nach Den Haag bereits unter Dampf stand und die Türen krachend geschlossen wurden. Meg erwischte gerade noch einen der letzten Waggons und fand ein leeres Abteil. Sie blätterte zum Anfang der Aufzeichnungen. Schon in der Nacht hatte sie darüber nachgedacht, was van Aelst genau meinte, als er schrieb, seine Kinderseele habe Schaden genommen. Und von welchen Lügen und Täuschungen sprach er?

Meg dachte nach, während sie aus dem Fenster die vorbeifliegende Landschaft verfolgte. In der Schule hatte er einen Klassenkameraden, dessen Vater Kunstmaler war. Pieter Koopmans wurde sein bester Freund und sein Vater erkannte das große Talent des kleinen Jan. Fortan unterrichtete er die beiden in seinem Atelier. Sie lernten bei ihm ‚genau nach der Natur zu zeichnen'. Sie rieben Pigmente und rührten die Farben selbst an. Pieters Vater liebte die Malerei des Goldenen Zeitalters. Von der sich verbreitenden Moderne hielt er gar nichts. Impressionisten bezeichnete er als Farbkleckser. Vor allem auf den jungen Jan hatte das eine große Wirkung, wie Meg später in den Aufzeichnungen las. Er verbrachte viel Zeit mit Pieter und im Atelier von dessen Vater. In der Schule strengte er sich ebenfalls an, denn solange er gute Noten hatte, war sein Vater zufrieden. Unter den Klassenkameraden galt er als Sonderling. Ein Streber, der nicht mitmachte bei den Spielen und Streichen. Lieber stand er im Schulhof in einer Ecke und zeichnete mit Buntstiftstummeln in Notizbüchern. Er wurde viel gehänselt, doch dann verschaffte ihm sein künstlerisches Talent unerwartet Respekt. Als Pieter und die anderen Jungs begannen, sich für Mädchen zu interessieren und damit prahlten, wie weich diese unter den Pullovern waren und wie warm sich ihre Münder und Zungen anfühlten, da versuchte es auch Jan. Aber die Mädchen lachten ihn aus und stießen ihn weg. Er flüchtete sich in seine Fantasiewelt. Es war eine von Megs Lieblingsstellen in dem Tagebuch.

Noch nie hatte ich ein Mädchen wirklich berührt. Aber in meiner Fantasie habe ich es mir so oft ausgemalt. Immer wieder habe ich die Mädchen heimlich so gezeichnet, wie ich sie unter ihren Röcken und Blusen vermutete. Ich habe mir vorgestellt, wie es sich anfühlen musste, wenn man mit der Hand über ihre Hüften, Pobacken und Brüste wandert. Mit etwa vierzehn Jahren hat das begonnen, und ich konnte auch in der Schule nicht damit aufhören, obwohl es äußerst riskant war. Aber dort hatte ich die Mädchen direkt vor mir, und je mehr sie mich ignorierten, desto mehr begehrte ich sie. Mit den heimlichen Nacktzeichnungen besaß ich sie dann ganz für mich allein, was mir Genugtuung verschaffte. Zum Glück wurde ich nie von Lehrern erwischt, aber ein älterer Schüler hatte mich beobachtet und auf die ‚speziellen Bildchen', wie er sie nannte, angesprochen. Ich war furchtbar erschrocken, weil ich befürchtete, dass Wouter, so hieß der große flachsblonde Junge, mich zwar nicht verpetzen, aber erpressen würde, wie er es auch mit anderen machte. Die mussten bei ihm Süßigkeiten abliefern oder seine Strafarbeiten übernehmen. Wouter war Anführer einer Bande, die gerne die Kleineren und Schwächeren piesackten und keine Gelegenheit zu einer Prügelei ausließen. Sie redeten oft laut und angeberisch über Mädchen, die sie schon geküsst hatten. Aber Wouter hatte mit mir ganz andere Pläne. Ich sollte ihm auf

Bestellung solche ‚Bildchen' malen. Er versprach mir gutes Geld. Pro Zeichnung etwa so viel, wie ich in einer Woche Taschengeld bekam. Und natürlich würde nie jemand erfahren, dass ich der Maler wäre. Ich vermutete, dass Wouter in seiner Clique mit den Aktzeichnungen Eindruck schinden wollte und willigte ein. Etwa einmal die Woche zeigte mir Wouter ein Mädchen, das er sich ausgesucht hatte. Ich gab mir nicht besonders viel Mühe. Ich wusste, dass Wouter vor allem große Ärsche interessierten, und die bekam er auch. Manchmal auch Seitenansichten, immer mit beeindruckenden Brüsten, auch wenn die sich in echt gar nicht so vermuten ließen. Letztendlich entsprangen die Nacktbilder meiner Fantasie und meinen Studien der Kunstbände und Anatomiebücher von Pieters Vater. Ich verdiente wirklich gut mit den Bildchen. Und der starke Wouter nahm mich ernst und brauchte mich. Das verschaffte mir ein gutes Gefühl.

Jans einziger Freund aber war der Künstlersohn Pieter. Der fand Jan zwar auch etwas sonderbar, aber er war ihm dankbar, dass er nun nicht mehr allein seinem Vater und seinen Zeichen- und Malstunden im stickigen Atelier ausgesetzt war. Der erwartete viel von ihm. Er sollte auch Künstler werden. Jetzt verteilte sich seine Aufmerksamkeit auf zwei Schüler. Oft beachtete er den begabten Jan mehr als seinen eigenen Sohn. Aber Pieter war nicht eifersüchtig. Nur wenn der Vater von ihm enttäuscht war und mehr Fleiß einforderte, ihn mit dem begabteren Jan verglich, dann ärgerte er sich und ließ es Jan auch spüren. Der nahm es einfach hin, denn für ihn war Pieter mit seiner Familie lebenswichtig. Je älter sie wurden, desto besser vertrugen sie sich. Sie gingen in Cafés und Billardkneipen und trieben sich gerne auf dem Wochenmarkt herum, um in die tiefen Dekolletés der

Fischweiber und Kartoffelbäuerinnen zu starren, wenn sie sich bückten. Sie machten Ausflüge in die großen Museen der benachbarten Städte und beschlossen, sich nach der Schule an der Kunstakademie in Den Haag zu bewerben. Pieters Vater unterstützte sie und hoffte, dass auch sein Sohn die Aufnahmeprüfung schaffen würde. Bei Jan war er sich sicher. Zusammen bereiteten sie ihre Bewerbungsmappen vor. Da kam es kurz vor ihrem Schulabschluss zur Katastrophe. An einem Sonntag, als Jans Familie auf einem Verwandtenbesuch war, hatten sie Jans kleine Schwester überredet, für sie Modell zu stehen. Anna war noch fast ein Kind, aber die beiden Jungs hatten sie als Kokotte ausstaffiert, um ein ‚pikantes' Gemälde im Stil der Utrechter Caravaggisten zu malen. Sie hatte Federn im Haar, nackte Schultern und spielte Geige. Eine solche Szene zu malen, hätte auch Pieters Vater nicht in seinem Atelier erlaubt. Deshalb nutzten sie die Abwesenheit von Jans Eltern. Sie waren gerade bei der ersten Zeichnung, als Jans Eltern unerwartet früh nach Hause kamen.

Plötzlich hörten wir, wie die schwere Eichentür des Hauses aufgeschlossen wurde.

„Mein Gott. Vater kommt", flüsterte Anna entsetzt und ließ dabei die Stola fallen, sodass sie nun mit nacktem Oberkörper vor uns stand.

„Schnell zieh dich an", zischte ich ihr zu. Aber Anna blieb wie versteinert stehen, zitterte und eine Träne lief ihr übers Gesicht. Auf dem Flur hörten wir die schweren Schritte des Vaters.

„Jetzt mach schon!" Ich drückte ihr die weiße Bluse in die verschränkten Arme und steckte die angefangene Skizze hastig unter meinen Pullover. Auch Pieter raffte rasch seine Malutensilien zusammen und riss ein Fenster im Erker des Wohnzimmers auf.

Von hier aus konnte er in den Vorgarten springen. Er stieg gerade mit einem Bein durchs Fenster und Anna zog endlich einen Blusenärmel über ihren Arm, da öffnete sich die Wohnzimmertür.

Vater und Mutter blinzelten, als sie aus dem dunklen Flur in das helle Zimmer traten. Mutter drückte sich erschrocken die Hand auf den Mund. Vater stockte der Atem. Er sah Anna, wie sie mit einem Arm in der Bluse steckte und mit dem anderen versuchte, ihre Blöße zu verbergen. Ihre dicken Locken fielen aus dem sich auflösenden Haarknoten über ihre nackten Schultern. Pieter, der gerade aus dem Fenster springen wollte, sah plötzlich das Buch mit der Abbildung der Geige spielenden Dirne, das wir heimlich aus dem Atelier seines Vaters mitgenommen hatten, noch auf dem dicken Perserteppich liegen.

„Jan, das Buch!", rief er. Ich bückte mich, aber mein Vater stellte einen Fuß darauf.

„Was ist das?" Er atmete schwer, als er sich bückte und den dicken Bildband aufhob. Er starrte mich an.

„Das ist das reine Verderben! Du bist nichts als Abschaum!" Dann riss er mit einem Ruck das Bild aus dem Buch und zerknüllte es mit krampfender Faust. Ich duckte mich, denn er holte aus, um mich mit dem Buch zu schlagen.

„Herr van Aelst, was machen Sie da? Das dürfen Sie nicht!" Pieter war aus dem Fensterrahmen zurück ins Zimmer gesprungen und versuchte, das Buch an sich zu reißen.

„Geben Sie es her, es gehört meinem Vater."

„Wie kannst du es wagen, mit solch sündigem Geschmiere mein Haus zu betreten!"

Plötzlich hielt er inne. Er taumelte. Sein Kopf sank zur Seite. Ein Speichelfaden rann aus seinem verzerrten Mundwinkel. Er ließ das Buch los und zog ein Taschentuch aus der Hosentasche.

Damit wischte er sich über Stirn und Schläfen. Das Sprechen fiel ihm schwer.

„Wie recht du hast. Dieses Teufelswerk soll zurück zu seinem Besitzer, um ihn dahin zu bringen, wo er und seinesgleichen hingehören. Nämlich direkt in die Hölle! Verlass sofort mein Haus!" Er wies mit der Hand zur Tür. „Und vergiss dieses Hurenbild nicht." Der Vater warf ihm die zerknüllte ‚Geigenspielerin' von Gerard van Honthorst vor die Füße.

Mit einem lauten Knall fiel hinter Pieter die Haustür ins Schloss.

Van Aelsts Vater hatte einen schweren Schlaganfall erlitten und war lange nicht bei Bewusstsein gewesen. Als er wieder aufwachte, hatte er von Jan absoluten Gehorsam verlangt und ihm die Bewerbung an der Kunstakademie verboten. Jan wollte sich zunächst nicht fügen, aber seine Mutter flehte ihn an. Sein Ungehorsam gefährde das Leben des Vaters und damit das Wohl der Familie. Immerhin hatte sie beim Vater erreicht, dass Jan in Delft Architektur studieren durfte. Sie hatte ihm beeindruckende Zeichnungen berühmter Gebäude der Stadt gezeigt, die Jan für seine Bewerbungsmappe gemacht hatte. Jan fügte sich und heckte gleichzeitig einen Plan aus, wie er es doch noch an die Kunstakademie schaffen könnte. Er überredete Pieter, sich mit seinen Arbeiten zu bewerben. Damit würde Pieter es sicher an die Akademie schaffen. Jan würde Architektur in Delft studieren und somit nur eine kurze Tramfahrt von Den Haag entfernt sein. So konnte er zumindest indirekt Kunst studieren. Tatsächlich hatte es funktioniert. Die Aufnahmekommission, beeindruckt von der vorgelegten Arbeit, hatte Pieter aufgenommen. Mit Täuschung und Betrug hatten sie ihren Plan verwirklicht.

Mit der Aufnahme Pieters an der Kunstakademie endeten die Aufzeichnungen.

Der Zug verlangsamte die Fahrt. Sie würden gleich den Hauptbahnhof in Den Haag erreichen. Meg steckte das Tagebuch in ihre Tasche. Sie hoffte, dass Pieter noch in Den Haag lebte. Sie musste ihn finden. Von ihm würde sie bestimmt mehr über den geheimnisvollen van Aelst herausfinden.

8. Der Freund

Es war ein warmer Junimorgen, als Meg vom Bahnhof durch Den Haags Innenstadt lief. Emsig eilten die Haager Beamten in ihren dunklen Anzügen an Meg vorbei. Lebensmittel waren noch immer knapp, und so steckten viele lange Hälse in zu weiten Hemdkragen. Und bei den Damen flatterten leichte Kleider um knochige Hüften.

Das Tabakgeschäft in der Calliopestraat Nummer 13 schien unverändert. Links und rechts des Eingangs standen ein Zeitungs- und ein Postkartenständer auf dem Bürgersteig. Heruntergelassene Markisen schützten die Zigarren im Schaufenster vor der Sonne. Aber als Meg das Geschäft betrat und die Türglocke wie gewohnt schepperte, bemerkte sie eine Veränderung. Es stank nach kaltem Rauch. Es fehlte das würzige Aroma frisch angezündeter Zigarren. Aus dem kleinen Zinkrohr neben der Kasse züngelte keine Gasflamme.

„Sie wünschen?" Rens Verbeek putzte mit einem karierten Taschentuch seine Brillengläser, als er durch den Vorhang trat, der das Geschäft von seinem Büro trennte. Erst als er sie aufsetzte, erkannte er Meg. „Meg! Wie schön dich zu sehen."

Sie küssten sich zur Begrüßung auf die Wangen.

„Glückwunsch. Da ist dir ja ein kleiner Scoop gelungen mit van Aelst."

„Du hast mir mit dem Bambi den entscheidenden Tipp gegeben."

„Ich hätte nicht geglaubt, dass man daraus heute noch eine Schlagzeile machen kann. Verrückte Zeiten." Rens wischte mit dem Taschentuch über die blanke Glasplatte der Verkaufstheke, auf der die gewohnten Tabakkrümel fehlten.

„Was ist passiert? Warum brennt die Gasflamme nicht?"

„So sind die Zeiten. Der Krieg ist vorbei, die Nazis verschwunden und die Leute haben kein Geld für Zigarren. Die Geschäfte laufen also schlecht." Rens kramte eine Chesterfield Packung aus der Hosentasche, nahm zwei heraus und reichte eine davon Meg. Mit einem Streichholz gab er Feuer. „Zuletzt konnten sich ja fast nur noch die Nazis eine Zigarre leisten. Die sind wir jetzt endlich losgeworden, aber als Kunden fehlen sie. Wenn man möchte, könnte man auch mich als Kriegsgewinnler bezeichnen." Sein Lächeln misslang. „Erzähl mir, ob es etwas Neues von van Aelst gibt."

Meg schüttelte den Kopf. „Er bleibt bei seiner Geschichte mit der italienischen Familie. Ehrlich gesagt, bin ich mir nicht sicher, ob er weiß, was er tut. Er riskiert sein Leben. Nach Erscheinen des Artikels durfte ich mit ihm sprechen. Er war wütend über die Story. Aber nicht wegen des Vorwurfs der Kollaboration, sondern wegen der Schlagzeile BAMBIS VATER. Er könne es nicht ertragen, dass man ihn schon wieder am *Rehkitz* der Prinzessin messen würde. Immerhin wäre er ein bedeutender Künstler."

„Das war er eine Zeit lang tatsächlich", sagte Rens. „Vielleicht nicht so bedeutend, wie er es gerne gehabt hätte. Er hatte viele Aufträge für Porträts und ein paar erfolgreiche Ausstellungen. Es gab ein paar Skandale um ihn, aber das gehört in diesen Kunstkreisen ja eigentlich zum guten Ton." Der Tabakhändler drückte seine Zigarette in einem Aschenbecher aus und sah Meg an. „Warum bist du gekommen?"

„Genau deshalb. Ich habe gehofft, dass du mir noch ein paar Geschichten über van Aelst erzählen kannst. Er verbirgt etwas und verhält sich eigenartig. Er war wütend auf mich und hat mich beschimpft. Im nächsten Moment vertraute er mir plötzlich ein Skizzenbuch mit persönlichen Aufzeichnungen an. Darin würde alles stehen. Ich solle daraus eine Story über den wahren van Aelst machen, damit die Menschen ihn endlich verstehen. Aber es geht darin nur um seine schwere Kindheit. Die Aufzeichnungen enden damit, dass sein bester Freund, Pieter Koopmans, an der Kunstakademie in Den Haag angenommen wird. Eine rührselige Geschichte, die mir leider nicht weiterhilft."

„Pieter Koopmans", der Tabakhändler murmelte den Namen vor sich hin. „Der kommt mir bekannt vor. Wie willst du jetzt weitermachen?"

„Ich muss mehr über van Aelst herausfinden. Nichts passt zusammen. Er leidet furchtbar im Gefängnis. Er ist ein Wrack. Dabei müsste er nur den Namen der Familie nennen, für die er den Vermeer verkauft hat. Bis sie die gefunden hätten, um seine Angaben zu überprüfen, würden sie ihn auf Kaution freilassen. Das hat der Kapitein versprochen. Geld hat van Aelst genug, und wenn er wirklich Dreck am Stecken hat, wenn er ihnen das Bild geklaut hat, dann könnte er doch einfach abhauen. Sie können ihn nicht rund um die Uhr bewachen. Er hat also nichts zu verlieren. Aber wenn er weiter schweigt, dann droht ihm Lagerhaft. Das würde er nicht überleben." Meg lief ruhelos durch den Laden. „Miedl, Josephine, alle Spuren verlieren sich. Mir bleibt nur Den Haag. Hier hat van Aelst zumindest eine ganze Zeit lang gelebt."

Rens nickte. „Er war wirklich bekannt. Vor allem auch durch seine Hochzeit mit Josephine van Wageningen. Das war ein Skandal. Sie war die Frau eines angesehenen Kunstkritikers, der van Aelst gefördert hat. Sie hatten sogar zusammen diese private Kunstschule gegründet. Während der ganzen Zeit müssen van Aelst und Josephine schon ein Verhältnis miteinander gehabt haben. Dann gab es noch Streit im Den Haager Kunstverein. Die beiden haben fluchtartig die Stadt verlassen. Aber es ist natürlich alles schon lange her.“ Rens lehnte mit den Ellbogen auf der Ladentheke und schien nachzudenken. „Jetzt fällt es mir wieder ein, woher ich den Namen Pieter Koopmans kenne. Er ist Restaurator und war in eine Betrugsgeschichte um ein altes Gemälde verwickelt. Das war eine große Sache, die tagelang durch die Zeitungen ging. Die beiden bedeutendsten Kunsthistoriker der Stadt, vielleicht sogar der Niederlande, Cornelius Hofstede de Groot und Abraham Bredius, lieferten sich einen erbitterten Streit um ein Frans Hals Gemälde. Hofstede de Groot hatte das Bild für echt erklärt, Bredius behauptete, es sei eine Fälschung.“

„Pieter Koopmans hatte mit einer Fälschung zu tun?“ Meg kramte in ihrer Handtasche und zog ein kleines Stück Papier hervor. Sie zeigte Rens den Zettel. „Das hat mir van Aelst im Gefängnis zugesteckt.“

„Görings Vermeer ist eine Fälschung“, las Rens leise vor. „Mehr hat er dazu nicht gesagt?“

„Nein. Ich solle zuerst seine Aufzeichnungen lesen. Da kam mir die Idee, dass Koopmans mir vielleicht helfen kann. Lebt er noch in Den Haag?“

Rens zuckte die Schultern und zog aus einer Schublade des Ladentisches ein Telefonbuch heraus.

„Hier, in der Sumatrastraat gibt es einen Koopmans – Kunsthandel und Restauration. Das muss er sein. Sumatrastraat 226. Das ist nur etwa zwanzig Minuten von hier zu Fuß.“

Meg lief über die Nassaulaan und den Nassauplein zu der Adresse. Niedere, zweistöckige Backsteinhäuser mit kleinen Handwerksbetrieben und Geschäften reihten sich bis zur Koninginnegracht aneinander. Viele der Häuser hatten schmucklose Schaufenster im Erdgeschoss oder schmale hölzerne Werkstatttore, wie die Nummer 226. P. KOOPMANS KUNSTHANDEL & RESTAURATION stand in goldumrahmten, schwarzen Großbuchstaben über dem Eingang. Meg suchte vergeblich nach einer Klingel. Dann versuchte sie eines der Tore zu öffnen. Es klemmte und erst als sie sich dagegenstemmte, öffnete es sich einen Spalt.

„Die Klinke anheben!", rief jemand aus dem Haus und Meg erschrak. Dann drückte sie von unten gegen den Griff, das Tor ging auf und sie trat in einen staubigen, dunklen Raum. Es roch nach Lösungsmitteln und Farbe.

„Kommen Sie herein. Nur zu."

Meg sah im Zwielicht einen Mann mit langen Haaren, der ihr zuwinkte. Vorsichtig ging sie auf ihn zu.

„Was kann ich für Sie tun?"

„Sind Sie Pieter Koopmans?"

Er nickte, während er sich die Hände an einem farbverschmierten Lappen abwischte. „Kommen Sie, wir gehen ins Atelierhaus. Da haben wir mehr Licht."

Meg folgte ihm in einen kleinen Raum voller Regale. Durch eine Tür traten sie in ein helles Atelier mit einer Glasfront zu einem Innenhof. Auch das Pultdach bestand, wie in einem Gewächshaus, aus Glas.

Pieter Koopmans trug unter einer fleckigen Weste ein weißes Hemd. Die Ärmel waren hochgekrempelt, der Kragen stand offen. Er war schlank und hatte fast schulterlange schwarze

Locken. Seine hellen Augen und kleinen Lachgrübchen ließen ihn jungenhaft aussehen. Dabei musste er auch schon Ende Fünfzig sein. Wie van Aelst, der aber eher einem Greis ähnelte.

„Ich suche Pieter Koopmans aus Deventer, der als Kind mit Johannes van Aelst zur Schule gegangen ist."

„Wie kommen Sie darauf?"

„Ich habe von Ihnen gehört. Nein, nicht gehört." Sie kramte van Aelsts Skizzenbuch aus ihrer Handtasche. „Ich habe über Sie gelesen. Hier in diesen Aufzeichnungen."

Koopmans nahm das Buch und blätterte darin. „Es ist seine Schrift. Wie kommen Sie an das Buch?"

„Er hat es mir gegeben."

„Ich habe ihn lange nicht mehr gesehen. Jetzt sitzt er im Gefängnis. Jedenfalls steht das in der Zeitung. Hier, sehen Sie." Koopmans zeigte auf einen langen Holztisch, wo zwischen leeren Tassen *Het Parool* lag. BAMBIS VATER EIN VERRÄTER. „Da wird er sich gefreut haben." Koopmans lachte.

„Ich habe den Artikel geschrieben. Er war wütend."

Koopmans musterte Meg. „Das glaube ich gerne."

„Ich habe ihn in der Weteringschans besucht. Der Polizist, Kapitein Rosendahl, hatte die Hoffnung, dass van Aelst, wütend wie er war, sich vielleicht verraten würde. Dass er mir etwas über den Verkauf des Vermeerbildes an Göring erzählen würde. Aber er hat nur über sich selbst gesprochen. Dass ihn alle im Stich lassen. Sogar seine Frau. Dass niemand ihn verstehe."

Koopmans lachte. „Typisch van Aelst. Es geht immer nur um ihn. Was ist dann passiert? Mit welchem Trick hat er versucht, Sie herumzukriegen?"

Meg war verunsichert. „Wie meinen Sie das?"

Koopmans grinste. „Er hat einen Plan. Sonst hätte er Ihnen nicht diese Aufzeichnungen gegeben."

„Nachdem er mich ausführlich beschimpft hatte, wurde er plötzlich zugänglich. Geradezu vertraulich bat er mich, über sein Leben zu schreiben."

Koopmans tippte mit dem Finger auf die *Parool* und lachte. „Der gute alte Jan. Natürlich wollte er schon immer mal auf die Seite Eins einer großen Zeitung. Aber bestimmt nicht mit einer solchen Schlagzeile. Verräter. Trotzdem, er wittert seine Chance. Er denkt, er kann Sie benutzen. Stimmt die Story denn?" Koopmans zögerte kurz, um ihren Namen unter der Schlagzeile zu lesen. „Stimmt die Geschichte, Margriet van Hettema?"

„Natürlich. Aber mit van Aelst stimmt irgendetwas ganz und gar nicht. Er riskiert Kopf und Kragen."

Koopmans hatte in dem Tagebuch geblättert. „Oh mein Gott. Die Geschichte, wie wir seine kleine Schwester Anna gemalt haben."

„Sie haben viel zusammen erlebt. Sie waren dicke Freunde."

„Das stimmt. Aber das ist lange her."

„Wann haben Sie ihn zuletzt gesehen?"

„Als er vor Jahren aus Frankreich zurückkam, hatten wir noch Kontakt. Bis kurz nach der Besetzung."

„Dann nicht mehr?"

Koopmans schüttelte den Kopf.

„Was ist passiert?"

„Etwas Privates."

„Erzählen Sie es mir?"

„Nein."

„Ich bin zu Ihnen gekommen, weil ich hoffte, Sie können mir helfen, van Aelst besser zu verstehen."

„Ich könnte Ihnen sagen, dass er schon immer paranoid war. Dazu der Alkohol und ein paar andere Drogen. Größenwahn. Maßlosigkeit. Eitelkeit und Narzissmus."

„Das sind harte Worte über einen guten Freund."

„Er ist nicht mehr mein Freund." Koopmans ging zu einem Holztisch, nahm eine Flasche Sherry und öffnete sie. „Wollen Sie auch einen?"

Meg nickte und setzte sich auf einen Stuhl. Koopmans schenkte ein.

„Ich kann Ihnen nur sagen, dass Jan niemals im Leben einen Vermeer verkauft hätte. Für keinen Preis der Welt. Er hat Vermeer verehrt. Er hätte alles getan, um ihn zu behalten. Mit seinem Vermögen aus Frankreich hätte er sich vermutlich auch einen Vermeer leisten können."

„Er sagt, er habe das Bild im Auftrag einer jüdisch-niederländischen Familie auf den Markt gebracht, um ihr zu helfen, vor Mussolinis Faschisten zu fliehen."

„Er hatte das Geld, um es den Leuten selbst abzukaufen."

„Eine Million sechshundertfünfzigtausend Gulden?"

„Ja. Ihm gehören über fünfzig, sechzig Häuser in Amsterdam. Und deshalb stimmt die Geschichte vermutlich nicht. Aber wie gesagt, ich habe seit Langem keinen Kontakt mehr mit ihm."

Meg holte die Puderdose aus ihrer Handtasche, klappte den Spiegel auf und nahm den zusammengefalteten Zettel heraus. Sie gab ihn Koopmans. „Das hat er mir auch noch im Gefängnis gegeben."

Koopmans setzte eine Hornbrille auf. „Görings Vermeer ist

eine Fälschung“, flüsterte er leise vor sich hin. Dann lachte er laut und kräftig. „Das wäre die Erklärung, warum er das Bild verkauft hat. Viel Geld für einen falschen Vermeer.“

„Meinen Sie, er ist selbst damit hereingelegt worden?“

„Natürlich nicht. Er hat es ja sofort erkannt.“ Koopmans dachte nach. „Einen echten Vermeer hätte er behalten. Die Fälschung ist wertlos. Mal angenommen, die Geschichte mit der Familie stimmt. Er will ihnen helfen. Also bringt er die Fälschung auf den Markt. Vermutlich ist es gute Arbeit. Er kann das beurteilen. Es ist also kein großes Risiko. Wenn etwas schiefgeht, ist er nur der Mittelsmann und ebenso betrogen worden. Ein Plan, der zu Jan passen würde. Er ist ein Schlitzohr. Unberechenbar.“ Koopmans lachte wieder. „Dazu kommt die verlockende Vorstellung, dass er einen gefälschten Vermeer in Umlauf bringt, auf den alle Experten hereinfallen. Das gefällt ihm mit Sicherheit noch besser. Er hasst die Kunsthistoriker und -kritiker.“ Koopmans überlegte. „Das könnte sein Plan sein. Er setzt auf Sie. Sie sollen beweisen, dass der Vermeer gefälscht ist. Wenn er Göring einen gefälschten Vermeer verkauft hat, ist er ein Betrüger. Aber kein Kollaborateur.“

„Das wäre eine Bombenstory. Van Aelst betrügt Göring.“

„Darauf spekuliert er. Aber Sie müssen es beweisen können.“

„Warum kommt er nicht selber mit der Sache raus?“

Er dachte nach. „Weil er sich schon für eine andere Geschichte entschieden hat. Jetzt hofft er auf Sie.“

„Wie soll ich beweisen, dass der Vermeer gefälscht ist?“

„Was wissen Sie über das Bild? Wo ist es jetzt?“

„Keine Ahnung. Darum habe ich mich noch nicht gekümmert." Meg ärgerte sich, dass sie nicht selbst schon daran gedacht hatte. „Vielleicht haben es die Amerikaner. Vielleicht ist es schon in den Niederlanden. Ich müsste den Kapitein fragen, aber ich bezweifle, dass er es mir sagen würde." Meg fühlte sich ertappt, ihre Arbeit nicht richtig gemacht zu haben. Sie stand auf, um ein großes Ölgemälde auf einer Staffelei zu betrachten. Es zeigte eine Strandszene aus Scheveningen am Ende des vergangenen Jahrhunderts. Das frühere Fischerdorf, jetzt Den Haags beliebtes Seebad mit Promenade und Kurhaus.

„Ein Bild der Haager Schule. Leider nicht signiert. Ich habe es auf einem Flohmarkt gefunden. Es war ziemlich ramponiert, aber die Leute mögen diese Gemälde. Ich habe es wieder ganz gut hingekriegt. Mit einer Signatur wäre es recht wertvoll", erklärte Koopmans vom Tisch aus.

Meg drehte sich zu ihm um. „Um herauszubekommen, ob van Aelsts Behauptung stimmt, müsste man das Bild untersuchen?"

Koopmans nickte. „Und es ist gar nicht so einfach, wenn es eine gute Fälschung ist. Sie müssen genau wissen, wonach Sie suchen. Sie müssen mit modernen, naturwissenschaftlichen Methoden arbeiten. Mit Röntgenstrahlen. Chemischen Tests. Das lehnen viele der renommierten Experten immer noch ab. Bei ihnen gilt nach wie vor: Die Inaugenscheinnahme bestimmt zuallererst ihr Urteil. Sie behaupten, durch bloßes Betrachten mit Sicherheit ein echtes Bild von einer Fälschung unterscheiden zu können." Pieter machte eine Pause. „Außerdem halten sie sich für unfehlbar. Ich habe noch keinen Gutachter erlebt, der später einen Fehler zugegeben hätte. Deshalb, wenn ein Bild erst mal für echt befunden wurde, dann müssen Sie gute Beweise für eine neue Untersuchung vorlegen."

„Als Restaurator kennen Sie die Tricks?"

„Natürlich. Aber ich habe mit Fälschungen nichts zu tun."

Meg lächelte ihn an. „Schade, ich dachte, Sie wären der Fälscher."

Koopmans lachte. „Danke, aber so gut bin ich nicht."

„Sie hätten mir viel Arbeit erspart." Meg tippte gegen das Gemälde auf der Staffelei und wunderte sich über einen kleinen roten Farbpunkt an ihrem Finger, den sie zerrieb. Pieter reichte ihr einen Lappen.

„Finden Sie das Bild, dann werde ich helfen. Ich kann Ihnen genau sagen, wonach sie suchen müssen."

„Das glaube ich gern. Sie waren schließlich selbst in solch einen Skandal verwickelt. Vor vielen Jahren." Meg setzte sich wieder an den Tisch.

Koopmans zögerte, bevor er ihr folgte. „Woher wissen Sie das?"

„Ich habe einen Hinweis bekommen."

Koopmans zögerte erneut. „Das ist lange her. Das war damals zusammen mit Jan." Er nahm das Skizzenbuch und blätterte darin herum. „Das steht hier nicht drin. Es endet mit der Aufnahmeprüfung an der Kunstakademie. Kein schlechter Coup, den wir damals gelandet haben."

„Es war Betrug. Sie haben sich mit Jans Mappe beworben."

„Richtig. Wir waren jung. Wir wollten raus aus Deventer. Für uns sollte ein neues Leben beginnen. Mit Jans Mappe würden wir es schaffen. Es hat funktioniert. Auch wenn wir uns dann erst mal zerstritten haben."

„Warum?"

„Zwei junge Männer können sich schon mal in die Quere kommen. Jan benutzte mich, um sein Leben als Kunststudent zu verwirklichen. Da hat es gekracht." Koopmans trank seinen Sherry aus. „Es ist eine lange Geschichte. Nach diesem Aperitif habe ich Hunger. Wollen wir essen gehen? In der Nähe ist ein Café, das schon wieder einen anständigen Lunch serviert. Die Vorteile einer Regierungsstadt mit hungrigen Beamten. Es gibt Strammen Max, Kroketten, Heringsbrötchen, Suppe und Käse."

Meg stand auf. „Gerne. Ich lade Sie ein."

„Wenn wir uns duzen. Ich bin Pieter."

„Margriet, aber meine Freunde nennen mich Meg."

Das Café *de Tapperij* lag nur einen Block entfernt in der Atjehstraat. Durch die großen Kaffeehausfenster zur Straße fiel streifiges Sonnenlicht auf die polierte Holzverkleidung an den Wänden. Pieter führte Meg an der messingbeschlagenen Theke vorbei zu einem kleinen Tisch in einer Ecke. Von hier aus hatten sie den Gastraum im Blick. Sie bestellten Suppe und Bier, und Pieter begann zu erzählen.

„Mein Vater war natürlich mächtig stolz, dass ich an der Kunstakademie aufgenommen wurde, und Jan war auch völlig aus dem Häuschen. Dann begann das Studium. Jan studierte in Delft Architektur. Aber er besuchte mich jeden Tag in der Akademie. Bald gehörte er schon zum Inventar und ging mir zunehmend auf die Nerven. Denn ich hatte ganz schön zu kämpfen. Aufgrund der gefälschten Bewerbungsmappe mit Jans Bildern erwarteten sie von mir mehr künstlerische Begabung. Ich war deshalb froh, dass ich zu den Korrekturen oft Skizzen, die Jan in Delft gemacht hatte, vorlegen konnte. Aber innerlich war ich hin- und hergerissen. Irgendwann habe ich Jan verboten, mich weiter an der Akademie zu besuchen. Es gab einen Riesenstreit, und er kam tatsächlich nicht mehr. Jetzt fehlten mir allerdings seine Arbeiten für die klassischen Mal- und Zeichenkurse. Am Ende des ersten Studienjahres brauchte ich dringend ein paar gute Arbeiten für die Prüfungsmappe. Ich fürchtete mich davor, dass sie mich rausschmeißen würden. In dieser Not fuhr ich schweren Herzens nach Delft, um Jan um Hilfe zu bitten." Pieter bestellte eine weitere Runde Bier und zündete sich einen Zigarillo an. „Er war nicht zu Hause und seine Zimmerwirtin meinte, er wäre wahrscheinlich im Ruderclub, wo er seit ein paar Monaten viel Zeit verbrachte. Dort sah ich ihn, wie er gerade mit einem Mädchen ein Boot zum Wasser trug. Sie trugen es über Kopf, und ich konnte nicht sehen, wer das Mädchen war. Als sie das Boot zu Wasser ließen, war ich geschockt. Magda war eine Mitstudentin an der Akademie, und ich war in sie verliebt. Sie war exotisch. Tochter einer Prinzessin aus Sumatra. Ihr Vater, ein holländischer Kolonialbeamter, hatte sie zum Studium nach Den Haag geschickt. Wir waren schon ein paar Mal zusammen ausgegangen, hatten uns schon geküsst. Jetzt musste ich mit ansehen, wie sie Jan nach Absetzen des Bootes den Rücken kraulte und den Nacken liebkoste. Jan packte sie um die Hüften und hob sie ins Boot. Ich konnte es nicht fassen, dass er mir Magda weggenommen hatte. Ich glühte vor Eifersucht und rannte weg, bevor sie mich entdecken konnten. Voller Wut beschloss ich, Jan zu bestehlen."

Pieter drückte seinen Zigarillo im Aschenbecher aus. „Komischerweise war es dann Magda, die uns wieder zusammenbrachte. Ich ertappte sie in der Akademie, wie sie in meiner Prüfungsmappe blätterte. Ich war sehr aufgebracht, aber bevor ich etwas sagen konnte, zeigte sie auf eine von Jans Zeichnungen. ‚Jan vermisst dieses Bild.‘ Ich brachte keinen Ton heraus. ‚Er weiß auch, dass du in seiner Wohnung warst. Warum hast du es einfach genommen? Warum hast du ihn nicht gefragt? Du kannst von ihm jedes Bild bekommen. Das weißt du doch.‘ Es war so beschämend. Magda tat dann etwas völlig Ungewöhnliches. Sie nahm mich in die Arme und sagte: ‚Komm, wir gehen spazieren, ich muss dir viel erzählen.‘ Wir gingen in den benachbarten Park, den Stadtwald von Den Haag. Magda berichtete, dass sie und Jan jetzt ein Paar wären. Anfangs habe sie ihn auch sehr komisch gefunden, aber er habe hartnäckig um sie geworben. Er sei sehr schüchtern gewesen und habe trotzdem versucht, den erfahrenen Dandy zu spielen. Magda hatte eine eigene Wohnung und Jan konnte sie besuchen, wann immer er wollte. Eines Tages kam er mit einem großen Bild. Er hatte Magda gemalt, ohne dass sie ihm Modell gestanden hatte.“

Meg musste lachen. Pieter sah sie irritiert an.

„In seinem Tagebuch steht so eine Geschichte, wie er die Mädchen nur aus seiner Vorstellung heraus gemalt hat. Nackt gemalt hat.“

Pieter nickte. „Genauso war es auch hier. Fasziniert von ihrem exotischen Aussehen, hatte er sie splitternackt in einen fantasievollen Paradiesgarten mit großen bunten Pflanzen und wilden Tieren gemalt. Magda war erstaunt, woher der schüchterne Jan den Mut hatte, so ein Bild zu malen und ihr zu zeigen. Sie fühlte sich geschmeichelt und war beeindruckt von seiner Vorstellungskraft und seinem Können. ‚Du bist wirklich ein Künstler. Warum studierst du nur Architektur?‘, habe sie zu ihm gesagt, und als sie daraufhin kleine Tränen des Glücks in seinen Augen sah, habe sie sich in ihn verliebt." Pieter leerte mit einem großen Schluck sein Bier und stellte das Glas etwas zu fest auf den Tisch. „Ich habe damals gelitten wie ein Hund", erzählte er weiter. „Ich wollte wegrennen, aber Magda hielt mich fest. Sie sah mir direkt in die Augen und sagte, dass es Jan wirklich gut gehe. Zum ersten Mal in seinem Leben fühle er sich glücklich. Das Einzige, was ihn noch belaste und traurig mache, sei unser Streit. Er wünsche sich so sehr, dass wir wieder Freunde sein könnten."

Wieder machte Pieter eine Pause und spielte mit seinem leeren Bierglas. Meg bestellte eine neue Runde.

„Magda bat mich, den ersten Schritt zu tun. Sie wisse, dass sie viel von mir verlange, aber es sei ja nicht Jans Schuld, dass sie sich in ihn verliebt habe. Außerdem habe Jan sich wirklich verändert. Durch das Rudern habe er jetzt auch viele Freunde in seiner Studentenverbindung. In seinem Studium komme er auch gut voran. Die Zeichenkurse in Delft an der Technischen Hochschule finde er sogar besser als an der Akademie. Es fiel mir wirklich schwer zu glauben, dass Jan sich so verändert hatte. Aber Magda bestand auf eine Versöhnung. Kurzum, wir verabredeten uns zu einem Ruderausflug mit Picknick, und zu meinem Glück traf ich kurz zuvor noch ein liebes Mädchen aus Amsterdam. Sara. Wir haben uns alle gut verstanden und dabei blieb es dann auch viele Jahre. An der Akademie wechselte ich von der freien Malerei in eine Klasse für angewandte Kunst mit einem Schwerpunkt auf Zeichnen, Grafik und Entwerfen. Man lernte dort auch viele handwerkliche Techniken, die ich später gut für das Restaurieren gebrauchen konnte. Nach wenigen Jahren stellte sich heraus, dass es die richtige Entscheidung gewesen war. Viele alte

Ölbilder aus dem Goldenen Zeitalter mussten restauriert werden. Die amerikanischen Fleisch- und Stahlbarone waren wild auf diese Gemälde, und das heizte bei uns den Markt an. Es gab unzählige Arbeiten von vergessenen Künstlern. Man musste sie nur finden und schön herrichten." Pieter grinste, bevor er sich wieder einen Zigarillo anzündete.

„Das führte dann zu eurem Fälscherskandal?"

„Du meinst den angeblich falschen Frans Hals? Letztendlich ja, aber erst viele Jahre später. Zunächst mussten wir uns nach dem Studium über Wasser halten. Jan hatte da schon eine kleine Familie. Oft hatten sie kein Geld, und Jan ertrug auch die Enge in der Wohnung mit dem Kind nicht. Da gewann er unerwartet bei einem Wettbewerb der Technischen Hochschule in Delft den ersten Preis. Die Aufgabe war eine Zeichnung eines Kircheninterieurs aus dem 17. Jahrhundert. Jan malte einen Ausschnitt aus der Sint-Laurenskerk in Rotterdam. Er spielte so geschickt mit Licht und Schatten und den Maltechniken, dass es aussah, als sei das Bild in der damaligen Zeit entstanden. Ein reicher Amerikaner wollte das Bild unbedingt für 1 000 Gulden kaufen und Jan malte eine zweite Version, die er ihm andrehte. Er fühlte sich völlig im Recht, weil er meinte, das hätten alle großen Meister früher so gemacht. Jan bestand später als externer Kandidat das Examen an der Kunstakademie und bekam dadurch eine Assistentenstelle für Entwurfs- und Bauzeichnung an der Hochschule in Delft.

Zusammen mit gelegentlichen Porträtaufträgen und Genrebildern konnte die Familie überleben. Sie wohnten mittlerweile in einer Wohnung in Scheveningen. Jan hielt es immer weniger zu Hause aus. Er ertrage den Geruch dreckiger

Windeln und feuchter Wäsche nicht, jammerte er immerzu. Er trieb sich in Cafés und auf der Straße herum. Der Erste Weltkrieg hatte begonnen, und das spürten wir alle und erfuhren am eigenen Leibe, warum es ‚brotlose Kunst' heißt." Er lachte bitter.

„Was hast du damals gemacht? Auch gemalt?", unterbrach ihn Meg.

„Nein. Ich habe Gemälde restauriert und gut verkauft. Jan war oft bei mir in der Werkstatt, und wenn ein Bild sehr kaputt war und halbe Gesichter oder Personen fehlten, dann hat er mir geholfen. Er hat sie einfach neu gemalt. Die Kunden waren zufrieden. Aber je länger der Krieg dauerte, desto schlechter ging auch dieses Geschäft. Da machten wir eines Tages eine Entdeckung. In Belgien, das schwer unter dem Krieg zu leiden hatte, konnte man sehr günstig alte flämische Genrebilder kaufen. Du weißt schon, die berühmten Winterlandschaften, Dorf- und Kneipenszenen, die Bauernhochzeiten. Viele dieser Bilder waren von guter Qualität. Wir putzten sie ein bisschen, besserten sie aus und konnten sie gut verkaufen. Dann bemerkten wir, dass Winterlandschaften sich noch besser verkauften, wenn darauf Schlittschuhläufer zu sehen waren, und bei den Hochzeiten und Kneipenszenen waren spielende Kinder mit Rotznasen und Hunde und Katzen wichtig. Jetzt konnte Jan nicht mehr widerstehen. Er nahm mittelmäßige Leinwände und verwandelte sie mit wenigen Pinselstrichen in genau diese lebendigen Winterlandschaften und ausgefallenen Bauernhochzeiten. Vor allem Amerikaner und Engländer rissen uns diese Bilder aus den Händen und verschmähten andere, oft viel bessere Bilder. Es hat einen Riesenspaß gemacht und es war ein guter

Verdienst, der uns half, unsere Familien zu ernähren. Ich war mittlerweile mit Sara verheiratet und hatte eine Tochter."

Meg musste lachen, denn auch ihr gefielen die Winterbilder am besten, wenn dort viele Schlittschuhläufer oder Schneeball werfende Kinder zu sehen waren.

„Also habt ihr damals angefangen, Bilder zu fälschen?"

Pieter lehnte sich auf seinem Stuhl zurück und klemmte die Daumen in die Westentaschen. „So würde ich das nicht nennen. Wir haben sie nicht signiert und wir haben immer gesagt, dass sie restauriert wären. Niemandem ist etwas aufgefallen und", er beugte sich verschwörerisch vor, „sogar hier im Museum Mauritshuis hängt ein schönes Exemplar, Maler unbekannt!" Daraufhin lachte er laut. „Und die Geschichte ist noch lange nicht zu Ende. Jan war unzufrieden. ‚Vater werden ist nicht schwer, Vater sein dagegen sehr', sagte er oft, und schob seine nur mäßig erfolgreiche Künstlerkarriere auf Frau und Kinder. Das hat mich wütend gemacht, denn Magda tat alles für die Familie. Weil Jan sich jetzt viel herumtrieb, gab es wieder Geldprobleme und Streit. Nicht nur, weil er sie vernachlässigte. Magda warf ihm vor, sein Talent wegzuwerfen, und wieder einmal tat sie etwas sehr Beeindruckendes. Sie besorgte ihm ein kleines Atelier in der Nähe ihrer Wohnung und die Zusage eines angesehenen Galeristen, drei Monate später mit ihm eine große Ausstellung zu machen. Sie tat es für Jan, weil sie wirklich an ihn glaubte. Sie hoffte, wenn er dort Erfolg hätte und die ersehnte Anerkennung bekäme, dann würde auch ihre Ehe wieder besser werden. Tatsächlich arbeitete Jan die ganze Zeit über wie ein Besessener. Er zeichnete, aquarellierte, malte Ölbilder. Die Ausstellung war ein großer Erfolg. Alles wurde verkauft und Jan bekam gute

Kritiken. Nach der Ausstellung bekam er die erwünschte Anerkennung in der Haager Kunstszene. Er wurde in den Haager Kunstverein aufgenommen, bekam lukrative Aufträge und machte eine Bekanntschaft, die wiederum sein ganzes Leben verändern sollte."

Pieter machte eine Pause.

„Es war Carel de Boer. Einer der wichtigsten Kunstkritiker in Den Haag. Er hatte van Aelsts Ausstellung äußerst lobend besprochen und verabredete sich mit ihm zu einem Interview für ein großes Zeitungsporträt. Dabei lernte van Aelst de Boers sehr viel jüngere Frau kennen, die bekannte Theaterschauspielerin Josephine van Wageningen, eine atemberaubende Schönheit. Jan war von ihr völlig hingerissen und redete nur noch von dieser Frau. De Boer bestellte bei Jan ein Porträt seiner Frau, und als es fertig war, fragte Jan, ob sie ihm bitte noch einmal Modell stehen würde, für ein großes Ölbild. Vom Kopf bis zum Scheitel. Sie willigte ein und auch de Boer war einverstanden. Er hatte mit Jan mittlerweile eine kleine private Kunstschule für die höheren Töchter der Stadt gegründet. Es dauerte nicht lange, da hatte er mit de Boers Frau ein Verhältnis. Obwohl in Den Haag offen über die Affäre gesprochen wurde, ließ sich de Boer zunächst nicht scheiden. Auch die Kunstschule führte er mit Jan weiter. Es war schließlich ein gutes Geschäft in den schlechten Zeiten. Magda hielt es allerdings nicht mehr aus mit Jan. Es war ja nicht nur sein Verhältnis mit Josephine. Keine seiner Malschülerinnen war vor ihm sicher, und wenn er genug gebechert hatte, vergnügte er sich auch mit Huren. 1923 ließ sich Magda von ihm scheiden und ging mit den Kindern nach Paris. Das hat ihn dann doch ziemlich aus der Bahn geworfen. Seine Trinkerei wurde jetzt unerträglich. Außerdem gingen die Aufträge am Kunstmarkt wieder zurück. Er hatte noch eine große Ausstellung, in der er eigentümliche große Ölbilder mit biblischen Motiven zeigte. Obwohl er auch hier nicht schlecht verkaufte, wurden die Bilder von den Kunstkritikern zerrissen, und natürlich konnte er von Carel de Boer keine Unterstützung mehr erwarten. Man warf ihm vor, keine eigenen Ideen zu haben und an der Kunst der alten Meister zu kleben. In der Tat hasste er die moderne Kunst wie die Pest. Das hat ihn schwer getroffen, weil er jetzt auch im Kunstverein öffentlich angefeindet wurde. Er nannte sie eine Bande von Farbklecksern, die noch nicht einmal in der Lage wären, ein einfaches Stillleben zu malen. Ich hatte damals wenig Kontakt zu ihm. Aber dann brauchte ich ihn."

Pieter schaute auf die Straße hinaus, wo das grelle Sonnenlicht verblasste. „Vielleicht sollten wir auf Genever umsteigen. Er passt besser zum anbrechenden Abend."

Meg nickte, obwohl sie das Bier spürte.

„Bei einem Trödler hatte ich ein paar alte Gemälde entdeckt. In einem Bild, da war ich mir sicher, erkannte ich einen Frans Hals. Ein Porträt. Aber das halbe Gesicht war zerstört. Ebenso große Teile des Hintergrundes. Vor allem auch die Stelle, wo er gewöhnlich seine Bilder signierte. Das, was noch zu sehen war, erinnerte mich stark an seinen *Fröhlichen Trinker*, der im Rijksmuseum hängt. Aber hier würde eine einfache Restauration nicht genügen. Man musste tatsächlich große Teile neu malen. Jan könnte das, da war ich mir sicher. Ich suchte ihn die halbe Nacht in den einschlägigen Cafés und Etablissements der Stadt, bis ich ihn in einem Bordell in Scheveningen aus dem Bett einer rothaarigen Irin zog. Noch auf dem Heimweg lallte mir Jan die Ohren voll, dass diese erzkatholischen irischen Weiber unübertroffen geil wären und einem den Verstand rauben könnten."

Pieter lachte und hielt kurz inne. Dann sah er Meg an. „Ich weiß, das sind keine Worte für anständige Damen, aber als Reporterin hast du bestimmt auch schon einiges erlebt."

„Dann sind Reporterinnen also keine anständigen Damen?" Bevor Pieter darauf antworten konnte, ergänzte sie: „Das stimmt", und trank wie zum Beweis den Genever auf Ex.

„Ich wollte dich nicht in Verlegenheit bringen. Es ist aber wichtig, damit du verstehst, in welcher Situation wir damals waren. Als ich Jan in sein Atelier schleppte, sah ich, was er alles machte, um zu überleben. Ich brauchte ihn mit klarem Verstand, und deshalb blieb ich bei ihm, bis er wieder nüchtern war. Als ich mich in seinem Atelier umsah, entdeckte ich ein wildes Kabinett des ruchlosen Nachtlebens. Leichtbekleidete Frauen, die sich anzüglich vor einer Jazzband mit schwarzen Musikern rekelten. Matrosen, die eng umschlungen mit Frauen übers Parkett schlichen. Nackt, mit festen Brüsten und prächtigen Hintern in hochhackigen Schuhen. Auch so eine Vorliebe von Jan. Weiberärsche. Die Bilder waren sorgfältig gemalt und modern. Es waren Aufträge für die Werbeindustrie. Jedenfalls die Entwürfe. Reklame für Zigaretten, einen Aperitif, einen Nachtclub, ein mondänes Passagierschiff der Holland-America-Line. Es waren gute Bilder. Ich dachte mir damals, das ist es. Das könnte der richtige Stil für Jan sein. Jan der Gesellschaftsmaler. Ein holländischer Toulouse-Lautrec, aber viel moderner natürlich. Realistisch und ohne das Pathos wie bei seinen Bildern im Stil der alten Meister aus dem Goldenen Zeitalter. Aber Jan malte die Bilder nur, weil er dringend Geld brauchte. Er hat sie nicht ernst genommen und das Potenzial nicht erkannt."

Pieter kippte seinen Genever.

„Als Jan endlich seinen Rausch ausgeschlafen hatte, erzählte ich ihm von dem Frans-Hals-Bild. Er wollte es sofort sehen und bestätigte meine Vermutung. ‚Das ist eindeutig ein Hals und wir sorgen dafür, dass es auch jeder erkennen kann.' Das waren seine Worte. Er zerstreute meine Bedenken, dass wir das Bild zu einem großen Teil neu malen mussten. ‚Das lass mal meine Sorge sein. Wir verhelfen einem zerstörten Kunstwerk nur zu neuem Glanz. Sollen wir einen echten Frans Hals auf den Müll werfen? Da wird nichts drin vorkommen, was nicht auch Frans Hals gemalt hätte', sagte er grinsend und begann sofort, die Pigmente zu reiben und Farben anzurühren. Da der Keilrahmen des Bildes schon sehr morsch war, spannte ich es auf einen neuen. Allerdings zerbrachen beim Abspannen etliche der alten Nägel und ich musste neue verwenden. Ich hatte immer eine Handvoll davon in einer Schale draußen stehen, damit sie Rost und Patina ansetzten und wie alt aussahen. Deshalb machten wir uns darum keine Sorgen. Ein Fehler, wie sich später herausstellte. Jan machte sich an die Arbeit und schon nach wenigen Tagen hing ein prächtiger Frans Hals in meinem Atelier. Wir nannten das Bild *Der lachende Kavalier* und verglichen es mit Abbildungen anderer berühmter Gemälde von Frans Hals wie der *Malle Babbe.* Es war kein Unterschied zu erkennen. Wir waren uns sicher, und ich bin es heute noch, dass es ein echter Frans Hals war. Aber es gab ein Problem mit der Signatur. Ohne Namenszug würde das perfekt gelungene Bild nicht einmal den Bruchteil seines Wertes einbringen. Jan hatte die Idee, original erhaltene Farbflächen auseinanderzubrechen und zur Signatur neu zusammenzusetzen. Das Puzzle gelang ihm perfekt. Bruchstückhaft, sodass man die Signatur gerade noch erkennen konnte. Glaubhaft uralt. Da das Bild durch das Alter ohnehin von starkem Craquelé durchzogen war, würde es niemandem auffallen. Jetzt brauchten wir nur noch einen Experten, der die Echtheit des Bildes bestätigen würde. Ich wandte mich an den berühmten Kunsthistoriker Hofstede de Groot, einst stellvertretender Direktor des Mauritshuis. Er bezeichnete das Gemälde sofort als einen ‚außergewöhnlich schönen Frans Hals' und hatte auch keine Bedenken, als ich ihm sagte, dass ich es großflächig restauriert hätte.

Jedenfalls war Hofstede de Groot derart von *Der lachende Kavalier* überzeugt, dass er sogar auf den einfachen Alkoholtest verzichtete."

„Alkoholtest?", unterbrach Meg.

„Ölfarbe trocknet sehr langsam. Es dauert Jahrzehnte, mindestens. Aber ein echter Frans Hals ist nach 300 Jahren sicher durchgetrocknet. Wenn man jetzt einen sauberen Lappen mit reinem Alkohol tränkt und über die Farbflächen reibt, dann hinterlässt ein wirklich altes Bild keine Farbspuren, nur Dreck. Jüngere Farbschichten färben ab. Ein Hinweis für eine Fälschung. Ich hätte dafür allerdings eine Erklärung gehabt. Für die Restauration musste ich ja mit frischer Farbe malen. Aber der eitle Hofstede de Groot machte überhaupt keine Untersuchungen, was übrigens nicht ungewöhnlich ist für diese Herren. Sie sind sehr von sich überzeugt. Mit seiner Expertise habe ich das Bild einem berühmten Auktionshaus angeboten. Sie kauften es für Fünfzigtausend Gulden. Jan und ich haben darauf kräftig angestoßen."

„Und wie kam es dann zu diesem Skandal?“ Meg wurde ungeduldig. Die Zugverbindungen am Abend waren sehr unzuverlässig und sie wollte unbedingt noch nach Amsterdam zurückfahren.

„Das Auktionshaus hatte einen weiteren Gutachter beauftragt. Ausgerechnet Abraham Bredius, der renommierteste Experte für die niederländische Malerei des Goldenen Zeitalters. Er machte den Alkoholtest und behauptetet sofort, das Bild sei eine Fälschung, weil große Flächen frische Farbe abgaben. Außerdem entdeckte er noch zwei meiner neueren Nägel im Rahmen. Nägel, die niemals aus dem 17. Jahrhundert stammen konnten. Darüber hinaus wurden Spuren von Kobaltblau und Zinkweiß gefunden. Diese Pigmente werden erst seit dem 19. Jahrhundert verwendet. Hals und Vermeer malten noch mit Bleiweiß und einem Ultramarinblau aus teurem Lapislazuli. Das konnten wir uns gar nicht leisten. Diese Entdeckungen waren natürlich eine Katastrophe. Dennoch blieb Hofstede de Groot bei seinem Urteil, allein schon aus Trotz. Er und Bredius waren heillos zerstritten seit ihrer gemeinsamen Zeit im Museum Mauritshuis, wo Bredius Direktor und er sein Stellvertreter war. Hofstede de Groot machte dann etwas Überraschendes. Er kaufte das Bild vom Auktionshaus zurück. Vermutlich, um zu verhindern, dass der Streit vor Gericht landete und er gegen den berühmteren Bredius unterliegen würde. Für uns war das die Rettung. Jedenfalls finanziell, aber Jan tobte trotzdem über den aufgeblasenen Bredius. Er hat ihm Rache geschworen. Das war typisch Jan. Er hielt sich für einen ebenso großen Künstler wie seine Vorbilder Hals, Steen und Vermeer. Ein Bredius hatte nicht das Recht, ihn in die Schranken zu weisen.“

Meg hatte schnell mitgeschrieben. Sie kratzte sich am Kopf. „Es erklärt, dass van Aelst ziemlich verrückt ist. Aber auch, dass er ein guter Maler ist. Wenn er einen Frans Hals fast neu gemalt hat, warum nicht auch einen ganzen Vermeer?"

Pieter dachte nach. „Einen ganzen Vermeer komplett zu fälschen, das halte ich für unmöglich. Vermeers Gemälde sind so speziell, dass die Experten sich dort wirklich perfekt auskennen."

„Und wenn er doch recht hat mit der Fälschung?" Meg packte ihre Notizen in die Tasche.

„Dazu müsste das Bild sehr gründlich untersucht werden."

Meg stand auf. „Ich muss los. Ich hoffe, ich bekomme noch einen Zug."

„Ich begleite dich. Ein paar Schritte an der frischen Luft kann ich jetzt gut gebrauchen."

Auf der Straße spürte Meg, dass sie ziemlich angetrunken war und hakte sich bei Pieter unter.

Er blieb stehen und lächelte. „Bis zu mir sind es nur ein paar Schritte. Du kannst den Zug morgen früh nehmen."

Meg schüttelte den Kopf. „Was ist mit deiner Frau und deinen Kindern? Wohnen sie nicht mehr zu Hause?"

„Sara war Jüdin. Eines Tages ist sie vom Einkaufen nicht zurückgekommen. Sie wurde einfach auf der Straße verhaftet, weil sie ihren gelben Judenstern nicht trug. Man steckte sie in einen Transport ins Lager Westerbork. Dann kam sie wahrscheinlich nach Ausschwitz-Birkenau und starb dort im Gas. Ich konnte unsere beiden Töchter gerade noch bei Verwandten in Limburg verstecken. Sie leben jetzt in Maastricht. Sie wollen mich bald besuchen."

Meg blieb stehen, aber Pieter lief schnell weiter und zog sie hinter sich her. Er wollte nicht, dass sie sein Gesicht sehen konnte. Als Meg stolperte, musste er doch stehen bleiben. Meg nahm in an den Schultern und drehte ihn zu sich.

„Pieter, es tut mir so leid. Ich kenne den Schmerz. Die Wut. Mein Vater war im Widerstand und ist eines Tages nicht in sein Versteck zurückgekehrt. Er ist bis heute verschollen. Meine Mutter konnte vor Schmerz nichts mehr essen. Sie ist verhungert, als es noch genug zu essen gab. Wir tragen alle diese Geschichten mit uns herum und müssen lernen, mit ihnen zu leben. Aber sie dürfen uns nicht überwältigen. Deshalb ist es auch wichtig, zu wissen, dass wir damit nicht allein sind und mit anderen darüber sprechen können. Ich möchte dich gerne wieder besuchen, wenn deine Töchter bei dir sind."

Pieter antwortete nicht und sie liefen rasch weiter. Erst kurz vor dem Bahnhof sagte er: „Natürlich, und wenn du das Bild hast und ich es untersuchen soll."

9. Der Kronzeuge

Meg hoffte, dass das *Zwaantje* noch geöffnet war. Im Zug nach Amsterdam hatte sie trotz großer Müdigkeit nicht schlafen können. Außerdem war sie aufgedreht. Sie musste unbedingt herausfinden, ob das Bild wirklich eine Fälschung war. Sie sah die Schlagzeile WIE DER MALER VAN AELST DIE NAZIS HEREINLEGTE schon vor sich. Ein schöner Traum, denn sie hatte keine Ahnung, wie sie in der Sache weiterkommen könnte.

Der Wirt des *Zwaantje* begrüßte sie wie gewohnt mit einem „*Koffie verkeerd*", drei hingehauchten Küsschen und einem stramm eingeschenkten Whisky.

Sie nahm einen großen Schluck und spürte die angenehme Wärme des Alkohols. Trotzdem konnte sie nicht abschalten. Sie trank einen weiteren großen Schluck, als sie plötzlich an den Hüften gepackt und in die Luft geschleudert wurde. Sie umklammerte ihr Whiskyglas und rechnete damit, gleich auf dem harten Kachelboden des *Zwaantje* zu krachen. Aber Sergeant O'Connor fing sie auf. Meg lachte und prostete ihm zu.

„Cheers, mein Lieber. Die nächste Runde geht auf dich. Oder möchtest du mich gleich entführen?"

Bill stellte sie auf die Beine. „Eine Reporterin muss immer in Bewegung sein. Also komm. Der Jeep steht bereit."

„Du darfst mich nach Hause fahren. Für heute habe ich genug."

Es war ein lauer Juniabend, und so fuhren sie im offenen Jeep zu Megs Wohnung. Wenn ihnen Autos begegneten, waren es meist Militärfahrzeuge. Vereinzelt sah man schummriges Licht von Petroleumlampen oder Kerzen in den Häusern. Ein paar wenige Lokale und Bars mit guten Beziehungen zu den kanadischen Truppen und der Verwaltung hatten geöffnet. Hier gab es Bier und Genever. Dazu kanadischen Whisky, Zigaretten und oft auch Essen. Aber fast alle Amsterdamer lebten noch immer von Lebensmittelkarten. Strom und Gas gab es immer nur für ein paar Stunden am Tag. So gingen die meisten lieber früh schlafen. Wenige Fußgänger und kaum Fahrradfahrer waren in den unbeleuchteten Straßen unterwegs.

Meg und Bill überquerten die Leidsestraat und näherten sich der früheren Galerie Goudstikker, wo sie ein paar Tage zuvor van Rijnstra geschnappt hatten. Seitdem war er verschwunden. Die Adresse in der Pijp, die er ihnen gegeben hatte, stimmte zwar, und in dem dortigen Haushaltswarengeschäft gab es auch eine Marijke, aber die versicherte, ihn seit Tagen nicht mehr gesehen zu haben. Auch bei seiner Familie war er nicht zu finden. Meg ärgerte sich. Sie hätten ihm nicht vertrauen dürfen.

Als sie an der Galerie vorbeifuhren, sahen sie in den großen Scheiben neben der Eingangstür das unruhige Licht einer Taschenlampe. Der Sergeant stoppte den Jeep.

„Hat Rosendahl nicht gesagt, er lasse das Haus versiegeln und bewachen?“, flüsterte Meg.

Bill nickte und legte den Finger auf den Mund. Sie schlichen die Treppe zur Tür hinauf. Das Siegel war unversehrt, aber sie hörten Stimmen im Haus. Der Sergeant ritzte das Siegel auf und fummelte mit einem Dietrich im Schloss herum. Die Tür sprang auf und sie huschten in die Eingangshalle. Aus dem hinteren Teil des Hauses näherten sich die Stimmen. Schnell versteckten sie sich hinter der früheren Verkaufstheke. Als ihre Augen sich an die Dunkelheit gewöhnt hatten, erkannten sie drei Personen. Einer von ihnen war van Rijnstra. Er wies mit der Taschenlampe zwei Männern den Weg ins Treppenhaus. Alle drei liefen eilig hinauf und kamen nach kurzer Zeit mit einem großen Paket zurück. Van Rijnstra leuchtete mit der Taschenlampe zum Hinterausgang des Hauses. Meg wusste, dass in den Innenhöfen der Grachtenhäuser oft kleine Gärten angelegt worden waren. Bis vor Kurzem hatten dort noch große Bäume gestanden. Die waren im Hungerwinter alle verheizt worden und jetzt konnte man bis zur Rückseite der gegenüberliegenden Häuserzeile an der Keizersgracht sehen. Genau dahin eilten van Rijnstra und die Männer und verschwanden in einem Haus. Meg und Bill versteckten sich im Innenhof hinter einem kleinen Schuppen. Van Rijnstra schleppte mit seinen Gehilfen ein großes Paket nach dem anderen aus dem Gebäude.

„Guck dir das an“, flüsterte Meg. „Dieser Mistkerl van Rijnstra hat uns angelogen und doch noch ein Versteck mit Bildern in der Galerie gefunden.“

„Wie wäre es, wenn wir ihm beim Ausräumen ein bisschen helfen?“ Der Sergeant zog seine Pistole.

Die Männer liefen wieder zurück in die Galerie.

„Wir lassen sie noch ein Bild holen und dann schnappen wir sie.“

Diesmal trugen die Männer kleinere Pakete. Als sie an Meg und Sergeant Bill vorbei hasteten, sprang Bill aus der Deckung.

„Halt! Sofort stehen bleiben! Militärpolizei!“

Die Männer rannten los und riefen etwas auf Deutsch. Bills erster Schuss verfehlte van Rijnstras Beine knapp. Aus dem Hinterhaus der Keizersgracht tauchten plötzlich zwei Männer mit Maschinenpistolen auf. Einer eröffnete sofort das Feuer. Bill schoss zurück, traf aber nicht den Schützen sondern van Rijnstra, der schreiend zu Boden ging. Die Kugeln zerfetzten das Holz des Schuppens, hinter dem Bill und Meg Deckung suchten.

Einer der Männer rief auf Deutsch: „Gib uns weiter Deckung und lasst den Holländer, den scheiß Verräter, liegen."

Van Rijnstra schrie wie am Spieß: „Ihr Drecks-Nazis!", und während der MP-Schütze weiter auf den Schuppen schoss, flüchteten die anderen in das Hinterhaus. Doch bevor sie verschwanden, erkannte Meg einen von ihnen. Sie konnte es kaum fassen. Es war Alois Miedl. Görings Kunsthändler.

„Schieß auf den kleinen Dicken!", rief sie zu Bill, der daraufhin zwei Kugeln abfeuerte. Aber es war zu spät. Miedl war schon verschwunden und der MP-Schütze hielt mit weiteren Salven Meg und Bill in Schach. Van Rijnstra lag immer noch am Boden und schrie: „Schnappt euch die Schweine! Das sind deutsche Kunsträuber! Schnell!"

Man hörte einen schweren Dieselmotor starten. Der MP-Schütze stellte das Feuer ein und floh ebenfalls. Meg und Bill verließen ihre Deckung und stürmten zu dem Haus. Bei van Rijnstra stoppte Bill und befahl Meg: „Du bleibst hier bei ihm!"

Aber Meg dachte gar nicht daran, schnappte sich van Rijnstras Taschenlampe und rannte den Männern bereits hinterher. „Der läuft uns nicht davon."

„Es ist zu gefährlich!“, schrie Bill, holte Meg am Eingang des Hauses ein und riss sie zu Boden. Wieder feuerte der Schütze und verfehlte sie knapp. Meg richtete aus der Deckung heraus den Strahl der Taschenlampe auf den Schützen, und jetzt konnte Bill einen gezielten Schuss abgeben. Er traf ihn und er fiel um wie ein Sack. In diesem Moment hörten sie, wie der Lastwagen mit heulendem Motor anfuhr. Bill schnappte sich die Maschinenpistole und rannte mit Meg zur Straße. Sie sahen noch die Rücklichter eines Armeetransporters, der mit Planen des roten Kreuzes getarnt war, aber er war schon außer Schussweite. Trotzdem feuerte Bill noch ein paar Salven hinterher.

„So ein Mist! Wir müssen sie einholen, los zum Jeep!“, schrie Meg. In Hinterhof lag noch immer der wimmernde van Rijnstra. Meg rannte an ihm vorbei, aber der Sergeant blieb stehen.

„Wir können ihn hier nicht liegen lassen. Ich habe ihn im Oberschenkel getroffen. Wenn wir ihn nicht verbinden, kann er verbluten. Wir brauchen ihn noch. Warte hier, ich hole aus dem Jeep Verbandszeug.“

„Aber dann entwischt uns Miedl!“

„Die haben jetzt schon zu viel Vorsprung. Vielleicht kann van Rijnstra uns erzählen, wo sie hinwollen.“

Der stöhnte. „Bitte, lasst mich hier nicht verrecken. Ich erzähle euch alles.“

„Also, wohin wollen sie?“ Meg leuchtete ihm mit der Taschenlampe ins Gesicht.

„Zum Hafen. Aber zu welchem Pier haben sie mir nicht verraten. Irgendwo liegt ein Schiff, das die Bilder nach Spanien bringen soll.“

Die Schießerei hatte die Bewohner in den Nachbarhäusern aufgeschreckt. Vorsichtig spähten sie aus ihren verdunkelten Wohnungen in den Innenhof. Plötzlich hörten sie quietschende Reifen, ein paar Befehle und das Trampeln schwerer Stiefel.

„Hände hoch!" Mehrere Taschenlampen blendeten Meg und Bill. Ein kanadischer Captain, flankiert von zwei Soldaten, näherte sich langsam. Sie hielten ihre MPs im Anschlag.

„Ach, Sie sind das. Der Adjutant von Colonel Brown, Sergeant O'Connor, wenn ich nicht irre."

„Korrekt."

„Was war das hier für eine Schießerei? Wer ist der Tote im Eingang und wer dieser Verletzte? Haben Sie geschossen, Sergeant?"

„Ebenfalls korrekt! Der Verletzte ist ein gewisser van Rijnstra und der Tote vermutlich ein Deutscher."

„Und wer ist diese Frau? Was hat sie damit zu tun?"

„Sie ist Reporterin. Als wir durch die Herengracht fuhren, bemerkten wir verdächtiges Licht in einem Haus, das die Polizei versiegelt hatte. Wir sind an der Aufklärung des Falles beteiligt." Sergeant O'Connor schilderte dem Captain in aller Kürze, was vorgefallen war.

Der Captain überlegte kurz.

„Okay. Vielleicht erwischen wir sie noch. Aber im Hafen wird es schwer werden. Kümmern Sie sich um den Verletzten, Sergeant?"

„Wir bringen ihn in unser Lazarett und übergeben ihn dann der niederländischen Polizei."

„Morgen machen Sie Meldung. Sie werden erklären müssen,

warum Sie mitten in der Nacht eine junge Reporterin durch Amsterdam kutschieren."

Der Sergeant beugte sich über van Rijnstra.

„Er ist ohnmächtig geworden. Ich hole den Verbandskasten." Meg kniete sich neben van Rijnstra und untersuchte den Oberschenkel. Die Wunde blutete noch immer, aber wenn Bill die Aorta getroffen hätte, dann wäre es wohl schon zu spät. Meg ärgerte sich, dass sie ihre Tasche mit der Kamera im Jeep vergessen hatte.

Der Sergeant kam mit dem Verbandskasten zurück. Er legte van Rijnstra einen Druckverband an und dieser kam langsam zu Bewusstsein.

„Los, steh auf."

Meg und der Sergeant stützten van Rijnstra von beiden Seiten. Er humpelte auf einem Bein durch den Innenhof. In der Halle der Galerie fragte ihn Meg: „Sind noch mehr Bilder im Haus?"

Van Rijnstra grinste und antwortete nicht sofort. Der Sergeant ließ ihn kurz sacken. Van Rijnstra schrie auf. „Ja, verdammt! Noch eine ganze Menge. Genug für uns drei, wenn ihr mich laufen lasst. Das würde sich für euch lohnen."

Meg und Bill sahen sich kurz an und stießen ihn dann unsanft auf die Rückbank des Jeeps.

„Ihr habt ja keine Ahnung, was für Schätze da liegen."

„Das wirst du uns mit Sicherheit noch erzählen." Meg überprüfte ihre Kamera. Sie hatte kein Blitzgerät dabei, aber sie hatte noch die Taschenlampe. Sie klemmte sie unter den Arm und richtete den Strahl auf den zusammengekauerten Hehler auf der Rückbank des Jeeps. Dann drückte sie auf den Auslöser. Ein dramatisches Foto mit harten Kontrasten. Den

Lesern würde es gefallen. DEUTSCHE KUNSTRÄUBER AUF FRISCHER TAT ERTAPPT!

Van Aelst lag auf seiner Pritsche und fühlte sich elend. Seine Haut war wie elektrisiert. Schon die leiseste Berührung mit seiner Kleidung schmerzte, als ob Schleifpapier darüber gerieben wurde. Am liebsten hätte er sich die Kleider vom Leib gerissen. Aber wo sollte er dann seine Aufzeichnungen verstecken, die er unter der Kleidung verbarg? Er spürte den glatten Pappdeckel kühl auf seinem glühenden Rücken. Er war fast fertig mit seinen Aufzeichnungen. Mit der Wahrheit. Er spürte Erlösung. Würde jetzt der letzte Akt beginnen? Würde der Tod das Ende seines Leidens bedeuten? Dann würden Meg und andere die Aufzeichnungen lesen und ‚Aha' und ‚Oho' sagen und vielleicht sogar: ‚Das hätten wir aber niemals gedacht'. Doch er hätte nichts mehr davon. Er musste durchhalten. Im Innenfutter seiner Jacke tastete er nach der Zigarette, die er mit den letzten Tropfen der Opiumtinktur getränkt hatte. Ausreichend um für ein paar Stunden entspannt zu entschwinden. Er hatte sie sich aufgespart und tagelang ohne die Droge ausgehalten. Er hatte nur noch geschrieben. Jetzt war er ausgebrannt. Das entscheidende Ende seiner Geschichte müsste er erzählen. Er ärgerte sich. Warum meldete sich diese Reporterin nicht bei ihm? Hatte sie sein Geheimnis bewahrt? Warum machte sie nichts daraus? Blieb ihm jetzt nur noch die Beichte? Nein! Nicht schon wieder dieses demütigende Wort seines Vaters. Die Wahrheit. Ja, warum enthüllte er die Wahrheit nicht gleich dem Polizisten? Dann wäre er frei. Es war nur noch ein letzter Funken Widerstand, der ihn daran hinderte. Der Maler hatte sich die Zigarette in den Mund gesteckt und zündete sie an. Nach diesen Zügen, die sein Bewusstsein versüßten, würde er die Wahrheit sagen müssen. Zu wem auch immer.

„Kapitein! Kommen Sie schnell! Van Aelst! Er atmet kaum noch!“ Es war früher Morgen, als ein Wärter in Rosendahls Zimmer gestürmt kam.

Der war, die Füße auf dem Schreibtisch, zwischen vollem Aschenbecher und geleerter Whiskyflasche, auf seinem Drehstuhl zusammengesunken. Am vorigen Abend, nach einem enttäuschenden, ärgerlichen Tag, hatte ihn wieder einmal die Vergangenheit eingeholt. Der Schmerz über seine verstorbene Frau, die toten Eltern, die Töchter, die ihm in weiter Ferne fremd geworden waren. Er hatte schwer gebechert. Er wollte seine Augen nicht öffnen, denn er ahnte die Leere, die ihm dann entgegenschlagen würde. Was interessierte es ihn, ob der verrückte Maler noch atmete? Ob er schuldig oder unschuldig war? Die Zeit, als er fest daran geglaubt hatte, mit der Verfolgung von Nazis und Kollaborateuren den Verlusten seines Lebens begegnen und böse Geister bekämpfen zu können, diese Zeit war vorbei. Tausende hatten er und seine Kollegen gejagt und in Lager gesteckt. Viele ‚Falsche‘ waren dort gelandet. Viele der ‚Anständigen‘ hatten mit den Fingern auf sie gezeigt. So manches Mal aber auch zu unrecht. Nicht wenige waren ungerecht behandelt worden. Und wie viele waren entwischt? Das Aufräumen nach der Katastrophe war natürlich grob. Aber jetzt, gerade mal einen guten Monat nach der Befreiung, sprachen die Ersten der Übergangsregierung und Militärverwaltung schon davon, dass man zur Vernunft zurückkehren müsse und viele der ‚Falschen‘ vielleicht gar nicht so ‚falsch' gewesen wären und sich nur etwas geirrt und mit den Besatzern arrangiert hätten. Wer hatte keine Angst gehabt in dieser Zeit? Der Neustart sollte nicht wieder mit Opfern beginnen. Man müsse sich jetzt arrangieren. Das Land habe genug Schmerz und Tränen erduldet. Dahinter steckte natürlich auch, dass die Lager völlig überfüllt waren und dort katastrophale Zustände herrschten. Das Volk jedoch forderte Bestrafung. Unbedingt musste es ein paar Todesurteile geben. Aber die vielen Mitläufer, die nur ihre Nachbarn angezeigt hatten, weil diese Radio Oranje hörten, oder die Frauen, die sich mit Nazis eingelassen hatten, die sollten freikommen. Warum sollte er da weiter den Racheengel spielen? Sein Job war es, Kunstgegenstände, die von den Nazis den Niederländern gestohlen worden waren, wieder an ihre ursprünglichen Besitzer zurückzugeben. Es ging nicht darum, Leute dafür ins Gefängnis zu bringen. Warum sollte er wegen eines Gemäldes einen morphiumsüchtigen Trinker zur Verantwortung ziehen? Wenn die Herkunft des Bildes ungeklärt blieb, dann würde es eben bald ein heimisches Museum schmücken. Immerhin hatte man einen Kunstschatz aus den Klauen eines Nazibonzen befreit. Ein schöner Erfolg. Er würde van Aelst seine Geschichte glauben und ihn freilassen. Er hatte einfach genug. Er hatte sie alle satt. Van Aelst mit seinen Lügengeschichten. Meg mit ihrer Schamlosigkeit. Erst machte sie ihm Avancen. Dann bestahl sie ihn. Jetzt konnte sie ihm gestohlen bleiben. Zuerst hatte er sie damit in ihrer Redaktion konfrontieren wollen, aber dort sagte man ihm, Fräulein van Hettema hätte ein, zwei Tage freigenommen, um zu recherchieren. Es würde also noch etwas dauern, bis er sie zur Rede stellen konnte. Doch auch das war ihm jetzt egal.

Wenn überhaupt ... Verdammt! Weg mit den Gedanken an früher. Da hätte er ihr noch gerne von seinen Gespenstern erzählt. Von seinen Zweifeln, von seiner Resignation. Jetzt war es genug. Der Wärter rüttelte an Rosendahls Schulter.

„Kapitein, wachen Sie endlich auf! Ich glaube van Aelst stirbt."

„Dann soll er doch, es wird nichts an meinem Entschluss ändern", murmelte Rosendahl benebelt vor sich hin.

„Kapitein!" Der Wärter verpasste ihm jetzt leichte Ohrfeigen. „Was reden Sie denn da? Stehen Sie endlich auf!"

Rosendahl öffnete die Augen. Beim ersten Versuch aufzustehen, fiel er schwankend in den Drehstuhl zurück. Er schämte sich und schleuderte die leere Whiskyflasche an die Wand. Dann ging er mit schweren Schritten in van Aelsts Zelle.

Auf dem Weg zum Lazarett hatte van Rijnstra Meg und Bill erneut ein Angebot gemacht. Die Kunstschätze in der Galerie wären ein Vermögen wert. Er versprach ihnen die Hälfte, wenn sie ihn nicht zur Polizei brächten. Meg ließ ihn zappeln. „Wir müssen uns erst mal angucken, ob es sich wirklich lohnt. Warum hast du uns neulich angelogen, als wir dich dort erwischt haben?"

„Ich habe euch nicht angelogen. Ich schwöre es." Dann jaulte er wieder auf vor Schmerzen, denn der Sergeant war mit dem Jeep durch ein großes Schlagloch gefahren.

„Du hast gesagt, dass dort keine Kunst oder Geld zu finden wären. Miedl hätte alles ausgeräumt."

„Ich habe ein bisschen nachgedacht. Mir fiel ein, dass Miedl sich auch das Haus in der Keizersgracht 515 unter den Nagel gerissen hatte. Kurz vor seiner Flucht. Es gehörte auch einer jüdischen Familie. Also hab ich es mir mal angeschaut. Es war verrammelt. Aber als Immobilienhändler hat man viele Schlüssel." Van Rijnstra lachte. „Habt ihr nicht vielleicht eine Zigarette für mich?"

„Später. Erzähl weiter."

„Na ja. Ich bin zuerst zum Hinterausgang gegangen und habe gesehen, dass man über einen Innenhof direkt in die Goudstikker Galerie gelangen konnte. Da hat es bei mir Klick gemacht. Miedl brauchte ein Versteck, weil er bei seiner Flucht nicht alles mitnehmen konnte. Er musste damit rechnen, dass seine Nazifreunde, denen er ja schlecht sagen konnte, dass er sich aus dem Staub machen wollte, nach der Flucht seine Galerie und sein Wohnhaus durchsuchen würden. Von dem Haus in der Keizersgracht wussten sie aber nichts. Also hab ich es mir mal genauer angeschaut, und tatsächlich lagerten dort die ganzen Schätze aus der Galerie. Ich war sicher, dass er sich jetzt, im Chaos nach der Befreiung, trauen würde, das Zeug zu holen, und tatsächlich bekam ich einen Tipp, dass Miedl sich selbst um die Sache kümmern wolle."

Bill raste über einen Randstein, der Jeep hob kurz ab und knallte wieder auf die Straße.

Van Rijnstra schrie auf. „Also bitte, jetzt habe ich wirklich eine Zigarette verdient."

Meg zündete eine an und steckte sie ihm in den Mund, da van Rijnstra sich mit beiden Händen im schaukelnden Jeep festhalten musste. Er nahm einen tiefen Zug.

„Ich hab mich also in dem Haus auf die Lauer gelegt. Aber natürlich erst, nachdem ich die Bilder über den gemeinsamen Innenhof wieder in die Galerie zurückgebracht habe.

Ein hervorragendes Versteck, nachdem Rosendahl den Laden versiegeln und bewachen ließ. Übrigens sehr nachlässig, wie ihr selbst bemerkt habt."

„Warum hast du das ganze Zeug nicht gleich geklaut?"

Van Rijnstra schüttelte den Kopf. „Weil ich dringend Geld brauche und zwar sofort. Aber diese Bilder sind heiß. Die kriegst du hier nicht los, ohne erwischt zu werden, weil dieser Kapitein Rosendahl ja wie ein bissiger Terrier hinter dem Kunstschatz her ist."

„Ich dachte, er kümmert sich nur um Bilder, die von den Nazis geklaut wurden?"

„Genau das wurden sie ja."

„Aber sie sind doch noch immer hier?"

Van Rijnstra lachte. „Ihr habt doch wirklich keine Ahnung. Sie sind wieder, hört ihr, wieder hier! Erst hat Göring sich die Bilder von Goudstikker unter den Nagel gerissen und später dann damit einen großen Teil des Vermeers bezahlt, weil er nicht genug Bargeld hatte. Damit hat Miedl auch einen fetten Fang gemacht, denn die Bilder sind sehr viel mehr wert. Er muss sie jetzt nur noch versilbern."

Meg fingerte an ihrer Kamera herum. „So ganz verstehe ich das immer noch nicht."

Van Rijnstra verdrehte die Augen. „Als ihr mich das erste Mal erwischt habt, habe ich euch doch erzählt, wie Miedl die Galerie Goudstikker übernommen hat. Zusammen mit Göring, der einen Großteil der Bilder kassierte. Zum Teil sehr gute niederländische Malerei. Dann kam ich mit dem Vermeer zu Miedl, der benachrichtigte Göring, weil der unbedingt einen Vermeer haben musste. Aber 1,65 Millionen Gulden, das war auch für Göring zu viel. Also hat Göring mit einem

Teil der Bilder bezahlt, die er vorher bei der Übernahme der Goudstikkergalerie geklaut hat. So sind die guten Niederländer also wieder nach Hause gekommen. Mindestens 150 Stück und darunter wirkliche Meisterwerke von Jan Steen, van Dyk und Jan van Goyen. Mit einem kleinen Teil davon ist Miedl nach Spanien abgehauen. Den Rest wollte er jetzt holen." Van Rijnstra lachte heiser und warf die Zigarettenkippe aus dem Jeep. „Da hat er dumm geguckt, als ich ihn in der Keizersgracht empfangen hab. Richtig bleich wurde er, als er vergeblich nach den Bildern suchte. Ich hab ihm gesagt, dass ich wüsste, wo sie sind, und direkt einen guten Preis dafür verlangt. Im Voraus. Leider seid ihr zwei dazwischengekommen und ich habe erst die Hälfte des Geldes bekommen. Aber das reicht erst mal, und für später habe ich jetzt noch einen Teil der Bilder."

„Warum hat dich Miedl nicht gleich abgeknallt?"

„Er brauchte mich, um an das neue Versteck der Bilder zu kommen", Van Rijnstra lachte. „Mannomann, hat der dumm geguckt, als ich mit ihm über den Innenhof in die Galerie zurückgegangen bin."

„Es gibt noch andere Methoden, um jemanden zum Reden zu bringen. Du warst doch allein."

„Aber das wusste er nicht. Außerdem hatte er es eilig und er konnte das Geld verschmerzen."

Sie hatten das Lazarett erreicht und zwei Sanitäter kamen mit einer Trage. Sergeant O'Connor wimmelte sie ab. „Der kann alleine laufen."

Van Rijnstra hängte sich zwischen Meg und Bill. „Wenn ihr mich laufen lasst und die Klappe haltet, bekommt jeder von euch einen Batzen Geld. Die restlichen Bilder könnt ihr meinetwegen auch noch haben."

Meg zeigte sich interessiert. „Wir werden darüber nachdenken. Wenn sie dich verarztet haben, sprechen wir weiter."

Als van Rijnstra im Behandlungsraum verschwunden war, packte Bill Meg an den Schultern. „Das ist nicht dein Ernst. Geschäfte mit diesem Schmierlappen?"

„Natürlich nicht, aber ich will die ganze Story und ich glaube, er hat noch mehr zu erzählen."

Van Rijnstra hatte Glück gehabt. Die Kugel hatte seine Aorta knapp verfehlt. Es war ein glatter Durchschuss, der mit wenigen Stichen genäht werden konnte. Trotzdem wäre es gut, dem Bein ein paar Tage Ruhe zu gönnen, meinte der Militärarzt und ließ ihn auf eine Krankenstation bringen. Van Rijnstra lag matt im Bett. Man hatte ihm starke Beruhigungs- und Schmerzmittel gegeben.

Meg kniff ihm in die Wange. „Hey, wach auf."

Van Rijnstra reagierte nicht.

„Verdammt. Wir müssen heute Nacht noch mal mit ihm in die Galerie", flüsterte Meg.

Bill zog die Augenbrauen hoch.

„Ich muss ihn mit dem Gemälden fotografieren. Wir haben es hier mit einem Kollaborateur zu tun. Er ist wirklich ‚falsch'. Aber ich kenne immer noch nicht die ganze Geschichte."

„Deshalb bringen wir ihn jetzt zu Kapitein Rosendahl. Es ist sein Job und nicht deiner!"

„Aber es ist *meine* Story."

Bill sah sie besorgt an.

„Komm schon, Bill. Wir bringen ihn zu Rosendahl. Auf dem Weg dorthin machen wir einen kleinen Stopp in der Galerie."

Der Maler van Aelst, wäre es ihm denn möglich gewesen, sich selbst zu sehen, hätte bei seinem Anblick bestimmt an die Auferweckung des Lazarus gedacht, das beliebte Motiv großer Künstler wie Tintoretto oder Caravaggio. Sein Gesicht war bleich wie eine Totenmaske. Dr. Smits fühlte den Puls, untersuchte die Pupillen, hörte das Herz ab. Dann nahm er aus der linken Hand des Malers einen bräunlichen Zigarettenstummel. Er roch daran und gab ihn an Rosendahl weiter. Es war ein schwerer Duft, der ihn an Gebäck erinnerte.

„*Tinctura Opii simplex.* Einfache Opiumtinktur mit Weingeist und Zimtwasser hergestellt. Ein bekanntes Rezept. Nicht zu verachten." Er klappte seinen Arztkoffer auf und entnahm ihm eine Ampulle und eine Spritze. „Er atmet noch. Das Herz schlägt schwach. Unsereins hätte die Dosis vermutlich ins Jenseits befördert. Aber dieser alte Morphinist hält das aus. Dennoch kann er eine kleine Erfrischung gebrauchen." Er suchte auf der pergamentartigen Haut des Armes eine Vene, setzte die Nadel an und drückte den Kolben nach unten. „Das hat schon manchen wieder ins Leben zurückgeholt."

Kapitein Rosendahl war sich nicht ganz sicher, was er von der Auferweckung des Lazarus halten sollte. Würde der Maler sein Geheimnis mit ins Grab nehmen, hätte er ein Problem weniger.

Van Aelst zuckte auf der Pritsche und schlug die Augen auf. „Godverdomme", entfuhr es ihm zischend.

Der Arzt zeigte Rosendahl die Spritze, in der noch etwas Flüssigkeit schimmerte. „Funktioniert prima. Willst du auch? Du siehst schrecklich aus." Dabei lachte er und spritze den Rest in den Toiletteneimer.

„Danke, ich habe noch etwas echten Bohnenkaffee. Reicht

auch für zwei Tassen.“ Der Arzt schüttelte den Kopf und nahm einen Flachmann aus der Innentasche seiner Jacke.

„Ich halte mich lieber an einen guten Genever.“ Er nahm einen großen Schluck. „Gebt dem Maler anständig zu essen. Er soll viel trinken. Und hier“, er reichte Rosendahl ein Glasröhrchen mit Codeintabletten, „die wird er brauchen. Es sei denn, du besorgst ihm Opium.“ Wieder lachte er, ließ seinen bauchigen Arztkoffer zuklappen, machte mit der Hand eine Bewegung, als ob er einen Hut lüfte und verließ schlurfend die Zelle. Rosendahl kannte Dr. Smits Geschichte. Bis zuletzt hatte er Juden vor der Deportation gerettet. Er attestierte ihnen ansteckende Krankheiten. Das fürchteten die Deutschen wie der Teufel das Weihwasser. Wenn er echte Krankheitsfälle von Grippe, Masern, Mumps oder anderen Infektionen hatte, dann riet er seinen Patienten, sich möglichst gegenseitig anzustecken. In einigen drastischen Fällen hat er besonders Verzweifelten geraten, ein Bein durch die Streben eines Treppengeländers zu stecken und sich dann hinunterzustürzen. Mit gebrochenen Gliedmaßen konnte er sie weiter krankschreiben. Einige Male musste er aber, um nicht aufzufallen, niederländische Nazis mit Medikamenten behandeln, die er dringend für seine infizierten jüdischen Patienten gebraucht hätte. So mancher Jude starb und Dr. Smits wurde zum Trinker.

„Aber ich würde einen Kaffee nehmen, Kapitein“, meldete sich van Aelst von seiner Pritsche. Er versuchte, sich aufzurichten, ließ sich aber wieder zurücksinken.

Rosendahl spürte Abneigung und Mitleid. Sein Schädel brummte, seine Kehle war trocken, er war müde. Er hatte keine Lust mehr. Aber warum sollte er sich noch ärgern.

„Was wollen Sie mir erzählen? Die Geschichte einer jüdischen Familie in Italien, die zufälligerweise einen Vermeer zu verkaufen hatte, um damit ihre Flucht in die USA zu finanzieren."

Der Maler starrte an die Decke. „Ich habe es jedenfalls nicht an die Nazis verkauft."

Rosendahl trat ganz nah an die Pritsche und schrie van Aelst an. „Wissen Sie was! Es ist mir egal! Ich glaube Ihnen jetzt einfach die Geschichte und dann lass ich Sie laufen! Was sagen Sie dazu?"

Van Aelst sah in verwirrt an.

Rosendahl zischte: „Ja, das würde ich gerne. Was haben Sie schon angestellt? Mein Gott, es ist nur ein Bild. Okay, es ist wertvoll. Na und? Andere haben ihre jüdischen Nachbarn an die Nazis verraten. Da soll ich Sie wegen eines Bildes weiter einsperren? Aber die guten Niederländer wollen Rache und Vergeltung. Leider sind Sie jetzt berühmt, und ich kann Sie nicht heimlich rauslassen. Die lynchen Sie. Der Vater des Bambis ist wirklich ‚falsch'. Das ist der einzige Grund, warum ich Sie nicht rauslassen kann." Rosendahl drehte sich um und stapfte zur Tür.

Meg und Bill hatten bis in den frühen Morgen warten müssen, bis van Rijnstra wieder ansprechbar war. Dann hatten sie ihn, benommenen wie er war, wieder zwischen sich geklemmt und zum Jeep geschleppt.

„Was macht ihr jetzt mit mir? Helft ihr mir?", meldete sich van Rijnstra nuschelnd. Als Meg und Bill nicht reagierten und einfach weiterliefen, sprach er leise weiter. „Ich kann mit dem Bein ohnehin nicht abhauen. Wir machen es uns nur etwas einfacher, wenn nicht gleich die Polizei davon erfährt."

Meg und Bill ließen ihn auf die Rückbank des Jeeps plumpsen.

Van Rijnstra jaulte auf. „Ich will nur mein Geld holen. Das steht mir zu. Dafür liefere ich euch den Kunstschatz und Rosendahl ein Geständnis und sage über van Aelst aus. Ich zeige mich hilfsbereit und hoffe, dass ich als Kronzeuge davonkomme. Und du", er zeigte auf Meg, „du hast die Story deines Lebens und ein paar Fotos, bevor die Polizei alles abriegelt und dich nicht mehr ranlässt. Und du Sergeant O'Connor, hast ein glückliches Mädchen." Van Rijnstra lachte heiser und verzog gleich wieder das Gesicht.

Kanadische Militärpolizisten sicherten die Häuser in der Heren- und Keizersgracht. Der Sergeant erklärte ihnen, dass sie mit van Rijnstra noch mal ins Haus mussten, um ein paar Beweise zu sichern. Die Bilder lagerten auf dem Dachboden der früheren Galerie. Zum Teil steckten sie in wertvollen Rahmen, zum Teil waren die Leinwände zusammengerollt in Wachstüchern verpackt. Bill ging wieder zu den Wachleuten, um sie abzulenken. Sie erzählten ihm, dass der Lastwagen, in dem Miedl geflohen war, entwischt war. Auch im Hafen hatte die Militärpolizei kein verdächtiges Fahrzeug oder Schiff entdecken können. Meg fotografierte währenddessen van Rijnstra vor einigen der Bilder.

Dann holte der Hehler sein Geld aus einem Versteck. Er sah Meg erwartungsvoll an. „Wie viel willst du?"

Meg lachte. „Du glaubst doch nicht, dass ich mich von dir schmieren lasse. Du wirst das Geld ohnehin bei Rosendahl abliefern müssen."

„Falsche Schlange! Wir hatten eine Abmachung!“

„Wir haben gar nichts abgemacht. Ich mache keine Geschäfte mit einem, der sich mit den Nazis eingelassen hat.“

Van Rijnstra grinste. „Wenn du meinst, dass du mich am Wickel hast, dann irrst du dich. Ich frage mich nämlich, mit wem du dich während des Krieges eingelassen hast, und vor allem in welchem Aufzug.“ Er griff in die Brusttasche seiner Jacke und zog ein Kuvert heraus. Er gab es Meg. Sie öffnete es und zog ein paar Fotografien heraus. Sie blätterte sie hastig durch. Ihre Nasenspitze wurde weiß, die Wangen rot. „Godverdomme. Woher hast du die? Gibt es noch mehr davon?“

Van Rijnstra grinste. „Sagen wir mal so, der Fotograf sitzt im Lager. Er kann dir nicht mehr gefährlich werden. Dies sind die einzigen Abzüge. Jedenfalls soviel ich weiß. Aber ich werde nicht zögern, diese Fotos an die anderen Zeitungen *Trouw* und *De Waarheid* zu geben. Außerdem habe ich noch eines, wo du besonders gut zu sehen bist. Du trägst zwar außer dem Baströckchen noch eine Maske, aber ich denke, es gibt einige Leute, die dich an dem Muttermal über dem Brustansatz erkennen werden. Du bedienst gerade van Aelst persönlich. Zwar nur mit Getränken, aber auch das genügt. Das Bild ist noch bei meinem Mädchen in der Pijp, und sie hat den Auftrag, die Fotos mit einem kleinen Begleitschreiben auch bei deiner Zeitung abzugeben. Ich könnte es allerdings abholen, wenn ich mein Geld zu ihr bringe. Du musst dich also nur an die Abmachung halten und dafür sorgen, dass auch dein Sergeant keine Probleme macht. Dann gebe ich dir alle Fotos und halte die Klappe.“

Meg hatte keine Wahl. „Ich will alles. Auch die Negative.“

„Da komme ich jetzt nicht ran. Aber wenn alles gut geht und ich als Kronzeuge nicht im Knast lande, dann bekommst du sie. Das verspreche ich dir. Komm. Wir ziehen alle am selben Strang. Ich will dieses Land mit meinem Mädchen verlassen. Dafür brauche ich das Geld. Rosendahl will die Bilder und du willst eine gute Story."

„Du bist ein Schwein", konnte Meg gerade noch flüstern. Sie hörten den Sergeant die Treppe hinaufkommen und ließ die Fotos schnell in ihrem Trenchcoat verschwinden. Sie legte Bill eine Hand auf die Schulter. „Wir haben ein Problem. Van Rijnstra ist bereit, bei Rosendahl auszusagen, wie abgemacht. Aber er will das Geld unbedingt behalten und es vorher in ein Versteck bringen."

Bill kratzte sich am Kopf. „Ich glaube, das können wir nicht machen."

Meg seufzte. „Das weiß ich, aber unser Schmierlappen hat doch tatsächlich noch etwas Ehre in seinen Knochen. Das Geld ist nicht für ihn, sondern für sein Mädchen. Die kleine Marijke in der Pijp. Er hat sie geschwängert. Natürlich darf das seine Frau und ihre Familie niemals erfahren. Sie brauchen also das Geld, um mit dem Baby abhauen zu können oder für eine andere Lösung. Die ist auch nicht billig."

Ohne nachzudenken, packte der Sergeant van Rijnstra am Kragen. „Keinesfalls für eine andere Lösung. Hast du das verstanden? Das kommt gar nicht infrage. Das ist eine Todsünde." Mit der flachen Hand schlug er van Rijnstra ein paar Mal ins Gesicht. Der schrie auf und Bill ließ ihn auf den Boden fallen. Van Rijnstra jammerte. „Ich hab verstanden. Verdammt, was willst du von mir?"

Bill fuhr sich durch die Haare. „Du wirst deinem Mädchen

sagen, dass sie das Kind bekommen muss und ihr versprechen, dass du dich um sie kümmerst. Falls du im Knast landest, gibst du ihr das Geld. Wehe, du hältst dich nicht daran. Dann bekommst du es wieder mit mir zu tun! Verstanden?“

Van Rijnstra hatte sich aufgerichtet und nickte. „Ist okay, Sergeant.“

Bill wandte sich an Meg. „Wir fahren jetzt bei seinem Mädchen vorbei, damit er sich verabschieden kann. Von dem Geld wissen wir nichts, okay? Dann liefern wir ihn bei Rosendahl ab.“

Meg war erleichtert, dass er ihr die Geschichte glaubte. Gleichzeitig schämte sie sich, wie jämmerlich sie ihn angelogen hatte. Innerhalb von zwei Tagen hatte sie zwei Menschen hintergangen, die ihr etwas bedeuteten.

Ein Brigadier meldete Rosendahl, dass ein kanadischer Militärpolizist ihn sprechen wolle. Er habe einen verhafteten Zivilisten dabei und sei in Begleitung dieser Reporterin, die neulich schon da gewesen wäre. Rosendahl befahl dem Brigadier, die drei in sein Zimmer zu bringen.

Meg und der Sergeant schleppten van Rijnstra zu einem Stuhl vor Rosendahls Schreibtisch. Meg holte zwei weitere Stühle. Alle setzten sich. Rosendahl sah Meg und Bill an.

„Ihr seht aus, als ob ihr nicht geschlafen hättet.“

„Das kann man wohl sagen.“ Meg berichtete über die Schießerei und die Flucht der Bilderdiebe.

Rosendahl war fassungslos.

„Miedl hat es tatsächlich gewagt, hier aufzukreuzen?“ Er zeigte auf van Rijnstra. „Und du wolltest ihm helfen? Dieses Mal sorge ich dafür, dass du weggesperrt wirst!“

„Ich wollte nur mein Geld haben. Meine Provision von einem ehrlichen Geschäft“, verteidigte sich van Rijnstra.

„Ein dreckiges Geschäft mit Nazis, du mieser kleiner Kollaborateur! Davon haben wir schon viele eingesperrt, und der Mob auf der Straße macht mit Leuten wie dir kurzen Prozess.“

Meg mischte sich ein. „Aaron, er möchte mit dir zusammenarbeiten.“

„Ach? Und was hast du damit zu tun? Ich werde jedenfalls mit dir nicht mehr zusammenarbeiten. Aber darüber reden wir noch.“

Bill sah die beiden erstaunt an und Meg legte ihre Hand auf seinen Arm. Jetzt brauchte sie Mut. „Kapitein, ich werde natürlich über die Ereignisse von heute Nacht in der *Parool* berichten. Aber ich dachte mir, vorher erzähle ich es dir.“

„Natürlich hätten wir den Gangster ohnehin zu Ihnen gebracht“, ergänzte Sergeant O'Connor.

„Van Rijnstra kann warten.“ Rosendahl war aufgestanden. „Ich muss sofort die Bilder sichern.“

„Das hat Zeit, Kapitein. Unsere Militärpolizei passt auf.“

„Sehen Sie, Kapitein“, van Rijnstra wollte sich erheben, aber Bill drückte ihn wieder auf seinen Stuhl. „Das letzte Mal wollten Sie von mir nur wissen, woher das Bild stammte, das ich Miedl angeboten hatte. Als Sie van Aelsts Namen hatten, waren Sie zufrieden.“

„Was hast du jetzt zu bieten? Kennst du die wirklichen Besitzer des Bildes?“

„Nein, aber ich kann Ihnen sagen, wie das Geschäft genau abgelaufen ist, und dass van Aelst nicht unschuldig ist.“ Van Rijnstra machte eine Pause. „Kapitein, Sie haben sich immer nur für die Herkunft des Bildes interessiert. Ich bin da hineingerutscht. Ich bin ja eigentlich Immobilienhändler und habe nur nebenbei mit Kunst, eher Kunsthandwerk und Möbeln, für die Häuser meiner Kunden gehandelt. Dazu gehörte auch van Aelst, und der fragte mich eines Tages, ob ich einen Vermeer für ihn verkaufen möchte. Bei der Provision, die mir das Geschäft bringen würde, habe ich keine Fragen gestellt. Außerdem wusste ich auch schon, wer sich dafür interessieren könnte."

„Die Nazis", unterbrach ihn Rosendahl.

Van Rijnstra wand sich. „Na ja, nicht direkt. Aber von Miedl wusste ich, dass er gut zahlt."

„Er war ein Nazi, das wusste doch jeder", Rosendahl schlug auf den Tisch.

„Schon, aber ich kenne ihn schon lange als Bankier, der mit einer Jüdin verheiratet ist. Ich hätte niemals gedacht, dass er mit Hofer, Görings Kurator, zusammenarbeitet. So ist es passiert, wie es eben manchmal passiert. Der eine redet mit dem und der mit dem, und als Göring von dem Vermeer hörte, wollte er ihn um jeden Preis. Er war sofort bereit, diese unglaublichen 1,5 Millionen plus zehn Prozent Provision zu bezahlen."

„Van Aelst behauptet, er habe dir ausdrücklich verboten, das Bild an einen Nazi zu verkaufen."

Van Rijnstra hob entschuldigend die Hände. „Vielleicht. Ich kann mich nicht mehr so genau erinnern." Van Rijnstra tupfte sich mit einem dreckigen Taschentuch den Schweiß von der Stirn.

„Aber was sollte ich tun? Der Zug war abgefahren. Dann bekam ich Zweifel, ob ich van Aelst trauen könnte. Er erschien mir reichlich überspannt, also habe ich ein paar Erkundigungen über ihn eingeholt. Sie waren wenig schmeichelhaft. Es hieß, seine Trinkerei und sein Morphiumkonsum seien völlig außer Kontrolle geraten. Man warnte mich. Er sei unberechenbar und verrückt. Also habe ich zu van Aelst gesagt, dass ich aus dem Geschäft raus bin, aber Miedl Interesse habe. Da ist er völlig durchgedreht."

Meg, die sich Notizen gemacht hatte, sah von ihrem Stenoblock auf. „Das wundert dich? Deshalb wollte er das Geschäft doch über dich abwickeln. Er wollte anonym bleiben. Und du rennst gleich zu Miedl."

„Aber ich habe Miedl zunächst gar nicht gesagt, dass van Aelst der Verkäufer ist. Außerdem kannten sich die beiden."

Rosendahl unterbrach ihn. „Van Aelst behauptet, das stimme nicht. Er habe von Miedl immer nur gehört."

Van Rijnstra lachte. „Das ist ein Märchen. Ich persönlich habe ihn auf seinen ausdrücklichen Wunsch hin mit Miedl bekannt gemacht. Das war lange vor dieser Geschichte. Zusammen mit unseren Frauen haben wir die Galerie Goudstikker besucht und die Sammlung angeschaut. Van Aelst war sehr beeindruckt. Hier!" Van Rijnstra kramte eine zerknitterte Fotografie aus seiner Jackentasche. „Es gibt sogar ein Bild von uns mit unseren Frauen und Miedl. Seit ihr van Aelst geschnappt habt, trage ich dieses Foto mit mir herum. Dachte mir: Kann nicht schaden."

Rosendahl betrachtete das Foto. Er stand auf. „Erst mal zu dir. Wieso bist du immer noch hinter deiner Provision her, wenn du aus dem Geschäft ausgestiegen bist?"

„Ich kam ja nicht raus!", schrie van Rijnstra. „Miedl musste das Bild unbedingt haben, weil Göring enormen Druck auf ihn ausübte. Miedl verlangte also von mir, ihm das Bild zu liefern. Aber van Aelst weigerte sich, es an Miedl herauszugeben. Da habe ich Miedl gesagt, dass van Aelst das Bild verkauft. Van Aelst wusste natürlich, dass die Nazis als Besatzer auch die Möglichkeit hätten, sich das Bild einfach bei ihm zu holen." Van Rijnstra lachte bitter. „Also lenkte van Aelst endlich ein."

Meg, Rosendahl und der Sergeant sahen sich an. Die Geschichte wurde immer komplizierter.

Rosendahl schlug mit der Hand auf den Tisch. „Verdammt! Jetzt sag uns doch einfach, wie der Vermeer bei Göring gelandet ist, und ob van Aelst direkt darin verwickelt ist."

„Ja, natürlich. Ich habe das Bild bei ihm abgeholt und ihm gesagt, dass ich es zu Miedl in die Galerie bringe. Van Aelst wollte nicht mitgehen. Mir war das egal. Hauptsache ich würde mein Geld bekommen."

„Wie kam das Bild dann zu Göring?"

„Miedl brachte den Vermeer persönlich nach Berlin und deponierte ihn in einem Tresorraum der I. E. Meyer Bank. Dort hat es sich Göring angeschaut und war wohl sofort fasziniert vom teutonischen Ausdruck und der italienischen Sinnlichkeit."

„Wusste van Aelst davon?" Rosendahl machte sich eine Notiz.

„Natürlich! Ich habe es ihm erzählt. Dann gab es aber neue Probleme. Göring wollte wissen, woher das Bild stammte, und das wollte er schriftlich. Miedl konnte es ihm nicht sagen. Er fragte mich, aber ich hatte ja gar keine Ahnung. Also blieb nur van Aelst, der sich weigerte, die Herkunft preiszugeben."

„Irgendwie kommt mir das bekannt vor", murmelte Rosendahl, ging zur Tür und rief in den Flur. „Brigadier, bringen

Sie mir van Aelst." Dann holte er einen weiteren Stuhl aus der Ecke seines Büros, stellte ihn neben van Rijnstra und setzte sich wieder an seinen Schreibtisch. Keiner sagte etwas. Alle spürten die Spannung. Van Rijnstra begann zu schwitzen.

„Verdammt! Was soll das? Ich erzähle hier alles, rede mich um Kopf und Kragen, und jetzt wollen Sie mir dieses Wrack vorsetzen. Der ist doch verrückt. Sein Hirn ist voller Löcher. Außerdem schuldet er mir 50 000 Gulden."

In der Tür räusperte sich der Brigadier: „Van Aelst, Kapitein Rosendahl."

Der Maler schlurfte in den Raum. Mit einem Kopfnicken begrüßte er Meg, Rosendahl und Sergeant O'Connor. Als er van Rijnstra erblickte, stutzte er und streckte die Hand aus.

„Oh, van Rijnstra. Welche Überraschung."

Van Rijnstra drehte sich zur Seite.

„Dir gebe ich keine Hand!"

Van Aelst setzte sich auf den Stuhl und fuhr sich mit einer Hand über die Haare. „Wenn ich es mir recht überlege, ich dir lieber auch nicht."

Rosendahl musterte beide.

„Van Rijnstra behauptet, dass Sie ihm noch 50 000 Gulden schulden, und dass Sie alles über den Verkauf des Vermeers an Göring wussten."

Van Aelst überlegte. „Was behauptet er da? Er hat mit den Deutschen verhandelt und das Geschäft gemacht. Dafür hat er 45 000 Gulden Provision bekommen."

Van Rijnstra drehte sich um und schrie van Aelst ins Gesicht. „Du Lügner! Es waren nur 25 000!"

„Dann hat dein Nazifreund Miedl dich beschissen."

„Er war nie mein Freund. Er war dein Vertrauter. Du hast

für ihn dieses Schreiben verfasst, in dem du Göring bestätigt hast, einen Vermeer für die Summe von einer Million sechshundertfünfzigtausend Gulden zu verkaufen. Und zwar direkt im Auftrag des Besitzers, dessen Identität du aber erst nach zwei Jahren bekannt geben kannst, weil er so lange aus Sicherheitsgründen anonym bleiben möchte. Das warst du allein und nicht ich!"

Jetzt sprang van Aelst auf. „Du bist ein verfluchter Lügner, van Rijnstra! Du hast den Brief geschrieben!"

„Mit deiner Unterschrift!", schrie van Rijnstra zurück.

Rosendahl unterbrach die beiden. „Ruhe jetzt! Van Aelst, gibt es diesen Brief und haben Sie ihn unterschrieben?"

„Ich wurde erpresst. Göring wollte das Bild unbedingt kaufen, aber er bestand darauf, zu wissen, woher es stammt. Doch das konnte ich ihm noch weniger sagen als Ihnen heute, Rosendahl." Van Aelst lachte. „Die jüdischen Besitzer waren noch in Italien. Sie brauchten das Geld für ihre Flucht. Göring hätte ein Bild aus jüdischem Besitz doch sofort kassiert. Dummerweise war es schon in Deutschland."

„Jüdische Besitzer in Italien. Das höre ich zum ersten Mal. Ich lach mich tot", rief van Rijnstra.

„Halt doch die Klappe! Natürlich habe ich dir das damals nicht gesagt. Deshalb habe ich Göring über Miedl vorgeschlagen, dass ich ihn innerhalb der kommenden zwei Jahre über die Herkunft des Bildes informieren würde. Die Zeit sollte für die Flucht der Familie ausreichen."

„Das hat Göring akzeptiert?" Rosendahl spielte nervös mit einem Lineal.

Van Aelst grinste. „Das hat er in der Tat. Er wollte es aber schriftlich, um mich in der Hand zu haben. Unser Land sei

Teil des tausendjährigen Reiches. Er könnte mir also ganz einfach den SD ins Haus schicken."

Rosendahl stand auf und schaute zum Fenster hinaus. Er drehte sich um. „So, so, van Aelst. Sie waren also damals schon ein verschwiegener Held, der eine jüdische Familie rettete. Ich frage mich nur, warum Göring das Bild nicht einfach kassiert hat. So wie sonst auch!"

Van Aelst lächelte. „Auch Göring war nicht allmächtig. Ein Bild aus jüdischem Besitz oder aus besetzten Gebieten, das war kein Problem. Aber eine ungeklärte Herkunft? Stellen Sie sich vor, es wäre Diebesgut aus dem Besitz einer angesehenen arischen Familie. Hinzu kommt, dass der Verkauf über Miedl lief. Miedl und Göring waren befreundet. Das ging so weit, dass Miedls jüdische Frau unter Görings persönlichem Schutz stand."

Rosendahl nickte. „Wie kam es dann also zu diesem Brief, den Sie angeblich nur unterschrieben haben?"

„Das kann ich Ihnen ganz genau sagen." Van Rijnstra hatte sein kaputtes Bein vergessen und wollte aufstehen. Schnell ließ er sich mit schmerzverzerrtem Gesicht wieder auf den Stuhl zurücksinken. „Ich bin mit meiner Remington-Reiseschreibmaschine zu van Aelst gegangen. Ich habe getippt, aber den Text haben wir zusammen formuliert. Er hat dann unterschrieben, den Brief ins Kuvert gesteckt und ist damit zu Miedl gegangen. Er bezahlt uns nur, hat van Aelst zu mir gesagt, wenn ich ihm das Schreiben persönlich gebe. Das Geld hat er dann eingesteckt. So haben sie mich beschissen!"

Jetzt schnellte van Aelsts Finger nach vorne. „Das ist eine komplette Lüge. Du hast den Brief abgegeben."

„Habe ich nicht!", schrie van Rijnstra und Rosendahl

schlug mit dem hölzernen Lineal auf den Tisch. Es zerbrach und ein Stück fiel auf den Boden. „Ruhe jetzt! Ihr lügt doch beide!"

Trotz der Widersprüche war allen klar, dass keiner der beiden unschuldig war. Dafür würden sie im Gefängnis landen. Rosendahl rief den Brigadier und ließ van Rijnstra und van Aelst in ihre Zellen bringen.

„Viel mehr werden wir von denen wohl nicht erfahren, es sei denn, wir schnappen Miedl."

Oder ich bekomme heraus, ob das Bild tatsächlich eine Fälschung ist, dachte sich Meg. Dafür musste sie aber an das Gemälde kommen und Rosendahl überreden, es untersuchen zu lassen. Sie hatte keine Ahnung, wie sie das schaffen sollte.

Bill war aufgestanden. „Ich muss mich mal wieder beim Colonel sehen lassen." Er sah Meg an. „Soll ich dich bei *Het Parool* absetzen?"

Auch Meg sprang auf. „Das wäre prima."

„Dann muss der Sergeant kurz warten. Ich habe noch etwas mit dir zu besprechen." Rosendahl zeigte zur Tür. „Unter vier Augen. Wenn Sie so freundlich wären." Der Sergeant ging hinaus.

Meg beschloss in die Offensive zu gehen und zog das Skizzenbuch des Malers aus ihrer Tasche. „Aaron, es tut mir leid. Ich weiß, das war nicht in Ordnung. Aber ich habe es mir wirklich nur ausgeliehen. Hier hast du es zurück." Sie legte es auf seinen Schreibtisch.

Rosendahl schwieg.

„Du hattest Recht. Es steht nichts darin, was uns weiterhelfen würde. Aber ich wollte es unbedingt gleich lesen. Ich wusste, du würdest es mir nicht einfach so geben. Also."

„Also hast du es gestohlen. Ein Beweismittel. Ich habe dir vertraut.“ Rosendahl ließ den Rest des zerbrochenen Lineals zwischen Fingerkuppe und Tisch kreisen.

„Aaron, ohne mich wärst du gar nicht an das Buch gekommen. Ohne mich hätte Miedl die restlichen Bilder der Goudstikker Galerie geklaut und van Rijnstra würde immer noch frei herumrennen. Die Kanadier sagen zwar, dass Miedl entwischt wäre, aber vielleicht findest du ihn ja mit deinen Leuten noch im Hafen. Ihr kennt euch besser aus.“

Rosendahl stand auf, nahm aus seiner Schublade einen Gurt mit einem Revolver und schnallte ihn um. „Genau darum werde ich mich jetzt kümmern. Aber eines muss dir klar sein. Du wirst von mir keine Informationen mehr bekommen.“ Rosendahl ging zur Tür und hielt sie auf.

Meg folgte ihm. „Das ist schade, Aaron. Ich würde gerne mit dir zusammenarbeiten.“ Meg ging an ihm vorbei durch die Tür. Rosendahl sah ihr nach. Ihr Trenchcoat war zerknittert wie immer, aber um ein paar erdige Flecken reicher. Ihre Pumps waren matschig und ihr dichtes schwarzes Haar fiel zerzaust auf ihre Schultern. Sie drehte sich um und sah ihn noch einmal an. Die Ereignisse der Nacht hatten ihre Spuren hinterlassen. Ihr Make-up war verschmiert, und dennoch strahlten ihre blaugrauen Augen hellwach.

10. Christus und die Ehebrecherin

Het Parool verkaufte so viele Zeitungen wie nie zuvor. Mit ihren Reportagen über die Verhaftung des Bambimalers van Aelst und der spektakulären Schießerei mit Nazikunsträubern in der Goudstikker Galerie waren sie an *De Waarheid*, der größten Konkurrenz, vorbeigezogen. Dennoch war Chefredakteur Gerrit van Zomeren schlecht gelaunt. Er hatte ein Problem mit dem Erfolg seiner Zeitung. Er erhob sich von seinem hölzernen Drehstuhl und ging zur Tür, wo er, wie so häufig, durch das „D" des Schriftzuges ‚CHEFREDAKTEUR' in den Redaktionsraum starrte. Der Grund für den Erfolg der *Parool* saß dort in der Ecke vor ihrem Schreibtisch. Das heißt, sie fläzte sich in einem ledernen Bürosessel, den ihr der Herausgeber Jules Verelst persönlich hatte vorbeibringen lassen. Eine Zigarette in der Hand, die Beine auf dem Schreibtisch, sodass ihr gepunktetes weißes Sommerkleid bis über die Knie hochgerutscht war, diktierte sie einer Stenotypistin einen Artikel mit weiteren skandalösen Details über den Verkauf des Vermeers. Van Zomeren musste ihr leider zugestehen, dass sie ein perfektes Gespür dafür besaß, was, wann und wie viel sie den Lesern erzählen musste, um sie bei der Stange zu halten und gleichzeitig schneller als die Konkurrenz zu sein. Jetzt zog sie auch noch ihre Pumps aus, reckte und streckte die Zehen und legte die Füße auf den schwarzen Unterschriftenordner mit ihren Spesenabrechnungen. Der würde noch heute bei ihm auf dem Tisch landen, nachdem ihre nackten Füße darauf gelegen hatten. Barfuß im Büro – und er war machtlos. Margriet van Hettema war der Grund für den Erfolg seiner Zeitung, und das war sein Problem.

Sein Telefon klingelte. Er ließ es siebenmal läuten, um seine Geschäftigkeit zu beweisen.

„Van Zomeren?“

„Hendricus Thomasius, du erinnerst dich?“

Natürlich erinnerte er sich an den Reporter der *Trouw*, der drittwichtigsten Untergrundzeitung. Ein Protestantenblatt. Trotz seines fast heiligen Namens wirkte Thomasius auf seine Mitmenschen eher zwielichtig. Sein Händedruck war schlaff und feucht. Unter seinem schütteren blonden Haar, einer Hakennase und wässrigen Augen verzog sich sein Mund zu einem schiefen Lächeln, sobald er jemanden ansah.

„Ich würde mich gerne mit dir verabreden. Ich habe etwas, das dich interessieren könnte.“

Van Zomeren zögerte. Er hatte keine Lust, Thomasius zu treffen. „Ich habe wenig Zeit. Warum kommst du damit zu mir? Hat es in deiner Zeitung keinen Platz?“

Thomasius lachte. „Sagen wir, die *Trouw* ist etwas zu anständig für die Angelegenheit. Es ist ein bisschen“, und hier schmatzte Thomasius deutlich, „ein bisschen pikant. Ihr seid da ja nicht so zimperlich.“

„Willst du mich beleidigen? Alles in unserer Zeitung ist seriös.“

„Das bezweifle ich auch gar nicht. Es geht eher darum, wie ihr an die Informationen gelangt.“ Thomasius ließ den Satz absichtlich in der Luft hängen.

„Du bist doch nur neidisch, weil wir so erfolgreich sind.“

„Vielleicht stimmt das sogar. Aber ehrlich gesagt, ich kenne dich ja jetzt schon lange als ehrbaren Kollegen. Ich kann mir vorstellen, dass dir der Grund eures Erfolges auch nicht immer geheuer ist. Dabei spreche ich nicht vom Inhalt der Storys.“

Van Zomeren fühlte sich ertappt. „Wovon dann?"

„Hast du dich nie gefragt, wie diese van Hettema immer so schnell an ihre Informationen kommt? Schließlich sind wir auch nicht von gestern, und trotzdem ist sie uns immer einen Schritt voraus."

Leider musste van Zomeren seine Zeitung verteidigen und Meg in Schutz nehmen. „Tja, ihr seid eben zu langsam", er räusperte sich und ergänzte nach einiger Überwindung: „Unsere van Hettema ist derzeit die beste Reporterin der Stadt."

„Du hast es erkannt, van Zomeren. Die beste Reporterin, eure beste Reporterin. Aber vielleicht ist sie ja gar nicht so gut und kocht auch nur mit Wasser. Mit dreckigem Wasser möglicherweise. Kurzum, du hast meine Telefonnummer, wenn du doch noch interessiert bist. Ich dachte, wir klären das unter uns, bevor ich die Informationen an die Kollegen von *De Waarheid* weitergebe." Damit beendete Hendricus Thomasius das Gespräch.

Van Zomeren starrte den Telefonhörer an. Warum sollte er sich eigentlich nicht mit ihm treffen? Wenn Hendricus tatsächlich etwas gegen van Hettema in der Hand hatte, musste er es wissen. Aber er würde ihn einen Tag warten lassen. Die Aussicht, etwas Belastendes über van Hettema zu erfahren, verbesserte seine Laune.

Meg war rundum zufrieden. Sie genoss die Anerkennung ihrer Kollegen und Leser. Sie liebte den Nervenkitzel vor jeder neuen Titelseite. Die Gänsehaut, die sie jedes Mal überkam, wenn sie eine frisch gedruckte, nach Lösungsmittel riechende Zeitung aus der Sortiermaschine zog und sie ihre Schlagzeile in fetten Buchstaben vor sich sah. Mit DREISTER NAZI-COUP VEREITELT hatte sie über Miedl und die nächtliche Schießerei in der Goudstikker Galerie berichtet. Die Zeitung war den Verkäufern aus den Händen gerissen worden und sie hatten nachdrucken müssen. Ganz Amsterdam wartete gespannt auf die Fortsetzung, die sie mit DIE NAZIFREUNDE – MITTEN UNTER UNS! geliefert hatte. Hier war vor allem van Rijnstra nicht gut weggekommen. Das war riskant, denn es würde ihm nicht gefallen, und er hatte sie in der Hand. Deshalb hatte sie ihn als reumütigen, kooperativen Kronzeugen dargestellt. So würde es die Öffentlichkeit auch akzeptieren, wenn man ihn auf Kaution freiließ. Van Aelst drohte allerdings eine harte Strafe. Seine Behauptung, er habe mit dem Verkauf des Bildes an Göring nichts zu tun gehabt, war widerlegt. Warum sollte man ihm also die Geschichte mit der in Not geratenen jüdischen Familie glauben? Der Verdacht, er sei unrechtmäßig in den Besitz des Bildes gekommen, lastete schwer auf ihm. Meg hielt aber einige Informationen zurück, um ihn nicht völlig dem Volkszorn auszuliefern. Vorher wollte sie prüfen, ob das Bild tatsächlich eine Fälschung war, wie van Aelst behauptete. Aber hier war sie noch keinen Schritt weitergekommen. Sie brauchte dafür Rosendahl, doch sie traute sich nicht, ihn anzurufen. Sie würde noch etwas abwarten und versuchen, van Aelst im Gefängnis zu besuchen.

Meg reckte die Arme und nahm ihre nackten Füße vom Aktenordner. Sie hatte gespürt, wie der Chefredakteur sie beobachtete und eine weitere Provokation wäre zu viel für ihn. Barfuß, das war für viele der prüden Stadtholländer mehr als unsittlich. Es war geradezu unkeusch, schlimmer noch als ihr tief dekolletiertes Kleid. Sie schlüpfte in ihre Pumps, strich sich über das Kleid und beschloss, ihren Chef nicht weiter zu ärgern. Ihr Verleger Jules Verelst hatte angedeutet, sie zur Chefreporterin zu ernennen. Sie hatte gewonnen.

Rosendahl hatte sein Büro von der Weteringschans in die ehemalige Galerie Goudstikker verlegt. Das war wesentlich angenehmer als in der Gefängniswache. Außerdem lagerten dort die Kunstschätze, die Miedl nicht hatte mitnehmen können. Es waren über einhundert wertvolle Bilder niederländischer und flämischer Künstler. Der Fund war ein schöner Erfolg für Rosendahl und seine Abteilung, auch wenn es eigentlich Megs Verdienst war. Er war auch wieder motiviert und wollte das Rätsel über die Herkunft des Vermeers unbedingt lösen. Mehr denn je war er überzeugt, dass van Aelst nicht die Wahrheit sagte. Trotz van Rijnstras Anschuldigungen und seiner eigenen widersprüchlichen Aussagen behauptete er weiterhin, nicht direkt mit den Nazis verhandelt zu haben. Nur durch van Rijnstras Dummheit habe er mit Miedl Kontakt aufnehmen müssen.

Durch die Codeintabletten, die van Aelst jetzt regelmäßig bekam, hatte sich sein psychischer Zustand deutlich verbessert. Damit war aber auch seine Überheblichkeit zurückgekehrt. Er verlangte frech nach Zigaretten, wenn man ihm schon keinen anständigen Genever genehmigte. Ein Prozess wegen Kollaboration schien ihn nicht zu beunruhigen. Ganz im Gegenteil. Plötzlich behauptete er, dass das Geschäft mit Göring eine patriotische Aktion gewesen sei. Als er erfahren habe, dass trotz seines Verbots, den Vermeer den Nazis anzubieten, das Bild schon bei den Deutschen gelandet sei, habe er Miedl vorgeschlagen, von Göring als Bezahlung die etwa 200 geraubten niederländischen Meisterwerke aus der Galerie Goudstikker zu verlangen. Göring sei auf das Tauschgeschäft eingegangen. Ein gutes Geschäft für die Niederlande. Während der Vermeer für etwa anderthalb Millionen Gulden plus Provision verkauft wurde, wären die Bilder einiges mehr wert. Mindestens 3 Millionen. Alles in allem war es also eindeutig seine, van Aelsts, großartige Idee gewesen, für einen Vermeer über 200 geraubte niederländische Kunstwerke zurück in die Heimat zu holen. Auf Rosendahls Einwand, damit wären die Bilder doch nur wieder bei einem anderen Nazi gelandet, antwortete van Aelst frech: ‚Aber immerhin wieder in den Niederlanden.' Da solle man sich doch bitte nicht so kleinlich anstellen. Die Befreiung von den Nazis habe er damals schon kommen sehen. Ebenso, dass Miedl sich dann aus dem Staub machen würde und dabei niemals den ganzen Bilderschatz mitnehmen könne. Er, van Aelst, so schwadronierte er, habe das alles genau so vorausgesehen und ermöglicht. Auf die Frage, warum er mit der Geschichte nicht schon gleich nach der Befreiung zur Polizei gegangen wäre, antwortete van Aelst lapidar, er sei damals nicht in der Stimmung gewesen, die unvermeidlichen Fragen zu beantworten. Zum Beispiel nach der Herkunft des Vermeers, denn da habe er der Besitzerfamilie ja sein Ehrenwort gegeben. Er habe gedacht, die Sache würde sich von alleine ergeben, ohne dass er dafür in Erscheinung treten müsse. Rosendahl hatte irgendwann genug von den alten und neuen Lügengeschichten und beschloss, dem Maler die Codein-Tabletten wieder zu verweigern. Er hoffte, dass der Entzug ihn zermürben würde. Nach drei Tagen wollte er es mit einem neuen Verhör versuchen.

Im Gefängnis an der Weteringschans erzählte ihm ein Brigadier, dass die Reporterin der *Parool* versucht hatte, eine Besuchserlaubnis für van Aelst zu bekommen. Er rief Meg an. „Du weißt, dass es zwecklos ist. Ich werde dich nicht zu ihm lassen. Außerdem bekommst du von mir auch keine Informationen mehr."

„Ich verstehe deinen Ärger, Aaron. Ich habe dich hintergangen. Dafür entschuldige ich mich. Aber ich habe mir keinen Vorteil verschafft. In dem Tagebuch steht nichts Interessantes."

„Das spielt keine Rolle", antwortete Rosendahl barsch.

„Lass uns weiter zusammenarbeiten. Bei der Miedl-Geschichte hast du gesehen, wie gut das klappen kann. Ohne mich hättest du sie nicht aufgedeckt."

„Du hattest einfach Glück und konntest nicht daran vorbei, mich zu informieren. Alles weitere ist mir egal."

„Aber ich habe neue Informationen. Das Tagebuch hat mich auf eine Spur gebracht." Meg hatte schweren Herzens beschlossen, Rosendahl von ihrem Besuch bei Pieter zu erzählen.

„Fängst du schon wieder damit an. Ich warne dich jetzt das letzte Mal. Wenn ich wichtige Details zuerst in deiner Zeitung lese, dann riskierst du eine Anzeige wegen Diebstahls wichtiger Beweismittel und Behinderung der Polizei."

„Aaron, natürlich wirst du immer alles zuerst erfahren. Aber nicht hier am Telefon. Hast du jetzt Zeit? Ich habe eine Idee. Eine Vermutung. Ich brauche deinen Rat. Mit deiner Hilfe könnte daraus auch mehr werden."

Rosendahls Neugier war geweckt und die Aussicht, Meg zu sehen, ließ ihn einlenken.

„Komm in die Weteringschans. Ich bin bei van Aelst."

„In einer Viertelstunde bin ich da."

Rosendahl übergoss ein paar spärliche Teeblätter mit kochendem Wasser, als Meg sein Büro betrat. Er trug die Teekanne und zwei Tassen zu seinem Schreibtisch. Dann betrachtete er sie. „Ich hätte dich fast nicht erkannt. Was macht der Trenchcoat?"

Meg wusste, dass das schicke Kleid ihre Figur betonte und der Ausschnitt ziemlich gewagt war. Deshalb hatte sie es ausgesucht.

„Es ist frisch hier. Gut, dass du Tee zum Aufwärmen gemacht hast."

„Er ist etwas dünn, aber ich dachte, für Whisky ist es noch zu früh."

„Er löst immerhin die Zunge."

„Brauchst du das? Du wolltest mir doch ohnehin etwas erzählen."

„Ich habe vorgestern Pieter Koopmans in Den Haag besucht. Er spielt in van Aelsts Tagebuch eine wichtige Rolle. Er war sein bester Freund. Du erinnerst dich?"

Rosendahl nickte. „Kindheitserinnerungen. Mehr nicht."

„Mich haben sie neugierig gemacht. Er hat mir einiges über van Aelst erzählt. Interessant wurde es, als ich ihm das hier zeigte." Meg kramte in ihrer Handtasche und holte van Aelsts Notizzettel heraus. Sie gab ihn Rosendahl.

„Görings Vermeer ist eine Fälschung", las er laut vor. „Woher hast du das?"

„Van Aelst hat ihn mir bei meinem Besuch zugesteckt. Zusammen mit dem Skizzenbuch."

„Und seitdem trägst du den Zettel mit dir herum, ohne mir Bescheid zu sagen!“

„Aber ohne Absicht. Ich wusste nichts davon. Van Aelst hat ihn mir in die Tasche gesteckt und ich habe ihn erst auf der Zugfahrt nach Den Haag entdeckt. Als ich Pieter besuchte, habe ich ihn ihm gezeigt. Er war ziemlich erstaunt. Er ist der Meinung, dass man einen Vermeer nicht fälschen kann. Auch nicht van Aelst, mit dem er so manches Bild *verschönert* hat, wie er sagt. Er ist Restaurator, er kennt sich aus. Er ist sich aber auch sicher, dass van Aelst niemals einen echten Vermeer verkaufen würde, wenn er ihn selbst behalten könnte.“ Rosendahl stand auf. Ging ein paar Schritte.

„Eine Fälschung? Ich kann es nicht glauben! Der große Reichsmarschall Hermann Göring, Europas schlimmster Kunsträuber, wurde von einem kleinen, drogensüchtigen niederländischen Maler hereingelegt? Weißt du, was das bedeutet?“

Meg reagierte nicht sofort. Sie nippte an ihrem Tee. „Klar, es würde van Aelst entlasten. Mehr noch. Er hätte die Nazis reingelegt!“

„Nicht nur das.“ Rosendahl zischte. „Es wird Göring im Mark treffen. Es würde ihm sein fettes Maul stopfen.“ Rosendahl stapfte durch das Büro und knetete seine Hände. „Ich habe neulich einen amerikanischen Offizier getroffen. Er war einige Tage bei den Verhören Görings im Grandhotel Palace im Mondorf-les-Bains dabei. Dort sind neben Göring noch zweiundfünfzig Nazibonzen wie die Generäle Dönitz und Keitel oder *Stürmer*-Herausgeber Julius Streicher interniert. Die Amis nennen es Camp Ashcan, also Camp Ascheimer. Er erzählte mir von Görings Überheblichkeit und seiner ekelerregenden Larmoyanz. Bei den Verhören bestreitet er trotz eindeutiger Beweise seine Beteiligung an der geplanten Vernichtung der Juden, den millionenfachen Morden. Er behauptet, er habe davon nichts mitbekommen. Es sei dafür nicht zuständig gewesen. Trotz des eindeutigen Beweises eines Briefes von ihm, Hermann Göring persönlich, an Heydrich, aus dem Jahr 1941. Er fordert ihn auf, endlich und endgültig mit der Endlösung zu beginnen. Sie haben ihm den Brief vorgelegt. Aber auch das hätte Göring nicht erschüttert. Er habe damals viel unterschrieben. Als sie aber andeuteten, sie hätten seine Kunstschätze gefunden, da zeigte er plötzlich Nerven. Das hat ihn tatsächlich mehr berührt als der Massenmord an den Juden.“ Rosendahl blieb vor Meg stehen und sah sie an. „Wenn sein Vermeer eine Fälschung ist, das würde ihn wirklich treffen. Es wäre zu schön, um wahr zu sein. Wir werden der Spur nachgehen. Danke für den Tipp.“

„Es ist mehr als nur ein Tipp, Aaron. Ich habe einen Plan.“ Meg kramte in ihrer Handtasche, bis sie endlich ihre Zigaretten fand. Sie zündete sich eine an und blies Rosendahl den Rauch ins Gesicht.

„Du lässt mich zu van Aelst. Er wird mir die Wahrheit sagen. Ich vermute nämlich, wenn es denn eine Fälschung ist, dass er das Bild selbst gefälscht hat. Und ich habe die Artikel über ihn geschrieben. Durch seine Wut könnte er sich verraten. Außerdem werde ich ihn bei seiner Eitelkeit packen. Da habe ich eine gute Idee. Du kannst doch von der Nachbarzelle aus alles mithören.“

Rosendahl schüttelte den Kopf. „Ich habe einen besseren Plan.“ Er grinste. „Van Aelst geht es wieder ziemlich schlecht. Ich habe ihm das Codein weggenommen. Ich werde ihn selbst unter Druck setzen. Ich warte, bis er jetzt zusammenbricht und gesteht. Dafür brauche ich dich nicht. Der Notizzettel genügt." Rosendahl steckte ihn in seine Hosentasche.

Meg beugte sich über den Schreibtisch.

„Nein, Aaron, das klappt nicht. Van Aelst ist verrückt und stur. Er wird dir auch weiter nichts erzählen. Er will mit mir reden. Mir hat er den Zettel gegeben. Wenn du damit auftauchst, fühlt er sich verraten. "

Rosendahl zögerte. „Angenommen es klappt und er gesteht. Ich nehme an, dass du mit deinem Artikel in *Het Parool* nicht bis nach einer Pressekonferenz warten wirst."

Meg nickte. „Natürlich nicht. Es ist meine Story."

„Das ist unmöglich. Wie soll ich rechtfertigen, dass ich dich zu ihm gelassen habe?"

„Du wirst sagen, es war ein Trick. Taktik. Du hättest die Chance gesehen, dass van Aelst mir gegenüber endlich auspackt und du von der Nachbarzelle aus alles mithören kannst. Der Zweck heiligt die Mittel. Nur das Ergebnis zählt. Wir Niederländer denken praktisch. Die Leute werden es verstehen. Außerdem hast du mir *natürlich* verboten, zuerst in der *Parool* darüber zu berichten."

Rosendahl dachte nach und stand dann entschlossen auf. Er gab Meg den Notizzettel des Malers zurück.

„Gut, wir versuchen es. Wenn ich eine Chance habe, endlich die Wahrheit zu erfahren, und wenn ich damit Göring an die Wand nageln kann, dann lasse ich mir das nicht entgehen."

Van Aelst tigerte ruhelos durch seine Zelle. Der Entzug der Codeintabletten zermürbte ihn. Dann setzte er sich auf seine Pritsche und blätterte in seinem Skizzenbuch. Er hörte Schritte auf dem Flur. Schnell packte er die Aufzeichnungen unter sein Hemd und legte sich auf die Pritsche. Die Hände auf dem Bauch gefaltet. Sollten sie doch denken, er wäre tot. Das Schloss knackte. Die Tür quietschte. Er blieb reglos liegen.

„Herr van Aelst, schlafen Sie?"

Es war eine Frauenstimme. Er öffnete kurz die Augen. Tatsächlich, die Reporterin. Die mit dem Muttermal. Er erinnerte sich ganz genau daran. Dazu ein hübsches Gesicht. Aber sie hatte ihn verraten.

„Kommen Sie. Wachen Sie auf." Sie wagte es, ihn an der Schulter zu rütteln.

„Herr van Aelst, ich habe Ihnen etwas mitgebracht. Hier, riechen Sie?" Schwer, blumig, süß und mit einer stechenden Zimtnote. Van Aelst sog den Geruch tief ein und war sofort hellwach. Er stemmte sich auf die Ellbogen und sah sie an. Ein hübsches Dekolleté. Er sah das Muttermal. Er hatte sich nicht getäuscht. In der linken Hand hielt sie ein Fläschchen, das sie gerade wieder zuschraubte und auf den Hocker neben seinem Bett stellte. Opiumtinktur.

„Was willst du? Ich bin krank." Der Maler starrte an die Decke.

„Erinnern Sie sich noch an diesen Zettel?" Sie hielt ihm ein Stück Papier vor die Nase.

„Natürlich. Und ebenso an ein Skizzenbuch mit meinen Aufzeichnungen. Aber was machst du damit? Du gibst es dem Kapitein. Du bist eine Verräterin!"

„Ich kann Sie verstehen, van Aelst. Leider konnte ich das Skizzenbuch nicht verstecken. Aber von dem hier", wieder wedelte sie mit dem Zettel, „davon weiß bisher niemand etwas."

„Warum machst du nichts daraus? Stattdessen schreibst du weiter Lügenschichten über mich."

Meg holte sich den einzigen Stuhl in der Zelle und setzte sich neben van Aelsts Pritsche. Sie nahm eine Schachtel Chesterfield aus ihrer Tasche und bot ihm eine an. Der Maler drehte sie zwischen seinen Fingern und schielte zu dem Fläschchen auf dem Nachttisch. Meg gab ihm mit einem Streichholz Feuer.

„Woher sollte ich wissen, dass es die Wahrheit ist? Das Bild ist unter Verschluss. Ich müsste es überprüfen lassen, um herauszufinden, ob es eine Fälschung ist. Wie soll ich das anstellen?" Sie sah ihn an. Van Aelst zeigte keine Regung.

„Ich war bei Ihrem alten Freund Pieter, und das war äußerst aufschlussreich."

„Pieter?" Van Aelst stutzte und setzte sich auf. „Mein Gott, Pieter. Wie geht es ihm? Ich habe ihn lange nicht gesehen."

„Schwer zu sagen. Die Nazis haben seine Frau umgebracht. Wussten Sie das? Er wohnt noch immer in der Sumatrastraat in Den Haag."

Der Maler hustete und krächzte mit leiser Stimme.

„Ja, seine Frau war Jüdin. Furchtbare Geschichte."

„Pieter hat mir viel von ihrer Freundschaft und den alten Zeiten erzählt."

„Hat er das? Wir hatten viel Spaß." Van Aelst wurde unruhig. Immer wieder schielte er auf das Fläschchen mit der Opiumtinktur. Meg nahm es und spielte damit herum.

„Sehen Sie, Pieter hat gesagt, wenn es ein echter Vermeer wäre, dann hätten Sie das Gemälde niemals verkauft. Wenn das Bild aber eine Fälschung sei, dann wären Sie der Erste, der das bemerken würde. Aber damit allein kann ich nicht viel anfangen. Wenn es doch nicht stimmt und ich behaupte es in der Zeitung, dann bin ich meinen Job los."

Van Aelst nahm ein paar hastige Züge und dachte nach. „Sonst hat Pieter nichts gesagt? Nur dass ich eine Fälschung bestimmt erkennen würde?"

„Doch, er hat noch etwas gesagt, und das spricht leider wieder gegen eine Fälschung. Er sagte, er kenne niemanden, der einen Vermeer komplett fälschen könnte. Teile eines Bildes, im Stil von Vermeer, das vielleicht. Aber niemals ein ganzes Gemälde. Nicht einmal Sie. Und er kenne keinen Besseren."

Van Aelst atmete heftig, zitterte, zertrat den Zigarettenstummel mit seinem Schuhabsatz.

„Verdammt, jetzt geben Sie mir eine Zigarette mit der Opiumtinktur."

„Nein." Meg steckte das Fläschchen wieder in ihre Tasche. „Erst helfen Sie mir. Erzählen Sie mir die ganze Geschichte."

Aber der Maler schien sie nicht mehr zu hören. Er murmelte vor sich hin. „Verdammter Hund. Behauptet, er kenne niemanden, der einen ganzen Vermeer fälschen könnte. Dabei weiß er es doch besser!"

Meg stutzte. „Wie meinen Sie das? Kann er es? Hat Pieter das Bild gemalt?"

Van Aelst lachte rau und hysterisch. „Pieter und einen Vermeer fälschen? Nie im Leben. Er ist ein Stümper. War er schon immer. Niemals."

„Aber wer dann? Van Aelst, woher haben Sie die Fälschung und warum sind Sie sich so sicher, dass es eine ist? Wenn Sie es beweisen können, dann schreibe ich darüber in der Zeitung.

Dann wird man Sie freilassen. Außerdem bekommen Sie von mir das Fläschchen. Und zwar sofort."

Van Aelst war auf die Pritsche zurückgesunken und schluchzte. „Pieter, Pieter, warum hast du mich verraten? Niemals hättest du sagen dürfen, dass es niemandem gelingen würde, einen Vermeer zu fälschen." Meg war verunsichert. Sie befürchtete, dass van Aelst ins Delirium abrutschen würde. Völlig zusammenhanglos flüsterte der Maler weiter: „Ich habe alles getan. Der verdammte van Rijnstra, der Idiot. Göring musste die Zeche bezahlen. Ein genialer Plan."

Meg schüttelte den Maler an den Schultern.

„Van Aelst, hören Sie! Kommen Sie zu sich!"

Schnell beträufelte sie eine Zigarette mit der Opiumtinktur. Sie zündete sie an. Van Aelst starrte sie gierig an. Meg schob ihm die Zigarette in den Mund und sofort zog er daran. Atmete tief. Zog ein zweites, ein drittes Mal. Sein Gesicht entspannte sich. Meg drückte den Zigarettenstummel in den Aschenbecher auf einem Hocker neben der Pritsche. Sie legte ihre Hand auf seine Schulter. „Hören Sie. Ich kann Ihnen helfen, wenn Sie mir alles über die Fälschung erzählen. Verstehen Sie! Ansonsten bleibt es dabei: Sie haben einen echten Vermeer an Göring verkauft und verschleiern die Herkunft des Bildes. Ein echter Vermeer für die Nazis. Das verzeiht Ihnen niemand hier. Dann sind Sie so was von verdammt ‚falsch'. Ein Kollaborateur. Ein Schurke."

Jetzt ging ein Ruck durch van Aelst. Er setzte sich auf. Auf seinen Lippen waren Speichelbläschen. „Du bist eine dumme Kuh! Du bist genauso blöd wie alle anderen. Ihr alle glaubt, ich hätte diesem fetten Nazi Göring einen echten Vermeer verkauft! Seid ihr denn völlig verrückt geworden? Es ist kein echter Vermeer!“ Der Maler machte eine Pause. Dann schrie er. „Es ist ein echter van Aelst! Van Aelst! Hast du verstanden? Kein Vermeer, ein van Aelst! Ich habe das Bild gemalt! Und Pieter hat das hundertprozentig erkannt und mich trotzdem verleumdet. Er ist ein Dreckskerl.“

„Was behaupten Sie da? Sie haben das Bild selbst gemalt?“

Van Aelst lachte. „Ja, natürlich. Ich kann es auch beweisen. Ich kenne jedes Detail. Wenn man das Bild mit Röntgenstrahlen durchleuchtet, kommt darunter ein Originalgemälde des 17. Jahrhunderts zum Vorschein. Es zeigt Pferde und Reiter. Ich habe es vor Jahren bei einem Amsterdamer Kunsthändler gekauft. Die Quittung ist noch bei mir zu Hause. Außerdem habe ich Zinkweiß verwendet anstatt Bleiweiß, wie zu Vermeers Zeiten üblich. Ich hatte auch kein teures Lapislazuli mehr, um das typische Vermeerblau zu mischen, und habe billiges Kobaltblau genommen. Das gab es zu Vermeers Zeit noch gar nicht. Das ist alles leicht nachprüfbar. Und jetzt gib mir endlich den Rest der Zigarette und die Opiumtinktur und verschwinde.“

Meg legte das ganze Päckchen Chesterfield auf den Hocker neben dem Bett und nahm das Fläschchen aus ihrer Tasche. Alles geschah wie in Trance. Sie konnte kaum glauben, was sie da gehört hatte. Sie beträufelte eine weitere Chesterfield mit der Tinktur und hielt sie dem Maler vors Gesicht. „Nur noch eine Frage. Warum haben Sie das alles nicht schon viel früher gesagt?“

Van Aelst starrte auf den Boden. Dann sah er Meg an. Sein Blick war verzweifelt. „Weil das Bild so verdammt schlecht gemalt ist. Vermeer hätte mich dafür umgebracht. Trotzdem haben es die Kunstexperten nicht bemerkt. Diese Banausen.

Aber ich schäme mich trotzdem. Ich kann es so viel besser. Das habe ich bewiesen." Plötzlich hielt er inne und sah Meg durchdringend an. „Jetzt verschwinde endlich."

Meg sah den Wahnsinn in seinen Augen. Aber es berührte sie nicht. Ihre Gedanken waren schon bei der nächsten Schlagzeile. Sie konnte es kaum fassen, was sie gerade gehört hatte. Sie musste sofort in die Redaktion. Sie lächelte den Maler an. „Hier nehmen Sie."

Van Aelst griff sich die Zigarette mit dem Laudanum und steckte sie in den Mund. Meg gab ihm Feuer. Der Maler ließ das Fläschchen mit der Opiumtinktur in seiner Westentasche verschwinden.

„Man wird Sie freilassen, van Aelst."

Der Maler schwieg und inhalierte tief. Seine Gesichtszüge entspannten sich und er ließ sich auf die Pritsche zurücksinken.

DER MANN, DER GÖRING VERARSCHTE! war der Titel des *Parool-Extrablattes*, das den Zeitungsjungen noch am Spätnachmittag aus den Händen gerissen wurde. Drei Fotos prangten darauf. Zwischen dem fetten Göring in seiner weißen Galauniform und dem schmalen, verschmitzt aussehenden van Aelst war eine Abbildung des Vermeerbildes *Christus und die Ehebrecherin*. Viel Text gab es nicht. Meg hatte sich darauf beschränkt, van Aelst als genialen Fälscher und schelmischen Betrüger zu beschreiben. Mit List hatte er einen der teuflischsten Nazis übers Ohr gehauen und ihm auch noch einen Schatz geraubter niederländischer Meistergemälde entrissen. Mehr Patriotismus war kaum vorstellbar. Die ganze Geschichte sollten die Leser am kommenden Tag exklusiv in

Het Parool lesen. Nachdem Rosendahl noch am Abend eine Pressekonferenz gegeben hatte, berichteten auch die anderen Zeitungen am nächsten Tag unter den Überschriften: DER MANN, DER GÖRING BETROG, DER MANN, DER GÖRING BERAUBTE und DER SCHLAUE NIEDERLÄNDER UND DER DUMME NAZI. Sogar *The Times* titelte: THE MAN WHO CHEATED GÖRING.

Voller Häme schrieben sämtliche Blätter, wie ihr neuer Volksheld Jan van Aelst den Reichsmarschall zum Narren gehalten hatte. Viel mehr Informationen hatten sie allerdings nicht. Nur Meg konnte in der *Het Parool* mit Hintergrunddetails auftrumpfen und erzählte ausführlich davon, wie sie dem sturen van Aelst in der klammen Gefängniszelle die Wahrheit entlockt hatte. Dabei stellte sie es als gemeinsame List von Rosendahl und ihr dar; so erschien auch der Kapitein in einem guten Licht und wurde von seinen Vorgesetzten gelobt. Er selbst fühlte sich befreit. Endlich! Er hatte einen Plan und das machte ihn euphorisch. Er würde Göring in seiner Zelle im Camp Ashcan aufsuchen und ihm persönlich die Wahrheit über seinen gefälschten Vermeer verkünden. Er reiste noch am selben Tag mit einem Packen Zeitungen ab. Als er nach einigen Tagen zurückkam, war er wie verwandelt. Er erzählte Meg, wie er zusammen mit Colonel Burton C. Andrus, dem amerikanischen Lagerkommandanten, zu Göring in die Zelle gegangen war und dort den Judenmörder in seiner ganzen Überheblichkeit erlebte. Andrus hatte Göring erneut mit seinem Befehl an Heydrich zum Vollzug der Endlösung konfrontiert. So wie er es immer wieder machte. Erfolglos. Rosendahl hatte Meg schon davon erzählt. Aber jetzt erlebte er es selbst. Göring rührte sich nicht. Manchmal lächelte er sogar. Er blieb gelassen und ignorant. Er leugnete alles. Dann wurde er geradezu ausfällig und fragte Andrus, warum er sich denn einen Juden als Hilfspolizisten mitgebracht habe. Ob er sich ihm allein nicht gewachsen fühle und auf die bekannte Raffinesse eines Semiten angewiesen wäre. Da hatten sie ihm die Zeitungen auf den Tisch geknallt und nach ein paar Minuten – Göring konnte Englisch und reimte sich den Rest aus den holländischen Zeitungen zusammen – war Göring vor ihren Augen zusammengebrochen. Fast lautlos. Dann raufte er sich unter heftigem Schluchzen die Haare, schlug mit der Faust gegen die Zellenwand und trommelte auf den Tisch. Er zerfetzte die Zeitungen und krümmte sich auf dem Bett zusammen. Colonel Burton C. Andrus und Kapitein Rosendahl hatten viel im Krieg erlebt und gesehen. Dennoch erschraken sie, als sie in Görings hasserfüllte Augen blickten. Für Rosendahl war es eine große Genugtuung. Meg hatte ihn noch nie entspannter erlebt als nun, da er ihr von seiner Reise erzählte. Unter der Überschrift GÖRING UND DIE FRATZE DES TEUFELS zitierte sie ihn in der *Parool* mit den Worten: „Der Reichsmarschall, einer der brutalsten und grausamsten Nazis, der ohne Erbarmen die planmäßige Ermordung Millionen jüdischer Menschen angeordnet hatte, dieser Schlächter, verleugnete ungerührt die erdrückenden Beweise, die wir ihm vorlegten. Aber von der Tatsache, dass sein geliebtes Vermeerbild offensichtlich eine Fälschung ist, war er so erschüttert, dass er aussah, als ob ihm der leibhaftige Teufel begegnet wäre.“

Ich malte Gemälde, die im Oeuvre des Künstlers eigentlich nicht haben fehlen dürfen.

Wolfgang Beltracchi, deutscher Kunstfälscher 2012

2. Teil
De Waarheid
Juli 1945

1. Sergeant O'Connor

Meg presste unter der Sonnenbrille die Augen fest zusammen. Auf ihrer Netzhaut tanzten unzählige Sternchen. Sie aalte sich unter der Hitze des Himmels im heißen Dünensand. Lange würde sie es nicht mehr aushalten und zur Abkühlung ins Meer springen. Sie atmete tief und genoss die Entspannung. Die Bilder der vergangenen Tage zogen an ihr vorüber. Mit der Schlagzeile: GÖRING UND DIE FRATZE DES TEUFELS hatte sie ihre Reportageserie über den gefälschten Vermeer gekrönt. *Het Parool* war nun die meistgelesene Zeitung in Amsterdam. Damit habe sie sich schon als junge Kollegin ein kleines Denkmal gesetzt. So lobte sie Jules Verelst bei einer kleinen Feier in der Redaktion und beförderte sie zur Chefreporterin. Viele hatten erwartet, dass van Zomeren über diese Ernennung erbost sein würde, aber er ließ sich nichts anmerken. In einer eigenen kleinen Ansprache betonte er ebenfalls Megs Verdienste. Er ging noch einen Schritt weiter und gestand, dass die Betreuung einer so lebendigen, ja fast zügellosen jungen Reporterin ihn doch einige Nerven gekostet habe. Aber das hervorragende Ergebnis ihrer Zusammenarbeit habe gezeigt, dass es sich gelohnt habe. Er freue sich jeden Tag auf eine neue Geschichte aus ihrer Feder. Viele Kollegen applaudierten. Nur Louis de Winter traute seinem Chef nicht. Mit einem strammen Drink in der einen und einer Zigarette in der anderen Hand, flüsterte er Meg ins Ohr: „Das gefällt mir überhaupt nicht. Van Zomeren führt etwas im Schilde."

Meg mochte den tapsigen und klugen Bedenkenträger, aber an diesem Tag wollte sie nichts von seinen Verschwörungstheorien hören.

„Komm Louis, lass uns feiern“, hatte sie ihm geantwortet, ihren rechten Arm um ihn geschlungen und mit der Linken seine ausgestreckte Zigarettenhand umfasst. „Lass uns tanzen.“

Die Drucker der Zeitung hatten ein Grammofon aufgestellt und als Glenn Millers *Little Brown Jug* ertönte, wurden schnell die Schreibtische im Bienenkorb zur Seite geräumt. Nach einigen Takten, bei denen man Meg und Louis auf der Tanzfläche angefeuert hatte, hielten es die jungen Stenotypistinnen nicht mehr aus und zogen unter den skeptischen Blicken der älteren Sekretärinnen die ledigen Kollegen auf die Tanzfläche. Auch van Zomeren ließ sich nicht lumpen und bewies mit seiner distinguierten Frau, dass selbst er einmal ein paar Schritte Foxtrott gelernt hatte. Daraufhin stellte der alte Verleger Jules Verelst seinen silberbeschlagenen Gehstock, mit dem er im Takt geklopft hatte, zur Seite, um seinem Chefredakteur zu applaudieren. Aber er widerstand dem sehnsüchtigen Blick seiner früheren Sekretärin, die als Geertje bei ihm begonnen und als Geertruida einen braven Beamten geheiratet hatte und jetzt Kriegswitwe war. Ein Schicksal, das sie mit einigen Kolleginnen teilte, und so entkam außer Jules Verelst kein Mann in der *Parool* an dem Abend der Tanzfläche. Aufgrund des guten Nachschubs an Whisky durch Sergeant O'Connor feierten sie bis weit in die Nacht hinein. Meg war besonders unbeschwert, weil sie am Nachmittag van Rijnstra getroffen hatte.

Man hatte ihn kurz nach van Aelst ebenfalls gegen Kaution freigelassen. Meg und Bill hatten Rosendahl bearbeitet. Mit seiner Schussverletzung könne er ohnehin nicht abhauen.

Allerdings hatte Sergeant O'Connor darauf bestanden, den ‚Hurensohn' van Rijnstra persönlich bei Marijke abzuliefern. Er wollte sich überzeugen, dass alles in Ordnung war und sie das Kind nicht abgetrieben hatte. Meg war deshalb am Tag vor van Rijnstras Freilassung zu Marijke gegangen und hatte ihr den Plan erklärt. Sie solle eine deutlich sichtbare Schwangerschaft vortäuschen, wenn sie bei ihr vorbeikämen. Das Mädchen war bockig. Niemals, empörte sich Marijke, würde sie bei dieser Lüge mitmachen. Da gehe es schließlich um ihre Ehre. Meg hatte sie an den Schultern gepackt und unsanft auf einen harten Küchenstuhl gedrückt. „Ohne diese Scheinschwangerschaft wirst du deinen Liebhaber nicht so schnell wiedersehen. Damit kommt auch kein Geld ins Haus. Eure Reise nach Spanien kannst du dir abschminken und hier weiter Emaillekochtöpfe verkaufen." Marijke hatte sich noch ein bisschen gewunden und Meg musste mit einer Stange Zigaretten und Schokolade nachhelfen.

Als Meg, Bill und van Rijnstra am nächsten Tag die steile Treppe zu Marijkes Mansarde hochstapften, erschien diese hochschwanger auf dem Treppenabsatz und quetschte sich lamentierend an ihnen vorbei. „Verdammt! Ich muss schon wieder pissen", meckerte sie und verschwand in der Toilette auf dem Treppenabsatz. „Jede Viertelstunde nur wegen dieses Balges", setzte sie ihre Tirade von der Klobrille aus fort.

Der Kurzauftritt überzeugte den Sergeant. Er lachte, schlug van Rijnstra auf die Schulter und ermahnte ihn, gut auf das Mädchen aufzupassen.

Die kam gerade von der Toilette und widersprach Bill. „Ich werde auf ihn aufpassen, dass er nicht gleich wieder irgendwelche Dummheiten macht. Den lass ich nicht mehr weg."

Sie lachte und machte eine ich-dreh-dir-sonst-den-Hals-um-Geste zu van Rijnstra. Dieser war inzwischen zu Meg gegangen und flüsterte ihr ins Ohr: „Ich kann dir die Negative jetzt nicht geben. Ich muss sie erst besorgen."

Meg war entsetzt. Das bedeutete weitere bange Tage für sie. „Du hast es mir versprochen. Versuch nicht, mich reinzulegen."

„Niemals!"

Sie konnten nicht weiter ungestört miteinander sprechen, da Bill und Marijke zu ihnen kamen.

Hin- und hergerissen zwischen den Rekordauflagen, die sie der *Parool* mit ihren Reportagen bescherte und der Angst, wegen der Fotos aufzufliegen, quälte sie sich durch hektische Tage und schlaflose Nächte. Dann endlich, am Tag ihrer Beförderung zur Chefreporterin, hatte sie von van Rijnstra die Negative bekommen. Auf die Frage, wer sie denn jetzt auf der Party fotografiert habe, hatte van Rijnstra gezögert.

„Ich war es. Die Story von dem anderen, der jetzt im Lager sitzt, habe ich dir nur erzählt, damit du erst gar nicht auf die Idee kommst, bei mir oder Marijke nach den Fotos zu suchen. Aber jetzt gebe ich sie dir, um zu zeigen, dass ich es ehrlich meine. Es gibt auch keine weiteren Abzüge. Für mich ist die Sache erledigt." Van Rijnstra hatte ihr die Hand hingehalten. „Schlag ein. Eine Hand wäscht die andere. Niemand wird etwas erfahren."

Meg drehte sich auf den Bauch, damit die heißen Sonnenstrahlen auch ihren Rücken aufheizen konnten. Das Gesicht auf die Hände gestützt, erschien das Bild des Malers vor ihr. In einem feinen naturfarbenen Leinenanzug mit hellblauem Seidenhemd, Einstecktuch und einer dunkelblauen Krawatte mit silbernen Nadelstreifen. Den dünnen Schnurrbart sorgfältig gestutzt, die schütteren Haare geschnitten, saß er mit überschlagenen Beinen in einem Chippendalesessel aus dunklem Mahagoni mit goldgelbem Bezug. Seine Hände lagen auf dem Elfenbeinknauf eines Gehstockes aus Ebenholz. Neben einem schweren Siegelring glühte eine Zigarette in seiner Hand. Natürlich lächelte er, als die Fotoapparate der Journalisten aus aller Welt auf ihn gerichtet waren. Mit der Schlagzeile DER MANN, DER GÖRING VERARSCHTE hatte sie ihn zum Volkshelden hochgeschrieben. Ursprünglich hatte sie DER MANN, DER GÖRING FICKTE getitelt, aber das wollte ihr nicht einmal Louis de Winter durchgehen lassen. Dabei wusste sie, dass der Reichsmarschall sich genauso gefühlt hatte, als ihm Rosendahl die Wahrheit präsentierte hatte.

Durch *Het Parool* war van Aelst zum Volkshelden aufgestiegen. Der Stimmungsumschwung war grandios. Nur wenige Wochen zuvor hatten abertausende anständige Niederländer nach ihrer Reportage BAMBIS VATER EIN VERRÄTER sein *Rehkitz* von den Wänden gerissen. Jetzt wollten alle ein neues Bambi haben und die Druckerei lieferte schnell billige Nachdrucke und Postkarten.

Van Aelst, kaum war er in sein Herrenhaus in der Keizersgracht 321 zurückgekehrt, hatte Hof gehalten und großspurig seine Version der Geschichte erzählt. Weder Rosendahl noch die Justiz hinderten ihn daran, obwohl er mit der Fälschung gegen Gesetze verstoßen hatte. Aber niemand wollte der tief verwundeten Volksseele diesen Trost verwehren. Van Aelst erschien plötzlich auf der gleichen Stufe wie Robin Hood.

Meg erschrak, weil plötzlich eiskalte Wassertropfen auf

ihren Rücken fielen. Rasch drehte sie sich um und erkannte unter Blinzeln die dunkle Silhouette Bills. Breitbeinig stand er über ihr, und es tropfte von seinem gut gebauten Körper. Er war ebenso nackt wie sie.

„Leg dich sofort hin, so kann dich doch jeder vom Strand aus sehen", zischte Meg. Sie lag vor Blicken geschützt in der Kuhle einer Düne. Lachend ließ sich Bill neben sie fallen.

„Pass auf, dass du nicht zu viel Sand abbekommst. Das knirscht sonst", flüsterte sie und zog ihn über sich.

Gerrit van Zomeren hatte einige Tage verstreichen lassen, bis er sich mit Hendricus Thomasius von der *Trouw* traf. Thomasius hatte *In't Aepjen*, eine bekannte Spelunke auf dem Zeedijk bei den Walletjes vorgeschlagen. Normalerweise mied van Zomeren diese Gegend, wo sich spärlich bekleidete Huren in beleuchteten Schaufenstern rekelten. Für das Treffen mit Thomasius aber war die Gegend geeignet, denn hier würde er bestimmt keine Bekannten treffen. Er eilte mit großen Schritten und gesenktem Kopf an den Schaufenstern vorbei, um nicht sehen zu müssen, wo die bestrapsten Beine und tiefen Dekolletés hinführten. Am Ziel angekommen, musste er sich kurz überwinden, das Lokal zu betreten. Es stank nach Schweiß, Rauch und Schnaps, weil schon seit dem Morgen Seeleute, Handwerker, Tagelöhner und Huren ihr zweites oder drittes Bier mit Genever tranken. Thomasius saß in einer Ecke und verspeiste schmatzend eine Portion Corned Beef. Van Zomeren setzte sich neben ihn. „Also, was gibt es so Wichtiges zu besprechen? Ich habe nicht viel Zeit."

„Die solltest du dir aber nehmen. Es geht um dein bestes Pferd im Stall." Thomasius zog aus seiner Jackentasche ein zerknittertes Foto und schob es mit dem Motiv nach unten zu van Zomeren.

Der machte keine Anstalten es umzudrehen.

„Möchtest du es nicht ansehen? Ich warne dich allerdings. Es passt eher in diese Gegend hier und weniger in eine Zeitungsredaktion."

Van Zomeren drehte das Foto um und sah eine junge Frau in hochhackigen Pumps, die nur mit einem knappen Baströckchen bekleidet war. In der einen Hand hielt sie ein Tablett mit Sektkelchen, von denen sie eines dem Maler Johannes van Aelst reichte. Dabei beugte sie sich leicht nach vorne und präsentierte ihm ihre Brüste. Obwohl eine venezianische Halbmaske ihre Augen und Stirn bedeckte, erkannte van Zomeren die unzüchtige Gestalt sofort. Er versuchte seinen Schock zu verbergen und drehte das Foto schnell wieder um. Er schob es zu Thomasius zurück. „Was soll ich damit? Ich habe keinen Bedarf an solchen Fotos", zischte er.

Thomasius lehnte sich zurück und nahm einen Schluck von seinem Bier. „Du bist ein schlechter Schauspieler, Gerrit. Natürlich hast du die van Hettema erkannt. Hast du dich nie gefragt, warum sie bei der ganzen Geschichte immer so exklusiv informiert war? Sie saß die ganze Zeit an der Quelle."

Van Zomeren durfte sich jetzt keine Blöße erlauben. „Ich weiß nicht, wie du darauf kommst, dass dieses Flittchen auf dem Foto Margriet van Hettema sein soll. Man kann ihr Gesicht nicht erkennen, und eine solche Figur haben bestimmt viele junge Frauen in der Stadt."

Thomasius schüttelte den Kopf, begann zu lachen, drehte das Foto wieder um und zeigte auf die Brüste der Frau.

„Schau genau hin. Der Leberfleck am oberen Brustansatz ist

nicht zu übersehen. Ebenso wenig wie bei eurer van Hettema, wenn sie eines ihrer ausgeschnittenen Kleider trägt. Wie neulich bei einer Pressekonferenz. Also, ich habe sie sofort daran erkannt. Sag mir, wie viele Frauen in Amsterdam haben an dieser Stelle einen Leberfleck? Und erzähl mir nicht, dass du ihr immer nur in die Augen schaust."

„Wenn du Recht hättest, dann spricht das Bild eher dafür, dass sie nie über van Aelst geschrieben hätte. Damit hätte er sie doch in der Hand gehabt und jederzeit auffliegen lassen können. In ihrem ersten Artikel hat sie ihn fast vernichtet, wenn du dich erinnern kannst."

Thomasius lächelte unbeeindruckt. „Wahrscheinlich hat sie damals noch nichts von den Fotos gewusst. Aber dann hat van Aelst ausgerechnet ihr, und zwar nur ihr und nicht Rosendahl, die Geschichte vom gefälschten Vermeer erzählt, und sie hat ihn zum Volkshelden gemacht. Zufall? Aber das ist egal. Wenn das Foto irgendwo erscheint, zum Beispiel in *De Waarheid*, zusammen mit ein paar Spekulationen und Schlussfolgerungen, dann ist eure Starreporterin im Eimer und der Schaden für die *Parool* nicht unbeträchtlich."

Van Zomeren rutschte nervös auf seinem Stuhl herum und konnte einen nervösen Pups gerade noch zurückhalten. Er nippte an seinem Bier und dachte nach. Van Hettema, die Starreporterin, ein Flittchen. Der Schaden für seine Zeitung wäre unvorstellbar. Dennoch war er ratlos. Er blaffte Thomasius an. „Was willst du von mir? Warum gehst du mit dem Foto nicht gleich zur *Waarheid*?"

„Ich mag das Kommunistenblatt nicht. Ich möchte dir und der *Parool* einen Gefallen tun." Wieder verzog sich der Mund von Thomasius zu einem schiefen Lächeln, und van Zomeren roch den faulen Geruch seines übersäuerten Magens. Der Typ widerte ihn an. „Was kostet dieser Gefallen?"

„Einen Job bei euch. Du bekommst dafür das Foto und ich halte die Klappe. Es ist ein faires Angebot."

„Keine Erpressung ist fair."

„Gerrit, wie kommst du auf Erpressung? Ich möchte mit euch zusammenarbeiten. Wenn du das Foto hast und ich meinen Job bei euch, ist alles gut. Du bist auf der sicheren Seite. Komm, schlag ein." Er streckte ihm die Hand hin.

Van Zomeren bemerkte die dreckigen Fingernägel und ignorierte die ausgestreckte Hand. „Woher hast du das Foto und wie viele gibt es noch davon? Wer hat die Negative?"

„Es ist das letzte auf dem Markt. Die anderen und die Negative sind in van Hettemas Händen. Das weiß ich aus zuverlässiger Quelle."

„Wie bitte? Sie selbst hat die Fotos? Hast du auch sie erpresst?"

„Ich habe damit nichts zu tun. Ich bin einfach nur ein guter Reporter und habe die Geschichte selbst herausbekommen. Aber die Hettema hat Dreck am Stecken. Das ist sicher. Du darfst ihr nicht trauen."

Van Zomeren schüttelte den Kopf. „Warum sollte ich dir trauen? Wer steckt hinter den Fotos?"

Thomasius beugte sich über den Tisch und van Zomeren musste erneut seinen fauligen Mundgeruch ertragen. „Mein Schwager betreibt in der Pijp ein Haushaltswarengeschäft. Sie haben ein Lehrmädchen. Ein leckeres Ding vom Lande. Etwas naiv, aber mit einem offenen Herzen. Du weißt schon, was ich meine. Sie wohnt bei ihnen unterm Dach und ich habe sie dort öfters besucht. Irgendwann wurde sie abweisend und hochnäsig. Sie habe jetzt einen festen Typen, hat mir meine Schwester erzählt. Der wohne auch manchmal bei ihr. Sie haben das zugelassen, weil er ihr die doppelte Miete bezahle und ein guter Mann wäre. Vermutlich hat er ihnen auch Sachen vom Schwarzmarkt zugesteckt, denn so ein guter Mann war er nicht, wie ich bald dank eurer Zeitung herausgefunden habe. Es ist dieser van Rijnstra. Ich habe ihn nur einmal kurz gesehen, aber sofort auf dem Foto in der *Parool* wiedererkannt. Okay, habe ich mir gesagt, wenn das kein Reporterglück ist. Also habe ich dem Mädchen mal ein bisschen auf den Zahn gefühlt." Thomasius bestellte zwei Genever, denn van Zomeren sah aus, als ob er verdorbenen Fisch gegessen hätte. Angewidert kippte er den Schnaps hinunter. „Ich besuchte das Mädchen, und sie war komischerweise nicht sonderlich verzweifelt, obwohl ihr Liebhaber ja im Knast saß. Er habe ihr versprochen, mit ihr nach Spanien abzuhauen. Als ich meinte, er könnte wegen Kollaboration auch am Galgen landen, hat sie nur gelacht und sich verplappert. Er käme bald frei, denn er habe eine Lebensversicherung, die sie gut für ihn aufbewahre. Ich musste ein bisschen Druck machen, aber dann hat sie mir das Foto gezeigt. Sie erzählte mir, die Reporterin, die ihren Liebhaber in den Knast gebracht habe, würde dafür sorgen, dass er wieder rauskomme. Dafür würde sie die Fotos und alle Negative bekommen. Ich habe mir meinen Reim darauf gemacht und ihr dann gesagt, dass ich als rechtschaffener Journalist der Sache nachgehen müsste, und das würde für sie und van Rijnstra nicht gut ausgehen, wenn die Geschichte vorher in der Zeitung stehe. Da ist sie natürlich fast durchgedreht und ich kann dir sagen", Thomasius verdrehte die Augen, „sie hat mir in dem Moment alles angeboten, was man sich als

Kerl nur wünscht, und sie ist wirklich lecker, wenn du verstehst, was ich meine." Er lachte rau. „Na ja, lange Rede kurzer Sinn. Als Ehrenmann, habe ich ihr gesagt, als Ehrenmann würde ich respektieren, dass sie einen anderen habe, und aus alter Verbundenheit würde ich die Sache nicht in die Zeitung bringen. Du kannst dir vorstellen, wie dem naiven Ding sofort ein Stein vom Herzen gefallen ist. Ich würde sie nicht verraten und sie musste noch nicht mal ihrem Geliebten untreu werden. Ich hatte sie also da, wo ich sie haben wollte, und forderte als kleine Gegenleistung dieses Foto. Nur leihweise natürlich. Sie bekomme es auch am nächsten Tag wieder zurück. Sie hat sofort eingewilligt und nicht einmal nachgefragt, was ich damit machen möchte. Ich habe dann ein Repro gemacht, es ihr zurückgegeben und ihr eingebläut, sie dürfe niemandem, auch nicht van Rijnstra, davon erzählen. Das würde ihr Unglück bringen." Thomasius machte eine Pause und grinste. „Jetzt hast du die Chance, dieses Foto zu bekommen und viel Schaden von deiner Zeitung abzuwenden."

Van Zomeren dachte nach. Die Vorstellung, jeden Tag Hendricus Thomasius am Konferenztisch zu begegnen, war äußerst unangenehm. Andererseits hätte er mit dem Foto etwas gegen Margriet van Hettema in der Hand, über die er sich auch jeden Tag aufregen musste. Ihre Beförderung zur Chefreporterin war eine Demütigung gewesen. Und vielleicht war das erst der Anfang. Wer konnte ausschließen, dass der greise Verelst mit seinem Faible für die junge Reporterin nicht noch eine weitere Altersdummheit begehen würde und sie ihm vor die Nase setzte. Vielleicht konnte er das Foto also doch noch mal gebrauchen. Aber er durfte sich nicht zu interessiert zeigen.

„Ich muss darüber nachdenken. Kommt Zeit, kommt Rat. Du kennst das Sprichwort“, sagte er deshalb zu dem trinkenden Thomasius, der ihn daraufhin ungläubig über den Rand seines Bierglases anstarrte. Er setzte es ab und wischte sich den Schaum vom Mund.

„Du machst Witze! Die Story ist heiß. Das muss ich dir als Journalist nicht sagen.“

„Aber man kann sein Pulver auch zu früh verschießen. Im Moment ist Margriet van Hettema unangreifbar. Wenn ich jetzt mit dem Foto bei Verelst auftauche, in bester Absicht natürlich, um Schaden von der *Parool* abzuwenden, wird er den Braten riechen. Ich würde als Überbringer der schlechten Nachricht in Ungnade fallen. Wir brauchen eine Gelegenheit, in der sie verwundbar ist.“

Thomasius kippte seinen Genever. „Ich will nicht so lange warten. Ich muss weg bei der *Trouw*. Sie wollen, dass ich eine Serie über die Stärke des Glaubens in schweren Zeiten schreibe. Porträts frommer Männer und Frauen, die dank ihrer tiefen Religiosität und Demut vor Gott sich nicht haben von den Nazis verführen lassen. Ich hasse diese selbstgefälligen Bibelfresser und Betschwestern, und jetzt soll ich sie auch noch in den Himmel schreiben.“

Van Zomeren lächelte, weil er die Idee zu der Artikelserie ganz hervorragend fand. Patriotisch und erbauend in der unsicheren Zeit, in der sie lebten. Sie hätte von ihm sein können. Leider hatte sie keine Chance in der *Parool.* Aber das sagte er Thomasius natürlich nicht. Der sollte denken, das Lächeln gelte ihm, weil er auf seinen Vorschlag eingehen würde. „Das ist kein Problem, mein lieber Thomasius. Du kannst schon morgen bei uns beginnen. Ich werde dich sofort einstellen.

Wir brauchen dringend Reporter. Verelst möchte die Zeitung ausbauen. Viele neue Seiten und Storys. Die fallen ja nicht vom Himmel, so wie das Foto." Er sah es sich noch einmal an und schüttelte angewidert den Kopf. Dann stand er auf, holte eine Brieftasche aus seinem Mantel und verstaute es darin.

„Hey! Das kannst du nicht machen. Morgen weißt du von nichts mehr." Thomasius war aufgesprungen und packte van Zomeren am Arm.

Der schlug die Hand weg. „Was ist los? Traust du mir etwa nicht? Du willst bei uns arbeiten und als Zeichen deiner Loyalität hast du mir dieses Foto angeboten. Ich werde dich einstellen und ich halte mein Wort."

Thomasius setzte sich wieder hin. „Entschuldige. Es ging alles so schnell. Wann soll ich morgen kommen?"

„Um zehn Uhr ist Konferenz. Ich werde dich kurz vorstellen. Viele kennen dich ja schon. Du beginnst als einfacher Reporter. Als Mädchen für alles. Bis morgen dann."

Meg und Bill hatten sich geliebt, bis die Strahlen der untergehenden Sonne sie nicht mehr wärmten und eine kühle Abendbrise aufkam. Wie Kinder im Schwimmbad streckten sie die Arme aus, um zu sehen, wer schneller eine Gänsehaut bekam. Dann schlüpften sie eilig in ihre Kleider und rannten mit ihren Handtüchern unter dem Arm zu Theos Fischbude um die Wette. Der Verlierer musste das Bier bezahlen. Bill stolperte kurz vor dem Ziel. Der Fischhändler war durch Megs Reportage über seine scharf gewürzten Fischkroketten zu einer lokalen Berühmtheit geworden. Seinen einfachen Imbiss am Strand hatte er um eine roh gezimmerte Holzterrasse mit ein paar Tischen und Stühlen vergrößert. Hier konnte man wunderbar den Sonnenuntergang genießen. Meg und Bill verschlangen Krabbenbrötchen, denn sie wussten, was außer den ostindischen Gewürzen noch alles in den Kroketten steckte. Sie tranken lauwarmes Bier aus der Flasche und als sie anstießen, bemerkte Meg, dass Bills Blick sie tief berührte. Tiefer, als sie es je bei jemandem gespürt hatte. Die klaren blauen Augen und seine Lachfalten auf den breiten Wangen hatte sie schon tausendmal gesehen. Aber heute war es anders. Rasch stieß sie erneut mit ihm an, um das Gefühl zu zerstreuen. Der Gedanke an Liebe beunruhigte sie, aber bestimmt täuschte sie sich. Das Glück dieses wunderschönen Tages stimmte sie einfach sentimental. Schnell zeigte sie auf den roten Sonnenball, der gerade in die grau-blau-grüne Nordsee eintauchte. Bill, der mit dem Rücken zum Meer saß, drehte sich um.

„Hast du jemals einen solch perfekten Sonnenuntergang gesehen? Genieße ihn. Er kostet dich nichts. Wie du weißt, ist das bei uns Niederländern nicht selbstverständlich. Das Genießen meine ich." Meg lachte und erwartete es auch von Bill, der sich gerne über die Sparsamkeit ihrer Landsleute lustig machte. Aber Bill, der nun Meg ansah, sagte nichts. Dabei ließ er seine Bierflasche mit Daumen und zwei Fingern haltend, über dem Tisch kreisen. „Meg", begann er stockend und Meg fühlte sich sofort unwohl. Es war, als ob sie ‚Nein!' rufen müsste, um Bill am Weitersprechen zu hindern. Sie fröstelte. Was war nur mit ihr los?

„Meg", wieder machte Bill eine Pause. Er suchte nach den richtigen Worten und sagte dann lakonisch: „In meiner Heimat an der Ostküste steigt die Sonne aus dem Meer heraus, und ein neuer Tag beginnt. Es ist weniger romantisch, aber es gibt einem täglich neue Kraft." Seine weiche

Stimme beruhigte Meg. Aber das sichere Gefühl war von kurzer Dauer. Als Bill die Bierflasche auf den Tisch stellte und ihre kalten Hände mit seinen warmen Pranken umschloss, spürte Meg plötzlich die Verzweiflung, die ihn umgab, und das ‚Nein', tief in ihrer Brust, meldete sich zurück.

„Ich gehe zurück nach Kanada." Um Megs Herz legte sich eine eiserne Klammer. Ihre Augen wurden feucht. Das wollte sie nicht hören. Nicht spüren. Sie zog ihre Hände zurück. Immer wenn auch nur ein Gedanke an seinen Abschied aufgetaucht war, hatte sie sich geschworen, ihn zu ignorieren und daraus kein Drama zu machen. Sie wollten nur im Jetzt leben und eine gute Zeit in einer verrückten, zerstörten Welt haben. Es war klar, dass Bill nach seinem Einsatz zurückkehren und Meg in Amsterdam bleiben würde. Jetzt erst recht, wo sie so erfolgreich war. Nur einmal hatte Bill es angesprochen. Sie könnten beide in Kanada ein gutes Leben führen. Aber Meg hatte gelacht und geantwortet, dass sie noch nicht bereit wäre für das Leben von Mr. and Mrs. O'Connor mit vier Kindern und einem Labrador in einer Vorstadtsiedlung. Bill hatte es nie wieder erwähnt und Meg hatte immer gedacht, dass sie beide ohne große Probleme über das Ende ihrer Affäre hinwegkommen würden. Doch jetzt musste sie schlucken, um überhaupt einen Ton herauszubekommen.

„Okay. Es war klar, dass der Tag kommen würde. Aber so plötzlich!"

„Ich weiß es schon eine ganze Weile. Ich habe es nicht geschafft, es dir zu sagen. Du warst so glücklich, und ich wollte das möglichst lange erleben. Damit machst du auch mich glücklich. Und weil", Meg sah, dass Bill mit den Tränen kämpfte, „weil ich ja wusste, dass es für dich etwas anderes bedeutet als für mich und ich mich deshalb nie trauen würde, dich zu fragen, was ich dich immer fragen wollte. Sorry. Ich wollte, dass einfach alles so lange wie möglich schön bleibt. Aber heute habe ich gespürt, dass ich dir die Wahrheit sagen muss."

„Vielleicht ist es gut so. Kurz und schmerzlos. Aber was wolltest du mich fragen?" Dieser letzte Satz war Meg herausgerutscht, denn sie war sich sicher, dass sie es nicht hören wollte. Andererseits schrie ihr Herz nach seinen Worten.

„Ich möchte dich heiraten. Ich würde dich so gerne mitnehmen nach Kanada. Natürlich weiß ich, dass du nicht willst. Es ist also allein mein Problem."

Meg konnte nicht reagieren. Sie brachte keinen Ton heraus. Alles war gesagt. Sie spürte, dass sie dabei war, ihn zu verlieren, und sie konnte nichts dagegen tun. Ihr blieb nur einer der dümmsten Sätze, der regelmäßig in solchen Situationen gesagt wurde.

„Ach Bill, wir hatten eine tolle Zeit. Lass uns einfach gute Freunde bleiben und die letzten Tage genießen." Kurz drückte sie seine warme Hand und stand auf. Sie steckte ihr zusammengerolltes Badetuch unter den Arm. Die Sonne war in der Nordsee verschwunden. Jetzt kühlte es auch auf der geschützten Terrasse rasch ab. Megs Gänsehaut hatte aber einen anderen Grund. Sie wollte nicht weiter darüber nachdenken. Auch Bill packte seine Badesachen. Sie sah ihn an. Dieser große, schöne Sergeant, der sie mit Kraft und Herz die vergangenen Wochen begleitet und beschützt hatte, stand da mit hängenden Schultern und traurigen Augen. Sie wollte ihn in die Arme nehmen und sagte stattdessen nur: „Wann gehst du?"

„Es sind noch einige Tage. Vielleicht auch ein paar mehr. Es kann jedoch auch sehr schnell gehen. Aber wir haben schon eine tolle Zeit gehabt.“

Schweigsam gingen sie zu seinem Jeep und fuhren in die Stadt.

2. De Waarheid

Am Morgen, an dem die Amsterdamer Zeitung *De Waarheid* mit der Schlagzeile

JOHANNES VAN AELST
WAR EIN FREUND HITLERS
DIE WAHRHEIT ÜBER DEN MALER,
DER ANGEBLICH GÖRING VERARSCHTE

erschien, lag Meg verkatert im Bett. Allein. Sergeant O'Connors Kopf lag auf der Theke des Café *Het Zwaantje*, und die Putzfrau umkreiste seinen Barhocker. Bisher hatte sich niemand getraut, ihn zu wecken, nachdem sich zuvor schon niemand getraut hatte, ihm einen Drink zu verweigern. Dabei war er schon am frühen Abend so voll wie eine Strandhaubitze gewesen.

Der Maler van Aelst, der Held der vergangenen Tage, schlief ebenfalls seinen Rausch aus. Er hatte sich nach einer ausgedehnten Tour durch die Bars des Amsterdamer Kneipenviertels Negen Straatjes eine Opiumzigarette zum Einschlafen präpariert. Dann hatte er seinen seidenen Schlafanzug angezogen und im Bett ein paar tiefe Züge genommen, bevor er die Zigarette in den alabasternen Aschenbecher auf dem Nachttisch legte und in eine tiefe Bewusstlosigkeit versank.

Chefredakteur van Zomeren war wie immer um sieben Uhr aufgestanden, hatte mit seiner Frau gefrühstückt und um halb neun das Haus verlassen. Er hatte, wie an jedem Morgen auf dem Weg zur Arbeit, am Kiosk die Zeitungen der Konkurrenz gekauft und war nach wenigen Schritten stehengeblieben. Dann schlug er einen anderen Weg als gewohnt ein. Das hatte er noch nie getan. Er würde zu spät kommen. Auch das war ihm noch nie passiert.

Der Verleger Jules Verelst dämmerte zu dieser Zeit noch sanft dem Tag entgegen, der wie immer mit Schmerzen beim Aufstehen beginnen würde. Schmerzen, die sich im Laufe des Tages nur veränderten und nie aufhörten. Warum sich also beeilen?

Josephine van Wageningen hatte den Aufmacher von *De Waarheid*, überflogen und sich sofort entschlossen, das Haus in der Keizersgracht zu verlassen, um in ihre komfortable Villa in Laren umzuziehen. Sie raffte ihren bodenlangen Morgenrock und begann, die Koffer zu packen. Dann rief sie ein Taxi. Tatsächlich fuhren wieder einige Droschken. Auch das Telefon funktionierte, seit van Aelst zum Volkshelden geworden war. Dafür hatte Kapitein Rosendahl gesorgt.

Kapitein Rosendahl hatte am Abend zuvor seinen Abschied aus dem Polizeidienst formuliert und das Kuvert zugeklebt, anschließend gefeiert und eine überraschend angenehme Nacht verbracht. Auf dem Weg ins Büro war er an van Aelsts Haus in der Keizersgracht vorbeigekommen und hatte gesehen, wie Josephine ein mit Koffern vollbepacktes Taxi bestieg und davonfuhr. Früher hätte er sich darüber Gedanken gemacht. Jetzt interessierte es ihn nicht mehr. Die Sache war erledigt. Er würde gleich das Kündigungsschreiben abgeben und war bestens gelaunt. Es war schon fast Mittag, als ein Adjutant mit einem Exemplar von *De Waarheid* sein Büro betrat.

„Schon gesehen? Es gibt Neuigkeiten zu van Aelst."

Rosendahl nahm die Zeitung, las den Aufmacher, fluchte und zerbrach den Bleistift in seiner Hand. Dann legte er sein Entlassungsgesuch in die Schublade seines Schreibtisches zurück. Er befahl dem verdutzt dreinblickenden Adjutanten, ihn zu begleiten.

Louis de Winter, stellvertretender Chefredakteur der *Parool*, war der Situation nicht gewachsen. Van Zomeren fehlte und er sollte die Konferenz leiten. Die Kollegen quatschten aufgeregt durcheinander, zitierten *De Waarheid* und verlangten nach Meg.

„Warum haben wir die Story nicht? Wo steckt sie nur? Hast du sie in den letzten Tagen gesehen? Wo treibt sie sich herum, die Frau Chefreporterin?"

Sie habe sich freigenommen, sagte eine Sekretärin, und sei vermutlich verreist. Jedenfalls nicht zu Hause. Ein Bürobote mit wichtigen Unterlagen zu ihrem neuen Vertrag habe mehrfach an ihrer Tür geläutet. Vergeblich. Es war zum Verzweifeln. Aber was Louis noch mehr verunsicherte, war die Abwesenheit seines Chefredakteurs. Der war normalerweise immer pünktlich.

Normalerweise hätte sich Gerrit van Zomeren auch niemals getraut, bei seinem Verleger Jules Verelst vor zehn Uhr morgens zu klingeln. Aber das war in der Tat eine besondere Situation. Er hatte sich vorgenommen, ruhig zu bleiben, nicht zu dramatisieren und nicht zu sagen: „Entschuldigen Sie, aber es geht um die Zukunft der *Parool*."

Jules Verelst stakste steifbeinig, auf seinen Gehstock gestützt, in das Empfangszimmer des herrschaftlichen Grachtenhauses. Er trug einen Morgenmantel aus orientalisch gemusterter Seide und eine Hausdame fragte ihn flüsternd, ob er schon seinen Tee serviert haben wolle. Er nickte und sah van Zomeren fragend an. „Sie haben mich noch nie so früh besucht."

„Ja, das stimmt. Es hat sich etwas … es ist … es ist dringend!“ Dann rutschte es ihm doch heraus: „Monsieur, es geht um die Zukunft der *Parool*.“

Jules Verelst sah ihn erstaunt an.

Van Zomeren streckte ihm *De Waarheid* entgegen. „Lesen Sie selbst.“

Der alte Verleger nahm die Zeitung, setzte sich in die Ecke eines abgeschabten Biedermeiersofas und kramte aus seiner Morgenmanteltasche eine Lesebrille heraus. Mit einer Handbewegung bedeutete er van Zomeren, dass er sich ebenfalls setzen könnte. Dann klappte er die Zeitung auf und sah den Chefredakteur über seine Brillengläser schielend an. „Nicht gerade meine bevorzugte Morgenlektüre. Es muss also wirklich ernst sein.“ Er las, sah dabei immer wieder zu van Zomeren. Dann legte er die Zeitung beiseite auf das Sofa und nahm die Brille ab. „Das ist eine Bombenstory. Schade, dass wir sie nicht haben. Aber was ist daran so dramatisch, dass es hier gleich um die Zukunft der *Parool* geht? Auch *De Waarheid* kann mal einen Treffer landen.“

„Fragen Sie sich nicht, warum wir die Story nicht haben?“

„Weshalb? Die Antwort steht doch in dem Artikel.“ Verelst tippte mit dem Finger auf die Zeitung. „Schwarz auf weiß.“

Bei meinem Rundgang durch die zerstörte Reichskanzlei Adolf Hitlers machte ich in seinem marmorverkleideten Arbeitszimmer eine sensationelle Entdeckung. Aus einem staubigen Bücherberg in einer Ecke des Raumes ragte ein großer schwarzer Band heraus. Er stach mir wegen seines knallroten Titels ins Auge. Es war das niederländische Wort TEEKENINGEN. Es ist ein wertvoller Kunstband mit Zeichnungen des Künstlers Jan van Aelst zu Gedichten des niederländischen Nazidichters Martin

Beversluis. Wie war dieses 1942 erschienene Buch in Hitlers Arbeitszimmer gelangt, fragte ich mich und fand die Antwort auf einer der ersten Seiten. Sie ist erschütternd. Dort steht eine handschriftliche Widmung van Aelsts an Hitler. Ich zitiere: „Dem geliebten Führer in dankbarer Anerkennung gewidmet von J. van Aelst, Laren, (Nordholland, 1942.)" Mit zitternden Händen fotografierte ich die Seite und hätte das Buch natürlich mitgenommen, aber der russische Offizier, der mich mit amerikanischen und französischen Reportern durch die Reichskanzlei führte, war ebenfalls aufmerksam geworden und nahm es mir weg. „Museum Moskau", sagte er. Mehr konnte ich ihm nicht entlocken. Aber das Foto hatte ich im Kasten. Ich betete, dass es bei dem schwachen Licht geglückt war.

Neben dem Artikel war das Foto der Buchseite abgedruckt. Die Widmung war deutlich zu erkennen. Darunter stand die Bildunterschrift: *Wenn es bis jetzt noch Zweifel an der politischen Gesinnung des Herrn van Aelst gegeben hat, dann sind hiermit wohl alle beseitigt. Er ist ein Freund Hitlers.*

„Mein lieber van Zomeren. *De Waarheid* hatte das Glück, dass ihr Sonderkorrespondent Jan Spierdijk in den Ruinen der Reichskanzlei herumspazieren durfte und dabei dieses Buch gefunden hat. Wir haben dort keinen Sonderreporter. Natürlich ist das starker Tobak." Verelst tippte erneut auf das Foto. „Das Buch ist schon während der Besetzung hier bei uns erschienen. Van Aelst stand den Nazis offensichtlich doch sehr nah. Nur scheint sich niemand mehr daran zu erinnern, seit er mit einem gefälschten Vermeer Herrn Göring hereingelegt hat. Da kommt also eine Menge Arbeit auf Sie und die Redaktion zu. Aber was hat das mit der Zukunft der *Parool* zu tun? Wir haben die Story nicht, weil wir keinen kommunistischen Reporter in Berlin haben, der sich gut mit den Russen versteht. Aber wir werden uns jetzt umso mehr die Vergangenheit des Malers anschauen. Mit unserer Chefreporterin van Hettema haben wir dafür eine Expertin. Also an die Arbeit." Verelst stand wackelig auf und auch van Zomeren erhob sich.

„Herr Verelst, Sie haben natürlich völlig Recht. Wir hatten keinen Mann in Berlin, aber ich bin mir auch nicht ganz sicher, ob unsere Chefreporterin diese Story gebracht hätte. Ganz abgesehen davon, dass sie derzeit nicht zu erreichen ist." Der letzte Satz war ihm leider etwas zu laut geraten.

„Mein Gott, van Zomeren. Was regen Sie sich auf? Fräulein van Hettema hat die letzten Monate durchgearbeitet. Sie hat Unglaubliches für *Het Parool* geleistet. Sie hat ein paar freie Tage mehr als verdient." Er fuhr sich mit den Händen über seine schmerzenden Oberschenkel. „Wichtig ist doch jetzt, dass wir sofort auf die Story reagieren und dabei besser sind als die anderen. Das werden wir mit ihrer Hilfe. Es ist ihr Thema. Also verdammt noch mal, holen Sie sie aus dem Bett und seien Sie nicht so zimperlich. Meinen Segen haben Sie." Verelst wurde jetzt unruhig, da die Hausdame seinen Tee servierte. „Sie entschuldigen, aber bevor ich meinen Morgentee nicht hatte, bin ich immer etwas ungeduldig." Verelst hinkte an seinem Stock zu einem Frühstückstisch im Erker des Zimmers. Er war klein und nur für eine Person gedeckt. Durch die Fenster auf drei Seiten sah er auf die Prinsengracht und konnte die Brücke zur Spiegelgracht beobachten. Ab neun Uhr morgens schien die Sonne in den Erker, der wie ein Schiffsausguck an der spitzen Kante des Eckhauses hing.

„Herr Verelst, ich sage es erneut ganz offen. Ich bin mir

nicht sicher, dass Fräulein van Hettema die Story überhaupt gebracht hätte. Ich halte sie auch nicht für geeignet, weiter über van Aelst zu berichten."

Jetzt blieb Verelst abrupt stehen. „Wie kommen Sie denn darauf?"

„Es ist nicht nur so, dass wir sie nicht erreichen. Ich habe auch gewisse Zweifel an ihrer Redlichkeit und ..."

Verelst ließ ihn nicht ausreden: „Was sind das denn für Anspielungen? Reden Sie Klartext."

Van Zomeren zog ein Foto aus der Innentasche seines Jacketts und reichte es Verelst. „Sehen Sie selbst."

Der Verleger schob den Frühstücksteller zur Seite und hielt die Fotografie ins Sonnenlicht. Er sah sie lange an. Dann legte er sie auf den Tisch, nahm die Brille ab, rieb sich die Augen und starrte auf die Prinsengracht hinaus. „Ist der Mann am Tisch nicht van Aelst? Wann ist die Aufnahme gemacht worden? War das noch während des Kriegs?"

„Ja, Monsieur, ohne Zweifel. Und die Frau ist definitiv Fräulein van Hettema."

„Wie kommen Sie darauf? Sie trägt eine Maske."

„Wenn Sie erlauben." Van Zomeren beugte sich über Verelst und tippte mit dem Finger auf das Foto. „Es ist der Leberfleck am oberen Brustansatz."

Verelst sah ihn fragend an. Van Zomeren musste sich räuspern, bevor er weitersprach. „Nun ja, Sie haben ihn bestimmt, äh, oder vielleicht auch schon mal bemerkt, wenn Frau van Hettema in diesem Sommer eines ihrer luftigen Kleider trägt. Viele haben ihn gesehen."

Der alte Verelst rieb sich wieder die schmerzenden Oberschenkel. Dabei wippte er nach vorne und sein Rücken schien noch krummer zu werden. „Da haben Sie wohl recht. Ist ja nicht zu übersehen.“ Es folgte eine längere Pause.

„Wie ist das Foto entstanden?“

„Van Aelst veranstaltete während des Kriegs exzentrische Partys. Während die meisten Niederländer froren und hungerten, gab es dort reichhaltiges Essen, Alkohol in rauen Mengen und außerdem spärlich bekleidete Frauen.“

„Sie scheinen sich ja gut auszukennen. Waren Sie auch dabei?“ Verelst grinste und van Zomeren zuckte zusammen.

„Herr Verelst, das verbitte ich mir!“

Der Verleger winkte ab.

„Mein Gott, seien Sie nicht so empfindlich. Es war ein Witz. Ich habe in der Tat auch von diesen Partys gehört. Ich war sogar einmal eingeladen. Aber was hat ein alter Mann mit steifen Beinen dort verloren, habe ich mir gesagt. Ich scheine etwas versäumt zu haben.“ Verelst lachte leise und rieb sich weiter die Oberschenkel. Dann sah er van Zomeren an. „Also, was macht eine junge Reporterin, die für eine Widerstandszeitung arbeitete, halb nackt auf der Party eines Nazifreundes? Vielleicht war sie auf der Spur einer guten Story? Oder? Könnte doch sein!“

Van Zomeren war zunächst sprachlos. „Aber mein Herr.“ Mehr brachte er nicht heraus.

Verelst winkte bereits ab. „Sie wollen sagen, wenn sie als Reporterin dort war, wo ist dann ihre Story? Sie wäre vermutlich mehr als geeignet für unsere illegale *Parool* gewesen.“

Van Zomeren nickte.

Verelst sah ihn an. „Ich denke, Fräulein van Hettema wird ihre Gründe gehabt haben, nicht darüber zu berichten. Die sollten wir allerdings kennen. Ich weiß, was Sie mir jetzt sagen wollen und sogar sagen müssen. Margriet van Hettema ist uns eine Erklärung schuldig. Es ist fraglich, ob wir ihr noch vertrauen können. Wären Sie nicht dieser Meinung, müsste ich Sie auf der Stelle als Chefredakteur entlassen."

Van Zomeren machte ein verdutztes Gesicht.

Verelst sah ihn ernst an. „Woher haben Sie das Foto?"

Van Zomeren schwieg.

„Gibt es noch mehr davon?"

Auch hier antwortete van Zomeren nicht.

„Also ja", setzte der alter Verleger nach.

Van Zomeren zuckte mit den Schultern.

„Mein Gott, nun reden Sie schon!"

„Es ist angeblich das Einzige auf dem Markt", antwortete van Zomeren.

„Wie zuverlässig ist die Quelle?"

Van Zomeren schwieg.

Verelst knurrte. „Also nicht zuverlässig. Natürlich haben Sie auch keine Negative. Dann sind wir möglicherweise auch noch von außen erpressbar, selbst wenn Fräulein van Hettema eine schlüssige Erklärung für das Foto hat."

„In der Tat, ja." Van Zomeren errötete, weil er sich ertappt fühlte.

„Gut. In Anbetracht dieser Situation, dass die Sache an die Öffentlichkeit kommen könnte, ist sie als Chefreporterin nicht mehr tragbar und zum Schutz der *Parool* müssen wir sie abziehen. Selbst wenn sie uns jetzt vielleicht sogar erst recht helfen könnte mit ihren Kontakten. Sie wird vorläufig keine Zeile mehr schreiben. Einverstanden?"

Van Zomeren nickte.

Verelst begann damit, einen kalten Toast mit Butter zu bestreichen. Dann tippte er auf das Foto, das er anschließend umdrehte. „Aber das mit dem Foto bleibt unter uns."

Wieder nickte van Zomeren stumm.

Verelst steckte das Foto in seine Hausmanteltasche. „Ich muss mich auf Sie verlassen können. Ich werde die Sache mit Fräulein van Hettema persönlich klären. Jetzt müssen wir uns noch überlegen, wie wir es der Redaktion und der Öffentlichkeit verkaufen. Immerhin ist sie eine kleine Berühmtheit und unter den Kollegen äußerst beliebt. Also, was schlagen Sie vor?"

Van Zomeren zuckte mit den Schultern.

„Wir können sie nicht einfach von ihren Aufgaben entbinden", fuhr Verelst fort. „Wir müssten es begründen und dann müssten wir auch zugeben, dass sie halb nackt auf einer Party eines möglichen Nazifreundes herumgelaufen ist. Diese Peinlichkeit sollten wir ihr und uns ersparen. Sie muss uns also von sich aus verlassen und eine plausible Erklärung dafür abgeben. Ich werde mit ihr sprechen. Das mache ich so schnell wie möglich. Wir können nur hoffen, dass sie nicht vorher in der Redaktion auftaucht. Falls doch, fangen Sie sie ab und schicken sie sofort zu mir. Und jetzt lassen Sie mich in Ruhe frühstücken."

Van Zomeren deutet eine Verneigung an und verabschiedete sich.

Verelst sah ihn eindringlich an: „Verstehen wir uns richtig? Ich möchte nicht wissen, woher Sie das Foto haben und wie lange schon. Jedenfalls haben Sie jetzt das Richtige für die *Parool* getan. Aber Sie werden kein weiteres Wort über dieses Foto verlieren und Sie werden dafür sorgen, dass es auch sonst niemand tut."

Als van Zomeren bei der *Parool* eintraf, wurde in der Redaktionskonferenz noch immer darüber gestritten, wie man in der van-Aelst-Sache vorgehen sollte. Viele meinten, man sollte warten, bis Meg käme. Eine kleine Gruppe junger Reporter, die sich um den neuen Kollegen Hendricus Thomasius scharte, witterte ihre Chance. Sie verlangten, sofort, auch ohne Meg, mit der Arbeit zu beginnen. Thomasius deutete an, dass er bereits an einer ganz heißen Story über van Aelst recherchiere. Es fehlten nur noch wenige Details und dann könne *De Waarheid* wieder einpacken. Van Zomeren räusperte sich und entschuldigte seine Verspätung. Dann berichtete er in wenigen Sätzen von seinem Gespräch mit Verelst, den er natürlich in dieser Situation sofort aufgesucht hatte. Er gab ein paar knappe Anweisungen. Auf die Chefreporterin könne man nicht warten. Sofort müssten alle versuchen, möglichst viel über van Aelsts Vergangenheit und sein Leben während der Besatzung herauszufinden. Mit einem knappen „An die Arbeit" verschwand er in seinem Büro. Er schloss die Tür und beobachtet dann durch das ‚D' des Schriftzuges *CHEFREDAKTEUR* das Großraumbüro. Der Bienenkorb hatte heute seinen Namen wirklich verdient. Die Redakteure, die nicht wie die meisten Reporter schon unterwegs waren, brüllten in die wenigen funktionierenden Telefonanschlüsse oder diktierten ihren Stenotypistinnen erste Kommentare. Van Zomeren grunzte zufrieden. Er war stolz auf sich. Er hatte Verelst überzeugt, einen kühlen Kopf bewahrt und die Redaktion darauf eingeschworen, der vermutlich größten Herausforderung in der noch jungen Geschichte der *Parool* entschieden zu begegnen. Der Plan, auf einen günstigen Moment zu warten, um die van Hettema loszuwerden, schien besser aufzugehen, als er es sich erträumt hatte. Das Einzige, was noch schief gehen konnte, wäre, dass sie zu früh in der Redaktion auftauchte.

Es war nicht weit von der Wohnung des alten Verelst zu Megs Apartment. Entlang der Spiegelgracht und am Rijksmuseum vorbei brauchte man keine zehn Minuten. Aber Verelst quälte sich auf seinen Stock gestützt fast eine halbe Stunde über das unebene Pflaster. Die Haustür hatte offen gestanden, und er hatte sich in eine der oberen Etagen geschleppt, wo Meg wohnte. Dort hatte er mit dem silbernen Knauf seines Gehstockes gegen ihre Wohnungstür geklopft. Erst zwei, drei vorsichtige Schläge. Dann etwas fester. Es war umsonst. Mehr Lärm wollte Verelst nicht machen. Noch einmal klopfte er verhalten gegen das dunkel lackierte Holz und diesmal glaubte er, ein kleines Geräusch von drinnen zu hören. Er kramte in einer Seitentasche nach dem ledernen Notizbuch, das er stets bei sich führte. In krakeligen Blockbuchstaben schrieb er die alte Widerstandsparole *‚Een Koffie verkeerd, Een Koffie verveerd‘* auf ein leeres Blatt, riss es heraus und schob es unter der Tür durch. Dann klopfte er erneut sanft mit seinem Stock, und nach einigen Augenblicken öffnete sich die Tür einen Spalt. Ein müdes Auge mit tiefen Ringen sah ihn an, umrahmt von strähnigem Haar. Meg sagte nichts, zog die Tür auf und raffte mit der anderen Hand einen Bademantel mit Blumenmuster vor ihrem Körper zusammen. Aus der Wohnung schlug Verelst der Geruch abgestandener Tage und Nächte entgegen. Er nahm seinen Hut ab.

„Darf ich reinkommen?“

Meg nickte und schloss die Tür hinter ihm.

„Kommen Sie, hier." Sie zeigte auf eine Küche mit einem kleinen Tisch und einem Stuhl. „Ich habe noch nicht aufgeräumt. Ich brauch nicht lange." Dann verschwand sie in einem Zimmer, durch dessen kurz geöffnete Tür noch mehr schlechte Luft und Rauch in den Flur entwich.

Als Meg die Tür hinter sich schloss, lehnte sie sich mit dem Rücken dagegen und rutschte mit weichen Knien langsam in die Hocke. Sie konnte noch immer nicht ganz klar denken.

Seit dem letzten Tag mit Bill am Strand war sie verzweifelt. Sie vermisste ihn in jeder Sekunde. Nach der Verschleppung ihres Vaters durch die Nazis, dem anschließenden Tod der schwachen und verzweifelten Mutter, dem Verschwinden guter Freunde in den letzten grausamen Kriegsmonaten, war Bill der erste Mensch gewesen, dem sie sich wieder anvertraut hatte. Am Anfang war es seine Freundlichkeit gewesen, seine Hilfsbereitschaft, seine Offenheit. Natürlich kamen ihr auch sein Jeep, sein Schnaps und seine Zigaretten sehr entgegen. Meg hatte auch schon zuvor mit Männern geschlafen, weil es gerade praktisch oder nicht zu vermeiden gewesen war. Oder aus purer Lust. Manchmal sogar aus Verzweiflung. So wie vergangene Nacht. Sie wollte gar nicht daran denken. Das vertrug ihr leerer Magen nun überhaupt nicht. Aber Bill hatte ihr Halt gegeben. Er hatte ihr gutgetan. Sie hatte sich so gerne an den großen Mann angelehnt. Seine starken Arme um ihren Körper gespürt. Er durfte sich auf sie legen, weil er ihr Schutz gab und sie nicht beherrschte. Das hatte sie noch keinem Mann gestattet. Wie war sie nur auf die verrückte Idee gekommen, ihn nicht zu lieben? Weil Liebe nur Trost in diesen schweren Zeiten bedeuten würde, und das wäre nicht von Dauer. Das hatte sie sich immer eingeredet, während sie nach ihrer Trennung durch die Tage getorkelt war. Um sich abzulenken, hatte sie sich ein paar Tage freigenommen. Sie war mit Freundinnen ins Kino gegangen oder nach Zandvoort an den Strand. Abends war sie durch Bars gezogen und hatte sich betrunken. Oft genug allein. Dabei hatte sie *Het Zwaantje* gemieden, weil sie vermutete, irgendwie auch hoffte, dass dort Bill das Gleiche täte. Dann wären sie sich wenigstens im Trinken nahe. Nur begegnen wollte sie ihm nicht. Kein Rückfall! Das hatte sie sich geschworen. Irgendwann mussten die Entzugserscheinungen doch verschwinden. Wieder drückte ein saurer Geschmack durch ihre Speiseröhre in ihren Rachen. Zu ihren Ablenkungsmanövern hatte leider in der vergangenen Nacht eine große Dummheit gehört. Sie sprang auf und öffnete die Fenster. Bestimmt war es Einbildung, aber sie meinte, den fischigen Geruch vergangener Leidenschaft zu riechen. Hinterlassen von Kapitein Rosendahl persönlich. Sie hatte ihn am Abend zuvor im Café *Lessing* getroffen. Ganz anders als bei ihrer ersten Begegnung dort war er fröhlich und gelöst gewesen und hatte sie sofort auf die Tanzfläche geführt. Diesmal war er auch bei den langsamen Nummern wie *Moonlight Serenade* nicht verkrampft, sondern hatte sie fest an sich gezogen. Sie hatte ihren Kopf an seine Schulter gelehnt und sich das erste Mal seit Tagen etwas geborgen gefühlt. Dann hatte er ihr erzählt, dass er am nächsten Tag sein Entlassungsgesuch einreichen würde. Er gehe zurück nach Friesland zu seinen Kindern, die ihn dringender brauchten als die Polizei. Durch die Entwicklung im Fall van Aelst habe er gelernt, mit der Vergangenheit zu leben. Seitdem er gesehen habe, wie er Göring mit der Nachricht des gefälschten Vermeers verletzt, ja fast vernichtet hatte, seitdem waren seine Rachegelüste beruhigt. Sogar gestillt. Es sei jetzt Aufgabe des Tribunals in Nürnberg, den Verbrecher zu verurteilen und hinzurichten. Er habe seine Genugtuung und wolle nun seinen Frieden. Er werde dem Bauern helfen, das Land zu bestellen. Der wolle ihm den Hof vermachen im Andenken an seine beiden gefallenen Söhne, seine einzigen Nachkommen. Sie hatten viel getrunken, und als er Meg nach Hause brachte, wollte sie ihn nicht gehen lassen. Sie konnte sich kaum an die Nacht erinnern, aber als sie morgens kurz erwachte und den nackten Rosendahl neben sich liegen sah, wurde ihr klar, dass es nicht geholfen hatte. Im Gegenteil. Schnell schloss sie wieder die Augen und drehte sich von ihm weg. Sie stellte sich schlafend und hoffte, dass Rosendahl bald gehen würde. Als der Kapitein wenig später leise aufstand und ihr zärtlich einen Kuss auf die Wange hauchte, reagierte sie nicht. Sie konnte ihm nicht in die Augen sehen und erst recht nicht mit ihm sprechen. Sie war dann rasch wieder in einen tiefen Katerschlaf versunken und erst von Verelsts Klopfen aufgewacht. Peinlicher hätte er sie kaum erwischen können. Irgendwie musste sie sich in Form bringen. Eilig raffte sie herumliegende Kleider, Gläser und Flaschen zusammen und stopfte alles unter ihre Bettdecke.

Verelst wartete auf einem abgewetzten Holzstuhl in der Küche. Seine Hand, mit der er sich beim Hinsetzen auf dem Tisch abgestützt hatte, klebte. Zahlreiche Ringe von Gläsern, Flecken eingetrockneter Flüssigkeiten, Aschereste und Brotkrümel verteilten sich auf der Oberfläche. Im Spülbecken stapelte sich dreckiges Geschirr und in einer Ecke standen leere Whisky- und Bierflaschen. Verelst hoffte, dass Meg sie nicht alle allein getrunken hatte. Aber so wie es in der Wohnung roch, hatte Meg nichts ausgelassen. Der Verleger hörte schnelle Schritte und Rumpeln aus dem Zimmer, in dem Meg verschwunden war. Dann huschte sie durch den Flur ins Bad und kurze Zeit später wieder zurück in ihr Zimmer. Wieder vergingen ein paar Minuten, bevor sie die Tür öffnete.

„Entschuldigen Sie die Umstände, aber ich musste erst ein bisschen Ordnung machen. Kommen Sie herein."

Verelst stemmte sich hoch und dachte darüber nach, warum Meg in einem dunklen Kostüm mit Seidenbluse steckte und ihre Haare eigenartig hochgesteckt hatte. Das Zimmer war Wohn- und Schlafbereich zugleich. Recht geräumig, mit einem Erker zur Straße, in dem ein kleines Sofa stand. An einem anderen Fenster stand ein Schreibtisch, übersät mit Papieren. Auf dem französischen Bett in einer Ecke wölbte sich fasshoch eine brokatene Tagesdecke. Vermutlich hatte sie einfach die gesamte Unordnung der vergangenen Tage darunter geschoben, denn das Zimmer wirkte aufgeräumt. Die Erkerfenster waren geöffnet und frische Sommerluft strömte herein.

„Bitte, setzen Sie sich doch." Meg zeigte auf das Sofa. „Wenn es zieht, schließe ich die Fenster."

„Nein. Die frische Luft tut gut." Verelst ließ sich auf das Sofa fallen.

Meg setzte sich neben ihn und sah ihn an. „Wenn Sie denken, ich hätte in letzter Zeit vielleicht ein bisschen viel gefeiert, dann haben sie recht." Meg versuchte ein Lächeln. „Aber damit ist jetzt Schluss. Ich war gerade aufgestanden, um wieder zur Arbeit zu gehen."

„Dafür haben Sie sich gleich so schick angezogen, dass man Sie kaum wiedererkennt?" Verelst grinste.

„Ein bisschen solider, dachte ich mir. Jetzt als Chefreporterin.

Van Zomeren soll sich nicht über mein Äußeres aufregen müssen."

„Wird er auch nicht." Verelst holte eine zusammengerollte Zeitung aus seiner Jackentasche.

Meg erkannte den Schriftzug der *Waarheid.* „Seit wann lesen Sie das Kommunistenblatt?"

Verelst entrollte die Zeitung und hielt sie Meg entgegen.

JOHANNES VAN AELST
WAR EIN FREUND HITLERS
DIE WAHRHEIT ÜBER DEN MALER,
DER ANGEBLICH GÖRING VERARSCHTE

„Mein Gott. Was ist das?" Meg nahm die Zeitung und überflog den Artikel. Sie bekam rote Wangen. „Was für eine Story! Reporterglück. Da hatten wir keine Chance. Aber wir können sofort reagieren. Ich werde gleich zu van Aelst gehen und ihn damit konfrontieren. Ich erinnere mich sogar an dieses Buch mit seinen Zeichnungen und den Beversluis-Gedichten. Ich war damals bei der Präsentation im Panorama Mesdag als Reporterin des *Telegraaf.* Es war eine große Geschichte mit vielen Nazis, Beversluis und van Aelst natürlich. Ich hatte das ganz vergessen. Oder verdrängt, weil es mich angewidert hat. Mal sehen, was van Aelst mir jetzt dazu erzählen wird. Ich kriege was raus. Darauf können Sie sich verlassen." Meg sprang auf, aber Verelst zog sie sanft wieder auf das Sofa zurück.

„Meg, es gibt da ein Problem." Jetzt hielt er ein Foto in der Hand.

Meg nahm es und ein kurzer Blick genügte, um es zu erkennen. „Nein, das kann nicht sein. Woher haben Sie das Bild? Dieser verdammte ..."

„Van Zomeren? Er ist nur der Überbringer der schlechten Nachricht."

„Van Zomeren? Wieso van Zomeren? Woher hat er das Foto? Man hat mir versichert, dass es keine weiteren Abzüge mehr gibt."

„Dann wussten Sie also von den Aufnahmen. Hat man Sie erpresst?"

Meg nickte. Tränen schossen ihr in die Augen. „Aber es war nicht so, wie es aussieht. Es ist alles viel komplizierter." Meg schluckte: „Okay. Ich habe mich während des Krieges bei einer von van Aelsts Partys eingeschlichen. Ich wollte Beweise finden, um ihn als Kollaborateur und Kriegsgewinnler bloßzustellen. Ja, ich bin dabei ebenso halb nackt herumgelaufen wie alle Mädchen. Sonst wäre ich ja aufgefallen."

„Warum ist der Artikel nie erschienen?"

Meg berichtete Verelst, wie sie van Aelst damals erlebt habe: Verrückt. Ein nervliches Wrack. Aber höflich, freundlich. Verelst staunte nicht schlecht, als er von den Edelsteinen und Proviantpaketen hörte, die van Aelst zum Abschied verteilt hatte. Dann gestand ihm Meg, dass sie instinktiv und möglicherweise unprofessionell entschieden hatte, keine Story über van Aelst zu schreiben, weil sie ihm glaubte. Verelst hörte die ganze Zeit aufmerksam zu.

„Aber jetzt ist dieses verdammte Foto aufgetaucht, und vielleicht gibt es noch mehr davon. Nachdem du ihn in der *Parool* zum Volkshelden gemacht hast, ist das ein Problem. Wenn etwas herauskommt, will niemand mehr die genauen Umstände hören, unter denen sie entstanden sind. Sie werden dich aufs Korn nehmen." Verelst machte eine Pause, und Meg bemerkte, dass er sie erneut geduzt hatte.

„So schwer es mir auch fällt. Ich habe van Zomeren in seiner Ansicht bestärkt, dass du in dieser Sache nicht mehr für die *Parool* berichten kannst. Dass du am besten einige Zeit freinimmst."

Meg spürte Tränen in den Augen. „Monsieur, lieber Herr Verelst! Das dürfen Sie nicht machen. Es ist doch klar, dass van Zomeren mich abservieren will. Wo hat er das Foto her? Warum hat er es nicht einfach vernichtet? Er will mich fertig machen, verstehen Sie?"

Verelst wiegte den Kopf. „Entscheidend für mich und *Het Parool* ist nicht, dass van Zomeren dich weghaben will. Entscheidend ist, dass er dieses Foto hat, vielleicht sogar noch mehr davon, und du jederzeit auffliegen kannst. Deshalb muss ich dich aus der Schusslinie nehmen. Das heißt, du musst es selbst machen. Sonst werden zu viele Fragen gestellt. Denk dir eine gute Geschichte aus. Am besten etwas Persönliches. Du musst glaubhaft erklären, warum du nicht mehr für die *Parool* arbeiten wirst."

Meg erschauderte. „Aber ich könnte helfen, die Wahrheit über van Aelst herauszufinden. Er vertraut mir. Wenn jemand etwas aus ihm herausbekommt, dann ich!"

„Nein, Meg. Es geht nicht. Du bist nicht mehr glaubwürdig, sobald eines dieser Fotos auftaucht."

„Aber es gibt keine mehr. Van Rijnstra hat mich zwar mit den Fotos erpresst, aber ich habe ihm gesagt, ich würde ihm helfen, als Kronzeuge anerkannt zu werden. Dann kann er bald freikommen und mit seinem Nazigeld abhauen. Und er hat es mir geglaubt. Er hat mir alle Fotos und Negative gegeben und versichert, dass niemand sonst von der Sache wisse."

Verelst schüttelte den Kopf. „Ich weiß, dass man als Reporter manchmal zu ungewöhnlichen Mitteln greifen muss. Aber wenn jetzt auch noch diese Geschichte bekannt wird, dazu noch weitere Fotos auftauchen – und damit müssen wir rechnen – dann können wir die *Parool* beerdigen und dich dazu. Du musst dich zurückziehen, jedenfalls für eine Weile, bis die ganze Geschichte endgültig vom Tisch ist." Mit steifen Beinen stakste Verelst zur Tür, während Meg auf ihrem Stuhl in sich zusammenfiel und hemmungslos heulte.

„Aber ich habe doch gar nichts falsch gemacht!" Sie sah Verelst flehend an, der sich umdrehte und zu ihr zurückkam. Er legte ihr eine Hand auf die Schulter. „Du bekommst weiter dein Gehalt unter der Voraussetzung, dass du noch heute zur *Parool* gehst und den Kollegen erklärst, warum du eine Pause brauchst. Das ist mein Angebot. Also, bist du einverstanden?"

Meg sah ihn mit geröteten Augen an. Bei allem Schmerz fühlte sie sich dem alten Verleger noch immer verbunden. Sie nickte.

„Ich werde es tun. Ihnen zuliebe. Und damit ich das Geld bekomme. Wovon soll ich sonst Schnaps und Zigaretten bezahlen?" Ihr Versuch, bei dem schwachen Witz zu lächeln, misslang.

Verelst nickte und lief langsam wieder los. „Ich wusste, dass du vernünftig bist. Denke daran, ich bezahle dich weiter, weil ich etwas von dir will. Offiziell bist du raus aus dem Job, aber niemand kann dich daran hindern, nach der Wahrheit zu suchen. Vermutlich wird das, was *De Waarheid* herausgefunden hat, van Aelst wieder ins Gefängnis bringen. Auch diesmal wird er alles leugnen." Der Verleger öffnete die Tür, drehte sich um und sah Meg eindringlich an. „Dir allein traue ich zu, alles aufzudecken. Die Geschichte gehört dann mir.

Aber offiziell arbeitest du nur für dich." Verelst setzte seinen Hut auf und humpelte mühsam Stufe für Stufe nach unten.

Meg starrte ihm hinterher. „Sie meinen, ich mache einfach weiter?"

Verelst reagierte nicht.

„Warum haben Sie mich plötzlich geduzt?", rief Meg. Er sah über die Schulter zurück nach oben, zuckte mit den Schultern.

„Mir war plötzlich danach. Du bist noch so jung, du bist allein. Ach, ich weiß es auch nicht." Verelst stapfte weiter und Meg kamen erneut die Tränen.

Um die Mittagszeit lag der Maler van Aelst noch immer wie ein toter Käfer auf dem Rücken in seinem Bett. Nur ein paar leise Schnarchlaute deuteten darauf hin, dass er noch lebte. Deshalb hatte er nicht bemerkt, wie seine Frau das Haus verlassen hatte. Ebenso wenig hatte er bemerkt, dass eines der Mädchen aus einem Club, den er in der vergangenen Nacht besucht hatte, vorsichtig die Tür aufschloss und ins Haus schlüpfte. Nelly, so war ihr Name, zog rasch ihre Schuhe aus, um auf dem Fliesenboden der Eingangshalle nicht zu laut zu sein. Das hatte der Maler ihr eingeschärft. Er hatte sie nämlich beauftragt, ihn am kommenden Tag, aber nicht vor halb eins, mit einem Lunch bestehend aus Krabben, gebratenen Heringen, Bauernschinken, altem Gouda und frischem Brot zu wecken. Wie solle sie denn das alles in dieser Notzeit auftreiben, hatte sie ihn lachend gefragt, und er hatte ihr grinsend ein Bündel gerollter Guldenscheine in die Hand gedrückt und eine Adresse ins Ohr geflüstert. Dort würde sie diese Köstlichkeiten bekommen. Der Rest wäre für sie.

Ob sie denn nicht gleich mit ihm kommen solle, hatte sie den schwankenden Maler gefragt, das Frühstück könne sie trotzdem noch am kommenden Morgen besorgen. Aber da hatte er lachend abgewunken, ihr tapsig an den Busen gefasst und einen Schlüssel ins Dekolleté gesteckt. Ihre wunderbare Erscheinung sei jetzt doch etwas zu viel für ihn. In seinem Alter brauche er zunächst einen Erholungsschlaf, um die Früchte, die sie ihm darböte, auch wirklich genießen zu können. Nelly war errötet. Solche Komplimente war sie nicht gewohnt, obwohl sie schon lange in dem Geschäft arbeitete und zweifellos schöne Brüste, runde Hüften und volle Lippen hatte. Aber der Maler schien sie wirklich zu mögen. Nachdem er ihr seine Adresse ins Ohr geflüstert hatte, machte er sich auf den Heimweg. Nelly hatte kurz daran gedacht, mit dem Geld zu verduften. Das Beste, was man in diesen Zeiten machen konnte, sagte sie sich. Doch der Maler hatte sie berührt. Sie mochte ihn. Sie fühlte sich wie ein junges Mädchen vor dem ersten Rendezvous. Sie beschloss daher, zunächst einmal zu prüfen, wie viel ihr nach dem Einkauf noch übrig bleiben würde. Wäre es eine anständige Summe, warum sollte sie sich dann nicht auf den gerade so gefeierten Maler einlassen? Er hofierte und behandelte sie gut. Nach dem Einkauf war ihr Korb übervoll. Sie hatte die wertvollen Lebensmittel mit einem Geschirrtuch bedeckt, um sie vor neidischen Blicken auf der Straße zu verbergen. Dennoch befand sich in ihrem Geldbeutel noch genug für eine Monatsmiete und weitere Lebensmittel. Gut gelaunt war sie zu dem Herrenhaus in der Keizersgracht 321 gelaufen.

In der großen Eingangshalle stellte sie den Einkaufskorb neben eine Garderobe. Sie erkundete das Erdgeschoss und entdeckte die Küche. Hinter einem großen Salon war van Aelsts Schlafgemach, wo er vor sich hin döste. Sie öffnete vorsichtig die Tür und ging hinein. Als sie seine Schulter berührte, wachte er auf. Er sah sie an, war kurz verunsichert, erkannte sie und lächelte. „Nelly, dass du daran gedacht hast."

„Mein Herr, natürlich. Ich habe alle Köstlichkeiten bekommen. Wo soll ich den Tisch decken?"

„Im Salon. Ich komme gleich, ich zieh mich nur rasch an."

In diesem Moment hallte dreimal der Türklopfer durch das Haus. Nelly sah den Maler an, der gerade dabei war, in feine Lederslipper zu schlüpfen. „Soll ich öffnen?"

Van Aelst nickte, als ihm einfiel, dass auch Josephine das Klopfen gehört haben könnte. Aber Nelly war schon an der Tür. Schnell schlüpfte er in seinen Morgenmantel und eilte ebenfalls in die Halle. Beruhigt stellte er fest, dass sich in der oberen Etage nichts rührte. Weniger beruhigend war die laute Stimme Rosendahls, die er stattdessen hörte.

„Da bin ich wieder, van Aelst. Irgendwie erinnert mich das alles an Ihre Festnahme vor ein paar Wochen."

Der Maler schwieg. Auch er erinnerte sich an den Tag im Mai, als sie ihn mitgenommen hatten. Rosendahl war wieder in Begleitung eines bewaffneten Adjutanten gekommen.

Rosendahl zog die Tür hinter sich zu und sah Nelly an. „Nach Personal sehen Sie mir nicht gerade aus." Dann wandte er sich wieder an van Aelst. „Ist sie der Grund, dass ich heute morgen Ihre Frau Josephine in einem Taxi habe wegfahren sehen? Vollbeladen, mit Koffern auf dem Dach."

Van Aelst erschrak, wollte sich aber nichts anmerken lassen. „Sie ist meine Ex-Frau. Sie kann gehen, wohin sie will." Er zeigte auf Nelly. „Nelly Mulders, eine Bekannte. Sie hat für mich eingekauft."

Rosendahl sah den prall gefüllten Korb. „Lauter Spezialitäten. Wie praktisch. Die können Sie gut gebrauchen. Nelly ebenfalls. Sie brauchen jemanden, der für Sie sorgt. Van Aelst, Sie stehen ab sofort unter Hausarrest."

Der Maler schwankte und ließ sich in einen Sessel fallen. Seine Hände zitterten. Er verzog seinen Mund zu einem schiefen Lächeln und reckte den Kopf. Rosendahl kannte diese Geste aus seiner Zeit im Gefängnis.

„Was ist es diesmal? Haben Sie wieder einen unbekannten Vermeer gefunden? Vielleicht in Hitlers Nachlass?"

„Viel besser noch. Mit Hitler liegen Sie gar nicht so falsch."

„Wie bitte?" Van Aelst war aufgesprungen.

Rosendahl streckte ihm ein Exemplar der *Waarheid* entgegen. „Offensichtlich haben Sie ihn verehrt, oder wie erklären Sie das?"

Van Aelst nahm die Zeitung und ging in den Salon. „Ich brauche meine Brille." Er fand sie auf einem Couchtisch, setzte sie auf, stellte sich ans Fenster, las und ließ die Zeitung sinken. „Das ist eine Fälschung!"

Rosendahl begann zu lachen. „Der Fälscher, der gefälscht wird. Oder haben Sie sich diesmal selbst gefälscht?"

„Dann wäre es doch keine Fälschung!", zischte van Aelst verständnislos.

Wieder schallte der Türklopfer durchs Haus, aber diesmal deutlich energischer. Nelly, die immer noch neben der Tür stand und nicht so recht wusste, was vor sich ging, öffnete erneut und sah eine gut gekleidete Dame, die an ihr vorbei ins Haus huschte.

„Mein Herr, wenn das Ihre Frau ist, soll ich dann besser gehen?“, wandte sie sich an den Maler.

Der winkte ab. „Die Presse ist also auch schon da. Haben Sie das wieder angezettelt? Sie ist doch Ihre Lieblingsreporterin.“

Rosendahl blickte Meg ratlos an. Einerseits passte es ihm gar nicht, dass sie gekommen war, andererseits scheute er sich nach der vorangegangenen Nacht, sie gleich wieder wegzuschicken. „Was machst du hier?“

Meg zeigte ihm ihr Exemplar von *De Waarheid*. „Ich bin an der Geschichte dran. Schon vergessen? Ich wundere mich, dass nicht mehr meiner Kollegen hier vor dem Haus stehen. Wahrscheinlich sind sie erst mal Mittagessen gegangen, weil van Aelst ja bekanntermaßen vor dem Nachmittag nicht ansprechbar ist.“

Van Aelst reckte den Kopf, sagte dann aber doch nichts, während Rosendahl unverzüglich seinen Adjutanten vor die Tür schickte. „Lass keinen mehr ins Haus, verstanden!“ Nelly befahl er, in die Küche zu gehen. Dann sah er Meg an.

„Nein, mich schickst du hier nicht weg. Aber ich kann dich beruhigen. Ich arbeite nicht mehr für die *Parool*.“

„Wie bitte?“

„Es sind persönliche Gründe. Aber das ist eine lange Geschichte. Jetzt möchte ich aus rein eigenem Interesse wissen, was van Aelst zu dem Artikel sagt.“

„Fein, dass ich auch etwas sagen darf, nachdem ihr hier aufkreuzt und mir meinen Lunch versaut!“ Van Aelst setzte sich wieder in seinen Sessel und sah zuerst Rosendahl und dann Meg an. „Wie ich dem Kapitein schon erklärt habe, ist diese Widmung nicht von mir. Die Unterschrift vermutlich schon. Ich habe damals bei Erscheinen des Buches an die hundert Exemplare signiert und nur ein paar behalten. Den Großteil davon haben der Verlag und Beversluis kassiert. Was die damit gemacht haben, weiß ich nicht. Aber mit Sicherheit sind etliche bei Nazis gelandet. Schließlich war Beversluis ja selbst einer."

„Hat es Sie nicht gestört, dass Ihre Zeichnungen zusammen mit Gedichten eines Nazidichters erscheinen?" Rosendahl war nah an van Aelst herangetreten und starrte ihn an.

Der Maler schüttelte den Kopf und machte eine abwehrende Handbewegung. „Mein Gott, daran habe ich doch gar nicht gedacht. Ich kenne Martin Beversluis seit den 20er-Jahren. Da war er noch Sozialist und hat im Kunstverein in Den Haag seine Naturgedichte vorgetragen. Die haben mir gefallen. Als ich 1938 aus Frankreich zurückkam, sind wir uns zufällig in einer Bar begegnet. Er hat immer schon gerne einen getrunken und wir haben uns gut verstanden. Er war ein feiner Kerl, hat etliche Wochenenden bei uns in der Villa in Laren verbracht. Auch Josephine mochte ihn. Wir haben ein paar gute Partys gefeiert. Irgendwann habe ich ihm die Zeichnungen gezeigt, und er meinte, dazu hätte er ein paar passende Gedichte. Er schlug vor, zusammen ein Buch zu machen. Er hätte die Verbindungen. Er könne auch jetzt im Krieg an gutes Papier kommen. Es könne ein Prachtband werden. Die Idee gefiel mir. Über seine politische Gesinnung habe ich mir keine Gedanken gemacht. Als ich erfuhr, dass er Mitglied des NSB ist, da war das Buch schon so gut wie gedruckt. Ich konnte nicht mehr zurück."

Meg sah van Aelst direkt an. „Das Buch ist während der Nazibesatzung herausgekommen. Sie hatten dazu auch eine große Präsentation im Panorama Mesdag."

„Nun übertreib mal nicht, Mädchen. Was hätte ich machen sollen? Der Verlag und Beversluis haben das alles organisiert. Ich konnte da nicht einfach wegbleiben. Außerdem, im Mesdag auszustellen, mein Gott! Davon träumt jeder Künstler."

Rosendahl unterbrach van Aelst. „Auch wenn die Ausstellung von Nazis organisiert wurde?"

Der Maler lächelte. „Gerade weil es die Nazis waren. Was glauben Sie, was passiert wäre, wenn ich gesagt hätte ‚Mit euch will ich nichts zu tun haben, da komme ich nicht.' Ich bin doch nicht blöd."

„Also haben Sie von den Nazis profitiert", setzte Rosendahl nach.

„So ein Quatsch. Ich habe mich ihnen nur nicht ausgeliefert. Wie viele andere brave Niederländer auch. Schon vergessen?" Van Aelst stand auf und ging zu einem geschnitzten Buffetschrank, wo er sich einen Genever eingoss. „Wollt ihr auch einen? Wird so langsam anstrengend mit euch. Und das noch vor dem Frühstück." Er kippte das Glas in einem Zug hinunter. „Natürlich waren die Nazis Verbrecher. Aber in Kunstdingen waren sie weniger verkehrt als diese ganzen verrückten Modernisten der letzten 20, 30 Jahre. Sie liebten die gute, ehrliche und handwerklich saubere Kunst, wie wir sie hier in den Niederlanden seit Jahrhunderten fertigen und nicht diese chaotische oder kubistische Kleckserei der Moderne. Das hat mir gefallen. Sie schätzten meine Bilder und stellten sie aus. Warum sollte ich da etwas dagegen haben? Deshalb bin ich noch lange nicht so schlimm wie viele andere. Jedenfalls nicht schlimmer als all die braven niederländischen Beamten, die auch unter den Nazis einfach weitergearbeitet haben. Die Lehrer und Straßenbahnfahrer. Die Geschäftsleute, Hoteliers und Restaurantbesitzer, die mit den Nazis gutes Geld verdient haben. Natürlich gab es ein paar Mutige, die sich gewehrt haben. Viele haben mit ihrem Leben dafür bezahlt. Aber ich bin kein Held. Ich habe das Beste daraus gemacht und ich habe dabei niemandem geschadet." Lächelnd stand der Maler in seinem Salon und deutete auf die Tür. „Jetzt würde ich mir gerne von Nelly Lunch bringen lassen. Ihr seid *nicht* eingeladen."

„Ihnen wird das Grinsen noch vergehen, van Aelst. Mit der Widmung an den Führer in einem Nazi-Buch werden Sie bald wieder im Gefängnis landen."

„Ich habe Ihnen schon gesagt, dass ich das nicht geschrieben habe."

„Das werden wir herausfinden, und wenn die Widmung von Ihnen ist, dann sorge ich dafür, dass Sie im Lager landen. Bis dahin haben Sie Hausarrest." Rosendahl nahm Meg am Arm und verließ mit ihr grußlos das Haus.

Auf der Straße sahen sie sich an. Rosendahl berührte Meg an der Schulter, sie drehte sich weg.

„Lass uns ein paar Schritte gehen." Schweigend liefen sie nebeneinander an der Keizersgracht entlang. „Meg, ich hätte dich eben wegschicken müssen, aber ich konnte nicht, du weißt schon. Ich wollte auch nicht. Aber ich hoffe ..."

Meg unterbrach ihn. „Ich werde nicht darüber schreiben, du brauchst keine Angst zu haben. Aber ich musste zu van Aelst. Ich musste wenigstens etwas von dem tun, was ich heute normalerweise getan hätte, wenn ich zur Arbeit gegangen wäre."

Rosendahl sah sie fragend an.

Meg berichtete ihm vom Besuch ihres Verlegers.

„Aber woher haben sie das Foto?“, wollte er wissen.

„Keine Ahnung. Es existiert und vielleicht gibt es noch mehr davon. Das genügt.“ Niemals durfte Rosendahl von Megs Handel mit van Rijnstra erfahren.

„Ich verstehe nicht, dass du das so hinnimmst.“

„Ich kann mich im Moment nicht dagegen wehren, Aaron. Ich muss abwarten. Aber natürlich werde ich in der Sache weiter recherchieren. Auf eigene Faust. Deshalb muss ich weiter Kontakt mit van Aelst haben. Ich verspreche dir, es für mich zu behalten.“ Meg sah Rosendahl bittend an und fühlte sich mies. Dennoch hielt sich ihr schlechtes Gewissen in Grenzen, da sie ja vorläufig tatsächlich nicht mehr über die Sache berichten würde.

Rosendahl erwiderte ihren Blick und legte einen Arm um ihre Schulter. „Du kannst dich auf mich verlassen. Jetzt, wo du nicht mehr zur Presse gehörst, ist es auch einfacher für uns. Es war wunderschön.“

Meg entzog sich seiner Umarmung. „Aaron, ich danke dir und ich weiß“, sie rang nach Worten, „ja, es hat mir auch gefallen, aber ich möchte nicht, dass du dir Hoffnungen machst. Es geht einfach nicht.“ Meg atmete schwer. Sie zog ein Taschentuch heraus und drückte es gegen ihre Augen, obwohl sie wusste, dass dort nicht eine einzige Träne war. Sie sah die Trauer in Rosendahls Gesicht. Sie versuchte, ein bisschen zu schniefen und räusperte sich. „Es tut mir so leid, dass ich dich damit verletze. Das wollte ich nicht. Ich war einfach nicht ich selbst gestern Nacht.“

Rosendahl wandte sich ab und steckte sich eine Zigarette an. Er blies den Rauch des ersten Zuges schräg an Meg vorbei. „Kein Problem. Ich bin ohnehin zu alt für dich. Was willst du auch mit einem Bauern in Friesland mit zwei halbwüchsigen Töchtern? Obwohl du jetzt natürlich Zeit hättest für ein Leben auf dem Land. Dafür habe ich keine Zeit mehr, weil ich mich wieder mit diesem van-Aelst-Fall herumschlagen muss. Es ist schon bitter. Du hast dafür gesorgt, dass aus dem wahnsinnigen Maler ein Volksheld wird. Ich habe ihn laufen lassen, obwohl seine Unschuld nie wirklich bewiesen war."

Meg stutzte. „Wie meinst du das?"

„Wir haben nicht gründlich überprüft, ob er eine Nazivergangenheit hat. Auch wir haben uns von ihm blenden lassen, weil er den großen Göring betrogen hat."

„Er konnte uns genau sagen, wie das Bild gefälscht worden ist, wonach wir suchen sollten. Er wusste jedes Detail. Das hat doch auch der Experte bestätigt."

„Was ist, wenn er das alles vom tatsächlichen Fälscher weiß und das Bild gar nicht selbst gemalt hat, wie er behauptet? Dann ist er doch wieder nur der Händler, der das Bild an Göring verkauft hat."

„Aber mit dem gleichen Effekt. Er hat dafür Hunderte von den Nazis geraubte Gemälde zurückgeholt. Er hat Göring verarscht."

„Genauso ist es. Endlich haben wir einen Volkshelden in schweren Zeiten. Den Rest vergessen wir. Wäre jetzt nicht der Artikel in *De Waarheid* aufgetaucht, hätte kein Hahn danach gekräht, ob er nicht doch auch Dreck am Stecken hat. Das Buch zeigt auch ohne Widmung, dass er mit den Nazis zumindest in Kunstdingen sympathisiert hat. Das hat er uns gerade selbst bestätigt. Ich bin gespannt, was wir noch alles über ihn herausfinden. Dabei hätte ich ihn so gerne einfach laufen lassen."

Diesmal war es Meg, die Rosendahl am Arm berührte. „Aaron, ich weiß, es klingt komisch, nach dem was ich vorhin gesagt habe. Aber bitte, lass uns Freunde bleiben. Es war wirklich schön gestern Nacht, aber die Geschichte mit Sergeant O'Connor steckt mir noch in den Knochen. Ich möchte nicht gleich wieder etwas Neues beginnen."

„Du möchtest dir nur alle Türen offenhalten. Meg, du bist jung und leichtsinnig, aber nicht unerfahren. Ich bin wirklich zu alt, um mein Herz an dich zu verlieren." Rosendahl versuchte, wenigstens ein bisschen zu lächeln. Es gelang ihm nicht.

In diesem Moment fuhr ein kanadischer Militärjeep an ihnen vorbei. Auf der Rückbank lag ein schwer betrunkener Sergeant O'Connor. Der Jeep hielt nicht an, obwohl die beiden Militärpolizisten auf den Vordersitzen Meg erkannt hatten. Meg winkte hinterher und wandte sich erneut an Rosendahl. „Er hat mir einen Heiratsantrag gemacht." Sie machte eine Pause. „Aber ich habe ihn nicht angenommen."

Als Meg am späten Nachmittag die Redaktion betrat, war sie den Tränen nahe. Sie wollte sofort umdrehen. Aber sie musste es hinter sich bringen. Sie lief schnell zu ihrem Schreibtisch. Der Weg erschien ihr endlos und wurde zum Spießrutenlauf, als die ersten Kollegen sie bemerkten. Einige riefen: „Endlich! Meg! Wo hast du gesteckt?" Andere wollten gerade zu einer Frage ansetzen, aber Megs knappes Nicken, ihr ganzer Auftritt, ließ sie beunruhigt innehalten. Einige hatten sie auch fast nicht erkannt, denn Meg trug trotz des sommerlichen Wetters ein graues Kostüm mit dunklen Strümpfen und flachen Schuhen. Ihre beige Seidenbluse war hochgeschlossen, die Haare mit Spangen seitlich über den Ohren zu einer Schulmädchenfrisur gesteckt. Als sie ihren Schreibtisch erreicht hatte, drehte sie sich um und rief in den Raum. „Ich werde euch gleich alles erklären. Ich brauche nur ein paar Minuten."

Sie steckte einen silbernen Drehbleistift in ihre schweinslederne Aktentasche mit den Messingschließen. Beides hatte ihrem Vater gehört. Hatte er leiden müssen? Hatten sie ihn geschnappt und gefoltert und dann exekutiert mit einem Genickschuss? Oder war er in irgendeinem Versteck einfach verhungert oder erfroren? Wie so viele war er verschollen.

An allem hatte nur der verdammte Krieg Schuld.

Ja, auch daran, dass sie eine erfolgreiche Reporterin geworden war. In normalen Zeiten hätte sie keine Contax-Kamera auf dem Frühstückstisch vorgefunden, keine Judenverschleppungen fotografiert, wäre nicht bei der illegalen *Parool* gelandet. Sie steckte ein paar Manuskripte und Notizbücher in die Tasche. In normalen Zeiten wäre sie als Frau bei der Zeitung wirklich im Küchen-, Mode- und Familienressort steckengeblieben, oder hätte sich vielleicht zur schöngeistigen Wochenendbeilage hochgeschrieben. Und es hätte ihr gefallen. Der Krieg hatte ihr eine außergewöhnliche Karriere beschert. Geduldet, bis die Normalität wieder eingekehrt war. Dann zurück ins Glied, Madame. Meg war gespannt, wie van Zomeren ihr begegnen würde. Sie starrte auf seine Milchglastür am anderen Ende des Bienenkorbs. Wann würde er herauskommen? Würde er überhaupt herauskommen? Ein Finger tippte ihr auf die Schulter. Sie fuhr herum und blickte in das besorgte Gesicht von Louis de Winter.

„Meg! Was ist los mit dir? Warum bist du so komisch

angezogen und räumst deinen Schreibtisch auf, anstatt dich sofort auf die van-Aelst-Geschichte zu stürzen? Hat van Zomeren dich abserviert? Wenn es so ist, dann möchte ich das aber zuerst von dir hören."

Meg reagierte nicht sofort. „Nein, nein. Das hat er nicht. Die freien Tage haben mir gezeigt, dass ich eine Pause brauche."

De Winter runzelte die Stirn. „Meg, das glaube ich dir nicht. So etwas lässt du dir nicht entgehen."

„Keine Chance. Ich bin raus." Sie zog de Winter in die Ecke hinter ihrem Schreibtisch und flüsterte. „Alles, was ich dir jetzt sage, muss unter uns bleiben. Es ist äußerst pikant. Ich bin zu sehr mit van Aelst verstrickt, um noch über ihn schreiben zu können." De Winter legte sein Klemmbrett auf ihren Schreibtisch und fingerte eine zerquetschte Packung Zigaretten aus der Hosentasche. Mühsam friemelte er zwei heraus, strich sie glatt und reichte eine Meg. Auch sein Benzinfeuerzeug entflammte erst nach etlichen Versuchen. Sie sogen beide gierig den Rauch in sich hinein. Meg legte ihm eine Hand auf die Schulter. „Es gibt aber auch noch einen anderen Grund, dass ich jetzt meine Sachen packe, und der ist offiziell." Meg klemmte sich die Zigarette zwischen die Lippen, klatschte in die Hände und kletterte auf ihren Schreibtisch. Sie wartete, bis ein Großteil der Redaktion sich um sie versammelt hatte. „Also Leute, wie ihr seht, habe ich mich ein bisschen verändert." Sie strich sich über den Rock, der ihre Knie bedeckte und zog die Kostümjacke zurecht. „Es mag euch überraschen, aber ich habe beschlossen, ein neues Leben zu beginnen, und deshalb werde ich die *Parool* verlassen. Glaubt nicht, dass es mir leichtfällt, aber noch schwerer wäre es für mich, meine große Liebe zu verlieren. Es ist Sergeant Bill O'Connor. Viele von euch kennen ihn, und da er schon in wenigen Tagen nach Kanada zurückgeht, musste ich mich entscheiden. Und das habe ich. Ich weiß, dass ich mit ihm zusammenleben will. Deshalb müssen wir schnell heiraten, damit er mich mitnehmen kann. Es gibt so viel zu erledigen, dass ich den Job hier sofort aufgeben muss. Das fällt mir nicht leicht. Vor allem jetzt, wo van Aelst wieder Ärger macht." Hier blieb Meg fast die Luft weg. Noch einmal nahm sie alle Kraft zusammen. „Also dann, vielen Dank für die tolle Zusammenarbeit, eure Unterstützung, die Freundschaften. Ich werde euch nie vergessen und kurz bevor wir abreisen, werde ich euch alle noch mal im *Zwaantje* unter den Tisch saufen. *Vrij en Onverveerd!* Ihr hört rechtzeitig von mir." Die letzten Worte hatte sie schon eher geschluchzt als gesagt. Als sie vom Schreibtisch sprang, spürte sie die Tränen. Schnell schnappte sie sich die Aktentasche und rannte aus der Redaktion. War sie völlig verrückt geworden? Die Hochzeit mit Bill war eine spontane Idee gewesen, und es war wirklich eine gute Begründung für ihre Kündigung. Aber das Problem war, dass Bill davon nichts wusste. Sie stolperte ins Treppenhaus und Louis, der ihr hinterhergerannt war, konnte sie gerade noch auffangen.

„Meg, ich weiß, dass man dir wirklich alles zutrauen muss, auch diese Geschichte. Wenn es stimmt, wünsche ich dir alles Gute. Wenn nicht, interessiert es dich vielleicht, dass heute schon zwei Männer angerufen haben, die dich unbedingt sprechen wollten." Er zog einen Notizzettel aus der Hosentasche und setzte seine Brille auf. „Ein gewisser Pieter Koopmans und ein Herr Verbeek. Er hat ein Zigarrengeschäft in Den Haag. Beide sagten, es sei dringend. Du wüsstest Bescheid. Mehr wollten sie mir nicht verraten. Sie würden nur mit dir sprechen."

Meg nahm den Zettel. „Danke."

„Hat es mit van Aelst zu tun?"

Meg nickte.

„Kannst du einen Kontakt zu ihnen herstellen? Bitte!"

Meg schüttelte den Kopf. „Nein. Das heißt, vielleicht doch. Ich denke darüber nach."

Louis packte sie an beiden Armen. „Meg, auch wenn du raus bist. Du bist mir noch was schuldig!"

Meg zögerte. „Du musst Geduld haben. Bitte behalte das mit Koopmans und Verbeek für dich." Sie lief weiter die Treppe hinunter, drehte sich aber noch mal um. „Worüber berichtet ihr morgen im Fall van Aelst?"

„Über seine wilden Partys während des Krieges. Thomasius hat die Story ausgegraben und mit ein paar Augenzeugen gesprochen. Gute Geschichte. Unmengen von Essen. Saufgelage und nackte Frauen. Wahre Orgien."

„Tatsächlich?", Meg lief weiter die Treppe hinunter. „Ich glaube, das stimmt alles. Ich habe auch einmal davon gehört. Viel Glück, Louis. Du hörst von mir."

Als sie das Verlagsgebäude der *Parool* verlassen hatte, stand sie unschlüssig auf der Straße. Sie war nicht in der Lage, einen klaren Gedanken zu fassen. Wohin sollte sie gehen? Was sollte sie als Nächstes tun? Sie war noch immer verwirrt. Sie ging ein paar Schritte und langsam dämmerte ihr, wie sie auf die Idee mit der Hochzeit gekommen war. Es hatte am Mittag damit begonnen, dass sie Bills Heiratsantrag gegenüber Rosendahl erwähnt hatte. Warum hatte sie das getan? Aus

Berechnung, hatte sie gedacht. Aber das war nicht der Grund gewesen. Es war ihre Liebe zu Bill. Das hatte sie ihm sagen wollen. Nicht das Gegenteil. Natürlich war das paradox. Weil ihr Unterbewusstsein es so wollte, war es zu dem spontanen Auftritt vor der Redaktion gekommen. Jetzt hatte sie aber ein neues Problem. Es würde sich schnell bis zu Bill herumsprechen, was sie da verkündet hatte. Sie musste schneller sein. Meg war sich jetzt sicher. Sie wollte ihn tatsächlich heiraten und sie würde mit ihm nach Kanada gehen, um das alles hier hinter sich zu lassen. Dieser verrückte Gedanke ließ sie immer schneller laufen, bis sie rannte. Dabei wusste sie gar nicht wohin. Vielleicht ist es einfach auch Weglaufen, dachte sie sich, als in der Nähe des Damms ein Militärjeep neben ihr anhielt.

Bill saß am Steuer. Sein Gesicht sah sehr zerknautscht aus, doch er steckte in einer frisch gestärkten Uniform. Seine Haare waren noch feucht. Die Kollegen von der Militärpolizei hatten ihn so lange unter die Dusche gestellt, bis er einen einigermaßen nüchternen Eindruck gemacht hatte. Dann hatten sie ihm gesagt, dass er mit Colonel Brown einen unschlagbaren Schutzengel hätte, der ihn vor der Arrestzelle bewahrt habe. Kaum hatte Bill die frische Uniform angezogen, stand Brown auch schon vor ihm, stauchte ihn zusammen und verkündete, dass seine anstehende Heimreise auf unbestimmte Zeit verschoben worden sei. Das hatte ihn hart getroffen, denn nachdem ihm Meg einen Korb gegeben hatte, wollte er einfach nur weg aus Amsterdam.

Dann hatte der Colonel ihm gesagt, dass er weiterhin sein persönlicher Adjutant und Fahrer sei, dass er ihn aber weitgehend freistelle, damit er die niederländische Reporterin

Margriet van Hettema in einer national bedeutenden Angelegenheit unterstütze. Er erzählte Bill nicht, dass der Verleger Verelst ihn angerufen hatte. Nicht zum ersten Mal, denn sie kannten sich seit vielen Jahren. Der unauffällige Verelst, der sich nach außen hin den Nazis gegenüber neutral verhalten hatte, um seinen Verlag nicht zu gefährden, war einer der wichtigsten Verbindungsmänner des Widerstands für die Alliierten gewesen. Nach der Befreiung hätte er wichtige Ämter annehmen können, aber er hatte es vorgezogen, die *Parool* als unabhängige Zeitung zu etablieren. Dafür nutzte er seine Kontakte, und wenn es sein musste, rief er den Colonel an.

Bill waren die Knie weich geworden, und es war nicht der Restalkohol gewesen, sondern die Aussicht, wieder auf Meg zu treffen. Er schlug dem Colonel vor, ihn doch lieber in eine Arrestzelle zu sperren, aber der hatte ihn gar nicht zu Ende reden lassen.

Bill streckte sich über den Beifahrersitz, öffnete die Tür und forderte Meg zum Einsteigen auf. Als sie zögerte, sagte er: „Meine Heimreise nach Kanada ist verschoben und ich habe den Befehl, mich weiter um dich zu kümmern. Also steig schon ein.“

Meg setzte sich in den Jeep, sah ihn kurz an, küsste ihn neben sein Ohr und flüsterte. „Ich habe gerade gekündigt und den Kollegen erzählt, dass ich dich heiraten werde, um mit dir nach Kanada zu gehen. Was machen wir denn jetzt?“

Bill starrte sie sprachlos an. „Hast du es ernst gemeint?“

Meg nickte.

Jetzt lächelte Bill, legte den ersten Gang ein und fuhr los. „Dann machen wir weiter wie bisher.“

3. Josephine

Josephine strich mit der Hand über den geschwungenen Kotflügel ihres Citroën 7C Cabriolet. Der dunkelblaue Lack fühlte sich angenehm kühl an. Sie schwitzte. Eine drückende Schwüle lag über der Heidelandschaft von Laren, die an die Villa de Wijdte grenzte und sich bis Hilversum ausweitete. Schwarze Wolken zogen vom Ijsselmeer im Norden heran. Es würde ein Gewitter geben. Noch war alles ganz still. Aber die ersten Windböen würden bestimmt bald eintreffen.

Der schöne Wagen mit seinen beigen Ledersitzen und der Teakholzumrandung von Türen und Armaturenbrett gehörte ihr allein. Er war schnell und lag gut auf der Straße. Sie war oft damit über die Corniche Moyenne von Roquebrune-Cap-Martin nach Nizza und Monaco gebraust. Dort hatte sie das Geld ausgegeben, das van Aelst regelmäßig in Koffern und Taschen von seinen Reisen mitgebracht hatte. Lotterie- oder Casinogewinne, hatte er meist beiläufig erklärt und in bar den Citroën, die üppigen Rechnungen ihrer Lieferanten und später die edle Villa im noblen Stadtteil Cimiez von Nizza bezahlt.

Josephine lehnte mit verschränkten Armen an dem Citroën und sah durch das geöffnete Garagentor auf den baumgesäumten Weg, der nach Laren führte. Der Wagen passte nicht in die flache holländische Landschaft mit den Deichen und holprigen Pflasterstraßen. Wenn sie in Laren oder anderen kleinen Orten vor den niedrigen Backsteinhäusern parkte, dann spürte sie neidische Blicke und den Vorwurf gottloser Verschwendungssucht. Das war noch das Geringste. Viel schwerer wog so kurz nach dem Krieg der Verdacht, dass sie vielleicht zu den ‚Falschen' gehört hatte. Eine, die sich mit den Nazis eingelassen hatte. Warum hätte sie sonst den Citroën behalten können, wo die Deutschen doch alle privaten Autos konfisziert hatten. Josephine aber hatte den Citroën in einer alten Scheune bei einem Bauern versteckt. Sie hatte ihn dafür gut bezahlt. Aber das konnte sie natürlich niemandem erzählen.

Josephine verfluchte den Tag, als sie kurz vor Ausbruch des Krieges auf Drängen van Aelsts in die Niederlande zurückgekehrt waren. Immerhin gab es in dem provinziellen Laren eine lebendige Kunstszene. Zahlreiche Bildhauer, Maler, Musiker und Dichter hatten sich dort niedergelassen. Es war fast eine kleine Künstlerkolonie, und sie hatten viele ausgelassene Partys gefeiert. Natürlich war es sehr bescheiden im Vergleich zu ihrem gesellschaftlichen Leben in Nizza, und Josephine langweilte sich oft auf dem Land. Dann fuhr sie mit dem Zug, der einer Straßenbahn glich, nach Amsterdam, um sich abzulenken. Ganz plötzlich im Dezember 1943, sie hatten gerade den Nikolaustag gefeiert, da schlug ihr van Aelst beim Frühstück einen Ausflug nach Amsterdam vor, aber mit dem Taxi. Er hatte einen feinen Lederkoffer in den Wagen geladen und sie fuhren zu einem herrschaftlichen Haus in der Keizersgracht. Er hatte ihr einen Schlüssel gegeben und gesagt: „Das ist unser neues Zuhause."

Der Verkäufer und der Notar staunten nicht schlecht, als er sie direkt aus dem Koffer, Bündel für Bündel, bar bezahlte und Josephine als Hausbesitzerin im Kaufvertrag eintragen ließ. Denn eigentlich hatten sie sich auseinandergelebt. Van Aelsts Alkohol- und Opiumkonsum war unerträglich geworden. Aber sie konnte ihn nicht verlassen. Sie war finanziell von ihm abhängig. Als sie dann das große Haus besichtigten, überraschte er sie mit der Nachricht, dass er sich scheiden lassen wolle. Zu ihrer Absicherung bekomme sie auch noch die Villa in Laren und eine Million Gulden, die dort versteckt seien. Außerdem gehöre ihr ja auch dieses Haus, in dem er aber gerne weiter mit ihr wohnen würde. Josephine war so berührt gewesen, dass sie ihn umarmt und geküsst hatte, was lange nicht mehr vorgekommen war. Sie hatten dann sogar miteinander geschlafen, auf der Chaiselongue in ihrem neuen Boudoir. Wie er dann dort mit heruntergelassener Hose lag, ganz zerbrechlich, hatte sie ihn gefragt, warum er sich denn scheiden lassen wolle und er hatte mit den Schultern gezuckt. „Damit du abgesichert bist, falls etwas passiert." Das ‚Etwas' hatte sich so angehört, als hätte es nichts mit seinem Tod zu tun, denn für den Fall, dass er vorzeitig starb, stand sie bereits als Haupterbin in seinem Testament. Dieses ‚Etwas' musste eine Sache sein, die ihn vorher den Kopf kosten, ihn ruinieren könnte und sie würde mittellos zurückbleiben. Mehr müsse sie dazu nicht wissen, und Josephine war schlau genug, nicht nachzufragen. Sie wollte die Wahrheit nicht wissen.

Nun schien sich dieses ‚Etwas' zu bewahrheiten. Rosendahl hatte ihn erneut abgeholt. Josephine bezweifelte, dass er die neue Anklage ebenso so gut überstehen würde wie seine erste Verhaftung. Sie wollte endgültig nichts mehr mit ihrem Ex-Mann und seinen Eskapaden zu tun haben.

Josephine schlug das Verdeck des Cabrios zurück und fragte sich, wann sie es wohl wagen könnte, mit dem Citroën durch das halb zerstörte Europa an die Côte d'Azur zurückzukehren. Aber jetzt ging es erst einmal darum, die Million Gulden zu finden, die er hier in der Villa für sie versteckt hatte. Das Geld liegt über dem Auto, hatte er gesagt.

Josephine blickte nach oben. Die Garage hatte ein Giebeldach, wie auch van Aelsts Atelier mit dem neogotischen Spitzbogenfenster. Atelier und Garage stießen aneinander und waren ursprünglich bis zu den Dachbalken und Ziegeln offen gewesen. Van Aelst hatte im Atelier Platten auf die Sparren schrauben lassen. Es wäre dort sonst zu kalt und zugig im Winter, hatte er gesagt. Aber warum hatte er später auch die Garage verkleiden lassen?

An dem Tag, als sie das Haus in der Keizersgracht kauften, hatte Josephine im Atelier eine aufgeklappte Bockleiter bemerkt. Darüber klaffte eine Öffnung in der Decke. Eine Dachklappe, wie sie manchmal auf Speicher führte, hing herunter.

Da nur eine schwache Glühbirne die Garage beleuchtete, schob Josephine die Garagentore weit auf, um Licht hereinzulassen. Sie stellte eine hohe Klappleiter neben den Citroën. Sie kletterte unter das Dach und klopfte die Decke ab. Alles klang hohl. Während sie das Dach untersuchte, hörte sie einen ersten Donnerschlag und heftiger Gewitterregen prasselte nun auf das Dach. Um ihren verspannten Arm zu lockern, streckte sie ihn lang aus und drückte ihn kräftig gegen die Decke. Die gab plötzlich nach. Josephine konnte auf der Leiter gerade noch die Balance halten. Ein großes Gewicht drückte jetzt direkt auf ihren Arm. Offensichtlich hatte sie den Mechanismus einer Luke ausgelöst und sie geöffnet. Langsam ließ sie die Tür nach unten gleiten, und es öffnete sich ein Geheimfach. Zwei Gurte hielten ein großes Paket zurück. Josephine konnte die dicken Planen an einer Stelle etwas öffnen und entdeckte darin einen Koffer. Beim Versuch einen der Gurte zu lösen, kam das Paket ins Rutschen, und sie zog den Kopf ein, ehe das schwere Bündel an ihr vorbeiflog. Der Koffer krachte neben dem Citroën auf den Garagenboden, sprang auf und zahllose Geldbündel purzelten heraus. Schnell kletterte sie die Leiter hinunter und erschrak auf halber Strecke. Unter ihr standen eine junge Frau und ein Soldat.

Meg und Bill hatten am vorangegangenen Abend im *Zwaantje* ein paar Drinks gebraucht, um sich endlich sagen zu können, wie dumm sie sich aufgeführt hatten. Vor allem waren sie glücklich darüber, dass Bill nicht mehr sofort nach Kanada zurückmusste.

„Ausgerechnet jetzt, wo ich dich wegen der Abreise doch noch heiraten wollte", flüsterte ihm Meg über den Rand ihres Whiskyglases zu.

„Meinetwegen können wir die Hochzeit verschieben", brummte Bill.

Meg wiegte den Kopf. „Dummerweise habe ich es vor den Kollegen der *Parool* schon herausposaunt, damit sie mir meine Kündigung auch glauben."

„Mach sie doch rückgängig", meinte Bill.

Meg starrte an die Decke. „Das geht leider nicht." Sie erzählte Bill von dem kompromittierenden Foto, das plötzlich aufgetaucht war und ihrem Gespräch mit Verelst.

„Du bist da wirklich nackt herumgetanzt?" Bill schüttelte den Kopf. „Für deinen Job machst du wirklich alles, oder?"

Meg zögerte. Sie spürte, dass sie Bill jetzt die ganze Wahrheit über die Nacktfotos, van Rijnstra und das Theater mit seiner schwangeren Freundin erzählen müsste, aber sie schaffte es nicht. Stattdessen nickte sie nur. „Du hast recht." Meg spürte, dass Bill misstrauisch wurde. Sie hatte Angst davor, ihm die Wahrheit zu sagen. Sie wollte ihn nicht erneut verlieren.

„Was hast du jetzt genau vor?", fragte Bill.

„Ich denke, es wäre gut, gleich morgen van Aelsts geschiedene Frau zu besuchen. Josephine ist in einer Villa in Laren, das liegt in der Nähe von Hilversum. Ich weiß es von dem Taxifahrer, der sie heute dorthin gebracht hat."

„Sagtest du nicht, du seist raus aus der Sache?"

„Es sind private Recherchen. Ausdrücklich auf Wunsch von Verelst."

„Ich muss dich fahren. Ebenfalls ausdrücklicher Wunsch des Colonels."

„Das passt doch."

„Okay, wann soll ich dich morgen abholen?"

Meg war verunsichert. „Aber du bringst mich doch noch nach Hause?"

Als der Jeep in der Jan Luikenstraat anhielt, machte Bill keine Anstalten auszusteigen. Sie sahen sich eine Weile an.

„Es gibt einiges, was ich dir noch erzählen muss. Möchtest du nicht mit hochkommen?"

„Aber nur auf einen Tee." Bill grinste.

In Megs Wohn- und Schlafzimmer zeigte Bill auf das hoch aufgetürmte Bett. „Wen hast du denn da versteckt?"

Meg schob ihn zum Sofa im Erker. „Hier ist Platz. Als Verelst heute Morgen überraschend auftauchte, habe ich die Unordnung der letzten Tage einfach schnell unter die Tagesdecke geschoben." Sie setzte sich neben Bill und wusste nicht, wie sie beginnen sollte. Wieder hatte sie Angst, ihm die

Wahrheit zu sagen. Aber ohne die konnte sie ihm auch nicht mehr in die Augen sehen. Sie musste es riskieren. Sie räusperte sich. „Bill, ich liebe dich. Ich habe das erst gespürt, als wir getrennt waren. Davor dachte ich nur, ich mag dich. Du bist angenehm und ehrlich. Du lenkst mich gut ab. Wir hatten eine schöne Zeit miteinander und du hast mich unterstützt. Aber ich habe ein paar dumme Sachen gemacht und deine Gutgläubigkeit ausgenutzt. Es tut mir leid." Meg kamen jetzt die Tränen und sie konnte nicht weitersprechen. Auch Bill saß steif auf dem Sofa, schluckte und schwieg. Meg sprang auf, und während sie im Zimmer herumlief, erzählte sie ihm von van Rijnstras Erpressung und dem Trick mit Marijkes Schwangerschaft.

Bill hörte ihr die ganze Zeit geduldig zu. Als sie alles gesagt hatte, schüttelte er den Kopf und murmelte nur: „Meg, Meg, Meg."

Diese Reaktion traf Meg derart, dass sie losheulte und sich vor Bill auf die Knie warf und seine Beine umklammerte. „Bill, bitte verzeih mir."

Bill zögerte einen Augenblick, dann begann er laut zu lachen, erhob sich vom Sofa, packte Meg unter den Armen, zog sie nach oben, lachte weiter, packte sie an den Hüften, zog sie fest an sich und küsste sie auf Stirn und Haar, bis sie ganz ruhig wurde.

Sie sah ihn von unten an. „Warum lachst du?"

Bill grinste. „Weil du dich für so schlau hältst. Meinst du wirklich, ich hätte nicht bemerkt, dass du einen eigenen Plan verfolgst? Dass du dafür auch bereit bist, zu lügen und zu täuschen? Bis auf das Geld, das van Rijnstra eingesteckt hat, habe ich alles mitbekommen. Aber was hätte ich denn tun sollen? Dich bei Rosendahl verpfeifen? Dir deine Story kaputt machen? Dich van Rijnstras Erpressung ausliefern? Ich bin vernarrt in dich. Ich wollte, dass du glücklich bist, und das warst du vor allem, wenn du Erfolg hattest."

Meg löste sich von ihm und sah ihn ungläubig an. „Aber du hättest auch Probleme bekommen, wenn ich aufgeflogen wäre."

„Niemals. Ich bin doch nur der kleine Sergeant, der von einer gerissenen Reporterin hinters Licht geführt wurde. Ich habe nichts mitbekommen. Ich bin nicht der Hellste." Dabei tippte sich Bill an den Kopf.

Meg umarmte ihn. „Du bist der klügste, charmanteste, raffinierteste und gutmütigste Sergeant der kanadischen Armee, und ich werde dich niemals mehr aus den Augen lassen."

Bill ließ sich rückwärts neben der aufgetürmten Tagesdecke aufs Bett fallen, aber Meg zog ihn an den Beinen auf den Teppich und begann seinen Gürtel zu öffnen.

„Ich müsste erst die Sauerei unter der Decke aufräumen, aber so lange kann ich nicht warten."

„*Neither can I,* oder gibt es darunter noch mehr Geheimnisse, von denen ich wissen müsste?"

Meg erschrak. Dann entschied sie, dass die Nacht mit Rosendahl nicht zu diesen Geheimnissen gehörte, die sie erzählen wollte. Sie fuhr mit den Händen unter sein Hemd, legte ihren Kopf auf seine Brust und lauschte seinem Herzschlag. Sie dachte darüber nach, wie sie als Kolumnistin einer aufgeschlossenen Frauenillustrierten ihren Leserinnen verraten würde, warum Frauen manchmal ihre kleinen Geheimnisse behalten müssten. Nämlich dann, wenn es Geheimnisse einer Art waren, die andere unglücklich machen würden.

Als Bill auf die Toilette ging, bezog Meg schnell das Bett. Sie schlüpfte in ein weiches Nachthemd, und als Bill sich neben sie legte, drehte sie sich zur Seite und wartete darauf, dass er sich an sie schmiegte und den Arm um sie legte. ‚Fühlt sich so das große Glück an?' Mit diesem Gedanken fiel Meg in einen tiefen Schlaf.

Am folgenden Morgen strich Meg Kunsthonig auf Dauerbrotscheiben und kochte Tee. Sie war voller Energie, freute sich auf die Fahrt entlang des Ijsselmeers und wollte so schnell wie möglich aufbrechen. Mit dem Jeep verließen sie die Stadt durch das östliche Hafengebiet und fuhren ein Stück an der Küste entlang. Bei schönem Wetter hätten sie weit auf das Binnenmeer hinausschauen können. Dann hätten sie vielleicht sogar das alte Städtchen Urk gesehen, das bis vor wenigen Jahren noch eine Insel in der Zuidersee gewesen war, und jetzt auf dem Festland lag. Ein Dorf des neu entstandenen Noordoostpolders. Aber Urk war nicht zu erkennen, weil sich über dem Meer ein schweres Unwetter zusammenbraute. Dicke schwarze Wolken schoben sich drohend über das aufgewühlte Wasser und sie mussten anhalten, um das Verdeck des Jeeps zu schließen. Auf der Fahrt ins Landesinnere, kurz vor Laren, holte sie das Gewitter ein und es begann heftig zu regnen.

Als sie auf den Hof vor Josephines Villa fuhren, sahen sie die geöffneten Tore einer Garage. Bill lenkte den Jeep direkt davor, sodass sie hineinrennen konnten, ohne allzu nass zu werden. Neben einem schicken blauen Citroën Cabriolet stand eine hohe Klappleiter und am oberen Ende Josephine. Es folgte ein heftiger Donnerschlag, Josephine erschrak, ein großes Paket krachte zu Boden und aus einem Koffer purzelten dicke Geldbündel.

„Hallo Josephine, schönes Auto“, begrüßte sie Meg, während der Soldat eines der Päckchen in der Hand drehte und feststellte: *„It's raining money.“*

Auch Meg nahm eines der Bündel. Es waren große Scheine. „Ganz schön viel Geld.“

Sie beobachteten, wie Josephine vorsichtig die Leiter hinunterkletterte. Sie war sportlich gekleidet. Über einer weiten Stoffhose trug sie ein Poloshirt. Sie wischte sich die Hände an den Oberschenkeln ab, lächelte und strich sich eine Haarsträhne aus dem ungeschminkten Gesicht.

„Was für eine Überraschung.“

Wieder donnerte es in unmittelbarer Nähe. Sergeant O'Connor eilte zu den Garagentoren, um sie zu schließen.

„Lasst uns ins Haus gehen.“ Josephine öffnete eine Seitentür und sie gelangten in eine Halle mit schwarz-weiß gefliestem Boden, wie in einem Bild von Pieter de Hooch.

„Das Geld wollen Sie da einfach so herumliegen lassen?“, wandte sich der Sergeant an Josephine.

Sie sah Meg fragend an.

„Ach ja, ihr kennt euch noch nicht. Das ist Sergeant Bill O'Connor von der kanadischen Armee. Er unterstützt mich bei der Arbeit.“

Josephine nickte und streckte ihm die Hand entgegen. Bill hatte noch immer das Geldbündel in der rechten Hand. Er steckte es kurzerhand in eine Tasche seiner Uniformjacke. Josephine lächelte ihn an.

„Wenn Sie es nicht klauen, kommt das Geld in der Garage nicht weg.“

„Oh, *sorry Madam,* das war keine Absicht." Schnell zog Bill die Scheine wieder aus der Tasche und streckte sie Josephine entgegen. Aber Meg war schneller und schnappte sich das Geld. Sie blätterte es rasch durch. „Das allein sind schon ein paar tausend. Woher kommt das Geld?"

Josephine seufzte. „Das geht dich nichts an. Würdest du es mir bitte geben?" Sie nahm Meg das Geld aus der Hand und steckte es in ihre Hosentasche. „Wir gehen in den Salon. Ich mache Tee."

Im Salon hingen schwere Gobelins und wertvolle Gemälde. Josephine kam mit einem Tablett und stellte es auf einen Couchtisch. Sie schenkte Tee ein und setzte sich in einen Sessel. Meg und Bill saßen gegenüber auf einem hellen Sofa.

„Warum bist du gekommen?"

„Es geht um Jan, und warum du gestern so plötzlich abgereist bist."

„Wie du weißt, sind wir geschieden. Ich möchte mit der ganzen Sache einfach nichts mehr zu tun haben."

„Weil er ein Nazi ist?"

„Nein. Weil ich endlich mein eigenes Leben führen möchte."

„Mit seinem Geld, das dort in der Garage versteckt ist?"

Josephine stand auf und holte sich eine Zigarette aus einem versilberten Zigarettenetui, das auf einem Kaminsims lag. Sie bot weder Meg noch Bill eine an. „Es ist mein Geld. Ich habe es bei der Scheidung bekommen. Ebenso wie dieses Haus."

Meg fischte sich eine krumme Chesterfield aus der Packung, die ihr Bill anbot. „Das hast du hoffentlich schriftlich und das Geld ist legal."

„Was soll diese Anspielung?"

„So viel Geld im Dach einer Garage versteckt, und der Vorbesitzer steht im Verdacht, ein Nazi gewesen zu sein. Ich denke, dass sich doch einige Menschen dafür interessieren werden."

„Vermutlich, wenn es morgen in deiner Zeitung steht oder du gleich zu Rosendahl rennst und es ausplauderst." Josephine war zu einem der großen Fenster gegangen, durch das man auf die Heidelandschaft sehen konnte. Sturmböen trieben die Wolken auseinander und wenige, scharfe Sonnenstrahlen fielen auf das nahe Hilversum.

„Ich arbeite nicht mehr für die *Parool*. Du kannst also beruhigt sein. Aber ich möchte mehr über van Aelst erfahren."

„Warum sollte ich dir etwas über ihn erzählen?"

„Vielleicht, weil ich sonst tatsächlich Rosendahl und meinen früheren Kollegen bei der *Parool* von dem Geld erzähle."

„Du erpresst mich."

„Ich möchte alles über van Aelst wissen."

Josephine begann zu lachen. Erst leise, dann immer heftiger. Es ging in ein Seufzen über. Sie setzte sich wieder in den Sessel und putzte sich die Nase. „Alles über van Aelst! Der Maler. Der Trinker. Der Frauenheld. Das Genie! Oder nur ein Größenwahnsinniger? Wie viel Zeit hast du?"

Meg drückte ihre Zigarette im Aschenbecher aus und beugte sich auf dem Sofa nach vorne zu Josephine. „War er so ein überzeugter Nazi, dass er Hitler persönlich ein Exemplar seines Buches gewidmet hat?" Sie zog aus ihrer Tasche eine Ausgabe der *Waarheid* und zeigte sie Josephine. „Dem geliebten Führer in dankbarer Anerkennung gewidmet von J. van Aelst, Laren. Hat er das tatsächlich geschrieben?"

Josephine dachte nach.

„Ich weiß es nicht. Ich gebe zu, die Unterschrift auf dem Foto sieht ziemlich echt aus. Aber es ist alles nicht so einfach. Beginnen wir mit deiner ersten Frage. War er ein Nazi? Sagen wir es mal so, er war mit Sicherheit kein Widerstandskämpfer. Ja, und er war ebenso ‚falsch', wie einige hunderttausend andere in den Niederlanden auch. Viele haben weggeschaut, den Mund gehalten und nicht wenige haben auch ein bisschen mitgemacht. Das weißt du so gut wie ich. Er hatte Kontakte zu Nazis. Es waren aber keine Freundschaften, soweit ich das beurteilen kann. Meistens ging es um Kunst. ‚Man kann ihnen viel vorwerfen, aber sie haben wenigstens einen gesunden Kunstverstand', betonte er immer wieder. Diese Propaganda-Ausstellung der Nazis über „entartete Kunst", die hätte auch von ihm zusammengestellt worden sein können. Sie versammelte Werke der Moderne, die auch er verabscheut. Er ist 1937 extra nach München gefahren, um die Ausstellung zu sehen. Im Jahr zuvor haben wir die Olympiade in Berlin besucht. Er war beeindruckt von der deutschen Nazikunst."

Meg unterbrach Josephine. „Ihr wart bei der Olympiade in Berlin?"

Josephine lächelte. „Ja. Er wollte unbedingt dort hin. 1935 bei den Filmfestspielen in Venedig, wir sind damals viel gereist, hat er den Film *Triumph des Willens* von Leni Riefenstahl gesehen. Er war fasziniert von der Perfektion der Nazis. Von ihren Aufmärschen, den pompösen Skulpturen und der Architektur. Ich hatte Bedenken, durch Deutschland zu reisen. In Frankreich hörte man nichts Gutes aus diesem Land. Dass sie Juden schlecht behandeln und politische Gegner verfolgen und in Lager stecken würden. Dazu diese

Hetzreden von Hitler. Das bekamen wir auch an der Côte d'Azur mit. Er musste mich überreden, mitzukommen, aber dann war es ganz anders, als ich erwartet hatte. Jedenfalls in Berlin. Wir sind mit dem Schlafwagen gefahren und haben vom restlichen Land nichts gesehen. Berlin war eine weltoffene Stadt mit vielen Touristen. Vor allem Amerikaner und Engländer. Aber auch Franzosen, Italiener, Spanier und Niederländer. Alles war perfekt organisiert. Die Deutschen waren sehr freundlich und überhaupt nicht verbissen, wie ich es in vielen Zeitungsartikeln zuvor gelesen hatte. Ich erwartete überall Verbote und Polizisten oder Uniformierte auf den Straßen. Stattdessen waren junge Freiwillige unterwegs. Sie waren hilfsbereit, sprachen Englisch und Französisch, sie dolmetschten. Wenn du wolltest, begleiteten sie dich zur U-Bahn und in die Stadien zu den Wettkämpfen. Sie kannten gute Restaurants und sogar Tanzcafés mit moderner Swingmusik. Dabei hieß es doch, diese Musik wäre verboten. Die jungen Frauen, das ist mir natürlich aufgefallen, trugen moderne Frisuren, ziemlich kurze Röcke oder diese weiten Marlene Dietrich-Hosen und sie waren geschminkt. Damit wären sie sogar in Cannes oder Nizza aufgefallen. Man kann sich das heute gar nicht mehr vorstellen, aber Berlin zeigte sich von der besten Seite. Eine moderne, pulsierende Metropole. Auch die Wettkämpfe waren aufregend." Josephine machte eine Pause, um sich eine neue Zigarette anzuzünden. Diesmal bot sie auch Meg und Bill eine an. „Jan und ich waren große Fans von Jesse Owens. Wir hörten, dass die Nazis die schwarzen Sportler als Untermenschen verachteten. Nun, die haben es ihnen gezeigt. Das hat Jan gefallen, denn er meinte, dass es die Nazis bestimmt sehr ärgern würde. Vielleicht würde es ihnen eine Lehre sein, denn dieses Getue mit den Herrenmenschen, diese Rassengesetze, das mochte er nicht. Das weiß ich sicher. Deshalb gab es einmal sogar einen kleinen Zwischenfall. Im Delphi, einem großen Tanzlokal in der Kantstraße, spielte die Swingkapelle *Teddy Stauffer's Original Teddies.* Es waren natürlich keine amerikanischen und erst recht keine schwarzen Jazzmusiker. Es waren Schweizer. Sie waren äußerst beliebt. Schon nachmittags strömten viele Amerikaner in das Lokal und tanzten mit Deutschen bis weit in die Nacht hinein. Eines Abends kam eine Gruppe ‚aufrechter' Deutscher. Ein paar davon in Uniform. Sie lästerten über die ‚Negermusik' und den englischen Namen der Band, obwohl es doch Schweizer waren. Vor allem störte sie, dass deutsche Mädels zu diesen ‚Hottentottenklängen' tanzten. Jan hatte schon einiges getrunken und konnte natürlich nicht die Klappe halten. Er ging zu ihnen an den Tisch und sagte, dass sie doch froh sein sollten, dass hier keine *echte* schwarze Jazzband spielen würde, denn dann würden diese Schweizer Bleichgesichter genauso schlecht aussehen wie die deutschen Sprinter beim 100-Meter-Lauf hinter Jesse Owens. Er hatte kaum ausgeredet, da verpasste ihm ein kräftiger Deutscher einen Kinnhaken. Ein paar Amerikaner haben ihn dann vor schlimmeren Prügeln bewahrt, obwohl die Deutschen nicht so einfach zu beruhigen waren. Aber das war auch schon der einzige Zwischenfall, den wir miterlebten. Die Nazis haben der Welt damals eine gute Show geboten. Auch wir sind darauf hereingefallen. Als wir wieder nach Frankreich zurückkehrten, erzählte Jan allen, dass die Nazis gar nicht so übel wären wie ihr Ruf. Ich habe mich zurückgehalten, weil ich wusste, dass es bei vielen unserer Freunde nicht gut ankam.

Aber Jan war das egal. Wie so vieles." Josephine machte eine Pause, drückte ihre Zigarette aus und trank von ihrem Tee. „Jan hat nie eine Chance ausgelassen, andere zu provozieren."

„Hat er vielleicht deshalb eines der Bücher Hitler persönlich gewidmet?", wandte Meg ein.

Josephine dachte nach. „Ich weiß es wirklich nicht. Verrückt genug war er. Einerseits hat er sich oft über diese engstirnigen Nazis aufgeregt und fand sie furchtbar spießig. Sie könnten keine Partys feiern, und dann immer diese Marschmusik. Das waren seine Worte. Andererseits schätzte er ihre Kunstauffassung. Und die Nazis respektierten seine Bilder, und er konnte in Deutschland ausstellen. Das hat ihm natürlich gefallen. Das hatte er vor allem dem Maler Ed Gerdes zu verdanken, der auch in Laren wohnte. Gerdes war NSB-Mitglied und ein hohes Tier in einer dieser neuen, von den Nazis eingerichteten Kunstorganisationen. Er war Vorsitzender irgendeiner Abteilung für Bildende Kunst, Architektur und Kunsthandwerk im Amt für Volksinformation und Kunst. Gerdes hatte Jans Bilder in einer Weihnachtsausstellung 1941 im Hotel Hamdorf in Laren gesehen und ihn angesprochen. Es war eine schwierige Situation, denn die meisten Larener Künstler waren nicht gut auf Gerdes zu sprechen und warnten Jan vor dem Nazi. Der hat sich aber, wie so oft, sehr schlau verhalten. Er schaffte es, seine Larener Freunde nicht zu verprellen und trotzdem durch Gerdes Empfehlung noch im selben Jahr in verschiedenen deutschen Städten wie Oldenburg und Stuttgart als Vertreter niederländischer Gegenwartskunst auszustellen. In Laren hat das trotzdem keiner mitgekriegt. Genauso wenig wie seinen Kontakt zu weiteren Nazis, die mit Kunst und Ausstellungen zu tun hatten. Ich kann mich an keine Namen erinnern. Nur an einen gewissen Miedl, Bankier und Galerist. Dem bin ich mal in der Galerie Goudstikker begegnet. Jan wollte unbedingt, dass ich ihn dorthin begleite. Aber er hat sich sehr vorsichtig verhalten und soviel ich weiß, ist er nie ihrer Kulturkammer beigetreten. Getroffen hat er diese Leute auch nur bei seinen Ausflügen nach Amsterdam und Den Haag. Hier in Laren haben die sich nie blicken lassen. Es hätte auch nicht gepasst. Denn hier hat er die heimischen Künstler um sich geschart. Viele sind vor allem wegen der Feste mit den Besäufnissen und Fressgelagen zu uns gekommen. Aber sie mochten natürlich keine Nazis. Jedenfalls haben das die meisten von sich behauptet. Als eingefleischter Opportunist war Jan immer sehr vorsichtig. Sein alter Freund zum Beispiel, Martin Beversluis, durfte nur zu Besuch kommen, wenn keine anderen Gäste eingeladen waren."

Meg spielte mit der Kurbel eines alten Spinnrades, das neben dem Sofa stand. Sie dachte nach, zog ein Schulheft aus ihrer Tasche und notierte die Worte Olympia, „Entartete Kunst" München, Nazi-Kunstverein, Ausstellungen in Deutschland?, Verstecktes Geld. Wenn sie diese Informationen an Louis de Winter weitergeben würde, hätte er Stoff für eine gute Geschichte in der *Parool.* Sie blickte auf. Josephine war aufgestanden und kam auf sie zu. Schnell klappte sie das Heft zu. Josephine streckte die Hand aus.

„Was schreibst du da? Gib es mir sofort! Du hast gesagt, du arbeitest nicht mehr für die Zeitung."

Meg wollte das Heft in ihre Tasche stecken, da stand Bill auf, nahm es ihr ab und steckte es in die Seitentasche seiner Uniformjacke. Er wandte sich an Josephine. „Beschlagnahmt.

Ich garantiere, sie wird nicht daraus zitieren, schließlich hat sie Ihnen ihr Wort gegeben. Aber vielleicht kommen wir zwei ins Geschäft. Was ist es Ihnen wert? Geld haben Sie ja genug." Bevor Josephine sich empören konnte, fügte er hinzu: „War nur ein Scherz, gnädige Frau. Das Heft ist bei mir sicher, und Meg wird sich an ihr Versprechen halten."

Meg schämte sich. Bill hatte sie durchschaut. Sie wandte sich an Josephine. „Mach dir keine Sorgen. Mein Verleger persönlich hat mir Schreibverbot erteilt. Nichts davon wird in der Zeitung landen. Die Notizen sind wirklich nur für mich." Josephine schien noch nicht beruhigt und blieb weiter vor Meg stehen, die nach kurzem Zögern weitersprach. „Ich gebe zu, es fällt mir schwer. Die Informationen sind brisant. Ich spüre, da steckt viel mehr dahinter. Ich möchte die ganze Geschichte über van Aelst wissen. Ich bin mir sicher, dass du mir auch noch einiges zu erzählen hast. Und zwar nur mir."

Josephine sah Meg erstaunt an.

„Es wird nicht lange dauern, bis weitere Reporter hier auftauchen. Wenn du ihnen nichts sagst, werde auch ich mein Wort halten."

Josephine erschrak. „Warum sollten sie mich hier finden? Du hast die Adresse doch bestimmt von Jan, weil du ihn unter Druck gesetzt hast. Anderen wird das nicht gelingen."

„Nein. Ich habe sie nicht von Jan. Ich habe ganz einfach den Taxifahrer gefragt. Unterschätze uns Reporter nicht."

Josephine ließ sich in ihren Sessel fallen. Sie atmete tief durch. „Ich dachte, hier hätte ich endlich meine Ruhe. Ich will mit Jan und all seinen Geschichten nichts mehr zu tun haben. Ich will nur meine Sachen packen und so schnell wie möglich wieder nach Frankreich. Ich fühle mich hier sicher, auch wenn es ein bisschen langweilig ist."

Bill mischte sich ein. „Gnädige Frau", er beugte sich zu ihr hinunter, „am besten sie gehen woanders hin, bis sich der ganze Trubel gelegt hat. Ich werde Sie dorthin bringen. Sie haben doch bestimmt Freunde oder Verwandte, die Sie gerne aufnehmen."

„Nein, die Freunde in den Niederlanden sind nicht zuverlässig. Das sind vor allem Jans Zechkumpane. Zu den alten Freunden in Den Haag ist der Kontakt abgebrochen, als wir nach Frankreich gingen. Ich weiß gar nicht, wer noch lebt. Das Gleiche gilt für die Verwandten. Meine beiden Kinder leben schon lange in England."

Meg dachte nach. Josephine irgendwo unterzubringen, war eine gute Lösung. Am besten an einem Ort, den nur sie und Bill kannten. Sie hatte eine Idee. „Was ist mit Pieter, Jans bestem Freund? Er lebt in Den Haag."

Josephine sah sie überrascht an. „Pieter? Du meinst Pieter Koopmans? Der schöne Pieter? Ich habe ihn seit Jahren nicht mehr gesehen." Josephine lachte. „Ich war auch etwas in ihn verliebt. Aber er hatte so eine wunderbare Frau, und ich war ja schon mit Jan liiert und ..."

Meg unterbrach sie. „Seine wunderbare Frau war Jüdin und wurde von den Nazis auf der Straße verhaftet und in ein KZ deportiert. Hast du das nicht gewusst?"

Josephine war beschämt. „Doch. Es ist schrecklich. Wir haben Pieter kurz darauf besucht. Wir hatten ihn länger nicht gesehen und wussten nicht, was vorgefallen war. Ich hatte das Gefühl, Pieter mied uns. Aber Jan meinte, das wäre Quatsch. Also haben wir ihn besucht. Er war völlig verstört und äußerst aggressiv. Das Haus war in einem üblen Zustand. Überall standen Gläser, Flaschen und dreckiges Geschirr herum. Kleider lagen am Boden. Scherben von zerschlagenem Geschirr. Im Atelier Fetzen zerrissener Bilder und zerstörte Holzrahmen. Nirgends waren Sara und seine Töchter zu sehen. Als ich nach ihnen fragte, schrie er uns an. Erst haben wir kaum etwas verstanden, bis irgendwann klar wurde, dass die Nazis Sara mitgenommen hatten. Über die Kinder sagte er nur, er hätte sie in Sicherheit gebracht. Dann hat er sich plötzlich bei mir entschuldigt und mich gebeten, ihn mit Jan allein zu lassen. Er hätte etwas Ernstes mit ihm zu besprechen. Die Situation war so unangenehm, dass ich spazieren gegangen bin. Als ich zurückkam, saß Jan schon im Auto. Er wollte mir nicht sagen, worüber sie gesprochen hatten. Er sagte nur: ‚Die Freundschaft ist beendet. Er will mit uns nichts mehr zu tun haben'. Und das nach so langer Zeit. Natürlich haben Jan und Pieter öfter gestritten. Aber da ging es meistens um Kunst und war nach drei oder vier Pastis auch wieder vergessen. Aber jetzt war alles zu Ende."

„Wann ist das alles passiert?", wollte Meg wissen.

„Ich denke, es war 1942. Als sie begannen, die Juden aus ihren Häusern zu holen."

Meg dachte nach. „Da war das Buch mit dem Nazidichter Beversluis schon herausgekommen, und Jan hatte im Panorama Mesdag ausgestellt. Das wird Pieter nicht entgangen sein. Vielleicht hat Pieter ihm die Zusammenarbeit mit den Nazis vorgeworfen."

„Das mag schon sein", Josephine fühlte sich sichtlich unwohl. „Jedenfalls haben wir Pieter seitdem nicht mehr gesehen. Ich weiß nicht, ob er sich über mich freuen würde."

Auch Meg war sich da nicht sicher. Aber sie erinnerte sich, dass auch Pieter von Josephine geschwärmt hatte. Bestimmt wäre es interessant zu sehen was passiert, wenn sich die beiden begegnen.

„Ich denke, wir sollten es versuchen. Bei Pieter vermutet dich bestimmt niemand. Keiner weiß, dass er mal Jans Freund war." Meg stand auf. „Also, wenn du noch packen musst, beeil dich."

„Und nicht zu große Koffer", ergänzte Bill. „Der Jeep hat nicht so viel Platz."

Josephine sprang auf. „Der Jeep? Keinesfalls lass ich den Citroën hier. Ich fahre selbst. Es dauert nur ein paar Minuten. Die Koffer sind noch nicht ausgepackt."

4. Nelly

Bevor sich Nelly am frühen Morgen aufmachte, das Haus des Malers zu verlassen, spähte sie durch eines der Souterrainfenster neben der Eingangstreppe auf die Keizersgracht. Außer zwei Polizisten war niemand zu sehen. Am Nachmittag zuvor hatten Journalisten das Haus von van Aelst belagert. Die Polizisten standen auf dem Treppenabsatz vor der Haustür und sicherten den Hausarrest des Malers. Mit stoischer Ruhe verweigerten sie jeden Zugang zu van Aelst. Als der Maler, aufgebracht durch die Vorwürfe in *De Waarheid* und die Rufe der Reporter, plötzlich eines der Fenster in der oberen Etage aufgerissen und gebrüllt hatte: „Das ist alles eine Lüge! Niemals habe ich Hitler eines meiner *Teekeningenbücher* persönlich gewidmet!", waren die Polizisten eingeschritten. „Schließen Sie sofort das Fenster", hatten sie gerufen. Doch der reichlich angetrunkene van Aelst hatte nicht reagiert und ein „Das ist alles eine verdammte Fälschung!" hinterhergeschrien. Das hatte bei den Reportern für Heiterkeit gesorgt und Thomasius hatte ihm geantwortet: „Mit Fälschungen kennst du dich ja bestens aus!" Daraufhin hatte einer der Polizisten das Spektakel mit einem Warnschuss in die Luft beendet. Die Reporter waren zusammengezuckt und auseinandergelaufen, während van Aelst panisch vom Fenster zurückgesprungen war. Nelly hatte das Fenster geschlossen, eine Hand des Malers genommen und ihn in sein Schlafzimmer geführt, wo sie ihn überreden konnte, ein paar Züge von seiner Opiumzigarette zu nehmen.

Nelly hatte zuvor das Gespräch mit dem Polizisten und der Journalistin belauscht, während sie in der Küche von den Leckereien naschte. Der Maler schien wegen irgendeiner Nazigeschichte Probleme zu haben. Damit wollte sie nichts zu tun haben. Andererseits war seine Frau abgehauen, und da er unter Hausarrest stand, würde er jemanden brauchen, der sich um den Haushalt kümmerte und Besorgungen machte. Warum sollte nicht sie das tun? Also war sie einfach geblieben, als der Polizist und die Frau das Haus verließen, und hatte den Tisch gedeckt. Der Maler schien sie vergessen zu haben. Er war noch eine Weile im Morgenmantel umhergelaufen, hatte geflucht und einen Genever gekippt. Als er sie bemerkte, war er peinlich berührt. Er entschuldigte sich und verschwand in seinem Schlafzimmer. Kurz darauf tauchte er in einer Gabardinehose und mit legerem Wollpullover wieder auf, um zu lunchen.

„Alles Lügen, alles Lügen. Glaub bloß nicht das Geschwätz dieses Polizisten", murmelte er, während er ein paar Krabben auf seinen Toast häufte.

„Ich habe in der Küche nichts gehört. Es geht mich auch nichts an."

Der Maler lächelte, sah sie an und streckte beide Hände aus. Nelly ergriff sie und van Aelst zog sie auf seinen Schoß. Dann fütterte er sie mit Krabben, die er vorher sorgfältig pulte, und sie leckte ihm die Finger ab. Er sah ihr in den Ausschnitt. Dann legte er eine Hand auf ihren Oberschenkel, zögerte und zog sie wieder zurück. Er schenkte sich einen weiteren Genever ein und seufzte.

„Es ist der Schnaps, der mich lähmt. Ich sollte damit aufhören. Du gefällst mir nämlich."

Nelly knöpfte ihre Bluse auf.

Der Maler lachte und begann mit kleinen Bissen von ihr zu

kosten. Nelly erhob sich von seinem Schoß und lehnte sich rücklings gegen den Tisch. Sie raffte ihr Kleid.

Van Aelst grinste, stand auf und drückte sich gegen sie. „So habe ich es das letzte Mal in einem Pariser Nachtclub gemacht und die Schwedin hat sich nicht beklagt."

Als der Maler sich erschöpft zurückzog, rutschte Nelly vom Tisch, legte ihre Arme um seinen Hals und flüsterte ihm ins Ohr: „So könnte ich dir täglich den Tisch decken."

„Das würde mir schon gefallen", antwortete der Maler und schlurfte in sein Schlafzimmer.

Nelly räumte den Tisch ab, und weil sie sonst nichts zu tun hatte, sah sie sich im Salon um. Auf einer gedrechselten Kommode entdeckte sie ein blaues Skizzenheft. *AUFZEICHNUNGEN v.A. II* stand darauf. Sie blätterte darin herum. Die Seiten waren eng beschrieben. Die Schrift war klein, akribisch und gut zu lesen. In der Mitte des Büchleins entdeckte sie die Notiz Paris 1937. Sie legte sich auf ein Kanapee und begann zu lesen.

Ich traf die Schwedin in einem Pariser Nachtclub, der bekannt war für seine schönen Tänzerinnen und auch dafür, dass sie in den Separees nicht nur ihre Netzstrümpfe ausziehen würden. Ich wollte feiern, denn ich hatte tagelang mit Warten und Spazierengehen verbracht, während mein Unterhändler B. in den Tresorräumen der Crédit Lyonnais über den Preis des Vermeer-Gemäldes verhandelte. Tatsächlich hatten amerikanische Kunsthändler von D. die Sache fast noch verdorben. Denn nachdem wir die Holländer, vor allem den Rotterdamer Großkotz H. schon in der Tasche hatten, hielten die Amerikaner das Bild für eine Fälschung, ein rotten fake, wie sie in die USA kabelten. Aber H. hatte in Holland schon so viele Sammler und

Geldgeber mit seinem neu entdeckten Vermeer verrückt gemacht. Ein Zweifel war unmöglich, denn wer wollte schon etwas gegen Br. sagen, den greisen Oberexperten, dessen lobpreisendes Urteil gerade im The Burlington Magazine *erschienen war. Also haben wir das Bild für den Rekordpreis von 520 000 Gulden verkauft. Zwei Drittel davon, also fast 350 000 habe ich eingesteckt, der Rest ging an die Zwischenhändler.*

Nelly traute ihren Augen nicht. So viel Geld für ein Bild! Sie hatte die Aufzeichnungen schon zur Seite legen wollen, weil sie keine weiteren pikanten Details über die Schwedin fand und sich langweilte. Und jetzt dieses Vermögen für ein Bild. Vermeer, wer war das noch mal? Den Namen hatte sie schon gehört. Aber so viel Geld? Kein Wunder, dass der Maler sich die ganzen Köstlichkeiten leisten konnte. Sie musste unbedingt mehr erfahren und las weiter.

Die 350 000 Gulden waren schon mal genug, um in Paris richtig auf den Putz hauen zu können. In dem Nachtclub sah ich diese Tänzerin mit Beinen, oh, là, là. In Netzstrümpfen bis zum dem seidig schimmernden Ort, den ich zu erobern beabsichtigte. Ich habe sie in mein Separee kommen lassen, zusammen mit einer Magnumflasche Champagner und ein paar Unzen Sevruga Kaviar. Wir hatten aber kaum was davon, denn er flog vom Tisch, als ich die Schwedin darauf platzierte. Es war eine heiße Nummer, allerdings recht unbequem, weshalb wir in mein Hotelzimmer flohen und es tagelang nicht verließen. Leider überfiel mich dann doch das schlechte Gewissen gegenüber Josephine. Um es zu beruhigen, kaufte ich ein sündhaft teures Halsband aus Brillanten. Letztendlich hat mich das aber verraten. Denn als ich es ihr bei meiner Rückkehr überreichte, war sie sofort skeptisch. Als ich ihr dann sagte, dass ich doch fast 350 000 verdient hatte, sie aber nur 250 000 im Koffer fand, da dauerte es nicht lange, bis ich ihr alles beichten musste. Sie bestrafte mich, indem sie für einige Zeit zu irgendwelchen Freunden und Partys und vermutlich auch Liebhabern nach Nizza verduftete. Bei ihrer Rückkehr eröffnete sie mir, dass sie nicht mehr über die Angelegenheit sprechen wolle. Das Halsband wäre eine angemessene Entschädigung. Es war ein Schlamassel für mich, denn gleichzeitig hatte ich bei diesem Abenteuer zu viel Geld ausgegeben. Ursprünglich wollte ich bei der großen Ausstellung des Bildes in Rotterdam öffentlich gestehen und die ganzen Kunstheinis, Sammler und Museumsdirektoren mit meiner Fälschung blamieren. Natürlich würde ich anbieten, das Geld zurückzubezahlen. Aber das konnte ich jetzt nicht mehr. Und um ehrlich zu sein: Mit so viel Geld um mich zu schmeißen, das war schon etwas Besonderes. Das gefiel mir. Ich war auf den Geschmack gekommen.

Der Maler hatte in einer Woche 100 000 Gulden für ein Flittchen und Schmuck für seine Frau ausgegeben. Nelly konnte es nicht fassen. Sie musste ihn unbedingt bei Laune halten. Der Maler war am Abend nur kurz aufgewacht, als sie sich zu ihm legte. Er hatte sich in ihren Arm gekuschelt wie ein Kind und war sogleich wieder eingeschlafen. Zuvor hatte er ihr ein paar liebe Worte zugeflüstert und sie beauftragt, am kommenden Morgen möglichst unbemerkt Zeitungen zu besorgen.

Nelly band sich ein Kopftuch um. Sie öffnete die Tür und gab sich als van Aelsts Haushälterin aus. Sie müsse frische Milch und die Zeitung besorgen. Die Polizisten waren unschlüssig. Einer meinte, der Arrest beträfe ja nicht die Haushälterin. Nelly versprach ihnen frische Rosinenbrötchen zum Frühstück. Da nickten sie und schauten der Form halber in ihren leeren Korb, ob sich dort etwas Verdächtiges befand.

Nelly eilte zu einem Zeitungskiosk auf dem Spui. Alle Amsterdamer Zeitungen hatten auf der Titelseite das Foto des schreienden und gestikulierenden van Aelst im Fenster seines Hauses. Nelly kaufte je ein Exemplar und verstaute sie im Korb. Van Aelst hatte ihr die Adressen eines Bäckers und eines kleinen Milchladens gegeben, wo sie ohne Probleme und Lebensmittelscheine Rosinenbrötchen und frische Milch kaufen konnte. Dann eilte sie nach Hause. Sie fühlte sich gut. Niemand hatte sie erkannt oder angesprochen. Doch als sie die Zeitungen zusammen mit dem Frühstück auf dem Tisch platzierte und ihr Blick über die Schlagzeilen glitt, erschrak sie. Es sah nicht gut aus für den Maler. Der stakste gerade schlaftrunken in den Salon und hauchte Nelly ein Küsschen auf die Wange. Sie stellte sich schnell vor den Tisch mit den Zeitungen, aber er hatte sie schon gesehen und schob Nelly beiseite.

„Willst du nicht lieber erst frühstücken?", fragte sie, doch van Aelst hatte sich seine Lesebrille aufgesetzt und nahm sich die erste Zeitung vor. Es war *De Waarheid* mit der Schlagzeile DIE LÜGEN DES FÄLSCHERS.

Er schüttelte den Kopf. „Bring mir einen Genever und mach Kaffee." Der Maler klang nicht mehr freundlich. Er las den Artikel.

Der Maler van Aelst, der mit einem gefälschten Vermeer-Gemälde angeblich den Nazi Göring hereingelegt hat, steht seit der Veröffentlichung belastender Beweise in unserer Zeitung unter Hausarrest. Ihm wird Kollaboration vorgeworfen. Von seinem Fenster aus behauptete er, selbst Opfer einer Fälschung geworden zu sein. Das ist nichts weiter als der dreiste Versuch, sich reinzuwaschen vom Vorwurf, ein glühender Verehrer Adolf Hitlers zu sein. Warum hätte er ihm sonst persönlich ein Exemplar seines Teekeningenbuches mit Versen des Nazidichters Beversluis widmen sollen? De Waarheid hat in Berlin einem Grafologen das signierte Buch vorgelegt. Er bestätigte, dass Widmung und Unterschrift in dem Teekeningenbuch ein und dieselbe Handschrift seien. Die Behauptung van Aelsts, er habe zahlreiche Bücher nur signiert und ein anderer habe die Widmung an den Führer hinzugefügt, ist deshalb nichts anderes als die dreiste Lüge eines Kollaborateurs. ‚Falscher' als van Aelst kann man gar nicht sein.

Es folgte ein weiterer Artikel, der van Aelsts Freundschaft mit Nazibonzen während des Krieges belegen sollte. Auch ein Foto, das ihn bei der Vorstellung des Buches *Teekeningen 1* im Panorama Mesdag neben Beversluis und ein paar niederländischen und deutschen Nazis zeigte. Van Aelst kippte den Genever herunter und knallte das Glas auf den Tisch. Dann nahm er sich ein Exemplar der protestantischen *Trouw* vor. Auch sie hatte das Foto, wie er am Fenster stand, auf der Titelseite. Hier lautete die Schlagzeile: DER MALER VAN AELST KÄMPFT UM SEINEN RUF. Die *Trouw* wies daraufhin, dass das Foto in *De Waarheid*, natürlich noch kein wirklicher Beweis sei. Man müsse das Original untersuchen, um herauszufinden, wie schuldig sich der Maler wirklich gemacht habe. Das dürfte schwierig werden. Allerdings wies die *Trouw* darauf hin, dass allein schon die Zusammenarbeit mit dem ausgewiesenen Nazidichter Beversluis beweise, dass der Maler wohl kaum Probleme mit der Naziideologie und zumindest ihren niederländischen Vertretern gehabt habe. So habe er 1942 mit einem Gemälde die Wintersammelaktion der Wehrmacht für warme Uniformen an der Ostfront unterstützt. Es war eine Auftragsarbeit der Nazis. Ein weiteres großes Bild mit dem Titel *Arbeit* war gleich nach der Befreiung in den Büros der nationalsozialistischen Niederländischen Arbeitsfront gefunden worden.

„Verdammt! Was wollen die nur von mir? Den Nazis hat meine Kunst gefallen. Das kann ich von meinen Landsleuten nicht behaupten. Sollte ich mich dagegen etwa wehren? Die ‚guten' Niederländer haben mich ja nicht ausgestellt", flüsterte van Aelst vor sich hin, während ihm Nelly Kaffee servierte. Sie streichelte ihm über den Kopf, aber der Maler entwand sich ihrer Liebkosung und starrte auf *Het Parool*. FEIERN STATT FRIEREN! WIE DER BAMBIMALER VAN AELST DEN HUNGERWINTER ÜBERLEBTE stand in großen Buchstaben über dem Foto. Der Maler erstarrte. Dann zerknüllte er die Zeitung, warf sie auf den Boden und stampfte darauf herum. „Sieh dir das an! Diese Schreiberlinge! Schon wieder bin ich nur der Bambimaler. So schnell haben sie vergessen, dass ich es war, der mit einem genialen Vermeer-Gemälde Göring hereingelegt hat." Erschöpft stützte er seinen Kopf mit den Händen, die Ellbogen auf den Tisch gepresst.

Nelly nahm die Zeitung, faltete sie auseinander und strich sie glatt.

Der Maler fegte die Kaffeetasse zur Seite und schrie sie an. „Verdammt, wo ist mein Genever!"

Schnell brachte sie ihm die Flasche.

Van Aelst schenkte sich ein Wasserglas voll und kippte es in einem Zug. Dann griff er sich die Zeitung erneut. „Ich will wissen, welche Lügen sie noch auf Lager haben."

In diesem Herrenhaus in der Keizersgracht feierte der Maler van Aelst, der Schöpfer der berühmten Bambizeichnung, rauschende Feste, während die meisten seiner Landsleute hungerten und froren. Die erlesenen Speisen wie Pasteten, Rollschinken, gebratene Hühner und Schokoladencreme wurden von jungen Damen, die nicht mehr als ein Baströckchen trugen, herumgereicht ebenso wie Wein, Bier, Genever und Champagner. Die meist männlichen Gäste vergnügten sich trinkend und Zigarren rauchend bis zum Ende der Ausgangssperre am frühen Morgen. Lesen Sie exklusiv den Bericht unseres Reporters Hendricus Thomasius.

Hendricus Thomasius, van Aelst kannte den Namen nicht. Was war mit der Reporterin? Er hatte doch ihr Ehrenwort. Er erinnerte sich, dass sie gestern dem Kapitein zugeflüstert hatte, nicht mehr für die *Parool* zu arbeiten. Aber sie musste hinter der Geschichte stecken, denn die Reportage war so voller Details, die nur jemand, der bei einer seiner Party zu Gast gewesen war, kennen konnte.

Während einer besonders kalten Winterperiode, als die Amsterdamer in ihrer Verzweiflung die Bäume an den Grachten fällten, um sie zu verheizen, war van Aelsts Haus gut gewärmt, damit die nackten Mädchen nicht froren. Nur im Erdgeschoss hatte er in der Halle eine Eisbahn anlegen lassen, damit seine Partygäste auch Schlittschuhlaufen konnten.

Das war tatsächlich eine legendäre Party gewesen. Aber auch ein dummer Einfall, denn die Kälte der Eisbahn hatte mit der Zeit das ganze Haus durchdrungen, und Josephine hatte furchtbar gejammert. Es hatte Tage gedauert bis die Bahn geschmolzen war, und sie hatten einen guten Teil des Kohlevorrats verheizen müssen. Aber bei diesem Fest war die

Reporterin nicht sein Gast gewesen. Das wusste er genau. Es musste also noch eine andere Quelle geben. Er musste van Hettema sprechen, damit sie diesen Quatsch in der *Parool* stoppte.

Der Türklopfer hallte durchs Haus. Bevor Nelly die Haustür erreichte, öffnete sich diese wie von selbst und Rosendahl kam herein.

Van Aelst erhob sich und versuchte zu lächeln. „Sie haben einen Schlüssel, Kapitein?“

Rosendahl zeigte auf die Zeitungen. „Und Sie sitzen ziemlich in der Scheiße.“

„Das sind doch alles alte Geschichten. Das werde ich auch noch überstehen.“

„Sind Sie da so sicher?“ Rosendahl hielt ihm die *Parool* vors Gesicht. „Sie haben wilde Partys gefeiert, während Tausende erfroren und verhungert sind. Glauben Sie mir. Viel Verständnis dürfen Sie da nicht erwarten. Es werden Fragen gestellt werden. Woher hatte er das Geld für die Lebensmittel? Wie konnte er mitten unter den Nazis solche Feste feiern, ohne dass die etwas mitbekommen haben? Denn erlaubt hätten sie es bestimmt nicht. Es sei denn, er wäre eben doch auch ein Nazi. Die konnten sich ja alles erlauben. Das gefällt den Leuten überhaupt nicht.“

Van Aelst erstarrte. „Das ist doch alles Blödsinn. Wir haben es uns gut gehen lassen, aber ich kann alles erklären. Das Geld kommt aus zwei großen Lotteriegewinnen. Dazu habe ich einem Juden sein ganzes Kolonialwarenlager abgekauft. Zu einem guten Preis. Ich habe ihm damit die Flucht in die USA ermöglicht.“

Rosendahl verdrehte die Augen. „Von dem Warenhaus

habe ich gehört. Aber jetzt haben Sie auch noch einen Juden gerettet? Was ist das wieder für eine Geschichte?" Rosendahl dachte nach. „Aber das wird die Leute nicht interessieren. Einige von ihnen haben Juden verraten. Manche aus Not, etliche um sich einen Vorteil zu verschaffen. Für die sind Sie ein elender Schmarotzer. Ein Schmierlappen. Ein Schmutzfink. Sie werden Sie hassen, weil Sie im Luxus schwelgten, während sie zu viert von einer faulen Kartoffel satt werden mussten. Seien Sie froh, dass Sie hier unter Hausarrest stehen. Draußen würde man Ihnen den Kopf kahl scheren, im besten Fall. Im schlimmsten würde man Sie verprügeln und durch die Straßen jagen. Vielleicht sogar in einem Hinterhof umbringen."

Van Aelst versuchte, Contenance zu wahren. „Die Menschen sind undankbar. Noch vor wenigen Tagen haben sie mich gefeiert, weil ich Göring übers Ohr gehauen habe. Jetzt ist das alles nichts mehr wert?" Er schüttelte den Kopf. „Sind Sie gekommen, um mich abzuholen? Bringen Sie mich wieder ins Gefängnis?"

„Vorläufig nicht. Hier sind Sie sicherer. Ich werde ein paar zuverlässige Leute im Haus postieren. Sogar bei uns auf der Wache gibt es Kollegen, die gerne kurzen Prozess mit Ihnen machen würden, bei dem, was Sie alles angestellt haben."

„Wie meinen Sie das?"

„Es sieht doch so aus, als ob Sie zu den Nazis mehr als nur gute Kontakte hatten. Zu Niederländischen und Deutschen. Sonst hätten Sie nicht dieses *Teekeningenbuch* machen können. Die Ausstellungen. Die Bilder im Auftrag der Nazis."

Van Aelst sprang auf. „Das hatte alles nur mit Kunst zu tun! Der Rest interessierte mich nicht! Ich bin niemals Mitglied der Kulturkammer oder gar des NSB geworden."

„Weil Sie ein Opportunist sind. Weil es gar nicht nötig war. Sie hatten auch so genügend Unterstützer."

„Niemals! Ich wollte nichts mit ihnen zu tun haben. Dieser Krieg, die Judenverfolgung, dieser ganze deutsche ‚Zack-Zack-Ordentlich-Durchführen'-Quatsch hat mich angewidert. Aber ihre Einstellung zur Kunst, ja, die hat mir gefallen."

„Sehen Sie, van Aelst, dieses Buch mit der Widmung, diese Bilder, die Sie im Auftrag der Nazis gemalt haben, die Ausstellungen in Deutschland, das ist schlimm genug. Dafür wandern Sie ins Lager. Wenn wir jetzt noch herausbekommen, dass Sie das Geld illegal verdient haben, oder dass Sie den Juden mit dem Lagerhaus über den Tisch gezogen haben, dann könnte es ernst werden. Darauf steht der Strick. Also sagen Sie mir lieber gleich, was Sie noch zu verbergen haben."

Van Aelst schenkte sich einen weiteren Genever ein und lief zu einem hohen Eckbücherschrank. Links und rechts konnte man durch ebenholzgefasste Kristallglasfenster die Buchrücken wertvoller Bücher sehen. In der Mitte gab es eine verzierte Tür. Dahinter verbarg sich ein Tresor mit einem roten fünfzackigen Stern knapp über der Mitte und einem Schlüsselloch darunter. Van Aelst drehte sich zu Rosendahl um. „Ich habe keinen Juden beschissen." Er öffnete mit einem großen Schlüssel den Tresor. Man sah drei weitere Türen. Er schloss eine davon auf und zog ein Dokument heraus. Mit dem Ärmel seines Morgenmantels wischte er darüber und streckte es Rosendahl hin.

Kaufvertrag zwischen Mozes Theeboom (Verkäufer) und Johannes van Aelst (Käufer) geschlossen über Cornelius Jansen, Prokurist der Firma Theeboom Delicatessen, Weesperstraat

35, Amsterdam, Handlungsbevollmächtigter und derzeitiger Inhaber von Jansen Delicatessen, Nachf. Theeboom Delikatessen, ebenfalls Weesperstraat 35, Amsterdam

Rosendahl überflog die erste Seite. Theeboom hatte demnach seinen Delikatessenhandel, bestehend aus einem großen Geschäfts- und Lagerhaus mit Grundstück einschließlich aller darin befindlichen Waren und Güter zu einem Preis von 750 000 Gulden an van Aelst verkauft. Davon erhielt er bei Unterzeichnung 550 000 in Bar. Für die Vermittlung des Verkaufs gingen 50 000 an seinen Prokuristen Cornelius Jansen und ein bisher unbekanntes Selbstporträt von Rembrandt im Wert von 150 000 Gulden an den deutschen Bankier Alois Miedl. „Das ist nicht viel mehr als ein Stück Papier. Es beweist nichts." Rosendahl tippte auf den Vertrag. „Außerdem, warum ist Alois Miedl mit im Geschäft? Bisher haben Sie doch immer behauptet, Sie würden ihn gar nicht kennen. Das sieht mir alles nicht sehr koscher aus."

Van Aelst hatte zwei Genever eingeschenkt und reichte einen Rosendahl. Beide kippten den Schnaps, ohne miteinander anzustoßen, hinunter. Van Aelst wischte sich den Mund mit dem Handrücken ab. „Sie sollten sich setzen, Rosendahl. Damit Sie alles verstehen, muss ich ein bisschen ausholen. Es war dumm von mir, zu behaupten, dass ich Miedl und weitere Nazis, die mit Kunst zu tun hatten, nicht gekannt habe. Aber Sie wissen doch, wie das gerade ist. Schnell wird man missverstanden und gleich als ‚falsch' abgestempelt. Dabei gibt es doch Unterschiede. Ich habe zum Beispiel nur in Kunstsachen mit den Nazis zusammengearbeitet. Ich habe dabei niemandem geschadet."

Rosendahl unterbrach ihn. „Hören Sie auf! Sie sind mit dem

Nazidichter Beversluis befreundet, Sie haben in Deutschland ausgestellt! Das sind keine Bagatellen."

Van Aelst war nicht beeindruckt. „Ich gebe zu, Alois Miedl ist eine zwielichtige Gestalt, aber er hatte auch eine gute Seite. Sie wissen bestimmt, dass er mit einer Jüdin verheiratet ist. Miedl hat auch einigen Juden bei der Flucht geholfen. Mindestens einem Dutzend, habe ich gehört."

„Und viele andere hat er an die Nazis verraten, um sich deren Besitz einzuverleiben?"

„Davon weiß ich nichts." Van Aelst hob die Hände. „Hören Sie, ich habe mit diesen Nazis nur so viel zu tun gehabt, wie es unbedingt sein musste. Ich habe die Judenverfolgung der Nazis missbilligt und die Augen geschlossen, um nichts mitzubekommen. So wie viele Niederländer. Was hätte ich tun sollen?"

„Es gab Leute, die Juden geholfen haben, sie versteckt haben. Es gab Widerstand."

„Sehen Sie mich doch an. Meinen Sie, ich wäre für den Widerstand geeignet gewesen? Ich bin Künstler durch und durch. Egozentrisch, besessen, größenwahnsinnig. Ich giere nach Aufmerksamkeit. Ich trinke zu viel, rauche Opium und treibe mich mit Weibern herum. Ich bin ein nervliches und körperliches Wrack, und natürlich überhaupt nicht mutig. Dennoch, Sie werden es kaum glauben, einmal war ich es. Ich habe Mozes Theeboom, seiner Frau und ihren Töchtern zur Flucht verholfen. Ich konnte das nur, weil ich Kontakt zu diesem Miedl hatte. Ich wusste, dass er für einen Rembrandt alles tun würde."

Rosendahl begann zu lachen. „Van Aelst, ich bin einiges gewohnt von Ihnen. Aber jetzt bin ich wirklich gespannt."

„Kommen Sie mit, ich muss Ihnen etwas zeigen." Van Aelst öffnete eine Flügeltür zu einem kleinen Salon, den er als Zeichenatelier nutzte. Er zeigte auf ein Ölgemälde, das an der Wand hing. Es war ein Porträt. In dunklen Farben gemalt, ganz in der Tradition von Gerard ter Borch, den van Aelst seit seiner Jugend bewunderte. Aber es zeigte keinen reichen, selbstbewussten Bürger, wie bei ter Borch üblich, sondern einen alten Mann mit zerfurchtem Gesicht, Bartstoppeln und einem abgegriffenen Hut auf dem Kopf. Der Hemdkragen war offen und stach schief aus einem groben Wollmantel hervor. Der Hals war dünn. Ein Clochard.

„Das ist Mozes Theeboom. Gemalt am 23. Februar 1941, als die Nazis auf dem beliebten Sonntagsmarkt in der Nieuwe Uilenburgerstraat Jagd auf Juden gemacht haben. Ich hatte in der Nähe des Waterlooplein, in der Jodenbreestraat, in einem früheren Ladenlokal, ein Atelier und eine kleine Wohnung. An diesem Tag, es war gegen Mittag und ich hatte gerade eine neue Leinwand aufgespannt und mit dem Porträt eines Freundes begonnen, da wurde es sehr laut in der Straße. Ich hörte Schreie und Getrampel von genagelten Stiefeln. Ich schob den Vorhang zur Seite und sah eine Gruppe Schwarzhemden und deutsche Nazis Knüppel schwingend durch die Straße rennen. Vor ihnen flohen junge Männer. Vermutlich Juden. Plötzlich sah ich im Augenwinkel, wie sich jemand in den schmalen Haussturz meiner Eingangstür presste. Schnell zog ich den Mann herein. Er war außer Atem, zitterte am ganzen Körper und bat mich um Hilfe. Der Mann, Mozes Theeboom, erzählte, dass junge jüdische Männer sich seit ein paar Tagen gegen die Übergriffe der Nazis wehrten. Deshalb hatten die Nazis begonnen, härter durchzugreifen und auf dem Markt in der Nieuwe Uilenburgstraat wahllos Juden verhaftet. Er hatte entkommen können, aber lange könne er nicht mehr durch die Straßen fliehen. Überall SS, SD und niederländische Schwarzhemden. Jeden Juden, den sie schnappten, verprügelten sie und steckten ihn sofort ins Lager. Er habe Familie. Eine Frau und zwei kleine Töchter. Frühestens bei Dunkelheit könne er sich nach Hause trauen. Den Juden zu verstecken, erschien mir nicht allzu klug, aber ich hatte eine Idee. Ich sagte zu Theeboom, er solle sich auf einen Hocker neben der Staffelei setzen. Schnell begann ich mit dem Kohlestift die Konturen des Porträts, an dem ich gerade arbeitete, an Theeboom anzupassen. Ich setzte ihm einen alten Hut mit großer Krempe auf und gab ihm grobe Stiefel und einen abgetragenen Wollmantel von mir. In wenigen Minuten ein Porträt skizzieren, das war schon immer meine Stärke. Dann begann ich sofort mit den Ölfarben. Ich habe sie dick und rasch aufgetragen. Es sollte aussehen, als ob wir schon seit vielen Stunden an dem Bild arbeiteten. Sein Gesicht war in groben Zügen fertig, ebenso der Hut und der Hemdkragen, als heftig gegen die Tür geschlagen wurde. Theeboom erschrak ebenso wie ich. Ich sagte ihm, er solle ganz ruhig bleiben. Dann ging ich mit klopfendem Herzen zur Tür. Es waren zwei niederländische Schwarzhemden, die sofort hereindrängten. Wenigstens keine Deutschen.

‚Wie kann ich euch helfen?', fragte ich sie.

‚Wir suchen Juden, die auf dem Markt in der Nieuwe Uilenburgerstraat randaliert und deutsche Sicherheitskräfte angegriffen haben. Ein paar von ihnen sind entkommen und verstecken sich in den Häusern des Viertels.'

‚Da seid ihr bei mir falsch. Hier ist niemand außer mir und meinem Freund Willem, der seit heute Morgen Modell sitzt.' Ich ließ sie ins Atelier, und sie sahen das halb fertige Porträt auf der Staffelei und Theeboom auf dem Hocker. ‚Er darf sich nicht bewegen, sonst ist die Pose dahin', sagte ich schnell. ‚Aber ihr seid die ersten Betrachter. Ist es gelungen? Seit Stunden arbeiten wir an dem Bild.'

Die beiden Schwarzhemden betrachteten abwechselnd Theeboom und das Bild. ‚Nicht schlecht. Sieht verdammt echt aus. Du machst so etwas in ein paar Stunden? Ich habe in der Schule auch immer gerne gemalt, aber es ist nie richtig was geworden. Wirklich beeindruckend.' Der jüngere der beiden Schwarzhemden war ein drahtiger Typ mit spitzem Mäusegesicht. ‚Wie heißt du? Bist du berühmt?' Er starrte mich an und ich sagte ihm meinen Namen, und dass ich schon einen Ruf innehabe.

‚Würdest du auch mich malen, oder kann ich mir das gar nicht leisten?' Er ging jetzt ganz nah an die Leinwand und dann auf Theeboom zu.

Ich musste eingreifen. ‚Natürlich geht das. Ich kann mir das gut vorstellen. So in der schwarzen Uniform. Sehr beeindruckend.'

Er blieb stehen und sah mich an. ‚Klar. Nicht so abgerissen wie der hier. Sieht ja aus wie ein Landstreicher. Und das ist ein Freund von dir?'

Wieder musste ich mir etwas einfallen lassen. ‚Das ist doch nur eine Verkleidung. Das Bild ist eine Studie für ein großes Gemälde über das Leben auf den Straßen Amsterdams. Aber die echten Clochards, die lassen sich nicht so einfach malen, und ich möchte sie auch nicht unbedingt in meinem Atelier haben. Normalerweise läuft mein Freund Willem nicht so herum.' Plötzlich fiel mir ein, dass Willem neulich nach einem Saufgelage tatsächlich seinen teuren Kamelhaarmantel bei mir vergessen hatte. Er hing noch an einem Haken bei der Eingangstür. Ich zeigte darauf. ‚Ach übrigens, das ist der Mantel, den er normalerweise trägt.'

Mäusegesicht drehte sich um und ging zu dem Mantel. Fühlte den Stoff. ‚Ganz schön edel. Der hält bestimmt schön warm." Dann griff er in die Innentasche und zog Willems Ausweis hervor. Er blätterte ihn durch. „Also, ein Bild von mir und ein paar Freunden. Das würde mir gefallen.' Er hielt noch immer den Ausweis in der Hand. ‚Willem Keizer. Kein ‚J'-Stempel. Also kein Jude. Wenn ich mir das Bild so recht betrachte', er machte eine kleine Pause und mir stockte das Herz. ‚Mann, du bist echt ein guter Maler. Hast ihn wirklich getroffen und gleichzeitig in einen Clochard verwandelt. Respekt.' Er steckte den Ausweis zurück in den Mantel.

Ich lachte. ‚Kein Problem.' Dann zeigte ich auf Theeboom, der weiter stumm und steif seine Stellung hielt. ‚Also, ich sollte jetzt doch schnell weitermachen. Auch einen guten Freund kann man nicht ewig strapazieren.'

Die beiden nickten. Der größere zeigte mit seinem Schlagstock auf eine Tür im hinteren Teil des Ateliers. ‚Wohin geht es da?'

Schnell eilte ich zur Tür und öffnete sie. ‚Ein kleines Schlafzimmer und dahinter ein Bad und Toilette. Schaut euch ruhig um.'

Sie blickten nur kurz hinein. ‚Ist in Ordnung. Wir müssen dann mal weiter. Lass bloß keinen Juden hier rein. Das gibt sonst Ärger.'

‚Da könnt ihr sicher sein. Das Ungeziefer wird man ja so schnell nicht mehr los.'

Sie lachten. ‚Du bist in Ordnung. Also ich denke, ich melde mich dann mal bei dir. Aber ohne die Kameraden. Vielleicht für ein Porträt für mein Mädchen.' Mäusegesicht klopfte mir auf die Schulter. Beide salutierten und verließen das Haus. Als sie die Tür hinter sich zuschlugen, spürte ich, wie meine Knie zitterten. Ich holte schnell eine Flasche Genever und schenkte zwei Gläser voll. Wir kippten beide den Schnaps in einem Zug hinunter. Es hatte tatsächlich geklappt.

Am Abend begleitete ich dann Theeboom zu seinem Haus in der Weesperstraat. Er trug den Kamelhaarmantel mit Willems Ausweis, für den Fall einer Kontrolle. Er wollte mir Geld geben, aber das habe ich abgelehnt. Er sagte, er würde jetzt mit seiner Familie in ein vorbereitetes Versteck gehen und hoffen, dass der Spuk mit den Nazis bald vorbei sein würde. Die Firma habe er formal an seinen Prokuristen Cornelius Jansen übergeben, bevor die Nazis ihn enteignen konnten. Falls ich mal etwas brauchen würde, sie hätten noch immer ein gut gefülltes Lager mit Spezialitäten und gute Kontakte zu Lieferanten und Bauern. Ich solle mich dann an Jansen wenden. Ich habe Willems Mantel genommen und wir haben uns verabschiedet."

Rosendahl betrachtete noch immer das Bild. „Ich bin beeindruckt, van Aelst. Wenn die Geschichte stimmt. Aber sie erklärt nicht, wie Sie den Besitz von Theeboom übernommen haben."

„Und wie er mit seiner Familie fliehen konnte und den Krieg überlebt hat. Das können Sie ihn aber selbst fragen." Van Aelst streckte Rosendahl eine Postkarte entgegen. Sie zeigte die Hafenansicht von Boston in den USA. Auf der Rückseite las Rosendahl.

„Lieber Herr van Aelst, unser Retter. Dank Ihrer Hilfe haben wir es über New York nach Boston geschafft, wo ich beabsichtige, wieder ein Geschäft mit Delikatessen zu eröffnen. Falls es Sie mal in die USA verschlägt, müssen Sie uns besuchen. Mit besten Wünschen und größter Dankbarkeit. Ihr Mozes Theeboom und Familie.“

Es folgte eine Adresse in Boston. Rosendahl sah van Aelst fragend an.

„Schicken Sie ihm ein Telegramm, oder ein paar Polizeikollegen in Boston sollen ihn besuchen. Er wird Ihnen alles bestätigen. Sie können natürlich auch Jansen kontaktieren. Er lebt in dem Haus in der Weesperstraat. Ich habe ihn als Geschäftsführer behalten. Er hat mir gute Dienste geleistet, aber es geht ihm gesundheitlich sehr schlecht. Was Theebooms Flucht anbelangt – Jansen, mit dem ich in Kontakt stand, kam im Herbst ’43 bei mir vorbei und sagte, Theeboom schicke ihn. Er fühle sich mit seiner Familie in dem Versteck im Hinterhaus nicht mehr sicher. Er wolle fliehen, was damals schon so gut wie unmöglich war ohne gute Papiere und vor allem genügend Bargeld. Er hatte keins von beidem. Doch ihm war eingefallen, dass ich doch zu einem guten Preis sein Geschäft kaufen könnte. Es hätte sich in der Stadt herumgesprochen, dass ich viel Geld habe, laufend Häuser kaufte und bar bezahlte. Außerdem habe ich doch Kontakt zu Miedl. Der sei bestechlich und habe schon einigen Juden geholfen, und gegen ein schönes Gemälde eines holländischen Klassikers könnte man mit ihm ins Geschäft kommen.“

„Aber 750 000 Gulden. Das ist ein stolzer Preis für das

Geschäft und Haus in der Weesperstraat", unterbrach Rosendahl.

„Sicher, aber Theebom benötigte eine gute halbe Million für die Flucht und eine neue Existenz in den USA. 50 000 für Jansen und seine treuen Dienste mussten ebenso drin sein und das Gemälde, na ja, das war meine Sache. Es war zwar ein stolzer Preis, aber ich beschloss, das Geschäft mit Theeboom zu machen. Ich hatte Unmengen Bargeld, das ich gar nicht ausgeben konnte. Ein gut gefülltes Delikatessenlager erschien mir perfekt. Ich wollte die Lebensmittel nicht verkaufen, sondern selbst verbrauchen oder gegen andere Sachen tauschen, die man nicht mehr bekam. Dazu konnte ich die Kontakte von Jansen nutzen. Es war also auch ein gutes Geschäft für mich. Zweifelsohne. Aber ich tat es auch, weil ich mich gerne an den Tag erinnerte, als ich mit Theeboom diese niederländischen Nazis hereingelegt hatte. Wissen Sie, Rosendahl, es macht mir seit meiner Kindheit Spaß, gegen Regeln zu verstoßen und Autoritäten hinters Licht zu führen. Das war schon so mit meinem Vater, den Lehrern, später den oberschlauen Kunstexperten." Van Aelst schenkte Rosendahl und sich einen weiteren Genever ein und bot dem Kapitein einen Zigarillo an. Dann setzte er seine Geschichte fort. „Ich sagte also zu Jansen, er solle Theeboom ausrichten, ich käme in den folgenden Tagen mit dem Bargeld vorbei. Ich beauftragte ihn, einen Vertrag aufzusetzen und für das Bild solle er eine Summe von 150 000 Gulden eintragen. Als nächstes kam der schwerste Teil des Geschäftes. Ich musste Kontakt zu Miedl aufnehmen und ihn ködern. Ich hatte schon eine Idee. Ich ging also mit einem bisher unbekannten Rembrandtporträt zu ihm."

Dabei grinste van Aelst und Rosendahl fragte lächelnd: „Ebenso unbekannt wie der Vermeer für Göring?"

Van Aelst hob die Hände. „Wer weiß. Also, ich besuchte am kommenden Tag Miedl in der Goudstikker Galerie und nahm auch Josephine mit, weil ich wusste, dass Miedls Frau sie als Schauspielerin bewunderte. Leider konnte ich nicht verhindern, dass Miedl uns zusammen fotografieren ließ. Die befreundeten Ehepaare Miedl und van Aelst in der enteigneten jüdischen Galerie Goudstikker. Das Foto taucht bestimmt in den nächsten Tagen noch in der Schmierpresse auf." Van Aelst nahm einen tiefen Zug an seinem Zigarillo. „Miedl war begeistert von dem Bild. Ich nannte ihm einen sehr hohen Preis und spürte, wie er schwankte. Der richtige Zeitpunkt, ihm entgegenzukommen. Er könne es günstiger für eine geringe Gegenleistung bekommen. Er kenne doch von der Familie seiner Frau das Problem mit der jüdischen Herkunft. Er unterbrach mich sofort. Ich solle nicht herumsülzen und ihm sagen, worum es ginge. Ich brauche für Freunde, er müsse nicht wissen, wer und wo, gültige niederländische Pässe und deutsche Dokumente, mit denen sie durch alle etwaigen Kontrollen kämen. Ein Ehepaar und zwei Töchter. Die Fotos würde ich ihm in den nächsten Tagen bringen. Den Rembrandt dürfe er sofort behalten. Ich würde ihm vertrauen. Er willigte sofort ein. Der Rest ist schnell erzählt. Ich brachte das Geld in die Weesperstraat und wir unterschrieben den Vertrag. Jansen machte Passfotos. Ein paar Tage später waren die niederländischen Pässe und deutschen Passierscheine auf den Namen Keizer fertig. Als ich sie in der Weesperstraat ablieferte, umarmten Theeboom und ich uns zum Abschied. Wir hatten beide Tränen in den Augen, und ich habe mich selten so gut gefühlt wie an diesem Tag. Jansen hatte die Reise bis Den Helder organisiert. Von dort brachten Fischer sie nach England. Als Niederländer konnten sie problemlos in die USA einreisen. Und ich war Besitzer eines Warenlagers, das noch immer bis unters Dach mit feinsten Spezialitäten gefüllt war. Von Portwein über Rum, Sherry, beste Bordeauxweine, Cognac und Whisky, Datteln und andere getrocknete Früchte. Exotische Gewürze, Konserven mit Gänseleberpasteten und Fisch. Fässer voller Oliven, Salz, Mehl, Zucker, kandierte und eingelegte Früchte und Gemüse. Alles was das Herz begehrte. Jansen bediente aus den Beständen auch ein paar Nazis, die ihn und das Geschäft dafür schützten. Sie ahnten nicht einmal, wie viel da wirklich lagerte. Das, lieber Rosendahl, ist die ganze Geschichte. Wie Sie sehen, bin ich doch kein so schlechter Mensch."

Rosendahl war aufgestanden und schaute aus dem Fenster. „Van Aelst, was soll ich nur von Ihnen halten? Selbst wenn ich Ihnen die Geschichte glaube. Woher hatten Sie das viele Geld? Wie konnten Sie diese Köstlichkeiten genießen, diese Partys feiern, während um Sie herum die Menschen verhungerten und erfroren?"

Van Aelst zuckte mit den Schultern. „Was hätte ich tun sollen? Cognac und Gänseleberpastete wahllos verteilen? Die Vorräte wären schnell erschöpft gewesen. So profitierten nicht nur meine Freunde und Gäste, sondern auch die Damen mit ihren Familien, die uns bei den Festen bedienten. Das sah übrigens auch Jansen so. Er war zwar angewidert von meinem Lebensstil, aber letztendlich profitierte er auch davon. Im alten Versteck der Theebooms in der Weesperstraat hatte er eine Gruppe des Widerstands untergebracht. Er sorgte auch dafür, dass der Widerstand mich in Ruhe ließ. Da gab es natürlich genügend, die mit mir nicht einverstanden waren. Ich kann es ja verstehen. Ich bin wirklich kein guter Mensch und ich handelte eher zufällig aus Nächstenliebe." Van Aelst begann heiser zu lachen, was zu einem Hustenanfall führte, den er schnell mit einem Genever beruhigte.

Rosendahl ging zur Tür. „Ich hoffe für Sie, dass alles stimmt, was Sie da erzählt haben. Dann könnten Sie noch einmal davonkommen. Aber so lange ich nicht alles überprüft habe, kein Wort an irgendeinen Journalisten. Sie stehen weiter unter Hausarrest. Ich werde auch eine Wache im Haus postieren und wenn Ihre Haushälterin Besorgungen machen muss, dann geht das nur in Begleitung eines Polizisten." Er tippte zum Gruß an seinen Hut und verließ das Haus des Malers.

5. Schatten der Vergangenheit

Meg ließ sich bei Rens Verbeeks Tabakladen absetzen und erklärte Bill den Weg zu Pieter. Sie würde zu Fuß nachkommen. Sie hätte zwar gerne miterlebt wie Josephine und Pieter sich begegnen, aber es war wichtig, dass Josephine mit ihrem auffälligen Wagen schnell von der Straße verschwand. Josephine hatte „nur das Nötigste" mitgenommen. Neben den Taschen und Koffern, die sich neben ihr auf dem Beifahrersitz stapelten, war das vor allem eine Million Gulden Bargeld in handlichen Paketen, die sie in dem aufklappbaren Fach unter den Notsitzen verstaut hatte. Die schicke Josephine im mondänen Cabrio im Schlepptau von Bills dreckigem Jeep erregte einiges Aufsehen bei den Straßenkontrollen des Militärs. Dank der Papiere, die Colonel Brown für Sergeant O'Connor ausgestellt hatte, gab es aber keine Probleme. Dennoch kamen sie nur langsam voran, da große Teile des Landes noch immer unter Wasser standen. Die Deutschen hatten bei ihrem Rückzug Dämme und Deiche zerstört, um die Alliierten aufzuhalten. Nach etlichen Stunden erreichten sie am späten Nachmittag Den Haag und Meg war gespannt, warum Rens sie sprechen wollte.

Der Tabakhändler bediente gerade einen Kunden, als Meg das Geschäft betrat. Der Geruch einer feinen Sumatra stieg von der Zigarre auf, die der Mann gerade an der Gasflamme entzündete.

„Du kannst dir gar nicht vorstellen, lieber Rens, wie sehr", sagte er, die Zigarre drehend und an der feinen Rauchfahne schnuppernd, „wie sehr ich diesen Genuss entbehrt habe. Aber als die Deutschen Rotterdam bombardiert haben, bediente ich einen Scheinwerfer bei der Flak. Ich hatte einen miesen, kalten Stumpen aus der Militärration im Mund und musste wehrlos mit ansehen, wie die ganze Stadt explodierte. Sie kamen am frühen Nachmittag. Also war mein Scheinwerfer überflüssig, und unsere spärlichen Luftabwehrgranaten hatten die Wirkung eines Tischfeuerwerks. Das war der Todesstoß. Wir mussten kapitulieren, bevor sie mit ihren Bombern auch noch die anderen großen Städte in Schutt und Asche legten würden. Ich habe den Stumpen in den Matsch getreten und mir geschworen: Erst wenn wir diese Nazis wieder aus dem Land gejagt haben, gönne ich mir eine echte Sumatra.“ Er nahm einen tiefen Zug, tippte sich an die Stirn und verließ mit einem Holzkistchen unter dem Arm und einem fröhlichen *„Enchanté“* das Geschäft.

Meg begrüßte Rens mit drei Küsschen auf die Wange. „Warum wolltest du mich sprechen?“

„Als *De Waarheid* mit ihrer Enthüllung rauskam, ist mir plötzlich eine Geschichte eingefallen, die mit dem Nazidichter Beversluis und van Aelsts Kunstauffassung zu tun hatte. Wie die Nazis hat er schon früher gegen die sogenannte entartete Kunst gehetzt. Ende der 20er-Jahre hat van Aelst in Den Haager Kunstkreisen und der besseren Gesellschaft für ziemlichen Aufruhr gesorgt.“ Der Tabakhändler ging zur Tür, verriegelte sie und hängte ein Schild mit der Aufschrift ‚Bin gleich zurück‘ hinter die Glasscheibe. „Wir müssen auf den Dachboden gehen, wenn es dich interessiert.“

Eine steile Treppe führte über zwei Etagen nach oben und eine Treppenleiter zu einer Luke, die Verbeek aufstemmte, um auf den Dachboden zu klettern. Es war dunkel. Nur ein paar Lichtstreifen fielen durch Dachziegelritzen auf zahlreiche

Kartons, Koffer und ein altes Bett. Meg schlug staubige, aufgewärmte Luft entgegen. Rens Verbeek öffnete ein verdrecktes Giebelfenster und frische Sommerluft strömte in den Dachboden. Die Kartons waren fein säuberlich beschriftet. Auf einem stand *Kuriosa.* Rens zog ihn vor das Giebelfenster ins Licht. Mit einem Taschenmesser öffnete er den zugeklebten Deckel und nahm eine verblasste Zeitschrift heraus. Das Titelblatt zeigte das düstere Porträt eines hämisch grinsenden Mannes mit einem großen Monokel im rechten Auge. Das linke starrte wachsam. Er hatte eine harte Stirnfalte über der Schläfe. Die pomadigen Haare waren zurückgekämmt. Der Mann sah wütend aus in seinem Frack mit dem steifen weißen Kragen und der ebenso weißen Fliege. Darunter stand in großen Buchstaben *DE KEMPHAAN.* Damit war mit Sicherheit nicht der Kampfläufer, ein harmloser Zugvogel, gemeint. Dessen war sich Meg sicher. Das ganze Titelblatt war eine Warnung. Hier ist ein Beobachter, dem nichts entgeht, mit dem nicht zu spaßen ist. In einer Ecke entdeckte Meg eine Signatur *Jan van Aelst.* Sie blätterte in der Zeitschrift und fand ein kleines Gedicht, das ebenfalls von van Aelst stammte.

O Holland, So groß ist der Geist Deines Volkes!
Schau zurück in Deine glorreiche Geschichte.
Wie sie weiterlebt zwischen Wiesen und Meer
Und über all die Jahrhunderte hinweg,
uns immer wieder neu erblühen lässt.

„Mein Gott, wie schwülstig!“ Meg blickte zu Rens.

„Aber harmlos. Eher untypisch für den Ton des Blattes, den van Aelst mit seinen Mitstreitern, einem zwielichtigen Journalisten namens Dirk Bosman und seinem alten Freund Pieter Koopmans angeschlagen haben.“

Er nahm ein weiteres Exemplar des *KEMPHAAN* aus dem Karton. Auf dem Titelblatt war wieder der bedrohlich wirkende Mann mit dem Monokel zu sehen, aber aus einer anderen Perspektive. Wieder eine Zeichnung von van Aelst. „Dieser unheimliche Typ auf der ersten Seite, das war ihr Markenzeichen. Der typische Stil des *KEMPHAAN* war ironisch, zynisch, beleidigend in der Form. Inhaltlich gegen alles Moderne. Dabei ging es nicht nur um Kunst. Diese stillosen Auswüchse seien nur der Ausdruck einer weltweiten Verschwörung gegen alles ‚echt Niederländische'. Sie sahen die Werte und die kostbaren Traditionen ihres großen Volkes bedroht und dahinter stecke eine internationale bolschewistische Verschwörung." Meg zog eine weitere Zeitung hervor und blätterte darin. „Unglaublich, das klingt ja original nach deutscher Nazipropaganda. Und das schon Ende der 20er-Jahre, als in den Niederlanden Faschisten und ihre Ideen noch gar keine Rolle spielten."

„Es gab auch bei uns Intellektuelle und Künstler, die zum Beispiel mit den Ideen Mussolinis und den Futuristen in Italien sympathisierten und Kontakte nach Deutschland hatten. Bosman gehörte zu ihnen. Van Aelst hat Bosman bei einer seiner ausgeprägten Kneipentouren kennengelernt. Bosman hatte dann wohl die Idee einer eigenen Zeitschrift. Van Aelst war begeistert. Er wollte austeilen. Vor allem gegen Kunstkritiker und Kunstexperten, die er allesamt verachtete. Er nannte sie abwechselnd Schmarotzer, Parasiten und Spekulanten. Eine Zeit lang ging es gut. Der *KEMPHAAN* verkaufte sich bestens und war über Tage hinweg das Gesprächsthema in den Cafés und anderen Treffpunkten der Künstler und des gebildeten Bürgertums. Aber dann war plötzlich Schluss."

„Was ist passiert?“

Rens zuckte die Schultern.

Meg legte ihr Exemplar des *KEMPHAAN* zurück in den großen Karton und lehnte sich durch das Dachfenster hinaus in die frische Sommerluft. Auch hier hatte es ein Gewitter gegeben. Jetzt trocknete das Pflaster der Calliopestraat, wo ein paar schicke Den Haager dem Feierabend entgegeneilten. Meg drehte sich um. „Van Aelst hat also schon zehn Jahre bevor die Nazis uns überfallen haben, im *KEMPHAAN* Hetztiraden wie später die Nazis verfasst. Da muss er es natürlich begrüßt haben, als die auch hier ihre Ideen der echten und wahren Kunst durchsetzen wollten. Aber das bestreitet er auch nicht. Gleichzeitig behauptet er, die Grundgesinnung der Nazis, die Verfolgung der Juden und ihre Spießigkeit habe er schon immer verachtet. Deshalb sei er auch nie der Partei oder einer ihrer Organisationen beigetreten. Ist er tatsächlich so verrückt, so schizophren oder doch nur ein gerissener Hund?“

Rens hob die Hände. „Ich weiß es nicht. Aber ich habe noch etwas anderes über ihn gehört.“ Er klappte den Karton mit den *KEMPHAAN*-Zeitschriften zu, schob ihn in eine Ecke und schloss das Dachfenster. „Aber das erzähle ich dir lieber bei einer guten Zigarre im Geschäft.“

Meg entschied sich für einen feinen Zigarillo und sah Rens zu, wie er mit einem speziellen Messer eine Zigarre aus Java anschnitt.

„Hast du dich nie gefragt, wie ich bis zum Ende des Krieges immer eine gute Auswahl an Zigarren anbieten konnte? Denn es gab natürlich Probleme mit dem Nachschub aus den Kolonien. Eines Tages tauchte hier ein gewisser Cornelius

Jansen auf. Er stellte sich als Geschäftsführer eines ehemals jüdischen Kolonialwarenkontors vor und fragte mich, ob ich Interesse an guten Überseezigarren hätte. Ich war verblüfft und antwortete ausweichend. Er gab sich dann als Mann des Widerstands zu erkennen. Ich sei ihm empfohlen worden. Dann erzählte er mir, dass er in seinem Lager noch einen großen Bestand an besten Zigarren habe. Das Lager gehöre jetzt einem etwas verrückten Maler und Kunsthändler, der es dem jüdischen Besitzer abgekauft und ihm damit die Flucht in die USA ermöglicht habe. Der Maler bediene sich zwar großzügig im Lager, die Verwaltung aber überlasse er ihm. Bei den Zigarren wären die Bestände jetzt so groß, dass nicht einmal der verschwenderische Maler sie in hundert Jahren rauchen könne. Deshalb könne er mich zu einem fairen Preis beliefern. Der Gewinn gehe direkt in den Widerstand, da die Zigarren ja schon bezahlt wären. Wer der Maler sei, wollte er mir nicht sagen.“ Rens nahm einen tiefen Zug von seiner Zigarre.

Meg sah in an. „Wegen des Artikels in der *Parool* glaubst du jetzt, dass es van Aelst war?“

Verbeek nickte. „Ich denke, es könnte so gewesen sein, und dann wäre es doch eine gute Geschichte für dich.“

„Oder für meine Kollegen. Ich darf nicht mehr über van Aelst schreiben. Ehrlich gesagt, bin ich darüber im Moment gar nicht so unglücklich. Ich weiß nicht, was ich von ihm halten soll.“ Meg schüttelte den Kopf und nahm ihre Handtasche. „Je mehr ich über ihn erfahre, desto mehr Fragen habe ich. Ist er jetzt ‚falsch‘? Oder nur ein bisschen ‚falsch‘? Es ist gut, dass ich Zeit zum Nachdenken habe. Vielen Dank, Rens. Ich muss los. Jetzt bin ich erst recht gespannt, was Josephine und

Pieter mir erzählen werden." Sie gab dem Tabakhändler einen Kuss auf die Wange und verließ das Geschäft.

Nelly entdeckte in van Aelsts Tagebuch weitere erotische Eskapaden. Sie hatte es sich mit dem Tagebuch und einem Gläschen Portwein auf einer Chaiselongue bequem gemacht und suchte nach Stellen, in denen Frauen erwähnt wurden.

1920 Josephine. *Nach einem Porträt sollte ich die schöne Josephine nun großformatig im leichten Abendkleid malen. Es war der ausdrückliche Wunsch ihres Gatten, dabei kannte er mich und meine Vorlieben für schöne Frauen doch zur Genüge. Josephine erschien im Atelier in einem atemberaubenden Abendkleid, das sie von der Schulter bis zum Knöchel verhüllte und dennoch alles preisgab. Ich war hingerissen und konnte nicht widerstehen, sie so vor einen Spiegel zu stellen, dass ich auch ihren bezaubernden Rücken und Po immer vor Augen hatte. Ich malte sie rasch auf zwei Leinwänden. Im Kleid, wie ich sie sah, auf der einen und verführerisch nackt von hinten, wie ich sie mir vorstellte, auf der anderen. Am Tag der Vollendung würde ich Josephine beide Werke enthüllen. Ich war gespannt, wie sie reagieren würde. Aber sie kam mir zuvor. Noch bevor sie ihre prächtige Nacktheit auf der Leinwand bewundern konnte, entledigte sie sich bei der Präsentation mit einer nebensächlichen Bewegung ihres Abendkleides, unter dem sie nichts trug. Mein Herz raste, als ich ihr fast entschuldigend gestand, dass ich seit meiner Jugend Frauen nackt zeichnete, wie ich sie mir vorstellte unter ihren dicken Röcken, und ob ich sie nicht gut getroffen habe. Aber sie sagte nichts. Stattdessen öffnete sie meinen Malerkittel und riss an meinem Gürtel. Sie zog mich hinunter auf die Knie, ließ sich rücklings auf einen alten Perserteppich* *fallen, drehte sich schnell auf den Bauch und schob mir ihre wunderbar geformten Backen entgegen.*

„Hast du es dir so vorgestellt beim Malen?"

Das hätte ich dieser kühlen Dame nie zugetraut, dachte sich Nelly und erinnerte sich an das lebensgroße Ölbild einer schönen Frau im dunkelblauen Abendkleid, das hier über dem Kamin hing. Sie sieht eher danach aus, also ob sie einem frechen Maler auf die Finger klopft. Sie legte die Aufzeichnungen zur Seite und beschloss, ihn bei nächster Gelegenheit auch am Kittel zu packen. Er sollte auch sie malen. In einem langen Kleid. Wie eine Dame.

Pieter döste in seinem abgewetzten Ateliersessel vor einer flämischen Winterlandschaft mit Eisläufern. Nach dem Besuch der Reporterin hatte er sich daran erinnert, dass er noch ein paar alte Leinwände mit Wintermotiven haben müsste. Er hatte gehört, dass die alliierten Soldaten ganz verrückt nach ‚echten Holländern' wären. So ein ‚echter Holländer', das war in ihren Augen eine Bauernhochzeit oder eine Winterlandschaft mit möglichst vielen Eisläufern im Stil Bruegels. Pieter musste nach den langen Jahren der Besatzung und karger Geschäfte endlich wieder zu Geld kommen. Natürlich hätte er diese ‚echten Holländer' zu kleinem Preis auch an deutsche Offiziere verkaufen können. Aber mit den Nazis hatte er keine Geschäfte gemacht. Im Gegensatz zu seinem alten Freund Jan, diesem Dreckskerl. Mit solchen ärgerlichen Gedanken war er vor der unfertigen Leinwand eingeschlafen. In der Hand ein feiner Pinsel mit roter Farbe.

Ein lautes Hupen riss Pieter aus seinem Nachmittagsschlaf. Er ging zur Tür, öffnete sie und sah Josephine. Bevor er etwas sagen konnte, küsste sie ihn bereits auf die Wangen und zeigte mit einer Hand auf ein elegantes dunkelblaues Cabrio.

„Mein lieber Pieter, könntest du schnell dein Tor öffnen, damit ich meinen Wagen bei dir unterstellen kann?" Ohne seine Antwort abzuwarten, stieg Josephine wieder in das Cabrio und startete den Motor. Er öffnete das Tor und sie fuhr auf seinen Hof, gefolgt von einem Militärjeep. Ein kanadischer Soldat stieg aus und streckte Pieter die Hand entgegen. „Sergeant O'Connor." Er nickte mit dem Kopf in Richtung Josephine. „Dieser Frau kann man nur schwer einen Wunsch abschlagen. Tatsächlich braucht sie dringend ein Versteck. Meg hatte die Idee. Sie wissen schon. Margriet van Hettema, die Reporterin von der *Parool*. Sie wird auch gleich hier sein und Ihnen alles erklären." Dann ging Bill zu Josephines Wagen und holte einen Teil der Koffer und Taschen. Pieter zeigte auf eine Tür, die ins Haus führte.

Pieter zeigte auf ihren Wagen. „Schönes Auto. Hat Jan es dir gekauft? Von dem Geld, das er mit den Nazis verdient hat?"

„Nein, ich habe es schon in Frankreich bekommen. Außerdem habe ich mich scheiden lassen."

„Aber bestimmt nicht wegen seiner Nazifreunde."

„Was denkst du bloß von mir? Ich habe davon nichts gewusst. Das meiste habe ich auch erst aus der Zeitung erfahren." Josephine ließ ihre Zigarette auf den Boden fallen, trat sie aus und sah sich in dem Innenhof um. „Es hat sich kaum etwas verändert, seit ich das letzte Mal hier war."

„Bevor ich dich und Jan rausgeworfen habe, meinst du?"

„Du hast Jan hinausgeworfen. Mich hast du nur gebeten, euch allein zu lassen."

„Ich musste ihm die Meinung sagen."

„Dann hast du ihm die Freundschaft gekündigt und ihn vor die Tür gesetzt. Jan hat mir nie gesagt, worum es ging. Als ich versuchte, mit dir zu sprechen, hast du nicht reagiert."

„Weil ich auch dich gehasst habe. Wenige Tage nachdem sie Sara verhaftet und verschleppt haben, erschien dieses widerliche Buch von Jan und dem Nazidichter Beversluis. Ich habe zu Jan immer wieder gesagt, er soll die Finger von den Nazis und Gestalten wie Beversluis lassen. Aber er fand jedes Mal Ausflüchte und beschwor den gesunden Kunstverstand dieser Leute."

Josephine unterbrach Pieter. „Aber ich hatte mit all dem wirklich nichts zu tun. Jan hat sich mit diesen Leuten getroffen. Wieso hast du mich gehasst?"

Pieter, die Hände in den Taschen, sah nach oben. „Weil du auf den Zeitungsfotos von der Buchvorstellung zusammen mit Jan und einigen der schlimmsten Naziverbrecher zu sehen warst. Ich habe auch dir kein Wort mehr geglaubt."

Josephine ging einen Schritt zurück und setzte sich auf den Kotflügel ihres Wagens. „Ja, das stimmt. Ich möchte dich um Verzeihung bitten. Natürlich war es gedankenlos, Jan zu offiziellen Anlässen mit Nazis zu begleiten. Aber ich dachte mir, mein Gott, tu ihm den Gefallen. Du weißt, wie hysterisch er reagieren konnte und wir hatten schon genügend Probleme miteinander. Aber du musst mir glauben. Ich hatte mit seinen Nazikontakten nichts zu tun. Was jetzt alles in den Zeitungen steht, hat auch mich überrascht. Deshalb bin ich aus Amsterdam abgehauen."

„Warum kommst du zu mir?"

„Ich war zuerst in der Villa in Laren, aber da bin ich vor

der Presse nicht mehr sicher. Die Reporterin von der *Parool* hat mich gefunden und hatte die Idee, zu dir zu gehen. Ich dachte mir, warum nicht. Wir haben uns doch immer gut verstanden. Ich kann dir auch Geld geben, ich habe genug.“

„Geld von Jan! Ich will es nicht. Es ist dreckig. Daran klebt Blut. Aber du kannst bleiben.“

Pieter ging langsam auf Josephine zu, die sich ebenfalls aufrichtete. Sie umarmten sich vorsichtig. Plötzlich klopfte jemand an das Hoftor. Meg war außer Atem, als Pieter ihr die Tür öffnete.

„Jetzt sind wir ja alle zusammen, oder bringst du noch mehr Logiergäste mit?“

Meg war verlegen. „Es war eine spontane Idee. Als bei unserem Gespräch neulich ihr Name fiel, schienst du keinen Groll auf Josephine zu hegen. Außerdem hattest du in der Zeitung angerufen, um mich zu sprechen. Ich musste also zu dir fahren.“

In Pieters Esszimmer stand neben einem langen Tisch mit sechs Stühlen nur noch ein wuchtiger Geschirrschrank. Pieter war in der Küche verschwunden, wo man ihn hantieren hörte. Die anderen standen unschlüssig um den Tisch herum.

„Was hat er gesagt?“, fragte Meg Josephine.

„Ich darf bleiben.“

„Aber er hat nicht sehr nett von ihrem Mann gesprochen. Er hält ihn für einen Nazi“, ergänzte Bill und strich mit der Hand über einen dünnen Perserteppich, der auf dem Tisch lag.

„Teppiche auf dem Tisch, das werde ich nie verstehen.“

„Da halten sie ewig. Du weißt doch, wie genügsam wir Holländer sind und gleichzeitig gerne zeigen, was wir uns leisten können.“

Meg lachte und Bill tippte sich an die Stirn. „Ich geh mal schauen, ob dieser Pieter auch was zu trinken hat.“

Nach einer kleinen Weile kam Bill mit einer Flasche Genever und vier Schnapsgläsern zurück. „Wir sollen den Tisch decken.“

Meg nahm aus dem Schrank eine Tischdecke und breitete sie über dem Teppich aus. Josephine holte Teller und Besteck und Pieter brachte eine große Schüssel und stellte sie auf den Tisch.

„Setzt euch hin. Ihr habt Glück. Ich habe heute Mittag eine große Portion Apfelmus gekocht. Eine Nachbarin brachte mir einen ganze Korb Sommeräpfel. Bedient euch. Ich hole noch die Bratkartoffeln.“ Bill stellte vor jeden Teller ein Schnapsglas und schenkte ein. Pieter verteilte die Kartoffeln, und von den Tellern stieg ein feiner Geruch nach Butterschmalz und Zimt auf. Meg spürte, wie hungrig sie war und sah, dass auch Josephine schon ihre Gabel in der Hand hatte, als Pieter sein Glas erhob.

„Dann wollen wir mal anstoßen und über Jan zu Gericht sitzen. Deshalb seid ihr doch alle gekommen.“

6. J. A. van den Berg

Johan Antonius van den Berg, Kunsthistoriker mit einem scharfen Auge für die niederländische Malerei des Goldenen Zeitalters, litt häufig schmerzhaft unter seiner Bedeutungslosigkeit. Dabei war er seit 1937 ordentlicher Professor für Kunstgeschichte an der Universität Amsterdam, während seine berühmteren Kollegen oft noch nicht einmal ein abgeschlossenes Studium oder einen echten Doktortitel vorweisen konnten. Der angeblich Wichtigste unter ihnen, der altersschwache Abraham Bredius, hatte sich seine durchaus beachtliche Kunstkenntnis vor allem durch das Betrachten der wertvollen Sammlung seiner reichen Eltern und auf den zahlreichen von ihnen finanzierten Kunstreisen erworben. Dort hatte er auch die Menschen kennengelernt, die ihn zum Museumsleiter des Mauritshuis ernannt hatten. Immerhin hatte er das provinzielle Haus zu einem berühmten Museum gemacht. Dann der Aufsteiger Dirk Hannema. Der war mit gerade mal 26 Jahren Direktor des Museum Boijmans in Rotterdam geworden, obwohl er sein Studium der Kunstgeschichte nicht abgeschlossen hatte. Van den Berg kannte noch mehr Kollegen mit ähnlichen Lebensläufen. Es war immer die gleiche Geschichte. Während er, van den Berg, sich durch Fleiß und Forschung seine akademischen Meriten verdiente, hatten sich diese Leute mit Geld und den richtigen Verbindungen die Leitung berühmter Museen unter den Nagel gerissen und waren viel gefragte und reiche Kunstexperten geworden. Dabei richteten sie mit ihren regelmäßigen Fehlurteilen allerlei Unheil an. Das würde er jetzt beweisen. Er würde den jungen Hannema, der ohnehin schon wegen seiner

Zusammenarbeit mit den Nazis in Hoek van Holland im Lager saß, vernichten. Der würde es noch bereuen, dass er immer auf ihn hinabgesehen hat. Diesmal würde er, van den Berg, nicht mehr kleinlaut die Expertenkommission verlassen, in die sie ihn nur wegen seines Amtes an der Universität hatten berufen müssen. Diesmal würde er sie alle bis auf die Knochen blamieren.

Er hatte sich beim Museum Boijmans in Rotterdam angemeldet, um sicher zu sein, dass das Gemälde *Christus und die Jünger in Emmaus* auch zu sehen war. Das Museum hatte wie durch ein Wunder die Bombardierung Rotterdams unbeschadet überstanden. Seine wertvollsten Kunstschätze, und dazu zählten sie ihr biblisches Vermeerbild zweifelsohne, waren dennoch vorsichtshalber in einem Stollen eingelagert worden. Aber nun präsentierte das Museum seinen ganzen Stolz wieder in einer großen Halle. Direktor Hannema, freilich, konnte van den Berg nicht mehr daran hindern, die Wahrheit über dieses Bild ans Licht zu bringen. Und wer weiß, vielleicht würde man ihm dann die vakante Stelle des Museumsdirektors anbieten.

J. A. van den Berg hatte sich von einem Museumsdiener einen bequemen Stuhl vor das Bild stellen lassen und betrachtete es mit Abscheu. Er hatte es schon damals gewusst, als er diesen ‚Schönsten Vermeer aller Zeiten' zum ersten Mal gesehen hatte. Es war eine plumpe Fälschung. Aber der Kunstexperte Bredius hatte das Bild im renommierten *The Burlington Magazine* derart geadelt, dass Hannema angebissen hatte. Er musste das Bild unbedingt haben, damit das Boijmans zum bedeutendsten Museum der Niederlande aufsteigen konnte. So überredete er einen der Rotterdamer Geldsäcke, den Reeder

Willem van der Vorm, zu einer enormen Spende. Mit diesem Coup überrumpelte er das Rijksmuseum in Amsterdam, das mittlerweile auch hinter dem Bild her war. Der nächste Triumph gelang Hannema 1938 mit einer Ausstellung zum 40-jährigen Thronjubiläum von Königin Wilhelmina. *Christus und die Jünger in Emmaus* wurde das Prunkstück von 400 Meisterwerken aus den vier Jahrhunderten 1400-1800. Die ganze Kunstwelt pilgerte ins Museum und machte ‚Ah' und ‚Oh'. Aber ihn, van den Berg, hatte man nicht täuschen können. Während die anderen von dem frühen Meisterwerk Vermeers schwärmten und hervorhoben, dass dieses Gemälde die berühmten, aber groben Emmaus-Bilder Caravaggios mit der holländischen Klarheit eines Vermeers weit übertreffe, hatte er sich gefragt, was Vermeer mit diesen ausdruckslosen Figuren zu tun haben sollte. Jesus und seine Jünger erinnerten eher an halb tote Gestalten. Bleichgesichter mit hervorstehenden Augen und Frisuren, die wie schlechte Perücken aussahen. Ihre Hände schwebten in der Luft, ihre Kleider waren eher Verpackungen als Gewänder. Vom pedantischen Vermeer, dem Meister der Details, der Lichtpunkte und der Farbakzente, war auf dem Bild nichts zu sehen. Bei den *Emmausjüngern*, wie alle das Bild nannten, hatte J. A. van den Berg noch geschwiegen. Der Handel war längst gelaufen und er hatte es schwer genug unter den Kollegen. Außerdem hätte er womöglich mit seiner Kritik der Königin die Jubiläumsausstellung vermiest, und das hätte Folgen für seine Karriere haben können. Aber dann tauchten in regelmäßigen Abständen weitere biblische Vermeers auf. Immer mit derselben naiven Handschrift. Seine Kollegen, Museumsdirektoren und private Sammler gerieten zunehmend ins Schwärmen. Dabei waren es einfach nur dilettantische Gemälde. Er konnte argumentieren so viel er wollte. Man missachtete sein Urteil. J. A. van den Berg hatte sich vom Stuhl erhoben, sah auf seine Armbanduhr und warf dem Bild einen letzten, verächtlichen Blick zu. Es würde schwer werden, den Betrug aufzudecken. Die Museen und Sammler, meist millionenschwere Mäzene und respektable Stützen der Gesellschaft, würden ihre falschen Vermeers mit Zähnen und Klauen und mit Hilfe seiner halb blinden Kollegen verteidigen. Aber er, J. A. van den Berg, hatte sich einen raffinierten Plan ausgedacht. Er sah erneut auf seine Armbanduhr und ging ein paar Schritte durch die Museumshalle. Wo blieb nur diese Reporterin? Er musste ihr *Christus und die Jünger in Emmaus* unbedingt zeigen. Anschließend hatten sie eine Verabredung bei einem der reichsten Sammler des Landes. Gleich zwei weitere biblische Vermeers hoffte er dort zu sehen, und war überzeugt, dass sie ihn nicht enttäuschen würden.

Godverdomme, J. A. van den Berg hatte wenig Erfahrung mit Frauen, aber dass sie oft unpünktlich und unzuverlässig wären, das hatte er schon gehört. Er musste sich Gedanken machen, wie er mit diesem Frauenzimmer umgehen sollte. Denn sein Plan würde ohne sie nicht aufgehen. Er hörte feste Schritte auf dem Steinboden, und als er sich umdrehte, sah er ein etwas zerzaustes Wesen in einem abgetragenen Trenchcoat auf sich zu kommen. Instinktiv wich er einen Schritt zurück, bevor er ihr steif die Hand entgegenstreckte.

„J. A. van den Berg. Ich habe Sie erwartet."

Meg war am Tag zuvor erst gegen Mittag völlig erschöpft aus Den Haag zurückgekehrt. Sie brauchte Schlaf. Die halbe Nacht mit Pieter und Josephine war mehr als anstrengend gewesen. Jetzt wusste sie zwar eine Menge über van Aelst, aber was sollte sie damit machen? Sie musste sich dringend mit Verelst, ihrem Verleger beraten. Aber erst würde sie sich hinlegen. Als sie ihre Wohnungstür öffnete, fand sie ein wattiertes Kuvert und einen Notizzettel auf dem Fußboden. Sie erkannte Louis de Winters krakelige Handschrift: *Hast du Neuigkeiten aus Den Haag? Weißt du, wo van Aelsts Frau steckt? Melde dich! Thomasius sitzt mir im Nacken.* Meg kaute nachdenklich auf ihrer Lippe. Die *KEMPHAAN*- und die Zigarrengeschichte waren gute Storys, die noch nicht in den anderen Zeitungen standen und die Louis de Winter mit einem Besuch bei Rens Verbeek auch selbst herausfinden könnte. Sie würde ihm einen Tipp geben. Meg betrachtete das Kuvert aus gefüttertem Leinenpapier mit aufgedrucktem Absender. *J. A. van den Berg – Ordinarius der Kunstgeschichte, Universität von Amsterdam*

Der Experte, der im Auftrag von Rosendahl Görings Vermeerbild untersucht und in allen Punkten van Aelsts Handwerk bestätigt hatte. Sein Urteil hatte letztendlich zur Freilassung van Aelsts geführt. Sie hatte ihn damals interviewen wollen, aber der Herr Professor hatte ihr ausrichten lassen, dass er sich vorrangig als Wissenschaftler verstehe und diese Arbeit abgeschlossen sei. Es stehe ihr aber frei, aus seinem Gutachten zu zitieren. Meg hatte sich damals sehr geärgert. Umso neugieriger war sie jetzt. Sie riss den Brief auf und zog eine Karte heraus. In geschwungener Tintenschrift stand dort unter dem heutigen Datum: *Sehr geehrte Frau van Hettema, in Anbetracht sensationeller Erkenntnisse über den Maler van Aelst, die von öffentlichem und nationalem Interesse sind, jedoch noch sensibel behandelt werden müssen, erwarte ich*

Sie morgen, 10 Uhr, im Boijmans Museum Rotterdam vor dem Bild Christus und die Jünger in Emmaus.

J. A. van den Berg,

Professor der Kunstgeschichte an der Universität Amsterdam

Meg musste lachen. Was für ein aufgeblasener Pfau! Er wollte ihr eine Story verkaufen und zitierte sie zu einem Treffen in der festen Annahme, sie würde ihm gehorchen. Sie musste gähnen. Sie schloss die Fenster und ließ sich in ihren Kleidern aufs Bett fallen. Sofort schlief sie ein. Es war schon Nachmittag, als sie von einem Geräusch geweckt wurde. Er war ein leises Klopfen an der Wohnungstür. Meg stand auf, strich ihr Kleid glatt und blickte in den Spiegel, ob sie einigermaßen passabel aussah. „Ja bitte, wer ist da?"

„Verelst. Ich hoffe, ich störe nicht."

Meg öffnete die Tür. „Nein, kommen Sie herein. Ich habe geschlafen. Die Nacht war sehr anstrengend." Schnell ergänzte sie. „Nein, nicht so wie neulich. Ich habe van Aelsts Frau in Laren gefunden und bin mit ihr zu Pieter Koopmans, einem alten Freund des Malers gefahren. Sie kennen sich seit Jahren und ich habe von ihnen eine ganze Menge über van Aelst erfahren."

Verelst war langsam auf seinen Stock gestützt in Megs Wohnzimmer gelaufen und hatte sich auf das Sofa gesetzt. „Dann bin ich ja nicht umsonst gekommen. Weißt du, als ich das letzte Mal hier war, habe ich bemerkt, dass mir das Laufen guttut. Der Weg zu deiner Wohnung ist eine schöne Strecke mit genau der richtigen Länge. Also habe ich beschlossen, ihn regelmäßig zu gehen, und wenn es sich ergibt, nachzusehen, ob du da bist. Aber ich werde dir natürlich nicht auf die Nerven gehen."

Meg hatte bemerkt, dass der höfliche Verelst sie wieder duzte und fühlte sich geschmeichelt und auch, ja, fast geborgen. Aber sie würde beim Sie bleiben. „Sie gehen mir nicht auf die Nerven. Es ist gut wenn ich Ihnen erzählen kann, was ich alles erfahren habe. Ich mache uns einen Tee." Während das Wasser kochte, stellte sie Tassen, Zucker und ein paar Kekse auf den Couchtisch und erzählte Verelst, wie sie Josephine in der Villa in Laren mit einem Haufen Geld ertappt hatten. Wie sie die Idee hatte, Josephine vor den Reportern der anderen Zeitungen in Sicherheit zu bringen, um sie exklusiv als Quelle zu haben, obwohl sie selbst zunächst nicht darüber schreiben durfte.

Verelst nickte anerkennend. „Das hast du gut gemacht. Aber ich habe auch nichts anderes von dir erwartet."

Meg goss Wasser auf den Tee und ließ ihn ziehen. „Natürlich fällt mir das Stillhalten schwer, wenn ich täglich lese, was in der *Parool* und in den anderen Blättern steht. Sie bringen nichts Neues, obwohl es genug Stoff gibt. Allein was ich gestern von einem alten Kontaktmann aus dem Widerstand über van Aelst erfahren habe, damit könnte ich ganze Seiten füllen." Meg schenkte Tee ein. „Nichts davon steht in den Zeitungen. Wir könnten es morgen schon bringen." Sie sah ihren Verleger erwartungsvoll an.

Der hatte gerade von seinem Tee getrunken, stellte die Tasse ab und legte eine Hand auf Megs Arm. „Du musst noch etwas Geduld haben. Wie sicher ist Josephines Versteck bei Pieter?"

Meg grinste. „Sehr sicher. Und sie scheinen sich zu mögen." Dann erzählte sie vom vergangenen Abend. „Am Anfang war es etwas kompliziert. Pieter war aufgebracht. Es wurde viel gestritten." Meg trank von ihrem Tee. „Aber dann erzählte Pieter, warum er mich sprechen wollte."

Der Verleger holte sein kleines Notizbuch aus seiner Westentasche. „Lass dich nicht stören."

„Bei unserem ersten Treffen hat er mir nicht erzählt, woran die Freundschaft zwischen ihm und Jan zerbrochen war. Aber als der Artikel über Jans persönliche Widmung an den Führer in seinem *Teekeningenbuch* erschienen ist, wäre ihm klar geworden, dass er jetzt auspacken würde. Er wolle, dass van Aelst seine gerechte Strafe als Kollaborateur bekomme, und die ganze Welt solle erfahren, was für ein Mensch er wirklich ist. Pieter war sehr erregt. Van Aelst sei das Gegenteil von einem schlauen, genialen Maler, der mit einer Vermeerfälschung Göring übers Ohr gehauen hat. Und niemals habe er auch nur daran gedacht, dadurch in heldenhafter Weise von den Nazis geraubte Kunst wieder zurückzuholen. Van Aelst würde immer nur zu seinem eigenen Vorteil handeln. Hätten die Nazis nicht den Krieg verloren, dann säße Göring immer noch auf dem falschen Vermeer und van Aelst hätte die Bilder zusammen mit Miedl zu Geld gemacht. Das sei so sicher wie das Amen in der Kirche. Das war zu viel für Josephine. Anfangs ermahnte sie Pieter nur, er habe nicht das Recht, van Aelst so anzuschwärzen. Immerhin habe er jahrelang eng mit ihm zusammengearbeitet." Meg nippte an ihrem Tee. „Ich musste an das Hetzblatt *DE KEMPHAAN* denken. Sie kennen es?"

Verelst nickte.

„Also. Es stimmte. Pieter war mit von der Partie gewesen. Das sagte ich ihm. Er habe keine andere Wahl gehabt und das Geld gebraucht. Jan habe ihn großzügig bezahlt, denn er hätte sich in der Haager Gesellschaft als beliebter Porträtkünstler etabliert. Zusammen mit Josephine führte er ein angenehmes, fast mondänes Leben in Den Haag. Meg stand auf und lief im Zimmer herum. „Ich fragte Josephine, warum sie und van Aelst 1932 so plötzlich nach Frankreich gereist seien. Es sei ihre Rettung gewesen, erzählte sie. Van Aelst sei zur Persona non grata in der Haager Gesellschaft geworden. Eine Folge seiner Polemiken im *KEMPHAAN* und eines Vorfalls mit Prinz Hendrik, Königin Wilhelminas Mann." Meg zündete sich eine Zigarette an, stellte sich an das offene Fenster und rauchte. Sie sah ihren Verleger an. „Jetzt wird es richtig interessant. So eine Geschichte wünscht sich jede Reporterin. Leider ist sie schon eine Weile her. Es muss um das Jahr 1930 herum gewesen sein. Prinz Hendrik besuchte van Aelsts Kunstschule. Josephine vermutet, der Prinz habe wohl von den freizügigen Aktmodellen gehört, die sich dort etwas Geld dazu verdienten. Deshalb sei er auch ohne Entourage gekommen. Es war ja bekannt, dass der Gemahl der Königin sich gerne außer Haus vergnügte. An diesem Tag habe ein beeindruckendes Mädchen, eine Artistin, nackt vor der Aktzeichenklasse gestanden und die hat ihm wohl gefallen. Jedenfalls starrte er unverfroren auf ihre Brüste. Das Mädchen hätte ihn angelächelt und dann gefragt: ‚Was schaust du so angestrengt? Kennst du nicht den Unterschied zwischen Mädchen und Jungs?' Dem Prinzen fiel das Monokel aus dem Auge und er lief rot an. Dennoch konnte er seinen Blick nicht von Caroline, so hieß sie, losreißen. Die ist dann in den Handstand gesprungen, hat die Beine gespreizt, sich zu Boden fallen lassen und sich zur Brücke aufgerichtet. ‚Ist es das, was Euch so neugierig macht?', rief sie dem Prinzen wippend zu und, ‚ja, es ist anders als bei Euch. Aber es passt gut zusammen.‘ Dann sprang sie wieder in den Handstand, schlug ein Rad und verschwand hinter einem Paravent.“

Meg und der Verleger lachten.

„Wie ging die Sache weiter?“, wollte Verelst wissen.

„Der Prinz habe Worte wie ‚ordinäres Volk‘ und ‚skandalös, skandalös‘ gemurmelt, erzählte Josephine. Dann sei er schwer atmend rasch zum Ausgang des Zeichensaals gelaufen. Kurz vor der Tür habe van Aelst ihn einholen können. Er habe versucht, ihn zu beruhigen, habe ihm erklärt, das Mädchen käme aus schwierigen Verhältnissen. Artistenfamilie, fahrendes Volk. Aber der Prinz ließ sich nicht beruhigen, verfluchte ihn, forderte die Einstellung des *KEMPHAAN*. Von diesem Tag an hätten van Aelsts Probleme in der Haager Gesellschaft und im den Haager Kunstverein begonnen. Die Porträtaufträge seien zurückgegangen. Im Kunstverein hätte man ihn ignoriert. Bei einem Vereinsfest kam es zum Eklat. Eine junge Lyrikerin, Mieke, machte ihm schöne Augen, obwohl er in Begleitung von Josephine war. Sie bewundere seine Bilder und wünsche sich, dass er auch sie zeichne. Sie habe gehört, dass er im Schnellzeichnen ein Meister sei. Natürlich war van Aelst von dem Flittchen, wie Josephine sich ausdrückte, derart geblendet, dass er einwilligte und in die Falle tappte. Während Mieke ihre schwülstigen Verse zum Besten gab, hätten sich immer mehr Künstlerkollegen um den zeichnenden van Aelst versammelt. Aber statt des Lobes hätte es hämische Bemerkungen über den Schnellzeichner, den Plakatmaler, den Bambimaler gehagelt. Van Aelst hätte sich zunächst nicht aus der Ruhe bringen lassen. Dann habe Mieke beim Betrachten der Bilder die Augenbrauen nach oben gezogen und mit süßer Stimme gesagt: ‚Das soll ich sein? Vielleicht hättest du mich so gerne in deinem Bettchen, aber ich dachte, du bist ein Künstler und zeigst, was wirklich in mir steckt. So malt doch heute keiner mehr! Nicht mal ein einziges dreieckiges Auge gönnst du mir‘, und sich einem Haager Kubisten an den Hals geworfen. Schallendes Gelächter sei ausgebrochen und van Aelst habe unter dem Gejohle der angetrunkenen Künstlerschar das Fest verlassen.“

„Das muss ein furchtbarer Schlag für van Aelst gewesen sein.“

Meg nickte. „Das hat auch Josephine bestätigt. Van Aelst sei tagelang trinkend und hurend in zweifelhaften Etablissements verschwunden. Deshalb habe sie dann Pieter losgeschickt, um ihn zu suchen. Sie wollte mit ihm das Land verlassen. Pieter fand den Maler volltrunken bei Caroline, jenem Aktmodell, das den Skandal mit dem Prinzen ausgelöst hatte. Er schleppte ihn zu Josephine, die ihn vor die Wahl stellte, sie auf eine längere Reise nach Frankreich und Italien zu begleiten oder sie würde sich scheiden lassen. Van Aelst willigte sofort ein. So sind die beiden dann in Frankreich gelandet.“

Meg trank von ihrem nun kalten Tee und sah ihren Verleger, der sich wieder neben sie auf das Sofa gesetzt hatte, erwartungsvoll an. „Lieber Herr Verelst, ich habe jetzt schon so viel herausgefunden, das kann ich nicht einfach für mich behalten. Ich muss zurück in die *Parool*.“

Verelst legte seine Hand auf ihren Arm. „Noch nicht. Wir müssen noch abwarten. Dinge, die auch andere hätten herausfinden können, wie die Informationen von dem Zigarrenhändler, Rens Verbeek, kannst du meinetwegen weitergeben.“

Dann erhob er sich mühsam vom Sofa und Meg stützte ihn auf dem Weg zur Tür.

7. Die Erkenntnis

Meg blinzelte in die Morgensonne und versuchte, schlaftrunken ihren klingelnden Wecker zu erwischen. Es war sieben Uhr. Sie war noch immer todmüde. Dabei war sie am vergangenen Abend früh ins Bett gegangen. Nach Verelsts Besuch hatte sie Louis de Winter in einem Café getroffen und ihm ein paar Informationen und die Telefonnummer von Rens Verbeek in Den Haag gegeben. Bill war dazugekommen und hatte ihr mitgeteilt, dass der Colonel ihn an dem Abend brauchen würde. Er hatte Meg noch nach Hause gefahren, und sie hatte sich gleich hingelegt, weil sie so erschöpft war. Warum also klingelte dieser verdammte Wecker? Da entdeckte sie die Karte von J. A. van den Berg, die auf dem Nachtschränkchen lag. Meg las sie erneut und ärgerte sich darüber, dass dieser blasierte Professor sie einfach ins Museum nach Rotterdam zitierte. Sie knüllte die Karte zusammen und warf sie in Richtung ihres Papierkorbes. Sie beschloss, weiterzuschlafen. Aber die Worte „sensationelle Erkenntnisse" und „öffentliches und nationales Interesse" gingen ihr nicht mehr aus dem Kopf. Ihre Neugierde siegte. Sie sprang aus dem Bett. Sie musste sich beeilen, denn die Züge nach Rotterdam fuhren nur unregelmäßig. Im Badezimmerspiegel stellte sie fest, dass sie dringend zum Friseur musste. Außerdem war ihre Wimperntusche leer. Wenigstens etwas Puder, aber sie entschied sich dagegen. Sie würde sich heute nicht schminken. Rasch schlüpfte sie in eine bequeme Stoffhose und eine leichte Bluse. Da der Himmel bedeckt war, schnappte sie sich ihren alten Trenchcoat. Durchs Fenster sah sie eine Straßenbahn kommen. Schnell packte sie Kamera und einen Ersatzfilm in ihre Tasche und rannte los.

Sie erwischte die Bahn in letzter Sekunde und am Bahnhof auch gleich einen Zug in Richtung Rotterdam mit Umstieg in Den Haag. Alles klappte erstaunlich gut. Trotzdem war es schon 10 Uhr, als Meg in dem zerbombten Rotterdam ankam. Sie suchte ein Taxi, als tatsächlich eine Tram um die Ecke kam, die direkt zum Museum fuhr. Vielleicht ist heute mein Glückstag, dachte sich Meg, die nicht ahnte, was sie erwartete.

„Jetzt schauen Sie sich das Bild doch mal ganz genau an! Was können Sie erkennen?" J. A. van den Bergs spitzer Finger zeigte ausgestreckt auf *Die Emmausjünger*, während er mit zur Seite geneigtem Gesicht und offenem Mund Meg fordernd ansah. Meg bereute bereits, nach Rotterdam gefahren zu sein und betrachtete weiter den Professor anstatt das Bild. Der Kunsthistoriker trug eine Manchesterhose über polierten Budapestern, ein weißes Hemd mit rotem Seidentuch unter einer Weste im rot-grünen Schottenkaro, und obwohl es Juli war, darüber ein beige-braun gemustertes Tweedjackett. Seine dunklen Augen hinter der runden Hornbrille blinzelten angriffslustig. Meg war etwas amüsiert, dennoch beeilte sie sich zu antworten, nachdem sie ihn schon hatte warten lassen.

„Christus und die Jünger von Emmaus von Vermeer." Meg schielte auf die kleine Plakette neben dem Gemälde. „Es heißt, der schönste, der bedeutendste Vermeer aller Zeiten. Das Gemälde wurde erst Ende der 30er-Jahre entdeckt und war eine Sensation, wenn ich mich richtig erinnere."

„Sie sollen sich nicht erinnern", unterbrach sie van den Berg. „Was Sie daherplappern, weiß jedes Kind und es steht außerdem auf dem Schild neben dem Bild. Sie sollen genau hinsehen. Hier", sein Finger stoppte erst kurz vor der

Leinwand und zeigte auf das Gesicht Jesu, „hier, sehen Sie das Antlitz?“ Meg nickte.

„Und hier, das daneben, die Magd?“ Wieder nickte Meg.

„Und es fällt Ihnen nichts auf?“ Meg schüttelte den Kopf.

„Jetzt gucken Sie verdammt noch mal genau hin! Dazu der Jünger rechts!“

Meg strengte sich an. „Also, ich bin kein Kunstexperte wie Sie, Herr Professor, aber ich denke“, Meg hielt kurz inne, „ja, ganz bestimmt, sie haben etwas Maskenhaftes. Nicht so ganz von dieser Welt. Irgendwie entrückt. Aber ist das nicht immer so, bei diesen Heiligenbildern aus der damaligen Zeit?“

Van den Berg schlug verzweifelt seine rechte, geballte Faust in die linke Hand. „Nein, eben nicht! Kein Rembrandt, kein Frans Hals, kein Caravaggio und vor allem kein Vermeer haben je so leblose Gesichter gemalt. Leer und ohne Ausdruck wie hier und dann auch noch in drei, vierfacher Ausführung.“

Tatsächlich. Jetzt fiel es auch Meg auf. „Kann es sein, dass sie sich alle irgendwie ähneln?“

Van den Berg ließ seine gestreckten Arme sinken, atmete tief ein und wischte sich den Schweiß mit einem karierten Taschentuch von der Stirn. „Gut. Ich dachte schon, Sie werden es nie erkennen.“ Er packte mit der einen Hand eine abgewetzte lederne Aktentasche, mit der anderen Megs Arm und zog sie zum Ausgang. „Kommen Sie. Wir haben schon zu viel Zeit verloren. Auf uns wartet eine wichtige Verabredung.“

Meg riss sich los. „Mein lieber Herr van den Berg, es reicht jetzt. Es tut mir leid, dass ich zu spät gekommen bin, aber die Züge fahren noch nicht so zuverlässig wie vor dem Krieg. Aber entweder Sie sagen mir jetzt ganz genau in Anbetracht welcher *sensationeller Erkenntnisse* Sie mich hierher zitiert haben, oder ich verschwinde auf der Stelle. Wenn es darum geht, zu erkennen, dass Vermeer dreimal das gleiche Gesicht gemalt hat –"

Der Kunsthistoriker unterbrach sie: „Viermal. Der Vierte ist aber kaum zu sehen."

„Herr Professor, das ist doch nicht Ihr Ernst! Geht es wirklich um diese vier Gesichter? Dann, verehrter Johan Antonius van den Berg, werde ich jetzt gehen!"

Wieder griff der Kunsthistoriker nach ihrem Arm. „Einen Moment noch. Ohne Genauigkeit ist die Kunstwissenschaft verloren. Aber was das Auge exakt sieht, wird oft falsch erkannt. Viele meiner Kollegen erliegen der Täuschung, aus welchen Gründen auch immer. Uns darf das nicht passieren." Erwartungsvoll sah er Meg an, die den Kopf schüttelte.

„Sie sprechen weiter in Rätseln, und dafür ist mir meine Zeit zu schade."

„Ich kann Ihnen jetzt noch nicht alles verraten, denn dann könnten auch Sie der Täuschung erliegen. Sie müssen es selbst erkennen. Ich verspreche Ihnen, Sie werden erstaunt sein. Aber jetzt müssen wir uns beeilen. Wir haben noch eine Verabredung. Van Beuningen lässt man nicht warten."

Meg, die sich gerade wieder von dem Kunsthistoriker losreißen wollte, hielt inne. „Van Beuningen? Sie meinen *den* van Beuningen! Den Hafenbaron? Den Steinkohle-, Schiffe-, Reeder- et cetera van Beuningen? Rotterdams größter Arbeitgeber?"

„Genau! Sie haben den großen van Beuningen – Kunstsammler vergessen."

„Aber musste er nicht wegen irgendwelcher Unregelmäßigkeiten als Direktor zurücktreten und lebt zurückgezogen auf dem Land? Es heißt, er empfängt keine Besucher und vor allem keine Presse."

Wieder zog van den Berg an ihrem Arm. „Ich habe da meine Verbindungen und wir sind spät dran. Also beeilen sie sich bitte."

Meg riss sich los. „Jetzt hören Sie endlich auf, an mir herumzuzerren! Ich komme ja mit. Einen van Beuningen lass ich mir natürlich nicht entgehen. Aber was wollen wir da genau? Er hat sich weitestgehend aus der Öffentlichkeit zurückgezogen, aber es gab da immer schon so ein Gerücht, ja sogar Hinweise, dass er Zeichnungen und Gemälde der Sammlung Koenigs an Hitler verkauft hat. Er hatte sie kurz vor Invasion der Nazis für den Bruchteil ihres Wertes von einer jüdischen Bank erworben. Angeblich, um die Sammlung vor den Nazis zu retten. Der Verkauf ging über Mittelsmänner, alles sehr verworren. Ich habe schon während des Krieges vergeblich versucht mehr herauszufinden. Aber an den Typen, und alle die damit zu tun hatten, kommt man ja nicht ran. Da bin ich mal gespannt."

Van den Berg erstarrte. „Kein Wort darüber. Haben Sie verstanden? Niemals! Niemals! Wir dürfen ihn nicht verärgern. Jetzt besuchen wir ihn einfach nur, um seine außergewöhnliche Vermeer Sammlung zu bewundern. Er fühlt sich geehrt. Es geht ausschließlich um seine Vermeer Gemälde. Verstanden? Und Sie begleiten mich als Assistentin."

Der Kunsthistoriker schritt schnell voran. Draußen hatte es angefangen zu regnen. Van den Berg zog aus seiner Aktentasche einen Knirps und spannte ihn auf. Er sah Meg an. „Der Trenchcoat mag jetzt praktisch sein, allerdings sollten Sie damit nicht unbedingt van Beuningen gegenübertreten. Ich hoffe, Sie haben darunter etwas an, das besser passt?"

Van den Berg zeigte auf einen blitzblank polierten bordeauxroten Ford Anglia, der vor dem Museum stand. „Auf der Fahrt werden Sie Zeit haben, sich zu kämmen und zu schminken. Ich nehme an, Sie haben alles in Ihrer Handtasche dabei?"

Er öffnete Meg die Tür auf der linken Seite, denn das Auto war ein Rechtslenker. Meg stieg wortlos ein, was sie schon kurz darauf bereute. Nachdem sich der Kunsthistoriker feine Autofahrerhandschuhe aus hellem Lammleder mit großen Luftlöchern gegen Handschweiß angezogen und den Anlasser betätigt hatte, raste er mit halsbrecherischer Geschwindigkeit durch das zerstörte Rotterdam aufs Land hinaus. Meg krallte sich an Türgriff und Armaturenbrett fest. Sie hätte noch viele Fragen an den Professor gehabt, brachte aber keinen Ton heraus. Ihr leerer Magen krampfte sich zusammen und bittere Galle stieg in ihre Speiseröhre. Van den Berg schien nichts zu bemerken, denn während er mit quietschenden Reifen ein tiefes Schlagloch umkurvte, rief er ihr zu: „Feiner Wagen. Absolut zuverlässig." Dabei riss er das Steuer scharf nach rechts, um einem entgegenkommenden Armeelastwagen auszuweichen. Meg, die quasi mitten auf der Straße saß, sah in das erschrockene Gesicht eines jungen Soldaten, der nicht mehr hätte reagieren können.

Auf der Landstraße beruhigte sich der Fahrstil des Professors und damit auch Megs Magen. Sie kramte aus ihrer Tasche einen trockenen Cracker hervor.

„Sie haben Hunger! Gut", bemerkte van den Berg. „Da wir über Mittag reisen, habe ich natürlich vorgesorgt. Nichts Großes. Einfache Gurkensandwiches auf der Rückbank. Bitte bedienen Sie sich."

Meg blickte sich um und entdeckte einen englischen Picknickkorb aus Weidenruten, ausgeschlagen mit Karostoff. Sie nahm zwei in Wachspapier gewickelte Brote heraus. „Wollen Sie auch?", fragte sie den Professor.

„Ja, aber bitte mit Serviette. Müsste dabei liegen."

Meg gab sie ihm und van den Berg breitete sie auf seinem Schoß aus. Dann biss er herzhaft hinein. „In der Thermoskanne ist Tee, Earl Grey. Ich hoffe, er ist nicht mehr zu heiß."

Inmitten der einsamen Heidelandschaft tauchte plötzlich ein lang gestrecktes Landgut aus rotem Backstein auf. Es hatte mehrere mächtige, steile Kamine, die aus einem tiefgezogenen Satteldach herausragten. Meg war beeindruckt. „Van Beuningen empfängt uns tatsächlich persönlich?" Sie zupfte sich im Rückspiegel ein bisschen die Haare zurecht und fand in ihrer Handtasche noch etwas Puder und einen Lippenstift.

„Ja, natürlich. Bitte den Mantel nicht vergessen. Ausziehen meine ich."

Meg schielte ihn von der Seite an. „Was machen wir jetzt genau, wenn wir ihn schon nicht nach seinen Nazigeschäften befragen?"

„Wir werden uns zwei Bilder seiner Kunstsammlung ansehen."

„Wie aufregend. Mich interessiert eher die Person van Beuningen und wie er den Krieg verbracht hat."

J. A. van den Berg sah sie entsetzt an, während der Ford Anglia vor das Eingangstor rollte. „Wie ich schon gesagt habe. Alles uninteressant. Wir verfolgen einen größeren Plan. Sie werden schon noch verstehen. Vertrauen Sie mir. Erst das eine. Dann das andere."

Der Wagen stoppte und der Professor zog die Handbremse an. In der Eingangstür erwartete sie bereits ein livrierter

Butler. „Die Herrschaften werden erwartet. Ich bringe Sie in den Salon."

Die Eingangshalle des Hauses wirkte kalt und einschüchternd. Sie bestand aus großen Quadersteinen. Das mächtige, geschwungene Treppenhaus erinnerte an den Aufgang einer mittelalterlichen Burg. Ihre Stimmen hallten.

Der Salon war weitläufig. Den Boden bedeckten schwere Orientteppiche. Von oben drückten eine massive Balkendecke und schmiedeeiserne Kronleuchter. Die Möbel waren klobig und trotz der zahlreichen Fenster, die einen guten Ausblick auf die weite Heidelandschaft ermöglichten, wirkte der Raum wenig herrschaftlich. Vor einem wuchtigen, mit zahlreichen Schnitzereien verzierten Schrank, empfing sie der Hausherr. Van Beuningen war ein stattlicher Mann mit kantigem Kopf, vollem Haar und eckigem Schnurrbart. Zu dem grauen Dreiteiler trug er eine schwarze Fliege mit weißen Punkten. Er streckte Meg die Hand entgegen. „Hocherfreut, Fräulein?"

„Ähh, Meijers", ergänzte der Professor und streckte ebenfalls seine Hand aus, sodass van Beuningen zuerst diese schütteln musste. „Johan Antonius van den Berg, Professor der Kunstgeschichte in Amsterdam. Margriet Meijers ist meine Assistentin."

Meg warf er einen verschwörerischen Blick zu. Van Beuningen sah ihn belustigt an.

„Ja, ich weiß wer Sie sind. Sie haben sich angemeldet. Sie sind also gekommen, um eine Artikelserie über niederländische Kunstsammlungen zu schreiben, die den Krieg unbeschadet überstanden haben?"

Der Professor nickte.

„Die Deutschen haben ja ganz furchtbar gewütet in manchen Ländern. Frankreich zum Beispiel. Was allein die Rothschilds da verloren haben."

„Da haben Sie wohl recht." Van Beuningen verschränkte die Arme hinter seinem Rücken. „Nun, was meine private Sammlung angeht, sie ist unberührt."

„Zweifelsohne, zweifelsohne", bemerkte van den Berg.

„Ich nehme an, Sie wollen gleich einen Blick auf meine Bilder werfen. Wenn Sie mir bitte folgen."

Der Raum mit van Beuningens Sammlung ähnelte dem Salon. Auf schweren Perserteppichen standen Antiquitäten. An den Wänden hingen zahlreiche Gemälde aus dem Goldenen Zeitalter.

Meg blieb vor einem kleinen Rembrandt Porträt stehen. „Die Nazis haben Sie nie aufgesucht, waren nie an Ihrer Kunstsammlung interessiert?"

Der Kunstprofessor sah sie böse an, aber van Beuningen lächelte und schüttelte den Kopf. „Es gab Besuche eher formaler Art. Sie waren mehr an der Firma und den Geschäften interessiert, aber ich bin ja kurz nach der Besetzung aus dem Unternehmen ausgeschieden. Außerdem, die wirklichen Schätze, nun, die habe ich denen nicht gezeigt, und die finden Sie auch nicht hier."

Meg setzte zu einer weiteren Frage an, aber van den Berg drängte sich zwischen sie und van Beuningen.

„Genau. Sie sagen es! Deshalb sind wir ja gekommen. Ich vermisse das Gemälde *Kleiner Turmbau zu Babel* von Pieter Bruegel dem Älteren", er machte eine Pause. „Und besitzen Sie nicht auch zwei biblische Vermeers?"

Van Beuningen nickte.

„Ja, ich muss zugeben, auf die beiden Vermeers bin ich sehr stolz." Er ging zu einer großen Bücherwand, die aus mehreren raumhohen Eichenregalen bestand. Er nahm einen dicken Folianten heraus und drückte auf einen dahinterliegenden Knopf. Auf der Rückseite des drehbaren Regals kam *Der kleine Turmbau von Babel* zum Vorschein. Hinter einem weiteren erschien dann eines der erwähnten Vermeerbilder. Es war ein kleines Format, ein Christuskopf. Mit einer kleinen Handbewegung lud van Beuningen Meg und van den Berg ein, näher zu treten und die Bilder zu betrachten.

Van den Berg blieb vor dem Christuskopf stehen, beugte sich nach vorn und schwärmte: „So einfach, so schlicht und sofort zu erkennen. Genau das habe ich erwartet. Perfekt."

Van Beuningen fühlte sich geehrt. „Ja, ein typischer Vermeer. Sparsam in Farbe und Gestik, dennoch stark im Ausdruck. Als ich es gesehen habe, wusste ich sofort, dass ich es will! Obwohl es mich fast eine halbe Million Gulden kosten würde. Auch für mich kein Pappenstiel! Dann stellte sich heraus: Dieser wunderbare Christuskopf war nur eine Studie für ein großes Gemälde. Die Darstellung des *Letzten Abendmahls.* Ich habe extra das Haus umbauen lassen, um dafür einen geeigneten Platz zu schaffen. Wenn Sie mir folgen wollen."

„Einen Moment noch", unterbrach ihn Meg, die ihre Contax aus der Tasche geholt hatte. „Ich möchte Sie gerne mit dem Gemälde fotografieren."

Das gefiel van Beuningen, der sich neben dem Bild in Pose warf. Sofort stellte sich van den Berg daneben. Meg machte das Foto.

Der Professor klatschte in die Hände. „So. Jetzt bin ich

aber sehr auf *Das letzte Abendmahl* gespannt. Ich habe so viel davon gehört."

„Aus gutem Grund." Van Beuningen machte eine einladende Handbewegung. Sie folgten ihm in einen kabinettartigen, fensterlosen Raum, der genau auf das große Gemälde abgestimmt war. Es nahm die ganze Stirnseite ein. Es gab keine Möbel, keine Teppiche. Nur Parkett und eine lindgrüne Seidentapete an den Wänden. Das Gemälde zeigte Jesus' letztes Abendmahl und war indirekt beleuchtet. Es wirkte düster und statisch.

„Da brauche ich keine *Nachtwache*", erklärte van Beuningen stolz. Meg bemerkte sofort den typischen „Vermeer-Jesus" in der Mitte des Bildes, flankiert von seinen zwölf Aposteln, die sich alle zu gleichen schienen. Van den Berg war mit einigem Abstand vor dem Bild stehen geblieben, die Arme hinter dem Rücken verschränkt.

„Genau was ich erwartet habe. Diese typische Schlichtheit."

Van Beuningen ergänzte stolz: „Ja, unser Vermeer trifft mit dem klaren Stil seiner biblischen Gemälde den Kern viel mehr als beispielsweise Rubens oder Caravaggio, die unbestritten auch Meister ihres Faches sind. Aber bei den religiösen Motiven tun sie doch manches Mal zu viel des Guten."

Van den Berg räusperte sich.

„Durchaus besitzt dieser Vermeer eine einzigartige Schlichtheit. Unübertroffen. Ja, auch da bin ich ganz sicher."

Meg erkannte die Ironie des Professors, während van Beuningen voller Besitzerstolz darauf hinwies, dass ihn dieser ‚Spaß' stolze 1,6 Millionen Gulden gekostet hatte.

„Allein schon um es vor einem Verkauf ins Ausland zu bewahren, habe ich hier auch gerne meine Staatsbürgerpflicht erfüllt." Er führte Meg und den Professor in einen hellen, freundlichen Salon, wo der Butler Tee, Kekse und Portwein servierte. Van Beuningen zeigte auf ein silbernes Tablett mit Rauchwaren. Van den Berg lehnte ab, aber Meg nahm sich eine filterlose Orientzigarette. Dann öffnete der Hafenbaron eine blecherne Zigarrendose, auf der ein springender Panther abgebildet war. Sie stank penetrant nach kaltem Rauch. Er zog einen halbgerauchten Stumpen heraus, den er sich mit einem Streichholz anzündete. Die verblüfften Blicke von Meg und dem Professor schienen ihn nicht zu überraschen.

„Wissen Sie, von nichts kommt nichts und ich werfe nichts gerne weg. Oft habe ich nicht genug Zeit, meine dicken Zigarren zu Ende zu rauchen und die dünnen mag ich nicht. Also lass ich sie ausgehen und rauche sie später fertig." Ein raues Lachen folgte seiner Erklärung und er ergänzte. „Über mein ganzes Leben hinweg würde ich sagen, habe ich damit ein paar Promille des Preises für die Vermeer Gemälde angespart." Jetzt lachte er ausgelassen und stürzte ein Glas Portwein hinunter.

Meg brachte nur ein: „Ja, da haben Sie bestimmt recht", heraus, während van den Berg sich erhob und mit erhobenem Zeigefinger: „Wie wahr, wie wahr", sagte.

„Sehr geehrter Herr van Beuningen, wir bedanken uns für Ihre Zeit. Ich denke, ich werde die Artikelserie mit Ihnen beginnen, aber jetzt müssen wir uns aufmachen, wenn wir noch vor Dunkelheit in Amsterdam sein wollen."

Van Beuningen erhob sich und klingelte nach dem Butler. „Da haben Sie wohl recht. Die Straßen befinden sich nach dem Abzug der Deutschen in einem bedauernswerten Zustand und sind bei Dunkelheit lebensgefährlich."

Kaum hatten sie die Zufahrt zu van Beuningens Anwesen verlassen, verfiel der Professor wieder in seinen sportlichen Fahrstil.

„Sie haben doch gehört, was van Beuningen über den Zustand der Straßen gesagt hat“, versuchte ihn Meg zu bremsen.

„Stellen Sie sich nicht so an. Wir haben es eilig!“

Meg klammerte sich also wieder am Armaturenbrett fest.

„Und was hat das jetzt gebracht, diese Bilderschau? Stattdessen hätten wir ihm auch ein paar anständige Fragen stellen können.“

„Dürfen Sie jeder Zeit. Jetzt kennt er Sie ja. Aber bitte erst, nachdem diese Mission erfüllt ist. Sie werden schon noch verstehen. Jetzt sagen Sie mir lieber, was Ihnen an den Bildern aufgefallen ist. Das ist wichtig, wenn wir gleich Rosendahl treffen!“

Meg zuckte zusammen. Rosendahl war der letzte, dem sie jetzt begegnen wollte. „Ich glaube nicht, dass ich Ihnen da sehr behilflich sein kann. Ich kenne mich mit Kunst nicht aus. Außerdem gibt es zwischen Rosendahl und mir ein paar Differenzen. Die Polizei und die Presse. Sie verstehen.“

„Das interessiert mich nicht. Ich brauche Sie beide. Schließlich haben Sie bei der Aufdeckung der van-Aelst-Göring-Sache auch zusammengearbeitet.“ Van den Berg umkurvte ein Schlagloch.

Megs Kopf flog gegen die Seitenscheibe. Sie schrie: „Herr van den Berg, Sie mögen Professor und was-weiß-ich-alles sein, aber das berechtigt Sie noch lange nicht, das Leben anderer mit Ihrem Fahrstil aufs Spiel zu setzen!“

Van den Berg war unbeeindruckt. „Es ist nur zu Ihrem

Besten, das werden Sie schon noch sehen. Sagen Sie mir endlich, was Ihnen an den Vermeer Bildern bei van Beuningen aufgefallen ist."

Meg nahm ihre Beine hoch und stemmte die Füße gegen das Armaturenbrett. Das gab ihr Sicherheit und würde den Professor bestimmt ärgern.

Er reagierte sofort. „Würden sie bitte Ihre Füße runternehmen und –"

Meg ließ ihn nicht aussprechen. „Das werde ich nicht. Und ich werde Ihnen auch nichts über die Bilder erzählen, selbst wenn mir etwas aufgefallen ist. Und zwar solange nicht, bis Sie mir genau sagen, welchen Plan Sie verfolgen. Und außerdem anständig Auto fahren."

Van den Berg antwortete nicht. Er ging aber immerhin etwas vom Gaspedal. Er wischte sich mit seinem Taschentuch die Stirn ab. „Warten Sie noch ein bisschen. Sie werden alles erfahren." Dann schaltete er einen Gang hinunter, um einen Militärlastwagen zu überholen.

Meg schrie auf, weil sie ein Auto entgegenkommen sah, als der Professor zum Überholvorgang ansetzte.

Schnell riss er den Ford Anglia wieder nach rechts. „Danke für die Warnung. Ich wusste, dass ich mich auf Sie verlassen kann."

Jetzt brüllte Meg. „Verdammt, sagen Sie mir endlich, was Sie von mir wollen!"

„Nein! Sie sagen mir endlich, was Ihnen an den Vermeers bei van Beuningen aufgefallen ist!"

Meg gab auf. „Das Porträt. Ich hatte das Gefühl, dass es wieder der gleiche Christuskopf ist wie schon auf dem Bild im Museum in Rotterdam. Und wie auf dem *Abendmahl.*

Aber warum auch nicht? Es ist ja immer Jesus. Warum sollte er davon abweichen?"

„Sehr gut, sehr gut." Der Professor gab wieder etwas Gas und pfiff völlig unmotiviert die Takte eines Schlagers vor sich hin. „Und was ist mit den zwölf Aposteln beim *Abendmahl*?"

„Na ja, sie sehen sich auch alle ähnlich, jedenfalls die ohne Bart."

Van den Berg bremste den Wagen scharf ab und fuhr an den Straßenrand. „Sie haben es erkannt! Was schließen Sie daraus?"

Meg rollte mit den Augen. „Gar nichts. Ich kenne mich mit Kunst nicht aus. Vielleicht war Vermeer, der sonst höchstens mal zwei Personen in seinen Bildern abbildet, einfach von der Anzahl der Jünger überfordert. Zwölf verschiedene Typen. Woher sollte er die nehmen?"

„Nein, nein, nein!" Van den Berg schlug aufs Lenkrad. „Und doch, Sie haben Recht. Sowohl als auch."

„Lieber Professor, jetzt reden Sie wirres Zeug?" Meg lachte und sah einen erbosten van den Berg.

„Vermeer ist ein Genie, er hätte niemals ein Problem gehabt, sich zwölf verschiedene Gesichter auszudenken. Also nein, er war nicht überfordert. Der Maler dieser Bilder, der war allerdings eindeutig überfordert!"

Meg dachte nach. „Sie meinen … es war nicht Vermeer?"

„Ja, Sie haben es erkannt!" J. A. van den Berg breitete die Arme aus und umarmte sie. Meg war so überrumpelt, dass sie sich nicht wehrte. „Ich habe mich nicht in Ihnen getäuscht!" Dann startete er den Wagen und setzte mit quietschenden Reifen die Fahrt nach Amsterdam fort.

„Aber das würde ja bedeuten, dass es Fälschungen sind."

Van den Berg schaltete in einen höheren Gang, grinste und gab wieder Vollgas. „Warten Sie es ab. Sie werden bald noch viel mehr erkennen."

Für einen Moment schoss Meg ein Gedanke durch den Kopf. Wir treffen Rosendahl, weil der Professor überzeugt ist, dass van Aelst auch die anderen Vermeers gefälscht hat. Sie wollte nachfragen, aber der Professor raste über die Stadhouderskade und bog mit quietschenden Reifen zum Rijksmuseum ab. Dort bremste er nicht, sondern steuerte den Ford direkt in die Durchfahrt, die mit ihrem prächtigen Kreuzdeckengewölbe die Museumsflügel verband. Er hielt neben einer der massiven Säulen und sprang aus dem Wagen.

„Los, kommen Sie, beeilen Sie sich. Wir dürfen den Kapitein nicht warten lassen."

Meg raffte sich auf. Sie war gespannt, wie Rosendahl auf sie reagieren würde.

8. Grandcafé Wildschut

Die meisten Räume des Rijksmuseums waren noch leer. Die wertvollen Bilder und Skulpturen, die während des Krieges in sicheren Stollen eines Sandsteinbruchs bei Maastricht eingelagert worden waren, kehrten erst allmählich zurück. In einem großen Saal stand Rosendahl vor zwei Gemälden. Meg erkannte das kleinere Bild. *Christus und die Ehebrecherin.* Die Vermeerfälschung, auf die Göring hereingefallen war. Sie sah es hier zum ersten Mal im Original. Sie erkannte die typisch einfältige Christusfigur, die sie bei van Beuningen gesehen hatte. Sollte van Aelst tatsächlich noch mehr Vermeers gefälscht haben? Diese Story wäre nicht mehr zu toppen.

Rosendahl drehte sich beim Geräusch ihrer Schritte um. „Ah, das Fräulein van Hettema. Lange nicht gesehen."

Bevor Meg antworten konnte, drängte sich bereits der Professor zwischen sie und streckte Rosendahl die Hand hin. „Ich freue mich so, dass Sie Zeit gefunden haben und es uns ermöglichen, die Bilder in Ruhe zu betrachten." Er wandte sich an Meg. „Wie Sie bestimmt wissen, befand sich das *Göringgemälde,* wenn wir es der Einfachheit mal so nennen wollen, ja noch immer in der Asservatenkammer der Polizei. Aber dank unseres Kapiteins haben wir es jetzt hier. Das andere Gemälde, *Die Fußwaschung,* ist gerade eben erst aus dem Kriegsdepot zurückgekommen."

Rosendahl unterbrach ihn. „Was wollen Sie, Herr Professor? Sie haben das *Göringbild* doch schon begutachtet und die Fälschung bestätigt. Ich habe wirklich wenig Zeit."

Van den Berg reagierte pikiert. „Ein bisschen Zeit werden Sie sich schon nehmen müssen, denn schließlich handelt es sich um eine Angelegenheit von größter nationaler Bedeutung." Er nahm den Kapitein beim Arm und drehte ihn zu den Bildern. „Schauen Sie genau hin, als Kriminalist werden Sie das wohl gelernt haben. Achten Sie besonders auf die Christusfigur und die Frau. Auf ihre Gesichter. Was fällt Ihnen auf?"

Rosendahl lächelte den Professor an. „Nun Herr van den Berg, ganz unbelastet bin ich ja nicht, da Sie mir ja schon ausführlich ausgelegt haben, wie mangelhaft das *Göringbild* ist. Flache Gesichter ohne eine Spur von Finesse. Keine Gestik. Leblos wie hölzerne Figuren, denen man Kleider umgehängt hat. Ich glaube, so in etwa waren Ihre Worte. Das Kopftuch der Frau scheint aus Papier zu sein, die Hand von Jesus fast verkrüppelt."

Der Professor strahlte. „*Precies!* Genau! *Exactly!* Und wenn Sie jetzt die beiden Bilder vergleichen?"

„Dann sehe ich bei der *Fußwaschung* genau dasselbe, vielleicht sogar noch etwas grober. Und eine gewisse Ähnlichkeit der Gesichter."

„Wundert dich das?", fragte Meg Rosendahl. „Es sind doch auch dieselben Personen und derselbe Maler, jedenfalls wird das behauptet."

Rosendahl stutzte. „Wieso derselbe Maler? Das *Göringbild* ist eine Fälschung von van Aelst. Das andere ist ein echter Vermeer, soweit ich informiert bin. Aber das ist doch der Sinn einer Fälschung, dass es dem Original möglichst nahekommt. Van Aelst ist also ins Rijksmuseum marschiert oder hat sich eine Reproduktion besorgt und dann möglichst genau abgemalt."

Van den Berg schüttelte den Kopf. „So wäre es gewesen,

wenn das andere Bild, *Die Fußwaschung*, ein echter Vermeer wäre."

„Sie wollen doch nicht etwa behaupten, dass *Die Fußwaschung* jetzt auch eine Fälschung ist?", unterbrach ihn Rosendahl.

„In der Tat schwer vorstellbar, aber nicht unmöglich."

Meg zeigte darauf. „Ich habe neben dem hier heute noch drei weitere biblische Vermeers gesehen, und auch dort ähneln sich immer die Christusfiguren und auch die Jünger. Und Christus' Gesicht ähnelt wiederum den Frauengesichtern. Ich meine, wenn van Aelst ganz sicher *Christus und die Ehebrecherin* gemalt hat, warum dann nicht auch die anderen?" Meg grinste. „Das wäre dann allerdings schon ein ziemlicher Coup."

„Auf den Sie sich verlassen können!" Van den Berg streckte triumphierend seinen Zeigefinger in Richtung Decke und sprang dabei in die Luft. Meg und Rosendahl starrten ihn an.

„Mir ist klar, dass Meg eine solche Geschichte großartig findet und schon die nächste Schlagzeile im Kopf hat. Und dass Sie, Herr Professor, sich durch diese Entdeckung viel Ruhm und Ehre erhoffen. Aber mich haben Sie noch nicht ganz überzeugt. Wir wissen alle, dass van Aelst ein großer Kenner der alten Meister ist und in deren Stil malt. Deshalb ist ihm die Vermeerfälschung gelungen. Aber es ist kaum vorstellbar, dass er über Jahre hinweg die gesamte Kunstwelt mit diesen Fälschungen übers Ohr gehauen hat, und nur Sie haben es bemerkt. Das können Sie meiner Großmutter erzählen. Entschuldigen Sie mich bitte. Ich habe zu tun."

Bevor Rosendahl sich umdrehen konnte, packte ihn der Professor an den Schultern und schrie ihn an: „Nein,

Kapitein. Sie können jetzt nicht gehen. Sie kennen noch nicht die Beweise. Auch Fräulein van Hettema nicht."

Rosendahl sah Meg an, die unschlüssig die Arme hob. „Wenn wir Reporter die Chance auf eine gute Story haben, dann bleiben wir auch dran. Warum gehen wir nicht zusammen einen trinken und der Professor zeigt uns die Beweise? Wenn die nichts taugen, dann hatten wir wenigstens schon einen Aperitif."

Rosendahl nickte und van den Berg stieß ein triumphierendes „Ja bitte, nichts lieber als das!", hervor. Er schlug das nahe gelegene Grandcafé *Wildschut* am Roelof Hartplein vor.

Während der Besetzung war das Lokal, von den Deutschen kurzum ‚Wildschütz' genannt, ein beliebter Treffpunkt der Nazis gewesen. Meg hatte es deshalb jahrelang gemieden und war nun beeindruckt, wie schön es doch war mit seinen einfachen Holztischen und den großen Fenstern. Das Licht drang durch bunte Rautenscheiben und aus trapezförmigen Art-déco-Wandlampen. Sie und Rosendahl bestellten ein Bier, während van den Berg auf einen Sherry bestand, der unbedingt ein Amontillado sein müsste, lieber noch ein Oloroso, aber keinesfalls ein süßer Cream. Der Kellner sah ihn verständnislos an, und als der Professor daraufhin zu einem Vortrag über oxidative Reifung mit oder ohne spezielle Hefen ansetzen wollte, griff Rosendahl ein. „Herr Professor, Sie können froh sein, wenn Sie den Sherry des Hauses bekommen. Außerdem, wenn Sie sich erinnern, ertragen wir Sie nicht, weil Sie sich mit Sherry gut auskennen, sondern mit echten oder eingebildeten Vermeerfälschungen. Also, wo sind Ihre Beweise? Die müssen schon gut sein. Immerhin wurden diese Bilder von Experten begutachtet und meines Wissens waren Sie selbst ebenfalls Mitglied einiger Kommissionen."

„In der Tat, ich war Zeuge unglaublicher Fehlentscheidungen und ich sage Ihnen, ich spreche ungern über meine Niederlagen." Er räusperte sich. „Es begann mit *Christus und den Jüngern in Emmaus.* Mir gefiel das Bild von Anfang an nicht. Aber der große alte Bredius hatte das Bild im angesehenen *The Burlington Magazine* als ‚Das Meisterwerk des Jan Vermeer zu Delft' bezeichnet. Dirk Hannema, ein Bewunderer von Bredius und Direktor des Museum Boijmanns, ließ keinen Zweifel an dem Urteil aufkommen, dem sich die meisten Experten und Museumsleiter ebenfalls anschlossen. Dennoch habe ich damals deutlich meine Bedenken geäußert und weitere Untersuchungen gefordert. Aber ich wurde überstimmt mit dem Argument, man müsse schnell handeln, weil das Bild sonst im Ausland landen würde."

„Herr Professor, kommt es nicht immer wieder vor, dass von einem Maler plötzlich längst verschollene Bilder auftauchen?"

„Aber natürlich. Zuvor waren ja schon die frühen Vermeer Gemälde *Diana mit ihren Gefährtinnen* und *Christus bei Maria und Martha* gefunden worden. Auch eher untypische Gemälde für Vermeer. Gerade deshalb freute man sich. Endlich ein biblisches Motiv bei Vermeer. Ein Großformat. Aber wo sind die anderen Werke des Malers in diesem Stil? Bilder wie sie damals von allen berühmten Meistern gemalt wurden. Denn die Maler wurden unter anderem nach Größe der Bilder und der abgebildeten Köpfe bezahlt. Deshalb waren Gruppenporträts wie die Nachtwache von Rembrandt begehrte und lukrative Aufträge. Vermeers kleine Genrebilder mit ein bis zwei Personen eher ein schlechtes Geschäft. Dabei musste er eine große Familie ernähren. Es war also naheliegend zu fragen, wo seine großen Formate sind und warum es keine biblischen Motive gibt. Bei der Entdeckung der *Emmausjünger* hieß es dann: Wir wussten doch, dass es diese Bilder gibt! Da sind sie endlich! Diesem Argument konnte auch ich mich nicht ganz verschließen. Allerdings, die malerische Qualität, selbst wenn man von einem Frühwerk spricht, hätte schon erkennbar sein müssen. Aber das war bei den *Emmausjüngern* nicht der Fall. Dann tauchten im Jahresabstand ein, zwei weitere biblische Vermeers auf, und da begann die Kunstwelt durchzudrehen, anstatt skeptisch zu werden. Ein Bild schlechter als das andere. Wieder hörte mir niemand zu, weil die Sammler und Museen darauf versessen waren, endlich einen biblischen Vermeer zu besitzen. Bei der *Fußwaschung* kam es fast zum Eklat, weil auch andere Experten zu zweifeln begannen, zum Beispiel der Direktor des Rijksmuseums. Weil es aber während der Besatzung war, hieß es, wir müssen es kaufen, bevor es in die Hände der Deutschen fällt. Ich blieb dennoch bei meinen Zweifeln und wurde erneut auf übelste Weise als Nörgler, unverbesserlicher Zweifler, ja sogar als Nestbeschmutzer beschimpft. Da habe ich geschworen, dass ich es denen zeigen werde. Aber ich musste eine gute Gelegenheit abwarten. Die ist jetzt gekommen." Er nippte an seinem Sherry.

Meg und Rosendahl sahen ihn fragend an.

„Es war der gefälschte Vermeer von Göring. Zum ersten Mal konnte ich eines der Bilder gründlich untersuchen. Die Hinweise, die van Aelst uns gab, bestätigten sich. Wir hatten es also eindeutig mit einer modernen Fälschung zu tun. Bis zu dieser Entdeckung wurde jeder neu aufgetauchte biblische Vermeer mit den als Sensation geltenden *Emmausjüngern* verglichen. Natürlich fand man immer genügend Ähnlichkeit, um die Bilder als echte Vermeers zu deklarieren. Ich betrachtete sie nun in umgekehrter Reihenfolge. Es waren vier auffällige Bilder, die Görings Gemälde sehr ähnelten. Vier biblische Vermeers, die in den vergangenen Jahren aufgetaucht, als echt befunden und für insgesamt fast sieben Millionen Gulden verkauft worden sind."

Rosendahl schüttelte den Kopf. „Van Aelst könnte doch auch nur Görings *Christus und die Ehebrecherin* aufgrund der *Emmausjünger* oder der *Fußwaschung* gefälscht haben. Indem er diese Bilder als Vorlage nahm."

„Da gäbe ich Ihnen recht, wenn nicht –" Der Professor kramte in seiner Aktentasche und zog zwei große Fotografien heraus, die er aber noch vor Meg und Rosendahl verborgen hielt. Er sah die beiden eindringlich an. „Also, ich habe Sie ja gebeten, die Figuren auf den Bildern, vor allem die Gesichter, genau anzusehen, und Fräulein van Hettema hat rasch bemerkt, dass die Christusdarstellungen sich auf allen Bildern sehr ähneln." Der Professor zeigte ihnen nun eine der beiden Fotografien. Es war ein Porträt der Schauspielerin Josephine van Wageningen.

Meg und Rosendahl betrachteten das Foto.

„Das ist van Aelsts frühere Frau, was hat sie damit zu tun?", fragte Rosendahl und der Professor lächelte überlegen.

„Warten Sie ab, Sie werden es gleich erkennen. Sehen und erkennen, darin liegt die Kunst der Kunstwissenschaft." Er nahm die zweite Fotografie und zeigte sie ihnen.

„Das ist van Aelsts Frau, so wie er sie häufiger gemalt hat.

In seinen Gemälden sieht sie eigentlich immer gleich aus." Die Fotografie zeigte Josephine sitzend von der Seite in einem blauen Kleid, auf ihrer ausgestreckten rechten Hand eine weiße Taube.

Er zog weitere Fotografien aus der Tasche, schob Gläser und Aschenbecher beiseite und legte sie nebeneinander auf den Tisch. Eines zeigte eine Vergrößerung des Kopfes von Josephine auf dem Gemälde, die anderen Ausschnitte aus dem *Abendmahl*, den *Emmausjüngern*, der *Fußwaschung*, *Christus und der Ehebrecherin*. Deutlich war immer Jesus neben seinen Jüngern und einmal Maria Magdalena zu sehen.

„Sehen Sie genau hin", forderte er Meg und den Kapitein auf.

Rosendahl nahm das Foto von Josephine und verglich es einzeln mit den anderen Bildern. „Das ist tatsächlich erstaunlich." Er sah Meg an. „Sie sehen sich alle ähnlich oder was meinst du?"

„Ja, es ist unfassbar. Mal mehr, mal weniger, aber meistens ist es Josephine pur." Meg zeigte auf den Jünger, der neben Jesus auf den *Emmausjüngern* zu sehen war. „Das heißt also, Josephine war das Modell für Jesus und seine Jünger und van Aelst hat alle diese Bilder gemalt. Respekt Professor, wenn es stimmt. Wie sind Sie darauf gekommen?"

„Ich suchte nach einem Grund für die frappierende Ähnlichkeit der Figuren und dachte mir, wenn es ein und derselbe Fälscher ist und die Bilder natürlich nur im Geheimen entstehen durften, dann konnte er sich keine große Auswahl an Modellen leisten. Er müsste jemanden aussuchen, dem er vertrauen könnte oder eine Person nehmen, die er so gut kennt, dass er sie auswendig malen könnte. Da van Aelst der einzige konkrete Anhaltspunkt war, suchte ich in verschiedenen Katalogen und Archiven nach Bildern seiner Ausstellungen, und dabei entdeckte ich zahlreiche Bilder von Josephine. Ich habe sofort die Ähnlichkeit mit den Gesichtern in den angeblichen Vermeergemälden erkannt. Deshalb bin ich überzeugt, dass van Aelst alle diese Bilder gefälscht hat. Sie haben alle dieselbe Handschrift. Erstaunlich ist nur, dass die Bilder in der Reihenfolge, wie sie nacheinander auftauchten, immer schlechter wurden. Van Aelst konnte eine gewisse Qualität, wie er sie bei den *Emmausjüngern* noch hatte, nicht halten. Der Erfolg ließ ihn leichtsinnig werden."

Meg unterbrach den Professor. „Als er mir erzählte, dass er das Gemälde für Göring gefälscht hätte, habe ich ihn gefragt, warum er so lange mit dem Geständnis gewartet habe. Da sagte er mit Tränen in den Augen: ‚Weil das Bild so schlecht gemalt ist.' Vermeer hätte ihn dafür umgebracht. Dabei könne er es besser, das habe er bewiesen."

Der Professor lächelte. „Sehen Sie, damit meint er *Christus und die Jünger in Emmaus.* Kapitein Rosendahl, zweifeln Sie noch immer?"

„Nein, ich finde das alles sehr überzeugend. Aber ich frage mich, warum Sie daraus so ein Theater machen. Warum Sie uns unbedingt für Ihren Plan, wie Sie sagten, brauchen. Warum gehen Sie nicht hin mit Ihren Erkenntnissen und Beweisen und fordern, dass all diese Bilder genau untersucht werden?"

„Weil ich damit scheitern würde. Weil diese Bilder von ehrenwerten Experten als echt befunden und für Millionenbeträge verkauft worden sind. Meinen Sie, Besitzer wie van Beuningen, van der Vorm oder auch unsere Museumsdirektoren würden die freiwillig rausrücken? Sie riskieren dabei nicht nur den Verlust eines Vermögens, zudem wären sie bis auf die Knochen blamiert. Sie würden zum Gespött der ganzen Welt, weil sie auf einen plumpen Fälscher hereingefallen sind. Sie wollen, dass diese Bilder weiterhin als echte Vermeers in ihren Sammlungen hängen. Ich muss sie also unter Druck setzen können und dazu brauche ich Sie. Die Polizei und die Presse." J. A. van den Berg lächelte.

„Verstanden, Herr Professor. Aber Sie haben immer noch nicht gesagt, wie wir Ihnen helfen können."

Van den Berg beugte sich über den Tisch, ganz nah zu Meg und Rosendahl. „Sie müssen van Aelst dazu bringen, dass er gesteht. Dass er zugibt, alle diese Bilder gefälscht zu haben. Dann können Sie ermitteln und die Bilder als Beweismittel anfordern. Wenn auch die Zeitungen darüber berichten, dann wird der Druck so groß sein, dass die Besitzer die Bilder herausrücken müssen. Ich werde sie dann untersuchen, die Fälschungen entlarven und ein für alle Mal klarstellen, wer hier wirklich etwas von Kunst versteht."

Rosendahl und Meg sahen den Professor verblüfft an. „Sie meinen, wir besuchen ihn und schon wird er uns alles erzählen? Immerhin sind das schwere Vorwürfe. Außerdem hat er im Moment deutlich schlimmere Probleme. Die Leute halten ihn für einen Freund Hitlers und wollen ihn im Lager leiden sehen oder gleich am Galgen. Fräulein van Hettema gehört für ihn zu der Pressemeute, die diese Verschwörung angezettelt hat. Ich glaube nicht, dass er mit uns reden wird. Wir können Ihnen also nicht helfen."

Rosendahl trank sein Bier aus und erhob sich.

Der Professor stand ebenfalls auf und sagte laut: „Kapitein

Rosendahl, Sie können jetzt nicht einfach gehen! Ich fordere Sie auf, Ihre staatsbürgerliche Pflicht zu tun und sofort die Ermittlungen aufzunehmen! Es geht um den Ruf des Vaterlandes!"

Etliche Gäste des Cafés drehten sich zu ihnen um und starrten sie an. Meg überlegte fieberhaft, was sie tun konnte, damit die Situation nicht weiter eskalierte. Ihr war bewusst, dass es hier um einen der größten Skandale der Kunstgeschichte ging – und sie war die einzige Reporterin, die davon wusste. Sie musste diese Story haben. Sie brauchte aber Rosendahl dafür. Deshalb sprang sie auf und drückte den Professor auf seinen Stuhl zurück. „Beruhigen Sie sich Professor. Bestellen Sie sich noch einen Sherry." Dann nahm sie Rosendahl am Arm. „Aaron, lass uns kurz hinausgehen."

Etwas widerwillig folgte ihr der Kapitein. Es war bereits dunkel vor dem Café *De Wildschut* und die Straßenbeleuchtung am Roelof Hartplein funktionierte noch nicht. Als sie sich ihre Zigaretten anzündeten, sah Meg die tiefe Erschöpfung in Rosendahls Gesicht. Schief, fast gebeugt stand er vor ihr, eine Hand in der Hosentasche. Hastig sog er an seiner Filterlosen. „Was willst du Meg? Bin ich plötzlich wieder interessant, weil du mich brauchst?"

Meg schüttelte den Kopf. „Nein. Was zwischen uns war, hat nichts damit zu tun. Ich wundere mich über dich als Polizisten. Du hast es doch mit eigenen Augen gesehen. Die Indizien sind erdrückend. Der Professor hat Recht, auch wenn er ziemlich verrückt ist. Es geht um sieben Millionen Gulden für eine Handvoll gefälschter Bilder. Diese ganze Clique an Kunstexperten, Museumsleuten und Sammlern sind auf van Aelst reingefallen. Du bist Ermittler, und die

Sache fällt in deine Zuständigkeit. Du musst diesen Fall aufdecken. Er wird dich berühmt machen!"

Rosendahl warf seine Zigarette auf den Boden und trat sie zornig mit der Schuhspitze aus. „Du verstehst mich nicht! Ich habe einfach genug von dieser ganzen Geschichte. Warum konnte es nicht dabei bleiben, dass van Aelst mit einem gefälschten Vermeer Göring über den Tisch gezogen hat? Das, liebe Meg, das hat mir wirklich gut gefallen. Zu sehen, wie einer der Oberschlächter der Nazis die Kontrolle verliert und einen Nervenzusammenbruch erleidet. Weißt du, wie gut das getan hat?" Rosendahl sah sie eindringlich an. Meg wusste nicht, wie sie reagieren sollte. „Das hat mir viel mehr Genugtuung verschafft als die Verhaftung von Kriegsverbrechern, Kollaborateuren und Mitläufern. Die sitzen jetzt in völlig überfüllten Lagern, während unsere neue Regierung darüber nachdenkt, viele wieder laufen zu lassen, weil sie sie nicht versorgen können. Weil sie nicht in der Lage sind, sie anständig zu verhören, um wirkliche Täter von kleinen Fischen zu unterscheiden. Ich garantiere dir, sobald die Rachsucht in der Bevölkerung etwas nachgelassen hat, werden die in Scharen wieder freigelassen. Warum soll ich denen also weitere Kollaborateure liefern? Der Fall Göring und van Aelst war für mich ein gelungener Abschluss als Ermittler. Er hat mir ein bisschen Seelenfrieden verschafft, und zu verdanken habe ich das einem kleinen, schmierigen, morphiumsüchtigen Alkoholiker. Und dafür, dass er Göring so schwer getroffen hat, verdient er meinen Dank." Rosendahl atmete schwer. „Jetzt tauchen plötzlich diese Hinweise auf, dass van Aelst vielleicht doch mit den Nazis zusammengearbeitet hat. Dass er Hitler verehrt hat. Also muss ich ihn wieder einsperren.

Aber ich will ihm dankbar sein. Am liebsten möchte ich ihn sogar schützen. So sieht es in mir aus."

Meg war betroffen.

„Und wenn du es immer noch nicht verstehst, erzähle ich dir noch eine kleine Geschichte. Bei meinen Recherchen wegen der neuen Anschuldigungen habe ich herausgefunden, dass van Aelst tatsächlich eine jüdische Familie vor der Vernichtung gerettet hat. Sie leben heute in Boston und haben wieder ein Feinkostgeschäft wie früher in Amsterdam. Van Aelst hat mir die Geschichte erzählt und ich habe sie überprüft. Sie stimmt!"

Meg legte ihre Hand auf Rosendahls Schulter. „Du hast Recht. Von der Geschichte mit dem Juden habe ich auch gehört. Aber leider ist es nur die eine Seite von van Aelst. Ich habe noch ganz andere Sachen über ihn erfahren." Meg erzählte Rosendahl von van Aelsts großer Zustimmung zur Kunstauffassung der Nazis. Von seinen engen Kontakten zu Nazibonzen wie Miedl, Hofer und anderen.

„Aaron, wir wissen beide, dass van Aelst eine zwielichtige Person ist, und sein Umgang mit den Nazis war mehr als fragwürdig. Gleichzeitig hat er Göring betrogen und um ein Vermögen gebracht, nebenbei niederländische Kunstschätze gerettet und mindesten eine jüdische Familie vor der Vernichtung bewahrt. Ich denke, dass wir über diesen Aspekt in der *Het Parool* noch berichten und ihn so vielleicht etwas rehabilitieren können, wenn die Hetze gegen ihn weitergeht. Würde dir das helfen? Aber was machst du wegen der gefälschten Vermeers? Wirst du da auch ermitteln?"

Rosendahl sah Meg nachdenklich an. „Du hast den Professor selbst gehört. Wir haben nur eine Chance, wenn van Aelst alles gesteht und mit uns zusammenarbeitet. Im Moment sehe ich keine Möglichkeit, dass er das tun wird. Warum sollte er?“

„Weil wir ihm sagen, was van den Berg herausgefunden hat.“

„Er wird es bestreiten. Er weiß, dass wir nur mit einer Untersuchung der Bilder die Fälschungen beweisen können. Und selbst wenn wir die Fälschungen nachweisen, heißt das noch lange nicht, dass van Aelst sie gemacht hat. Darauf wird er sich berufen. Ohne sein Geständnis geht also gar nichts.“

Meg wusste, dass der Kapitein Recht hatte. Aber es musste doch einen Weg geben, den Maler unter Druck zu setzen. „Und wenn ich weitere Beweise für die Fälschungen und van Aelsts Beteiligung finde?“ Meg dachte daran, noch einmal mit Pieter und Josephine zu sprechen.

„Wenn die Beweise ausreichen, werde ich ermitteln. Aber jetzt bin ich müde und gehe nach Hause.“ Der Kapitein gab Meg einen hastigen Kuss und verschwand in der Dunkelheit.

9. Die Entscheidung

Jan van Aelst saß zitternd am Frühstückstisch. Er brauchte dringend einen Genever. Der Kaffee war kalt. Das Frühstücksei unberührt. Der Toast hart. Er hatte Todesangst. Jeden Moment konnten sie ihn holen. Er würde es nicht überleben. Dieses Mal würden sie ihn gleich ins Lager stecken. Nach Westerbork, Amersfoort oder Vught. Die Baracken der Nazilager waren jetzt überfüllt mit niederländischen Nazis und Kollaborateuren. Sie saßen im berüchtigten Gefängnis in Scheveningen oder in einem der über 130 provisorischen Lagern in Schulen, Kasernen und sogar Klöstern. Mehr als hunderttausend, die auf der falschen Seite gestanden hatten, waren in den letzten Wochen dorthin verfrachtet worden. Man hatte sie misshandelt. Den ‚Nazihuren' hatte man die Haare rasiert. Die Männer verprügelt. Es gab keine Haftbefehle und selten Urteile. Das wäre noch zu früh, hieß es. Zuallererst müsse man sich alle diese Verräter genau anschauen, behaupteten die Übergangsverwaltung und Widerstandsgruppen unisono. Dabei waren unter den Festgenommenen auch viele Unschuldige und Denunzierte, das war bekannt. In den Lagern herrschten furchtbare Zustände. Es gab zu wenig zu essen, die Wachmannschaften bedienten sich großzügig an den Rationen der Gefangenen. In Scheveningen wurden die Insassen nachts von betrunkenen Wachleuten aus ihren Zellen geholt. Mit Prügeln und Gummiknüppeln jagte man sie barfuß über Glasscherben und entleerte den Inhalt der Latrinen über ihren Köpfen. Sie nannten es dann ‚Zirkuspferdchen' spielen. Viele Bewacher kamen aus Widerstandgruppen und waren von den deutschen und niederländischen Nazis selbst inhaftiert und gefoltert worden. Jetzt zahlten sie es ihren ehemaligen Peinigern zurück. Als bekannt wurde, dass die provisorische Regierung Mitläufer und weniger schwere Fälle freilassen wolle, heulte das Volk laut auf. Die Stimmung war derart aufgeheizt, dass die gerade eingesetzte Regierung beschloss, abzuwarten. Ein Minister behauptete sogar, man könne die Verdächtigen und die Unschuldigen, die es bestimmt darunter gäbe, in den Lagern besser schützen. Würden sie entlassen, dann gäbe es Mord und Totschlag.

Van Aelst hatte es geschafft, sich einen großen Schnaps einzuschenken und in einem Zug hinunterzukippen. Aber seine Nerven beruhigten sich nicht. Auch er würde in einem solchen Lager landen. Er starrte auf die Titelseite der *Waarheid*. Dort stand es schwarz auf weiß in Großbuchstaben. VAN AELST IST EIN FREUND HITLERS. Darunter ein Foto von ihm und ein Foto seiner Unterschrift in dem *Teekeningenbuch* mit der verhängnisvollen Widmung an den geliebten Führer. Unter dem großen EIN FREUND HITLERS stand:

Van Aelsts Schuld zweifelsfrei erwiesen

Der Maler Johannes van Aelst wurde noch vor kurzer Zeit als ‚Der Mann, der Göring verarschte' gefeiert. Dieser Mann hat sich jetzt eindeutig als Sympathisant der Nazis erwiesen. Wie De Waarheid bereits berichtete, hat van Aelst ein Buch mit seinen Zeichnungen und Versen des holländischen Nazidichters Martin Beversluis mit seiner Unterschrift persönlich dem geliebten Führer Adolf Hitler gewidmet. Unser Korrespondent in Berlin hat das Buch in der zerstörten Staatskanzlei entdeckt. Van Aelst hat behauptet, dass nur die Unterschrift, nicht aber die Widmung von ihm stamme. Die müsse ein anderer hinzugefügt haben. Er habe damals über hundert Buchexemplare signiert. Jetzt hat der in Berlin ansässige und renommierte Schriftgutachter Dr. Karl Kujack bestätigt, dass Unterschrift und Widmung aus ein und derselben Feder stammen. Johannes van Aelst war nicht nur ein Mitläufer, sondern ein glühender Verehrer von Adolf Hitler. Er hat das niederländische Volk verraten und skrupellos auch seine neuen, zweifelhaften Freunde ausgenommen. Er verhökerte ihnen für viel Geld ein gefälschtes Bild, nur um sich persönlich zu bereichern. Später hat er behauptet, es aus patriotischen Gründen getan zu haben. Denn Göring habe die enorm hohe Kaufsumme von 1 650 000 Gulden mit zuvor ergaunerten niederländischen Bildern bezahlt. Das muss als reine Schutzbehauptung gewertet werden. Dieser Bilderschatz sollte nämlich außer Landes gebracht und verkauft werden. Den Plan hatte van Aelst mit dem ihm freundschaftlich verbundenen Nazibankier Miedl ausgeheckt. Hätten die Nazis nicht den Krieg verloren und wäre das Vermeergemälde bei Göring nicht entdeckt worden, dann wäre van Aelst nie aufgeflogen und wir hätten diese Bilder auch nie wiedergesehen. Der Maler van Aelst ist ein äußerst charakterloser und selbstsüchtiger Mann, der keinerlei Nachsicht verdient. Wir sind gespannt, wie Polizei und Justiz mit ihm verfahren werden. Denn bis jetzt genießt van Aelst noch immer das Privileg des Hausarrestes mit allem Komfort, den ihm sein Reichtum ermöglicht. Andere, zum Teil viel weniger belastete Mitläufer und Kollaborateure, müssen ihre verdiente Strafe in harten Straflagern ertragen.

Van Aelst schlug auf den Tisch und wischte die Zeitung beiseite. Das bedeutete Lagerhaft. Wie sollten denn die Justiz und die Politik auf solche Vorwürfe reagieren? Der Maler stand auf und schlich zum Fenster. Auf der Keizersgracht, vor seinem Haus, hatte sich eine Gruppe von Menschen versammelt. Stumm hielten sie selbstgemalte Plakate in die Höhe. VAN AELST IST EIN VERRÄTER, stand darauf und DIE PARTY IST VORBEI-JETZT GIBT ES BROT UND WASSER. Wieder ein anderes forderte LAGER FÜR DEN LÜGNER. Er schleppte sich zurück zum Tisch. Sein Todesurteil war gefällt. Dabei war er sich ganz sicher, dass er Hitler niemals eine solche Widmung ins Buch geschrieben hatte. Meinem geliebten Führer, was für ein Quatsch. Er hatte diesen aufgeblasenen Zwerg und stümperhaften Kunstmaler noch nie leiden können. Ein cholerischer Spießer. Sein Judenhass krankhaft. Der Vernichtungskrieg ein Verbrechen. Natürlich hatte er das am Anfang, als er sich für bestimmte Ideen der Nationalsozialisten durchaus begeistert hatte, nicht wirklich wahrhaben wollen. Ja, er hatte ihre Kunstauffassung geteilt. Waren sie doch die Einzigen in ganz Europa, die sich dieser missratenen Moderne in der Kunst entgegenstellten. Und sie schätzten seine Bilder. Deshalb hatte er mal hier und da ein Plakat für sie entworfen. Martin Beversluis, dem Freund aus alten Tagen, zuliebe hatte er es getan. Er hatte ihm vertraut. Vielleicht steckte sogar Beversluis hinter dieser blödsinnigen Widmung. An dem Abend, als er die Bücher signierte, hatten sie beide reichlich gebechert. Er konnte sich nicht mehr an alles erinnern. Bestimmt hatte der glühende Hitlerverehrer Beversluis ihn zu diesen verhängnisvollen Worten, ‚dem geliebten Führer in dankbarer Anerkennung', überredet. Nein, das konnte nicht sein. Es war eine Fälschung! Er wusste doch, wie leicht sich Handschriften kopieren ließen. Dieser Gedanke erheiterte den Maler. Aber sein Lachen ging schnell in ein rasselndes Husten über. Das Herz raste, er bekam kaum noch Luft. Schnell ein Glas Wasser. Der kalte Kaffee ging auch. Noch ein Schnaps. Er knotete sich sein Halstuch auf. Atmete schwer. Wahrscheinlich würde er es ohnehin nicht mehr lange machen. Auch wenn sie ihn nicht ins Lager steckten. Vielleicht blieben ihm noch ein, zwei Jahre. Mit Nelly hatte er eine neue Gefährtin. Er brauchte keine Josephine mehr. Nelly war voller Anmut. Dazu jünger und mit einem guten Herzen ausgestattet. Sie stellte keine Fragen und hielt ihm die Treue. Sie versorgte ihn. So gut, dass er trotz des Trübsals und der Beschwerden täglich an ihrem Busen einschlief und wieder wach wurde. Der Maler schmunzelte. Auch seine Männlichkeit erwachte noch erstaunlich oft. Wo war Nelly nur? Er hatte sie zu seinem Anwalt losgeschickt und zu einem Arzt. Er musste den Schergen entkommen. Er würde Anzeige wegen Verleumdung gegen *De Waarheid* erstatten. Der Arzt würde ihm eine schwere Erkrankung und absolute Bettruhe attestieren. Und sie sollten ein Telegramm an Mozes Theeboom in Boston aufgeben. Er sollte erneut bestätigen, von ihm gerettet worden zu sein. Würde das ein überzeugter Nazi denn tun? Sein Herz schmerzte, als ob man darin ein Messer herumdrehen würde. Eine Panikattacke überrollte ihn. Er rutsche vom Stuhl und fiel auf den Perserteppich. Er hörte gerade noch, wie sich die Tür öffnete und Nelly hereinstürmte. Sie war so schön in dem blauen Kleid wie einst Josephine. Die Hände erschrocken an ihrem Gesicht, erinnerte sie van Aelst an Edvard Munchs hingeschmiertes Bild ‚Der Schrei'. Aber sie verschwamm vor seinen Augen.

In der Redaktion der *Parool* war es am Tag zuvor zu einem handfesten Streit gekommen. Der Reporter Hendricus

Thomasius hatte gehört, dass die *Waarheid* am kommenden Tag mit dem Urteil eines Berliner Schriftgutachters herauskäme, das eindeutig van Aelsts Unterschrift und Widmung belege. Jetzt musste sich die *Parool* genau überlegen, wie sie auf den Scoop der Konkurrenz reagieren könnte. Der stellvertretende Chefredakteur Louis de Winter regte an, eine Doppelstory zu bringen. DIE ZWEI GESICHTER DES JOHANNES VAN AELST. Einerseits seine bekannten Verfehlungen und seine radikalen Ansichten in der Zeitschrift *DE KEMPHAAN*. Diesem Vorschlag stimmten alle in der Redaktion zu. Chefredakteur van Zomeren lobte ihn sogar außerordentlich für seine Recherche und fragte nach dem zweiten Teil der Geschichte, der anderen Seite des Malers. Louis de Winter antwortete nicht sofort, dachte nach. Es gäbe Beweise, dass van Aelst den jüdischen Kolonialwarenhändler Mozes Theeboom persönlich vor niederländischen Schwarzhemden gerettet habe. Diese Nachricht löste sofort Murren und Geraune in der Redaktionskonferenz aus. Vor allem Thomasius hielt das für einen absoluten Schwachsinn und forderte ihn auf, zu sagen, woher er die Information habe und wie zuverlässig die Quelle sei.

Louis de Winter grinste. „Absolut zuverlässig. Die Hinweise stammten von einem Den Haager Tabakhändler, der selbst für den Widerstand gearbeitet hatte. Er hatte Kontakt zu einem gewissen Cornelius Jansen, der zu einer kleinen Widerstandsgruppe in Amsterdam gehörte. Er versorgte den Tabakhändler mit Zigarren aus einem früheren jüdischen Kolonialwarenlager und der hätte ihm auch von der Rettung der jüdischen Familie durch van Aelst erzählt. Ich bin dann zu Jansen gegangen, um mir das bestätigen zu lassen, aber der war kurz zuvor gestorben. Von seiner Frau erfuhr ich, dass auch schon Kapitein Rosendahl bei ihr gewesen war und Jansens Büro durchsucht hatte. Also bin ich zu ihm gegangen und er hatte ihm die Geschichte bestätigt."

Jetzt sprang Thomasius auf und schrie: „So ein Märchen kannst du anderen erzählen. Das ist doch die gleiche Masche, die wir schon einmal hatten, als Rosendahl und die van Hettema diesen Fälscher zum Volkshelden gemacht haben. Dabei wissen wir jetzt, dass er wirklich ein mieser Verräter ist. Nichts als Abschaum!"

Hier griff van Zomeren ein. „Ruhig Thomasius. Mir kommt die Geschichte auch ziemlich abenteuerlich vor. Aber bestimmt kann Louis sie besser belegen, ohne gleich auf van Aelsts hereinzufallen, wie bedauerlicherweise unsere kleine van Hettema."

Louis hob zwei Dokumente in die Höhe. „Hier ist eine Kopie des Kaufvertrages zwischen van Aelst und Theeboom über 550 000 Gulden in bar für dessen Geschäft. Außerdem hat Rosendahl Theeboom in Boston ausfindig gemacht und amerikanische Polizisten haben ihn zu der Sache befragt. Alles stimmt. Hier ist es schwarz auf weiß." De Winter hob ein Blatt in die Höhe. „Dies ist eine Abschrift des Protokolls der Bostoner Polizei. Die Story ist wasserdicht!" Ein paar Kollegen klatschten leise Beifall, aber de Winter hob die Hand. „Einen Moment noch. Thomasius, vielleicht solltest du dir jetzt eine Zigarette anstecken, du wirst sie brauchen können. Die von dir so trefflich erzählte Story über den raffgierigen Schmarotzer van Aelst, der sich den Bauch vollschlägt und mit Nutten die Nächte durchvögelt, während der Rest der Niederlande leidet, ist leider nur die halbe Wahrheit."

Thomasius, der immer noch stand, beugte sich quer über den Redaktionstisch nach vorne und versuchte, de Winter am Revers zu packen, verfehlte ihn aber. „Willst du behaupten, ich hätte mir das alles ausgedacht? Ich habe genug Zeugen, die dabei waren und mir alles bestätigt haben."

„Es stimmt. Diese Partys haben genauso stattgefunden, wie du sie beschrieben hast. Van Aelst hat sich aber nicht nur vergnügt. Er hat damit auch an die zwanzig, dreißig Familien durchgefüttert, weil er sie mit Lebensmittelpaketen, Bargeld und sogar mit Edelsteinen nach Hause geschickt hat. Auch dafür gibt es Beweise. Natürlich geben das heute viele nicht gerne zu, dass sie damals profitiert haben. Vor allem nicht gegenüber Journalisten, denn wie schnell wären sie dann auch miese Schmarotzer. Es gibt also tatsächlich die beiden Gesichter des Malers van Aelst, und wenn wir seriös sind, dann berichten wir über beide."

Thomasius schnaubte. Er gab sich noch nicht geschlagen. „Ein Hoch auf Louis de Winter. Der edle Journalist. Völlig unvoreingenommen und objektiv, nur der Wahrheit verpflichtet! Was willst du wirklich? Einen miesen Kollaborateur schönschreiben? Verteidigen womöglich? Was glaubst du, in welchen Zeiten leben wir? Tausende kleine Mitläufer, die weniger auf dem Kerbholz haben als van Aelst, werden misshandelt und ins Lager gesteckt. Wo gehobelt wird, da fallen Späne. Selbst wenn das alles stimmt, was du hier erzählst. Meinst du, das will irgendjemand lesen? Wenn *De Waarheid* morgen mit dem Beweis seiner Schuld herauskommt, dann wollen die Leute ihn ans Kreuz nageln. Und sonst gar nichts. Wenn wir gegen *De Waarheid* eine Chance haben wollen, dann müssen wir in denselben Topf spucken. Ihren Scoop können wir nicht übertrumpfen. Aber wir können van Aelst noch weiter in den Sumpf stoßen, sodass die Polizei nicht daran vorbeikommt, ihn ins Lager zu stecken. Das wollen die Leser. Sie verlangen, dass wir auf ihrer Seite stehen und die heißt Rache und Vergeltung."

„Du willst also die Fakten unter den Tisch fallen lassen, nur weil sie den Leuten da draußen nicht passen! Du willst dich dem Mob, ihrem Hass und ihrer Sensationsgier beugen?" Louis de Winter hatte sich nun auch in Rage geredet und musste sich immer wieder seine Haare aus dem Gesicht streichen. „Wenn du das willst, Hendricus Thomasius, wenn du dich zum Anführer der Empörten anstatt zum Aufklärer machen willst, dann hast du hier in der *Parool* nichts verloren! Aber ich sage dir: ‚Einen guten Journalisten erkennt man daran, dass er sich nicht gemeinmacht mit einer Sache – auch nicht mit einer guten Sache; dass er überall dabei ist, aber nirgendwo dazugehört. Wir müssen Distanz halten'." De Winter sah seinen Chefredakteur eindringlich an.

Van Zomeren spürte auch die Blicke der anderen Kollegen. Er fühlte sich äußerst unwohl. Er war ein konservativer und redlicher Mensch. Deshalb sollte er Louis de Winter Recht geben. Aber so ganz unrecht hatte Thomasius nicht. Die Stimmung im Volk war gehässig, die Leser würden kein einziges gutes Wort über van Aelst akzeptieren. Es gab nur die ‚Guten' und die ‚Falschen' in diesen Zeiten. Zwischentöne wollte niemand hören. Der Krieg, die Besetzung hatte sie verroht. Van Zomeren war ratlos und schwieg.

Plötzlich quietschte die Klapptür, die zum Pausenraum und der Kaffeeküche führte. Der Verleger Jules Verelst schob sich mühsam zwischen den beiden Flügeltüren hindurch und blieb auf seinem Stock gestützt stehen. Er wischte sich mit einem karierten Taschentuch die Stirn.

„Es freut mich doch sehr", sagte er mit zittriger Stimme, „dass hier in der Redaktion noch anständig über unsere Grundsätze gestritten wird. Das war jahrelang verboten, und vielleicht muss man es erst wieder lernen." Er machte eine lange Pause. „Wie sollen wir entscheiden, fragen sich jetzt bestimmt viele von euch. Die Antwort liegt auf der Hand und ich bin sicher, unser ehrenwerter Chefredakteur wollte sie gerade geben."

Verelst machte wieder eine Pause, in der van Zomeren sich gefordert fühlte und gleichzeitig von garstigen Blähungen gequält wurde. In Anwesenheit des anständigen Verlegers würde er natürlich für Louis de Winter und gegen Thomasius entscheiden müssen. Er wollte gerade dazu ansetzen, da signalisierte ihm Verelst mit einer Handbewegung noch zu warten.

„Bester van Zomeren, natürlich schulden wir es dem Ruf unserer Zeitung, der ehrenwerten *Parool vrie – onververd,* dass wir objektiv berichten und alles berücksichtigen. Louis de Winter hat völlig Recht."

Erst leise, dann immer lauter werdend, applaudierten viele der Redakteure ihrem Verleger.

Verelst hob erneut die Hand. „Langsam, langsam meine lieben Kollegen. Wir haben besondere Zeiten. Ich habe viel erlebt. Ich habe überlebt. Es war nicht immer leicht. Wie ihr wisst, bin ich kein armer Mann, aber diese Zeitung hat mich während der Besatzung viele Nerven und auch viel Geld gekostet. Das tut sie jetzt noch immer, in Zeiten, in denen es eigentlich kein Papier, keine Druckerschwärze und für euch keine Spesen gibt." Jetzt lachten alle Kollegen. Endlich gab es eine klare Ansage ihres Verlegers, den viele in der illegalen Zeit noch als Chefredakteur erlebt hatten. Sie fühlten sich befreit. Verelst fuhr fort. „Die *Parool* ist also nicht nur redlich und stolz, sie muss sich auch gut verkaufen. Das tut sie, wenn sie gerne gelesen wird. Das wird sie, wenn sie gute Geschichten hat. Das haben wir bei der van Aelst Story erlebt. Aber seit den Enthüllungen der *Waarheid* sind wir nur noch die Nummer zwei. Ich frage mich", fuhr Verelst fort, „ob wir unserer Berufsehre wirklich allzu sehr schaden, wenn wir, bei den ganzen Verfehlungen van Aelsts, die er zweifelsfrei begangen hat, ein paar seiner möglicherweise guten Taten nicht sofort erwähnen. Dass wir uns jetzt, wo vermutlich seine Schuld überdeutlich nachgewiesen wird, der Sichtweise anschließen, dass er ganz einfach ‚falsch' ist. Ein Kollaborateur. Ohne Wenn und Aber. Denn nur so erreichen wir unsere Leser. Wir bringen erst mal nur die halbe Wahrheit, damit die Leute *Het Parool* weiter kaufen. Natürlich ist das für uns ehrliche Journalisten eine Todsünde. Und es bleibt die Ausnahme. Wenn wir das Vertrauen der Leser haben, wenn es ein bisschen ruhiger geworden ist, dann bringen wir auch die andere Seite. Dann sind wir die Ersten, die seine ganze Geschichte erzählen und man wird uns glauben. Schon einmal haben wir das geschafft, als ihn alle zum Verräter abgestempelt hatten und wir bewiesen haben, dass er Göring mit einem gefälschten Bild hereingelegt hat. Ob es wieder klappt? Versprechen kann ich euch das nicht. Wer immer dazu noch eine gute Idee hat, nur heraus damit und ins Blatt!"

Keiner traute sich, noch etwas zu sagen, obwohl die Empörung der Kollegen um Louis de Winter groß war.

„Louis, mein guter Louis", sagte der Verleger zu seinem

stellvertretenden Chefredakteur und stützte sich an seiner Schulter. „Nimm es nicht persönlich, denn ich schätze dich sehr. Ich wäre enttäuscht, wenn du nicht die andere, die gute, die richtige Meinung vertreten würdest. In Kürze, das verspreche ich dir, wird unsere Zeitung wieder anständig berichten. Aber jetzt machen wir eine kleine Ausnahme. Und damit an die Arbeit."

Der alte Verleger stakste langsam zum Ausgang, ohne sich umzudrehen. Beim Büro seiner früheren Sekretärin Geertje blieb er stehen. Sie stand in der offenen Tür. Verelst humpelte in den Raum. Sie folgte ihm. „Jules! Was ist in dich gefahren? So kenne ich dich gar nicht!"

Der alte Verleger sah sie an und bemerkte, dass Geertje noch immer attraktiv war. Großgewachsen, mit ausladenden Kurven. Der Hungerwinter hatte ihr nicht geschadet.

„Komm setz dich." Geertje zeigte auf einen alten Thonetstuhl vor ihrem Schreibtisch. Verelst setzte sich quer darauf und legte seinen Arm über die Rückenlehne. Er lächelte und sah, dass Geertje verunsichert war.

„Jules, ich kenne dich lange genug, um zu wissen, dass – ich weiß es nicht. Ich denke nur, mein Gott, es muss etwas Ernstes passiert sein, wenn du eine solche Entscheidung triffst. Willst du es mir erzählen?"

„In der Tat", Verelst nickte. „Ich muss es jemanden anvertrauen, aber bitte behalte es für dich. Meg, also Margriet van Hettema, hat mich gestern spät abends noch besucht." Verelst bemerkte Geertjes strengen Blick, ein Ausdruck äußerster Missbilligung.

„Nicht doch, Jules. Das junge Ding. Du machst dich lächerlich."

Verelst grinste. „Danke, dass du mir das noch zutraust." Er lachte, weil er Geertjes Verlegenheit spürte. „Sie kam, um mir etwas zu erzählen. Was ich gehört habe, war so ungeheuerlich, dass ich ihrem ungewöhnlichen Plan zugestimmt habe. Ich habe also beschlossen, die Heißsporne in unserer Zeitung zu ermutigen, zusammen mit den Kollegen von *De Waarheid* diesen van Aelst so sehr unter Druck zu setzen, dass er vor lauter Verzweiflung uns, und zwar nur uns, eine unglaubliche Geschichte erzählen wird, weil wir ihm versprechen, auch über seine guten Seiten zu berichten. Es ist ziemlich kompliziert, und ich mag diese Trickserei nicht. Glaube mir, es ärgert mich sehr, dass ich gerade meinen guten Ruf und die Achtung vieler meiner besten Mitarbeiter verloren habe. Gott stehe mir bei, dass es nur vorübergehend ist." Langsam erhob er sich.

Geertje stellte sich ihm in den Weg. „Sie hat dir also doch den Kopf verdreht auch ohne …" Sie machte eine Pause, sie wollte es nicht aussprechen. „Aber was nicht ist, kann noch passieren. Sieh dich vor Jules. Du wärst nicht der erste alte Trottel der", jetzt räusperte sie sich, „na ja, der darauf hereinfällt."

Verelst berührte sie am Arm. Hielt sich kurz daran fest. „Ach liebe Geertje, du solltest mir weiter vertrauen, deshalb habe ich es dir erzählt. Ich möchte gerne, dass du mich heute Abend zum Essen besuchst. In unserem Alter sollten wir nicht allein bleiben." Verelst sah ihr erstauntes Gesicht, lächelte und küsste sie zart auf die Wange. Dann ging er langsam zur Tür. „Sagen wir um sieben?"

Geertje nickte, brachte aber keinen Ton heraus.

Meg hatte am Abend zuvor, nach ihrem Besuch bei Verelst, Bill im *Zwaantje* getroffen. Sie erzählte ihm nichts von ihrem Plan. Sie fragte ihn nur, ob er sie am kommenden Tag nach Den Haag begleiten könne.

Pieters Haus und Atelier schienen verlassen. Als Meg durchs Schlüsselloch linste, sah sie, dass auch Josephines schöner Wagen nicht im Innenhof stand. Kurz befürchtete sie, dass die beiden vielleicht abgehauen wären. Genügend Geld hatten sie ja. Aber Bill meinte, sie würden bestimmt nicht das Risiko eingehen, bei einer Kontrolle mit einer Million erwischt zu werden. Bei dem schönen Wetter, dabei zeigte er lachend in den strahlend blauen Himmel, wären sie vielleicht baden gegangen. Sie könnten die Strände abfahren. Josephines Wagen wäre leicht zu finden. Tatsächlich stand der blaue Citroën in Kijkduin, im Süden Den Haags, hinter einer Düne. Sie hörten Pieters lautes Lachen, als sie den Trampelpfad durch Strandhafer, Besenheide und Silbergras die Düne hinaufstapften. Kurz darauf Josephines dunkle Altstimme.

„Weißt du noch, wie Jan in Nizza bei einer großen Matisse-Ausstellung versucht hat, den Künstler davon zu überzeugen, dass er auf dem falschen Weg sei? Er habe doch als junger Maler gezeigt, dass er es auch anders könne. Dabei zog er ihn am Ärmel vor ein Ölbild. Mein Gott! Wie ich mich geschämt habe. Er zeigte mit dem Finger auf die klassische Darstellung einer lesenden Frau. Matisse hörte ihm höflich zu und lächelte. Dann sagte er ihm deutlich, dass dieses Frühwerk nur seine Entwicklung zeigen solle. Seine Entwicklung zum modernen Künstler. Mittlerweile hatte sich eine ganze Traube von Vernissagebesuchern um die beiden versammelt und hörten belustigt zu. Matisse klopfte Jan schließlich auf die Schulter, wünschte ihm *bonne soirée* und ließ ihn vor dem Bild zurück. Es war so peinlich. Ich wäre am liebsten im Erdboden versunken."

Jetzt lachten sie beide laut und Pieter legte seinen Arm um Josephines Schultern. Sie saßen auf einer karierten Decke und blickten auf das Meer. Pieter trug ein geringeltes Matrosenshirt und Josephine ein einfaches dunkelblaues Leinenkleid und einen großen Hut. Sie hörten auf zu kichern, als sie Meg und Bill bemerkten, die direkt hinter ihnen standen. Pieter sprang auf. „Und ich dachte, wir wären euch endlich los." Er gab Meg drei Küsschen auf die Wangen. Bill schüttelte er herzlich die Hand. Josephine blieb sitzen und sah weiterhin auf das Meer hinaus. Am Strand lagen noch einige Trümmerteile der deutschen Absperrungen im Sand. Ein paar Kinder mit Holzstecken kauerten dahinter in Deckung und spielten Krieg. Ihre Mütter und ein paar Männer saßen weit verteilt auf Strandtüchern. Nur wenige badeten in der Nordsee.

Meg zeigte mit ihrem ausgestreckten Arm über den Strand und sagte zu Bill: „Vor dem Krieg hätte man an einem solchen Tag hier kaum noch Platz gefunden."

„Umso besser, so haben wir das Meer jetzt fast für uns allein." Bill hatte bereits seine Stiefel und die Hose ausgezogen und knöpfte sich das Uniformhemd auf. Meg bemerkte Josephines verstohlenen Blick auf seinen Körper.

Bill zeigte auf Pieter. „Kommst du mit ins Meer, oder bist du aus Zucker?"

Das ließ sich Pieter nicht zweimal sagen. Auch er zog sich schnell aus und die beiden Männer liefen zum Wasser. Meg setzte sich neben Josephine auf die Decke.

„Wir müssen uns noch einmal über Jan unterhalten."

Josephine sah den Männern hinterher und rückte ihren Hut zurecht.

„Ich habe es befürchtet."

„Diese Matisse-Geschichte, die du gerade erzählt hast, wann war das?"

„Es muss achtunddreißig gewesen sein, kurz nach unserem Umzug aus Roquebrune in die Villa Estate in Nizza. Jan wollte mir mit dem Haus eine Freude machen. Matisse war einer unserer Nachbarn, wie viele andere interessante Leute in dem Villenvorort Cimiez. Künstler, Musiker, Literaten. Dazu viele reiche Briten, Amerikaner und Russen. Das Haus war schön, mit einer fantastischen Sicht auf das Meer und das Cap Martin, wo die Kaiserin Sisi vor ihrer Ermordung gelebt hat. Aber Roquebrune war ein verschlafenes Nest. Hoch oben am Berg hat man dort wenig vom Glanz der Côte d'Azur mitbekommen. Deshalb hat er mir den schicken Citroën gekauft, damit ich bequem Freunde in Nizza und Cannes besuchen konnte, wenn er sich tagelang im Atelier eingeschlossen hat."

Meg unterbrach sie. „Wie seid ihr überhaupt dort gelandet, wenn es so abgelegen liegt?"

Josephine dachte nach. „Es war ein Zufall. Nach Jans Blamage im Den Haager Kunstverein haben wir Hals über Kopf die Stadt verlassen. Wir sind nach Italien gereist, bis nach Neapel. Mit dem Auto. Auf dem Rückweg über Rom, Florenz und Mailand hat Jan vorgeschlagen, die Route über Frankreich zu nehmen. Wir waren schon ein paar Monate unterwegs und wussten nicht genau, ob wir überhaupt wieder in die Niederlande zurückkehren sollten. Kurz nach der französischen Grenze, in dem kleinen Städtchen Roquebrune, blieb unser Ford Sedan mit einem lauten Knall mitten auf dem Kirchplatz stehen. Sofort bildete sich ein große Öllache direkt neben den Männern, die dort Boule spielten oder im Café *de la Paix* beim Pastis saßen. Das war ein Theater. Ein Automechaniker sah sich den Wagen an. Differential und Getriebe mussten ersetzt werden. Es würde etwa einen Monat dauern, bis er die Ersatzteile bekäme. Zuerst wollten wir nach Nizza, um dort die Zeit zu verbringen, aber der Mechaniker kannte eine kleine Villa, die man mieten konnte. Sehr hübsch, mit einem turmartigen Anbau, der ein großzügiges Treppenhaus umschloss. Es hatte einen wunderschönen Garten mit einer atemberaubenden Aussicht auf das Meer. Jan fand in der oberen Etage des Hauses schöne Räume mit nach Norden ausgerichteten Fenstern. Perfektes Licht zum Malen, ideal für ein Atelier. Wir beschlossen, das Haus zu mieten. Schon nach wenigen Tagen hatten wir uns gut eingerichtet und erkundeten mit einem geliehenen Wagen Nizza, Cannes, Antibes, Monte Carlo. Es gefiel uns. Ich kam zur Ruhe und Jan begann wieder zu malen. Anfangs nur ein paar Stunden am Tag. Aber bald mit großem Eifer. Manchmal verschwand er für Tage in seinem Atelier, aus dem es abwechselnd komisch nach Blumen und dann wieder verbrannt roch. Er experimentiere mit neuen Ölen und Farben, erzählte er mir. Er arbeitete rund um die Uhr, wollte mir aber nicht erzählen, was er da genau machte. Früher fand er kein Ende, wenn er von seiner Arbeit sprach. Ich verlor irgendwann das Interesse. Mein Gott, er war kein einfacher Mensch, das wusste ich. Wenn er also so besessen arbeitete, traf ich mich mit meinen neuen Freunden in Nizza oder in einer ihrer Villen entlang der Küste. An eine Rückkehr in die Niederlande haben wir nicht mehr gedacht. Sonst hätte er bestimmt nicht die Villa in Nizza gekauft."

„Wie kam es dazu?", wollte Meg wissen.

Josephine zuckte mit den Schultern. „Er hatte plötzlich sehr viel Geld. Es war unglaublich. Bei einem Ausflug entdeckte er dann diese Villa in Nizza im italienischen Stil. Beste Lage. Ganz in der Nähe des Régina Palace, wo einst Königin Victoria ihre Winter verbrachte, der Alhambra und dem Winter Palace mit seinen interessanten Gästen. Ich glaube, er wollte etwas gutmachen mit dem Haus. Wir hatten uns in Frankreich ziemlich auseinandergelebt. Also kaufte er es. Zwölf Schlafzimmer, fünf Salons, ein Musikzimmer und in der Mitte, in einer zentralen Halle mit Glaskuppel, befand sich eine Bibliothek. Hier richtete er sein Atelier ein. Wir lebten wie die Fürsten inmitten eines paradiesischen Gartens voll blühender Oleandersträucher, Rosenbeeten und einem kleinen Olivenhain und Weinberg. Von dort überblickten wir die Altstadt von Nizza. Die Promenade des Anglais, das Château, den Hafen. Wir konnten auch weit aufs Meer hinaussehen. Es war wunderschön und ich war tatsächlich wieder versöhnt."

„Woher hatte er plötzlich so viel Geld?"

Josephine antwortete rasch. „In der staatlichen Lotterie gewonnen, jedenfalls hat er das gesagt."

„Das hast du ihm geglaubt?"

„Warum nicht? Es passte. Jan ist ein Glückspilz. Aber lass uns über etwas anderes reden. Hast du einen Badeanzug dabei? Ich hätte Lust zu schwimmen."

Meg schüttelte den Kopf. „Leider nicht. Außerdem musst du mir jetzt zuhören. Auch wenn es dir unangenehm ist, weil du mit Jan nichts mehr zu tun haben willst. Die Schlinge um seinen Hals zieht sich zu. Der Druck in der Öffentlichkeit steigt. Es sieht so aus, als ob er wegen Kollaboration anklagt wird. Dann verschwindet er in einem der Lager. Das bedeutet seinen Tod."

Josephine reagierte nicht. Sie starrte auf das Meer, wo Pieter und Bill nur noch als zwei kleine Punkte zwischen den Wellenkämmen auftauchten. Dann sah sie Meg an. „Ich wüsste nicht, wie ich ihm helfen könnte."

Meg wühlte mit ihren nackten Füßen im Sand herum. „Ich habe Informationen, dass er in einen unglaublichen Skandal verwickelt ist. Der würde die bestehenden Vorwürfe geradezu lächerlich erscheinen lassen. Da das Ganze nichts mit dem Krieg, den Nazis, oder gar Kollaboration zu tun hat, wird man ihn dafür zwar auch anklagen, aber er kommt nicht ins Lager. Höchstens in Untersuchungshaft. Ich habe außerdem ein paar Informationen, dass er im Krieg einer jüdischen Familie die Flucht ermöglichte. Darüber hat bisher noch niemand berichtet. Wenn wir die Story bringen, dann ändert sich sein Bild in der Öffentlichkeit."

Josephine formte Sand in ihren hohlen Händen zu Kugeln, die sofort wieder zerfielen. „Warum machst du es dann nicht? Wozu brauchst du da mich?" Sie klopfte sich energisch den Sand von den Händen und kreuzte die Arme vor den angezogenen Knien.

Meg stand auf, sah von oben auf Josephine herab. „Du musst mir mehr über eure Zeit in Frankreich und während des Krieges erzählen. Vielleicht weißt du noch mehr Dinge, die van Aelst entlasten oder den Verdacht, von dem ich gehört habe, bestätigen. Dinge, die er nie zugeben würde."

Josephine setzte eine Sonnenbrille auf. „Ich soll ihn also verraten. Woher weiß ich, dass ich mir damit nicht selbst schade?“

„Wer hat dich aus deiner Villa geholt und bei Pieter versteckt? Ich habe darüber nicht berichtet. Zusammen mit deinem schicken Wagen und fast einer Million Gulden wäre das eine prima Story gewesen. Wovor flieht die Ex-Frau des Hitlerfreundes? Was weiß sie? Wie viel Dreck hat sie selbst am Stecken, das Luxusweibchen? Rosendahl ist auch ganz scharf darauf, dich zu vernehmen. Aber ich habe dich nicht verraten. Du kannst mir also vertrauen.“

Josephine kramte in Pieters Hose nach Zigaretten und zündete sich eine an. „Du bist keine Wohltäterin. Für eine gute Story verkaufst du doch deine Großmutter. Deshalb schützt du mich im Moment. Man könnte auch sagen, du versteckst mich. Du möchtest mich exklusiv. Das ist dein gutes Recht als Reporterin. Aber ich brauche Sicherheiten.“

Meg hatte sich ebenfalls eine Zigarette genommen und nahm einen tiefen Zug. Sie zeigte auf das Meer, aus dem Pieter und Bill gerade lachend kamen. „Ich werde dir und Pieter nachher ein paar Sachen erzählen und Fotos zeigen. Du kannst dir dann überlegen, ob du meine Fragen beantworten willst. Pieter ebenso.“ Meg stand auf, warf ihre Kippe in den Sand und vergrub sie mit ihren bloßen Füßen.

Am Abend saßen sie wieder an Pieters langem Esstisch. Bill hatte auf dem Heimweg im Magazin des Offizierscasinos kaltes Bier, Whisky und sogar Fleisch für die Etappe rekrutiert, wie er sich ausdrückte. Pieter brachte aus der Küche einen Berg Kartoffeln und eine große Schüssel frischer grüner Bohnen. Dazu kleine Messer, und ohne viele Worte schälten sie die Kartoffeln und putzten die Bohnen. Josephine wollte einen Eintopf kochen, so wie sie es aus Südfrankreich kannte, mit ein paar Kräutern der Provence, die sich getrocknet tatsächlich bei Pieter in der Küche fanden. Keinesfalls einen verkochten holländischen Stamppot.

„Oh ja, bitte keinen dieser matschigen Kohleintöpfe", bemerkte Bill überschwänglich. Sie lachten. Die Stimmung war durch Bier und Schnaps gelöst.

Meg setzte sich Pieter gegenüber an den Tisch und bot ihm eine Zigarette an. Josephine verschwand in der Küche.

„Wir müssen noch mal über van Aelst sprechen."

„Willst du mir den schönen Abend verderben?"

„Keinesfalls. Ich genieße es hier mit euch. Es ist so gar nicht", sie zögerte, „wie es sonst ist, so kurz nach dem Krieg. So schwer. So dunkel. So angespannt."

Pieter sah sie verwundert an.

„Ich weiß nicht, wie ich es ausdrücken soll. Überall herrscht noch Mangel. Die Leute hungern und sitzen abends im Dunkeln oder bei einer Kerze. Aber wir haben Glück mit Bill und dem Gemüse deiner Nachbarin. Noch immer gibt es so viel Trauer und Verdruss. Unsicherheit über die Zukunft. Es gibt mehr Hass als Liebe. Deshalb möchte ich, dass endlich eine neue Zeit beginnt. Mit neuen Ideen und Geschichten und nicht immer nur dieses tiefe Graben in der Vergangenheit. Obwohl ich genau das heute vorhabe."

Pieter nickte. „Also gut, fang an. Vielleicht schaffen wir es noch vor dem Essen."

„Ich konnte vorhin im Offizierscasino telefonieren und habe bei der *Parool* einen Kollegen angerufen. *De Waarheid* wird morgen einen Berliner Handschriftengutachter zitieren, der bestätigt, dass nicht nur die Unterschrift van Aelsts echt ist, sondern auch die Widmung. Aus dieser Schlinge wird sich dein alter Freund kaum befreien können."

Pieter sog an seiner Zigarette. „Wenn es so ist, geschieht es ihm nur recht. Mein Mitleid hält sich in Grenzen."

Meg fuhr fort. „Während *De Waarheid* sich immerhin auf ein Gutachten berufen kann, wird meine *Parool* eine völlig unglaubliche Geschichte in die Welt setzen."

Josephine kam aus der Küche, die Hände an einer Schürze abtrocknend. Pieter sah sie an. „Bleib kurz hier, Meg hat Neuigkeiten über Jan."

„Unter der Überschrift HITLERS FÄLSCHER – DIE WAHRHEIT ÜBER JAN VAN AELST wird *Het Parool*, aufgrund einer geheimen Quelle in Berlin, behaupten, dass Hitler persönlich bei van Aelst diese Fälschung in Auftrag gegeben hat, um Göring zu schaden. Dahinter stecke eine tiefe Rivalität zwischen den Naziführern, wer zuerst das schönste Kunstmuseum der Welt eröffnet. Hitler in seiner Heimatstadt Linz oder Göring mit seinem Carinhall in Brandenburg. Göring war Hitler voraus, Carinhall war schon gebaut. Aber Hitler besaß schon zwei Gemälde Vermeers und wusste, wie sehr Göring ihm die Bilder neidete. Also, das behauptet die *Parool* morgen, beauftragte er den Kunstmaler van Aelst, eine Vermeerfälschung herzustellen und verfolgte damit zwei Ziele. Erstens, Göring sollte auf die Fälschung hereinfallen, sich blamieren und als Sammler diskreditiert werden. Und zweitens, Göring würde ein Vermögen für die Fälschung aufbringen müssen. Da er das Geld nicht hatte, würde er mit geraubten Bildern aus seiner Sammlung bezahlen müssen. Die würden ihm dann für Carinhall fehlen. Hitler wollte sie sich dann später selbst einverleiben. Hitler habe gewusst, dass er in van Aelst einen willfährigen Bewunderer hatte. Jedenfalls behauptet das morgen die *Parool* und folgert, dass es kein Zweifel darüber bestehen könne, dass van Aelst dem Wunsch des Führers gefolgt sei. Nach dieser Story werden alle Niederländer seinen Kopf fordern."

Meg nahm einen großen Schluck aus ihrer Bierflasche und Pieter begann laut zu lachen. „Jan fälscht im Auftrag des Führers! Großartig! Was meinst du Josephine? Hat er Hitler wirklich persönlich gedient? Hat er ihn getroffen? Warst du vielleicht sogar dabei?"

Josephine rieb ihre Hände noch immer an der Schürze, schüttelte den Kopf. „Nein, niemals. Wobei es ihm bestimmt gefallen hätte, dem Führer mal die Hand zu schütteln. Einfach, um wichtig zu sein. Aber tatsächlich getroffen? Nein. Das ist eine furchtbare Räuberpistole." Sie sah Meg an. „Hast du dir das ausgedacht?"

Meg wehrte ab. „Natürlich nicht. Der Kollege, der das geschrieben hat, ist ein Schmierlappen. Er versucht einfach, mit dieser drastischen Behauptung die Anschuldigungen der *Waarheid* noch zu übertreffen. Ich bin sicher, dass er sich das alles ausgedacht hat. Aber es gibt viele Leser, die diese Verschwörungstheorie glauben werden. Er möchte ihnen zeigen, dass auch *Het Parool* alles tut, um van Aelst ans Messer zu liefern. Ich schäme mich für diesen Artikel, aber ich habe in der Zeitung nichts mehr zu sagen. Mein Kollege, der mich informiert hat, wurde ebenfalls kaltgestellt. Das ist die neue Linie der *Parool*. Die Leute wollen van Aelsts Kopf. Die *Parool* will viele Leser." Meg sah Pieter an. „Du möchtest doch auch, dass er im Gefängnis landet."

„Aber nur für das, was er wirklich getan hat. Er hat mit den Nazis zusammengearbeitet. Dafür soll er büßen."

Meg hakte nach. „Kannst du dir vorstellen, dass er einen solchen Auftrag von Hitler angenommen hat?"

Pieter sprang auf. „Es gefällt mir nicht, dass ich Jan jetzt sogar verteidigen muss. Aber ich weiß, dass er niemals den Auftrag für eine Fälschung angenommen hätte. Das war ihm immer viel zu gefährlich. Da war er äußerst paranoid. Zu viele Mitwisser. Dadurch wird man erpressbar, das hat er immer gesagt. Und da glaubst du doch nicht, dass er sich dann ausgerechnet den unberechenbaren Nazis ausliefert hätte. Oder hast du etwas anderes mitbekommen?" Pieter sah Josephine an.

Sie schüttelte den Kopf. „Ich weiß von all dem nichts. In Frankreich hat er sich oft tagelang in seinem Atelier eingeschlossen. Er suche neue Wege, sagte er. Ich dachte mir, dass er nur in Ruhe trinken und Opium rauchen wolle. Oder er vielleicht auch ein paar Huren versteckt hatte. Es wurde immer schlimmer und es hat mich irgendwann nicht mehr interessiert. Aber jetzt muss ich wieder in die Küche, sonst wird der provenzalische Eintopf doch noch zum ungenießbaren Stamppot."

Meg hielt sie am Arm fest. „Also hätte er in dieser Zeit in aller Ruhe Bilder fälschen können, ohne dass du davon etwas mitbekommen hättest?"

Josephine entzog sich Meg, drehte sich auf dem Weg zur Küche noch einmal um. „Ja, sicher, aber dass er den Vermeer von Göring gefälscht hat, das habe ich auch erst durch deine Zeitung erfahren. Ich habe damit nichts zu tun."

Das Essen schmeckte vorzüglich. Bill räumte den Tisch ab

und holte die Whiskyflasche. Meg nahm ein paar Fotos, die van den Berg ihr mitgegeben hatte, aus ihrer Aktentasche.

„Ich muss euch etwas zeigen", sagte sie zu Josephine und Pieter, die nebeneinandersaßen. Sie legte die Fotografie des Gemäldes von Josephine vor ihnen auf den Tisch.

„Die schöne Frau mit der Taube", sagte Pieter. „War es nicht ein Auftrag für deinen ersten Mann?"

„Nein. Da hat er mich ohne Taube gemalt", antwortete Josephine schnippisch.

„Und ohne Kleider, so viel ich mich erinnern kann", setzte Pieter nach.

Josephine gab sich empört. „Niemals. Wie kannst du so etwas behaupten!"

„Er hat mir die Leinwand in seinem Atelier gezeigt. Voller Stolz auf seine neue Eroberung."

„Ich dachte, er wäre diskret gewesen."

Meg unterbrach die beiden. „Schöne Geschichte, aber es kommt jetzt vor allem auf Josephines markantes Gesicht an." Sie legte eine Vergrößerung von Josephine auf den Tisch. „Schaut euch das Gesicht genau an. Dann die Köpfe auf diesen Bildern." Sie legte nacheinander Ausschnitte aus den angeblichen Vermeergemälden *Das Abendmahl, Christus und die Jünger aus Emmaus, Die Fußwaschung* und *Christus und die Ehebrecherin* daneben.

Josephine antwortete, ohne die Fotos genauer betrachtet zu haben. „Was sind das für Bilder und was haben sie mit mir zu tun?"

Pieter nahm das Foto mit Josephines Gesicht und verglich die anderen damit. „Schau genau hin. Sie ähneln alle deinem Porträt."

„Ach was, das glaube ich nicht.“ Josephine sah sich jetzt die Bilder genauer an. „Dieses hier“, sie zeigte auf das Foto mit dem Jesus aus *Christus und die Jünger aus Emmaus*. „Das erkenne ich wieder. Ich erinnere mich, weil ich mich damals sehr geärgert habe. Es war noch in Roquebrune, eines der letzten Male, dass ich für Jan Modell gesessen habe. Er hat schnell ein paar Zeichnungen gemacht. Dann hat er mich weggeschickt. Für die Studien in Öl brauche er mich nicht. Ein paar Stunden später, ich wollte ihn zum Essen holen, war er nicht im Atelier. Neben den Zeichnungen, die mir gut gefielen, hingen kleine Ölbilder. Sie waren grässlich. Fast grotesk. Manche hatten schwere Lider, andere schauten dümmlich verklärt in die Gegend. Ich dachte mir nur, mein Gott, was hat er mit meinem Gesicht angestellt? Als Jan dazukam, sagte ich ihm das. Er meinte, das seien doch nur Studien. Studien für was, wollte ich wissen. Das wollte er mir nicht sagen. Ich verlangte von ihm, dass er mich nie wieder so malen dürfe. Er willigte sofort ein. Das war untypisch für ihn. Deshalb glaubte ich ihm nicht. Als er nicht zu Hause war, bin ich ins Atelier gegangen. Die Studien waren verschwunden, aber hinter einem Tuch entdeckte ich ein großes Format, auf dem vier Figuren skizziert waren. Nur bei zweien waren die Gesichter fast vollendet, und sie erinnerten mich wieder an diese hässlichen Studien. Ich war zornig und stellte ihn zur Rede. Er wiegelte ab. Das Bild, die Köpfe hätten rein gar nichts mit mir zu tun. Wenn er mich male, zeichne, dann doch so, wie ich wirklich aussähe und mir auch selbst gefalle. Das müsste ich doch wissen. Nein, er versuche sich nur an neuen Motiven und Formaten, und da habe er auf diese Studien zurückgegriffen. Schließlich könne er doch nicht andauernd neue weibliche Modelle zu sich ins Atelier einladen. Darin stimmte ich ihm zu."

Meg holte jetzt eine größere farbige Fotografie aus ihrer Tasche. „Das Bild, das du damals im Entwurf gesehen hast, könnte es vielleicht das hier gewesen sein?"

Josephine sah zunächst nur kurz auf die Fotografie. Dann noch einmal, nahm es in die Hand. „Ja tatsächlich, jetzt, wo du es sagst. Ich glaube schon."

„Darauf brauche ich erst mal einen Whisky", sagte Pieter und hielt Bill sein Glas hin.

Pieter trank es in einem Zug leer. Dann tippte er mit einem Finger auf das Foto. „Entweder hast du schon vor 300 Jahren gelebt und dem berühmten Meister Jan Vermeer zu Delft Modell gesessen oder …", er zögerte.

Josephine sah ihn erstaunt an. „Was soll das? Was meinst du?"

„Ich will damit sagen, dass dies hier ein Foto des berühmten Gemäldes *Christus und die Jünger aus Emmaus* von Vermeer ist. Es wurde erst vor wenigen Jahren entdeckt. Es war eine große Sensation."

Josephine überlegte. „Ich erinnere mich. Jan hat davon auch gesprochen. Aber ich habe mir dieses Bild nie angesehen."

„Vermutlich wäre dir die Ähnlichkeit mit dir selbst auch nicht aufgefallen. Wie heißt es doch so schön? ‚Was wir sehen, hängt davon ab, worauf zu achten wir gelernt haben.' Jedenfalls jubelten damals die Kunstexperten. Endlich ein echter biblischer Vermeer. Sie hätten ja schon immer gewusst, dass es diese Bilder geben müsse. Aber wenn du das Bild jetzt erkennst, weil du es mal bei Jan im Atelier gesehen hast, dann hat es nicht Vermeer gemalt, sondern dein früherer Mann."

Josephine war verwirrt. „Nein, das glaube ich nicht. Dann täusche ich mich bestimmt. Ja, ganz sicher."

Niemand sagte etwas. Meg holte weitere Fotos von Gemälden aus der Tasche und legte sie nebeneinander auf den Tisch.

„*Das letzte Abendmahl,* 1942 verkauft für 1,6 Millionen Gulden an den Reeder van Beuningen. Ich habe es gestern persönlich gesehen. *Die Fußwaschung* von 1943, es ging für ca. 1,3 Millionen an den niederländischen Staat. *Christus und die Ehebrecherin,* vermutlich 1942. Göring bezahlte dafür 1,65 Millionen. Dagegen sind *Christus und die Jünger bei Emmaus* von 1937 mit einer guten halben Million geradezu ein Schnäppchen."

Josephine war bestürzt. „Und die soll alle Jan gefälscht haben? Ich kann es nicht fassen. Ihr müsst mir glauben, ich habe nichts davon gewusst. Niemals!"

Pieter sah Meg skeptisch an. „Wie bist du überhaupt auf diese Geschichte gestoßen?"

Meg fasste kurz ihren Ausflug mit van den Berg zusammen. „Der Professor hat auch Rosendahl überzeugt. Aber wir können die Sache nur aufdecken, wenn wir van Aelst dazu bringen, ein Geständnis abzulegen. Er muss erklären, wie er die Fälschungen hergestellt und wie er sie unter die Leute gebracht hat. Deshalb bin ich auch bei euch. Ich dachte, vielleicht könnt ihr mir Tipps geben, wie wir ihn überzeugen können."

Josephine lachte auf. „Ihr seid auf dem besten Weg. Mit den Artikeln in der *Parool* und *De Waarheid* wird die Volksseele hochkochen und die Polizei nicht daran vorbeikommen, ihn ins Lager zu werfen. Dort wird es ihm so schlecht gehen, dass er irgendwann redet. Das hast du doch selbst schon einmal erlebt und du hast ihn damals überzeugt zu beichten."

Meg unterbrach Josephine. „Aber da konnte ich ihm etwas anbieten. Neben der Freiheit auch Ruhm und Ehre. Berühmtheit. Der Mann, der Göring hereingelegt hat. Aber jetzt wird er alles verlieren. Seine Freiheit und sein Vermögen. Er wird ruiniert sein. Warum sollte er also gestehen?"

„Weil er wieder berühmt sein wird", unterbrach sie Pieter. „Er wird der Mann sein, der die größten Vermeer-Experten der Welt hereingelegt hat. Diese Männer hasst er abgrundtief. Er hat mit ihnen noch eine Rechnung offen. Das war seine Triebfeder. Sie haben ihn für Vermeer gehalten. Das wird ihm gefallen. Wenn du ihn da packst und es richtig anstellst, wird er alles zugeben!"

10. Der Plan

Es war kurz vor siebzehn Uhr, als eine große Anzahl von Zeitungsjungen mit dem Extrablatt von *Het Parool* in Amsterdam ausschwärmte. Unter der fetten roten Überschrift ICH BIN VERMEER prangten vier Fotos. Sie zeigten die Gemälde: *Christus und die Jünger in Emmaus, Das letzte Abendmahl, Die Fußwaschung* und *Christus und die Ehebrecherin.* Darunter ein Porträt von Johannes van Aelst in Malerpose vor einer Staffelei. Den Kopf gereckt, der Blick konzentriert. Ein Pinsel in der einen, eine Palette in der anderen Hand. *Der Maler und Kunsthändler Johannes van Aelst ist der größte Kunstfälscher des Jahrhunderts, wenn nicht sogar aller Zeiten. Er hat nicht nur den Reichsmarschall Göring mit einem angeblichen Meisterwerk Vermeers von Delft hereingelegt, sondern Kunstexperten, Sammler und Museen in der ganzen Welt zum Narren gehalten. Darunter das Rijksmuseum, das Museum Boijmans in Rotterdam und die großzügigen Kunstmäzene van Beuningen und van der Vorm.*

Wie er es schaffte, die angesehenen Experten für niederländische Kunst zu täuschen und die Bilder für Millionensummen zu verkaufen, das erfahren Sie ab morgen exklusiv in Het Parool. Außerdem zeigen wir Ihnen die zwei Gesichter des Mannes, der mit Nazis verkehrte, aber keine Verbrechen beging. Der vielleicht Hitler ein Buch widmete, aber gleichzeitig einen jüdischen Kaufmann mit seiner Familie vor der Deportation und Vernichtung rettete.

Die ganze Wahrheit über Johannes van Aelst lesen Sie ab morgen in einer Serie unserer Chefreporterin Margriet van Hettema

Den Zeitungsjungen wurde das Extrablatt aus den Händen gerissen und die Amsterdamer lieferten sich in den Grachten, Straßenbahnen und Kaffeehäusern heftige Diskussionen. Die Redaktion der *Parool* arbeitete auf Hochtouren. Selbst Jules Verelst war anwesend. Er saß im Büro seiner früheren Sekretärin Geertje und diktierte ihr einen offenen Brief an die Leser von *Het Parool*. Er entschuldigte sich persönlich für die teilweise irreführende Berichterstattung der vergangenen Tage. Er versprach umfassende Aufklärung über den größten Kunstskandal der Zeitgeschichte, ein angemessenes Porträt des Fälschers van Aelst und die Aufdeckung der Hintergründe, die zu dessen Verfehlungen geführt hatten. In den Tagen zuvor hatte er Meg als Chefreporterin zurückgeholt, aber auch seinem Chefredakteur van Zomeren das Vertrauen ausgesprochen. Dem Reporter Hendricus Thomasius hatte er nahegelegt, die Zeitung zu verlassen. Thomasius hatte gemurrt und mit van Zomeren getuschelt. Dem war das offensichtlich unangenehm, aber er war dennoch zu Verelst gegangen und hatte unter mehrfachem Hüsteln das kompromittierende Foto von Fräulein van Hettema angesprochen. Verelst hatte ihn angelächelt. „Es ist bei mir sicher aufgehoben und ich bin zu der Überzeugung gekommen, dass es uns nicht mehr schaden kann." Van Zomeren sah ihn erstaunt an. „Sehen Sie, wenn wir davon berichten, dass van Aelst mit seinen verschwenderischen Partys viele seiner Gäste und deren Familien über den Krieg gerettet und ihre Not gelindert hat, dann brauchen wir eine zuverlässige Quelle, die es bestätigen kann. Wer ist da glaubwürdiger als eine Reporterin, die mit eigenen Augen alles gesehen hat?"

Van Zomeren war entsetzt. „Aber Herr Verelst, doch nicht

– ich meine – Sie wissen doch, wie sie dort aufgetreten ist. Wenn das die Öffentlichkeit zu sehen bekommt!“

Verelst tätschelte ihm vertraulich die Schulter. „Keine Bange, van Zomeren. Sie selbst haben gesagt, es gibt keine weiteren Abzüge. Außerdem kann es sich keine Zeitung leisten, Fotos einer fast nackten Frau abzudrucken, und wenn doch, berichtet sie als Augenzeugin. Sie hat sich damals dabei in große Gefahr begeben, denn sie musste ja davon ausgehen, dass van Aelst mit den Nazis zusammengearbeitet hat. Deshalb hat sie sich als Reporterin für die illegale *Parool* dort eingeschlichen, um den Kollaborateur zu entlarven. In keinem Fall durfte sie auffallen. Also lief sie dort so herum, wie alle Frauen auf der Party. Leicht bekleidet eben. Außer van Aelsts Freund Beversluis hat sie aber keine bekannten Nazis getroffen. Sie war dann so gerührt von der Großzügigkeit des offensichtlich ziemlich verrückten und betrunkenen Malers, dass sie beschloss, keine Story über van Aelst zu schreiben, ihn nicht bloßzustellen. Damit schützte sie die Menschen, die durch seine Geschenke mit ihren Familien überleben konnten. Sie hat weise entschieden. Das hat mehr Gewicht als das Vergehen, auf einer Party halb nackt herumzulaufen. Da sie selbst darüber berichten wird, erhöht das sogar ihre Glaubwürdigkeit. Finden Sie nicht auch?“

Van Zomeren spürte, wie seine Darmwinde nach einem Ventil suchten. Er brachte nur noch hervor: „Das will sie tatsächlich tun?“

Verelst hob die Arme. „Aber natürlich. Und jetzt gehen Sie. Machen Sie sich frisch. Sie sehen nicht gut aus.“ Verelst legte sein schmerzendes Bein auf einen Holzstuhl und massierte sich den Oberschenkel. Er ließ die vergangenen Tage Revue passieren. Sie waren turbulent gewesen und es hätte auch anders ausgehen können.

Zunächst hatte die Polizei van Aelst abgeholt und trotz seines schwachen Zustandes und den Protesten seines Anwalts ins Gefängnis gesteckt. Es war dieselbe Zelle in der Weteringschans. Der Maler starrte an die Decke und erkannte die bekannten Fratzen und Tiere, die sich im bröckelnden Verputz abzeichneten. Ein kläffender Hund. Eine Fledermaus. Ein Schweinchen. Auch der Blick aus dem hohen, vergitterten Fenster war ihm noch vertraut. Wieder sah er weder Häuser noch Bäume. Keine Straßen. Keine Grachten. Keine Menschen. Nur den Himmel, diesmal blau. Kein Azurblau wie in Italien. Es war das holländische Blau mit leichten weiß-grauen Schleiern. Kleine Wolkenberge trieben vorbei. Diesmal wäre der große Wolkenmaler Jacob van Ruisdael zufrieden gewesen. Van Aelst litt, obwohl er diesmal besser ausgestattet war. In seinen Jacken- und Hosentaschen hatte er Stifte, ein kleines Zeichenbuch, Zigaretten und ein Fläschchen Laudanum ins Gefängnis geschmuggelt. Man hatte ihn nicht kontrolliert, und der Kapitein begegnete ihm äußerst höflich. Dreimal täglich besuchte ihn Nelly, brachte gutes Essen und gab ihm seine Digitalistabletten. Leider hatte sie seine Zigaretten entdeckt und ihm weggenommen. Auch sein Arzt kam regelmäßig vorbei. Am Tag seiner Verhaftung war er zu Hause zusammengebrochen. Zum Glück war in dem Moment Nelly mit Dr. Smits gekommen. Er hatte ihn holen lassen, weil er ein Attest wollte, damit man ihn nicht wieder ins Gefängnis werfen konnte. Smits hatte ihn schnell mit einer Spritze versorgt und Nelly hatte ihren Kopf auf seine

Brust gelegt. Da war er wieder zu sich gekommen und hörte sie sagen: „Es schlägt regelmäßig und kräftig. Ich höre es ganz deutlich. Mein lieber Jan."

„Es stellt sich leider die Frage, wie lange noch, wenn er so weitermacht." Smits hatte ein braunes Fläschchen und ein Blechdöschen aus seinem bauchigen Arztkoffer genommen, auf den Tisch gestellt und sagte zu Nelly. „Leichte Kost. Hühnersuppe ist gut. Kein Schnaps, höchstens ein Glas Rotwein. Das stärkt das Herz. Aber nur ein Glas. Keine Zigaretten. Keine Aufregung." Dann nahm er das Blechdöschen. „Von diesen Digitalistabletten dreimal täglich zum Essen jeweils eine. Und das hier", er zeigte ihr das Fläschchen, „das sind Gelatinekapseln mit Nitroglyzerin. Die sind für den Notfall. Wenn er über Schmerzen und Enge in der Brust klagt, muss er sofort eine Kapsel bekommen und zerbeißen. Es wirkt sehr schnell. Trotzdem lässt du mich sofort rufen. Mehr kann ich jetzt nicht für ihn tun. Aber ich werde morgen wieder nach ihm sehen." Der Arzt hatte den Koffer zugeklappt und Nelly und dem Maler die Hand gegeben. In diesem Moment hatte der Kapitein den schweren Türklopfer gegen die Haustür in der Keizersgracht krachen lassen.

Bevor Rosendahl sich entschloss, den Maler abzuholen, hatte er tagelang schlecht geschlafen. Er grübelte über seine Pflichten als Polizist und trauerte um Meg. Auch van den Berg verursachte ihm Kopfschmerzen. Die Beweisführung des verrückten Professors hatte ihn überzeugt. Van Aelst war ohne Zweifel der Fälscher all dieser biblischen Vermeers, aber das würde der Maler nicht zugeben. Deshalb würde van Aelst wieder im Gefängnis landen, und genau das wollte er nicht.

Er wollte ihn schützen. Aber so durfte er als Polizist nicht denken. Außerdem würde van den Berg nicht lockerlassen. Ebenso wenig Meg. Die Sache würde ans Licht kommen. Zudem lieferte *De Waarheid* täglich weitere Beweise für die Echtheit von van Aelsts Widmung an den Führer. Rosendahl musste das Beste daraus machen. Aber wie? Vergeblich versuchte er, Meg zu erreichen. Vielleicht hatte sie noch etwas herausgefunden. Sie wollte ihn doch informieren, war nun aber wie verschollen. Im Gegensatz zu van den Berg, der laufend anrief. Rosendahl ließ sich verleugnen. Dazu stellten seine Kollegen unangenehme Fragen. „Warum zögerst du noch? Van Aelst ist fällig. Wann verhaftest du ihn endlich?" Rosendahl war ihnen ausgewichen, genau wie dem Vertreter des Justizministeriums. Er verlangte noch einen Tag.

Als er am nächsten Morgen auf dem Weg zu seinem Büro an van Aelsts Haus vorbeigekommen war, stand dort ein Grüppchen erboster Amsterdamer. Auf ihren Plakaten stand: VAN AELST IST EIN NAZISCHWEIN und KEINE GNADE FÜR DEN HITLERFREUND. Aber sie verhielten sich ruhig. Es war mehr eine Mahnwache als eine Demonstration. Rosendahl hatte sich an einem Zeitungskiosk am Leidseplein *De Waarheid* und eine *Parool* gekauft. Er überflog die Titelstorys über van Aelst. Sie hatten ganze Arbeit geleistet. Dabei war die Geschichte der *Parool* wirklich abenteuerlich, während die *De Waarheid* immerhin einen Schriftgutachter zitieren konnte. Er zerknüllte die Zeitungen und stopfte sie in den nächsten Abfalleimer. In der Weteringschans erwarteten sie ihn bereits vor seinem Büro.

„Hast du *De Waarheid* und *Het Parool* gelesen? Jetzt ist van Aelst überführt!" Ein Sergeant streckte ihm die Zeitungen entgegen. Er musste handeln.

„Du kommst mit. Besorge noch einen Mann und einen Wagen. Wir gehen kein Risiko ein. Es versammeln sich bereits Menschen vor van Aelsts Haus."

Vor dem Haus des Malers war aus der Mahnwache jetzt doch eine Kundgebung geworden. Die Menge war aufgebracht. Es wurden Parolen gerufen, und die beiden Wachleute auf dem Absatz vor van Aelsts Haustür hatten Mühe, die wütenden Menschen zurückzuhalten. Einer schoss in die Luft, als Rosendahl aus dem Wagen stieg und sich mit zwei Sergeants durch die aufgebrachten Menschen zwängte, um auf den Treppenaufsatz vor der Tür zu gelangen. Oben angekommen, wandte er sich an die wütenden Demonstranten. Flankiert von seinen Sergeants strahlte Rosendahl Autorität aus. Die Menge beruhigte sich und es wurde still. Sie warteten darauf, dass er etwas sagte. Er hob die Hand und zeigte auf die Tür. „Wir werden jetzt da reingehen und den Maler Jan van Aelst festnehmen. Ob er schuldig ist und wie er bestraft wird, das wird ein Gericht entscheiden. Also geht wieder nach Hause."

Es gab vereinzelte Buhrufe und ‚steckt van Aelst ins Lager'-Forderungen. Rosendahl kümmerte sich nicht darum und hob den Türklopfer. Dann ließ er sich von einem der Wachleute die Tür öffnen. Es war ihm wichtig, zu zeigen, dass auch Verhaftungen mit Anstand vollzogen werden konnten. Die neue Zeit sollte bei Verhaftungen nichts mehr mit den Überfällen der Nazischergen zu tun haben. Er war sich nicht sicher, ob die aufgebrachte Menge damit einverstanden war.

In der Halle des Hauses traf er Dr. Smits, der gerade gehen wollte. Hinter ihm, in der Tür zum Salon, stand die blonde Frau, die er neulich schon bei van Aelst gesehen hatte, und die sich um seinen Haushalt kümmerte. Eigenartigerweise trug sie ein blaues, schulterfreies und tief ausgeschnittenes Abendkleid.

Sie bemerkte seinen musternden Blick und reagierte sofort. „Van Aelst wollte mich heute Vormittag malen. Aber dann hat er diese furchtbaren Zeitungen gelesen. Das hat ihn entsetzlich aufgeregt. Ich bin sofort zu Dr. Smits gelaufen. Da muss er zusammengebrochen sein. Als wir zurückkamen, lag er bereits bewusstlos am Boden."

Sie sah zu Dr. Smits, der sich Rosendahl in den Weg stellte. „Sie können van Aelst nicht mitnehmen. Sein Herz ist zu schwach. Er braucht jetzt Ruhe und muss gut versorgt werden. Nelly wird das machen."

Rosendahl zögerte. „Ich muss ihn verhaften. Zu seiner eigenen Sicherheit. Haben Sie die wütende Meute vor seiner Tür nicht mitbekommen? Sie wird erst zufrieden sein, wenn ich ihn hier herausbringe und in unseren Wagen stecke."

Der Arzt wischte sich mit einem großen Taschentuch den Schweiß von Stirn und Nacken. „Wenn Sie ihn in eines der Lager verfrachten, wird er sterben. Er braucht eine gute Versorgung. Die bekommt er jetzt nicht einmal im Krankenhaus. Auch dort herrscht Not. Aber hier hat er alles. Hören Sie, Rosendahl, wir kennen uns lange genug. Sie wissen, dass ich Ihnen nichts vormache."

Rosendahl nahm den Arzt beiseite, damit seine Sergeants nicht hören konnten, was er ihm zuflüsterte. „Ich verspreche Ihnen, er kommt nicht ins Lager. Ich bringe ihn in die Weteringschans und werde alles tun, dass es ihm dort gut geht. Aber ich brauche ihn als Zeugen für eine Geschichte, die viel größer ist als das, was man ihm gerade vorwirft. Deshalb muss ich ihn jetzt verhaften."

Der Arzt dachte nach. „Sorgen Sie dafür, dass Nelly ihm regelmäßig Essen bringen kann und darauf achtet, dass er seine Medikamente nimmt. Auf sie hört er. Ich werde jeden Tag nach ihm sehen." Der Arzt lächelte. „Wissen Sie, vielleicht ist diese Lösung gar nicht so schlecht. Hier zu Hause würde er, sobald es ihm ein bisschen besser geht, doch gleich wieder mit dem Trinken beginnen. Dazu ein paar Zigaretten und die falschen Drogen und es wäre schnell aus mit ihm." Der Arzt öffnete die Tür und rief zu der wartenden Menge. „Hören Sie, der Maler van Aelst ist sehr krank. Trotzdem wird die Polizei ihn ins Gefängnis bringen; er wird seiner Strafe nicht entgehen. Sie können also getrost nach Hause gehen."

Die Demonstranten murrten. Ein paar diskutierten und machten sich dann auf den Weg. Aber die meisten verharrten und riefen erneut: „Van Aelst ist ein Nazischwein!" und „Lager für den Lügner!".

Rosendahl schickte die Sergeants zu den Wachleuten vor die Tür und verriegelte sie von innen. Er wollte noch mit van Aelst sprechen. Aber vor dem Salon, wo der Maler auf dem Kanapee lag, stand Nelly und schloss gerade die Tür. Sie trug jetzt eine grobe Strickjacke über dem tief ausgeschnittenen Abendkleid. Als Rosendahl auf sie zuging, verschränkte sie die Arme vor ihrer Brust. „Nein, Sie dürfen ihn nicht mitnehmen."

Rosendahl sah sie an, streckte unbeholfen eine Hand aus. Zog sie wieder zurück. „Nelly, ich glaube, Sie empfinden mehr für den Maler, als es sich für eine Haushälterin gehört."

Trotzig drehte sie den Kopf zur Seite, sah an ihm vorbei.

„Wenn du ihm – ich darf dich doch duzen?" Nelly nickte mit dem Kopf. „Also, wenn du ihm wirklich helfen willst, dann pack ein paar Sachen ein und überrede ihn, dass er mitkommt. Selbst der Arzt hat gesagt, dass er sich bei uns in der Weteringschans besser erholen kann. Ich verspreche dir, du darfst dich um ihn kümmern. Aber du musst ihn überzeugen, freiwillig mitzukommen. Ich möchte ihn nicht in Fesseln von meinen Sergeants rausschleppen lassen. Obwohl das der Menge da draußen bestimmt gefallen würde. Also was meinst du? Hilfst du mir?“

Nelly zog aus ihrem Ausschnitt ein Briefkuvert und streckte es Rosendahl entgegen. „Ich war bei seinem Anwalt. Er wird die Zeitungen wegen Verleumdung anzeigen. Außerdem sagt er, wären die Vergehen, die man van Aelst vorwerfe, nicht so schwerwiegend, dass man ihn dafür verhaften müsse. Nicht solange es nicht eindeutig bewiesen wäre, dass wirklich van Aelst die Widmung in das Buch für Hitler geschrieben habe. Ein Gutachter aus Berlin sei kein Beweis. Dort herrsche jetzt die Rote Armee. Also Kommunisten. Und *De Waarheid* sei ein kommunistisches Hetzblatt. Die Widmung müsse von einem Schriftgutachter in den Niederlanden untersucht werden. So lange könne man van Aelst, wenn es schon sein müsse, auch weiter unter Hausarrest stellen. Sie sehen doch selber, er kann nicht weglaufen. Aber zur Sicherheit könnte man auch über eine angemessene Kaution sprechen.“ Nelly verschränkte wieder die Arme vor der Brust. „Steht alles da drin. Der Brief ist fürs Gericht. Sie sollen ihn dort abliefern. Der Anwalt meint, Sie wären ein anständiger Kerl. Man könne Ihnen vertrauen.“

Rosendahl hatte den Brief eingesteckt. „In Ordnung. Ein Gericht wird über den Antrag entscheiden, und so lange muss van Aelst ins Gefängnis. Aber ich verspreche dir, dass er nicht in irgendein Lager gesteckt wird. Mit diesem Antrag auf Kaution und in seinem Gesundheitszustand kann ich dafür sorgen, dass er bei uns in der Weteringschans einsitzt. Also, hilfst du mir?“

Nelly zögerte, dachte einen Moment nach. „Sie werden ihn selbst davon überzeugen müssen.“ Dann zog sie die Jacke noch fester um ihre Schultern, drehte sich um und öffnete die Tür zum Salon.

Der Maler hatte sich halb aufgerichtet. „Nein! Nicht schon wieder Sie, Rosendahl! Sie machen mir doch nur Ärger.“ Hustend sank er auf sein Kissen zurück. „Verdammter Schleim. Nelly, bring mir einen Schnaps. Ich muss das Zeug runterspülen.“

Nelly rührte sich nicht. „Du hast doch gehört, was der Arzt gesagt hat. Keinen Schnaps mehr.“

„Ach dieser Quacksalber. Ich fühle mich prima. Schnaps hat mir noch nie geschadet.“ Er wollte lachen, aber dafür fehlte ihm die Kraft. Schweißperlen traten auf seine Stirn. „Wollen Sie mich etwa verhaften, Rosendahl? In diesem Zustand! Sie sehen doch, dass ich todkrank bin.“

Bevor Rosendahl antworten konnte, kam Nelly auf ihn zu und flüsterte: „Es hat keinen Sinn. Er regt sich zu sehr über Sie auf. Ich spreche mit ihm, er wird auf mich hören. Ich habe meine Tricks. Sorgen Sie dafür, dass er sicher aus dem Haus in Ihren Wagen kommt.“ Dann öffnete sie die Tür zur Eingangshalle. Rosendahl verließ den Salon und ging zur Haustür. Er wies einen Sergeant an, den Wagen direkt vor die Treppe zu fahren. Zwei weitere Polizisten sollten sich davor stellen und die erregte Menge zurückhalten. Ein Wachposten sollte vom erhöhten Hauseingang sein Gewehr im Anschlag halten und, wenn nötig, auch Warnschüsse abgeben. Dann wandte er sich an die Demonstranten.

„Wir werden jetzt van Aelst herausbringen und ins Gefängnis stecken."

Ein paar Eiferer skandierten: „Ins Lager mit dem Hitlerfreund!"

Rosendahl blieb ruhig. „Wie ich schon gesagt habe, entscheidet das nicht ihr, sondern ein Gericht. Wer sich uns in den Weg stellt, muss damit rechnen, ebenfalls mitgenommen zu werden."

„Wie meinen Sie das? Wollen Sie unschuldige, anständige Bürger einfach verhaften?", rief plötzlich ein Mann, der etwas abseits stand und seinen Fotoapparat auf Rosendahl richtete. Der Kapitein erkannte den Reporter Thomasius. „Sie würden auf diese rechtschaffenen Bürger schießen lassen, um einen Verräter zu schützen?"

Rosendahl brüllte ihn an: „Zunächst lass ich dich wegen Volksverhetzung festnehmen, wenn du nicht sofort den Mund hältst." Er deutete eine Bewegung zu einem seiner Sergeants an, aber da packte Thomasius seinen Fotoapparat und machte sich aus dem Staub.

„So sehen eure Helden aus! Sie schreiben dummes Zeug und ihr glaubt ihnen jedes Wort!", rief er der Menge zu. Bevor sie weiter protestieren konnten, ergänzte er: „Wir haben die Nazibande nicht aus dem Land gejagt, um ihre Methoden weiter anzuwenden. Jedenfalls nicht die Polizei. Wir wollen dafür sorgen, dass man sich in den Niederlanden wieder darauf verlassen kann, anständig behandelt zu werden. Das gilt für jeden. Auch für die vielen, die auf der falschen Seite standen. Kollaborateure und Mitläufer. Ihre Bestrafung ist Sache der Gerichte und nicht der Straße. Deshalb hole ich jetzt van Aelst und setze ihn in unser Auto."

Rosendahl ging zurück ins Haus. Als er sich der Salontür näherte, hörte er eigenartige Geräusche aus dem Zimmer. Verunsichert spähte er durch das Schlüsselloch und traute seinen Augen nicht. Nelly saß auf dem Schoß des Malers. Das Kleid gerafft, bewegte sie sich elegant auf und nieder und ließ sich dann zu einem langen Seufzer van Aelsts nach unten fallen und drückte ihm ihre Brüste ins Gesicht.

Rosendahl trat vorsichtig zurück in die Halle und wartete ein paar Augenblicke. Dann öffnete er leise die Haustür, um sie mit einem lauten Knall wieder zu schließen. Wieder wartete er einen Moment, bevor er sich der Salontür näherte. Er klopfte und öffnete sie vorsichtig. Nelly hatte wieder die grobe Strickjacke übergezogen und strich sich übers Kleid.

Der Maler erhob sich vom Kanapee. Er lächelte. „Kapitein, es geht mir schon viel besser, wie ich gerade bemerkt habe. Nelly hat mich überzeugt. Ich vertraue Ihren Versprechungen und packe nur noch schnell ein paar Dinge ein.“ Dann lief er zu seinem Schlafzimmer.

Rosendahl, noch immer fassungslos, sah Nelly an. „Ich habe euch gehört. Du hast doch nicht etwa –? Ich meine, es klang so, als ob ihr –?“ Nelly grinste. „Wie schafft er das? Gerade eben war er noch ein Wrack.“

Nelly war nicht verlegen. „Tatsächlich verfügt er noch immer über ein ziemliches Stehvermögen. Dazu kommen die Notfallmedikamente, die ihm der Arzt gespritzt hat. Es öffnet die Adern und steigert den Blutfluss. Ich weiß es nicht genau, habe es aber schon ein paar Mal erlebt. Einige Männer nehmen es, na ja, weil sie nicht mehr so gut können. Wenn dann noch ein paar Reize dazukommen.“

„Noch immer ein geiler Bock!“, entfuhr es Rosendahl.

Nelly lächelte. „Aber Kapitein, was sind das für schlimme Worte? Jedenfalls habe ich ihm gesagt, es sei nur vorübergehend, weil er zu Hause nicht mehr sicher sei, und dass ich die meiste Zeit bei ihm sein werde.“

Trotzdem hatte van Aelsts Verhaftung keine Ruhe in die Affäre gebracht. Rosendahls Kollegen in der Weteringschans hatten wenig Verständnis für die Sonderbehandlung des Malers. Dabei hatte der Kapitein nur drei Besuche von Nelly pro Tag zugelassen. Zu den Mahlzeiten, um ihn mit Medikamenten zu versorgen. Die Anträge des Anwalts auf Freilassung gegen Kaution lagen unbearbeitet beim Gericht. Ein Richter hatte ihm vertraulich beim Mittagessen mitgeteilt, dass man für solche Fälle keine Zeit habe. Deshalb gäbe es ja die Lager, um die Masse der Verdächtigen erst mal festzusetzen. Nach einer gewissen Zeit würde man weitersehen. Vieles erledige sich dadurch von selbst.

Die Zeitungen hetzten weiter und forderten ein schnelles Verfahren und eine harte Strafe. Rosendahl verhängte eine Informationssperre. Weiter versuchte er, Meg zu erreichen. Er verfluchte den Tag, an dem er ihr begegnet war. Immer wieder hatte er ihr vertraut. Jetzt ließ sie ihn schon wieder hängen, obwohl sie ausgemacht hatten in der van Aelst Sache zusammenzuarbeiten. Rosendahl war ratlos. Er hatte einmal versucht, van Aelst zu befragen, aber da war der Maler erneut kollabiert. Glücklicherweise war Nelly gerade bei ihm gewesen, und die Nitroglyzerin Kapsel hatte ihn ins Leben zurückgeholt. Nelly hatte getobt. Er habe sein Versprechen nicht gehalten. Sie dürfe nicht mit dem Maler ungestört zusammen sein. Dabei brauche er dringend ihre Aufmerksamkeit und etwas Aufmunterung. Er liege nur apathisch auf seiner Pritsche und hadere mit der ganzen Welt. Niemals hätte er hierhergebracht werden dürfen. Sie brachte ihm täglich die leckersten Speisen, die sie besorgen konnte, aber er aß wenig. Nur den Wein trank er gierig und verlangte nach Schnaps. Nelly roch auch kalten Zigarettenrauch in seiner Kleidung und entdeckte ein Päckchen Zigaretten und ein Fläschchen Laudanum in seiner Hosentasche. Van Aelst hatte das Zeug noch schnell eingesteckt, bevor sie ihn ins Gefängnis gebracht hatten. Nelly nahm sie ihm sofort weg. Der Maler wurde wütend, schrie sie an, schickte sie zum Teufel. Da hatte Rosendahl eingegriffen. „Beherrsche dich, van Aelst. Ohne Nelly würdest du nicht mehr leben. Sie versorgt dich gut. Ich weiß, dass ich euch mehr versprochen habe, aber ich kann es nicht durchsetzen. Man will dich ans Kreuz nageln. Ich weiß nicht, wie lange ich es noch verhindern kann."

Rosendahl hatte den Maler betrachtet, wie er nach seinem Wutanfall wieder stoisch auf seiner Pritsche lag. Er hatte nachgedacht. Meg ließ ihn im Stich. Der Professor ging ihm auf die Nerven. Er würde es allein versuchen.

„Van Aelst, ich habe Gerüchte gehört und ich habe Fotos gesehen, die darauf hinweisen, dass du nicht nur den Vermeer für Göring gefälscht hast, sondern auch noch etliche weitere Gemälde. Stimmt das?"

Van Aelst reagierte nicht.

„Gemälde, die große Museen und reiche Sammler gekauft haben. Dazu gehört *Christus und die Jünger von Emmaus* in Rotterdam. Du hast die ganze Kunstwelt betrogen." Der Maler rührte sich noch immer nicht. Rosendahl beschloss, ihm ein Angebot zu machen. „Hör zu, wenn das so ist, dass du sie alle hereingelegt hast, dann ist das ein Riesenskandal. Das ist so eine große Sache, dass die Leute da draußen, die jetzt noch deinen Kopf fordern, ganz schnell vergessen werden, warum sie das eigentlich wollten. War er mal ein Kollaborateur, werden sie fragen. Ja vielleicht, aber nur ein wenig. Sie werden sich wieder daran erinnern, wie du Göring hereingelegt hast. Mit Bewunderung werden sie sagen: Was ist das nur für ein Teufelskerl! Er hat nicht nur den Nazibonzen hereingelegt, sondern noch die ganze blasierte Kunstwelt dazu. Außerdem diese arroganten Millionäre, die nur durch unsere Arbeit und Ausbeutung so reich geworden sind. Nur deshalb konnten sie diese Bilder überhaupt kaufen und in ihren Villen aufhängen, während wir im Krieg die Bilderrahmen unserer Familienfotos verbrennen mussten, um ein paar verschrumpelte Kartoffeln zu kochen." Der Maler atmete schwer. Aus einem Mundwinkel floss etwas Speichel. Rosendahl ließ nicht locker. „Wenn das also stimmt, dann wird man dich nicht weiter als schändlichen Nazifreund verfolgen. Natürlich wirst du trotzdem vor Gericht landen. Aber dann geht es um Betrug und viel Geld und nicht mehr darum, ob du Hitlers bester Freund warst." Als der Maler nicht reagierte, beugte er sich ganz nah zu van Aelst hinunter. „Also gut, dann lassen wir das eben. Ich dachte, es würde dich interessieren."

Rosendahl wollte gerade die Zelle verlasse, als Nelly von ihrem Stuhl neben der Pritsche aufsprang. „Kapitein, sehen Sie nur! Irgendetwas ist mit ihm. Die Augen! Sehen Sie nur seine Augen!"

Die Augäpfel des Malers traten deutlich hervor. Er keuchte. Aber er spürte nichts. Er sah nur die vertrauten Figuren im Putz an der Decke. Die Fledermaus, das Schweinchen, der kläffende Hund. Kalter Schweiß rann seinen Rücken hinunter. Er konnte sich nicht mehr bewegen. Er wollte sich nicht mehr bewegen. War das jetzt das Ende?

Nelly reagierte schnell und schüttete Nitroglyzerin Kapseln auf einen Unterteller. Mit zwei Fingern schob sie eine dem schreienden Maler in den Mund. „Los! Beiß zu!“ Dann drückte sie gegen sein Kinn, aber van Aelst wollte den Mund nicht schließen.

„Helfen Sie mir, verdammt!“, schrie sie Rosendahl an.

Nelly umklammerte van Aelsts Kopf und Rosendahl drückten mit aller Kraft Kinn und Stirn zusammen. Endlich gab der Maler auf. Es knirschte. Blut rann aus einem Mundwinkel. Noch einmal bäumte sich van Aelst auf, dann fiel er zurück auf die Pritsche. Seine aufgerissenen Augen flackerten.

Dr. Smits sagte später, dass van Aelsts Herz ganz schön was aushalte. Solche Gespenster der Vergangenheit brächten auch viele Gesunde an den Rand eines Infarktes. Er ermahnte Rosendahl. „Keine Aufregung mehr. Verstanden?“

Rosendahl hatte mit den Augen gerollt. „Ich wollte ihm nur helfen und einen Ausweg zeigen.“

Smits holte ein braunes Glasröhrchen mit Tabletten aus seinem Koffer. „Der Anfall wurde durch Wahnvorstellungen ausgelöst. Halluzinationen. Vielleicht hörte er sogar Stimmen! Es sind Entzugserscheinungen. *Delirium Tremens.* Ich hatte nicht damit gerechnet, dass sie so heftig einsetzen würden.“ Er zeigte Nelly das Tablettenfläschchen. „Das sind Codeintabletten. Sie lindern die Entzugserscheinungen.“ Der Arzt sah Rosendahl an. „Wenn er hierbleibt, garantiere ich für nichts mehr. Warum entlasst ihr ihn nicht auf Kaution? Hausarrest?“

„Weil das verdammt noch mal bei Kriegsverbrechern nicht geht!“, schrie Rosendahl und verließ die Zelle.

Als Nelly schweren Herzens den Maler allein in der Zelle zurücklassen musste und nach Hause lief, dachte sie über die Fragen des Kapiteins nach. Er wollte wissen, ob er noch weitere berühmte Bilder gefälscht hätte. Dann wäre alles nur halb so schlimm, so hatte Nelly es verstanden. Sie erinnerte sich an das Tagebuch des Malers.

In der Keizersgracht legte sie sich mit van Aelsts Aufzeichnungen auf ein Kanapee. Sie hatte längere Zeit nicht mehr darin gelesen, aber sie erinnerte sich an die Passage, in der van Aelst schrieb, dass er ein wertvolles Vermeergemälde verkauft hatte. Beim Verkauf hatte es Probleme gegeben. Sie blätterte in dem blauen Skizzenheft und fand die Stelle.

Paris 1937 stand über den Eintragungen. Der falsche Vermeer für Göring, von dem Rosendahl gesprochen hatte, das muss später gewesen sein. Nelly sprang vom Kanapee und stürmte die Treppen hinauf. In den oberen Räumen der Stadtvilla, die Josephine bewohnt hatte, lagen noch die Zeitungen über die van-Aelst-Göring-Affäre. Sie hatte sie gefunden, als sie Josephines Kleiderschrank inspiziert hatte. Jetzt durchwühlte sie die am Boden liegenden Exemplare von *Het Parool*. Hier stand es. Göring hatte das Bild 1942 für 1,65 Millionen Gulden gekauft. Nelly konnte sich diese Summen gar nicht vorstellen. Rosendahl hatte von mehreren Fälschungen gesprochen. Dann musste der Maler ein Multimillionär sein. Van Aelst hatte dazu geschwiegen. Aber in seinen Aufzeichnungen erwähnte er selbst eine Fälschung, bereits im Jahr 1937. Rosendahl hatte angedeutet, wenn van Aelst ein Fälscher wäre, dann wäre das gut für ihn. Dann würden die Vorwürfe der Kollaboration nicht mehr zählen. Oder so ähnlich. Sie ging zurück in den Salon, um in dem

Tagebuch nach weiteren Spuren zu suchen. Sie fand einen Eintrag: *Nizza 1937*

Um Josephine eine Freude zu machen, begleitete ich sie zu einer Soiree und Dinnerparty bei reichen Amerikanern, die sich in Cannes niedergelassen hatten. Josephine war noch immer ziemlich verschnupft wegen meiner Parisreise und behauptete, wenn sie Freunde an der Côte d'Azur besuche und dann nach Roquebrune zurückkehre, rieche es in meinem Atelier penetrant nach schwerem Frauenparfüm. Düfte, wie sie nur von speziellen Damen benutzt werden würden.

Die Gastgeber waren ein Ehepaar mittleren Alters namens Mauler, die ihr Vermögen mit einer Fleischfabrik in Chicago verdient hatten. Ich hatte beide schon porträtiert und das Gesicht des Mannes hatte in der Tat etwas Bullenartiges an sich, während seine Frau die Züge eines rosa Schweinchens aufwies. Hundebesitzern sagt man nach, dass sie oft Ähnlichkeit mit ihren Lieblingen haben. Hier waren es die Schlachttiere, mit denen sie Millionen verdienten. Natürlich erkannten sie diese Ähnlichkeiten nicht in meinen gelungenen Porträts. Sie hingen für alle Besucher ihrer protzigen Villa gut sichtbar in der Eingangshalle. Hier traf sich die Abendgesellschaft, und ich wurde als der Schöpfer dieser Bilder vorgestellt. Er lobte meine Kunstfertigkeit, die ja alle in der Halle hätten sehen können und freue sich, gleich mein kunstsinniges Urteil über seine neueste Erwerbung zu hören.

Der Hausherr führte uns in einen Speisesaal mit protzigen Kronleuchtern. Große, doppelflügelige Glastüren führten auf eine Terrasse mit Blick auf die Croisette und das Meer. Dann wurde ein für amerikanische Verhältnisse vorzügliches Menü serviert. Kein Wunder, der Koch kam aus Italien und sparte nicht mit getrüffelten Nudeln, piemontesischem Rinderfilet und Meeresfrüchten. Vor dem Dessert bat der Hausherr um Aufmerksamkeit. Er gab ein Zeichen und zwei Diener trugen ein verhülltes Bild hinein und zogen dann das Leintuch von dem Gemälde. Es war ein typischer Picasso. Das Porträt zeigte eine doppelköpfige Janusgestalt mit Zackenhänden im Ringelmuster, kubistischen Augen, Ohren und eckigen Körperöffnungen. Kurzum: Entsetzlich! Es sollte wohl eine Frau sein, schloss ich aufgrund der spitzkegeligen Brüste. Ich begann, laut zu lachen und hielt mich nicht zurück mit meiner Kritik. Die Partygesellschaft erstarrte in Sprachlosigkeit, während mich der Hausherr voller Entsetzen einen Banausen nannte. Ich konterte, nicht ich sei der Banause, sondern er, der vermutlich ein Vermögen für diese dilettantische Farbschmiererei bezahlt habe. Wie könne er nur auf so etwas hereinfallen. Jetzt begann der Amerikaner, zu lachen und meinte: So ein einfacher Kunstmaler wie ich könne doch gar nicht beurteilen, was echte Kunst sei. Dieser Picasso, das sei eben die moderne Kunst und die sehe so aus. Teuer genug wäre es außerdem gewesen. Dafür hätte er bei mir dutzende meiner kunsthandwerklichen Porträts bestellen können. Diese Beleidigung konnte ich natürlich nicht auf mir sitzen lassen. Ich breitete eine blütenweiße Damastserviette aus und begann, mit meinem Vierfarbkugelschreiber in schnellen Strichen ein Porträt des Hausherren in Picasso-Manier zu zeichnen. Dabei hielt ich mich an die bekannten Stierabbildungen, und so entstand in nur wenigen Minuten ein Bullenporträt des Fleischfabrikanten mit markanten, kubistischen Nüstern, trapezförmigen Augen und dreieckigen Ohren. Hier und da schraffierte ich noch farbige Muster hinein und voilà! Fertig war der ‚Picasso', den ich dem Hausherrn entgegenstreckte. Ein Raunen ging durch die Abendgesellschaft und nach anfänglich zögerndem Klatschen gab es mächtig Beifall. Sogar der Fleischfabrikant war begeistert, nahm mich in die Arme und pries mich als wahrlich großen Künstler. Er wolle die Serviette kaufen. Er mache mir einen guten Preis, wenn ich es noch mit Picassos Signatur versehen würde. Ich lächelte ihn an und meinte: „Nichts leichter als das." Ich kritzelte Picassos weithin bekannte Unterschrift, die wahrlich, verglichen mit Vermeers Schriftzug, eine Leichtigkeit ist, auf die Serviette und der Fleischbaron streckte gierig die Hände aus. Da zückte ich mein goldenes Feuerzeug und setzte den ‚Picasso' in Flammen. Es wurde totenstill. Die Gäste sahen mich entsetzt an. Ich sagte: „Es war doch nur ein Fake. Ein rotten fake, wie ihr Amerikaner sagt."

Nelly dachte nach. Van Aelst konnte also andere Künstler nachmachen. Von diesem Picasso hatte sie jedenfalls schon gehört. Dann musste er auch berühmt sein. Wenn er den in wenigen Minuten kopierte, warum dann nicht auch diesen Vermeer? Mit dessen Unterschrift hatte er sich ja auch schon beschäftigt, hatte er geschrieben. Nelly traute ihrem Jan jetzt alles zu. Sie musste nur noch einen Weg finden, wie sie Rosendahl davon überzeugen konnte, ohne ihm das Tagebuch zu geben. Das traute sie sich nicht. Dann wüsste Jan, dass sie heimlich darin gelesen hatte. Hysterisch und unberechenbar wie er sein konnte, würde er sie vielleicht zum Teufel wünschen. Das war ihr zu riskant. Sie musste einen Weg finden, jemandem das Tagebuch anzuvertrauen, ohne dass sie in Verdacht geriet. Nelly hatte eine Idee.

Ein paar Tage nach van Aelsts Zusammenbruch tauchte Meg in der Weteringschans auf. Van den Berg begleitete sie. Rosendahl war nicht besonders erfreut darüber. Der Professor trug naturfarbene Knickerbocker aus Leinen über bunt rautierten Socken, die mit seinem Pullunder korrespondierten. Ebenso mit seiner Stetson Tweed Mütze, vermutete Rosendahl, aber der Professor hatte diese bereits in seine Tasche gesteckt und sein lockiges, halblanges Haar mit den Fingern hinter die Ohren geschoben. Meg trug eine beige Marlene-Dietrich-Hose, darüber einen dünnen dunkelblauen Bleylepullover mit feinem Seidenschal. Über ihrer leicht verbeulten Handtasche baumelte ein Sommerblazer. Sie war dezent geschminkt. Rosendahl hatte sie noch nie so schick gesehen. Sie passte perfekt zu van den Berg.

Als ob Meg Rosendahls Gedanken erahnte, reagierte sie sofort. „Ich kann nichts dafür, dass er sich mit mir hier reingeschlichen hat.“ Sie zwängte sich an dem Professor vorbei. „Er hat mir aufgelauert.“

„In der Tat, in der Tat!“, entfuhr es van den Berg. „Entgegen unserer Abmachungen haben Sie mich nicht empfangen, sondern sich sogar verleugnen lassen. Aber nicht mit mir. Ich war mir sicher, dass Sie mit Fräulein van Hettema sprechen würden, also habe ich gewartet. Dass es allerdings Tage dauern würde, bis sie endlich auftauchen würde, damit habe ich nicht gerechnet. Ich war kurz davor, die Fronten zu wechseln. Aber, ich sagte mir: Fairness zuerst. Sie bekommen noch eine Chance. Heute wäre die Frist abgelaufen.“

Rosendahl kratzte sich am Kopf. „Nehmt Platz.“ Er zeigte auf zwei Stühle, die vor seinem Schreibtisch standen. Er seufzte. „Auch ich habe Fräulein van Hettema früher erwartet.

Denn ehrlich gesagt, ich weiß nicht so recht, was ich mit van Aelst machen soll."

„Wie geht es ihm?", fragte Meg.

„Schlecht. Er ist vor kurzem zusammengebrochen. Er ist auf Entzug. Sein Herz schlägt unregelmäßig. Er ist deprimiert. Nicht ansprechbar. Er schweigt. Daran bist du nicht ganz unschuldig."

„Wieso ich? Ich habe nichts getan."

„Das ist es ja. Du und die *Parool.* Ihr habt die Story, die Zeugen, die Beweise, die van Aelst entlasten könnten. Aber ihr bringt sie nicht. Stattdessen trampelt ihr weiter auf ihm herum."

„Dafür kann ich doch nichts, Aaron, und das weißt du auch. Ich hatte da eine ganze Zeit lang nichts zu sagen."

Weiter kam sie nicht, denn J. A. van den Berg unterbrach sie. „Am liebsten würde ich jetzt Papperlapapp sagen, wenn es nicht so ernst wäre. Erstens", und damit wandte er sich an Rosendahl, „Sie haben dafür zu sorgen, dass der Maler wohlauf ist. Malad oder gar tot nützt er uns nichts! Ohne sein Geständnis. Gott bewahre. Zweitens", jetzt sah er Meg an, „sind Sie nun diese ruhmvolle Reporterin des Widerstandes oder doch nur eine dahergelaufene Stenotypistin? Also machen Sie gefälligst ihren Einfluss geltend."

Meg funkelte den Professor böse an, aber der war nicht aufzuhalten.

„Schreiben Sie etwas, was dem Maler gefällt. Hauptsache, es geht ihm gut und er gibt nicht den Löffel ab."

„Sie haben doch keine Ahnung –", begann Meg, aber der Professor ließ sich nicht beirren. „Doch, das habe ich."

Rosendahl stand auf und holte aus einem Aktenschrank

Whisky und drei Gläser. Er schenkte ein. „Professor, Sie sind unerträglich!", und kippte den Whisky in einem runter. Van den Berg schnupperte an seinem Glas.

Meg rührte ihr Glas nicht an.

„Ich sollte keine Fahne haben, wenn ich ab heute wieder für die *Parool* arbeite. Als Chefreporterin. Ich habe einen Plan, Herr Professor. Wenn Sie brav sind, dürfen Sie mitmachen."

Van den Berg lächelte. „So gefallen Sie mir. Zu Ihren Diensten."

Sie sah Rosendahl an, der sich wieder hingesetzt hatte. „Es geht dem Maler also schlecht. Das ist gut, denn es ist Teil des Plans. Er leidet nicht gerne. Wir können ihn erlösen. Es ist nicht die feine Art, aber es ist der Grund, warum wir bisher nichts zu seiner Entlastung gebracht haben. Er redet erst, wenn er ganz unten ist. Aber jetzt scheint er bereit zu sein. Jedenfalls hat mir das Nelly gesagt."

„Du hast sie getroffen?" Rosendahl kramte ein Päckchen Zigaretten aus seiner Hosentasche und warf es auf den Schreibtisch.

„Sie hat mich besucht, weil sie sich große Sorgen macht. Sie sagte, sie könne mir etwas zu den gefälschten Vermeers erzählen. Du hättest diese Gemälde gegenüber van Aelst erwähnt."

„Merde! Shit! Verdomme! Haben Sie tatsächlich mit van Aelst darüber gesprochen, ohne mich zu fragen? Ohne meine Anwesenheit?", entfuhr es van den Berg.

„Ja sicher, Herr Professor! Van Aelst ist mein Gefangener und ich verhöre ihn. Aber wenn es Sie beruhigt, er hat nichts gesagt. Hat nur wirres Zeug geredet und ist dann zusammengebrochen. Laut des Arztes hat er knapp überlebt." Rosendahl kippte einen weiteren Whisky.

„Das hat Nelly auch erzählt und außerdem, dass sie nicht glaubt, dass der Maler plaudern wird. Aber sie hat etwas gefunden." Meg kramte aus ihrer Tasche ein blaues Skizzenheft mit der Aufschrift: *AUFZEICHNUNGEN V. A. II.* und hielt es in die Luft.

„Eine Fortsetzung des Tagebuches seiner Kindheit, das wir schon kennen?", fragte Rosendahl. „Es hat uns damals nicht viel weitergeholfen."

„Ein Tagebuch van Aelsts? Mein Gott, was für ein Fund!" Van den Berg sprang auf, um sich das Heft zu schnappen, aber Meg zog es weg. „Nicht so schnell, Herr Professor. Wie gesagt, es hilft nicht viel."

Van den Berg setzte sich beleidigt und streckte Rosendahl sein Glas entgegen. „Das zu beurteilen, müssen Sie schon mir selbst überlassen. Ich würde es gerne studieren. Aber Sie können mir ja schon einmal eine Zusammenfassung geben. Bekennt er sich zu den Fälschungen? Beschreibt er, wie er sie geschaffen hat?"

„Im ersten Teil geht es fast nur darum, dass ihm von seinem strengen Vater das Zeichnen verboten worden war, obwohl er sehr begabt war und es über alles liebte. Wie er darunter litt und bei einem Freund, Pieter, dessen Vater Kunstmaler war, heimlich malte. Der erste Teil hat also nicht sehr viel mit seinen Fälschungen zu tun."

Hier unterbrach sie der Professor. „Wie können Sie so etwas sagen! Der ungeliebte Junge! Das verkannte Genie! Der unverstandene Künstler! Was macht er also? Er verwirklicht sich heimlich. Er lügt und betrügt. Diese frühen Verletzungen und Erfahrungen haben ihn geprägt." Van den Berg machte eine Pause, in der ihn Meg und Rosendahl erstaunt anschauten.

„Ich habe nachgeforscht, um van Aelst besser zu verstehen. Es ist auffallend, dass er, obwohl handwerklich ein perfekter Maler, es nie geschafft hat, als origineller Künstler bekannt zu werden. Man vermisste einen eigenen Stil. Er wurde verspottet. Seine Reise nach Frankreich war eine Flucht. Dort hatte er viel Zeit, um über Rache nachzudenken. So war es bestimmt. Dort reifte der Plan für die Fälschungen. Steht darüber vielleicht etwas in den Tagebüchern?"

Rosendahl sah den Professor verblüfft an. „Sind Sie jetzt auch noch Hellseher und Seelenklempner?"

Meg griff ein. „Mach dich nicht lustig, Aaron. Vieles von dem haben mir auch Pieter und Josephine erzählt. Van Aelst hat sich immer zurückgesetzt gefühlt. Ein verkanntes Genie."

„Du hast mit Josephine gesprochen? Warum weiß ich nichts davon?"

„Ich sage es dir jetzt. Vorher war es meine Privatsache", antwortete Meg schnippisch.

Rosendahl schlug auf den Schreibtisch. „Das wird Folgen haben."

Jetzt mischte sich van den Berg ein. „Die können warten. Wichtig ist, was Fräulein van Hettema herausgefunden hat. Aber jetzt sagen Sie doch endlich: Gibt er die Fälschungen in seinen Aufzeichnungen auch zu?"

Meg schüttelte den Kopf. „Nur verklausuliert. Er spricht von seinem Bemühen, die wahren alten Meister wieder auferstehen zu lassen. Er beschreibt, wie er mit Farben und Lösungsmitteln experimentiert. Wie er in London wertvolles Lapislazuli kauft, um endlich das typisch vermeersche Blau herzustellen. Dann feiert er den Verkauf eines großen Bildes, eines wahren Meisterwerks der Goldenen Zeit. Wenn man weiß, was Sie, Herr Professor uns gezeigt haben, dann sind die Hinweise eindeutig." Meg machte eine kurze Pause, „Ich habe viele Stunden mit Pieter und Josephine über ihn gesprochen. Pieter hat zugegeben, dass er und van Aelst schon vor vielen Jahren beim Restaurieren etliche Bilder ‚verbessert' haben, wie er sich ausdrückte. Aber es bringt uns alles nicht viel weiter."

Van den Berg sprang auf und rannte erregt durch Rosendahls Büro. „Nur wenn er gesteht, können wir die Herausgabe der Bilder zur Untersuchung verlangen und die Fälschungen nachweisen. Wir müssen einen Weg finden, wie wir es ihm schmackhaft machen können. Es muss sich für ihn lohnen."

„Wie soll es das? Er hat mit den falschen Vermeers Millionen verdient", wandte Meg ein. „Er wird alles zurückzahlen müssen. Das wird ihn ruinieren, denn er hat das Geld nicht mehr. Er wird seinem Bankrott bestimmt nicht zustimmen. Andererseits vermutet Josephine, dass er Geld versteckt hat. Außerdem ist sie bereit, ihn in der Keizersgracht wohnen zu lassen. Das Haus gehört bereits ihr." Meg zündete sich eine Zigarette an. „Er wird also nicht mittellos und ohne Dach über dem Kopf dastehen. Wir müssen mit ihm reden, um herauszufinden, ob er uns unter diesen Umständen die Wahrheit erzählen wird."

Rosendahl stand auf. „Dann werden wir ihn besuchen."

Nach dem Besuch von Rosendahl, der Reporterin und des Kunstprofessors lag van Aelst entspannt auf der Pritsche. Er hatte die Augen geschlossen. Es ging ihm gut. Ruhig schlug sein Herz und die Aussicht, schon bald die Zelle verlassen zu können, erfüllte ihn mit Freude. Jetzt galt es, Pläne zu schmieden, denn die nächsten Schritte waren entscheidend. Sie hatten ihn überredet.

Nicht der Kapitein und auch nicht die Reporterin hatten das geschafft. Es war der Professor, der erkannt hatte, worum es wirklich ging. Er hatte keinen Zweifel daran gelassen, dass er ihn für einen großen Meister hielt, weil er mit so vollkommenen Werken die ganz Kunstwelt täuschen konnte. Niemals, hatte der Professor gesagt, niemals wäre er ihm auf die Spur gekommen, wenn nicht die dumme Geschichte mit Görings Vermeer passiert wäre. Er habe sich bei der Begutachtung sofort an all die biblischen Vermeers erinnert, die in den vergangenen Jahren aufgetaucht waren. Die habe er noch mal studiert und die Ähnlichkeit bei den Antlitzen wäre ihm aufgefallen. Er hatte Antlitze gesagt. Nicht einfach Gesichter, Porträts. Nein, Antlitze. Dann hatte der Professor ihm ein Porträt von Josephine gezeigt und lächelnd gesagt: „Van Aelst. Sie haben Ihre Frau in Ihren neuen Vermeers so gut getroffen, dass ich sie gleich erkannt habe." Natürlich hatte er sich geschmeichelt gefühlt. Ihre neuen Vermeers und gut getroffen. Wie wunderbar. Der Professor war auf der richtigen Spur. Aber er würde ihm nichts beweisen können. Er würde weiter schweigen. Ein Geständnis, um auf Kaution nach Hause zu dürfen, zu Nelly, seinem Schnaps und Laudanum, war verlockend. Aber es würde ihn ruinieren. Der Preis war zu hoch. Der Kapitein war nicht so freundlich wie der Professor. Er hatte ihn angeschrien, er solle endlich zur Besinnung kommen. Die Reporterin drohte mit weiteren, peinlichen Enthüllungen. Das hatte ihn verletzt. Er hatte die Decke angestarrt. Dort im Putz lebten seine Figuren. Er hatte sie lieb gewonnen. Er würde weiter schweigen.

Da hatte sich der Professor zu ihm auf die Pritsche gesetzt. Hatte ihm die Hand auf den Arm gelegt und gesagt: „Lieber van Aelst. Sie sind ein begabter Maler. Aber Sie haben nie die Anerkennung bekommen, die Ihnen zusteht. Nicht von Ihrem Vater. Nicht von Ihrem besten Freund. Vor allem aber, und das hat Sie am meisten verletzt, nicht von anderen Künstlern und diesen Kunstkritikern." Diese Worte des klugen Professors hatten ihn aufhorchen lassen. Er hatte ihn angesehen, als er weitersprach. „Ich weiß, van Aelst, wie ungerecht und korrupt meine Zunft ist. Letztendlich heulen sie alle mit dem Wolf. In Ihrem Fall heißt er Bredius." Der Professor hatte kurz seinen Arm gedrückt. „Ich habe das selbst auch erlebt. Als Kollege. Als Professor. Auch ich wurde missachtet." Der Professor hatte sich zu ihm hinunter gebeugt. „Man muss sich wehren gegen dieses Pack. Man muss es ihnen zeigen und zurückzahlen. Ich kann Sie gut verstehen, van Aelst. Es ist Ihnen gelungen, und das nur, weil Sie so ein großer Künstler sind. Das Problem, lieber van Aelst, ist, dass noch immer niemand davon weiß. Dass Sie, der missachtete Maler Jan van Aelst aus Deventer, so gut sind wie der große Meister Johannes Vermeer zu Delft! Sie werden im Lager landen oder womöglich sogar am Strick enden."

Der Professor hatte ihn an seinem schwächsten Punkt getroffen. Van Aelst wunderte sich, dass er nicht wütend wurde. Sein Herz blieb ruhig. Er sah die besorgten Blicke des Kapiteins und der Reporterin. Der Professor war wieder aufgestanden und drehte ihm den Rücken zu. Er durfte jetzt nicht gehen. Er hatte Recht. Es war tatsächlich an der Zeit, dass die Welt von seiner Kunst und Größe erfahren musste. Van Aelst richtete sich auf, streckte den Arm aus. „Professor, ursprünglich wollte ich Bredius und seine Konsorten schon beim ersten Bild, *Christus und die Jünger in Emmaus,* auffliegen lassen. Nach der Eröffnung der Ausstellung wollte ich mich offenbaren und alle Beweise liefern, um die Gruppe um Bredius herum bis auf die Knochen zu blamieren. Ich wollte natürlich auch das Geld zurückgeben. Aber ich hatte es nicht mehr. Ich konnte mich nicht bekennen. Es wäre mein Bankrott gewesen. Die Kunst, einen Vermeer zu malen, ging mir so leicht von der Hand, dass ich mir sagte, sei es drum, van Aelst. Die Welt will betrogen werden. Dein Schaden soll es nicht sein. Du lachst darüber und führst ein angenehmes Leben."

Er war auf die Pritsche zurückgesunken. Er spürte sein klopfendes Herz, aber es war keine Enge. Kein Druck. Er hatte die Augen geschlossen und spürte die warme Hand des Professors auf seinem Arm.

„Jetzt ist es an der Zeit, dass die ganze Welt erfährt, dass Sie, Jan van Aelst, die schönsten Vermeers aller Zeiten geschaffen haben. Ich, der es als Erster erkannte, ich werde Sie dabei unterstützen."

Der Maler flüsterte: „Ich werde Ihnen alle Details zu jedem Bild offenbaren. Dinge, die nur ich wissen kann. Aber es wird nicht einfach sein, die anderen Experten und Sammler zu überzeugen. Sie werden versuchen, mich als Hochstapler darzustellen."

Der Professor antwortete ihm mit fester Stimme. „Wir werden es ihnen zeigen, van Aelst. Malen Sie einen neuen Vermeer. Vor den Augen der ganzen Welt."

Der Maler konnte kaum glauben, was er da gehört hatte. Das war die Chance seines Lebens. Der Professor trat an seine Pritsche.

„Van Aelst, wenn Sie mit uns zusammenarbeiten, garantiert Ihnen Kapitein Rosendahl, dass Sie aus dem Gefängnis entlassen werden. Er wird alles unternehmen, damit Sie unter Hausarrest in Ruhe arbeiten können. Sie sollen ein neues Bild malen." Der Professor machte eine Pause und sah Meg an, die van Aelst anlächelte. „Chefreporterin van Hettema wird dafür sorgen, dass jeder in den Niederlanden, in Europa, ja auf der ganzen Welt, erfahren wird, dass Sie ein Genie sind. Ebenbürtig dem Meister zu Delft."

Der Maler hatte wieder die Augen geschlossen. Er dachte an das neue Bild. „Es soll ein großes Gemälde werden. Ich denke, die Geschichte mit Jesus im Tempel unter den Schriftgelehrten eignet sich gut dafür. Ich vertraue darauf, dass ihr euer Versprechen haltet und mich bald von diesem elenden Ort erlöst. Aber jetzt muss ich schlafen." Van Aelst spürte ein warmes Gefühl in seinem Körper und bemerkte nicht mehr, wie Meg, der Professor und Rosendahl die Zelle verließen.

Als Dr. Smits und Nelly nach ihm sahen, dachten sie zunächst, er wäre gestorben. So entspannt hatten sie ihn noch nie schlafen sehen. Smits hörte ihn ab, spürte den Puls, prüfte die Pupillen und zuckte mit den Schultern. „Alles ist gut."

Als van Aelst viel später aufwachte, sah er direkt in das Dekolleté von Nelly, die ihm dann das Extrablatt der *Parool* entgegenstreckte. Die Schlagzeile lautete: ICH BIN VERMEER.

Van Aelst war zufrieden.

11. In medias res – I

„Ihr verdammten Amerikaner! Ihr hättet mir fast das Geschäft verdorben.“ Jan van Aelst zeigte auf das Ölgemälde *Christus und die Jünger in Emmaus*. Es hing neben ihm an der Wand im Dachatelier der früheren Goudstikker Galerie in der Herengracht.

Der kleine Maler, seine linke Hand steckte in der Hosentasche, während in der rechten eine filterlose Zigarette qualmte, blickte direkt in die Kamera der amerikanischen Wochenschau *United News*. Und dann zu Charles Wertenbaker. Der Starreporter des New Yorker *TIME MAGAZINE* war aus Paris angereist. Van Aelst lächelte ihn an.

„Das Bild sei ein rotten fake, kabelten 1937 zwei sehr schlaue Kunstagenten ihrem Boss Joseph Duveen nach New York. Der bedeutendste Kunsthändler der USA, vermutlich der ganzen Welt, hatte erfahren, dass der unbestechliche Abraham Bredius, der wichtigste Spezialist für niederländische Malerei des Goldenen Zeitalters, dieses Bild im angesehenen *The Burlington Magazine* bald zum schönsten Vermeer aller Zeiten erklären würde. Er handelte rasch und schickte seine besten Experten nach Paris, wo sie das Meisterwerk im Tresorraum der Crédit Lyonnais begutachteten.“ Van Aelst machte wieder eine Pause, betrachtete *Die Emmausjünger*, wandte sich dann wieder dem amerikanischen Starreporter zu. „A rotten fake! Das war hart. Aber es stimmte.“ Van Aelst lachte und zerquetschte den glühenden Zigarettenstummel in einer farbverkrusteten Untertasse. „Dennoch, geschadet hat es nicht. Ganz im Gegenteil.“

Die Journalisten, die dicht gedrängt auf unbequemen Holzstühlen saßen oder an der Wand lehnten, wurden unruhig, hielten sich aber noch zurück. Vielleicht, weil der amerikanische Starreporter Wertenbaker keinerlei Anstalten machte, eine Frage zu stellen. Vielleicht waren sie aber auch von van Aelsts Erscheinungsbild beeindruckt. Viele der Reporter hatten ihn in den vergangenen Tagen als heruntergekommenen, morphiumsüchtigen Trunkenbold und skrupellosen Nazifreund dargestellt. Vor ihnen präsentierte sich aber ein feiner, gepflegter älterer Herr im anthrazitgrauen Anzug mit Weste. Dazu trug er eine lapislazuliblaue Krawatte und ein gelbes Einstecktuch. Die typischen Farben des Meisters Vermeer zu Delft. Van Aelst blickte erneut in die Kamera der Wochenschau.

„Ich werde zunächst keine Fragen beantworten. Aber ich möchte Ihnen ein bisschen Appetit machen. Schließlich bin ich der Schöpfer dieser Werke und kenne alle Hintergründe." Van Aelst steckte sich eine Zigarette an und wies auf die Bilder hinter sich.

„*Der Christuskopf, Die Fußwaschung, Der Segen Jacob*s und Görings Lieblingsbild *Christus und die Ehebrecherin.* Sehen Sie, alles Meisterwerke. Gut acht Millionen Gulden haben sie mir eingebracht. Heute sind sie nichts mehr wert. Nur weil ich, Jan van Aelst, und nicht Johannes Vermeer diese Bilder gemalt habe. Ich bin nur ein unbedeutender Kopist. Ein Fälscher, Betrüger. Wie verwerflich." Wieder drückte er seine Zigarette in der Untertasse auf dem Arbeitstisch aus. Daneben standen zahlreiche Flaschen und Dosen mit Ölen, Lösungsmitteln und Gläser mit farbigen Pigmenten. Pinsel und Spachtel lagen herum oder steckten in fleckigen

Gefäßen. Van Aelst hob einen schweren Stößel aus einem steinernen Mörser und ließ ihn ein ums andere Mal auf seine Handfläche fallen.

„Tatsächlich hat Vermeer bis auf ein, zwei frühe Gemälde weit vor seiner wirklichen künstlerischen Reife keine biblischen Motive gemalt. Aber dann tauchten *Die Emmausjünger* auf und mit Abraham Bredius war sich die gesamte Kunstwelt einig: Endlich haben wir die biblischen Vermeers gefunden, von denen wir schon immer wussten, dass es sie geben muss." Van Aelst seufzte. „Man hat diese großen Formate nicht in eine Reihe gestellt mit den bekannten Vermeer Gemälden. Mehr noch. Man hat sie überhöht! Besser als die bekannten Werke. Besser als *Das Mädchen mit dem Perlenohrring* oder *Die kleine Straße.* Sehen Sie, ich gebe ja gerne zu, dass es nicht die feine Art ist, diesem Genie, das vor dreihundert Jahren ein so bezauberndes Gemälde wie *Das Mädchen mit dem Perlenohrring* geschaffen hat, und von dessen Werk nur etwa dreißig Bilder erhalten sind, noch eben ein paar neue Gemälde unterzuschieben und damit ein gutes Sümmchen zu verdienen." Wieder lachte der Maler und zündete sich eine neue Zigarette an. „Die feine Art ist es nicht, aber spricht es nicht für die Bilder, wenn die gesamte Kunstwelt sie für echte Vermeers hält? Außergewöhnliche Vermeers, wie man sie nie zuvor gesehen hat. Ist damit nicht auch ihr Schöpfer ein Maler von ebenbürtigem Format?"

Unter den Zuhörern machte sich jetzt deutlicher Unmut bemerkbar. „Van Aelst, du bist größenwahnsinnig geworden", tönte es aus einer Ecke. Ein anderer stopfte seinen Notizblock in die Westentasche und verabschiedete sich mit den Worten: „So einen Blödsinn muss ich mir nicht anhören. Ich dachte, wir erfahren hier etwas über die angeblichen Fälschungen und warum der Nazifreund nicht schon längst im Lager gelandet ist."

„So ist es!", pflichtete ihm ein Reporter der *Waarheid* bei und rief zu van Aelst: „Hör auf zu schwafeln. Sag uns lieber, ob deine Widmung an Adolf Hitler in dem *Teekeningenbuch* auch eines deiner Meisterwerke ist." Jetzt lachten viele der Kollegen.

Der Reporter der *Waarheid* war aufgestanden. „Mehr als deine Fälschergeschichten interessiert uns nämlich, ob du nicht doch ein mieser Kollaborateur gewesen bist. Ein Bewunderer Hitlers dazu, der mit dem Führer zusammen Göring einen gefälschten Vermeer untergejubelt hat. Dann gehörst du nämlich endlich ins Lager und nicht in dieses Luxusatelier. Hausarrest für einen Verräter. Wo kommen wir denn da hin?"

Meg stand etwas abseits von ihren Kollegen neben der Tür und schüttelte den Kopf. Am 17. Juli war ihr Artikel ICH BIN VERMEER – *Wie der Göringbetrüger Jan van Aelst zahlreiche ‚neue Vermeers' gemalt hat* erschienen. Seitdem hatten die anderen Zeitungen ein Problem. Gegen Megs exklusive Informationen über van Aelst hatten sie keine Chance. *De Waarheid* hatte versucht, mit der Schlagzeile *Jan van Aelst – Betrüger und Nazi* zu kontern und die abenteuerliche Verschwörungsgeschichte ihres früheren Kollegen Hendricus Thomasius ausgebaut. Er war zur *Waarheid* gewechselt und behauptete weiterhin, dass Hitler mit van Aelst einen Pakt gegen Göring geschlossen habe. Die Geschichte war gut durchdacht, das musste Meg zugeben. Beweise konnte Thomasius natürlich nicht vorlegen. Er berief sich auf Zeugen, unter anderem ehemalige Nazis, die mittlerweile untergetaucht waren oder aus guten Gründen anonym bleiben wollten. Diese Story fand durchaus Anhänger, aber die meisten Leser wollten lieber mehr über den Fälscher van Aelst erfahren. Sie waren fasziniert von seinem abenteuerlichen Leben. Meg hatte ausführlich von seinen ausschweifenden Partys berichtet und nicht verschwiegen, dass sie selbst daran teilgenommen hatte. Sie habe ihn als Kollaborateur und Naziprofiteur entlarven wollen und sich dann dagegen entschieden, als sie erlebt habe, wie der verrückte Maler nicht nur gefeiert, sondern mit großzügigen Geschenken auch die Familien der Partygäste durchfüttert habe. Dazu hätten auch anständige junge Frauen aus dem einfachen Volk gehört. Schicksale, wie sie die Not des Krieges hervorgebracht hatte. Für viele Leser war der Maler und Fälscher jetzt mehr denn je ein Schelm und kein Schurke. Eine moderne Mischung aus Till Eulenspiegel und Robin Hood. Einer, der es gewagt hatte, sich nicht nur mit den Nazis, sondern auch deren niederländischen Schergen anzulegen. Er hatte der Oberschicht den Spiegel vorgehalten und mit seinem Reichtum den Armen geholfen. Van Aelsts Verstrickungen mit den Nazis, die zuvor für Empörung gesorgt hatten, verblassten zunehmend.

Meg sah zu Rosendahl, der zusammen mit einer Stenotypistin und einem Sergeant am Rand des Raumes an einem langen Tisch saß. Er beobachtete van Aelst und die Journalisten. Er ließ sie gewähren, aber Meg vermutete, dass ihm die Situation nicht geheuer war. Er hatte offiziell zu dieser öffentlichen Vernehmung eingeladen, aber lieber hätte er ohne Öffentlichkeit zusammen mit den Experten den Maler befragt und deren Urteil abgewartet. Aber seit sie in *Het Parool* diese sensationelle Fälscher Story gebracht hatte, meldeten sich Nachrichtenagenturen und Zeitungen aus der ganzen Welt. Das *TIME MAGAZINE* aus New York und die *TIMES* aus London schickten ihre Reporter ebenso wie *LE FIGARO* aus Paris und viele große Wochenschauen. Aber es gab auch taktische Gründe, dass der Fall van Aelst öffentlich untersucht werden musste.

Der Maler war bereit, alles offenzulegen, obwohl ihm bewusst war, dass er wegen Betruges im Gefängnis landen und sein ganzes Vermögen verlieren würde. Er wollte der gesamten Welt zeigen, dass er ein großer Künstler war.

Rosendahl erhob sich. „Ich habe Sie zu dieser außergewöhnlichen öffentlichen Vernehmung eingeladen, damit der mutmaßliche Bilderfälscher Jan van Aelst berichten kann, auf welche Weise er die Gemälde erschaffen hat und wie er sie erfolgreich auf dem Kunstmarkt verkaufen konnte. Informationen aus erster Hand, nicht nur für uns, die Ermittler, sondern auch für die Öffentlichkeit. Vorwürfe anderer Art gegen van Aelst werden hier nicht verhandelt." Rosendahl machte eine Pause und sah den Reporter von *De Waarheid* an. „Es geht hier um viel mehr als eine unbewiesene Widmung an Adolf Hitler. Es geht um den größten Skandal der Kunstgeschichte. Und zwar weltweit. Es geht darum, wie das Geschäft genau abgelaufen ist. Das herauszufinden, ist meine Aufgabe als Kapitein der Militärverwaltung. Wir haben das Glück, dass van Aelst geständig ist und bei der Aufklärung mit uns zusammenarbeiten will. Wenn diese Ermittlungen abgeschlossen sind, wird ein Gericht über ihn urteilen. Damit ist diese erste Pressekonferenz beendet, da ein wichtiger Teilnehmer, der Vorsitzende der Expertenkommission, Professor J. A. van den

Berg, leider noch nicht eingetroffen ist. Er wird zukünftig die öffentlichen Untersuchungen, zu denen Sie eingeladen sind, leiten und darauf achten, dass van Aelsts Aussagen eng an den Tatsachen orientiert sind. Außerdem wird er Ihnen die Untersuchungsergebnisse weiterer Experten erläutern können. Ich bedanke mich für Ihre Aufmerksamkeit."

„Das können Sie nicht machen. Wir haben ja noch gar nichts erfahren", rief ein Reporter. Viele pflichteten ihm bei und einer schrie: „Und die van Hettema, die weiß ja eh schon alles, weil sie bei Ihnen auf dem – na sagen wir mal – zumindest im Vorzimmer sitzt." Der Zwischenruf führte zu großem Gelächter und der Kollege ergänzte: „Was sie uns vorenthalten, dürfen wir dann morgen in der *Parool* lesen."

„Du bist ein verdammter Idiot und einfach nur neidisch, weil ich die Story ausgegraben habe, während ihr vor van Aelsts Haus auf der Lauer lagt, um ihn wegen des Skandals mit der Hitlerwidmung ans Kreuz zu nageln." Meg war den Neid gewohnt, aber das ging ihr nun doch zu weit.

„Verehrte Kollegin, ich verstehe Ihren Zorn, aber ich denke auch, Ihr Vorredner hat recht. Ein bisschen mehr würde ich doch auch gerne erfahren. Schließlich bin ich extra aus Paris hierhergekommen." Schlagartig wurde es still in dem großen Raum unter dem Dach des Grachtenhauses. Charles Wertenbaker vom *TIME MAGAZINE* hatte eine sonore, kräftige Stimme mit starkem amerikanischen Akzent. Wegen seiner holländischen Vorfahren beherrschte er die Sprache einigermaßen. Er war aufgestanden. Groß und schlank, mit markanten Gesichtszügen, schwarzem Haar und einem gepflegten Oberlippenbart. Der Reporter hatte im September 1944 die sensationelle Reportage *Paris is Free! Merci! Merci!*

Merci! geschrieben und alle hatten Achtung vor ihm. „Mich würde zum Beispiel interessieren, warum ausgerechnet die beiden amerikanischen Kunstagenten mit nur einem Blick das rotten fake erkannten, während sämtliche niederländische Experten dem Fälscher auf den Leim gegangen sind."

Die Reporter zückten ihre Stifte und Notizblöcke und starrten zu van Aelst. Der lächelte und sagte nichts. Aber vom Eingang des Raumes erklang eine leicht hysterische Stimme.

„Weil sie dachten, einen unverstellten Blick zu haben. Offensichtlich waren sie fest davon überzeugt, jederzeit zu erkennen, ob ein Bild gut oder schlecht ist. Auf den ersten Blick. Ohne nachzudenken. So denken sie noch immer."

Alle starrten zur Tür. Der Kunstexperte Professor van den Berg stand dort mit ausgebreiteten Armen und einem breiten Lächeln hinter seiner Hornbrille. Wie van Aelst hatte auch er sich für lapislazuliblaue und vermeergelbe Kleidung entschieden – das blaue Hemd mit offenem Kragen unter einem gelben Pullunder. Darunter die obligatorische Manchesterhose und, Meg konnte es kaum glauben, Schuhe in braunem Leder mit knallgelbem Budapester Lochmuster. Er lief nickend an Rosendahl vorbei, murmelte ein *Sorry that I'm late* und stellte sich neben van Aelst. Er musterte die Journalisten.

„Wenn Sie möchten, können wir gerne auf Englisch weitermachen." Er hatte es natürlich als „inglisch" ausgesprochen und dabei Wertenbaker angesehen. Doch der winkte ab und setzte sich. Van den Berg sah auf den kleineren van Aelst herunter, berührte ihn an der Schulter und lächelte.

„Nehmen Sie es nicht allzu persönlich, Meister. Ihr Verdienst der Täuschung ist unbestritten, aber ich habe mit den beiden Kunstagenten in New York korrespondiert und sie teilten mir mit", er kramte einen Brief aus seiner Hosentasche, faltete ihn auseinander und begann, laut vorzulesen. *„In dem Moment, in dem wir das Bild erblickten, wussten wir, dass es eine Fälschung war. Es sah aus, wie ein Stück schlecht bemaltes Linoleum."* Van den Berg machte eine Pause, stopfte den Brief wieder in die Hosentasche, tätschelte erneut van Aelst den Oberarm und lachte. „Entschuldigen Sie, dass ich mich so amüsiere. Aber *‚schlecht bemaltes Linoleum'*, nein wie treffend. Es könnte glatt von mir sein. Ich denke, da haben wir doch schon eine prima Schlagzeile für morgen." Kameras klickten, die Reporter lachten und schrieben.

Van Aelst hatte sich abgewandt, stand mit dem Rücken zu den Journalisten und begann in einem der Gefäße mit einer blassen, grünlichen Flüssigkeit zu rühren.

„Nie wieder fahre ich mit diesem gelackten Affen stundenlang durch die Gegend!" Sergeant O'Connor schleppte ein großformatiges Gemälde durchs Treppenhaus der Goudstikker Galerie. Meg kam hinterher. „Du meinst Lackaffe."

Bill stellte das Bild im Dachatelier ab und drehte es um. Es zeigte Josephine im blauen Kleid mit einer Taube auf der Hand. Er hatte es unter van den Bergs Anweisungen aus van Aelsts Haus geholt. „Dann eben ‚Lacked-Affe'. Jedenfalls niemals wieder in meinem Wagen. Weißt du, was der gesagt hat, während ich mit diesem schweren Transporter über eure niedlichen Dorfstraßen gekurvt bin und er seinen Picknickkoffer mit kariertem Innenleben auf seinen Knien balancierte? Ich solle doch bitte mehr auf die Schlaglöcher achten, wenn er schon seinen *ten o'clock Tea* beim Fahren einnehmen müsse, um keine Zeit zu verlieren. Und als ich dann einem Schlagloch ausgewichen bin, hat er mir die Brühe über die Hose geschüttet!" Bill strich sich eine Haarsträhne aus dem Gesicht.

Meg streckte sich, verschränkte ihre Hände hinter Bills Nacken und küsste ihn flüchtig.

Bill nickte in Richtung Treppenhaus. „Da kommt ja der zweite Verrückte in diesem Laden. Wo wollen Sie das Bild Ihrer Frau, oder Ex-Frau denn haben, verehrter Meister?"

Van Aelst lächelte. „Hier bitte, neben dem Fenster, sodass ich es von der Staffelei aus gut sehen kann. Und bitte Bill, Sie dürfen mich verrückt nennen, aber nicht in einem Atemzug mit diesem aufgeblasenen Professor. Ich bin entsetzt über ihn. Er nannte meine Bilder, *‚schlecht bemaltes Linoleum'*. Ich habe ihm vertraut. Jetzt verrät er mich in aller Öffentlichkeit. Aber es ist mir egal. Ich werde der Welt zeigen, dass ich ein Meister bin. Jetzt könnte ich einen Schnaps gebrauchen."

Meg hatte für solche Fälle einen Flachmann dabei. Man konnte nie wissen, wann man den Maler bei Laune halten musste. Sie schraubte die Flasche auf und reichte sie van Aelst, der einen großen Schluck nahm.

„Morgen schon wird der Professor Augen machen. Haben Sie auch die andere große Leinwand mitgebracht? Die mit dem alten Bild? Und die ganzen Kisten mit den Farben und anderen Utensilien?"

Bill nickte. „Wie Sie es gewünscht haben. Ich war froh, dass ich den ‚Lackierten Affen' endlich absetzen konnte und noch etwas zu tun hatte."

Meg beobachtete van Aelst, wie er erneut an dem Flachmann nippte. Er machte einen zufriedenen Eindruck. Noch vor ein paar Minuten hatte es so ausgesehen, als ob er van den Berg eine Flasche mit Lösungsmitteln an den Kopf werfen wollte.

Aber er hatte nach dessen Attacke einfach nur weiter in dem Glas mit der blassen Flüssigkeit gerührt. Dann hatte er ein anderes, dieses gefüllt mit einer öligen hellgelben Flüssigkeit, vom Arbeitstisch genommen, es etwas geschwenkt und daran gerochen. Mit beiden Gefäßen in den Händen war er langsam auf den Kunstprofessor zugegangen. Es sah bedrohlich aus und die Fotografen brachten ihre Magnesiumblitzgeräte in Position. Alle hofften auf ein Spektakel. Van Aelst blieb auf Armeslänge vor van den Berg stehen. Dann streckte er ihm die hellgelbe Flüssigkeit entgegen und forderte ihn auf, daran zu riechen. Der Professor zögerte.

„Nun kommen Sie schon, das Zeug ist ungiftig. Wenn Sie als promovierter Kunsthistoriker schon mal ein Maleratelier besucht haben, dann werden Sie auch erkennen, was es ist." Van den Berg schnüffelte vorsichtig an dem Gefäß, wedelte ein bisschen mit der Hand. Die Blitzgeräte zischten.

„Es ist Leinöl! Einfaches Leinöl."

Van Aelst lächelte. „Richtig. Leinöl. Ein wichtiger Bestandteil zum Anreiben von Ölfarben, wie Sie wissen. Heute wie damals. Nicht schwer zu erkennen. Diese Farben trocknen sehr langsam und die Ölbilder riechen oft noch Jahre nach dem Leinöl. Bestimmt wissen Sie auch, dass Leinöl der wichtigste Grundstoff von Linoleum ist. Daher der Name. Aus dem lateinischen *Linum* für Lein und *Oleum* für Öl. Deshalb liegen Sie und die beiden Amerikaner, deren Urteil Sie so amüsant finden, mit dem bemalten Linoleum gar nicht so schlecht. Im Prinzip. Nur nicht bei meinen Bildern." Dann hielt er van den Berg das Gefäß mit der blassen Flüssigkeit unter die Nase. „Das hier müssten Sie auch erkennen. Es spielt in der Kunst keine so große Rolle wie das Leinöl. Aber bei Frauen."

Der Professor schnupperte. „Sehr fein, sehr fein. Nicht nur Damen benutzen es. In meiner Kommode mit der Leibwäsche sorgen ein paar Säckchen mit Veilchen- und Lavendelblüten aus der Provence für frischem Duft. Warum ist es so hell?"

„Weil es ein Öl aus dem Destillat männlicher Blüten ist. Sie bekommen es auch konzentriert, dann ist es grünlich, aber das eignet sich weniger zum Malen." Van Aelst stellte die beiden Gefäße wieder auf den Arbeitstisch zurück. „Im Unterschied zum Leinöl nimmt man Lavendelöl oder auch Veilchenöl nicht zur Farbenherstellung, sie wären zu dünn. Aber man kann damit die schweren, dicken Farben, geschmeidiger verarbeiten, indem man den Pinsel immer wieder in das Blütenöl tunkt. Die Meister des Goldenen Zeitalters wie Vermeer, Hals, Steen, de Hooch, Rembrandt, sie alle wussten das, auch wenn sie hauptsächlich mit Leinöl gearbeitet haben. Aber ich musste darauf verzichten, schließlich hatten meine Bilder keine Zeit, um über die Jahrhunderte zu altern."

Viele Reporter brummten zustimmend. „Endlich van Aelst, mach weiter so. Was hast du mit dem wohlduftenden Lavendelöl denn sonst noch angestellt? Mochte Hitler auch Lavendel?" Wieder lachten einige der Reporter.

Van Aelst ließ sich nicht provozieren und zündete sich eine Zigarette an. „Das werdet ihr alles in den kommenden Tagen erfahren. Ich freue mich darauf, denn ich werde euch davon überzeugen, dass ich keine geringeren Bilder als die alten Meister gemalt habe. Dafür musste ich ein paar moderne Techniken entwickeln, und darüber werde ich euch aufklären. Aber für heute ist das genug. Danke für eure Aufmerksamkeit. Ich habe noch allerhand vorzubereiten."

Van den Berg machte einen beleidigten Eindruck und verließ mit den Journalisten das Atelier.

Van Aelst hatte den Flachmann geleert. Er reichte ihn Meg zurück. „Sehr gut. Vielen Dank. Da kommt ja auch schon wieder Ihr braver Soldat."

Bill trug ein großes Bild herein. Es zeigte eine fröhliche Gesellschaft, eine Bauernhochzeit. Ein klassisches Motiv aus dem Goldenen Zeitalter. Er stellte es auf die Staffelei.

„Ein unbekannter Meister. Hat mich eine Stange Geld gekostet. Die Kunstgalerie Douwes Brothers hat nicht schlecht an mir verdient und sich gewundert, als ich bei ihnen zahlreiche alte Bilder gekauft habe. Aber es gab für meinen Plan keine andere Möglichkeit. Manche, zum Beispiel das Bild, das mir als Grundlage für *Das Abendmahl* diente, eine Jagdszene von Abraham Hondius, Zeitgenosse Vermeers, waren fast selbst schon ein Meisterwerk, und es tat mir in der Seele weh, es zu zerstören. Aber es gab keinen anderen Weg."

Van Aelst nahm einen scharfen Spachtel und einen Bimsstein aus einer der Kisten, die der Sergeant ebenfalls gebracht hatte. Dann legte er das Bild auf einen großen Holztisch.

VAN AELST MALT UM SEIN LEBEN war die Schlagzeile von *Het Parool*, als die Journalisten zur nächsten öffentlichen Vernehmung, die mehr einer Pressekonferenz glich, in die Goudstikker Galerie strömten. Die Meldung dazu war kurz. Der Maler und mutmaßliche Vermeer-Fälscher van Aelst werde ein neues Bild im Stile Vermeers malen, um zu beweisen, dass er dazu in der Lage war. Die Expertenkommission um Prof. Johannes Antonius van den Berg und der Chef der Ermittlungen gegen van Aelst, Kapitein Rosendahl, hätten heute die

Presse in die Goudstikker Galerie eingeladen. Chefreporterin Margriet van Hettema werde darüber schon am Nachmittag in einem Extrablatt berichten.

„Na, wo hast du denn das wieder her?" Hendricus Thomasius hatte Meg auf der Straße abgefangen. Sofort blieben auch andere Kollegen stehen und kreisten sie ein. Die meisten beschäftigten sich noch immer mit dem schlecht bemalten Linoleum.

Meg tippte sich an den Kopf. „Ganz einfach. Grips! Schon mal gehört? Ich habe ein bisschen nachgedacht. Das ist ja nicht unbedingt deine Stärke. Dabei ist mir etwas klar geworden: Wenn van Aelst nicht beweisen kann, dass er wirklich selbst die Fälschungen gemalt hat, dann kann er schlecht als Kronzeuge im größten Fälschungsskandal des Jahrhunderts auftreten."

„Und warum soll er deshalb malen?"

„Denk mal nach. Wie kann ein Maler am besten sein Talent beweisen?"

Die umstehenden Reporter lachten, denn niemand mochte Thomasius, den sie auch gerne ‚den Terrier' nannten. Meg hingegen bewunderten viele, trotz des Neides.

„Ach, und das ist dir zufällig gerade gestern für die heutige Ausgabe eingefallen?" Thomasius ließ nicht locker.

„Nein, du Trottel. Das ist mir schon lange klar gewesen. Ich habe nur auf den richtigen Moment gewartet."

Kapitein Rosendahl saß im Büro und nippte an seinem Tee. Gleich würde er den Maler in seinem Zimmer abholen.

Der hatte sich in den wenigen Tagen, seit er hier unter Hausarrest lebte, bestens erholt.

Rosendahl ahnte, dass er kurz davor war, den größten Kunstskandal des Jahrhunderts aufzudecken. Dafür brauchte er den Maler. Als Täter und Kronzeugen. Ein neuer gefälschter Vermeer in der Tradition der *Christus und die Jünger in Emmaus,* des *Abendmahls* oder *Christus und der Ehebrecherin.* Van Aelst musste beweisen, dass er wirklich diese Bilder gemalt hatte.

Die Umsetzung des Planes war dennoch riskant. Er hatte der Staatsanwaltschaft und dem Justizminister erklärt, dass es sinnvoll sei, van Aelst an einem Ort unterzubringen, wo er mit der Expertenkommission aus Restauratoren und Kunsthistorikern eng zusammenarbeiten konnte. Wo diese seine Aussagen zu den Fälschungen sofort überprüfen konnten. In der früheren Goudstikker Galerie sei genügend Platz für die ganze Untersuchung.

Van Aelst, im anthrazitgrauen Sommeranzug, legte sein Jackett ab. Die lapislazuliblaue Krawatte und eine gelbe Weste behielt er an. Darüber zog er einen derben Arbeitskittel aus dunkelblauem Leinen. Die Wochenschaukameras surrten, die Fotoapparate klackten.

„Wir machen uns heute die Hände schmutzig. Also, ich jedenfalls." Der Maler nahm ein knapp zwanzig Zentimeter langes Stück Holz in die Hand. „Das ist ein Teil eines Bilderrahmens, der etwa dreihundert Jahre alt ist. Wenn ihr es genau betrachtet, werdet ihr sehen, dass es aus einem größeren Stück herausgesägt wurde und an dem einen Ende der Schnitt mitten durch ein Astloch geht. Das wird später noch eine Rolle spielen."

Van Aelst ging zu einer Staffelei mit einem verhüllten Bild. Mit einem Ruck entfernte er das Tuch. Das große Bild zeigte eine Bauernhochzeit. In der linken oberen Ecke war in der Größe von etwa zwei Handtellern die Farbe abgekratzt. Van Aelst entfernte den Rahmen, der nur auf den Keilrahmen aufgesteckt war. Dann zog er mit einer Kneifzange ein paar rostige Nägel aus dem Rahmen und verwahrte sie sorgfältig in einem Glas. Vorsichtig legte er die Leinwand auf einen Tisch.

„Stellt euch vor, ihr wollt ein Bild malen, das problemlos für ein 300 Jahre altes Gemälde gehalten werden kann. Bevor ihr überhaupt über das Anreiben der Farben nachdenken könnt, braucht ihr ein Bild, dass tatsächlich schon so alt ist. So wie diese Bauernhochzeit. Wenn es allerdings ein echter Jan Steen, Frans Hals oder gar Vermeer ist, solltet ihr von dem Plan absehen. Es lohnt sich nicht." Gelächter erfüllte den Saal. Van Aelst wartete, bis sich die Reporter beruhigt hatten.

„Es sei denn, ihr malt einen neuen Vermeer. Das lohnt sich dann doch." Jetzt grölten die Journalisten. Einige riefen: „Guter Tipp. Mach weiter so, van Aelst."

Der Fälscher kratzte sich am Kopf. „Spaß beiseite. Zum Glück hatten wir Niederländer im Goldenen Zeitalter viele Maler, die nie berühmt wurden. Ihre Bilder hängen in Wohnzimmern, liegen auf Dachböden oder werden auf Flohmärkten und in Galerien verhökert." Van Aelst ging zu dem Tisch mit den Holzrahmen. „Ihr braucht so ein Bild aus mehreren Gründen. Zunächst der Keilrahmen. Er muss original sein. Ein neuer, selbst wenn ihr ihn noch so sehr auf alt bearbeitet, fliegt schnell auf. Außerdem braucht ihr die Originalnägel. Die waren damals weicher, hatten eine andere Form und sind verrostet. Auch hier erkennt man schnell, ob es alte oder nachgemachte Nägel sind. Der Originalkeilrahmen ist auch deshalb wichtig, weil man an der Leinwand sehen kann, ob sie neu aufgespannt wurde. Auch ich muss das Bild, um es bearbeiten und übermalen zu können, ab und zu wieder aufspannen."

Van Aelst hob das alte Bild in die Höhe. „Entscheidend ist außerdem die Leinwand. Das Tuch muss so alt sein, dass man das Gefühl hat, nur die Grundierung und Farbe halten es noch zusammen. Davon müsst ihr dann die Farbe abkratzen, so wie ich es hier oben schon gemacht habe. Das zerstörte Gemälde hinterlässt auf der grundierten Leinwand Spuren. Viele kleine Risse und Sprünge, die sich bei jahrhundertelangem Trocknen der Farbe gebildet haben. Das berühmte Craquelé. So kompliziert und engmaschig wie ein Spinnennetz und ebenso unmöglich nachzuahmen. Das ist ein eindeutiges Merkmal für ein altes Bild. Jedenfalls dachten das alle bis heute. Aber ich habe einen Weg gefunden, mit dem alten Craquelé und neuer Farbe zu arbeiten. Das werdet ihr alles noch erleben, wenn ich den biblischen Vermeer *Jesus unter den Schriftgelehrten* male." Van Aelst legte die Leinwand zurück auf den Tisch und griff nach einem schmalen Spachtel. Damit malträtierte er die Bauernhochzeit. Er kratzte an der harten Ölfarbe, die in kleinen Stücken puzzleartig abplatzte.

Van den Berg kratzte sich am Kinn und räusperte sich. Der Professor strich sich kurz durch die Haare, ging zum Arbeitstisch, auf dem van Aelst ein Rahmenstück abgelegt hatte, und nahm es wie einen Prügel in die Hand. Dann stellte er sich breitbeinig vor die Presse und sah zu Rosendahl. „Kapitein, Sie erlauben?"

Rosendahl nickte und sagte: „Ich habe auch Ihren Zeugen vorgeladen. Ist der Restaurator Luitwieler vom Museum Boijmans schon da?"

Neben der Eingangstür hob ein Mann die Hand und ging dann auf Rosendahl zu. Er begrüßte ihn und anschließend den Professor. „Meine Herren, wie kann ich Ihnen helfen?" Der Restaurator war kräftig. Er hatte einen Stiernacken, ein fleischiges, leicht gerötetes Gesicht unter breiten Geheimratsecken und große Hände.

Van den Berg ging zu dem Gemälde *Die Emmausjünger* und zeigte darauf. „Dieses Bild ist vermutlich der erste gefälschte Vermeer des Kunstmalers van Aelst. Erkennen Sie es?"

Luitwieler räusperte sich. „Natürlich. Jede Neuerwerbung des Museum Boijmans landet erst mal in meiner Werkstatt. Insbesondere alte Bilder, weil sie meist beschädigt sind."

„Und wie war das bei den *Emmausjüngern*?"

„Es war für sein Alter in einem sehr guten Zustand. Es gab nur einen kleinen Riss an der rechten Hand der Jesusfigur. Er ist irgendwann oberflächlich ausgebessert worden."

„Äußerst guter Zustand, hat Sie das nicht skeptisch gemacht?"

Luitwieler überlegte nicht lange. „Nein. Wenn so ein Gemälde immer gut behandelt wurde und noch auf dem alten Rahmen sitzt, ist das nicht ungewöhnlich."

Van den Berg nickte. „Wie sind Sie vorgegangen? Ich nehme an, Sie haben den Riss repariert?"

„Natürlich. Aber zunächst habe ich die alte Firniss gesäubert und mir dann das Craquelé angeschaut. Es entsteht zwangsläufig beim Altern der Bilder und sagt einiges aus."

„Was sagt es aus?"

„Nun, bei richtig alten Craquelés, also bei Bildern aus Vermeers Zeit, da sind die Risse scharfkantig und tief. Sehr stark vergrößert, unter einer Lupe, sieht es aus wie ein ausgetrocknetes Flussbett. Zum Vergleich, die Kanten des Craquelés in Bildern aus dem 19. Jahrhundert sind runder und feiner. Hier erinnert die Oberfläche eher an Krokodilhaut."

„Und wie war es bei den *Emmausjüngern*?" Der Professor war nah an Luitwieler herangetreten.

„Absolut scharfkantig und tief, wie es zu erwarten war."

Jetzt war von van Aelst, der noch immer kräftig mit seinem Spachtel die alte Leinwand malträtierte, ein kurzes Lachen zu hören.

„Hoi Meister, warum lachst du, was hast du dazu zu sagen?", meldete sich sofort ein Reporter.

Der Fälscher schüttelte den Kopf. „Alles zu seiner Zeit."

Van den Berg ging wieder zu dem Gemälde, wippte auf den Fußballen und wandte sich Luitwieler zu. „Was haben Sie noch mit dem Bild gemacht?"

„Die üblichen Restaurierungsarbeiten. Zunächst habe ich den Riss repariert. Dafür löste ich das Bild vom Keilrahmen und bemerkte, dass es vermutlich noch der Originalrahmen mit Nägeln aus dem 17. Jahrhundert war. Das hat mich in der Annahme bestärkt, dass dieses Bild immer sehr gepflegt wurde und vermutlich nie den Besitzer gewechselt hat. Denn bei Verkäufen werden die Bilder oft ab- und auf neue Rahmen wieder aufgespannt. Das war eigentlich alles, was ich gemacht habe."

Van den Berg rieb sich das Kinn. „Lieber Herr Luitwieler, Sie haben viel Erfahrung. Ist Ihnen bei der ganzen Arbeit nicht einmal der Gedanke gekommen, dass es sich bei dem Bild vielleicht um eine Fälschung handeln könnte?"

Luitwieler schüttelte den Kopf. „Sehen Sie, der Gedanke kommt einem natürlich immer, wenn plötzlich so ein alter

Meister auftaucht. Aber in diesem Falle war das Bild schon eine Weile auf dem Markt, und es ist viel darüber geschrieben worden. Es wurde hochgelobt und war bestens beleumundet. Meine Aufgabe ist es dann, je nach Zustand des Bildes, es möglichst originalgetreu zu restaurieren. Aber da war nicht viel zu machen und die üblichen Untersuchungen und Tests wurden von meinem Direktor Dirk Hannema nicht angeordnet."

Van den Berg, der die ganze Zeit das Bild betrachtet hatte, drehte sich rasch um. „Was sind das für Untersuchungen?"

„Nichts Kompliziertes. Deshalb machen wir sie eigentlich bei jedem alten Bild. Das beginnt beim einfachen Alkoholtest, um herauszufinden ob die Farbe wirklich durchgetrocknet ist. Dann kann man die chemische Zusammensetzung der Farbe untersuchen, und natürlich kann man so ein Bild auch röntgen. Das machen aber alles Spezialisten. Ich betreue es nur. Aber Direktor Hannema hat dafür nie einen Auftrag gegeben."

„Das hat Sie nicht gewundert?"

Luitwieler zögerte. „Nein. Mein Direktor ist ein großer Kunstkenner. Er hat einige Rembrandts und Vermeers entdeckt. Hier." Luitwieler zog aus seiner Anzuginnentasche einen Umschlag und kramte eine Fotografie hervor. „Das habe ich heute extra noch in den Unterlagen herausgesucht. Mit dem Bild kam dieses Foto des Gemäldes. Auf der Rückseite steht ein Echtheitszertifikat. Handschriftlich verfasst von Dr. Abraham Bredius, und der ist nun wirklich ein ausgesprochener Vermeer-Spezialist. Wieso sollte ich da noch irgendwelche Zweifel haben?"

Rosendahl war aufgestanden. „Zeigen Sie mal her."

Luitwieler gab Rosendahl das Dokument.

Rosendahl überflog den Text auf der Rückseite. „Das dürfte Sie hier alle interessieren." Er begann vorzulesen:

„Dieses herrliche Werk von Vermeer, dem Vermeer van Delft, ist – dem Himmel sei Dank! – aus der Dunkelheit aufgetaucht, in der es jahrelang verborgen war, unberührt, so wie es das Atelier des Malers verlassen hat. Sein Sujet ist nahezu einzigartig in Vermeers Oeuvre. Es strahlt eine emotionale Tiefe aus, die keinem anderen seiner Werke eigen ist. Als mir dieses Meisterwerk gezeigt wurde, hatte ich Mühe, meine Gefühle zu beherrschen, und so wird es vielen ergehen, die das Privileg haben, dieses Gemälde zu betrachten. Komposition, Ausdruck, Farbe – alles verbindet sich hier zu kunstvollster Einheit, zu bezaubernder Schönheit.

Unterschrieben mit Dr. Abraham Bredius." Rosendahl übergab das Foto seinem Sergeant am Protokolltisch. „Nehmen Sie das zu den Beweismitteln."

Ein lauter werdendes Klatschen unterbrach das Tuscheln zwischen den Journalisten. Es war der Reporter des *TIME MAGAZINE*. „Darf ich?"

Rosendahl nickte.

„Meister van Aelst, Ihnen gebührt Beifall und Respekt, wenn Sie dieses Gemälde wirklich geschaffen haben und damit den größten Vermeer-Experten der Welt zu solch einer Hymne veranlasst haben."

Van Aelst legte den Spachtel zu Seite, erhob sich etwas und verneigte sich. „Nicht der Rede wert. Man tut, was man kann."

Wertenbaker fuhr fort. „Ich frage mich nur zwei Dinge völlig gegensätzlicher Natur. Erstens: Wie kann ein Experte wie Bredius derart irren? Zweitens: Warum waren die beiden amerikanischen Kunstagenten schon nach kurzer Betrachtung und ohne Untersuchungen sofort davon überzeugt, dass dieses Bild ein rotten fake ist?"

Ein Reporter mit flämischem Akzent unterbrach den prominenten Kollegen. „Das hat der Professor doch schon gesagt. Die beiden waren unvoreingenommen und haben sofort erkannt, dass das Bild schlecht gemalt ist und wenn es schlecht gemalt ist, kann es nicht von Vermeer sein."

Wertenbaker nickte. „Ich weiß das. Das ist sehr amerikanisch. Sehr direkt. Aber dieser Bredius sieht in dem Gemälde eine, wenn ich es richtig notiert habe", er blickte auf seinen Notizblock, „‚Verbindung kunstvollster Einheit und bezaubernder Schönheit.' Das ist das Gegenteil von schlecht gemalt. Sie sehen das natürlich anders, Sie sind aber auch ein Kritiker von Abraham Bredius. Aber vielleicht ist das Bild doch echt und der Maler van Aelst gar kein Fälscher, sondern nur ein Betrüger, der versucht seinen Kopf zu retten."

„Jawohl, genauso ist es!", ereiferte sich der Reporter der *Waarheid*. Thomasius zeigte auf Rosendahl. „Ihr versucht ihn zu schützen! Du und die van Hettema von der *Parool* und der karrieregeile Professor!"

„Halt den Mund, Thomasius, sonst lass ich dich rauswerfen!" Rosendahl ging auf den Reporter zu. „Und jeden weiteren Störenfried dazu."

Wertenbaker stellte sich dem Kapitein entgegen. „Das wird nicht nötig sein. Wir haben das Recht auf die Wahrheit. Ich bin sicher, die werden Sie uns nicht vorenthalten."

„Natürlich, aber es wird noch etwas dauern, bis alle chemischen, physikalischen und technischen Untersuchungen des Bildes abgeschlossen sind. Die Experten arbeiten daran."

Der *TIME MAGAZINE* Reporter nickte und wandte sich an den Restaurator Luitwieler. „Wenn man so lange in Ihrem Beruf arbeitet und so viele Bilder gesehen hat, dann hat man vermutlich doch einen ersten Eindruck, noch bevor man mit der Arbeit beginnt. Wie war der bei *Christus und die Jünger in Emmaus*?"

Luitwieler zögerte. „Wenn ich ehrlich bin ... als das Bild auf der Staffelei stand, dachte ich mir: Das soll der schönste Vermeer aller Zeiten sein? Als Direktor Hannema mich dann nach meiner Meinung fragte, habe ich ausweichend geantwortet. Es sei so anders. Da hat er mir auf die Schultern geklopft: Du sagst es. Es ist anders, es muss anders sein. Es ist endlich einer der Vermeers, die wir so lange gesucht haben." Luitwieler wischte sich mit einem karierten Taschentuch Schweiß von Stirn und Nacken. „Na ja. Der Chef hat mich, sagen wir mal, beruhigt. Trotzdem habe ich einen Test gemacht. Keinen komplizierten. Nur den einfachen Alkoholtest. Ist ja Routine, also normal."

Van den Berg hatte von einem Tisch ein Stück Keilrahmen genommen, hielt es zwischen seinen Händen und zeigte es Luitwieler. „Wir haben noch gar nicht über diesen wichtigen Beweis gesprochen. Sie haben schon früher erwähnt, die hätten den 300 Jahre alten Originalrahmen des Gemäldes ausgetauscht. Was haben Sie damit gemacht?"

„Ich habe ihn im Museum aufbewahrt."

Van den Berg trat damit vor die Journalistenrunde. „Was ich hier in der Hand halte, ist ein kleiner Teil des Originalrahmens der *Emmausjünger*. Es passt genau zu dem Keilrahmen, den Luitwieler ausgewechselt und aufbewahrt hat. Dieses Stück wurde bei van Aelst im Atelier gefunden. Wie konnte es dorthin kommen? Ich denke, das sollte er uns jetzt doch selbst erklären."

Van Aelst legte langsam den Spachtel beiseite und wischte sich die Hände an einem Lappen ab. „Die Sache ist ganz einfach. Ich habe für die *Emmausjünger* ein altes Bild gekauft, eine schlechte Darstellung der *Auferstehung des Lazarus*. Es war zu groß für meine Bearbeitung und deshalb habe ich das Bild abgespannt, zwei Stücke aus dem Rahmen herausgesägt, die Leinwand auf Maß geschnitten und wieder aufgespannt. Das Holz habe ich aufbewahrt. Ich habe nicht daran gedacht, dass es mich einmal verraten würde." Er lachte heiser. „Oder besser gesagt, den Kopf retten."

„Wieso soll das deinen Kopf retten?", rief einer der Reporter.

„Darf ich?" Luitwieler ging zu Rosendahl an den Tisch. Der reichte ihm aus einer Kiste ein Stück Holz. Luitwieler hielt es in die Luft. „Das ist ein Stück des Originalrahmens der *Emmausjünger*. Es ist mir damals aufgefallen, dass es eine Schnittkante hatte, aber ich habe mir dabei nichts gedacht. Aber jetzt", er streckte die Hand zu van den Berg aus, der kam ihm mit dem anderen Stück Holz entgegen, und sie hielten die beiden Teile aneinander. „Jetzt kann ich genau sagen, dass dies einmal ein zusammenhängendes Rahmenstück war. Es ist dasselbe Holz. Farbe und Maserung stimmen überein, die Schnittkante passt und vor allem: van Aelst hat durch ein Astloch gesägt, und das finden wir auf beiden Seiten wieder. Das ist zweifelsfrei ein einziges Stück Holz gewesen."

„Wenn Sie jetzt eins und eins zusammenzählen, was macht dieses Rahmenstück im Atelier des Mannes, der behauptet, diesen Vermeer gefälscht zu haben?" Van den Berg war bemüht zu zeigen, dass er der Chef in der Runde war.

Von den Journalisten war außer dem Kratzen der Stifte auf den Notizblöcken nicht viel zu hören.

„Habt ihr noch mehr solcher Beweise?", rief einer in der Raum.

Van den Berg lächelte. „Es gibt Aussagen van Aelsts zur Leinwand, die wir mit Röntgenaufnahmen überprüfen werden. Außerdem zur Zusammensetzung der Farben, darum kümmern sich die Chemiker. Ich habe keine Zweifel, dass sich alles bestätigen wird. In etwa einer Woche werden die Testergebnisse vorliegen, und dann könnt ihr dem Fälscher beim Malen zuschauen. Ich bedanke mich." Der Professor blickte erwartungsvoll zu Wertenbaker. „Wenn Sie das alles noch auf Englisch haben möchten, stehe ich Ihnen natürlich gerne zur Verfügung."

Aber der Amerikaner winkte ab und wandte sich an Rosendahl. Meg stellte sich in die Nähe, um zu hören, was Wertenbaker wollte. „Wann werden Sie diesen Museumsdirektor Hannema vorladen? Er muss erklären, warum er für eine Fälschung ein Vermögen ausgegeben hat."

„Wen wir hier vorladen, das entscheiden wir. Wenn es zu einem Gerichtsverfahren kommt, wird Hannema als Zeuge geladen werden. Aber bis dahin sitzt er als Kollaborateur im Lager. Was wir wissen müssen, hat er uns bereits gesagt."

Wertenbaker gab nicht auf. „Kapitein, es ist spektakulär genug, dass ich es als Reporter gerne aus seinem eigenen Mund hören würde und ihm Fragen stellen möchte. Das bin ich meinen Lesern schuldig."

„Das ist Ihr Problem. Hier müssen Sie sich mit dem zufrieden geben, was wir Ihnen bieten." Rosendahl packte seine Aktentasche.

„Ich werde Sie zitieren. Das ist Behinderung der freien Presse!"

„Wenn Sie das so sehen." Rosendahl zuckte mit den Schultern, ließ Wertenbaker stehen und ging zur Tür.

Der Amerikaner sah ihm sprachlos nach und wandte sich dann an Meg. „Haben Sie das gehört? Das ist eine Unverschämtheit! Ich werde alles tun, um mit diesem Hannema zu sprechen."

„Das wird nicht ganz einfach sein", erwiderte Meg. „Die Leute in den Lagern, also das Wachpersonal, sie mögen keinen Besuch, und die Behörden tun alles, um Berichte über die Zustände dort zu verhindern. Es geht dort nicht gerade sehr fein zu, heißt es."

„Damit geben Sie sich zufrieden und berichten deshalb nicht darüber?" Wertenbaker klopfte eine Lucky Strike aus einem zerknautschten Päckchen und bot sie Meg an.

„Sehen Sie, ich habe im Moment andere Prioritäten." Meg machte eine Pause. „Außerdem sind es Kollaborateure und Kriegsverbrecher. Sie haben Landsleute verraten, Juden denunziert, sich an jüdischem Besitz bereichert. Mein Mitleid hält sich in Grenzen." Sie nahm eine Zigarette und steckte sie in den Mund. Wertenbaker kramte eine weitere Lucky heraus.

„Kommen Sie, Meg, so darf ich Sie doch nennen. Sie kennen den Kapitein, das weiß hier jeder. Sie bekommen bestimmt eine Besuchserlaubnis. Nehmen Sie mich mit."

„Es hat keinen Zweck bei Rosendahl."

„Dann ohne Rosendahl?"

Meg schüttelte den Kopf. „Auch nicht. Da brauchen Sie schon ganz besondere Beziehungen."

„Die Sie bestimmt haben. Der kanadische Sergeant ist doch Ihr Schatten. Ihr Verleger hat beste Verbindungen zur Regierung. Das hört man überall."

„Da wissen Sie mehr als ich."

Der Amerikaner nahm sie am Arm.

Meg wehrte sich. „Lassen Sie mich los. Selbst wenn ich die Verbindungen hätte." Sie ließ den Satz unvollendet. „Es interessiert mich gerade nicht. Rosendahl hat recht. Alles, was uns Hannema derzeit sagen kann, wissen wir schon."

Wertenbaker schüttelte den Kopf. „Sie sind feige. Geben Sie sich einen Ruck. Zusammen schaffen wir es da rein und reden mit Hannema. Ich werde Sie in den USA berühmt machen."

Meg lächelte. „Später vielleicht. Jetzt habe ich andere Pläne. Machen Sie es gut."

12. Abraham Bredius

Der alte Abraham Bredius dämmerte in seinem verdunkelten Schlafzimmer dem späten Vormittag entgegen. In den großen Flügeltüren, die sich zu einer ausladenden Terrasse mit verwitterten Terrakottafliesen öffneten, flatterten Leinenvorhänge in der Meeresbrise, die aus der Bucht von Monaco zu seiner Villa hinaufstieg. Die Frische des Morgens lag über seinem Himmelbett, von dem man über das Fürstentum und weit aufs Mittelmeer hinaussehen konnte. Aber der 90-jährige Bredius konnte schon seit Jahren den Ausblick ebenso wenig genießen wie die prachtvollen Gemälde holländischer Meister in seiner Sammlung oder das Gesicht seines Sekretärs und Lebensgefährten Joseph Kronig. Ob der viel jüngere Geliebte jetzt auch schon Falten hatte? Bredius litt an grünem Star im Endstadium und war auch sonst in keinem guten Zustand. Lange hatte er seine Erblindung verbergen können. Mit Hilfe von Joseph, den er zu einem passablen Kunstkenner ausgebildet hatte, verfasste er weiterhin Expertisen und ließ sich gut bezahlen. Aber da schien etwas verdammt schief gegangen zu sein.

Bereits am Morgen war Bredius von lauten Stimmen im Haus geweckt worden. Er hatte fast jedes Wort verstanden. Im Gegensatz zu den meisten älteren Menschen hörte er noch sehr gut. Zwei Personen, eine Frau, Reporterin aus den Niederlanden wie sie sagte, und ein Mann mit kräftiger Stimme, hatten um Einlass gebeten. Sie wollten ihn wegen einer dringenden Angelegenheit sprechen. Es gehe um Bilder des Malers Johannes Vermeer zu Delft. Sein Sekretär hatte ihnen gesagt, dass der geachtete Herr Bredius gewöhnlich bis weit in den Vormittag hinein schlafe und auf Grund seines hohen Alters und vieler Unpässlichkeiten auch dann nur selten willens wäre, mit der Presse zu sprechen. Die Reporterin hatte sich nicht abwimmeln lassen. Sie betonte, dass es sich um eine delikate Angelegenheit handele, bei der es um den Ruf des berühmten Kunsthistorikers gehe. Wenn es nicht so dringend sei, wäre sie wohl kaum aus Amsterdam angereist. Doch der treue Kronig war standhaft geblieben. Bredius schmunzelte. Er hatte ihn gut erzogen. Kronig meinte, er müsse zumindest ein paar Details wissen, um zu entscheiden, ob das Anliegen tatsächlich so gewichtig sei, dass er es dem ehrenwerten *Doktorus* überhaupt vortragen würde. Der entscheide dann selbst, mit wem er spreche. Er hörte ein Rascheln wie von Zeitungen und die Aufforderung an Kronig: „Lesen Sie doch selbst." Es wurde still. Bredius hörte nichts mehr. Warum sagte denn Kronig nichts? Endlich hörte er, wie sich sein Sekretär räusperte.

„Ja gut", wand er sich. So wie die Sache aussehe, würde das den Doktorus vermutlich doch interessieren. Er würde mit ihm sprechen. Sie sollten doch später am Nachmittag wiederkommen. Bredius hörte, wie die Haustür geöffnet wurde. Vermutlich waren sie vor das Haus getreten, denn es wurde weiter getuschelt. Dann wurde die Tür wieder geschlossen. Hatte Kronig sie erfolgreich abgewimmelt? Bredius hörte kein Auto wegfahren, aber er hatte auch keines kommen hören. Was machte sein Sekretär? Warum kam er nicht sofort angelaufen? Bredius geriet in Aufregung. Er konnte gerade noch der Versuchung widerstehen, an der Glocke zu ziehen, um Kronig zu sich zu rufen. Nein. Er musste abwarten, was der von sich aus berichten würde. Außerdem war er noch nicht bereit für seinen vormittäglichen Stuhlgang. Eine Notwendigkeit und eine Übung für seinen Joseph. Wenn die Zuneigung verschwindet, bleibt nur noch Treue. Die musste er täglich aufs Neue beweisen.

Endlich hörte Bredius die festen Schritte seines Assistenten im Flur. Die Tür öffnete sich und Kronig trat ein. Groß gewachsen, blondes Haar. Schlank. Auch mit sechzig machte er noch eine gute Figur, vermutete Bredius. Mit weißen Handschuhen trug er die kupferne Bettpfanne herein und stellte sie auf einem Tischchen ab. Er trat zu ihm ans Bett, tätschelte seine Wange. „Hast du gut geschlafen?"

„Geht so. Irgendetwas hat mich geweckt. Fremde Stimmen."

„Eine Reporterin aus Amsterdam." Kronig hatte unter seinem Arm einige Zeitungen eingeklemmt, die er neben Bredius aufs Bett legte.

„Die Zeitung heißt *Het Parool*, eine der größten in Amsterdam."

„Noch nie gehört", brummte Bredius. „Ich werde sie nicht ernst nehmen."

„Solltest du aber. Die Reporterin hat Fragen zu *Christus und die Jünger in Emmaus.*"

„Der schönste Vermeer aller Zeiten", murmelte Bredius.

„So hast du ihn genannt, obwohl du ihn nie richtig gesehen hast."

„Was behauptest du da? Es ist viele Jahre her."

„Schon damals", Kronig unterbrach ihn, „konntest du unseren Hund nicht von einem Sofakissen unterscheiden. Du hast ihn fast umgebracht, als du dich auf ihn gesetzt hast."

„Musst du immer wieder diese alte Geschichte ausgraben?" Bredius versuchte, zornig zu klingen, aber seine Stimme war schwach. Doch er hatte noch andere Methoden, um seinen Joseph zur Räson zu bringen. Er drückte ein bisschen, dann entspannte er sich, und hob die Bettdecke an. Kronig wandte sich ab.

„Du bist also soweit?"

Bredius lächelte und Kronig schlug die Bettdecke zurück, holte die Bettpfanne und raffte das Nachthemd des Alten. Dann lief er schnell zu den Terrassentüren, schob die Vorhänge ganz zur Seite und ließ frische Meeresluft in den stinkenden Raum. Aus dem Badezimmer holte er eine Schüssel mit warmem Wasser, Seife und einem Waschlappen. Er wusch Bredius, streifte ihm ein neues Nachthemd über und strich die Laken wieder glatt. Er sah, wie Bredius selbstgefällig lächelte. Wieder einmal war er der brave Diener gewesen. Er spürte keinen Hass. Die jahrelangen Demütigungen hatten ihn abgehärtet. Früher hatte er oft daran gedacht, den Tyrannen zu verlassen. Aber trotz Bredius' Zähigkeit war die Erbschaft absehbar. Das war sein Trost.

„Am Nachmittag gehen wir wieder eine Runde durch den Park", knurrte der Alte und jetzt spürte Kronig doch wieder Zorn aufsteigen. Denn Bredius war zwar blind, aber mit einem Stock konnte er noch recht gut laufen. Mit etwas Unterstützung also auch die Toilette aufsuchen.

„Willst du zum Mittagessen aufstehen?"

„Das ist gut möglich. Aber jetzt sag mir endlich, was die Reporterin wollte."

„Sie behauptet, das *Emmausjünger*-Bild sei gefälscht. Ebenso wie zahlreiche weitere, später entdeckte Vermeers. Ein gewisser van Aelst, ein Kunstmaler, behauptet, die Bilder seien von ihm. Steht alles hier drin." Kronig zeigte auf die Zeitungen.

Als Bredius die Einzelheiten der ganzen Affäre erfuhr, schüttelte er immer wieder den Kopf, sagte aber zunächst nichts.

„Jetzt soll der Kunstmaler", ergänzte Kronig, „vor den Augen der Polizei und Öffentlichkeit einen neuen Vermeer malen, um zu beweisen, dass er es kann."

Bredius knurrte. „Dieser van Aelst. Ein mittelmäßig begabter Maler, ein unangenehmer Zwerg. Nicht der Rede wert. Ich habe ihn sogar mal als Fälscher entlarvt. Und er will *Christus und die Jünger in Emmaus* gemalt haben. Unvorstellbar!"

„Wie willst du das beurteilen? Du hast es doch gar nicht richtig gesehen."

Bredius richtete sich in seinem Bett auf. „Oh, ich erinnere mich genau. Als dieser Anwalt uns das Gemälde zur Begutachtung vorbeibrachte, habe ich zunächst einmal geschwiegen. Ich hielt mich vornehm zurück."

„Weil du nichts erkennen konntest. Du hättest den Auftrag gar nicht annehmen dürfen, aber die Welt durfte ja nicht erfahren, dass der große Bredius schon halb erblindet war."

„Aber ich hatte doch dich. Ich habe dich ausgebildet und konnte deinem Urteil vertrauen."

Kronig nickte. „In der Tat. Ich gab mein Bestes. Die Signatur erschien echt."

„Das war sie auch. Ich habe sie mit dem Lupenlesegerät untersucht. Außerdem das typische Vermeerblau und Gelb. So etwas erkenne ich noch im Schlaf."

„Wenn du gut träumst. Willst du dich ankleiden?"

Bredius nickte und Kronig zog seinen greisen Lebensgefährten vom Bett hoch, sodass er sich auf die Bettkante setzen konnte, und half ihm beim Anziehen eines weißen Batisthemdes und eines leichten Leinenanzugs.

„Und trotzdem, ich bestehe darauf. Ich habe zunächst nichts entschieden und den Anwalt wieder weggeschickt."

„Du hast ihn vertröstet. Er solle das Bild in ein paar Tagen wieder abholen, damit du es dir genau anschauen könntest. Zunächst haben wir die völlig verstaubte Leinwand vorsichtig gesäubert. Dann musste ich dir das Bild beschreiben. Du hast mir gesagt, worauf ich achten soll. Die Signatur, die Farben. Wir haben den Alkoholtest gemacht. Mit dem Lupenlesegerät hast du das Craquelé untersucht. Das Bild ist jedenfalls alt, hast du gesagt. Je mehr du erfahren hast, desto nervöser wurdest du. Am meisten erregte dich die Tatsache, dass es ein biblisches Motiv war. Es erinnere dich an ein Bild von Caravaggio, hast du gesagt. Dein Urteil schien klar. Die Signatur ist echt. Ich sagte damals: Wenn das ein echter, biblischer Vermeer ist, dann ist es eine Sensation."

„Dennoch habe ich nichts entschieden. Ich habe dem Anwalt das Bild zurückgeschickt und ihm mitgeteilt, dass ich noch kein Urteil fällen könnte und mich melden würde. Was ich nie getan habe."

Bredius wagte ein paar Schritte zu seinem Toilettentisch und strich sich mit einer in Perlmutt gefassten Haarbürste über das schüttere Haar, den Schnurrbart. „Du warst überzeugt."

Kronig hatte mittlerweile das Bett gemacht. „Das ist richtig. Und ich dachte mir, wenn es ein echter Vermeer ist, dann dürfen wir uns die Gelegenheit nicht entgehen lassen. Du hast mich ermuntert, zu recherchieren. Finde etwas über die Herkunft des Bildes heraus, hast du gesagt. Ich begann also bei dem Anwalt, der es uns angeboten hatte. Er hat einen seriösen Eindruck auf mich gemacht. Seine Geschichte, das

Bild bei einer verarmten niederländischen Familie in Italien entdeckt zu haben, die in Not geraten war, schien mir plausibel. Dennoch habe ich Erkundigungen über ihn eingezogen, die haben meinen Eindruck aber nur bestätigt."

Bredius drehte sich zu seinem Sekretär. „Jedoch habe ich weiter gezögert, weil mir natürlich klar war, dass ich meinen Augen nicht mehr trauen konnte. Nur bei der Signatur war ich mir sicher."

Kronig ging auf Bredius zu. „Du hast gezögert, weil du Angst hattest, dich ebenso zu irren wie 1932, als du das Bild *Mann und Frau an einem Spinett* in einem Handstreich zu einem echten Vermeer erklärt hast. Leider warst du mit deinem Urteil ziemlich allein unter den meisten Experten. Die ganze Kunstwelt hat sich über dich lustig gemacht."

„Das war eine Intrige von Neidern."

Kronig ging zu ihm und berührte ihn an der Schulter. Sie sahen sich an. „Abraham, genau das wollte ich ändern. Ich wollte diese Schmach vertreiben, damit du wieder fröhlicher wirst. Du warst noch gut in Form, aber immer so schlecht gelaunt. Ich war erst Fünfzig und dachte mir: Soll es das gewesen sein? Die kommenden Jahre dein Diener, dein Leibeigener. Das war schon anders gewesen. Aber du wurdest immer herrischer. Ich wollte dir helfen. Du solltest noch einmal ganz groß herauskommen. Das war unsere Chance. Dachte ich mir jedenfalls. Immer wieder habe ich mir die Fotos und Notizen angesehen, die wir beim Betrachten des Bildes gemacht hatten. Ich bin alles durchgegangen, so wie du es mir beigebracht hast. Ich wurde mir immer sicherer, dass es ein echter Vermeer ist und das habe ich dir auch gesagt."

Bredius hob den Kopf, sah dem Sekretär über den Spiegel

seines Toilettentisches ins Gesicht. „Tatsächlich wünschte ich mir damals, du hättest Recht. Von mir geformt und ausgebildet, wie mein Fleisch und Blut. Unfehlbar. Aber es störte mich, dass ich es nicht mehr selbst in der Hand hatte."

„Deshalb habe ich dich überzeugt. Bei meinen Recherchen bin ich auf das Vermeer Gemälde *Christus bei Maria und Martha* gestoßen, das du als junger Kunsthistoriker entdeckt hast. Du hast es einen frühen Vermeer genannt. Kein Mensch zweifelt heute mehr daran. Obwohl es als großformatiges Bild mit einem biblischen Motiv durchaus fremd erschien. Bei genauem Betrachten entdeckte ich aber eine Ähnlichkeit in den Figuren und der Komposition mit den *Emmausjüngern*. Ich erinnerte mich auch an das Bild *Diana mit ihren Gefährtinnen* im Mauritshuis in Den Haag. Auch das ist kein Vermeer auf den ersten Blick, aber du selbst hast es dort zu einem Vermeer erklärt. Wegen dieser beiden Bilder waren doch alle Experten sicher, dass es weitere Vermeers in dieser Art geben müsste. Es ging doch nur darum, wer sie als erster entdeckt. Wir hatten die Chance."

„Natürlich! Ich hatte mich nur nicht getraut. Wegen meiner schlechten Augen hatte ich ja nur einen Eindruck von dem Gemälde und konnte es nicht mit den beiden Bildern vergleichen. Ich war auf dich angewiesen. Meinen Sekretär."

„Deinen Freund. Deinen Geliebten. Ich habe es für dich und für uns getan. Aber es war wie immer. Du hast dich feiern lassen und ich durfte lächelnd danebenstehen, dir die Tür aufhalten, den Stuhl zurechtrücken. Dein Assistent. Wie immer von allen belächelt."

„Das ist lange her. Was willst du denn? Du bist doch nur noch auf mein Erbe aus. Dafür kannst du auch was tun."

Meg und Bill waren in einer DC-3 Dakota der Royal Canadian Air Force nach Nizza geflogen. Auf den gut zwanzig unbequemen Sitzplätzen saßen kanadische Soldaten, die sich bei der Befreiung der Niederlande verdient gemacht hatten. Einige waren schwer verletzt gewesen. Die Armee belohnte sie mit ein paar Tagen Erholungsurlaub an der Côte d'Azur. Meg sollte darüber berichten. Colonel Brown hatte das organisiert. Das war die Tarnung ihrer Reise.

Vor dem Flughafen in Nizza wartete ein grauer Peugeot 402. Ein kleiner, älterer Mann im offenen Hemd lüftete seinen Panamahut und stellte sich als Jacques, einen Freund von Jules Verelst, vor. „Ich bringe Sie nach Monte Carlo."

Ihr Verleger Verelst hatte wirklich an alles gedacht. Er war von ihrer Idee, Bredius aufzusuchen, sofort begeistert gewesen. Mit dieser Geschichte hätten Meg und *Het Parool* wieder einen Vorsprung vor den anderen Zeitungen. Aber es musste schnell gehen und niemand durfte davon erfahren.

Deshalb kauerten Meg und Bill jetzt in der brennend heißen Vormittagssonne hinter zwei gusseisernen Töpfen mit riesigen Oleandern und belauschten das Gespräch zwischen Bredius und Kronig. Bredius' Villa lag nur einen Katzensprung entfernt von ihrem Hotel, sodass sie zu Fuß gekommen waren. Die Überraschung schien ihnen geglückt. Kronig war zwar zunächst abweisend gewesen, bat sie dann aber vor der Tür, doch um das Haus herum zu gehen und sich auf der Terrasse vor Bredius' Schlafzimmer zu verstecken. Dort könnten sie direkt hören, wie Bredius reagieren würde und könnten später seine Ausflüchte besser einschätzen. Meg war erstaunt über diesen Akt der Illoyalität, des Verrats an seinem Chef und Partner, wie man munkelte. Aber schon nach den ersten Minuten des Gesprächs zwischen Kronig und Bredius und dem aus seinem Schlafzimmer herausquellenden Gestank hatte sie verstanden, warum Kronig so handelte. Demütigung. Rache. Genugtuung. Etwas Besseres konnte ihr nicht passieren. Meg setzte sich auf den Terrassenboden, lehnte sich an den Oleandertopf und notierte, wie Bredius seinen treuen Lebensgefährten gerade als Erbschleicher bezeichnet hatte. Jetzt hörte sie den Sekretär antworten.

„Auf das Erbe, auf das ich mich sehr freue. All die schönen echten Gemälde. Deine Pfandbriefe und Aktienpakete. Dieses Haus hier. Ich werde es genießen. Ich bin im besten Alter." Kronig war in die Terrassentür getreten und blickte auf Monte Carlo und das Meer hinab. „Es wird sicher nicht mehr allzu lange dauern. Du bist in keinem guten Zustand. Der neue Skandal wird dich schwer treffen. Du bist verantwortlich. Du hast die *Emmausjünger* zum schönsten Vermeer aller Zeiten erklärt. Tatsächlich ist es eine plumpe Fälschung."

Keuchend tauchte Bredius auf einen Stock gestützt neben seinem Sekretär auf. Meg machte schnell ein paar Fotos.

„Du Schwein. Wegen meiner Augen musste ich mich auf dich verlassen."

Kronig brachte dem Alten einen Stuhl. „Setz dich besser. Du bist nicht mehr so gut auf den Beinen."

Bredius spuckte ihm vor die Füße. „Ich werde dich da mitreinziehen. Dich verantwortlich machen!"

Kronig lächelte ihn an. „Meist du, die Leute werden dir glauben? Du hast immer ex cathedra entschieden. Andere Meinungen hast du nicht zugelassen. Ich war nur dein Sekretär. Niemand wird dir abkaufen, dass du meinem Rat gefolgt bist. Niemals wirst du zugeben können, dass du damals so blind wie ein Maulwurf warst. Dass du also auf mich angewiesen warst. Und ich habe immer nur in deinem Auftrag gehandelt. Niemals habe ich dieses Urteil verfasst." Kronig zog ein gefaltetes Blatt Papier aus seinem Blazer. „Ich habe es mir gerade aus deinem Sekretär geholt. Dein Schreiben an das angesehene *Burlington Magazine*: *„Es ist ein wunderbarer Augenblick im Leben eines Kunstliebhabers, wenn er plötzlich einem bisher unbekannten Gemälde eines großen Meisters gegenübersteht – unangetastet, auf der Originalleinwand und ohne jede Restaurierung, so wie es gerade das Studio des Malers verlassen hat! Weder die schöne Signatur ‚I. V. Meer' noch das Pointillé auf dem Brot, das Christus segnet, ist nötig, um uns zu überzeugen, dass wir es hier mit einem, ich neige dazu, zu sagen, dem Meisterwerk von Johannes Vermeer von Delft zu tun haben."*

„Aber das war alles deine Idee! Der Artikel beim *Burlington Magazine*. Sie haben Einfluss und sie sind dir noch gewogen. Das waren deine Worte. Du hast mir empfohlen, all die Briefe an die niederländischen Museumsdirektoren, Stiftungen und an die Rembrandtgesellschaft zu schreiben und sie aufzufordern, in jedem Fall zu verhindern, dass dieses Bild womöglich ins Ausland geht. Du hast mich zu all dem gedrängt." Bredius klang verzweifelt. „Nachdem ich es wegen meiner Augen beim besten Willen nicht mehr selbst beurteilen konnte, habe ich mich ganz auf dich verlassen. Ich war sogar stolz darauf. Schließlich habe ich dich ausgebildet. Mir gefiel dein Plan. Noch einmal würde es funktionieren. Ich, der große Abraham Bredius, würde es allen noch mal zeigen." Bredius schrie jetzt fast.

Kronig blieb ruhig.

„Weißt du noch, wie du dem Kulturminister vorgeschlagen hast, die Entdecker des Bildes mit dem Orden vom Niederländischen Löwen auszuzeichnen? Es war dir nicht peinlich, dass du vor allem an dich als den Entdecker gedacht hast. Für mich war da kein Platz mehr. Ich war wieder der Sekretär."

Jetzt war ein Schrei zu hören und Meg und Bill sahen, wie der Alte mit seinem Stock versuchte, Kronig zu schlagen. Aber der war einen Schritt zurückgewichen und lachte.

Meg sprang auf und machte schnell ein paar Fotos.

„Spar dir deine Kraft, du wirst bald eine Menge unangenehmer Fragen beantworten müssen. Die Reporterin wollte heute Nachmittag wiederkommen, aber wie ich gerade sehe, ist sie schon da. Sie hat unser Gespräch belauscht und gerade Fotos gemacht."

„Was sagst du da? Wo? Verdammt!", schrie Bredius. „Ruf sofort die Polizei! Sie sind auf mein Grundstück eingedrungen! Lass sie abführen!"

Wieder lachte Kronig. „Ach was. Wir sollten freundlich zu ihnen sein. Vielleicht ersparst du dir damit etwas Ärger. Kommen Sie her", rief Kronig zu Meg und Bill. „Ich kenne nicht mal Ihre Namen. Lassen Sie uns zivilisiert über alles sprechen."

„Margriet van Hettema, Chefreporterin von *Het Parool* in Amsterdam, und das ist Sergeant O'Connor."

Bredius sah an ihnen vorbei zum Meer.

Kronig gab ihr und Bill die Hand. „Ich hatte Sie doch gebeten, später wieder zu kommen. Unser Gespräch war nicht für Ihre Ohren bestimmt."

„Aber wir würden Ihnen gerne noch ein paar Fragen stellen", sagte Meg.

Der Fälscher van Aelst lief pfeifend durch sein improvisiertes Dachatelier und öffnete ein paar Fensterluken, um die frische Morgenluft hereinzulassen. Er stellte sich vor die Staffelei mit der alten Leinwand. Die Farbe war abgekratzt, das Bild entworfen und die Figuren mit Kohlestiften skizziert. Er konnte beginnen.

Rosendahl war beeindruckt vom guten Zustand des Malers und dem Eifer, den er bei der Arbeit entwickelte. In den vergangenen Tagen hatte van Aelst ihm eine Liste mit den benötigten Utensilien gegeben. Neben speziellen altmodischen Pinseln, die extra hergestellt wurden, verlangte er nach Bleiweiß, das es kaum noch gab. Nach Veilchen- und Lavendelöl und speziellen Pigmenten für das typisch vermeersche Gelb, Blau und Rot. Er würde die Farben selbst anrühren, und dafür benötige er neben Terpentin vor allem Phenol-Formaldehyd. Van Aelst hatte gegrinst.

„Meine spezielle Erfindung, Sie werden schon sehen. Und wenn Sie schon dabei sind, dann holen Sie doch bitte in meiner Villa in Laren den großen Backofen aus dem dortigen Atelier."

Zwei Polizisten schleppten jetzt den schweren Elektroofen ins Dachatelier.

„Hallo Meister. Wie ich sehe, kommen Sie gut voran." Rosendahl zeigte auf die Staffelei. „Wann beginnen Sie mit der Farbe?"

„Vielleicht heute noch. Aber die Farben sind noch nicht komplett. Das Blau fehlt. Haben Sie kein Lapislazuli bekommen?" Van Aelst grinste und ging zu den Polizisten, die den Ofen trugen. „Stellt ihn hier ganz hinten in die Ecke unter das Dachfenster." Dann wandte er sich wieder Rosendahl zu. „Ohne Lapislazuli kein Vermeer Blau."

Jetzt lächelte Rosendahl. „Da wird der Meister sich wohl mit Ultramarin aus der Tube begnügen müssen. Aber der Punkt geht trotzdem an Sie. Sie hätten das Gesicht des Pigmenthändlers sehen sollen, als ich nach dem Bleiweiß, dem giftigen gelben Bleioxid und dem Zinnober auch noch etwas Lapislazuli verlangt habe. Er war sprachlos. Dann fragte er mich, ob ich auch genügend Golddukaten dabeihätte. Denn mit Gold hätte man zu Zeiten der Großen Meister das Lapislazuli aufgewogen. Sie hätten es deswegen auch äußerst sparsam verwendet. Vielleicht sind deshalb Vermeers Bilder so klein geraten."

„Na ja, hätte ich mir natürlich denken können. Ein guter Batzen bestes afghanisches Lapislazuli hat mich damals in London ein Vermögen gekostet. Es hat trotzdem nicht für alle Vermeer Gemälde gereicht. Die letzten sind schon mit Farbe aus der Tube gemalt worden. Wer es nicht weiß, dem fällt es auch nicht auf. Ich habe es riskiert. Hab dann auch Zinkweiß verwendet. Ich bin nachlässig geworden. Aber meine *Emmausjünger* hätten jeder Prüfung standgehalten."

13. In medias res – II

Jacques hatte Meg und Bill wieder mit seinem Peugeot abgeholt, und sie fuhren über die Straße entlang der Küste nach Nizza. Am Vormittag waren sie schon in Roquebrune-Cap-Martin in der Avenue des Cyprès 10 gewesen, wo van Aelst vier Jahre mit Josephine in der Villa Primavera gewohnt hatte. Das Haus stand in einem wunderbaren Garten mit zahlreichen Rosensträuchern und Orangenbäumen. Es hatte zwei Etagen und an der Ecke einen runden Turm. Man hatte einen prächtigen Ausblick über die Dächer der Nachbarhäuser und auf das weit unten liegende Mittelmeer. Meg sog die warme, nach Zypressen und Rosen riechende Luft in sich hinein. Hier ließ es sich bestimmt wunderbar leben. Ein leichter Wind wehte auf dem Berg, und Meg erinnerte sich an Josephines Erzählungen von den schönen lauen Abenden, die sie in der ersten Zeit auf der Terrasse mit van Aelst und Freunden verbracht hatte. Dann hatte er ihr eine Villa in Nizzas Nobelviertel Cimiez gekauft. Dorthin waren sie nun unterwegs, denn das Anwesen war seit van Aelsts Rückkehr in die Niederlande nicht mehr bewohnt. Meg hoffte, dort noch Beweise der Fälscherwerkstatt des Malers zu finden.

Jacques bremste vor einem schmiedeeisernen Tor in der Avenue d'Alsace mit dem dezenten Schriftzug ‚Villa Estate'. Er stieg aus und schob die Torflügel zur Seite, dann fuhr er den Wagen über eine steile Auffahrt durch einen kleinen Weinberg und einen Olivenhain. Erst da entdeckten sie hinter einem dichten Rosengarten die noble Villa unter riesigen Palmen. Und das mitten in der Stadt, dachte sich Meg. In den Niederlanden hätte hier ein ganzes Dorf Platz. Im Erdgeschoss waren fünf zum Meer ausgerichtete Salons mit Terrassen. Es gab ein Musikzimmer mit Flügel. Daneben entdeckte Meg eine Bibliothek mit deckenhohen Regalen aus dunklem Holz. Bis auf ein paar zerfledderte Exemplare fehlten die Bücher. Van Aelst hatte den Raum als Atelier genutzt. In einer Ecke standen mehrere Staffeleien. Auf einem Arbeitstisch verteilten sich harte Pinsel und dreckige Paletten neben farbverschmierten Gläsern mit eingetrockneten Flüssigkeiten. An der Stirnseite des Raumes gab es große Wandschränke, und als Bill einen davon öffnete, entdeckten sie darin ein weißes Porzellankännchen mit klappbarem Zinndeckel.

„Das kenne ich. Das Kännchen taucht immer wieder in seinen Fälschungen auf." Meg kramte in ihrer Tasche einige Fotos hervor. „Hier rechts bei den *Christus und die Jünger in Emmaus,* beim *Segen Jakobs* wieder rechts im Bild und bei der *Fußwaschung* mitten auf dem Tisch. Van den Berg hat uns im Museum auf die Kanne aufmerksam gemacht. Vermeer hätte niemals immer dieselbe Kanne verwendet."

„Und der hier?" Bill nahm einen Glaspokal mit Noppen aus dem Schrank und drehte ihn im Licht.

„Kommt mir auch bekannt vor." Meg lachte. „Natürlich, das ist ein Römerglas. Die gibt es zwar häufig, aber wenn er es hier aufbewahrt hat," sie blätterte weiter in den Fotos. „Hier ist er. Mitten auf dem Tisch beim *Letzten Abendmahl.* Das ist doch der Ölschinken, den van Beuningen für 1,6 Millionen gekauft hat."

„Oh ja, er hat ein Riesentheater gemacht, als ich es bei ihm mit Rosendahl und dem Professor abgeholt habe", ergänzte Bill. „‚Dafür bringe ich Sie ins Gefängnis! Sie sind ein dreckiger Betrüger' hat er van den Berg hinterhergerufen."

Jacques öffnete zwei mannshohe Wandtüren, die in das dunkle Holzpaneel eingelassen waren. Sie führten in ein kleines Kabuff. Bill leuchtete mit seinem Zippo hinein. „Leer bis auf Holzböcke und zwei große Platten."

Meg nahm die Böcke und Bill und Jacques trugen die beiden großen Platten heraus. Sie waren grün lackiert, mit weißem Rand und einer weißen Linie in der Mitte. Zwei Schraubzwingen hielten sie zusammen. Sie legten die Platten auf die Böcke. „Das sind Tischtennisplatten. Was hat er denn damit gemacht?"

Bill schüttelte den Kopf. „Vielleicht haben sie bei ihren Partys kleine Turniere veranstaltet."

Meg fuhr mit ihrem Daumen an den Kanten entlang. „Sie liegen nicht direkt aufeinander. Da ist etwas zwischen."

Bill und Jacques entfernten die Schraubzwingen und nahmen die obere Platte ab. Eine große Leinwand kam zum Vorschein. Sie sahen nur die grau-braune Rückseite. Vorsichtig wendeten sie das schwere, dicke Tuch.

„Passt auf! Das ist ein Gemälde. Seid vorsichtig. Ich glaube es nicht!" Meg hielt die Hände an ihre Wangen. „Das ist *Das Abendmahl*. Besser gesagt, noch ein *Abendmahl*! Seht hier!" Sie zeigte Bill und Jacques die Fotografie des *Abendmahls* in van Beuningens Haus.

„Es sieht genau gleich aus. Schaut nur", Bill hielt den Römer daneben. „Derselbe Pokal. Was meinen Sie, Jacques?"

„Ich bin kein Kunstexperte, aber ich sehe keine großen Unterschiede. Eins, zwei, drei," er zählte die Köpfe der dargestellten Personen ab. „Jeweils 13. Das Abendmahl. Jesus und seine zwölf Apostel. Für mich ist es das gleiche Bild."

Meg holte ihren Fotoapparat. „Haltet das Bild mal vor diese

dunkle Wand. So bekommt es genügend Licht." Sie machte ein paar Fotos. „Das doppelte Abendmahl. Das ist der Beweis, dass auch van Beuningens Bild eine Fälschung sein muss."

Van Aelst lächelte. Sein neues Gemälde war weit fortgeschritten. Der *Jesus unter den Schriftgelehrten* war ein reifer Jüngling mit weiblichen Zügen und entrücktem Blick. Er strahlte so viel Weisheit aus, dass die Schriftgelehrten an seinen Lippen hingen. Ein großes Buch vor sich aufgeschlagen, indirektes Licht von der linken Seite, gelungenes Pointillé. „À Bon", sagte er zu sich selbst. „Wenn Vermeer biblische Motive gemalt hätte, dann so." Er zündete sich eine Zigarette an und trat etwas zurück. Aus der Distanz beeindruckte ihn sein Werk noch mehr. Drei der aufmerksam lauschenden Schriftgelehrten hatte er mit großen halb geschlossenen Augen gemalt. Er liebte dieses Stilmittel, um eine besondere Andacht auszudrücken. Die Experten hatten darin eine besondere Innerlichkeit und tiefste Menschlichkeit im Göttlichen erkannt.

„In keinem anderen Gemälde des großen Meisters von Delft finden wir so viel Gefühl, so ein tiefes Verständnis der biblischen Geschichte. Ein Gefühl, so herrlich menschlich."

Er kannte die großen Worte des berühmten Bredius auswendig und murmelte sie gerne vor sich hin. Denn sie besagten, dass er, Johannes van Aelst, Johannes Vermeer, dem Meister zu Delft, in nichts nachstand. Eigentlich wäre das Bild schon fertig. Der Professor und die anderen Experten hatten nicht schlecht gestaunt, wie sein Pinsel über die Leinwand flog. Aber Rosendahl hatte ihn gebremst. Die Journalisten sollten auch noch was zu sehen bekommen. „Mal es vor ihren Augen fertig", hatte er gesagt und die Presse eingeladen.

Wenige Tage vor der Pressekonferenz erschien im *THE TIME MAGAZINE* eine Story über Dirk Hannema. Unter der Überschrift DAS VIERAUGEN-PRINZIP berichtete Wertenbaker, dass der frühere Direktor des Museum Boijmans in Rotterdam alle Zweifel an der Echtheit der *Emmausjünger* entschieden zurückwies.

„Einen derartigen Quatsch habe ich selten gehört", so sagte Hannema, „denn niemals hätte sich Abraham Bredius, der unbestritten wichtigste Experte der niederländischen Malerei des Goldenen Zeitalters und größte Vermeer-Spezialist aller Zeiten, derart irren können." Und er selbst, immerhin auch ein ausgewiesener Kenner der Materie, habe das Gemälde beim ersten Betrachten ebenfalls sofort als ein Meisterwerk Vermeers erkannt. Mehr Qualität als durch dieses Vieraugenprinzip sei gar nicht möglich. Ohne Bedenken habe er deshalb sofort alles unternommen, um das Meisterwerk für sein Museum zu erwerben. Und darauf sei er heute noch stolz.

Wertenbaker konfrontierte Hannema mit dem Geständnis des Fälschers und den vielen Beweisen, die darauf hinwiesen, dass diese Bilder keine echten Vermeers seien. Darauf reagierte Hannema äußerst ungehalten. Dieser van Aelst sei nur ein drittklassiger Maler und Kopist, der mit diesem Manöver versuche, seinen Hals aus der Schlinge zu ziehen. *Die Emmausjünger* und *Das Abendmahl* seien zu hundert Prozent echte Vermeers. Vermutlich habe dieser Taugenichts van Aelst die Bilder als Vorbild für seine späteren Fälschungen benutzt. Er könne sich sogar daran erinnern, wie er ihn, mit einem Skizzenbuch ausgerüstet, vor den *Emmausjüngern* in seinem Museum angetroffen habe. Der ältere Mann sei ihm aufgefallen, da in der Regel nur junge Kunststudenten versuchen würden, die großen Meister zu kopieren. Diesen van Aelst solle man einsperren und nicht ihn, der sich in schweren Zeiten um die nationale Kunst der Niederlande verdient gemacht habe. Denn er persönlich habe während des Krieges durch Zusammenarbeit mit den Besatzern versucht, Schaden von den nationalen Kunstschätzen abzuwenden. Wertenbaker hatte diese Äußerung weitgehend unkommentiert gelassen und nur kurz erläutert, warum Hannema wegen Kollaboration im Lager sitzt. Er hatte mit dem NSB sympathisiert und war dem neuen nationalsozialistischen niederländischen Kulturrat beigetreten. Über die katastrophalen Zustände im Lager Hoek van Holland hatte Wertenbaker keine einzige Zeile geschrieben.

Der Artikel hatte einige Unruhe bei den niederländischen Zeitungen ausgelöst und *De Waarheid* übernahm sofort die Spekulation Hannemas, dass van Aelst mit seinem Geständnis nur versuche, seinen Kopf zu retten. Van Aelst sei also alles andere als ein Volksheld und gehöre sofort ins Lager.

Meg traf Wertenbaker vor der Goudstikker Galerie. Der Amerikaner trug wieder sein kurzärmliges Hemd und die knappe Krawatte. Er streckte ihr keine Hand entgegen. Meg lächelte ihn an. „Sie haben es tatsächlich ins Lager geschafft. Respekt."

Wertenbaker lächelte zurück. „In der Tat. Ich musste gar nichts dafür tun. Es wurde mir vorgeschlagen. Zunächst vermutete ich, dass Sie dahintersteckten. Aber dann waren Sie plötzlich verschwunden. Wo waren Sie überhaupt?"

„Ich habe ein paar Tage Urlaub gemacht. Ich war mir sicher, nichts zu verpassen. Van Aelst musste ja erst mal mit dem Bild beginnen."

„Nun ja, mit dem Lagerbesuch haben Sie schon etwas verpasst. Hannema ist eine der Schlüsselfiguren."

Meg spürte Wertenbakers Stolz. „Hannemas Spekulationen sind haltlos. Sie zeigen nur seine Borniertheit."

Wertenbaker war verärgert. „Sind Sie sauer, weil Sie die Story nicht haben? Nicht sehr sportlich für eine gute Reporterin."

Meg schnippte ihre Zigarette in die Herengracht. „Das lassen Sie mal meine Sorge sein. Ihr Artikel ist jedenfalls gutes Futter für die Fantasie unserer Kollegen." Sie nickte seitlich zu einer Gruppe um Hendricus Thomasius. „Glauben Sie mir: Wissen und nicht Glauben ist noch immer die beste Tugend für einen Journalisten. Warum haben Sie eigentlich nichts über die Zustände im Lager geschrieben? War das *part of the deal,* damit man Sie überhaupt reinlässt?"

„Sie wissen genau, wie die Sache läuft. Ich bin Ihnen keine Rechenschaft schuldig! Sie werden schon noch sehen." Weiter kam er nicht, weil plötzlich van den Bergs schrille Stimme aus nächster Nähe zu hören war. Er musste die ganze Zeit hinter ihnen gestanden haben. „Wir alle werden sehen, denn ich werde Sie sehend machen! Vergessen Sie Hannemas von Eitelkeit überschattete Äußerungen. Wie Fräulein van Hettema schon anmerkte, interessant ist allein seine Borniertheit und die seiner Artgenossen. Aber Meg! Verdammt noch mal! Warum sind Sie so braun? Waren Sie zu viel in der Sonne?" Der Professor steckte wegen ebenjener unter einem breitkrempigen Panamahut. Er trug sein Hemd offen unter einem hellen Leinenanzug. An den Füßen die braun-gelben Budapester.

„Sie haben ganz recht. Der Strand, das Meer. Die Sonne. Das geht bei mir blitzschnell und ich bleib dabei immer blitzgescheit.“ Meg lachte und dachte an die Badenachmittage mit Bill an der Côte d’Azur.

Der Maler stand an der Staffelei. In der Linken eine Palette voller Farben, in der Rechten einen feinen Pinsel, den er abwechselnd in die Farbe und dann in eine ölige Flüssigkeit tauchte. Schnell, mit sicheren Bewegungen, malte er an der Hand eines grübelnden Mannes. Er tunkte, pinselte, tunkte. Das Atelier stank trotz der aufgestellten Dachluken und Fenster nach Chemikalien und gleichzeitig duftete es nach Veilchen. Van Aelst trat von der Leinwand zurück. In der Mitte war ein Jüngling mit einem großen Buch auf den Knien zu sehen. Ältere Männer mit Kuhaugen starrten ihn ehrfürchtig an. Das Gemälde war voller Pathos und hässlich. Aber es ähnelte dem *Abendmahl.* Es war eine deutliche Handschrift zu erkennen. Van Aelst drehte sich um. Zwischen ihm, den Journalisten und dem Tisch mit Rosendahl stand ein Holztisch mit seinen Malutensilien. Van Aelst legte Palette und Pinsel ab, hob die Hände, zeigte auf das Bild. „Voilà. Wie Sie sehen, ich kann es noch. Wer möchte bieten?“ Einige der Reporter lachten.

„Hey Rosendahl“, rief einer mit flämischem Akzent. „Können Sie bestätigen, dass er das alles tatsächlich gemalt hat?“

Rosendahl nickte. Der Professor, der neben ihm saß, stand auf, knöpfte sein Jackett zu und trat vor die Journalisten. „Ich, Ihr Experte, kann es bestätigen. Er hat es in einem erstaunlichen Tempo gemalt. Das hat einen bestimmten Grund, den wir Ihnen jetzt erläutern werden. Van Aelst, ich bitte Sie, zeigen Sie den Herrschaften doch, wie schnell Sie beispielsweise ein Gesicht vollenden.“

Der Maler nahm Palette und Pinsel und ging wieder zur Leinwand. Seine Hand flog förmlich über die linke obere Ecke des Gemäldes. In Kürze entstand ein glupschäugiger Männerschädel mit Hidschab. Wieder sagte er „Voilà", als er Pinsel und Palette weglegte. Das Ganze hatte nur wenige Minuten gedauert. Die Reporter waren beeindruckt.

„Gelernt ist gelernt", rief einer. Ein anderer ergänzte: „Gefälscht ist gefälscht." Viele lachten.

Der Professor hob die Hand. „Das ist keine Fälschung. Das ist ein echter van Aelst. Aber eben kein Vermeer, wie Sie sehen. Ebenso wie die anderen Gemälde hier. Alles aus seiner Meisterhand." Der Professor klang süffisant. Dann nahm er ein Telefon vom Tisch und hielt es in die Höhe. „Was glauben Sie, hat dieses Telefon mit der Malerei van Aelsts und diesen Gemälden zu tun?" Er wartete ein paar Augenblicke. Niemand antwortete. „Van Aelst, klären Sie uns auf."

Der Maler nahm ein großes Glas vom Tisch und ließ die träge, trübe Flüssigkeit darin kreisen. „Das hier ist der Grundstoff dieses Telefons. Des Gehäuses. Sie kennen es als Bakelit. Ein Kunststoff, Anfang des Jahrhunderts erfunden. Er besteht aus einer Mischung aus Phenol und Formaldehyd. Durch Druck, Hitze und Trocknung entsteht dieses steinharte Material, aus dem man Aschenbecher, Elektrostecker und Modeschmuck herstellt. Was hat das mit meiner Malerei zu tun?" Van Aelst stellte das Glas zurück auf den Tisch und kratzte sich am Kopf. „Als ich beschloss, Bilder aus dem Goldenen Zeitalter zu malen, war die größte Herausforderung, eine Farbe zu erfinden, die zwar genauso aussieht wie Ölfarbe, aber wesentlich schneller komplett durchtrocknet. Traditionelle Ölfarben auf Leinölbasis brauchen Jahre,

Jahrzehnte bis sie wirklich so hart sind und beim Alkoholtest keine Spuren mehr hinterlassen. Durch Zufall hörte ich von dem sogenannten Bakelitverfahren, bei dem der flüssige Grundstoff durch Hitze schnell austrocknet. Ich probierte es aus. Mischte Pigmente mit dem flüssigen Bakelit und Leinöl und scheiterte. Mit den Farben ließ sich zwar malen, aber im Backofen verbrannten und verkohlten sie. Manche Leinwand ging dabei sogar in Flammen auf. Aber ich musste einen Backofen verwenden, um die Bakelitfarbe durch Hitze zu härten. Jeder Versuch misslang. Die Farbe verbrannte, warf Blasen, es stank abscheulich. Anfangs dachte ich, es wäre die Temperatur. Ich reduzierte sie. Ohne Ergebnis. Nach einiger Zeit kam ich dahinter, dass es das organische Leinöl war, das die Hitze nicht aushielt. Ich musste das Leinöl ersetzen und entdeckte in einem alten Buch Hinweise auf ätherische Pflanzenöle aus Veilchen und Lavendel. Also experimentierte ich mit Pigmenten gelöst in Lavendel- oder Veilchenöl. Die flüssige Bakelitmischung benutzte ich als Härtemittel. Weil das Veilchenöl schnell verfliegt, wird die Farbe durch das Bakelit rasch zäh. Ich muss mich also beeilen und kann mir keine Fehler leisten." Der Maler machte eine kleine Pause.

Van Aelst ging nun in die Ecke zu dem großen Backofen und öffnete die Klappe. „Auch hier funktionierte nun alles. Es gab keine Blasen. Nichts verbrannte mehr. Alles bestens, bis auf eine Farbe. Bleiweiß. Ich musste Bleiweiß verwenden, weil es zu Vermeers Zeiten noch kein Zinkweiß gab. Aber dieses Bleiweiß verfärbte sich im Ofen gelblich, fast ockerfarben. Es war zum Verzweifeln. Ich experimentierte weiter, aber ich fand keine Lösung." Der Maler zündete sich eine Zigarette an. „Ich war kurz davor, alles abzubrechen. Die Experimente hatten mich gesundheitlich ruiniert. Die Pigmente dieser alten Farben, die ich, wie Vermeer, alle selber von Hand angerieben hatte, sind sehr giftig. Bleiweiß und Gelb aus Massicot enthalten Bleioxid, das Rot aus Vermillon wird aus quecksilberhaltigem Zinnober gewonnen. Beim Erhitzen entstehen Schwermetalle. Mir sind die Haare ausgefallen, das Zahnfleisch hat geblutet. Überall hatte ich Nervenschmerzen." Er setzte sich auf einen Stuhl, rauchte und wartete.

„Hey, van Aelst, spann uns nicht auf die Folter. Wie hast du das Problem gelöst? Spiel hier nicht den Märchenonkel, wir wollen Fakten hören." Die Reporter riefen durcheinander und verstummten, als Wertenbaker sich zu Wort meldete: „Van Aelst, warum diese ganze Mühe? Bei dem Bild für Göring haben Sie doch auch modernes Zinkweiß und Kobaltblau aus der Tube verwendet."

„Ach, der Herr Amerikaner. Der Herr Schlaumeier. Hören Sie gut zu, denn Sie glauben ja alles. Zum Beispiel, wenn der aufgeblasene Hannema Ihnen erzählt, er hätte mich persönlich wie einen unerfahrenen Kunststudenten beim Kopieren der *Emmausjünger* gesehen. Niemals habe ich so etwas gemacht. Also, bei meinem letzten Vermeer, den ich gemalt habe und der bedauerlicherweise in Görings Hände kam, hatte ich kein Lapislazuli mehr und auch kein Bleiweiß. Da ich mitbekommen hatte, dass meine genialen Vermeers nie anständig chemisch und physikalisch untersucht wurden, habe ich es einfach riskiert. Das war aber bei meiner ersten Fälschung anders. Hier musste alles stimmen. Deswegen hatte ich mit dem Bleiweiß so ein großes Problem."

Ein belgischer Reporter rief: „Jetzt erzähl schon. Wie hast du das Problem gelöst?"

Van Aelst drückte seine Zigarette aus. „Ich hatte Glück. Eines Tages, es sollte mein letzter Versuch sein, bekam ich überraschend Besuch vom Bürgermeister und einem Polizisten aus Roquebrune. Ein paar Bürger hatten sich über mich beschwert. Seit Wochen verpeste ich die Luft der Umgebung mit unangenehmen Gerüchen. Die beiden hätten mich fast in flagranti erwischt, denn ich hatte gerade eine kleine Leinwand in den heißen Ofen geschoben. Ich schaffte es gerade noch, den Ofen runterzudrehen und die Besucher von meinem Atelier fernzuhalten. Allerdings dauerte es eine ganze Weile, sie wieder loszuwerden. Ich versicherte ihnen, dass ich die stinkenden Farbexperimente beenden würde. Da wäre nichts mehr zu befürchten. Um ihr Misstrauen gänzlich zu vertreiben, musste ich einen Pastis nach dem anderen einschenken. Nach gut zwei Stunden torkelten sie dann endlich zur Tür hinaus und die steile Straße ins Dorf hinunter. Ich ging ins Atelier und stellte mit Erschrecken fest, dass ich den Ofen nicht ganz ausgemacht, sondern die Temperatur nur auf 105 Grad reduziert hatte. Trotzdem roch es nicht verbrannt. Als ich die Leinwand aus dem Ofen holte, war ein Wunder geschehen. Die Farben leuchteten. Blau, Gelb, Rot und ein klares Weiß. Als das Bild abgekühlt war, machte ich den Alkoholtest. Der Lappen blieb sauber. Ich konnte mein Glück kaum fassen. Das war also das Geheimnis. Die geringe Temperatur, dafür aber über zwei Stunden im Ofen. Jetzt kennen Sie das größte Geheimnis meiner Technik, und wissen, warum ich für die Bilder einen großen Backofen brauchte."

Im Dachatelier hörte man nur noch das Kratzen der Bleistifte und Füller auf den Notizblöcken. Ein paar Reporter tuschelten. Meg notierte sich die Schlagzeile EIN VERMEER AUS BAKELIT und zeigte sie Louis de Winter, der aktuell über die Maldemonstration berichten sollte, damit Meg sich auf den Fall Bredius konzentrieren konnte.

Louis hob die Hand. „Van Aelst, Sie haben vorhin erwähnt, dass Sie nur mit Farben aus alten Pigmenten, die auch Vermeer benutzte, arbeiten wollten und auch mit den gleichen Arbeitstechniken. Warum dieser Aufwand?"

„Ich wollte neue, echte Vermeers erschaffen. Das geht aber nur mit den alten Techniken. Ich musste die Farben selbst anreiben, weil moderne Pigmente viel zu homogen sind. Bei den alten Meistern sind die Pigmentpartikel etwa zehnmal gröber. Unter dem Mikroskop erkennt man das genau. Ich durfte kein Risiko eingehen. Und es hat sich ja gelohnt." Van Aelst lachte, nahm wieder Palette und Pinsel zur Hand und malte weiter an seinem Bild.

„In der Tat hat er damals alle hinters Licht geführt", mischte sich der Professor ein. Er sah die Journalisten eindringlich an. „Bis auf mich natürlich. Auf mich wollte ja niemand hören." Er machte eine Pause, sah zu dem Maler. „Van Aelst, hier verdienen Sie meinen Respekt. Technisch haben Sie keine Fehler gemacht." Der Professor zeigte auf einen Tisch hinter Rosendahl und den Polizisten. Dort saßen neben Luitwieler weitere Experten. Ein schlanker Mann mit nach hinten gekämmtem Haar und starken Geheimratsecken erhob sich.

„Professor Coremans leitet die zentralen Laboratorien der belgischen Museen." Van den Berg machte eine einladende Handbewegung. „Kommen Sie zu mir." Er begrüßte ihn mit einem festen Händedruck. „Professor Coremans betreut die naturwissenschaftliche Untersuchungskommission. Er ist ein

Experte auf diesem Gebiet und als Belgier unabhängig und unparteiisch. Professor, was haben Sie herausgefunden?"

„Unsere Tests haben alles bestätigt, was van Aelst über seine Arbeit an den Fälschungen ausgesagt hat. Es steht zweifelsfrei fest, dass er die Bilder gemalt hat. Im Detail heißt das: Erstens, die Angaben über die von ihm verwendeten Farben stimmen. Wir haben Bleiweiß ebenso gefunden wie Blau aus Lapislazuli. Die Pigmente in den Farben sind nicht homogen, eher grob. Wie bei den alten Meistern. Zudem ist die Farbe absolut durchgetrocknet und bestand damit den Alkoholtest. Aber, und das ist wichtig, sie widerstand auch aggressiven Lösungsmitteln und Säuren. Das wäre bei wirklich alter Farbe auf Leinölbasis nicht der Fall gewesen. Es bestätigt also, dass van Aelst eine neue Farbe mit diesen Eigenschaften erfunden hat. Zweitens beruht die Farbe auf einer Phenol-Formaldehyd-Verbindung wie sie auch für Bakelit verwendet wird. Die Verbindung, die wir in den Gemälden nachweisen konnten, ist identisch mit der Zusammensetzung des Phenol-Formaldehyds, das wir in diversen Gefäßen in seinem Atelier in Laren und Amsterdam gefunden haben. Zu den alten Rahmen und Nägeln ist schon alles gesagt worden. Das kann ich nur bestätigen. Ebenso die originalen Leinwände, bei denen wir mithilfe von Röntgenaufnahmen noch die Reste alter Bilder finden konnten, die ebenso den Angaben van Aelsts entsprachen. Interessant ist noch die Untersuchung des Craquelés. Wie vom Restaurator berichtet, erscheint es täuschend echt und alt. Wir haben die kleinen Spalten und Krater nach Staub und Schmutz untersucht, der sich dort während der Jahrhunderte absetzt. Dabei haben wir aber Spuren moderner Tinte gefunden. Auch das stimmt mit den Angaben des Fälschers überein, der erklärt hat, das künstliche Craquelé durch eine Mischung aus Tinte, Staub und Dreck gefärbt zu haben. Ich kann also nur bestätigen, dass die Bilder in der Fälscherwerkstatt van Aelsts entstanden sind. Ich bedanke mich für Ihre Aufmerksamkeit." Der belgische Experte verneigte sich und ging zu seinem Platz zurück.

Van Aelst stand rauchend vor der Staffelei. „Voilà, es ist vollendet. *Jesus unter den Schriftgelehrten.* Ein neuer biblischer Vermeer. Jetzt muss das Bild nur noch in den Backofen."

„Ein neuer biblischer van Aelst, würde ich sagen." Van den Berg hatte mahnend den Zeigefinger erhoben. „Eine Fälschung ist wahrhaftig kein Grund zum Feiern. Wir haben alle gesehen, dass Sie ihn gemalt haben."

Van Aelst ließ ein verächtliches Schnauben hören. „Ich werde Sie noch einmal überraschen Professor. Oder wissen Sie bereits, wie ich das Craquelé, das normalerweise in Jahrhunderten entsteht, so fix in die neue Farbe hineinbekommen habe? Weder Luitwieler noch Coremans haben dazu etwas gesagt." Die beiden Angesprochenen zuckten mit den Schultern.

„Da hat er tatsächlich recht. Bis jetzt wissen wir noch nicht, wie er das Craquelé so perfekt hinbekommen hat", bestätigte Coremans.

„Das werden Sie beim nächsten Mal erleben. Das Bild muss erst etwas trocknen, bevor ich es backen kann. Aber jetzt bin ich müde und brauche Ruhe. Sie erlauben?" Van Aelst sah zu Rosendahl und der nickte mit dem Kopf.

„Ich werde Sie rechtzeitig informieren, wenn es so weit ist", wandte er sich an die Reporter. „Für heute ist das Theater geschlossen. Ich denke, Sie haben genug Material."

Meg huschte an den Kollegen vorbei zur Toilette. Hier würde sie abwarten, bis alle verschwunden waren. Sie musste van Aelst allein sprechen. Auch Rosendahl und der Professor durften davon nichts mitbekommen. Sie hatte Bill und Louis de Winter beauftragt, die beiden abzulenken. Im Treppenhaus hörte sie van den Bergs durchdringende Stimme. „Wo ist Fräulein van Hettema? Ich muss sie sprechen. Ihre überraschende Sommerbräune kommt mir doch eher mediterran als atlantisch vor, wenn Sie verstehen, was ich meine. Mittelmeer und nicht Nordsee. Jedenfalls habe ich etwas von einem Ausflug nach Südfrankreich gehört."

„Das würde ich wissen", antwortete Sergeant O'Connor trocken.

„Und, wissen Sie es? Sie haben ja die gleiche unverschämte Bräune im Gesicht!"

„Frau van Hettema ist schon in der Redaktion", mischte sich Louis de Winter ein. „Sie möchte vor den anderen Zeitungen mit einem Extrablatt herauskommen."

„Hey Rosendahl", quakte der Professor, „was wissen Sie über die Reise? Hat Sie da etwa den alten Bredius in Monaco besucht?"

Der Kapitein antwortete zurückhaltend. „Frau van Hettemas Freizeit geht mich nichts an. Aber was soll sie bei Bredius? Wir hatten auch daran gedacht, ihn vorzuladen, aber er ist zu alt und kann nicht mehr reisen, sagen die Kollegen in Frankreich. Sie wollten ihn befragen, aber er war nicht ansprechbar und sein Sekretär hat sie gebeten, ihn zu schonen. Ich habe die Nachricht gerade erhalten. Aber ich denke, wir brauchen den alten Mann nicht."

„Schade, schade", murmelte der Professor. „Ich hätte

gerne von ihm selbst gehört, wie er zu dieser folgenreichen Fehlentscheidung gekommen ist. Ich hätte gerne sein Waterloo miterlebt.“

Meg wartete ab, bis sie keine Stimmen und Schritte mehr im Treppenhaus hörte. Sie schlich durch den Flur. In der Küche saß Nelly mit dem Rücken zur offenen Tür am Küchentisch und putzte Gemüse. Van Aelst stand neben ihr und sah zu Meg. Sie zog schnell eine Flasche Genever aus ihrer Tasche, legte den Finger auf die Lippen und nickte mit dem Kopf in Richtung seines Schlafzimmers. Der Maler legte eine Hand auf Nellys Schulter und beugte sich zu ihr hinunter.

„Liebe Nelly, das hat mich doch sehr angestrengt. Ich lege mich etwas hin.“

Nelly hackte gerade eine Lauchstange in kleine Ringe. „Ja, tu das. Die Suppe dauert noch ein wenig. Sie wird dir guttun. Ich rufe dich dann zum Essen.“

Van Aelst folgte Meg in sein Schlafzimmer. Er setzte sich auf ein französisches Doppelbett und griff gierig nach der Flasche. Meg zog sie zurück. Sie schenkte ihm ein halbes Wasserglas voll und reichte es ihm.

„Was willst du? Den Schnaps gibt es doch bestimmt nicht umsonst.“

„Nein, und es gibt auch noch mehr davon.“ Meg stellte die Flasche auf einen Waschtisch. „Ich werde dir eine Geschichte erzählen. Sie wird dir gefallen. Aber du musst sie unbedingt für dich behalten. Dann musst du mir ein paar Fragen beantworten.“

Van Aelst trank einen großen Schluck, streckte ihr das Glas entgegen. „Warum nicht? Da oben läuft es bestens“, er deutete mit dem Finger in Richtung seines Ateliers. „Endlich sieht die ganze Welt, dass ich ein großer Künstler bin. Hast du gesehen, wie beeindruckt sie von meiner Demonstration sind? Von meinen Tricks?" Van Aelst trank das Glas leer. Meg schenkte nach.

Sie überlegte. Möglicherweise würde sie ihn verärgern, wenn er erfahren würde, dass Bredius seine Fälschung gar nicht hatte beurteilen können, weil er schon fast nichts mehr sehen konnte. „Ich mach dir einen Vorschlag. Ich stelle dir zuerst ein paar Fragen. Dann erzähle ich dir meine Geschichte. Dann entscheidest du, ob du weiter mit mir reden möchtest."

Van Aelst stutzte. „Das klingt ja verdammt bedrohlich. Gib mir noch was zu trinken. Mach das Glas einfach voll."

Meg schenkte nach.

Der Maler nahm ein rot-schwarzes Zigarettenetui von seinem Nachttisch. Klopfte darauf. Grinste. „Bakelit. Wie meine Farben." Er öffnete es und bot ihr eine Filterlose an. Meg gab ihm Feuer. Van Aelst sah sie an. „Also los, was willst du wissen?"

„Warum hast du dich damals entschieden, die erste Fälschung *Christus und die Jünger in Emmaus* ausgerechnet von Bredius begutachten zu lassen? Damit hast du viel riskiert."

Van Aelst lachte. „Du hast Recht. Ich habe auch lange darüber nachgedacht. Aber es musste Bredius sein. Ich hatte noch eine Rechnung mit ihm offen. Hinzu kam, dass er bei mir quasi um die Ecke an der Côte d'Azur wohnte. Es war also kein großer Aufwand, ihm das Bild zu präsentieren." Van Aelst nahm einen kleinen Schluck seines Genevers.

Meg machte sich Notizen.

„Außerdem, ich hatte gehört, dass Bredius Probleme mit

seinen Augen hatte. Es sollte zwar niemand wissen, aber es wird natürlich getratscht an der Côte d'Azur, ist ja ein kleines Dorf. Das könnte mir auch nützen, dachte ich mir, denn es würde den eitlen Kerl niemals davon abhalten, einen unbekannten Vermeer zu begutachten und dann zu entdecken, wenn er die Chance habe.

Das waren die praktischen Gründe für meine Entscheidung. Wichtiger aber war meine Strategie. Das hat mit Psychologie zu tun. Da war Bredius der beste Kandidat." Van Aelst machte eine Pause, leerte sein Glas.

„Warum?"

Der Fälscher lächelte. „Gleich. Jetzt bist du dran. Und vorher bitte noch etwas von diesem leckeren Getränk."

Meg schenkte ihm einen weiteren Genever ein.

„Nichts, was ich dir jetzt erzähle, darf diesen Raum verlassen. Nicht einmal Nelly und vor allem nicht Rosendahl und der Professor dürfen davon erfahren. Das musst du mir versprechen."

Van Aelst nickte.

„Ich war in Monte Carlo und habe Bredius besucht. Er ist jetzt 90 und so gut wie blind. Aber er hat auch schon damals *Die Emmausjünger* nicht mehr richtig sehen können. Das weiß ich von ihm persönlich."

Van Aelst sah sie verblüfft an. „Das hat der eitle Kerl zugegeben? Kann ich mir kaum vorstellen."

Meg erzählte van Aelst die ganze Geschichte. Bei der Schilderung des Morgenrituals lachte er laut. Dann ließ er sich aufs Bett zurückfallen, um Megs weiterer Erzählung genüsslich zu folgen. Am Ende hatte er Tränen in den Augen. Er rollte sich zur Seite und stützte sich auf seinen Ellbogen.

„Der devote Kronig. Bredius hat früher schon ein paar Mal versucht, seinen Zauberlehrling in die Kunstexpertenwelt einzuführen. Man hat ihn nicht ernst genommen. Und jetzt wird er von seinem Adlatus gequält. Großartig! Das ist ja noch viel besser als alles, was ich mir jemals hätte ausmalen können."

„Es stört dich also nicht, dass Bredius nur wegen der Mithilfe seines Assistenten auf dich hereingefallen ist?"

Van Aelst schüttelte den Kopf, stand auf und ging zum Fenster. Die Hände in den Hosentaschen, drehte er sich um. „Nein. *Die Emmausjünger* haben sich durchgesetzt, weil das Bild ebenso gut ist wie ein echter Vermeer."

Meg notierte sich: Er hält sich tatsächlich für Vermeer.

„Er war damals schon auf eine Fälschung von mir hereingefallen, die ihn zum Gespött gemacht hat." Wieder lachte van Aelst. „Ich wusste also, dass Bredius alles tun würde, um seinen guten Ruf wiederherzustellen. Man musste ihm nur das richtige Bild unter die Nase halten."

„Aber warum ausgerechnet einen Vermeer?"

Der Fälscher lächelte überlegen. „Zeige ihnen, was sie suchen! Dann schauen sie nicht mehr richtig hin. Verstehst du? Vermeers Genrebilder kennt jeder in- und auswendig. Da machst du keinem mehr was vor. Aber es gibt eben nur diese paar Bilder und alle fragen sich, hat er wirklich nur so wenig gemalt? Viele sind davon überzeugt, dass es noch mehr Vermeers geben muss." Van Aelst machte eine Pause, während Meg schnell mitschrieb. Sie sah ihn fragend an. „Die Maler der damaligen Zeit waren gut bezahlte Kunsthandwerker. Bezahlt und abhängig von den reichen Pfeffersäcken. Weil sie so viel Geld eingebracht haben, waren biblische Motive beliebt. Also haben alle großen Maler der Zeit solche Bilder gemalt. Nur von Vermeer kennt man keine." Wieder machte der Maler eine Pause und trank. „Fast keines. Zwei der ihm zugeschriebenen Bilder passen in dieses Schema und fallen damit völlig aus der Reihe seiner bekannten Werke. Eines ist *Christus bei Maria und Martha.* Rate einmal, wer es entdeckt und zu einem Vermeer erklärt hat?"

„Abraham Bredius", antwortete Meg stolz.

„Und die Kunstwelt, allen voran Bredius, war überzeugt, es müsste mehr von diesen frühen Vermeers geben. Ein solches Bild würde ich ihm liefern. Das war der Plan, und er ist aufgegangen."

Der Fälscher nahm einen großen Schluck. „Hier habe ich Vermeer wahrlich übertroffen."

Meg stand auf. „Der Professor nennt deinen Jesus kuhäugig mit schiefem Schlaganfalllächeln unter den angeklatschten Haaren."

„Lass ihn reden. Er muss sich aufspielen. Beweisen, dass er damals nicht wie Hannema vom Anblick des Gemäldes so fasziniert war, dass er das Bild unbedingt haben musste."

Van Aelst ging wieder zu seinem Bett und streckte sich darauf aus. „Aber jetzt muss ich mich wirklich ausruhen. Es wäre auch besser, du bist verschwunden, wenn Nelly nach mir schaut."

Meg packte die leere Flasche ein. „Kein Wort. Zu Niemanden."

Der Fälscher war bereits eingeschlafen.

In der *Parool* stürmte Meg sofort in das Büro vom Chefredakteur. „Sorry Chef, es eilt. Wir müssen ein Extrablatt vorbereiten."

Van Zomeren sah auf die Uhr. „Es ist Mittag. Die Zeit reicht gerade für die normale Ausgabe. Ich habe den Artikel von Louis gelesen. EIN VERMEER AUS BAKELIT. Sehr gelungen. Waren Sie nicht auch auf dieser Pressekonferenz?"

„Genau darum geht es ja. Deshalb müssen wir ein Extrablatt machen. Ich habe noch eine Exklusivstory über Bredius. Mit der können wir nicht bis morgen warten. Der Professor hat mitbekommen, dass ich ihn in Südfrankreich besucht habe."

„Ach ja, der Professor hat hier angerufen und wollte Sie sprechen. Ich habe ihm gesagt, dass Sie eine Reise in den Süden machen. Mehr habe ich nicht verraten."

Meg verdrehte die Augen. „Also, wir brauchen ein Extrablatt für heute Nachmittag."

Van Zomeren hob die Hände. „Was immer Sie wollen, Fräulein Chefreporterin."

Meg stürmte aus dem Büro und rief einem Boten zu, er solle in der Produktion Bescheid geben, dass sie in einer Stunde den Text für ein doppelseitiges Extrablatt bekämen. Sie sollten schon mal Fotos von Abraham Bredius und seinem Assistenten Joseph Kronig, van Aelst und dem Gemälde *Christus und die Jünger in Emmaus* vorbereiten. Dann wuchtete sie ihre zerkratzte Remington vom Fensterbrett auf den Schreibtisch, zündete sich eine Zigarette an und tippte.

Blind wie ein Maulwurf

Der berühmte Kunstexperte Abraham Bredius konnte van Aelsts Fälschung Christus und die Jünger in Emmaus *gar nicht mehr sehen, als er das Gemälde zu einem echten Vermeer erklärte.*

Doch als Meg die ersten Zeilen geschrieben hatte, wurde

ihr klar, dass dieses Extrablatt noch nicht erscheinen durfte. Es würde Rosendahl und den Professor zu sehr erzürnen, wenn sie ihnen wieder einen Schritt voraus war. Es könnte sogar die öffentliche Maldemonstration van Aelsts gefährden. Sie brauchte das Spektakel. Das Extrablatt musste erscheinen, wenn niemand damit rechnete. Also nicht vor der nächsten öffentlichen Vernehmung, sondern genau dann.

Es roch nach verbrannten Chemikalien, als die Journalisten am nächsten Tag in das Dachatelier in der Herengracht strömten. Sie hatten alle über van Aelsts Erfindung, die Bakelitfarbe, geschrieben. Die Raffinesse des Fälschers, mit der er die arroganten Kunstexperten und reichen Sammler hereingelegt hatte, begeisterte die Leser. An Rosendahls Tisch saß heute auch ein Staatsanwalt. Ein langer, schmaler Kauz mit zusammengewachsenen Augenbrauen. Meg betrat als eine der letzten den Raum. Sie wollte neben der Tür stehen bleiben, aber Wertenbaker in der ersten Reihe winkte. Er hatte ihr einen Platz neben sich freigehalten. Kaum hatte sie sich gesetzt, flüsterte er ihr ins Ohr: „Was sind das für Gerüchte, dass Sie Bredius an der Côte d'Azur aufgesucht haben?“

Meg zuckte mit den Schultern.

„Was haben Sie denn da drin?“, fragte Wertenbaker und zeigte auf eine große Tasche, die Meg unter ihrem Stuhl verstaute.

„Beweismittel.“

„Für was?“

„Ich bitte um Ruhe.“ Rosendahl war aufgestanden.

„Wir beginnen mit dem letzten Tag der öffentlichen Vernehmung des Malers van Aelst. Er wird heute abschließend demonstrieren, wie er ein Bild im Stil des Künstlers Vermeer zu Delft geschaffen hat."

„Entschuldigen Sie, wenn ich Sie unterbreche." Van den Berg stürmte in den Raum. Erneut war er diesen einen, exakt kalkulierten Moment zu spät, um sofort alle Aufmerksamkeit auf sich zu ziehen. Er trug einen gelben Anzug und karmesinrote Schuhe. Meg fragte sich, wo man so etwas kaufen konnte.

„Bester Kapitein, ich weiß, Sie sind Polizist und kein Kunstexperte. Aber wir sollten doch bei den Tatsachen bleiben. Es handelt sich hier keinesfalls um ein Bild im Stil des großen Vermeer zu Delft, sondern um eine Fälschung. Heute werden wir nun noch einige der letzten Geheimnisse lüften."

Van Aelst kam nun hinter seinem Arbeitstisch hervor und trat sehr nah an van den Berg heran. „Herr Professor Schlaumeier. Sieben Millionen habe ich für diese paar Gemälde bekommen, und immer waren es Leute Ihrer Zunft, die es gar nicht erwarten konnten, endlich eines davon zu bekommen."

Van den Berg wich aus. „Nun ja, einige von ihnen waren etwas verwirrt oder besser gesagt, geblendet. Jetzt sind wir hier, um die Sache aufzuklären. Ich nehme an, das neue Bild backt im Ofen. Hoffentlich verkohlt es nicht."

Van Aelst sah ihn böse an, drehte sich um und ging zu dem großen Ofen in der Ecke des Raumes. Er zog feuerfeste Handschuhe an. „105 Grad. Gute zwei Stunden. Es würde mich wundern, wenn etwas passiert wäre."

Er öffnete die Ofenklappe und zog vorsichtig die heiße Leinwand heraus. Dann drehte er sich um und hielt das Bild *Christus unter den Schriftgelehrten* in die Höhe. Langsam ging er an dem Tisch mit Rosendahl und dem Staatsanwalt vorbei.

Er drehte sich und ging auf die Journalisten zu. Die Kamera der Wochenschau surrte, die Fotoapparate klickten. Einige Reporter waren aufgestanden. Meg spürte die Wärme, die das Bild ausstrahlte, als van Aelst damit direkt vor ihr stand. Es glänzte. Die Farben waren brillant.

Van Aelst schwenkte es vorsichtig hin und her. „Sehen Sie, nichts ist verbrannt. Die Farben und Figuren sind so erhalten, wie ich sie gemalt habe. Alles ist perfekt." Er machte eine Pause. „Zu perfekt. Sehen Sie sich die Oberfläche an. Sie ist glatt. Wie aus einem Guss. Kein altes Bild sieht so aus. Es fehlt das Craquelé." Van Aelst ging zu einem großen Tisch, der mit einem dicken Tuch bedeckt war, und legte die Leinwand darauf. „Lassen wir der Leinwand noch etwas Zeit zum Abkühlen, dann werden Sie hier ein Wunder erleben." Er ging ein paar Schritte auf die Journalisten zu. „Sie erinnern sich, wie ich zu Beginn von der Leinwand das ursprüngliche Bild abgekratzt habe. Selbst wenn man kaum noch etwas erkennen kann, so bleibt in der letzten verbliebenen Schicht doch das jahrhundertealte Craquelé erhalten. Meine neue Farbe ist nun in diese Schicht bis zur Leinwand eingedrungen und durch das Backen fest verbunden und durchgehärtet. Das mache ich mir zunutze." Van Aelst zog die Handschuhe aus und testete zunächst mit einer Fingerkuppe, dann mit dem Handrücken die Temperatur der Leinwand. „Einen Moment noch." Er zog sein Jackett aus und nahm von einem Stuhl seinen Arbeitskittel und schlüpfte hinein. Dann ging er wieder zu dem Tisch und rollte die Leinwand zusammen. Er drückte und quetschte sie, zog sie wieder auseinander und mit Kraft über die Tischkante. Kreuz und quer, hin und her und man konnte ein leises Knistern hören. Als die ganze Leinwand so behandelt war, hob er sie wortlos in die Höhe. Die Oberfläche des Gemäldes war mit sehr hellen, spinnennetzartigen Rissen überzogen.

„Wie Sie sehen, ist das Craquelé bis zur Oberfläche durchgebrochen. Es ist gut sichtbar, weil es noch zu hell ist. Fast weiß."

Ein Fotograf lief zu van Aelst und hielt die Kamera ganz dicht an das Bild. Ein anderer rief: „Van Aelst, du bist ein Meister."

Wertenbaker raunte Meg zu: „Erstaunlich, erstaunlich."

Der Professor wiederum war der Meinung, dass es an der Zeit wäre, wieder auf sich aufmerksam zu machen. „Van Aelst, ich denke, es ist Ihnen auch für die hellen Risse eine Lösung eingefallen. Ich tippe auf Tinte mit Haus- und Kohlenstaub vermischt."

Van Aelst schwenkte ein Glas mit dunkler Flüssigkeit. „Habe ich heute Morgen noch hergestellt." Er nahm einen breiten Flächenpinsel und verteilte mit schnellen Bewegungen die schwarze Mischung kreuz und quer über das Bild. „Das lassen wir jetzt etwas eintrocknen. Die Schmutztinte wird das ganze Craquelé ausfüllen. Da die Farbe aber steinhart ist, kann ich die Reste problemlos wieder abwischen." Er nahm einen Schwamm und ein weiches Tuch und fuhr damit über das Bild. Dann legte er die dreckigen Lappen beiseite und holte ein großes Glas mit einer braunen Flüssigkeit. „Firnis. Auch selbst gemischt mit Hausstaub und brauner Asche. Ich habe dafür extra alte Weinstöcke verbrannt. Ein bisschen Patina kann nicht schaden, wenn das Bild fast 300 Jahre alt sein soll." Er lachte und pinselte die Firnis auf das Bild. „Sobald die Firnis getrocknet ist, spanne ich die Leinwand wieder auf den alten Keilrahmen mit den originalen Nägeln und fertig ist der Vermeer *Christus unter den Schriftgelehrten.* Ich hoffe, ich konnte Ihnen hiermit beweisen, dass ich wirklich der Schöpfer dieser Meisterwerke bin.“ Van Aelst lächelte und zeigte auf die rundherum an den Wänden hängenden Gemälde, mit denen er Millionen verdient hatte. „Mesdames et Messieurs, ich danke für Ihre Aufmerksamkeit.“ Er setzte sich auf einen Stuhl, legte ein Bein über das andere und blickte zufrieden in die Menge.

Der Staatsanwalt stand auf und stakste zu van Aelst. Er nickte ihm zu und wandte sich dann an die Journalisten. „Sehr überzeugend, sehr überzeugend. Die Staatsanwaltschaft hat aufgrund des Geständnisses van Aelsts, den Untersuchungsergebnissen der Expertenkommission und nicht zuletzt dieser beeindruckenden Maldemonstration keinerlei Zweifel mehr daran, dass er alle diese Bilder gefälscht und in betrügerischer Absicht verkauft hat, um sich zu bereichern. Aufgrund der Höhe des Schadens und der großen kriminellen Energie, mit der er zu Werke ging, wird er wegen schweren Betrugs, Urkundenfälschung und Steuerhinterziehung angeklagt. Sein ganzes Vermögen und persönlicher Besitz werden sofort beschlagnahmt. Wegen seines kritischen Gesundheitszustandes, seiner zukünftigen Besitzlosigkeit und seines guten Willens zur Zusammenarbeit mit der Polizei und Justiz wird der Arrest bis zur Verhandlung aufgehoben, da keine Fluchtgefahr besteht. Die öffentliche Anhörung ist hiermit beendet.“

Sofort gab es Protestrufe von Reportern. Allen voran brüllte Hendricus Thomasius. „Und was ist mit seiner Nazivergangenheit? Haben Sie schon vergessen, dass er Hitler persönlich eines seiner Bücher gewidmet hat? Bleibt das etwa ungesühnt?"

„Keineswegs." Der Staatsanwalt ließ sich nicht aus der Ruhe bringen. „Aber selbst, wenn diese Anschuldigung bewiesen wäre, so ist das Vergehen nach niederländischem Recht deutlich geringer als dieser massive Kunstbetrug und seine Folgen. Wenn es Beweise für weitere Gesetzesverstöße gibt, werden diese natürlich auch geahndet werden. Bitte entschuldigen Sie mich jetzt. Ich habe noch zu tun."

In diesem Moment stürmte ein junger Brigadier in das Atelier direkt zu Rosendahl. Er streckte ihm ein Extrablatt der *Parool* entgegen. Rosendahl überflog es und sprang auf. „Herr Staatsanwalt", rief er und ging zu Meg. „Ich bitte Sie noch um einen Moment Ihrer wertvollen Zeit. Möglicherweise brauche ich Ihren Rat." Er zeigte auf Meg. „Fräulein van Hettema, Reporterin bei der *Parool,* ist, ohne uns zu informieren, nach Monte Carlo gereist und hat dort den Kunstexperten Abraham Bredius aufgesucht."

Meg sprang auf. „Was ich privat und beruflich mache, geht Sie und die Polizei gar nichts an. Ich brauche Sie dafür auch nicht um Erlaubnis zu fragen."

„Das ist richtig. In diesem Fall ist Bredius aber ein wichtiger Zeuge, dessen Vernehmung durch die französische Polizei leider nicht möglich war. Wenn Sie also mit ihm gesprochen haben, dann sind Sie verpflichtet, uns sofort darüber zu informieren und zwar direkt und nicht über ein Extrablatt." Er hielt es in die Höhe und alle starrten auf die Schlagzeile BLIND WIE EIN MAULWURF.

Sofort drängten die Fotografen und der Kameramann der Wochenschau nach vorne, um Rosendahl mit dem Extrablatt und Meg zu fotografieren und zu filmen. Stühle flogen zur Seite, als sie Meg umringten.

„Verdammt, was meinst du mit ‚Blind wie ein Maulwurf‘? Hey Rosendahl! Geben Sie uns das Extrablatt!“, riefen sie durcheinander. Aber der Kapitein hatte es schon an den Staatsanwalt weitergereicht, der sich damit hinter dem Tisch der Ermittler in Sicherheit gebracht hatte.

„Herr Staatsanwalt“, rief Rosendahl, der gleichzeitig mit dem Brigadier und weiteren Wachleuten versuchte, die Reporter zurückzudrängen. „Verehrter Herr Staatsanwalt, ich beantrage die Festnahme der Reporterin van Hettema wegen Zurückhaltung wichtiger Beweismittel. Wir müssen sie in Ruhe verhören können.“

Der Staatsanwalt las das Extrablatt und zögerte. „Wenn ich das richtig sehe, steht eigentlich alles hier drin.“

„Du bist ein Teufelsweib!“, flüsterte Wertenbaker Meg ins Ohr. „Wenn du jetzt die Klappe hältst und mir die ganze Story der Reise und alles, was noch nicht in dem Extrablatt steht, exklusiv erzählst, mache ich dich in den USA, ja in der ganzen Welt, berühmt.“

„Wie sollte ich? Rosendahl möchte mich verhaften.“ Meg nahm die große Tasche und stellte sie auf den Stuhl neben sich.

„Herr Staatsanwalt, Kapitein“, rief jetzt der flämische Reporter und boxte sich nach vorne. „Wieso verhören Sie die van Hettema nicht gleich hier? Dann haben wir alle was davon?“

Rosendahl und der Staatsanwalt tuschelten miteinander.

„Warum denn gleich verhören? Ihr habt doch gehört. Steht alles in dem Extrablatt.“ Meg öffnete die Tasche und verteilte das Extrablatt an die Kollegen.

„Es ist aber schöner, wenn du es mit deiner reizenden Stimme selbst erzählst“, rief Thomasius und schnappte sich ein Exemplar.

„Außerdem habe ich noch ein paar Extras mitgebracht.“ Meg hob die Tasche in die Höhe. „Rosendahl wird sie Beweismittel nennen. Ich werde sie ihm nicht vorenthalten.“

„Also gut. Setzen sich alle wieder auf ihre Plätze. Fräulein van Hettema, kommen Sie hier nach vorne und bringen Sie die Tasche mit.“ Der Staatsanwalt sah sie streng an und Rosendahl räumte einige Akten zur Seite.

Meg stellte die Tasche ab. „Womit soll ich beginnen?“

„Mit dem blinden Maulwurf“, antwortete Rosendahl.

Meg berichtete also von ihrem Treffen mit Bredius und Kronig.

Van Aelst und Professor J. A. van den Berg vereinte in diesem Moment dasselbe ungute Gefühl. Die Veranstaltung, als deren Hauptfiguren sie sich eigentlich fühlten, drohte ihnen gänzlich zu entgleiten. Dagegen mussten sie dringend etwas unternehmen. Van Aelst räusperte sich. „Meine Damen und Herren, nun beruhigen Sie sich doch alle. Ich bestätige, dass Fräulein van Hettema mich gestern in meinem Schlafzimmer aufgesucht hat.“

Großes Gelächter bei den Reportern. „Wie war sie?“, rief einer.

„Mein Gott. Woran denken Sie denn?“ Van Aelst gab sich empört. „Sie hat mir von ihrem Besuch bei Bredius erzählt. Von mir wollte sie wissen, ob ich das alles so geplant oder nur verdammt viel Glück hatte. Ich bin nach wie vor der Meinung, *Christus und die Jünger in Emmaus* hätte auch andere Experten überzeugt.“

„Keinesfalls. Niemals." Endlich hatte der Professor wieder einen Grund, das Wort zu ergreifen. Eine Hand in der Hosentasche, mit der anderen strich er sich die Haare zurück und rückte seine Brille zurecht. „Ich bin erleichtert, zu hören, dass Bredius' Fehlurteil durch sein schwaches Augenlicht zu erklären ist. Dass er von seinem drittklassigen Sekretär verleitet wurde, der dabei nur auf sein Erbe aus ist. Nein, wie tragisch. Er hat eine ganze Profession in Verruf gebracht und wäre da nicht meine Wenigkeit – wir würden diese hässlichen Bilder nach wie vor für echte Vermeers halten." Dabei drehte er sich vor der Kamera einmal um seine eigene Achse und zeigte auf die rundherum hängenden Fälschungen.

Van Aelst reagierte sofort: „Jetzt übertreiben Sie mal nicht, Professor! Ihre Profession, Ihre ganze Kunst-Expertenclique, ist doch immer wieder auf diese Bilder hereingefallen."

„Ich habe immer dagegen votiert!", wehrte sich van den Berg. „Und halten Sie endlich den Mund, van Aelst. Sie sind ein mittelmäßiger Maler, höchstens ein guter Kopist. Sie haben immer und immer wieder gefälscht, um damit ein Vermögen zu verdienen. Allein sieben Millionen Gulden für diesen Schrott hier!"

Das war zu viel für den kleinen Maler. Er stürzte sich auf den Professor, schlug ihm links und rechts ins Gesicht, spuckte vor ihm auf den Boden und trat ihm gegen das Schienbein. „Nennen Sie meine Meisterwerke nie wieder Schrott! Sie Kretin!"

Zwei Brigadiers nahmen van Aelst in den Polizeigriff und zogen ihn von dem Professor, der sich das Schienbein haltend und jammernd auf einem Bein herumhüpfte. Dann keifte er: „Selber Kretin. Bastard. Verbrecher."

Einige Reporter johlten, bis Rosendahl mit der Faust auf den Tisch schlug. „Ruhe! Sind Sie jetzt zufrieden mit dieser Demonstration? Da haben Sie doch was zu schreiben. Ich habe noch ein paar Fragen an Fräulein van Hettema. Zum Beispiel, was sie hier für Beweismittel versteckt hat." Die Situation beruhigte sich tatsächlich. Alle verfolgten gespannt, wie der Kapitein aus Megs Tasche eine weiße Milchkanne hervorzog und in die Luft hielt.

„Oh wie schön", hörten sie van Aelst rufen. „Das Milchkännchen, gleich dreimal habe ich es verwendet. Darf ich?" Der Maler nahm es Rosendahl aus der Hand und drehte es. „Ich habe es für ein paar Centimes auf dem Flohmarkt in Nizza gekauft. Oder war es Antibes?"

Rosendahl hatte mittlerweile ein Römerweinglas aus der Tasche geholt. „Das erkennen Sie ebenfalls?"

„Ja sicher! Der Römer schmückte mein *Abendmahl.* Sehen Sie hier." Er ging zu dem Bild und zeigte in die Mitte. „Direkt vor meinem schönen Jesus. Meine Frau Josephine und ich hatten mehrere davon und haben gerne daraus getrunken." Van Aelst machte eine kurze Pause und sah zu Meg. „Dann warst du in der Villa Estate?"

Meg nickte und griff in die Tasche. Sie holte einen Stapel Fotos heraus. „Ja. Die Villa ist ziemlich leer geräumt, aber noch völlig intakt. Ich habe außerdem noch etwas ganz Besonderes entdeckt. Du hast das Bild, für das van Beuningen 1,6 Millionen Gulden bezahlt hat, zuvor schon einmal gemalt." Sie zog ein großformatiges Foto aus der Tasche und reichte es Rosendahl und dem Staatsanwalt. Sie verglichen es mit dem Gemälde an der Wand und tuschelten.

„Was ist los? Stimmt das, van Aelst?", riefen die Reporter.

Der zuckte mit den Schultern. „Alles stimmt. Ich habe das Abendmahl tatsächlich noch einmal in den Niederlanden gemalt, weil ich das erste Bild in Nizza zurücklassen musste. Aber es hat mir so gut gefallen und van Beunigen ist darauf reingefallen." Van Aelst lachte. „Wie alle anderen auch – weil alle meine Bilder wahre Kunstwerke sind. Sie können mich dafür ins Gefängnis werfen, aber ich weiß, was sie wert sind." Er ging zu van den Berg. „Ich entschuldige mich für die Ohrfeigen und den Fußtritt." Dann ging er zur Wochenschaukamera. „Lassen Sie das Ding laufen. Was ich jetzt sage, ist wirklich wichtig." Er zeigte auf *Christus und die Jünger in Emmaus* und die anderen Fälschungen an der Wand. „Herr Professor, Sie halten mich für einen, wie sagten Sie doch, höchstens guten Kopisten. Dann beantworten Sie mir, uns allen, folgende Frage." Er zeigte wieder auf die *Emmausjünger.* „Gestern war dieses Bild noch Millionen Gulden wert. Aus aller Welt sind Kunstexperten und Kunstliebhaber gekommen und haben Geld bezahlt, um es zu betrachten. Heute ist es wertlos und niemand würde dafür auch nur ein paar Schritte tun. Doch das Bild hat sich nicht verändert. Was, frage ich Sie, was aber hat sich dann verändert?"

Epilog

Meg schlich schlaftrunken zur Toilette. Die Sonne war noch nicht aufgegangen. Sie würde gleich wieder zurück ins Bett zu Bill schlüpfen. Im Flur bemerkte sie ein kleines Kuvert, das jemand unter der Tür durchgeschoben hatte. Es war zugeklebt. Ohne Absender. Sie legte es auf den Tisch. Meg war todmüde und noch immer etwas betrunken. Sie hatten am Abend zuvor im *Het Zwaantje* gefeiert. Mit Louis de Winter, Kollegen und Freundinnen. Verelst hatte Geertje mitgebracht und sogar van Zomeren war gekommen. Er hatte ihr umständlich gratuliert und zugleich seinen Abschied von *Het Parool* verkündet. Er würde als Chefredakteur zur *Trouw* wechseln. Verelst hatte sie gefragt, ob sie seine Nachfolgerin werden wolle. Die erste Chefredakteurin in den Niederlanden. Ein bisschen Bedenkzeit hatte sie sich erbeten, und dann hatten sie Champagner getrunken, den Verelst über den Krieg gerettet und mitgebracht hatte. Sogar Rosendahl war noch aufgetaucht.

„Wolltest du mich wirklich verhaften?", fragte sie ihn und er lächelte.

„Was hätte ich denn tun sollen, nachdem das Extrablatt auftauchte? Noch mehr hätten behauptet, dass ich Bescheid gewusst, die Reise bestimmt unterstützt und dich schon immer bevorzugt mit Informationen versorgt hätte. Die Anzeige gegen dich bleibt übrigens bestehen."

Meg zog an der Klospülung, die wieder einmal klemmte. Es war ihr egal. Sie wankte ins Bett zurück und kuschelte sich an Bill, der den Arm um sie legte. Jetzt wollte sie nur noch ausschlafen. Aber ihre Gedanken kreisten.

Van Aelst war nach ihren Enthüllungen und seinem spektakulären Auftritt endgültig zum Volkshelden aufgestiegen. Die kleinen Leute, die Hafen- und Fabrikarbeiter, Handwerker, die Fisch- und Gemüsehändler, Bäcker und Metzger und Friseure, die Huren und Trinker in den Spelunken feierten den Mann, der nicht nur Göring, sondern mit ihm auch die ganze Zunft der eitlen, selbstverliebten oberen Zehntausend, der reichen Reeder und Millionäre und dazu noch die arroganten Kunstexperten verarscht hatte. Bei einer Umfrage von *Het Parool* zu den beliebtesten Prominenten des Landes, war van Aelst auf Platz zwei hinter dem populären Ministerpräsidenten gelandet. Seine Verbindungen, ja seine Freundschaft zu niederländischen und deutschen Nazis spielten keine Rolle mehr. Sogar *De Waarheid* ließ die Vorwürfe ruhen und zitierte stattdessen den bekannten Schriftsteller Simon Vestdijk mit den Worten: „*Was zum Teufel hat van Aelst getan? Er hat ein Bild gemalt … na und? Würde Vermeer ihn dafür verurteilen? Das kann ich mir kaum vorstellen. Manch einer hätte eine spirituelle Erfahrung verpasst, wenn er oder sie das Abendmahl in Emmaus nicht mit eigenen Augen gesehen hätte, ein Werk, für das letztlich nur das Genie von Jan Vermeer verantwortlich ist.*“

Vestdijk war nur einer von vielen Intellektuellen und Künstlern, die van Aelst plötzlich schätzten. Louis de Winter hatte für die *Het Parool* den einflussreichen Kunstkritiker Vitale Bloch interviewt. Er war selbst auf van Aelst hereingefallen und gestand: „*Das Schlimmste an der Affäre van Aelst ist nicht, dass der Staat mit seinen Museen und zahlreiche wohlhabende Sammler betrogen wurden, sondern dass eine große Anzahl von Kunsthistorikern und Kritikern, die immer als unfehlbar und unantastbar galten, sich so derart geirrt haben, weil sie den Geist, mit dem die Maler des siebzehnten Jahrhunderts ihre Werke schufen, nicht mehr erkannt haben und plumpe Fälschungen nicht von Meisterwerken unterscheiden konnten.“*

Mit großem Spektakel war der umfangreiche Besitz van Aelsts beschlagnahmt worden. In seinen zahlreichen Häusern wurde koffer- und körbeweise Bargeld gefunden und öffentlich abtransportiert. Für viele Amsterdamer ein weiterer Beweis dafür, wie schlau der kleine Maler doch gewesen sein musste, wenn er diesen Besitz vor den Nazis und dem Staat so gut verstecken konnte. Van Aelst war jetzt offiziell besitzlos, wohnte aber mit Nelly wieder in der Keizersgracht und lebte von noch unentdeckten Geldvorräten. Er ging nicht viel aus, während er auf seinen Prozess wartete. Aber wenn er es tat, war er immer bestens gekleidet und trug ein freundliches, leicht überlegenes Lächeln im Gesicht. In zahlreichen Interviews ließ er keinen Zweifel daran aufkommen, dass er ein großer Künstler sei, der in der Lage wäre, Bilder von der Qualität Vermeers zu malen. Dass er zum Fälscher wurde, habe nur mit dem unglücklichen Umstand zu tun, dass er nicht genügend Anerkennung für seine eigene Kunst erfahren habe. Und zwar von den unantastbaren Experten, die später auf seine Vermeers hereingefallen wären. Deshalb bereue er nichts und sehe dem Prozess mit Würde entgegen. Er hatte Meg gefragt, ob sie nicht seine Memoiren schreiben wolle, was sie freundlich abgelehnt hatte. Meg war froh, dass sie dem Maler nicht mehr als unbedingt nötig begegnen musste. Mit diesem beruhigenden Gedanken war sie dann endlich in einen tiefen Morgenschlaf gefallen.

Es war ein heller Sonnenstrahl, der sie aufweckte, und sofort hatte sie das Gefühl, verschlafen zu haben. Dabei hatte sie sich frei genommen. Bill lag noch immer schnarchend neben ihr, und normalerweise hätte sie ihn mit einem kleinen Liebesspiel geweckt. Stattdessen sprang sie aus dem Bett. Sie stürmte in die Küche und sah dort das Kuvert auf dem Tisch liegen. Sie erinnerte sich. Was war nur los mit ihr? Normalerweise hätte sie es doch sofort geöffnet. Sie riss es auf. Auf einer Briefkarte stand in penibler, feiner Handschrift.

Wenn du noch einmal eine gute Schlagzeile über mich schreiben möchtest, dann solltest du heute um Zwölf Uhr in den Hafen zum Passagierterminal kommen. Dort liegt ein großer Viermaster. Die ‚Almirante Saldanha', ein brasilianisches Segelschiff der Marine, das gerade in Amsterdam zu Besuch ist. Ich werde auf das Schiff gehen, denn in Brasilien schätzen sie mich als Maler. Fotoapparat nicht vergessen.

Herzlichst, van Aelst

Meg sah auf ihre Uhr. Es war bereits viertel nach Elf. Zum Glück hatte Bill seinen Jeep vor der Tür stehen. Aber auch damit würden sie gute zwanzig Minuten brauchen. Meg kitzelte Bill an den Füßen. Er schrak auf, und sie erklärte ihm, während sie hastig ihre Kleider zusammensuchte, warum sie sofort zum Hafen fahren müssten. Als sie kurz vor zwölf auf den langen Pier zurasten, wo die Passagierschiffe anlegten, sahen sie den windschnittigen Viermaster am Kai liegen. Auf dem Deck war eine Blaskapelle angetreten. Die Gangway wurde heruntergelassen und an der Kaimauer stand van Aelst mit Nelly. Der Maler trug einen eleganten Gabardinemantel und einen Panamahut. Nelly ein leichtes dunkelblaues Sommerkostüm und einen breitkrempigen Hut mit aufgenähten Stoffblumen. Die Kapelle spielte den Militärmarsch *Pomp and Circumstance,* während eine Gruppe von Offizieren in schneeweißen Uniformen die Gangway herabschritt. Meg sprang aus dem Jeep und fotografierte, wie van Aelst und Nelly vom Kapitän und einem Mann im dunklen Anzug begrüßt und auf das Schiff gebeten wurden. Langsam schritten sie die Gangway nach oben. Meg rannte los. Sie wollte ebenfalls aufs Schiff. Da drehte sich der Kapitän um und rief auf Englisch mit starkem portugiesischem Akzent: „Ich habe Sie nicht auf die ‚Almirante Saldanha' eingeladen. *Senhor van Aelst e sua esposa* sind unsere exklusiven Gäste. Aber bitte, machen Sie Fotos. Es ist ein großer Tag für unser Land."

Die Offiziere und ihre Besucher hatten das Deck erreicht und die Gangway wurde eingeholt. Der Mann mit dem dunklen Anzug hob den Arm, die Kapelle hörte auf zu spielen, er ergriff das Wort. „Als Botschafter Brasiliens begrüße ich ganz herzlich Senhor van Aelst und seine Frau an Bord der ‚Almirante Saldanha'. Der große Maler ist in unserem Land ein gern gesehener Künstler. Deshalb soll ich Ihnen im Namen der Regierung versichern, dass Sie in Brasilien herzlich willkommen sind. Ihre Kabine steht bereit. Hier sind Sie auf brasilianischem Staatsgebiet und sicher vor der niederländischen Justiz. Wenn wir ablegen, nehmen wir Sie gerne mit auf große Fahrt."

Van Aelst nickte und schüttelte dem Botschafter die Hand. Der gab der Kapelle ein Zeichen. Erneut erklang flotte Marschmusik, und eine ganze Kompanie junger Matrosen erklomm in Windeseile die Takelage. Kommandos schallten übers Deck. Die Segel wurden gesetzt. Die Taue der Almirante Saldanha ächzten, bis endlich der Ruf: „Leinen los" erscholl und sich der Viermaster bedächtig von der Kaimauer löste und Fahrt aufnahm.

Die letzten Fotos, die Meg machte, zeigten einen winkenden van Aelst mit Nelly im Arm, die ihren Hut festhielt. Dann rief er ihnen zu: „So geht euer Vermeer auf Reisen. Lebt wohl, ihr stockblinden Niederländer!"

Anmerkung

Dieser Roman beruht auf dem Leben des niederländischen Kunstmalers Han van Meegeren. In den 1930er Jahren fälschte er „biblische Vermeers", die er an bedeutende Museen und private Sammler verkaufte. Die bedeutendsten Vermeer-Experten und Kunsthistoriker der Zeit fielen auf seine raffinierten Tricks herein, und er verdiente mit den Fälschungen ein Millionenvermögen. Ich habe mir erlaubt, die ganze Geschichte etwas zu verändern, indem ich neue Figuren ins Spiel gebracht und historische Personen angepasst habe, um van Meegerens, der bei mir van Aelst heißt, „Goldenes Zeitalter" neu zu erzählen. Folgende Bücher haben mir sehr geholfen, Han van Meegeren und seine Zeit zu entdecken und mich in die damalige Welt hineinzudenken.

Barbara Beuys, *Leben mit dem Feind – Amsterdam unter deutscher Besatzung 1940-1945* (München 2016)

Albert Blankert, *The Case of Han van Meegeren's Fake Vermeer Supper at Emmaus Reconsidered* in: *In His Milieu – Essays on Netherlandish Art in Memory* of John Michael Montias (Amsterdam 2006)

Marijke van den Brandhof, *Een vroege Vermeer uit 1937. Achtergronden van leven en werken van de schilder/vervalser Han van Meegeren* (Utrecht 1979)

Jan Brokken, *Die Vergeltung. Rhoon 1944. Ein Dorf unter deutscher Besatzung* (Köln 2015) (Ursprünglicher Titel: *De* *vergelding. Een dorp in tijden van oorlog*, Amsterdam / Antwerpen 2013)

Edward Dolnick, *Der Nazi und der Kunstfälscher* (Berlin 2014) (Originaltitel: *The Forger's Spell*, New York 2008)

Marie-Louise Doudart de la Grée, *Emmaus* (roman met tekeningen van Han van Meegeren) (Utrecht 1946)

Marie-Louise Doudart de la Grée, *Ich war Vermeer* (Gütersloh 1968)(Ursprünglicher Titel: *Geen standbeeld voor Han van Meegeren*, Amsterdam 1966)

Christoph Driessen, *Geschichte der Niederlande. Von der Seemacht zum Trendland* (Regensburg 2009)

Luigi Guarnieri, *Das Doppelleben des Vermeer* (München 2005)

Lord Kilbracken, *Fälscher oder Meister? Der Fall van Meegeren* (Wien 1968)

Frederik H. Kreuger, *Han van Meegeren, meestervervalser* (Diemen 2004)

Horst Lademacher, *Geschichte der Niederlande* (Darmstadt 1983)

Jonathan Lopez, *The Man Who Made Vermeers* (Orlando 2008)

Simon Schama, *Überfluß und schöner Schein. Zur Kultur der Niederlande im Goldenen Zeitalter* (Kindler, München 1988)

Frieso Wielenga, *Geschichte der Niederlande* (Stuttgart 2016)

Frank Wynne, *I Was Vermeer* (London 2006)

Die frei zugänglichen Archive und Internetplattformen der folgenden Organisationen waren ebenfalls äußerst informativ und hilfreich:
NIOD Instituut voor Oorlogs-, Holocaust- en Genocidestudies, Delpher, Stichting Democratie en Media (voorheen Stichting Het Parool, Het ‚illegale Parool'- Archief 1940-1945), Museum Boijmans Van Beuningen, Historisch Nieuwsblad, Joodsamsterdam, Ons Amsterdam, Jim van der Meer Mohr, Louis Couperus Genootschap, Academia.edu

Danke

Wolfgang Ferchl. Der frühere Studienkollege und Verleger hat das erste Manuskript gelesen, Mut gemacht und klipp und klar gesagt, wohin die Reise gehen muss. Entscheidend war seine Idee: „Der Roman gehört in die Niederlande!".

Martin Fontijn. Der Buchenthusiast sorgte tatkräftig und kreativ für eine schöne niederländische Ausgabe.

Claudia Vidoni für die interessanten Gespräche und klugen Ratschläge.

Lianne Kolf und ihr Team. Sie betreuen und vertreten mich als literarische Agentur exzellent und persönlich in allen wichtigen Belangen des Buchmarktes.

So gelangte das Manuskript zu Günther Butkus und seinem Pendragon Verlag. Der Funke ist sofort übergesprungen. Lieber Günther, dir und deinem Team gehört größter Dank für die engagierte Zusammenarbeit. So entstand dieses wunderbar gestaltete Buch.

Dr. Wolfgang Ritz sagte mir vor langer Zeit: „Dieser Roman ist Ihr Baby. Bringen Sie es auf die Welt und kümmern Sie sich darum." Was für ein Satz!

Ich danke vor allem auch meiner Familie, den Kindern Nina, Lydia und Paul. Meiner Schwester Monique und vielen guten Freunden. Sie alle ließen sich über Jahre hinweg, äußerst geduldig, immer wieder neue Varianten der „Fälscher-Geschichte" erzählen.

Insbesondere danke ich meiner geliebten Frau Sonia, der eifrigen und kundigen Leserin, die als Einzige wirklich jede Fassung, jede Wendung, jedes Wort aller Romanversionen kennt und mich in allen Belangen des Lebens immer unterstützt. Ohne diese wundervolle Frau gäbe es den Roman ganz sicher nicht. Liebe Sonia – *Dein ist mein ganzes Herz* – und jetzt auch dieser Roman.

Unsere Hunde, Coco, Jim und Paco hätte ich fast vergessen. Sie begleiten mich täglich durch Feld, Wald und Flur. Dabei wird das Hirn durchlüftet und so mancher Knoten gelöst. Es gibt etliche Wegkreuze und Bäume, an die ich mich genau erinnere: „Ab hier ging es endlich auch mit dem Roman weiter." Und so ist es geglückt.

Pendragon Verlag
gegründet 1981
www.pendragon.de

2. Auflage

Veröffentlicht im Pendragon Verlag
Günther Butkus, Bielefeld 2024

Lektorat: Lea Dunkel, Rebecca Gruttmann
Umschlag und Herstellung: Uta Zeißler, Bielefeld
Umschlagfoto: Adobe Stock / Giorgio Morara
Satz: Pendragon Verlag auf Macintosh
Gesetzt aus der Adobe Garamond
ISBN 978-3-86532-864-9
Gedruckt in Deutschland

MIX
Papier
FSC FSC® C083411

CO_2-Kompensation
2023 Printprodukt
mit FirstClimate.com